BAND 92

Entdecke die Festa-Community

- **f** www.facebook.com/FestaVerlag
- **y** www.twitter.com/FestaVerlag
- **⊙** festaverlag
- **▶** Festa Verlag
- **f** Forum: www.horrorundthriller.de
- **www** www.Festa-Action.de
- **www** www.Festa-Extrem.de
- **www** www.Festa-Sammler.de

Wenn Lesen zur Mutprobe wird ...

www.Festa-Verlag.de

BRAD TAYLOR

SCHWARZE WITWE

Aus dem Amerikanischen von Alexander Amberg

FESTA

Die amerikanische Originalausgabe *The Widow's Strike*
erschien 2013 im Verlag Dutton.
Copyright © 2013 by Brad Taylor

1. Auflage April 2021
Copyright © dieser Ausgabe 2021 by Festa Verlag, Leipzig
Veröffentlicht mit Erlaubnis von Dutton, ein Unternehmen der
Penguin Publishing Group/Penguin Random House LLC.
Titelbild: Arndt Drechsler-Zakrzewski

ISBN 978-3-86552-920-6
eBook 978-3-86552-921-3

Für Taz, dafür, dass er unseren Way of Life schützt

Eine größere Liebe hat niemand,
als wer sein Leben für seine Freunde gibt.

In der gesamten Geschichte der Menschheit konnte kein menschliches Eingreifen je eine Pandemie stoppen, sobald sie einmal ausgebrochen war ...

Dr. Margaret Chan, Vertreterin der WHO Generaldirektorin für den Bereich Grippe-Pandemie

Wir erkannten, dass ... die Information an die Öffentlichkeit gelangen wird. Aber ... wenn wir die Veröffentlichung dieser speziellen Information hinauszögern, die jemanden in die Lage versetzen würde, das Virus zu rekonstruieren und etwas Ruchloses zu tun, und sei es auch nur eine Zeit lang, wäre das eine gute Sache.

Professor Paul Keim, Vorsitzender des Nationalen Wissenschaftsbeirats der USA für Biosicherheit, darüber, weshalb er empfahl, die Forschung zum genetisch veränderten H5N1-Virus zu zensieren

Indem es den Sprung [auf den Menschen] schaffte, erfüllte das Virus zwei von drei Bedingungen für eine Pandemie. Es war neu – niemand war ihm je ausgesetzt, darum war auch niemand immun – und es hatte unter Beweis gestellt, dass es Menschen infizieren konnte. Nun musste es nur noch zeigen, dass es sich auch weiterverbreiten konnte.

Alan Sipress, The Fatal Strain: On the Trail of Avian Flu and the Coming Pandemic – Der tödliche Stamm: Über den Pfad der Vogelgrippe und die bevorstehende Pandemie

1

Der Meinung des biologisch-technischen Assistenten zufolge sagte das Schild an der Tür bereits alles. WARNUNG: BIOHAZARD LEVEL IV – BIOLOGISCHE SCHUTZSTUFE IV – H5N1-FORSCHUNG IM GANG. Es sah ziemlich offiziell aus, das allgemeingültige Zeichen für eine biologische Gefährdung, gefolgt von einer Reihe von Vorsichtsmaßnahmen, die seine Autorität kundtaten. Doch das Schild hing ein bisschen schief, das Klebeband, das es an Ort und Stelle hielt, verlor in der feuchten Luft an Haftfähigkeit. Anzeichen für die nicht ganz so perfekte Arbeit, die hinter dieser Tür geleistet wurde.

Es braucht mehr als bloß ein Schild, um eine Einrichtung der Stufe IV zu schaffen. Zum wiederholten Mal spielte der BTA mit dem Gedanken, jemandem zu erzählen, was hier vorging. Vielleicht ließe sich so eine Tragödie vermeiden. Aber dabei war ihm klar, dass er es nicht tun würde. Die Bezahlung war einfach zu gut, und es gab nun mal keinen anderen Ort für diese Forschungen.

In ganz Singapur gab es nur ein einziges Labor der biologischen Schutzstufe IV. Es gehörte der Regierung, genauer: der Defence Science Organisation, der Agentur für nationale Verteidigungsforschung. Auf keinen Fall wollte sein Brötchengeber die dabeihaben. Da stand zu viel Profit auf dem Spiel. Ganz zu schweigen von der Bürokratie, die das mit sich brachte.

Er checkte am Computer ein, um den Beginn seiner Arbeitszeit zu registrieren, und drängte sich in den

Vorraum, wo er das alte Schild in einem Rahmen an der Wand sah: BIOHAZARD LEVEL III – so war dieses Labor eingestuft, Schutzstufe III, bevor sie mit einem neuen Schild und etwas Klebeband die Schutzstufe erhöhten. Er wartete, bis sich die Außentür schloss, betrat das Labor, das um diese Zeit noch leer war, und setzte seinen Weg fort, durch einen weiteren doppeltürigen Vorraum ins Labor für Tierversuche.

Ohne auf den großen Käfig im rückwärtigen Bereich des Raumes zu achten, in dem es von Frettchen nur so wimmelte, ging er geradewegs auf zwei Isolationsboxen zu. Bevor er überhaupt an der ersten ankam, sah er bereits durch das Sicherheitsglas, dass der Impfstoff nicht gewirkt hatte. Das Frettchen lag auf der Seite, ein klein wenig Blut sickerte ihm aus Augen und Nase. Golf 16 hatte genauso lange gelebt wie Golf 1 bis 15, das hieß ungefähr vier Tage. Drei Tage gesund und einen ganzen Tag lang voller Todesqualen, ehe sein Körper versagte.

Er wandte seine Aufmerksamkeit der anderen Box zu und stellte überrascht fest, dass das Frettchen an der Scheibe schnüffelte und geduldig darauf wartete zu spielen.

Die Tür hinter ihm wurde geöffnet. »Noch ein Weibchen hat überlebt, was?«, hörte er eine Stimme in seinem Rücken. »Ein ganz schöner Schlag für die Theorie vom schwachen Geschlecht.«

Er lächelte seine Kollegin an, wusste, dass ihr insgeheim die Tatsache gefiel, dass alle Männchen verreckten, ganz egal was die Wissenschaftler anstellten. »Dir auch einen guten Morgen, Chandra. Und es muss sich erst noch zeigen, ob der Impfstoff wirkt oder ob sie bloß ein symptomloser Träger ist wie die anderen. Gleich holen wir uns die Probe von Golf 16. Hilf mir erst mal mit Sandy 8 hier.«

Den Sandys im Haus erging es besser als den Golfs. Sieben von ursprünglich acht hatten überlebt, nachdem man ihnen den Impfstoff injiziert hatte. Aber damit war ihr Leben trotzdem verwirkt. Das Serum verhinderte zwar, dass das Virus sie auffraß. Aber es produzierte nicht die Antikörper, die notwendig waren, um es zu vernichten. Letzten Endes war das Resultat ein biologischer Waffenstillstand. Das Virus lebte in seinem Wirt weiter, ohne ihn anzugreifen, wartete aber geduldig darauf, dass er es auf ein anderes Opfer übertrug. Das hieß, die ersten sieben Sandys wanderten ebenfalls in den Verbrennungsofen, nicht anders als die ersten 15 Golfs.

Erneut zwängte er sich in die OP-Handschuhe, bereits sein drittes Paar, während seine Kollegin die Haube mit dem Atemschutzgerät überzog. Nachdem er seine ebenfalls aufgesetzt hatte, öffnete sie das obere Scharnier der Isolationsbox, griff hinein und packte das Frettchen am Genick. Mit der anderen Hand hielt sie das Tier weiter unten am Rückgrat fest.

Ehe das Tierchen kribbelig werden konnte, entnahm er mit einer Spritze ein wenig Blut. Als die Nadel eindrang, zappelte es heftig, entwand sich Chandras Griff. Ruckartig rissen beide die Hände aus der Box zurück, er verlor die Spritze, während Chandra den Deckel zuschlug, damit Sandy 8 nicht entkommen konnte.

Unter dem Atemschutzgerät schnappte der BTA nach Luft, spürte, wie ihm der Schweiß übers Gesicht rann. Die Umluft ließ seine Haut feucht werden. Er lehnte sich an die Box. »Mann, ich mag sie lieber, wenn sie tot sind. Wir brauchen ausgefeiltere Isolationskäfige.

Biosicherheitskammern, die auf so was ausgelegt sind, nicht solche Behelfslösungen hier. Eine richtige Ausstattung für diese Arbeit.«

Chandra war kreideweiß.

»Was hast du?«

Sie wich an die Tür zurück.

Sein erster Gedanke war, dass sie wohl gebissen wurde, und er wusste, welche Folgen das hatte. Er hob die Hände, um sie zu beruhigen. Um sie davon abzuhalten, kopflos aus der Sperrzone zu laufen. Dann fiel sein Blick auf die Spritze, die von seinem linken Handrücken baumelte. Ein schwaches Rinnsal Blut war zu sehen.

Drei Tage später kamen die ersten Symptome. Lediglich Kopfschmerzen. Ein Blick in den Spiegel zeigte ihm, dass seine Augen blutunterlaufen waren. Das Weiße war von roten Linien durchzogen. Vor lauter Angst krampfte sich ihm der Magen zusammen, er wünschte, es wäre bloßer Zufall. Doch er wusste, dass er so gut wie tot war.

In seinem Quarantäne-Zimmer verabreichten sie ihm gewaltige Mengen an Tamiflu in dem Versuch, den Fortgang aufzuhalten. Ebenso wie die Schwestern, die ihm fieberhaft intravenöse Injektionen verpassten, begriff er, dass es vergeblich war. Das Virus war gentechnisch verändert, darauf programmiert, Tamiflu zu widerstehen, und seiner Natur getreu fuhr es einfach fort, seinen Körper von innen heraus zu zerstören, ließ seine Zellen platzen, um sich in rasender Eile zu reproduzieren.

An Tag vier wurde er künstlich beatmet. Alle möglichen Medikamente wurden ihm eingeflößt, um den Ansturm einzudämmen. Er lief blau an, weil er keine Luft mehr bekam. Seine Haut war fast durchsichtig, seine

Lippen sahen aus, als ernährte er sich ausschließlich von Wassereis.

Er schaffte es bis Tag fünf, bevor ihm das Blut aus Nase und Augen lief. Sein Körper ertrank in den Ausscheidungsprodukten der Schlacht, die in seinem Innern tobte.

Ärzte aus dem Labor in Überdruck-Schutzanzügen wichen ihm nicht von der Seite, doch sie konnten fast nichts für ihn tun. Die große Grippe-Pandemie von 1918 war fast 100 Jahre her, damals war die Existenz von Viren noch unbekannt. Doch die Ärzte des Labors waren genauso machtlos wie ihre Vorgänger. Angesichts dessen, was das moderne medizinische Wissen ihnen half, hätten sie ihm ebenso gut Blutegel ansetzen können.

An Tag sechs um 4:36 Uhr Ortszeit hörte sein Herz auf zu schlagen. Der Leichnam verblieb noch für weitere 18 Stunden im Quarantäne-Zimmer, während seine Arbeitgeber überlegten, was sie mit ihm anstellen sollten. Unterdessen tobte das Virus in seinem Innern, verzweifelt bemüht, einen neuen Wirt zu finden.

Um 22:30 Uhr betraten drei Männer den Raum, ausstaffiert, als planten sie einen Spaziergang auf der Mondoberfläche. Einer von ihnen trug eine Rolle dicke Kunststofffolie, die beiden anderen Akku-Knochensägen.

Um ein Uhr Ortszeit schoben sie seinen Körper in frettchengroßen Stücken in den Verbrennungsofen.

Um acht Uhr erhielten Golf 17 und Sandy 9 ihre Impfung.

13

2

Ganz in Schwarz gekleidet, verschmolz der Mann völlig mit dem Mauerwerk. Sollte jemand aufmerksam genug sein, nach oben zu blicken und genauer hinzusehen, würde man ihn entdecken. Aber er machte sich keine Sorgen, dass dieser Nachtwächter das ohne Anlass tun könnte. Wenn er sich bewegte, war es aus. Darum blieb der Mann einfach oben auf der Mauer liegen und wartete ab.

Der Posten setzte seinen Weg fort, war bereits außer Sicht, doch seine Schritte hallten auf den Pflastersteinen wider. Der Mann blickte auf seine Armbanduhr, wartete, bis das Geräusch der Schritte vom endlosen Gehupe des Bangkoker Verkehrs übertönt wurde.

Noch sieben Minuten, um hineinzugelangen.

Er zog das geknotete Seil hoch, legte den Wurfanker auf die andere Seite der Wand. Ohne ein Geräusch blieben die gummierten Haken an der Kante haften. Er ließ das Seil an der ihm zugewandten Seite fallen, rollte sich ab und kam auf dem weichen Gras fünf Meter tiefer auf.

Geduckt verharrte er an der Stelle, an der er gelandet war, rührte keinen Muskel. Jeden Sinn angespannt, wartete er auf eine Unterbrechung im Rhythmus der Nacht. Er sah keine Bewegung, hörte nichts außer dem Verkehr von der Luk Luang Road. Überzeugt, dass er sicher war, erhob er sich langsam, um sich zurechtzufinden.

Schon bei vier verschiedenen Gelegenheiten war er auf dem Gelände gewesen, allerdings jedes Mal bei Tageslicht. Bei offiziellen Anlässen war er durch das Eingangstor gekommen. Bei Nacht sah es ein bisschen anders aus, wenn man eine Außenmauer zwischen zwei Gebäuden überwand.

Nachdem der Mann sich orientiert hatte, machte er einen Schritt, dann erwachte sein Ohrstöpsel zum Leben. »Stehen bleiben! Rühr dich nicht vom Fleck, Knuckles! Vier Mann kommen über den Rasen, sie gehen auf das Eingangstor zu.«

Knuckles wich zwischen die Sträucher zurück. Was zum Teufel hatten diese Kerle um die Zeit noch hier zu arbeiten? Seine Uhr sagte ihm, dass ihm noch fünf Minuten blieben, ehe ein weiterer Posten auf diesem Weg vorbeikam.

»Decoy, mir läuft die Zeit davon. Was tun sie? Kommen sie oder gehen sie?«

»Sie gehen! Sie kamen gerade aus dem Verwaltungsgebäude, jetzt stehen sie auf dem Rasen herum und unterhalten sich.«

»Ich kann nicht warten. Nenn mir einen Weg, der frei ist.«

»Bleib auf Empfang!«

Knuckles suchte den Nachthimmel ab, strengte sich an, um die Wasp-Drohne hoch oben auszumachen. Er sah nichts, aber das hatte er ja gewusst. Das Ding wog keine anderthalb Kilo und hatte eine winzige Spannweite von einem Meter. Mit seinem Elektromotor war es nahezu lautlos. Unsichtbar – insbesondere nachts.

»Knuckles, hier ist Brett. Willst du lieber abbrechen? Morgen Nacht könnten wir es noch mal versuchen.«

Brett war der Mann, der seinen Abzug sicherte. Er saß in einem Van an der Ecke Luk Luang und Rajadamnern Nok Road, direkt vor dem Bürogebäude der Vereinten Nationen. Knuckles überlegte, entschied sich letztlich jedoch dagegen. Es war ja schon lästig genug gewesen, nur in die Anlage zu gelangen.

»Vielleicht«, sagte er. »Gib mir noch ein paar Minuten. Falls ich abbreche, komme ich auf demselben Weg über die Mauer zurück. Hol mich in der Luk Luang Road ab, Kanalseite.«

»Roger!«

»Decoy, was hast du?«

»Ich sehe nach! Abgesehen von den vier Unbekannten sind alle da, wo wir sie erwartet haben. Bleib dran!«

Knuckles schüttelte den Kopf, immer noch ein bisschen verärgert, dass sie sein Team gerufen hatten, um diesen Einsatz zu erledigen. Auf den ersten Blick mochte es seltsam anmuten, so viel zu riskieren, um ins thailändische Bildungsministerium einzubrechen, doch sein eigentliches Ziel lag gar nicht auf diesem Gelände. Es war das Metropolitan Police Bureau auf der anderen Straßenseite, in der Phitsanulok Road.

Ein weiteres Team vor Ort war nämlich zu dem Schluss gekommen, dass es viel zu riskant sei, dort hineinzugelangen, hatte dabei aber etwas Interessantes in Erfahrung gebracht: Das Glasfaser-Datenkabel der Polizeibehörde versorgte auch das Bildungsministerium. Alles, was sie jetzt noch zu tun brauchten, war, es anzuzapfen. Und da kam Knuckles ins Spiel.

Die Nationale Museumsabteilung des Bildungsministeriums war zuständig für alle archäologischen Arbeiten im Land; ein passendes Arrangement, das Knuckles' Team einen plausiblen Grund lieferte für die bisherigen vier Aufklärungseinsätze. Soweit die thailändische Regierung wusste, arbeitete er für eine Firma namens Grolier Recovery Services, die sich auf die

Unterstützung archäologischer Forschungen spezialisiert hatte.

Das Team, dem er aushalf, befand sich unter einem Deckmantel in Thailand und konnte nicht einfach in eine andere Rolle schlüpfen, um den Einsatz zu bewerkstelligen. Darum hatte man ihn gerufen. Er hatte sich hier im Land nie mit ihnen blicken lassen, wusste nicht einmal, wem sie nachspürten. Das Einzige, was er wusste, war, dass sie Zugang benötigten zur Datenbank der Metropolitan Police. Seine Mission und ihre hatten absolut nichts miteinander zu tun.

Er wartete im Gebüsch, beobachtete die Route, die er geplant hatte, und merkte, wie ihm die Zeit zwischen den Fingern zerrann. Das Gelände hatte einen Durchmesser von circa 200 Metern, aber sein Zielgebäude war nur 100 Meter entfernt. Eingeklemmt zwischen zwei größeren Gebäuden, lag es genau in der Mitte am Scheitelpunkt des Rasens.

Er hatte diesen Weg speziell geplant, weil er so den unzähligen Überwachungskameras entging, allerdings beruhte dies auf der Voraussetzung, dass er zwischen den Wachpatrouillen hindurchschlüpfte. Er überlegte, ob er einfach abwarten sollte, wo er sich befand, um den Posten nochmals passieren zu lassen. Aber die Chance, entdeckt zu werden, gefiel ihm nicht. Hier im Dunkeln war er zwar recht gut versteckt, aber nichts war sicher, wenn andere menschliche Wesen beteiligt waren. Im schlimmstmöglichen Moment würde Murphys Gesetz zum Tragen kommen, das da lautete: »Was auch immer schiefgehen kann, wird schiefgehen.« Knuckles war sich zwar sicher, dass er entkommen konnte, aber dann wäre der Einsatz ein Fehlschlag. Einmal kompromittiert, durften sie auf keinen Fall einen weiteren Einbruchsversuch starten.

»Okay, Knuckles, ich habe einen Weg für dich. Aber er wird dir nicht gefallen.«

»Was für einen?«

»Nun, du hast Leute vor dem Gebäude, Kameras an den Ecken und das Wachhäuschen im Rücken. Aber nach oben ist alles frei.«

»Willst du mich auf den Arm nehmen? Du brauchst eine Drohne, um mir zu sagen, ich soll aufs Dach klettern? Dazu hätte mir auch eine Karte aus Papier genügt.«

»Ich weiß, ich weiß. Aber das Verwaltungsgebäude verläuft in Längsrichtung und stößt direkt an dein Gebäude. Das Dach ist schräg, du könntest die gesamte Strecke zurücklegen, ohne von vorne gesehen zu werden. Außerdem könnte ich verfolgen, wie du vorankommst.«

»Sehe ich aus wie ein Affe? Das Verwaltungsgebäude ist drei Stockwerke hoch!«

»Du kriegst also nicht hin, was die Mädchen können?«

Knuckles wusste genau, von wem er redete, und die Stichelei hob seine Stimmung auch nicht. Er wollte gerade abbrechen, da meldete Decoy sich wieder.

»War bloß Spaß! Ich sehe hier eine Feuerleiter an der nordöstlichen Ecke. Sie liegt im Schatten. Schaffst du es, eine Leiter hochzuklettern?«

Er biss die Zähne zusammen, verkniff sich, was ihm um ein Haar entfahren wäre. »Roger, ich kann eine verfluchte Leiter hochklettern. Ist sie abgesperrt?«

»Kann ich von der Videoaufnahme her nicht sagen, aber du solltest dich schnell entscheiden. Der Posten kommt den Weg entlang. Du hast etwa 45 Sekunden.«

»Bin schon unterwegs.«

Geduckt sprintete Knuckles über die freie Fläche zu dem Gebüsch vor dem Verwaltungsgebäude, huschte unterhalb des Bereichs, den die Kameras erfassten, an der Wand entlang zur nordöstlichen Ecke. Er vernahm die Schritte des Postens in demselben Moment, in dem Decoy durchgab:

»Rühr dich nicht vom Fleck! Keine Bewegung! Der Posten ist stehen geblieben.«

Knuckles versuchte, zur Wand zu werden, atmete nur noch ganz flach, lauschte angestrengt, ob jemand auf ihn zukam. *Das war dumm. Der einzige Weg nach draußen führt an den Posten vorbei. Das heißt, dass ich auffliege.*

»Er geht weiter. Dein Weg ist frei.«

Im Entengang bewegte Knuckles sich so schnell vorwärts, wie er konnte, fand die Leiter genau dort, wo Decoy gesagt hatte. Und dazu eine Kette mit Vorhängeschloss, die einen Korb am Fuß der Leiter versperrte.

Verflucht!

»Decoy, sie ist abgeschlossen, hat einen Korb, der bis in den ersten Stock hochreicht. Ich werde eine Weile brauchen. Bleib wachsam! Ich brauche ernsthafte Frühwarnung.«

»Roger!«

»Brett, Brett, hörst du mit?«

»Ich höre dich!«

»Falls ich kompromittiert werde, gleicher Plan. Ich werde mich mit dem anfänglichen Problem befassen und komme dann direkt über die Mauer zurück zur Luk Luang Road. Ich brauche dich dort unverzüglich.«

»Roger!«

Knuckles zückte eine Stiftlampe mit Rotfilter und untersuchte das Schloss. Ein altes Schlage. Das dürfte keine große Schwierigkeit darstellen. Er stellte seinen

Rucksack ab, holte ein paar Papiere und Broschüren heraus, die seine Tarnung stützen sollten für den Fall, dass er erwischt wurde, und löste eine Innenverkleidung, um sein Set an Dietrichen freizulegen. Außer dem Slave-Gerät, um das Datenkabel anzuzapfen, hatte er nichts Besonderes dabei. Sollten sie ihn schnappen, wäre es verdammt schwierig, diesen Leuten die 007-Spezialausrüstung zu erklären. Darum hatte er sich entschieden, das Zeug gar nicht erst mitzunehmen.

Er nahm die Stiftlampe in den Mund, befühlte das Schloss gut eine Minute lang, ehe die Stifte sich setzten und die Verriegelung aufsprang.

»Decoy, bin ich sauber? Dieser Korb hier wird einigen Lärm machen.«

»Ja, du bist okay.«

Er zog die Tür auf, zuckte zusammen, als die Angeln laut kreischten, sich nur widerwillig aus ihrem rostigen Winterschlaf wecken ließen. Er öffnete sie gerade weit genug, um sich hindurchzuzwängen, brauchte einige Sekunden, um die Tür von innen zu verschließen. Dann machte er sich auf den Weg zum Dach.

Auf die Schieferziegel geduckt, kroch er über die gesamte Länge des Daches, stets den Scheitelpunkt zwischen sich und den Leuten draußen auf dem Rasen. Ohne Schwierigkeiten erreichte er die gegenüberliegende Seite, sah sein Zielgebäude unter sich. Und begriff, in welcher Zwangslage er steckte.

»Äh … Decoy, gibt es auf der anderen Seite auch eine Leiter?«

Decoys Schweigen verriet ihm, dass der Kerl merkte, was für ein Schwachkopf er doch war.

»Ich sehe gleich nach.«

Knuckles wartete ab, fragte sich, wie viele Kisten Bier er wohl dafür bekommen würde.

»Anscheinend gibt es ein Regenrohr 15 Meter hinter dir. In der Ecke, wo die Gebäude aneinanderstoßen.«

»Ein Abflussrohr«, spie Knuckles.

»Ja! Wie es aussieht, musst du es am Ende doch wie Koko machen.«

Er reagierte nicht auf den Insider-Witz, schob sich einfach langsam an der Dachkante entlang, bis er die besagte Stelle erreichte. Er sah das Rohr, dankbar, dass es alt war, noch aus richtigem Gusseisen, nicht so ein schwächliches Aluminiumding.

Er legte sich flach aufs Dach, beugte sich vor, schlang die Hände um die Oberkante des Rohres, wobei er sich den ersten Ankerpunkt merkte, an dem es in der Wand befestigt war.

»Macht euch bereit für ein Abenteuer. Wenn sich dieses Ding hier löst, stecken wir ganz schön in der Scheiße.«

»Was soll das heißen: ›Wir‹?«, meinte Brett.

3

Knuckles rutschte über die Dachkante, klammerte sich oben an der Öffnung fest, sein Griff fest wie ein Schraubstock. Einen Sekundenbruchteil lang baumelte er in der Luft, dann machte er einen Klimmzug, bis sein Gesicht auf Dachhöhe war. Er schlang die Beine um das Rohr und ließ sich hinabgleiten, bis er mit den Füßen an die Verankerung stieß.

Er schob die Hände auf die Außenseite des Rohres und begann einen langsamen Abstieg, froh, dass er die

Handschuhe angezogen hatte. Eigentlich wollte er damit ja nur Fingerabdrücke vermeiden, aber nun retteten sie ihm die Haut an seinen Handflächen.

Mühelos rutschte er hinab bis zum Erdgeschoss, blickte nach unten und ließ sich dann einfach fallen. Er kam härter auf als gedacht, rollte sich beim Aufprall ab, geradewegs in den Lichtkreis einer Außenlampe, und huschte sofort wieder zurück in den Schatten. Die Tür, zu der er wollte, war 15 Meter entfernt.

»Ich bin unten. Bin ich sauber?«

»Lass mich nachsehen. Bleib auf Empfang!«

Knuckles nutzte die Zeit, um sein Schlossknacker-Werkzeug auszupacken.

»Okay, die vier vorne stehen immer noch da und quatschen, aber das Verwaltungsgebäude schirmt dich ja ab. Sonst rührt sich nichts.«

Er sprintete über die beleuchtete Fläche, schlitterte in die Türnische. Nun verlief wieder alles wie geplant. Er zückte die Dietriche, die sich bereits zuvor an einem Modell bewährt hatten, und machte sich an die Arbeit. Ein Lächeln spielte um seine Lippen, als das Schloss innerhalb von Sekunden aufsprang. *Es geht doch nichts über eine ordentliche Probe.*

Er schlüpfte in den abgedunkelten Flur und trabte los, verließ sich allein auf sein Gedächtnis. Das Büro des Nationalmuseums befand sich vier Türen weiter auf der rechten Seite. Zwei Türen dahinter, in einem weiteren kleinen Flur, lag der Serverraum.

Er kam an die Abbiegung, hielt jedoch plötzlich inne, als Decoy sich meldete: »Knuckles, Knuckles, es gibt einen Auflauf an deinem Einstiegspunkt. Keine Ahnung, was die da treiben.«

Knuckles wusste sofort Bescheid. *Das Seil. Sie haben das Seil gefunden.* Es war das einzige Risiko, das er bereit gewesen war einzugehen, weil er ja schlecht ohne mechanische Hilfe über die Mauer klettern konnte. Und die Chancen, dass jemand im Dunkeln darüber stolperte, standen eins zu einer Million.

Murphys Gesetz, verflucht!

Er rannte zum Serverraum, richtete die Stiftlampe auf das Tastenfeld. »Was machen sie?«

»Immer mehr Leute versammeln sich dort, wo du über die Mauer bist. Die vier vor dem Gebäude sind ebenfalls hin, dazu ein paar Nachzügler. Sie haben etwas gefunden.«

Er drückte die Tasten, die das Hauptquartier ihm genannt hatte, und meinte: »Sie haben mein Seil gefunden.«

Er zog an der Tür, doch sie bewegte sich nicht.

Shit!

»Brett, Brett, der Code funktioniert nicht. Wie lautet er noch mal?«

»Sechs-vier-acht-zwo-Raute. Ich wiederhole: sechs-vier-acht-zwo-Raute.«

»Das habe ich gerade eingegeben«, sagte Knuckles, während er die Zahlen erneut eintippte.

Die Tür bewegte sich nicht.

»Brett, dieser Code stimmt nicht. Was könnte es sonst noch sein?«

»Knuckles, Abbruch!«, meldete sich Decoy. »Sie schwärmen aus. Sie wissen, dass jemand hier drin ist.«

»Brett, ich schaffe es nicht zur Luk Luang. Halte dich auf der Phitsanulok bereit.«

»Äh … roger! Bin unterwegs. Aber dir ist schon klar, dass das direkt vor der Polizeistation ist?«

»Ach was! Jetzt nenn mir den verfluchten Code!«

»Vergiss den Code«, sagte Decoy, »mach, dass du da rauskommst. Sie haben mit der Suche begonnen, und aus der Polizeistation kommen Männer, um sie zu unterstützen.«

»Versuch es mit der Raute am Anfang«, sagte Brett.

Knuckles tat es, und die Tür öffnete sich.

»Bin drin. Gib mir Bescheid, wenn jemand das Gebäude betritt.«

»Bescheid! Sie sind jetzt bei dir drin.«

Knuckles ließ die Tür hinter sich ins Schloss fallen, betete, dass, wer auch immer jetzt kam, nicht die Kombination für das Tastenfeld hatte. Rasch analysierte er die Masse der blinkenden Lichter am Server-Gestell, fand den Glasfaser-Hauptknoten. Er holte das Slave-Gerät heraus, klemmte es an das Kabel an und wartete, bis es anfing, dauerhaft grün zu blinken.

Mit leiser Stimme sagte er: »Slave-Gerät an Ort und Stelle. Ich komme raus.«

»Bin in Position«, sagte Brett. »Ich komme von Nord nach Süd. Zur Info – die ganze Straße ist voller Fußgänger und Straßenhändler. Auf dem Markt ist immer noch die Hölle los.«

Darum hatten sie diese Straße zunächst nicht als Einstiegspunkt gewählt. Na ja, außerdem schien es nicht besonders klug, direkt vor der Polizeistation über die Mauer zu klettern. Nun war es wohl wesentlich klüger als auf demselben Weg zurückzugehen, den er gekommen war.

Knuckles legte das Ohr an die Tür, hörte zwei Stimmen, die sich auf Thai unterhielten. Jemand hatte im Flur das Licht eingeschaltet, sodass ein schwacher Schein unter seiner Tür hindurchfiel. Von seinen bisherigen Erkundungsgängen wusste Knuckles, dass dieser Flur zu einer Tür nach draußen führte. Wenn es ihm gelang, aus diesem Serverraum herauszukommen, konnte er Katz und Maus spielen, um dem Suchtrupp auszuweichen, bis er die gegenüberliegende Mauer des Anwesens erreichte.

»Decoy, weißt du, wo der Flur, auf dem der Serverraum liegt, endet?«

»Ja, ich habe es gerade im Blick«

»Ist dort alles frei?«

»Zwei Mann, die aufs Nachbargebäude zugehen. Warte einen Moment.«

Knuckles horchte abermals an der Tür, hörte Stimmen, die sich entfernten, zurück in Richtung Hauptflur.

»Dein Ausgang ist frei.«

Mit angehaltenem Atem öffnete er die Tür einen Spaltbreit, sah, dass die Männer verschwunden waren. Er trat aus dem Serverraum, sprintete den Flur entlang. An seinem Ende blieb er stehen.

»Ich gehe jetzt raus.«

»Los! Alles frei! Bewege dich geradeaus bis zum Überhang des nächsten Gebäudes.«

Er tat wie geheißen, rannte blindlings in die Nacht hinaus, erreichte die Nische und duckte sich, überlegte. *100 Meter. Bloß 100 Meter.*

Er schob sich die gesamte Nische entlang, spähte um die Ecke, sah gegenüber einen Parkplatz, von Gebüsch und Bäumen umstanden. Keine Spur von der Mauer, aber sie musste gleich dahinter liegen.

»Knuckles, ein paar Typen kommen von Norden her um die Ecke. Sie sondieren das Gelände. Bewegung!«

Knuckles glitt an der Wand entlang bis zum Ende des Gebäudes. »Ich werde jetzt über den Parkplatz sprinten. Kann ich das schaffen?«

»Dann solltest du besser Jesse Owens sein, aber vor dir ist im Moment niemand.«

Er rannte los wie ein Wilder, erreichte das jenseitige Ende des Parkplatzes, ohne dass jemand hinter ihm herrief. Er schaffte es ins Gestrüpp und rannte weiter, um ein Haar wäre er gegen die Mauer geknallt, die das Grundstück umgab. Augenblicklich wandte er sich nach Norden, hielt sich parallel zur Mauer, bemüht, einen Weg über diese viereinhalb Meter hohe Sperre zu finden.

»Was macht der Suchtrupp?«

»Sieht aus, als hätten sie dich gesehen, aber keiner nimmt die Verfolgung auf. Sie scharen sich alle bloß zusammen.«

Wie ein Elefantenbulle keuchte er durchs Gebüsch, ohne etwas zu sehen, das ihm helfen konnte, die Mauer zu überwinden. Panik machte sich in ihm breit. *Beruhige dich! Es gibt immer einen Ausweg. Du musst ihn bloß finden.*

»Knuckles, sie setzen sich in deine Richtung in Bewegung. Drei Vierergruppen! Sie schwärmen aus, suchen nach dir!«

Er wurde langsamer, hoffte, dass sie ihn nicht bemerkten, wenn er sich still verhielt. Er hörte ihre Rufe, die hin und her gingen, sah hinter sich ihre Taschenlampen auf und ab hüpfen. Im Dunkeln tauchte ein Gebäude vor ihm auf, das im rechten Winkel zur Mauer stand. Je weiter er sich nach Norden bewegte, desto enger wurde es für ihn.

Was, wenn es direkt an die Mauer grenzt? Dann saß er in der Falle. Ein Blick zurück zeigte ihm, dass dies keine

Rolle mehr spielte. Sie hatten eine Kette gebildet, da konnte er nicht hindurchschlüpfen.

Er verfiel in Laufschritt, das Gebäude kam näher und näher. Er durchbrach das Laubwerk, spürte Pflastersteine unter seinen Füßen, wurde schneller. Er drehte sich um, um nach seinen Verfolgern zu sehen, und rannte gegen einen metallenen Müllcontainer. Das Scheppern ließ die Stimmen hinter ihm aufgeregt anschwellen.

Er sah die Taschenlampen wie verrückt hin und her hüpfen und wusste, dass sie jetzt rasch näher kamen, dass sie ihre Beute witterten. Dann begriff er, dass das Ding, das den Lärm verursacht hatte, seine Rettung war. Der Container stand keinen Meter von der Mauer entfernt, war 1,80 Meter hoch. Er kletterte hinauf, ohne auf den Krach zu achten, den er dabei machte. Deutlich konnte er einzelne Stimmen ausmachen, sah die Lichter keine 20 Meter entfernt. Er balancierte am Rand des Containers entlang, erreichte die der Mauer zunächst gelegene Seite und sprang.

Er bekam die Mauerkrone zu fassen und knallte mit dem Gesicht voran gegen das Mauerwerk. Ohne auf den Schmerz zu achten, zog er sich allein mithilfe des Adrenalins hoch und schwang sich auf die andere Seite, landete zwischen zwei Straßenhändlern.

Frei!

Die beiden Händler starrten ihn mit offenem Mund einfach an, rührten jedoch keinen Finger, um ihn aufzuhalten. Er sprintete über die Straße, riss sich die Sturmhaube vom Kopf.

»Brett, Brett, in Position zum Aufnehmen.«

»Bin unterwegs.«

Er erreichte die andere Seite und machte langsam, ging Richtung Norden, mischte sich unter die wenigen Fußgänger, die um diese Zeit noch unterwegs waren. Er war gerade mal vier Sekunden gegangen, da hörte er hinter sich Rufe.

»Brett, ich habe ein Problem. Wo steckst du?«

»Ich sehe sie. Ich bin gleich nördlich von dir. Zwei Cops rennen dir hinterher. Soll ich eingreifen?«

Knuckles überlegte. Dachte an die Kameras, die hier überall waren. Den Van ins Spiel zu bringen, würde alles nur komplizierter machen bei den Ermittlungen, die unweigerlich folgen würden. Wenn er jetzt etwas unternahm, wussten sie, dass *er* ihr Mann war. Selbst wenn er jetzt entkam, hätten sie eine Beschreibung sowohl von ihm als auch von Brett und obendrein noch den Van. *Vorausgesetzt, du schaffst es zu entkommen.* Das war keineswegs sicher, wenn man in Betracht zog, dass das Metropolitan Police Bureau keine 100 Meter südlich lag.

»Nein, lass gut sein. Ich habe nichts bei mir, außerdem können sie unmöglich gesehen haben, wie ich über die Mauer geklettert bin. Es gibt keinen Grund, mich zu verdächtigen. Ich rede mich da schon raus. Ich klinke mich jetzt aus dem Team-Netz aus und setze alles zurück auf die Hersteller-Konfiguration.«

Er hantierte an seinem Smartphone herum, ließ den Bluetooth-Kopfhörer aber im Ohr. Er war froh, dass er auf die Extra-Ausrüstung verzichtet hatte. Es wäre schwierig zu erklären, weshalb er ein Nachtsichtgerät und eine Glock dabeihatte, selbst wenn ihn nichts mit dem Bildungsministerium verband.

Er wartete, bis sie erneut riefen, ehe er sich mit einem verwirrten »Meinen Sie etwa mich?«-Gesichtsausdruck

umdrehte und dann geduldig wartete, bis sie zu ihm auf-
schlossen.

Alles lief bestens. Er beantwortete ihre Fragen mit der
Erklärung, die er sich zurechtgelegt hatte, weshalb er sich
hier in der Gegend befand. Die Männer durchsuchten
seinen Rucksack, fanden aber bloß Broschüren und
Dokumente, die seine Geschichte stützten. Wie gesagt,
alles lief bestens, bis einer der Cops seine Sturmhaube
hervorzog, immer noch schweißgetränkt.

Er sah, wie der Cop lächelte. Shit! *So viel dazu, hier
einfach wegzuspazieren.*

»Wozu brauchen Sie in Thailand eine Skimaske?«

4

Um 6:30 Uhr fuhr ich auf den Parkplatz, hielt direkt
unter dem Schild Grolier Recovery Services. Normalerweise war der Parkplatz voll und ich musste auf der
anderen Seite parken und zu meinem Büro laufen.
Andererseits schlief ich um diese Zeit normalerweise ja
auch tief und fest. Ich sah Jennifers Wagen und fragte
mich, ob sie schon seit zwei Stunden hier war, ihre
Stretching-Übungen machte und dabei Kraftriegel fut-
terte.

Ich trat ein und fand Jennifer auf dem Boden sitzend,
wie sie ihre Oberschenkelmuskeln dehnte. Auf dem
Schreibtisch sah ich einen halb aufgegessenen Power-
Riegel. Ich musste lächeln.

»Na, sind wir heute wieder übereifrig?«

Sie stand auf, hüpfte ein wenig auf den Zehen. »Ich
habe mich eingelesen, was Laufverletzungen angeht.

Das letzte Wort über Stretching ist zwar noch nicht gesprochen, aber niemand sagt, dass es schadet.«

Heute fand der Cooper River Bridge Run in Charleston statt, Jennifers erster Lauf. Vor ein paar Monaten war sie von einem Mann überfallen worden. Daraufhin hatte sie angefangen zu laufen, quasi als Therapie, um darüber hinwegzukommen. Anfangs ermutigte ich sie dazu, bis sie es übertrieb und die ganze verdammte Zeit lang rannte wie Forrest Gump. Na ja, das stimmt nicht ganz. Ich ermutigte sie weiterhin. Ich unterstützte alles, was ihr half, über das Trauma hinwegzukommen, da es ja anscheinend nicht genug war, dass ich das Arschloch umlegte.

»Versuchst du immer noch, unter 45 Minuten zu bleiben?«

Sie legte die Hände an die Wand, jetzt dehnte sie ihre Waden. »Ich versuche es nicht, Pike. Ich werde diese Zeit zerschmettern. Ich hoffe, du kannst mithalten.«

»Mach dir meinetwegen keine Sorgen. Sorge dich lieber um dich selbst. Vor allem wenn ich deinen Hintern die Brücke hochschleppen muss.«

Das Wesentliche beim Laufen ist die mentale Einstellung. Jennifer war eine Turnerin, keine Ausdauersportlerin. In den letzten Monaten hatte sie zahllose 5000-Meter-Läufe absolviert, manchmal ein bisschen mehr. Aber ich wusste, dass sie an ihre Grenzen stoßen würde und unmöglich ein 40-Minuten-Tempo über die ganzen zehn Kilometer durchhalten konnte. Zumal nach der langen Steigung hoch zur Brücke. 45 vielleicht, aber auf keinen Fall 40.

»Vor drei Tagen bin ich elf Kilometer gelaufen, ein bisschen unter einem Sieben-Minuten-Tempo. Hin und zurück über die Brücke. Ich habe da keine Probleme.«

Diese Bemerkung gab mir zu denken. *Das sagt sie bloß, um dir Angst zu machen.* Nur dass Jennifer gar nicht bluffen konnte. Sie hielt nichts von Psychospielchen. Und das jagte mir wirklich Angst ein. *Du hättest mehr laufen sollen.*

»Bist du bereit?«, fragte sie.

»Ja. Ich hole bloß noch das Taskforce-Telefon.«

Sie blieb in der Tür stehen, während ich meinen Schreibtisch durchwühlte. »Wozu willst du das mitnehmen? Wir haben doch immer noch dienstfrei, oder?«

Nach außen hin war Grolier Recovery Services auf die weltweite Unterstützung archäologischer Ausgrabungen spezialisiert. Mit Jennifers Abschluss in Anthropologie und meinem militärischen Hintergrund verdingten wir uns bei diversen Kunden, die ein spezielles Consulting brauchten in allem, was mit archäologischer Arbeit in fremden Ländern zu tun hatte, von der Zollabfertigung im Gastgeberland bis hin zur Security vor Ort.

In Wirklichkeit war das Unternehmen nur eine ausgeklügelte Tarnung für eine Antiterroreinheit mit dem schlichten Namen Taskforce. Wenn alle anderen Mittel versagten, erlaubte es das Eindringen in Gebiete, in die der Zugang eigentlich verwehrt war. Unser letzter Einsatz war ein bisschen verzwickt gewesen. Wegen der Nachwirkungen ordnete der Commander der Taskforce einen Zwangsurlaub an. Als ob ich nach dem Ausrotten einer Kakerlake eine Auszeit bräuchte.

Ich steckte das Telefon in die Gürteltasche. »Man kann nie wissen, was passiert. Ein bisschen freizuhaben ist ja ganz nett, aber mittlerweile zieht es sich ganz schön.«

Sie runzelte die Stirn, sagte jedoch nichts, hielt mir bloß die Tür auf. Unser Büro befand sich am Shem Creek in Mount Pleasant, und der Lauf startete keinen Kilometer entfernt am Coleman Boulevard. Darum hatten wir beschlossen, hier zu parken und den Rest zu Fuß zu gehen. Da 30.000 Menschen erwartet wurden, dürfte es auf dem gesamten Coleman Boulevard zugehen wie in einem Irrenhaus.

Wir kamen an unserem Startblock an, und allmählich fielen mir all die Blicke auf, die Jennifer auf sich zog. Sie trug lediglich eine Lycra-Stretchhose, die sich wie eine Farbschicht an ihre Beine schmiegte, und einen Sport-BH. Ihr Bauch war frei, sodass jeder ihn sehen konnte. Mein Verstand sagte mir, dass sie sich in diesem Aufzug beim Laufen einfach wohlfühlte, zahllose Frauen rings um uns hatten genau das Gleiche an. Trotzdem ärgerten mich die Stielaugen, die die Kerle machten.

Wir waren eindeutig mehr als bloß Geschäftspartner, trotzdem hatten wir keine richtige Beziehung. Das Trauma, das sie durchleben musste, hatte das vereitelt. Da ich ja meine Erfahrung mit persönlichen Katastrophen hatte, gab ich mich damit zufrieden, es einfach laufen zu lassen. Sie brauchte Zeit, um darüber wegzukommen. Das soll jedoch nicht heißen, dass ich damit einverstanden war, wenn man sie wie ein Stück Fleisch betrachtete.

Sie zog ihren Pferdeschwanz fest, bekam die Blicke gar nicht mit. »Weshalb guckst du so grimmig?«

Rasch setzte ich ein Lächeln auf. »Ach, nichts! Es ist Showtime. Lassen wir es krachen!«

Wir hörten den Ansager jubeln, als die Kenianer losgelassen wurden. Die Kerle rannten schneller, als ein normaler Mensch eigentlich durfte. Wenig später gingen wir an die Startlinie, joggten in einer gewaltigen Menschenmenge los. Bemüht, ihr Tempo zu halten, schlängelte

Jennifer sich durch, wurde aber ständig von den lahmen Schnecken behindert, die einmal im Jahr einen Lauf absolvierten.

Nach gut anderthalb Kilometern Gedränge erreichten wir den Fuß der Brücke, die lange Steigung bis hinauf zur Spitze ein beängstigendes Hindernis für jeden Sonntagsläufer. Sie verfielen ins Gehen, die Menge wurde dünner. Jennifer warf einen Blick zu mir zurück, dann rannte sie los wie eine Gazelle, darauf versessen, Zeit gutzumachen, flog die Steigung hinauf, als existierte sie gar nicht.

Heilige Scheiße!

An den Rest des Laufes erinnere ich mich nur noch verschwommen, mein Sichtfeld verengte sich auf ihr Kreuz, ich achtete nicht auf den Schmerz. Ich kam mir vor wie damals bei der Special-Forces-Auslese, trieb mich allein durch Willenskraft voran, holte aus meinem Körper mehr heraus, als er eigentlich leisten konnte.

Wir schafften es in 41:48. Es wäre sogar noch schneller gegangen, doch angesichts der Menschenmenge um uns herum konnte Jennifer nicht die Zügel schießen lassen. *Gott sei Dank!* Wir überquerten die Linie, gingen im Schritttempo weiter. Jennifer strahlte übers ganze Gesicht, während ich darum kämpfte, mich nicht zu übergeben, bemüht, mich aufrecht zu halten, um meine Würde zu bewahren. *Selber schuld, dass ich im Urlaub bequem geworden bin.*

Ich spürte den Schmerz in meinen Knien und fragte mich, wie viel daran Bequemlichkeit und was dem Lauf der Zeit geschuldet war. Vor acht Jahren, als ich in Jennifers Alter war, hätte ich dieses Tempo noch völlig verkatert und mit Sturmgepäck durchgehalten. Jetzt, mit 38, spürte ich, wie der Frost einsetzte. Er war immer noch draußen vor dem Fenster meines Hauses, aber er rückte näher.

Wir streiften ein bisschen umher, holten uns an den Verpflegungsstationen Gratis-Bananen und Wasser, anschließend gingen wir die East Bay Street runter zur After-Race-Party. Ich hoffte, sie war es wert, dass man sich dafür so quälen musste.

Als wir auf die Dachterrasse des Vendue Inn kamen, kämpfte ich mich durch die Menge zur Bar durch. Aus Reflex sah ich nach dem Taskforce-Telefon und blieb wie vom Donner gerührt stehen, sodass Jennifer gegen mich prallte. Überrascht stellte ich fest, dass mir ein Anruf von einer blockierten Nummer entgangen war. Das konnte nur eines von zwei Dingen bedeuten: Entweder ich hatte das Kreditkartengeschäft meines Lebens verpasst, oder Kurt Hale, der Commander der Taskforce, hatte versucht, mich zu erreichen.

Ich rief die aktuelle Nummer an, die er diesen Monat hatte. Der Anruf schwirrte durch Gott weiß wie viele Schaltschränke, um auch ja jeden zu verwirren, der ihn womöglich verfolgte. Schließlich vernahm ich eine menschliche Stimme.

Jennifer wollte fragen, wen ich da anrief, aber ich hob den Finger.

Sie erhielt die Antwort auf ihre Frage, als ich einen Spruch herunterleierte, den sie kannte. Minuten später wurde ich zu Kurt durchgestellt, und als ich auflegte, wusste ich nicht, ob ich mich freuen oder einfach stinksauer sein sollte.

Jennifer hatte geduldig gewartet und die Zeit genutzt, um noch mehr Gratisobst und zwei Bloody Marys zu holen. Sie reichte mir eine. »Und? Was gibt's?«

»Knuckles steckt in Schwierigkeiten. Ich weiß nicht, welcher Art. Aber es hat etwas mit unserer Firma zu tun.«

»Mit *unserer* Firma? Grolier Services? Wie kann das sein? Er ist doch bloß ein Scheinangestellter. Die können diese Tarnung doch nicht ohne uns benutzen, oder?«

»Nein! Na ja, so richtig haben wir eigentlich nie mit ihnen darüber gesprochen. Wir sind das erste Unternehmen, das von Grund auf von Agenten gegründet wurde, unabhängig von der Taskforce. Vielleicht betrachten sie es einfach als Teil ihres Bestandes, wie jede andere Cover-Organisation. Ich werde es erst erfahren, wenn ich mit Kurt spreche. Er will sich mit mir in DC treffen.«

»Wann?«

»Heute Abend! Du brauchst nicht mitzukommen, wenn du nicht willst. Es ist keine große Sache.«

Mit dem Fuß trat sie gegen eine der kieselgrauen Terrassendielen, kämpfte mit sich. »Kommst du wieder zurück oder geht es danach woandershin?«

»Ich komme auf jeden Fall wieder zurück, aber vielleicht nur um zu packen.«

Sie sah mir einen Moment in die Augen, schüttelte dann den Kopf. »Kann ich erst noch duschen?«

5

Malik Musavi, persischer Teppichhändler. Allein die Vorstellung widerte ihn bereits an. Er hasste es, sich zu verstellen, aber es war notwendig – zumal wenn man die amateurhaften Versuche seiner Organisation in diesem Land vor anderthalb Jahren in Betracht zog. Darum trottete er die Sukhumvit Road entlang, bemüht, die Adresse des orientalischen Teppichhändlers zu entziffern, während er zugleich den aufdringlichen Bangkoker Tuk-Tuk-Fahrern abwinkte, ein erbärmliches Lächeln auf den Lippen.

Er hasste es, undercover zu arbeiten, hatte es seit Jahren nicht mehr getan. Genau genommen seit seiner Zeit als junger Rekrut in der neu gegründeten iranischen Revolutionsgarde – auch bekannt als Pasdaran. Aufgrund seiner Fremdsprachenkenntnisse wurde er für die Al-Quds-Brigaden rekrutiert – die Pasdaran-Einheit, die zuständig war für die Verbreitung der Revolution über die iranischen Grenzen hinaus und noch für einige weitere widerwärtige Aufgaben. Damals hatte er sich immer als Student ausgegeben, was ein bisschen einfacher war. Selbst an Orten wie Argentinien oder Venezuela. Mittlerweile war er Brigadegeneral bei den Pasdaran-Quds und seit zehn Jahren nicht mehr im taktischen Einsatz, doch er hatte eine gesegnete Gelegenheit bekommen. Eine Mission allerhöchster Priorität, und nach dem Debakel vor anderthalb Jahren wollte er keinesfalls in Teheran sitzen und Berichte lesen wie bei der letzten Operation. Zumal wenn diese Berichte minutiös beschrieben, wie versehentlich Bomben in irgendwelchen Apartments in Bangkok hochgingen. Oder, schlimmer noch, die hämischen Geschichten in der Presse des Großen Satans darüber, wie seine Männer in der Woche vor der Katastrophe in Pattaya herumhurten. *Seine* Männer.

Die Quds hatten nicht nur dabei versagt, auch nur einen einzigen zionistischen Diplomaten zu töten. Nein, bei dem Fehlschlag ließ sich auch noch einer seiner Leute verhaften, als er wegrannte, *mit seinem iranischen Pass*. Nun ja, er wurde verhaftet, nachdem er eine Granate auf die ihn verfolgenden Polizisten geworfen hatte, nur damit sie von einem Baum abprallte und ihm dann selber die Beine abriss.

Noch anderthalb Jahre später ließ ihn dieser Vorfall vor Wut schäumen. Diese verfluchten Zionisten drangen ungestraft in den Iran ein, ermordeten jede Menge Atomwissenschaftler, und seine Männer brachten es noch nicht einmal fertig, im unbekümmerten Thailand auch nur einen einzigen jüdischen Hund zu töten. Ja, sie hatten überhaupt niemanden getötet, weder Juden noch Polizisten oder sonst wen. Abgesehen von sich selbst natürlich.

Er wurde aus seinen Gedanken gerissen, als er merkte, dass er schon an dem orientalischen Teppichgeschäft, das er suchte, vorbeigelaufen war. Er ging zurück, setzte ein schmieriges Lächeln auf und betrat den Laden, wieder ganz der Schauspieler.

Eine halbe Stunde später war er wieder auf der Straße, um einige Visitenkarten leichter, und tat enttäuscht, weil man ihn abgewiesen hatte. Anscheinend fühlten sie sich wohl mit ihren unechten Läufern aus China. Nicht dass es ihm etwas ausmachte, allein der Versuch zählte.

Er winkte ein Tuk-Tuk heran und nannte dem Fahrer ein Ziel ein paar Kilometer nördlich auf der Sukhumvit Road. Die Fahrt war die erste Etappe bei seinem Plan, die Überwacher loszuwerden, die ihn im Moment beschatteten. Bislang hatte es ihm nichts ausgemacht, dass sie ihn beobachteten – ja, er hatte es sogar gewollt, weil es nur seine Tarnung bestätigte. Doch nun musste er sauber sein, um seinen Kontaktmann vom Ministerium für Nachrichtenwesen zu treffen.

Das Tuk-Tuk, im Grunde nichts weiter als eine motorisierte Rikscha, konnte sich durch den Verkehr schlängeln und somit jeden abhängen, der ihm zu Fuß folgte. Natürlich war ihm klar, dass seine Beschatter darauf vorbereitet waren und ihm per Moped, Fahrrad oder auch in einem anderen Tuk-Tuk nachsetzen würden. Immerhin war dies ihre Stadt. Der Trick bestand darin, sie von ihren Fahrzeugen zu trennen, sodass sie ihm zu Fuß folgen mussten, um die Männer zu ersetzen, die er abgehängt hatte. Früher oder später würden sie nicht mehr genug Leute haben.

Als das Tuk-Tuk sich zehn Minuten lang durch den dichten Verkehr gekämpft hatte und er von dem unaufhörlichen Gehupe schon Kopfschmerzen bekam, bezahlte er den Fahrer und ging in eine Apotheke. Dort erstand er eine Packung eines rezeptfreien Medikaments und ging wieder hinaus und zu Fuß weiter Richtung Norden. Hin und wieder blieb er bei einem der zahllosen Straßenhändler stehen, verhielt sich ganz wie ein Tourist. Als er die Straße überquerte und im Zickzack durch die diversen Einkaufszonen schlenderte, konnte er anhand ihres Verhaltens zwei Agenten ausmachen, die ihn beschatteten. Beide mittlerweile zu Fuß.

Nachdem er weit genug gelaufen war, um diesen zweiten Agententrupp von seinen Fahrzeugen zu trennen, winkte er einem anderen Tuk-Tuk und wiederholte die Prozedur, weiter Richtung Norden auf der Sukhumvit Road. An der Asok Skytrain Station ließ er den Fahrer unvermittelt halten und stieg rasch in die Hochbahn um. Er fuhr drei Haltestellen weit bis zur Chit Lom Station, nun gewiss, dass er mit dieser letzten Etappe jeden Beschatter los war, der sich eventuell noch im Spiel befand.

Er stieg aus dem Skytrain und sah seinen Kontaktmann, der, eine zusammengefaltete Zeitung in der linken

Hand, einen Linienplan an der Wand studierte. Er trat zu ihm, stellte sich hinter die linke Schulter des Mannes, um die Übergabe abzuschirmen, zog ihm die gefaltete Zeitung aus der Hand und wandte sich wortlos ab.

Er war bereits auf dem Weg zum Ausgang, gratulierte sich insgeheim zu dem gelungenen Einsatz, zufrieden, nach all den Jahren am Schreibtisch wieder im Spiel zu sein, da sah er einen Mann, den er wiedererkannte. Einen der Beschatter von vorhin, der ihn anstarrte und in ein Handy sprach.

Er spürte, wie sein Puls sich beschleunigte, ließ sich jedoch nichts anmerken, ging weiter in Richtung Ausgang, ohne auf den Agenten zu achten. Er schlenderte die Treppe hinab, überlegte. Hatte der Kerl die Übergabe gesehen? Wussten sie, dass sein Kontaktmann in der iranischen Botschaft arbeitete? Dass er eigentlich für das Ministerium für Nachrichtenwesen tätig war? Falls ja, könnten sie zu dem Schluss gelangen, die Aktion sei es wert, ihn auf der Straße anzuhalten, um ihn zu vernehmen. Eine kleine Durchsuchung, und dann würden sie ihn ganz sicher verhaften wegen dem, was er nun in seinem Besitz hatte. Aber er konnte es nicht einfach wegwerfen. Er brauchte die Informationen, die es enthielt. Anschließend musste es vernichtet werden. Er konnte es unmöglich in eine Mülltonne werfen und unbeobachtet lassen, bis es jemand entdeckte. So viele Einsätze waren schon fehlgeschlagen, weil jemand sich auf sein Glück verlassen hatte.

Er hatte die Erfahrung gemacht, dass in dieser Branche immer nur die Gegenseite Glück hatte. Der Große Satan schoss routinemäßig einen Bock nach dem anderen, schreckte vor schalen Gerüchten zurück, nur um zum unpassendsten Zeitpunkt in einem Mülleimer das goldene Ei zu finden. Er war sich sicher, dass es sich hier nicht anders verhielt.

Er ging seine Optionen durch. Das Positive war, dass er ein Handy gesehen hatte, kein Funkgerät. Das hieß, der Kerl war allein. Er benutzte das Handy zur Sicherheit, weil er außer Funkreichweite war. Er konnte den Rest des Teams nicht erreichen, daher auch nicht Unmengen an Leuten zu Hilfe rufen. Es war eine Einwegverbindung, wahrscheinlich zu einer Einsatzzentrale. Sie hatten diese Station, mit der sie arbeiten konnten, sonst nichts.

Ich muss ihn eliminieren, bevor die anderen eintreffen. Bevor er einen vollständigen Bericht darüber abliefert, was er gesehen hat. Ihm war klar, dass er damit ins Fadenkreuz geraten würde, sie würden ihn verdächtigen. Aber er sah keine andere Wahl, wenn er weitermachen wollte.

Gemächlich schlenderte er die Treppe hinab, ließ dem Kerl jede Menge Zeit, ihm zu folgen. Auf der anderen Seite der vierspurigen Straße sah er eine Reihe alter Apartmenthäuser, eingezwängt zwischen die Glas- und Stahlkonstruktionen der Hochhäuser. Darauf hielt er zu, schlängelte sich durch den Stop-and-go-Verkehr.

Er ging über den Parkplatz, der parallel zu den Apartmenthäusern verlief, ignorierte das Wachhäuschen der Security und die Posten, die auf dem Gelände Dienst taten, in dem Wissen, dass er mit seiner Dreistigkeit durchkommen würde. Tatsächlich würdigten sie ihn keines zweiten Blickes. Er wandte den Kopf nach Kameras um, sah keine. Er ging noch ungefähr 70 Meter weiter, bis er eine Gasse fand, die zwischen den alten Gebäuden hindurchführte. Der Gestank verrottenden Abfalls brachte einen fast um. Er schlug die Zeitung auf, holte den

Umschlag darin heraus, steckte ihn in sein Sakko. Dann langte er in seinen Gürtel, zückte einen Eispickel mit Holzgriff. Vor lauter Eile zitterte seine Hand ein wenig. Er drückte sich an die Wand der Gasse, wartete.

Allerdings nicht lange.

Er vernahm die Schritte des Mannes. Erst rannte er, dann ging er weiter, dann nichts mehr. Malik wusste, dass der Agent momentan verwirrt war, weil er seine Zielperson verloren hatte. Und dass er in der Gasse nachsehen würde.

Schon bald hörte er den Kerl näher kommen. Er wusste, was als Nächstes passieren würde: In dem Versuch, nicht aufzufliegen, würde der Agent zwanglos an ihm vorbeischlendern, so als hätte er ein bestimmtes Ziel vor Augen, den Blick einfach nach vorn gerichtet.

Den Rücken an die Wand gepresst, sah Malik zuerst den Schatten, dann den Mann. Sobald er sein Bein nach vorn schwingen sah, trat er vor, packte den Kerl am Hemd, wirbelte ihn in den Durchgang und knallte ihn gegen das Mauerwerk, den Unterarm gegen seinen Hals gepresst. Ehe die Zielperson reagieren konnte, trieb Malik ihr den Eispickel so fest ins rechte Auge, dass er den Schädel am Hinterkopf traf. Anschließend drehte er den Pickel mehrmals rasch um, zerfetzte das Hirngewebe. Der Mann fing an zu zucken, als hätte er Krämpfe, sackte an der Wand zusammen. Abgesehen von der Augenflüssigkeit, die an der Einstichstelle austrat, gab es fast kein Blut.

Zufrieden wischte Malik den Eispickel am Ärmel des Kerls ab und schleppte ihn hinter einen Müllcontainer. Er durchsuchte seine Kleidung, fand eine Polizeimarke und einen Schlagstock. Keine Pistole. Als er sich zum Gehen wandte, hörte er ein Geräusch weiter hinten in der Gasse. Er fuhr herum, sah einen Obdachlosen, der ihn anstarrte. Der Mann stand auf einer schmuddeligen Matratze, hielt ihm einen Becher hin. Er sagte etwas auf Thai, hatte gar nicht mitbekommen, was gerade geschehen war.

Malik konnte sein Glück kaum fassen. Er näherte sich ihm, ein Bündel Baht-Noten in der Hand, ließ es in den Becher fallen und wartete auf das unweigerliche Dankeschön auf Thai, die Hände vor dem Gesicht zusammengepresst, den Kopf geneigt. Als der Penner auf seine Füße sah, donnerte Malik ihm den Schlagstock hinters Ohr. Der Mann heulte auf, sank auf die Knie, hielt sich den Kopf. Malik holte erneut aus, schlug ihn bewusstlos.

Als der Kerl ausgestreckt vor ihm auf dem Boden lag, ließ Malik sich gegen die Wand der Gasse sinken, atmete tief durch. Als er sich wieder unter Kontrolle hatte, wälzte er den Penner herum, bis er mit dem Gesicht nach oben lag. Mithilfe des Schlagstocks brachte er ihn ganz um, spürte, wie die Knochen im Gesicht seines Opfers unter den wiederholten Schlägen brachen. Malik tastete nach dem Puls, und als er keinen spürte, legte er dem Penner den Eispickel unter den Arm. Anschließend zerrte er den Polizisten ins Freie, ließ den Schlagstock neben dessen ausgestreckte Hände fallen und floh.

Hastig wählte er seinen Weg so, dass er überprüfen konnte, ob er beschattet wurde, noch völlig aufgewühlt vom Töten. In dem Wissen um die zahllosen Überwachungskameras auf den Straßen der Stadt zwang er sich dazu, sich natürlich zu verhalten.

Zwanglos blieb er an diversen Läden und Ständen stehen, schlenderte hin und her, weiter und weiter weg. Die ganze Zeit über musste er gegen den übermächtigen

Drang ankämpfen, einfach wegzulaufen, als wäre der Teufel hinter ihm her.

Nachdem er sich überzeugt hatte, dass er nicht beschattet wurde, setzte er sich an eine Bushaltestelle und öffnete den Umschlag, hoffte gegen alle Wahrscheinlichkeit, dass die Mission grünes Licht bekam und die Opfer, die er soeben gebracht hatte, durften einfach nicht vergeblich sein, wenn er den nächsten Flug nach Teheran nehmen musste.

Der Bericht war auf Farsi abgefasst, und nach zwei Sätzen war ihm klar, dass er seine Hauptstadt so bald nicht mehr sehen würde.

Die Cailleach Laboratorien bestätigten, dass sie außerhalb des üblichen Protokolls an einem Impfstoff forschen. Für Testzwecke haben sie einen Virenstamm genetisch entwickelt. Laut der Quelle bei Cailleach, Singapur, ist der Stamm tödlich. Bestätigter Forschungsleiter ist der Wissenschaftler Dr. Sakchai Nakarat.

Er überflog den Rest des Berichts auf der Suche nach dem goldenen Ei, das ihn die Mission fortsetzen ließ. Und fand es ganz am Schluss.

Der Sohn des Wissenschaftlers // Kavi Nakarat // besucht das Internationale Europäische Internat, Bangkok.

Er lehnte sich einen Moment zurück, genoss das gute Gefühl, wieder im Einsatz zu sein, und den Stolz über das gewaltige Ausmaß der Mission, die nun auf seinen Schultern ruhte.

Die IRGC war zuständig für die Infrastruktur des gesamten iranischen Atomwaffenforschungsprogramms und hatte nach allen möglichen Wegen gesucht, den Westen von seinem unbeirrbaren Fokus auf dessen Entwicklung abzubringen.

In Syrien die Flammen anzufachen hatte sich als ungeeignet erwiesen, und Vergeltungsmaßnahmen gegen Israel für den Tod iranischer Atomwissenschaftler hatten in einem peinlichen Fehlschlag geendet. Sie brauchten etwas Größeres. Etwas, das den ganzen Westen dazu brachte, sich auf sein eigenes Überleben zu konzentrieren, Land für Land, angefangen beim Großen Satan. Und nun hatten sie es womöglich gefunden.

Zeit, in die Gänge zu kommen.

6

Elina Maschadowa nippte an ihrer kleinen Tasse Kaffee und wartete, betastete den schlichten Zünder, der aus ihrem Ärmel ragte. Nicht aus Nervosität, was verständlich gewesen wäre angesichts der Tatsache, dass der Knopf sie mitsamt jedem anderen menschlichen Wesen im Umkreis von 15 Metern zerfetzen würde, sondern um sich zu vergewissern. Auch aus Ehrfurcht vor dem, was sie gleich vollbringen würde.

Das Café füllte sich allmählich mit Regierungsfunktionären, und sie wartete weiter. Auf ihre Zielpersonen. Sie hasste jeden, der mit dem verräterischen tschetschenischen Regime von Ramsan Kadyrow zu tun hatte, doch ihre Zielpersonen verdienten besondere Aufmerksamkeit. Eine Blutfehde, Auge um Auge.

Sie war erst 26, doch sie hatte ihr ganzes Leben mit der ständigen Todesdrohung verbracht, wie ein Tier in den

Bergen vor Grosny gelebt – beziehungsweise Dschochar, wie die Tschetschenen es nannten, nach Dschochar Dudajew, dem ermordeten ersten Präsidenten des separatistischen Tschetschenien.

In den alten Tagen war sie zu jung gewesen, um zu verstehen, weshalb die Russische Föderation der Separatistenbewegung ein Ende bereitete. Aber sie hatte sehr wohl verstanden, welchen Tribut es forderte. Die erste Schlacht um Grosny hatte 1996 geendet, und sie brutal zu nennen war untertrieben. Das russische Militär zog es vor, einfach Bombenteppiche zu legen, anstatt zwischen den Zielen zu unterscheiden. All der Verwüstung zum Trotz hatten die Tschetschenen sich durchgesetzt, und die Russen zogen sich zurück. Damals war sie neun Jahre alt. Mit ihrer Familie war sie wieder zurück in die Stadt gezogen, nur um eine Trümmerwüste vorzufinden.

Drei Jahre später kamen die Russen wieder, diesmal mit noch weniger Zurückhaltung. Der Krieg dauerte bis ins neue Jahrtausend, als es der Russischen Föderation schließlich gelang, Grosny wieder einzunehmen. Beziehungsweise was davon übrig war. Sie konnte das Ausmaß der Verwüstung kaum fassen. Es sah aus, als wäre ein Riese mit einem Vorschlaghammer herabgestiegen, um systematisch jedes einzelne Gebäude zu zerstören. Mit 16 hielt sie es für einen schlechten Witz, dass die Vereinten Nationen Grosny 2003 zur meistzerstörten Stadt der Welt erklärten.

Ihr Leben lang hatte sie sich nur gewünscht, dass das Kämpfen endlich aufhörte. Sie hatte Cousins und Onkel gehabt, die zu den Waffen griffen, hatte sogar ihren Verlobten an ein Artilleriegeschoss verloren. Er hatte Pech gehabt, als er zum Wasserholen ging. Aber sie hatte nie daran gedacht, sich der Sache anzuschließen. Nie den Drang zu kämpfen verspürt. Bis der »Frieden« kam.

Elina spähte über die Kreuzung und sah ihre Partnerin in einem anderen Café sitzen, ebenfalls geduldig wartend. Die Tschetschenen hatten ihre Lektionen gut gelernt. Lektion Nummer eins: stets die Taktik ändern. Der Feind muss immer im Ungewissen sein, wie der nächste Schlag aussehen wird. In diesem Fall hatten sie einen x-förmigen Hinterhalt gelegt, an allen vier Ecken des belebten Platzes ein Instrument des Todes: eine Frau mit genügend Semtex und Kügelchen aus Kugellagern, um jeden in ihrer Nähe niederzumetzeln.

Der erste Schlag erfolgte selbstständig. Wer auch immer das größte Ziel hatte, zündete. Die drei anderen warteten die Reaktion ab. Wenn sie einsetzte, würden sie auslösen, eine nach der anderen, um auf allen drei Zugangswegen Zufallsziele zu erledigen.

Elina blickte sich wieder im Café um und merkte, wie ihr Puls anstieg. Vier Männer, die zu den Kadyrowtsy gehörten, traten lachend und scherzend ein.

Wahrscheinlich haben sie ordentlich Appetit bekommen, weil sie wieder jemanden totgeprügelt haben.

Ursprünglich ein Teil des Sicherheitsdienstes des Präsidenten, waren die Kadyrowtsy, wie man sie nannte, zu einer eigenen Miliz geworden und gehorchten nur der Marionette, die die Russische Föderation als Präsident eingesetzt hatte, Ramsan Kadyrow.

Ramsan, selbst Tschetschene, verstand die Familiendynamik des Konflikts und entwarf seinen eigenen Plan, um die Aufständischen niederzuwerfen. In seinen Worten: Willst du die Aufständischen treffen, dann greif dir die Familien. Und das machte er dann auch, ließ jeden verhaften, der auch nur entfernt mit den Separatisten zu tun hatte. Da es schwerfiel, in Tschetschenien jemanden zu finden, der nicht irgendjemanden kannte, der sich am Kampf beteiligte, ließ das die Bevölkerung ziemlich schutzlos zurück.

Die russische Armee zog ab und überließ ihm das Feld, und eine Terrorherrschaft begann. Männer wurden buchstäblich von der Straße gezerrt, und niemand sah sie je wieder. Oder man fand sie später, brutal zu Tode gefoltert.

Elinas Nachname, Maschadowa, zog besondere Aufmerksamkeit auf sich, da sie diesen Namen mit Aslan Maschadow gemeinsam hatte, dem tschetschenischen General, dem man den Sieg im ersten Tschetschenienkrieg zuschrieb. Als er nach der tschetschenischen Niederlage im zweiten Tschetschenienkrieg von den Bergen aus einen Guerillakampf führte, hatte man ihn zur Nummer zwei der meistgesuchten Männer Russlands erklärt.

Den ersten Stich hatte sie verspürt, als sie eines Morgens ihre Wohnung verließ und vor der Tür ihren Onkel fand, nackt und tot, von Blasen und Narben übersät. Sie hatten ihn mit einer Lötlampe behandelt. Einer nach dem anderen folgte, Cousins, Brüder, die man mit brutalen Folterspuren fand oder die einfach nie mehr auftauchten. Sie empfand eine ohnmächtige Wut.

Niemand konnte etwas dagegen tun. Es gab kein Geld, um woandershin zu reisen, und keine Möglichkeit, Ramsans Kadyrowtsy davon abzuhalten, zu tun, was immer sie wollten. In Wirklichkeit verschlossen viele in Grosny die Augen vor dem Krieg, der sich im Geheimen abspielte, da den Russen das Ergebnis gefiel. Im Gegenzug ließen sie Geld fließen, gaben Ramsan Kredite für den Wiederaufbau der Stadt.

2004 verfolgte sie wie jeder andere auch wie gebannt die Geiselnahme in der Schule von Beslan, verübt von tschetschenischen Separatisten. Über 1000 Menschen wurden als Geiseln genommen, darunter Hunderte Schulkinder. Unter den Geiselnehmern befanden sich, vor den Fernsehkameras deutlich zu sehen, 19 schwarz gekleidete Frauen mit Sprengstoffwesten. Sie forderten Rache für den Verlust ihrer Verwandten durch die Hände der Sicherheitskräfte. Die Nachrichtensprecher gaben ihnen den Spitznamen »Die Schwarzen Witwen«.

Die Geiselnahme endete in einer Tragödie auf allen Seiten, aber sie war eine dramatische Vorstellung, allerdings nicht die letzte. Elina begann, den Schattenkrieg zu verfolgen, und die Schwarzen Witwen demonstrierten ihre entsetzliche Macht. Wann immer sie zuschlugen, töteten sie doppelt so viele Menschen wie ihre männlichen Gegenstücke. Und sie schlugen oft zu: in der Moskauer U-Bahn, in Flugzeugen und Verwaltungsgebäuden. Sie waren überall, und wie ein Sklave folgte ihnen der Tod.

Die Schwarzen Witwen nahmen sie auf abstrakte Art gefangen, als Fantasie, zu der sie eine Beziehung hatte, der sie zugetan war. Vor sechs Monaten war es konkret geworden. An einem frischen, klaren Morgen holten sie Elinas Vater ab, diesmal vor ihren Augen. Die Kadyrowtsy hörten nicht auf ihr Flehen, schlugen mit Knüppeln auf sie ein, als sie ihn nicht loslassen wollte, bis sie gehorchte. Drei Tage später fand man ihn im Wald. Offiziell hieß es, er habe zu fliehen versucht. Die Narben an seiner Leiche erzählten eine andere Geschichte. Nachdem sie ihn, gemeinsam mit ihrer Mutter, mit eigenen Händen begraben hatte, beschloss Elina, sich zu wehren. Zu dem zu werden, was ihr Feind am meisten fürchtete.

Elina saß in ihrem Café, wartete, hoffte, betete, dass der Mann auftauchte, der ihren Vater abgeholt hatte. Sie spielte mit dem Gedanken, etwas zu ihm zu sagen. Vielleicht sollte sie ihn, direkt bevor sie den Sprengstoff hochgehen ließ, fragen, ob er immer noch gern Frauen schlug. Sollte die Erkenntnis ihm doch das Gehirn versengen, kurz bevor es der Sprengstoff tat.

Mittlerweile saßen fünf Kadyrowtsy am Tisch. Ein ziemlich lohnendes Ziel. Sie überlegte noch einen Moment länger, dann stand sie auf, ließ den Zünder in ihre Handfläche gleiten. Als sie sich dem Tisch näherte, kamen zwei weitere Männer herein, und Elina sah den Mörder ihres Vaters.

Sie gingen an einen anderen Tisch, und Elina war hin- und hergerissen. Sollte sie zwei Männer töten oder fünf?

Ihr Befehl lautete, größtmöglichen Schaden anzurichten. Doch ihr übermächtiger Wunsch war, nur einen einzigen Mann zu töten.

Ehe sie sich entscheiden konnte, erschütterte, keine 70 Meter entfernt, eine gewaltige Explosion die Luft, schleuderte sie zu Boden. Sie erholte sich schnell, wusste, was die anderen nicht wussten: Der Anschlag hatte begonnen.

Sie stand auf, hielt nach der größeren Gruppe Ausschau, blieb stehen, als sie ein Bein sah, einen guten Meter entfernt, den Schuh noch am Fuß, oben mitten im Schenkel abgetrennt. Der Oberschenkelknochen hob sich krass von dem roten Fleisch ab.

Eine zweite Explosion zerriss die Luft, weiter entfernt diesmal. Sie wusste, dass ihr die Zeit davonlief. Sie sah nach dem Mörder ihres Vaters, entdeckte ihn bei der größeren Gruppe. Aufgeregt riefen sie durcheinander, wohl um herauszufinden, was sie tun sollten. Sie unterdrückte ein grimmiges Lächeln.

Langsam pirschte sie sich an sie heran, lautlos intonierend »Allahu akbar«, wieder und wieder. Gerade als sie vor ihnen stand, fassten sie einen Entschluss, was zu tun war.

Sie schloss die Augen und drückte den Auslöser.

Nichts geschah.

Sie drückte, wieder und wieder, und blieb trotzdem stehen. Befand sich immer noch in dieser Welt. Sie wurde beiseitegeschubst, als die Kadyrowtsy auf die Straße hinausrannten, auf die Explosionen zu.

Nein! Nein, nein, nein. Lass ihn nicht entkommen.

Sie sah zu, wie sie die gegenüberliegende Straßenseite erreichten. Das schmerzliche Gefühl, versagt zu haben, zog sie nach unten. Die Männer scherten aus, rannten den am nächsten liegenden Weg entlang, den einzigen, der noch nichts abbekommen hatte. Noch nicht.

Als sie die Ecke erreichten, sah sie ihre Komplizin dort stehen, ganz in Schwarz gekleidet. Als sie an ihr vorbeirannten, hob die Schwarze Witwe die Faust, und ein greller Lichtblitz ging los. Die Druckwelle warf Elina ein zweites Mal zu Boden. Als sie sich wieder aufrappelte, kam sie sich vor wie in einem Beinhaus. Körper waren willkürlich auseinandergerissen, Einzelteile weggeschleudert worden. Wie ein Kreisel mit Schlagseite kullerte der Kopf des Mörders ihres Vaters an ihr vorüber.

7

Ich behielt den Eingang im Auge, um Ausschau nach Kurt Hale zu halten, während Jennifer die Speisekarte überflog. Wir hatten es geschafft, um die Mittagszeit einen Nonstop-Flug zum Reagan National Airport zu ergattern, und ich hatte ihn überredet, sich mit uns zum Mittagessen zu treffen anstatt erst am Abend. Als Inhaber von Grolier Recovery Services konnte ich ja schlecht in die Taskforce-Zentrale marschieren, ohne unsere Tarnung zu gefährden, da die Mitarbeiter in der Zentrale überall herumrannten und jedem erzählten, sie arbeiteten bei Blaisdell Consulting. Wenn ich ins »Blaisdell«-Hauptquartier ging, hätte das womöglich Fragen aufgeworfen, was »Grolier Recovery Services« denn da machte. Darum hatten wir einen Ausweichort gewählt. Im Grunde hatte ich den Ort gewählt, weil ich nicht in so etwas wie Starbucks wollte, wofür Jennifer sich entschieden hätte. Wir gingen in eine nette kleine Kneipe gleich in der Nähe von Georgetown, wo das Publikum eine bunte Mischung aus Studenten und Geschäftsleuten war.

Jennifer legte die Speisekarte weg, blickte am Tresen entlang zur Tür. »Wie kommt es eigentlich, dass du uns jedes Mal in einen Saloon führst?«

»Das Marshall's ist doch kein Saloon. Es ist eine Institution. Außerdem ist es die einzige Kneipe, die mir einfiel, in der wir ungestört reden können. Ich wusste, dass um diese Zeit niemand hier ist, und vom Grundriss her sehen wir jeden, der reinkommt. Keine Überraschungen!«

»Erspar mir bitte diesen Mist aus der Branche. Auf dem Weg die Treppe hoch habe ich doch die Sonderangebote beim Bier gesehen.«

Die Tür ging auf und Kurts Gestalt zeichnete sich vor dem von draußen hereinfallenden Licht ab. Er trug Kakihosen und ein blaues Button-down-Hemd, sah ungefähr so aus wie Tausende anderer Geschäftsleute und Lobbyisten in Washington. Nun ja, bis man ihn aus der

Nähe sah. Er war größer als die meisten Männer, seine Nase leicht gekrümmt, so als hätte er ein paarmal zu oft eine draufbekommen. Niemand würde ihn für einen Umweltlobbyisten halten.

Er setzte sich Jennifer gegenüber, verzichtete auf den Platz, auf dem er mit dem Rücken zur Tür sitzen würde, schüttelte uns die Hände. Zu Jennifer meinte er: »Wie kommt es eigentlich, dass ich Pike jedes Mal in einem Pub treffe? Was ist denn aus den Cafés geworden?«

Jennifer lächelte, blickte mich an in Erwartung einer Antwort.

»Hey, Sir, sehen Sie sich doch mal den Grundriss an. Dann werden Sie wissen, warum. Außerdem ist die L-Street hell und weit weg von Arlington. Und Sie sagten, weit weg von der Taskforce-Zentrale.«

Er wedelte mit dem Arm, als wollte er eine Fliege verscheuchen. »Wie auch immer, ich habe gelesen, was draußen auf der Tafel steht.«

Er sagte nichts weiter, als die Kellnerin kam, um unsere Bestellung aufzunehmen, wartete, bis sie außer Hörweite war. Ich ließ ihm den Vortritt.

»Knuckles wurde verhaftet aufgrund des Verdachts, er sei in ein offizielles Regierungsgebäude eingebrochen. Sie als Inhaber von Grolier Recovery Services müssen nach Thailand fliegen, um zu sehen, ob Sie ihn da rausholen können. Zumindest müssen Sie wie ein besorgter Chef aussehen, um seine Tarnung zu unterstützen.«

»Warum? Was zum Teufel hat er da gemacht, um *unsere* Tarnung zu benutzen?«

»Wir verfolgten einen Mittelsmann in Bangkok und stellten fest, dass die Thai-Polizei ebenfalls hinter ihm her war. Wir mussten erfahren, was sie wissen, um das ganze Bild zu bekommen und herauszufinden, ob sie ihn verhaften würden. Falls ja, mussten wir wissen, wie viel Zeit uns noch blieb. Falls die Thais ihn kriegen, wird er lediglich im Knast sitzen. Wir wollten ihnen zuvorkommen. Ihn ausquetschen wegen eines möglichen Folgeanschlags in Manila.«

»Das beantwortet nicht meine Frage.«

Er legte es für mich dar, die ganze Geschichte mit dem Bildungsministerium und Grolier Recovery Services, endete mit den Einzelheiten der Mission.

»Brett, Retro, Buckshot und Decoy befinden sich immer noch im Land, nach wie vor unter der Tarnung von Grolier. Sie haben getan, was sie konnten, aber die Thais haben Knuckles in eine Haftanstalt in Chiang Mai verlegt. Sie haben nichts Konkretes gegen ihn in der Hand, und Knuckles hinterließ im Ministerium keine Einbruchsspuren, darum stecken sie in einer Sackgasse. Sie ahnen etwas, wissen aber nicht, was es ist. Ich möchte, dass Sie rüberfliegen und das Auswärtige Amt einschalten. Holen Sie sie für diesen Fall mit an Bord.«

Wo er gerade von Ahnungen sprach, etwas an dieser letzten Aussage war nicht ganz astrein. »Das verstehe ich nicht. Der Außenminister sitzt doch in der Aufsichtskommission. Kann er denn nicht ein paar Fäden ziehen? Er kann doch zehnmal so viel bewirken wie ich!«

Die Aufsichtskommission war die Genehmigungsbehörde für alle Taskforce-Operationen. Da sie außerhalb der traditionellen, im US-Code dargelegten Statuten operierte, also außerhalb des Bundesrechts – eine nette Umschreibung für das Wort »illegal« –, hatte sie sozusagen ihre eigene Befehlskette. Das Gremium bestand aus 13 Personen, darunter der Präsident. Es hatte das letzte Wort bei allem, was die Taskforce unternahm. Der

Außenminister war stimmberechtigtes Mitglied und könnte Knuckles innerhalb kürzester Zeit rausholen.

»Die Kommission hat beschlossen, auf offizieller Ebene nicht einzugreifen.« Er sah, wie ich den Kamm aufstellte, und hob die Hand. »Die übereinstimmende Meinung ist, dass eine solche Einmischung lediglich den Beweis liefern würde, dass Knuckles im Auftrag der US-Regierung etwas Illegales getan hat. Das dürfte die Sache bloß schlimmer machen. Sie wollen es so handhaben, als wäre er tatsächlich ein Mitarbeiter von Grolier. Deshalb werden Sie als besorgter Arbeitgeber nun schleunigst nach Thailand fliegen und dort ordentlich Krawall schlagen, um ihn rauszuholen.«

»Sir, ich war bereits unzählige Male in Thailand, als ich noch bei den Special Forces war. Die können seinen Arsch dort so lange ohne Anklage festhalten, wie sie nur wollen. Ohne die Hilfe der US-Regierung könnte er für Jahre im Knast bleiben.«

»Ich weiß. Das werden wir nicht zulassen. Wenn wir die schweren Geschütze auffahren müssen, werden wir das tun.«

Ich hatte schon viele Befehlshaber gehabt, die mir nach dem Mund redeten, mir erzählten, wovon sie glaubten, dass ich es hören wollte. Aber Kurt war nicht so. Er hatte mich noch nie belogen, und ich wusste, dass er auch jetzt nicht log.

»Haben die Angst, dass es die Sache für Knuckles schlimmer macht oder nur für sie selber? Geht es hier darum, Knuckles rauszuholen, oder wollen die nur ihre eigenen erbärmlichen Ärsche davor bewahren, dass die Taskforce auffliegt?«

Er sagte nichts, aber sein Gesicht verriet alles.

»Großartig! Die wissen, dass Knuckles lieber im Gefängnis verrottet, bevor er etwas sagt. Also lassen sie das einfach geschehen, um sich selber zu schützen.«

»Pike, so weit lasse ich es nicht kommen.«

»Wie wär's mit einem Ausbruch? Sie haben fast zwei komplette Teams dort drüben.«

»Pike, kommen Sie! Seien Sie doch mal realistisch! Glauben Sie, die Aufsichtskommission wird einen Gefängnisausbruch genehmigen? Außerdem haben wir das andere Team abgezogen. Die ganze Operation ist auf Eis gelegt, bis wir das hier geklärt haben.«

Zum ersten Mal machte Jennifer jetzt den Mund auf: »Wie sollen wir dorthin kommen?«

Überrascht wandte ich mich ihr zu. »Du willst hinfliegen?«

»Natürlich! Ich lasse Knuckles doch nicht dort verschimmeln, und das Einzige, was du tust, ist, jeden bloß verrückt zu machen. Ich bin zu 50 Prozent ebenfalls Inhaber der Firma.«

Froh, dass sie das Thema wechselte, meinte Kurt: »Ich habe den Rockstar-Vogel auftanken lassen, er steht bereit. Er ist immer noch an Grolier vermietet. Ursprünglich brachte er Knuckles dort rüber.«

»Ist er immer noch mit dem Paket versehen?«

»Ja.«

Hmmm … er fragt nicht, weshalb ich gefragt habe.

Der Rockstar-Vogel war eine Gulfstream IV, wie Rockstars sie gern benutzten. Der Hauptunterschied bestand darin, dass er anstelle von Gitarren und Whirlpools mit einem Waffenpaket und technischer Ausstattung bestückt war, die in speziellen Fächern versteckt waren. Woher der Flieger stammte und wer ihn vermietete, war unter 42 verschiedenen Schichten verborgen. Bei einem Einsatz vor ein paar Jahren war er in unseren Firmenbüchern gelandet.

Kurt stand auf, warf ein paar Scheine auf den Tisch für sein Essen. »Hören Sie, ich muss zurück. Ich weiß, was Sie empfinden. Mir geht es nicht anders. Darum gebe ich Ihnen den Flieger für die Stars. Fliegen Sie rüber und holen Sie Knuckles da raus.«

Ich hatte noch Hunderte von Fragen, blieb jedoch stumm. Ich schüttelte ihm die Hand, und wir begannen zu warten, 15 Minuten, damit er die Gegend verlassen und niemand eine Verbindung zu uns herstellen konnte.

»Du hast ihn gar nicht gefragt, warum sie unsere Firma benutzt haben, ohne dir oder mir Bescheid zu geben«, sagte Jennifer.

»Dazu ist später noch Zeit. Es hätte hier ohnehin keine Rolle gespielt.«

»Fahren wir direkt nach Dulles?«

»Du schon! Lass die Maschine startklar machen und reiche einen Flugplan erst nach Charleston und dann nach Chiang Mai ein. Warte auf mich vor dem Büro des Flughafenbetreibers.«

»Was hast du vor?«

»Eine kleine Einsatzvorbereitung.«

8

Malik spähte durch die Jalousien, sprach über die Schulter.

»Hat jemand euch mehr Aufmerksamkeit als sonst geschenkt?«

»Nein! Eigentlich haben sie aufgehört, uns überhaupt anzusehen. Wir besuchen die Kurse jetzt schon seit über einem Monat.«

Malik drehte sich um, wandte sich an die ganze Gruppe. »Werdet nicht leichtsinnig! Sie sind jetzt Tag und Nacht hinter mir her, und es war nahezu unmöglich, sie für dieses Treffen hier abzuschütteln.«

Er sagte ihnen nicht, warum. Seit der Entdeckung des toten Polizeibeamten war er zweimal vernommen worden. Beide Male nach außen hin eine angenehme Angelegenheit. Sie stocherten bloß ein bisschen in seiner Geschichte herum, um zu sehen, ob sie ein Loch darin finden konnten. Aber hinter dem Lächeln der Thai-Beamten lauerte eine düstere Wolke. Zum Glück war er mit seinen persischen Teppichen weitergekommen, drei verschiedene Geschäfte hatten Bestellungen aufgegeben, was seine Tarnung stützte. Die Legende für seine Firma war stark, konnte sich mit jedem anderen Unternehmen messen. Das Unternehmen gehörte voll und ganz der Pasdaran, wurde von ihr geleitet, unterschied sich in nichts von zahllosen anderen Textilbetrieben, die die Revolutionsgarden nebenbei unterhielten.

Die Männer nickten eifrig, begierig, unter Beweis zu stellen, dass sie besser waren als diese Idioten, die vor anderthalb Jahren den Einsatz gegen den zionistischen Diplomaten vermasselt hatten. Malik behielt seinen ernsten Gesichtsausdruck bei, innerlich jedoch war er erfreut. Er hatte jeden von ihnen persönlich ausgesucht, mit den jeweiligen Quds-Kommandeuren gefeilscht, damit sie sie für diese Mission freigaben. Da der Ajatollah persönlich ihm ein offenes Ohr schenkte, war es nicht weiter schwierig gewesen.

Die Männer waren jung und mit Studentenvisa hier, allesamt lebten sie ihre Tarnung seit wenig mehr als zwei Monaten. Sie waren glatt rasiert, und wenn man nicht gerade in ihre Pässe sah, konnten sie auch als Italiener durchgehen. Jeder von ihnen hatte ein Spezialfach, sodass das Team kompetent in allen Bereichen war, von Computern bis hin zu Sprengstoffen. Alle waren sie äußerst gut ausgebildet, doch er hatte sie aus einem anderen entscheidenden Grund ausgewählt: wegen ihres glühenden Eifers, die Revolution zu verbreiten. Sie waren noch nicht einmal auf der Welt, als der Iran zu einer aus Blut geborenen Theokratie wurde. Aber sie hatten deren Zauber mit der Muttermilch eingesogen. Bei dieser Gruppe würde es keine Pattaya-Huren geben.

»Okay, gut!«, sagte Malik. »Was wissen wir über den Sohn?«

Roshan, der Techniker, machte als Erster den Mund auf. »Wir haben ihn ausfindig gemacht, aber es wird schwierig sein, ihn zu kidnappen. Er besucht ein Internat weit nördlich vom Stadtzentrum. Die Schule liegt in einer geschlossenen Wohnanlage, bewacht, überwiegend voller Europäer. Unter der Woche darf er nicht raus, aber an den Wochenenden kann er nach Belieben kommen und gehen.«

Nicht gut. »Wir können keine Zeit mit Ratespielchen vergeuden, wo er sich am Wochenende aufhält. Was ist mit seiner Mutter? Wo ist sein eigentliches Zuhause?«

»Seine Mutter ist tot«, sagte Roshan. »Er ist ein Einzelkind. Deshalb steckte sein Vater ihn ins Internat, solange er in Singapur arbeitet.«

Malik überlegte. Sie mussten den Jungen überwachen, nur um Stellen für einen Hinterhalt festzulegen, und konnten das bloß am Wochenende tun. Sie würden drei Wochen, vielleicht länger brauchen, um den Einsatz abzuschließen, und er war sich nicht sicher, ob sie so viel Zeit hatten.

»Habt ihr euch die Schule angesehen? Wie schwierig wäre es, ihn dort zu schnappen?«

»Kein bisschen schwierig. Aber innerhalb von acht Stunden würden sie sein Fehlen bemerken, wenn er bei der Bettenkontrolle nicht anwesend ist. Dann werden sie eine umfassende Suche starten und als Erstes den Vater alarmieren.«

Mochte ja sein. Es wäre riskant, aber anscheinend blieb ihnen keine andere Wahl. Wenn sie sich den Jungen schnappten und dann sofort in die iranische Botschaft flüchteten, konnten sie ihn dort auf unbegrenzte Zeit festhalten. Es würde bedeuten, den Botschafter und eine Unmenge weiterer Leute hinzuzuziehen und die Mullahs auf das aufmerksam zu machen, was er da anstellte. Wahrscheinlich würden sie sich sperren wegen des diplomatischen Aufruhrs, den er da wohl entfachte. Aber sie hatten schon Größeres riskiert. Vor zwei Jahren hatten sie versucht, den Diplomaten aus dem Königreich Saudi-Arabien zu töten, direkt in der Heimat des Großen Satans. Das hier war nichts dagegen.

Er ging auf und ab, überlegte, wurde jedoch von Sanjar unterbrochen, dem Computerexperten.

»Herr, ich glaube nicht, dass wir Vermutungen darüber anstellen müssen, wo er sich am Wochenende aufhält.«

»Warum?«

»Ich habe seine Facebook-Seite gehackt, und er benutzt Foursquare. Andauernd. Ich habe ein Bewegungsmuster der Wochenenden der letzten zwei Monate erstellt.

Normalerweise sucht er immer wieder dieselben Orte auf.«

Sanjar hätte ebenso gut auf Thai mit dem älteren General sprechen können. »Wovon redest du da? Erkläre es mir!«

»Foursquare ist ein Social-Media-Programm, mit dem du jederzeit mitteilen kannst, wo du dich gerade aufhältst, damit deine Freunde dich finden und womöglich treffen können. Jedes Mal wenn Kavi ein Lokal betritt, gibt er es in Foursquare ein, das wiederum seinen Aufenthaltsort in Echtzeit auf seiner Facebook-Seite postet. In den letzten beiden Monaten war er hauptsächlich in den Nachtclubs auf der Royal City Avenue unterwegs und in einer großen Einkaufspassage, der Terminal 21.«

Malik konnte nicht fassen, dass jemand aller Welt mitteilte, was er zu jeder Tageszeit so trieb. »Was meinst du mit ›in Echtzeit‹? Heißt das, es taucht auf, sobald er es sendet? Oder wird es erst später hochgeladen, als Verlauf sozusagen?«

»Sofort! Zurzeit errichte ich eine Datenbank seiner Verhaltensmuster, konzentriere mich auf die Orte, wo er ein Mayor ist.«

»Ein Mayor?«

»Ja! Wer sich bei Foursquare am häufigsten an einem bestimmten Veranstaltungsort einloggt, bekommt den Ehrentitel eines Mayor, bis jemand anders sich öfter eingeloggt hat. Kavi ist ein Mayor an zwei verschiedenen Orten. Das heißt, er sucht sie sehr häufig auf, und das ermuntert ihn auch, immer wieder hinzugehen. Er will den Titel nicht verlieren.«

So ein Schwachsinn, Malik konnte es nicht fassen. Aber er war nur zu gern bereit, sich diesen Schwachsinn zunutze zu machen.

»Seid ihr sicher, dass ihr sauber seid? Dass niemand euch beschattet?«

»Ja, wir tun alles gemäß den Anweisungen.«

»Gut! Nutzt diese Woche, um die infrage kommenden Örtlichkeiten auszukundschaften. Plant einen Anschlag an den wahrscheinlichsten Orten. Inschallah, so Gott will, haben wir am Wochenende den Schlüssel zu dem Virus in der Hand.«

9

Jennifer fand den Pass erst, als sie nach dem Gefängnisbesuch in Chiang Mai in ihrem Hotel in Bangkok eincheckten. Brandneu, blau, mit einem Einreisestempel nach Thailand und einem Foto von Knuckles. Sie klappte ihn zu, klopfte damit auf ihre Handfläche, ein wenig empört über ihre eigene Naivität. Sie hätte wissen müssen, dass etwas im Busch war, als Pike Knuckles im Anzug besuchte und vorgab, vom Außenministerium zu sein. Er hatte ihr erklärt, es sei bloß, damit man sie im Gefängnis nicht von Pontius zu Pilatus schickte, und dass sie diejenige sei, die die Firma repräsentierte. Als er im Gefängnis einen schwarzen Ausweis vorzeigte, war ihr klar, dass er es die ganze Zeit über geplant hatte.

Als sie nach der Einlasskontrolle in den Besucherraum gingen, fragte sie: »Wo hast du denn den Diplomatenpass her?«

»Den habe ich mir vor dem Abflug besorgt, während du in Dulles die Maschine vorbereitet hast.«

»Ist das nicht genau das, was Kurt vermeiden wollte? Die Aufmerksamkeit aufs Außenministerium zu lenken?

Was, wenn sie die Botschaft kontaktieren? Was sagen wir ihnen dann?«

Ein wenig verdrossen warf Pike ihr einen Blick zu. »Ich war schon sehr oft hier im Land. Glaub mir, die werden die Botschaft nicht kontaktieren. Die haben jede Menge Ausländer hier in diesem Knast, die meisten wegen Drogendelikten, und kriegen andauernd Besuche von Vertretern anderer Länder. Hast du die ganzen Leute an der Einlasskontrolle herumsitzen sehen? Die warten darauf, dass sie jemanden besuchen dürfen. Wahrscheinlich schon seit Tagen. Das haben wir einfach alles übersprungen.«

Ehe sie etwas erwidern konnte, öffnete sich die Tür auf der anderen Seite des Drahtgitters und Knuckles wurde von einem finster blickenden, dicklichen Thai-Wärter mit tief in den Höhlen liegenden Augen hereingeführt. Jennifer war bestürzt, wie er aussah. Er war blass und abgemagert, hatte bestimmt zehn Kilo verloren.

Er kam nach vorn geschlurft, barfuß, Ketten an Händen und Füßen. Er trug ein billiges Bauernhemd und etwas, das wie eine Pyjamahose wirkte. Er wurde auf den Hocker ihnen gegenüber gestoßen, und sie sahen die Platzwunden und Blutergüsse in seinem Gesicht. Er lächelte. Dabei sah Jennifer, dass ihm zwei Zähne fehlten, es war eher ein groteskes Grinsen.

»Was zur Hölle ist denn mit dir passiert?«, fragte Pike.

Noch bevor er antworten konnte, stand Pike auf und winkte den Wärter zu sich. »Was habt ihr Kerle mit ihm angestellt? Was geht hier vor?«

Zu Jennifers Überraschung verfiel Pike in Thai, einen schnatternden Singsang, hob die Stimme, gab allein durch Emotionen zu verstehen, was er meinte.

Knuckles achtete gar nicht darauf. »Hallo, Jennifer«, sagte er. »Ich bin froh, dass Grolier Services sich so sehr um seine Mitarbeiter sorgt, dass die Chefin um die halbe Welt fliegt, um nach ihnen zu sehen.«

»Mein Gott, Knuckles, was haben sie dir angetan?«

Mit einer Kopfbewegung deutete er zu dem Gespräch, das Pike führte. »Warte, bis er mit Piggy fertig ist. Ich möchte die Geschichte nicht zweimal erzählen.«

»Kann ich dir irgendetwas besorgen? Medikamente oder Essen?«

»Mach dir keine Mühe! Piggy würde es mir bloß wegnehmen, um mich zu ärgern.«

Sie sah, wie Pike den Wärter wegscheuchte. Knuckles wartete, bis er sich wieder zu Jennifer setzte.

»Stimmt das, was er sagt?«, wollte Pike wissen. »Du hast einen Insassen getötet?«

»Ja, das stimmt schon. Aber bloß, weil sie mir die Scheiße aus dem Leib geprügelt haben.«

»Du hast einen von denen *umgebracht*? Mein Gott, Knuckles, was soll ich dem Außenministerium jetzt erzählen?«

Knuckles' Gesicht verdüsterte sich. »Es hieß töten oder getötet werden, verflucht noch mal. Dieser sadistische Schweinehund da drüben – ich nenne ihn bloß Piggy – führt seinen Block wie ein kleines Königreich, gewährt Vorteile gegen Geld. Er wollte mir die Uhr abnehmen, da musste ich ihm einen Dämpfer verpassen.«

»Und?«, fragte Pike, als er nicht weiterredete. »Offensichtlich hast du *ihn* ja nicht umgebracht.«

»Dann hat er mich in eine Zelle mit ein paar Mafiatypen verlegt, die mir eine Lektion beibringen sollten.

Sie warteten, bis es Nacht wurde, dann musste ich es mit sieben von ihnen aufnehmen. Ich wollte ihn nicht umbringen, aber er ließ mir keine Wahl.«

Knuckles sah Pikes Fassungslosigkeit und schlug mit der Faust an den Maschendraht. »Ich habe nicht darum gebeten. Er ist dafür verantwortlich.« Er lehnte sich zurück. »Letzten Endes spielte es keine Rolle. Piggy kriegte meine Rolex sowieso.«

»Dann bist du jetzt also nicht im allgemeinen Teil«, sagte Pike, »sondern in Einzelhaft?«

»Ja. Ein neuer Gefängnistrakt. Einzelzellen ohne Fenster. Geleitet von Piggy höchstpersönlich. Siehst du den PDA an seinem Gürtel? Das ist ein Hightech-Haftsystem, damit kontrolliert er mein ganzes Leben. Wasser, Licht, die Zellentüren, alles. Am liebsten lässt er mich im Dunkeln sitzen.«

Pike fluchte. »Das macht es tausendmal schwieriger, dich da rauszubekommen. Vorher hatten sie nichts gegen dich in der Hand.«

Knuckles' Gefasstheit bekam zum ersten Mal Risse. »Pike, du musst etwas unternehmen. Er ist ein sadistischer Hurensohn und er wird mich umbringen. Ich schwöre bei Gott, hier an diesem Ort ist es genauso wie in *Die durch die Hölle gehen*. Ich warte nur darauf, dass er mir eine Pistole mit einer Kugel im Lauf in die Hand drückt und anfängt, Wetten entgegenzunehmen.«

Pike nickte bedächtig, sein Blick ging in weite Ferne, er dachte nach.

»Gleich nachher gehen wir zur Botschaft«, sagte Jennifer. »Wir finden jemanden, der helfen kann. Die können dich doch nicht ewig hier einsperren. Du bist amerikanischer Staatsbürger.«

»Erzähl das den anderen Amerikanern hier drin«, erwiderte Knuckles. »In Thailand steht auf Drogenhandel die Todesstrafe. Ich bin mir ziemlich sicher, dass jemanden umzubringen die Folter rechtfertigt, bevor sie einen töten.«

»Aber es war Notwehr! Die haben dich geschlagen. Die Botschaft wird das nicht einfach hinnehmen.« Sie drehte sich zu Pike. »Nicht wahr?«

Er achtete nicht auf sie. »Knuckles, halt durch! Ich hole dich da raus. Versprochen! Piggy dürfte sich jetzt ein bisschen zurückhalten, nachdem wir hier waren und dich gesehen haben.«

Wie auf ein Stichwort kam Piggy zu ihnen und unterbrach sie. »Die Zeit ist um. Zurück in die Zelle!«

»Sie tun ihm besser nicht mehr weh«, sagte Jennifer. »Ich gehe gleich von hier aus zur Botschaft.«

Piggys Gesicht verzog sich zu einem anzüglichen Grinsen. »Geh ruhig zu deiner Botschaft. Das ist mir egal. Wenn du ihm wirklich helfen willst, wird uns beiden, dir und mir, schon etwas einfallen.«

Er lachte über ihren schockierten Gesichtsausdruck, dann riss er Knuckles auf die Füße. Jennifer sagte nichts, als Knuckles beinahe aus dem Raum geschleift wurde.

Nachdem die Tür sich geschlossen hatte, meinte sie: »Pike, wir müssen bald etwas unternehmen. Unabhängig davon, wie sehr Piggy ihm wehtut. Wenn er sich hier drin eine Krankheit einfängt, wird das wahrscheinlich tatsächlich sein Todesurteil sein.«

»Ich weiß. Los, komm. Fliegen wir nach Bangkok.«

»Zur Botschaft?«

»Ja. So was Ähnliches.«

Von Chiang Mai flogen sie direkt nach Bangkok. Die Gulfstream verkürzte die Reise ganz wesentlich, da Privatmaschinen außerhalb des kommerziellen Flugverkehrs problemlos abgefertigt wurden. Als sie auf dem älteren Don Muang Airport nördlich des Stadtzentrums landeten, zahlten sie für einen Privatwagen und Pike sagte dem Fahrer auf Thai, wohin er wollte.

Jennifer saß schweigend da, sah zu, wie der Verkehr zunahm, als sie die Mautstraße verließen. Schließlich drehte sie sich zu Pike. »Wo hast du eigentlich Thai gelernt? Du hast mir nie erzählt, dass du Thai sprichst.«

Er lächelte. »Du hast mich auch nie danach gefragt. Außerdem wurde es nach 9/11 sowieso überflüssig, da ich zur Taskforce ging. Es ist ungefähr so, wie wenn einer Latein kann. Ich wünschte, ich hätte Arabisch oder Farsi gelernt.«

»Und wo?«

»Bei der Army. Bei den Special Forces muss jeder eine Sprache lernen, abhängig vom Schwerpunkt der jeweiligen Gruppe. Bevor ich zur Taskforce ging, war ich in einer Gruppe mit Schwerpunkt auf Asien und dem pazifischen Raum. Darum musste ich Thai lernen.«

»Nun, ich halte das schon für erstaunlich.«

Er lachte. »Weil du nichts verstehst. Glaub mir, ich sage Sachen wie ›Wir benötigen einen Eselritt nach Bangkok‹. Mein Thai ist so eingerostet, dass Piggy vorhin wahrscheinlich nur zwei Sätze aus dem ganzen Gezeter verstand.«

Nach 40 Minuten fuhren sie auf der Witthayu Road in südlicher Richtung. Jennifer hatte aufgehört, Fragen zu stellen, war ganz gebannt von dem unablässigen, gewaltigen Gewoge, das Bangkok darstellte.

Sie erhaschte einen Blick auf eine amerikanische Flagge und konzentrierte sich auf das Gebäude daneben. Das Taxi fuhr vorbei. »Pike!«, sagte sie. »Das da drüben ist die amerikanische Botschaft. Sag dem Fahrer, er soll anhalten.«

»Wir fahren nicht zur Botschaft.«

»Was? Willst du erst ins Hotel?«

»Nein. Wir fahren zur JUSMAGTHAI.«

»Was um alles in der Welt ist das denn?«

»Die Joint US Military Advisory Group, Thailand – US-Militärberater. Ich möchte zuerst mit einem alten Freund sprechen, ein Gefühl für die Botschaft bekommen, bevor wir dorthin gehen.«

»Mit wem denn?«

»Er war früher bei den Special Forces. Jetzt arbeitet er bei der JUSMAG, organisiert Militärmanöver für Einheiten, die hierher versetzt werden. Er ist schon seit einer Ewigkeit in Thailand und hat die ganze Zeit direkt mit der Botschaft zu tun.«

Sie fuhren unter der Rama IV Road hindurch, machten eine Kehrtwende, und der Fahrer hielt an einem eingefriedeten Gelände vor einem Wachhäuschen, vor dem uniformierte Männer standen. Die thailändische Flagge wehte im Wind.

»Das ist keine US-Einrichtung«, sagte Jennifer.

»Es ist ein Militärgelände der Thais, aber die JUSMAG befindet sich darin«, erwiderte Pike.

Ein Mann erschien vor dem Tor, winkte sie in die Zufahrt. Pike stieg aus, und Jennifer sah, wie die beiden einander umarmten. Einen Augenblick später wurde das Tor geöffnet, und Pike stieg wieder ein. Der Wagen fuhr in einen kleinen Hof. Der Mann, der sie hereingewinkt hatte, wartete geduldig am Randstein.

»Warte hier«, sagte Pike. »Es wird nicht lange dauern.«

»Du meinst, ich soll nicht mitkommen?«

Er hatte die Tür schon halb offen. »Äh … nein. Mein Kumpel hat zwar den Wagen durchgekriegt. Aber ich bin mir nicht sicher, ob sie die Ausweise sehen wollen. Zivilisten dürfen hier nicht rein.«

»Aber du bist doch ein verdammter Zivilist.«

Er stieg aus. »Nein, heute nicht.«

Leise vor sich hin fluchend sah sie zu, wie er wegging.

Eine Stunde später befanden sie sich in ihrem Hotelhochhaus am Fluss Chao Phraya. Pike lehnte es ab, ihr zu sagen, was er herausgefunden hatte, und brachte Jennifer auf die Palme, als er ein weiteres Mal an der Botschaft vorbeifuhr.

Als sie ihn drängte, sagte er bloß: »Hör zu, ich möchte Knuckles helfen. Eigentlich *wir*. Genau genommen muss ich mich in einer Stunde mit einem Mann treffen, der uns vielleicht besser weiterhelfen kann als die Botschaft. Mein alter Kamerad hat ihn mir empfohlen. Lass mich erst mit ihm sprechen. Wenn was draus wird, sage ich dir, was wir tun werden. Wenn nicht, fahre ich in die Botschaft, genau wie Kurt es angewiesen hat.«

Daraufhin explodierte sie. »Bullshit! Du sagst es mir jetzt! Du behandelst mich wie ein Kind, genau wie damals, als wir uns begegneten. Wie soll dieser Typ uns helfen, wenn die Botschaft es nicht kann?«

Pike sagte nichts, überlegte einen Moment. »Er verfügt hier über eine Infrastruktur. Dinge, die uns bei Knuckles helfen können.«

»Du meinst, er hat einen guten Draht zur Botschaft?«

Kryptisch erwiderte Pike: »Ja, etwas in der Art.«

Nun, da sie den Pass für Knuckles in der Hand hielt, hatte sie genug von den Ausflüchten. Sie wartete, bis Pike seine Toilettenartikel im Badezimmer verstaut hatte. Als er herauskam, deutete er auf die Verbindungstür zu ihrem Zimmer. »Willst du nicht auspacken?«

Sie hielt ihm den Pass hin, als wäre es ein Päckchen Drogen. »Was ist *das*? Woher hast du das?«

Pike holte tief Luft, stieß sie wieder aus, wirkte ein wenig verlegen. »Der ist für Knuckles. Ich habe ihn gleichzeitig mit meinem Diplomatenpass besorgt.«

»Weshalb?«

Er fing wieder an, in seinem Gepäck herumzufummeln. »Nur für den Fall.«

»Für welchen Fall, Pike?«

Er sagte nichts, durchwühlte seine Reisetasche, als hätte er etwas verloren, warf Unterwäsche und T-Shirts aufs Bett in dem erbärmlichen Versuch, sie dazu zu bringen, das Thema fallen zu lassen. Sie wiederholte die Frage.

»Für welchen Fall, Pike?«

Halbherzig stopfte er ein T-Shirt zurück, zog dann den Reißverschluss zu. Er ließ es bleiben und sah ihr in die Augen.

»Für den Fall, dass er keinen Pass hat, wenn wir ihn da rausholen, okay?«

10

In der Soi Cowboy hatte sich nicht allzu viel verändert, seit ich das letzte Mal dort war. In der Straße nahe der Kreuzung Sukhumvit und Ratchadaphisek Road reihten sich schmutzige Bars und Stripclubs aneinander, sie war auf der ganzen Welt bekannt für ihre Sex-Shows. Nachts war sie voll bunter Neonlichter und tatsächlich auf gewisse Weise anziehend – insbesondere nach ein paar Bier. Tagsüber wirkte sie schäbig und traurig, eine zerlumpte Welt, die das Sonnenlicht entlarvte.

Seltsamerweise musste ich dabei immer an das Weihnachten meiner Kindheit denken. Wenn man nachts durch unser armseliges Viertel fuhr, war ich immer erstaunt, wie majestätisch die Häuser mit ihren blinkenden, funkelnden Lichterketten aussahen. Dabei war mir stets bewusst, dass sich die Armut im Schatten verbarg, nur auf das Tageslicht wartete, um die bittere Wahrheit hinter dem ganzen Geglitzer zu offenbaren.

Es war noch viel zu früh, als dass irgendetwas geöffnet hätte, und die Bengel, die den Müll von der Nacht zuvor aufkehrten, würdigten mich kaum eines Blickes. Im Moment waren nur Thais zu sehen, Männer, die ihr Mittagessen bei Straßenhändlern kauften, und Frauen, die die Bars für die nächste Nacht vorbereiteten und darauf warteten, dass die dicken Männer aus dem Westen auftauchten. Verzweifelte Männer mittleren Alters und gefährliche Männer einer niedrigeren Altersstufe, allesamt bereit, dafür zu bezahlen, dass jemand ihnen erzählte, sie seien das Geschenk des Lebens wert, das Gott ihnen gab. Als würde es wahr, wenn man es nur aussprach.

Ich war eindeutig nicht auf der Suche nach einem kleinen Jungen, den ich mit nach Hause nehmen konnte, darum ließen sie mich in Ruhe. Ich blieb stehen, studierte die handgezeichnete Karte, die mein Freund bei der JUSMAG mir gegeben hatte.

Als ich in DC von einem Gefängnisausbruch gesprochen hatte, schien dies die perfekte Lösung. Kurt hatte sich zwar dagegen gesperrt, mir aber den mit allem ausgestatteten Taskforce-Flieger gegeben. Ich war mir ziemlich sicher, dass er wusste, was ich damit anstellen würde. Ich musste immer noch seine Erlaubnis einholen, aber ich dachte mir, das würde schon hinhauen, zumal angesichts von Knuckles' momentan misslicher Lage.

Was ich vorhatte, hatte ich vor Jennifer geheim gehalten, weil ich wusste, dass sie es anders sehen würde. Letzten Endes war sie überzeugt davon, dass die Welt edel und gut sei und das State Department es schon richten werde. Selbst nach allem, was sie erlebt hatte, begriff sie immer noch nicht, dass Gut bloß ein Wort war und Böse triumphieren konnte – und dies meistens auch tat, so gerecht die Sache auch sein mochte. Ich wusste es besser: Bloß weil man auf der richtigen Seite stand, hieß dies noch lange nicht, dass man auch gewinnen würde. Mitunter musste man auch ein paar schlimme Sachen anstellen, um sicherzugehen, dass das Gute siegte.

Ich suchte nach einer bestimmten Bar, die einem Amerikaner gehörte, der nur als »Izzy« bekannt war. Nun, ich bin sicher, er hatte auch einen richtigen Namen, aber mehr hatte mein Kumpel mir nicht gegeben. Ich hoffte, der Name sagte nicht voraus, wen ich dort finden würde, einen Typen womöglich, der aussah wie Michael Sorrentino, oder, in Anbetracht seines Alters, einen wettergerbten Fonzie, der in der Hitze Thailands mit einer Lederjacke herumlief und mit Goldkettchen behängt war.

Izzy war für Air America geflogen, die nur schlecht verhüllte Tarnung der CIA im Vietnamkrieg für verdeckte Operationen in Laos und Kambodscha. Nach dem Krieg hatte er in Thailand einen Zwischenstopp eingelegt und war nie nach Hause zurückgekehrt. Er hatte eine Thai-Frau geheiratet, hatte dort mehrere Kinder und war, nach allem, was mein Kumpel gesagt hatte, in alle möglichen dunklen Geschäfte verwickelt, sowohl offiziell für die USA als auch inoffiziell rein um des Profits willen.

Ich hatte fast das Ende des Asphaltstreifens erreicht, als ich das Schild im ersten Obergeschoss sah, über einer Bar, aufgemacht wie eine Mondscheinkneipe der 1920er-Jahre, im Tageslicht deutlich die Flecken auf den schweren Filzvorhängen am Fenster sichtbar, die Barhocker draußen mit den Beinen nach oben auf den Tischen.

Ich probierte die Tür und stellte fest, dass nicht abgeschlossen war. Ich trat ein. Dunkelheit umgab mich, als ich die Tür zumachte. Ein Mann, der Gläser auf Regalen stapelte, rief mir auf Thai zu, dass geschlossen sei. Ich antwortete auf Thai, erklärte, was ich wollte. Vielleicht lag es an dem Namen, vielleicht an der Tatsache, dass ich ihm in seiner Sprache antwortete. Jedenfalls weiteten sich seine Augen und er hastete rechts von der Bar eine Treppe empor.

Wenig später wurde ich von einem Thai-Mann abgeholt, zwischen 20 und 25 Jahren alt, der größer war als die anderen und den Mischling erahnen ließ. Ein Eurasier mit einem Bein in Thailand und dem anderen sonst wo. Ich gab ihm die Referenzen, die man mir genannt hatte, und wir gingen die Treppe hinauf. Ich wurde in einen abgetrennten Bereich geführt, der wie ein Wohnzimmer aussah, mit alten Velours-Sofas und ledernen Polstersesseln. Auf einem davon saß mit übereinandergeschlagenen Beinen ein Weißer, ungefähr 70 Jahre alt. Er hatte eine Brille auf, trug einen Anzug und las einen Agentenroman.

Er legte das Buch beiseite. »Ein heimliches Laster. Diese Romane stecken ja voller Blödsinn, aber ich lese sie nun mal gern. Wenn es doch nur so einfach wäre!«

Er stand auf, schüttelte mir die Hand. Sein Griff war fest, und aus der Nähe schien sein Blick mich zu durchdringen, als wäre er darauf aus, meine Gedanken zu lesen.

»Nehmen Sie bitte Platz! Ich bin Izzy.«

Ich setzte mich, wartete, bis der Form halber Tee gebracht wurde. Die ganze Zeit über stand der hochgewachsene Thai hinter meiner linken Schulter. Eine Warnung.

Izzy begann mit einigen Höflichkeiten, die zum Ziel hatten festzustellen, ob ich tatsächlich derjenige war, der ich zu sein vorgab. Dennoch fragte er mich kein einziges Mal, für wen ich arbeitete, hielt sich allein an den Hintergrund mit meinem Freund bei der JUSMAG. Er war schon so lange in der Branche, dass er noch nicht einmal neugierig war und begriff, dass ein derartiges Wissen gefährlich sein konnte.

Ich hielt es genauso, verlor nicht ein Wort über mein Unternehmen, beschränkte mich auf die Tätigkeiten in der Bar unten.

Schließlich waren genug Höflichkeiten ausgetauscht. Ich wusste, dass es so weit war, als er den Thai-Mann bat, den Raum zu verlassen.

Ich legte ihm dar, was ich benötigte, angefangen bei dem Fahrzeug. Anschließend ging ich zu den wertvolleren Dingen über, hoffte, er würde keine Bedenken bekommen, als ich ihm sagte, dass ich zu dem Fahrzeug auch zwei Einheimische brauchte, die bereit seien, in ein Gefängnis einzudringen. Das Ansinnen schien ihn kein bisschen zu stören. Ich nannte ihm keine operativen

Parameter, aber er war gerissen genug, dass er genau begriff, worauf ich hinauswollte.

»Egal auf wen Sie es abgesehen haben, die lassen ihn nicht einfach aus dem Gefängnis spazieren, auch nicht mit einem offiziellen Fahrzeug. Er braucht eine Freilassung der Zentralen Gefängnisverwaltung. Und die kann ich nicht beschaffen.«

»Lassen Sie das ruhig meine Sorge sein.«

»Tut mir leid, aber das geht nicht. Meine Männer werden dadrin sein und womöglich auch bleiben, wenn Ihre Scharade auffliegt. Da brauche ich schon eine bessere Rückversicherung.«

Ich hielt einen Moment inne, überlegte, wie ich es formulieren sollte, um ihm die Gewissheit zu geben, die er wollte, ohne zu viel von den Möglichkeiten der Taskforce preiszugeben.

»Sagen wir einfach, der Mann kam ins Gefängnis, weil er einer Organisation das Eindringen ins Land ermöglichen wollte. Er wurde erwischt, aber das Projekt selbst flog nicht auf. Ich kann es bewerkstelligen.«

Er musterte mich einen Moment, die kleinen Rädchen in seinem Kopf schwirrten. So langsam begann er sich zu fragen, wer ich wohl wirklich war. Schließlich nickte er bedächtig.

»Okay! Sie kriegen die Männer und das Fahrzeug. Sonst noch etwas?«

»Nein. Den Rest kann ich selbst deichseln.«

»Dann ist da noch die Frage der Bezahlung. Ihr Freund hat Ihnen bestimmt gesagt, dass ich nicht billig bin.«

»Ja. Ich muss einige Gelder umleiten, aber ich kann sie überallhin transferieren, wo Sie wollen. Sagen Sie mir einfach, wohin und wie viel.«

»Ich fürchte, Geld genügt nicht.«

»Was sonst? Etwas anderes habe ich kaum anzubieten.«

»Ich habe ein Kind. Meinen Jüngsten. Ich würde ihn gern auf eine Schule hier schicken. Eine Privatschule, die hohes Ansehen genießt. Das Geld ist kein Problem, aber ich fürchte, man missbilligt, was ich geschäftlich tue. Aufgrund meiner Vergangenheit haben sie ihm die Zulassung verweigert.«

Diese Forderung irritierte mich. »Was zur Hölle kann ich da tun? Wollen Sie, dass ich den Direktor verprügle oder etwas in der Art? Tut mir leid, aber so was kommt nicht infrage.«

Er lächelte warmherzig. »Nein, nein! Nichts dergleichen. Keine Gewalt! Aber ein Mann, der einem thailändischen Gefängnis eine offizielle Freilassung übermitteln kann, kann doch sicher auch auf andere Art Druck ausüben.«

11

Als Chip Dekkard die Key Bridge überquerte, konnte er nicht fassen, was er da hörte. »Moment, bleiben Sie dran«, sagte er. »Ich muss zumachen.«

Er drückte die Taste, die die Schutzscheibe zwischen ihm und dem Fahrer nach oben gleiten ließ. Sobald es sicher war, ging er wieder ans Telefon.

»Was zum Teufel meinen Sie damit: Ein Laborassistent ist gestorben? Sie und Ihre Leute versicherten mir doch, Sie kriegen das hin, und zwar in Übereinstimmung mit allen geltenden Vorschriften.«

Er hörte noch ein bisschen länger zu, der Verkehr in Downtown Washington, D. C. nur ein leises

Hintergrundsurren. Als ein Datum erwähnt wurde, schoss sein Blutdruck in die Höhe.

»Moment, Moment! Das Ganze ist vor drei Tagen passiert? Und ich bekomme erst jetzt Bescheid? Mein Gott! Stellen Sie es ein. Stellen Sie alles ein!«

Sein Gesprächspartner am anderen Ende der Leitung fing an zu protestieren, doch Chip schnitt ihm das Wort ab. »Stellen Sie es sofort ein! Keine weiteren Protokolle mehr, keine Tests, nichts. Zerstören Sie das Virus und stellen Sie alles ein. Und für die Zukunft sagen Sie Ihrem Boss: Falls er seinen Job behalten will, sollte er eine grundlegende Tatsache begreifen – schlechte Nachrichten werden nicht besser, indem man sie aufschiebt.«

Ohne ein weiteres Wort legte Chip auf. Er fragte sich, wie er nur so dumm sein konnte, dieses Projekt überhaupt zu genehmigen.

Als CEO eines großen US-Konzerns stand er zahllosen Unternehmen vor, die alles Mögliche produzierten, von Textilien bis hin zu Arzneimitteln. Vor sieben Monaten hatte eine der Firmen, Cailleach Laboratories, ihm einen Vorschlag unterbreitet: einen Impfstoff für das H5N1-Vogelgrippe-Virus. Allerdings nicht für das momentan existierende, sondern für ein mutiertes Virus.

Die wichtigsten Einrichtungen des Gesundheitswesens wie die Weltgesundheitsorganisation und das US-Zentrum für Seuchenkontrolle und -prävention standen dem Virus wie gelähmt gegenüber, da die Mortalitätsrate, wenn Menschen sich infizierten, bei über 70 Prozent lag. Die gute Nachricht war, dass es sich unter Vögeln zwar wie ein Lauffeuer ausbreitete und sie zu Hunderttausenden tötete. Aber es wurde nicht leicht von Mensch zu Mensch übertragen. Ja, dies war nahezu unmöglich.

Bislang ließen sich fast alle Todesfälle, die mit der Vogel-grippe zu tun hatten, darauf zurückführen, dass jemand mit infiziertem Geflügel oder sonstigen Vogelarten gearbeitet hatte.

Die schlechte Nachricht war, dass Viren unablässig mutierten. Allen Gesundheitsorganisationen war klar, dass es bloß eine Frage der Zeit war, bis dies bei H5N1 geschah, sodass ein Virus entstand, das von Mensch zu Mensch übertragen werden konnte. Aufgrund der inter-nationalen Vernetzung der modernen Welt und der nachgewiesenen Letalitätsrate würde dies eine Pandemie auslösen, die die Spanische Grippe von 1918 in den Schat-ten stellen würde.

Die Cailleach Laboratories hatten vorgeschlagen, das Virus genetisch zu manipulieren, um eine Mutation zu erzwingen. Im Endeffekt erschufen sie so den Killer. Anschließend wollten sie einen Impfstoff entwickeln, um ihn zu bekämpfen. Das hatte man schon einmal gemacht, zu Forschungszwecken, worauf der Nationale Wissen-schaftliche Beirat für Biosicherheit Zeter und Mordio geschrien hatte. Er forderte eine Zensur der Einzelheiten, um auszuschließen, dass jemand, der Übles im Sinn hatte, die Studie nachahmte. Aus dieser Kontroverse war die Idee entstanden.

Bei Cailleach hatte niemand die Absicht, diese Zeit-bombe intakt zu halten, um sie womöglich zu miss-brauchen. Sobald der Impfstoff gefunden war, wollten sie das Virus zerstören und abwarten, bis es von sich aus mutierte. Wenn es so weit war, würden sie Mordsgewinne einfahren, da es sechs bis neun Monate, wenn nicht länger, dauerte, einen neuen Impfstoff zu entwickeln. Ihr Impfstoff wäre zwar ganz gewiss nicht perfekt, da niemand vorhersehen konnte, wie das Virus mutierte. Aber Cailleach wäre allen anderen um Längen voraus, da sie ihren Impfstoff wesentlich früher auf den Markt bringen konnten. In der Panik, wenn die Pandemie einsetzte, würden sie enormen Profit machen.

Die Schattenseite des Ganzen war natürlich das Virus selbst. Es war ein Spiel mit dem Feuer, so viel war ihnen klar. Aufgrund der strikten US-Anforderungen bezüglich Kontrollen und Genehmigungsverfahren hatten sie beschlossen, ihre Zelte in Singapur aufzuschlagen. Ganz zu schweigen vom prozessfreudigen Wesen der amerikanischen Gesellschaft. Die Impfstoffproduktion in den USA war von 27 Herstellern in den 1970er-Jahren auf heute drei gesunken, ganz einfach weil die Kosten das Risiko nicht wert waren. Unterm Strich konnte man zwar einen Seuchenausbruch verhindern, sah sich aber Tausenden verschiedener Gerichtsverfahren ausgesetzt, bei denen man den Kürzeren zog, weil sie dem Impfstoff alle möglichen Nebenwirkungen andichteten, von Plattfüßen bis hin zu Taubheit. Chip hatte sich sagen lassen, Cailleach könne die Produktion sicher bewerkstelligen, und zwar innerhalb des Biopolis-Campus in Singapur, eines biomedizinischen Komplexes, der in dieser Art Forschung weltweit rasch eine führende Position einnahm. Diese Behauptung hatte sich soeben als falsch erwiesen. Anstatt sich gleich zu Beginn eines Ausbruchs zum Retter der Menschheit aufzuschwingen, hätten sie ihn um ein Haar selbst ausgelöst. Ihm schauderte angesichts der möglichen Haftungsfragen. Wenn das rauskam!

Als die Limousine anhielt, wurde er aus seinen Gedanken gerissen. Vor dem Südwesttor des Weißen Hauses stieg er aus und fragte sich, wie er sich nach dem, was er gerade gehört hatte, auf den aktuellen Bericht der Aufsichtskommission konzentrieren sollte.

Nachdem er den Posten passiert hatte, ging er durch das Tor und betrat das neben dem Westflügel liegende Old Executive Building. Er kam ein wenig zu früh in den Konferenzraum und sah Kurt Hale am Podium stehen, bereit, seine Zusammenfassung zu geben.

Er war einer von nur zwei Zivilisten in der Kommission. Darum fühlte er sich bei diesen Sitzungen stets fehl am Platz und sagte nur selten etwas. Doch er hatte eine bedeutende Rolle bei Präsident Warrens Wiederwahl gespielt und war nach wie vor als Ratgeber geschätzt. Deshalb hatte er den Sitz in der Kommission angenommen und tat seine Meinung nur dann kund, wenn er der Meinung war, er habe auch etwas zu bieten.

In kurzer Zeit füllte sich der Saal mit den übrigen Mitgliedern des Gremiums. Leises Gemurmel machte sich breit, als die Beamten und Funktionsträger sich unterhielten, während sie auf den Präsidenten warteten. Pünktlich betrat dieser den Raum. »Legen Sie los, Kurt«, sagte er. »Ich habe nicht viel Zeit.«

Kurt begann mit einem Überblick über Knuckles' Zustand und das Risiko, dass die Taskforce auffliegen könnte. Während der Diskussion musste Chip wieder an seinen eigenen Beinahe-Fehlschlag denken. Das langatmige Gerede verlor sich in summendem Stimmengewirr, stattdessen musste er daran denken, welche Säuberungsaktionen ihm in Singapur noch bevorstanden.

Er fand wieder ins Gespräch zurück, als er hörte, wie der Außenminister Jonathan Billings die Stimme hob.

»Was meinen Sie mit ›Optionen ausloten‹? Als Präsident von Grolier Recovery Services sollte Pike sich an die

Botschaft wenden. Dem Botschafter zufolge hat er sich dort noch nicht blicken lassen. Dabei befindet er sich schon seit einigen Tagen im Land.«

»Ich weiß, ich weiß«, sagte Kurt. »Aber sie haben Knuckles mittlerweile wegen eines Tötungsdeliktes dran. Es ist zu ernst geworden, als dass Pike das Problem einfach lösen könnte, indem er in die Botschaft spaziert und ein paar Visitenkarten schwenkt. Womöglich wird es Zeit für eine offizielle Intervention.«

Billings erwiderte nichts darauf, blickte den Präsidenten an. »Was kommt offiziell dabei heraus?«, fragte dieser. »Irgendetwas?«

»Nein«, sagte Billings. »Niemand hat die Botschaft davon in Kenntnis gesetzt. Soweit man dort weiß, ist Knuckles bloß irgendein Amerikaner, der verhaftet wurde. Nichts über den Todesfall im Gefängnis.«

»Okay«, meinte Präsident Warren. »Dann machen wir weiter wie gehabt. Wir können es nicht auf die nächste Stufe heben, bevor die es tun.«

»Aber Knuckles steckt in Schwierigkeiten«, sagte Kurt. »Nach allem, was Pike sagt, befindet er sich wirklich in Gefahr. Wenn wir warten, dann womöglich nur, um eine Leiche nach Hause zu holen.«

Der Präsident hob die Hand zum Zeichen, dass die Diskussion vorüber war. »Wir warten. So dicht standen wir noch nie davor, kompromittiert zu werden. Das wissen Sie. Knuckles kann noch ein paar Tage länger selber auf sich aufpassen.« Präsident Warren sah auf seine Armbanduhr. »Gibt es sonst noch etwas?«

Als Kurt nichts darauf erwiderte, meinte er: »Hören Sie, Pike soll ein Auge auf ihn haben. Ich lasse nicht zu, dass er getötet wird. Wenn es sein muss, werden wir alle

Hebel in Bewegung setzen. Geben Sie der Sache noch etwas Zeit. Ich habe nur nicht den Eindruck, dass jetzt schon alle Mann auf Gefechtsstation müssen.«

Kurt holte tief Luft, wechselte dann das Thema. Er legte das Bild eines dunkelhäutigen Mannes auf den Bildschirm, Mitte 50, pechschwarzer Schnurrbart. Er sah ein bisschen aus wie Saddam Hussein, bevor sie ihn mit einem Bart wie dem von Moses aus seinem Schlupfloch zerrten.

»Das Anzapfen des Metropolitan Police Bureau hat funktioniert, allerdings anders, als wir dachten. Wie es aussieht, verfolgen sie einen persischen Teppichhändler, nicht unseren mutmaßlichen Hisbollah-Unterstützer. Sie haben ein Auge auf ihn wegen des iranischen Bombenanschlags des vergangenen Jahres, allerdings wissen sie gar nicht, wen sie da haben. Bei diesem Mann handelt es sich um Brigadegeneral Malik Musavi von der Quds-Einheit der iranischen Revolutionsgarden.«

Er ließ seine Worte wirken. »Malik ist ein sehr, sehr großer Fisch. Die USA haben ihn schon seit Langem auf dem Schirm. Er ist verantwortlich für alle möglichen Auslandsoperationen, unter anderem auch für den Mordanschlag auf den saudischen Diplomaten hier vor zwei Jahren. Er hat seit Jahren keinen Einsatz mehr selbst durchgeführt. Sein Job besteht schlicht und einfach darin, Auslandseinsätze vom Iran aus zu leiten.«

»Wie sicher sind Sie?«, fragte Präsident Warren.

Kurt lächelte. »Absolut! Wir haben sein Foto, es ist schon ein paar Jahre alt, und er reist unter seinem richtigen Namen, gibt lediglich eine andere Beschäftigung an. Ich weiß nicht, warum er das tut, aber er ist es. Ohne jeden Zweifel!«

»Was hat er vor?«, fragte der Verteidigungsminister. »Was hat das zu bedeuten?«

»Das ist die Millionen-Dollar-Frage. Wir haben keine Ahnung.«

»Und Sie wollen eine Omega-Freigabe für ihn. Ist es das?«

»Nun … diese Entscheidung liegt nicht bei mir. Ich möchte lediglich die Aufmerksamkeit der Kommission darauf lenken.«

Als Chip die Diskussion hörte, meldete er sich schließlich auch zu Wort. »Aber er arbeitet für eine staatliche Stelle. Er ist von Amts wegen iranischer General, nicht irgendein dahergelaufener Spinner mit einer Bombe. Das liegt außerhalb des Taskforce-Mandats.« Er wandte sich an Präsident Warren. »Oder etwa nicht?«

Warren atmete tief ein, stieß die Luft wieder aus. »Wie steht es damit, Kurt? Chip hat recht. Sie wollen das Mandat erweitern, ist es das? Es ist Ihnen untersagt, sich in die Aktivitäten offizieller staatlicher Stellen einzumischen. Das ist allein Sache der CIA.«

»Nun«, meinte Kurt, »es ist nicht so schwarz und weiß, wie es wäre, einen Russen umzulegen. Wir befinden uns hier in einer Grauzone. Das Finanzministerium stuft die Al-Quds-Brigaden bereits als Terrororganisation ein und hat alle Vermögenswerte eingefroren, die es finden konnte. Außerdem steht der Iran auf der offiziellen US-Liste Terrorismus unterstützender Staaten.«

»Das macht ihn noch lange nicht zu einer ausländischen Terrororganisation«, sagte Billings. »Ihr Mandat bezieht sich auf die Liste fremder Terrororganisationen, und da steht er nicht drauf.«

»Noch nicht«, entgegnete Kurt. »Sie und ich, wir wissen doch beide, dass dem Kongress zurzeit ein Gesetzentwurf vorliegt, der das Außenministerium dazu verdonnern soll, die Al-Quds-Brigaden als fremde Terrororganisation zu bezeichnen, was sie auf eine Stufe mit Al-Qaida stellt.«

»Schluss mit dem Blödsinn über Listen«, warf der Verteidigungsminister ein. »Sie haben ja noch nicht mal eine Mission. Es gibt keinen Anlass, diesen Kerl zu verfolgen.«

»Das stimmt. Aber ich weiß, dass er ein Killer ist, verantwortlich für den Tod unzähliger Amerikaner, überall vom Irak bis Afghanistan. Ich weiß nicht, was er im Schilde führt, da gebe ich Ihnen recht. Aber ich weiß, wie man es herausfinden kann.«

»Wie?«

»Geben Sie mir Omega, dann werde ich ihn fragen.«

12

Malik drückte sich vor der Konditorei herum. Angesichts der zahllosen Überwachungskameras in dem Einkaufszentrum kam er sich ziemlich exponiert vor, während er darauf wartete, dass die Zielperson eintraf. Erneut dachte er, dass der Plan an der Grenze zur Idiotie lag, fragte sich, ob er nicht schon bald zur zweiten Gruppe von Iranern gehörte, die auf thailändischem Boden ein Affentheater abzogen.

Ursprünglich wollten sie es am Freitagabend versuchen – gestern Nacht. Sie wollten ihn in den Nachtclubs an der Royal City Avenue schnappen, schafften es jedoch nicht, weil dort zu viele Menschen waren. Die perfekte Gelegenheit wollte sich einfach nicht bieten, obwohl sie über Foursquare genaue Informationen über seinen Aufenthaltsort hatten.

Dass sie ihre Zielperson am Freitag verfehlt hatten, bereitete Malik einiges Kopfzerbrechen. Er hatte nicht vor, noch eine Woche zu warten, bis das Internat dem Jungen wieder freigab. Sanjar, der Computerspezialist, hatte vorgeschlagen, es am nächsten Tag, am Samstag, in einem Einkaufszentrum zu probieren, das Terminal 21 hieß.

»Eine Entführung am helllichten Tag?«, sagte Malik. »In einem Einkaufszentrum? Nein! Wenn es darauf hinausläuft, warten wir lieber noch eine Woche.«

»Aber ich habe mir die Mall angesehen. Kavi geht, regelmäßig wie ein Uhrwerk, immer in ein Lokal in der dritten Etage, in dem es Kaffee und Kuchen gibt.«

Malik befahl ihm, Terminal 21 auf seinem Computer aufzurufen, und sah, dass die Mall verwirrend war. Jede Etage war nach einem anderen Teil der Welt benannt, von der Karibik bis hin zu London. Schlimmer noch, sie hatte eine direkte Verbindung zur Asok-Skytrain-Haltestelle. Auf diesem Weg würde Kavi kommen und wieder gehen.

»Und wie, meinst du, sollen wir ihn von der dritten Etage auf die Straße schaffen? Vielleicht könnte ich mit einem großen Perserteppich reinkommen und versuchen, ihn zu verkaufen. Wenn das nicht hinhaut, schlägst du ihn k. o. Ich wickle ihn in den Teppich ein, vor aller Augen natürlich. Dann tragen wir ihn einfach raus zum Skytrain. Ist es das, was du vorhast?« Malik wandte sich ab. »Wir warten bis nächsten Freitag, dann versuchen wir es noch mal.«

»Herr!«, sagte Sanjar. »Bitte hören Sie mir zu. Die Konditorei liegt gleich neben einem Flur, der zu einem

Treppenhaus führt. Von dort aus kommt man in das Parkhaus eine Etage tiefer. Es wird funktionieren.«

»Ihr könnt ihn nicht in dem Café überfallen!«, fuhr Malik ihn an. »Mir ist egal, wie nah die Treppe ist! Ein Meter ist schon zu weit.«

»Herr«, meldete sich Roshan, der Techniker, zu Wort. »Ich glaube nicht, dass wir ihn überfallen müssen. Kavi ist völlig unbekümmert, was seine Sicherheit betrifft. Ich glaube, wir könnten ihn in ein Gespräch verwickeln und dazu bringen, dass er mit uns zum Wagen geht.«

Schließlich hatte Malik nachgegeben und einem Versuch zugestimmt. Nun saß er nervös in einem Café gegenüber. Am liebsten wäre er vor dem offenkundigen Risiko abgehauen, zu dem sie ihn überredet hatten.

Er sah die Zielperson eintreten und sich mit anderen Thai-Teenagern unterhalten, sah den Sohn des Doktors mit seinem Handy hantieren und wusste, dass er seinen Standort eingab. Malik schüttelte den Kopf, immer noch völlig verdattert von der Social-Networking-Seite. Die Zeit verstrich, und er spielte mit dem Gedanken abzubrechen.

Unvermittelt gingen die anderen Thai-Jungen, völlig überraschend. Malik schickte seine Männer vor. Roshan und Sanjar gingen in die Konditorei und bestellten etwas, allerdings vermochte er nicht zu sagen, was.

Er beobachtete, wie Sanjar sich neben Kavi setzte und anfing, mit seinem Smartphone zu hantieren. Er gab bei Foursquare seinen Standort ein, sodass Kavi es sehen konnte. Binnen Kurzem waren sie im Gespräch, und Roshan gesellte sich zu ihnen.

Malik hatte ihnen 20 Minuten gegeben, nicht länger. Falls Kavi bis dahin nicht mit ihnen mitging, mussten sie abbrechen.

Nach 25 Minuten wurde Malik böse. Er schrieb Sanjar eine SMS, hämmerte auf die Tasten seines Smartphones. RAUS da!

Sanjar blickte in seine Richtung, seine Daumen glitten über sein Smartphone. Malik fühlte sein Handy vibrieren: *2 min.* stand da.

Er wollte gerade antworten, als alle aufstanden. Lachend, den Arm um Sanjars Schultern gelegt, spazierte Kavi aus der Konditorei in den Flur. Er ahnte nichts von der Gefahr, in der er schwebte. Begriff gar nicht, dass es auf der Welt unterschiedliche Beutegreifer gibt.

Sie gingen den Flur entlang, bogen ins Treppenhaus ein. Malik folgte ihnen diskret, beobachtete, dass sie sich wie die besten Freunde verhielten. Malik nahm die Kameras auf dem Gang zur Kenntnis, wusste, dass sie ein großes Risiko auf sich nahmen. Wenn er den Vater nicht davon überzeugen konnte, dass er die Schule anrufen musste, um eine Suche zu verhindern, brauchte es nicht viel, und ihre Gesichter waren landesweit zu sehen.

Sie gingen eine Treppenflucht hinab. Malik ließ sich zurückfallen, bis er hörte, dass die Tür zum Parkdeck geöffnet wurde. Dann hastete er los, betrat das Parkdeck gerade noch rechtzeitig, um mitzubekommen, wie Roshan die hintere Wagentür öffnete und Sanjar die Arme um den Sohn des Doktors schlang. Dessen verwirrter Gesichtsausdruck wich nackter Angst, als Roshan die Kapuze hervorholte.

13

Ich saß auf der anderen Seite des Highway 107 in Chiang Mai. Den ersten leichten Adrenalinschub spürte ich, als ich sah, wie Jennifer aus dem Gefängnis kam und Piggy ihren Arm hielt. Sie sagte etwas zu ihm, ging dann eilig zu ihrem Wagen und holte ihre Handtasche vom Vordersitz. Ich wusste, weshalb. Sie konnte sie ja schwerlich ins Gefängnis mitnehmen, weil ich ihr zu ihrem Schutz einen kleinen Hush Puppy mitgegeben hatte. Eine Ruger Mark III Kaliber 22 mit einem XCaliber-Genesis-Schalldämpfer.

Hauptsächlich dazu entworfen, Wachhunde zu beseitigen, würde sie ihren Job aus nächster Nähe auch bei einem Menschen erfüllen. Und sollte Jennifer das Ding bei Piggy anwenden müssen, dann definitiv aus nächster Nähe.

Sie ging zu ihm zurück, folgte ihm zu einem alten Toyota und nahm auf dem Beifahrersitz Platz. Ich wartete, bis sie den Parkplatz verlassen hatten und auf dem Highway 107 Richtung Norden fuhren, bevor ich die Taste drückte.

»Koko ist unterwegs. Die Zielperson ist bei ihr.«

»Roger«, sagte Decoy.

Jetzt konnte ich nur noch auf Phase zwei der Mission warten. Entweder erhielt ich den geklonten PDA, oder Jennifer gab Prairie Fire durch, um Hilfe anzufordern. Ich betete darum, dass Ersteres eintrat.

Seit meinem Treffen mit Izzy waren 48 Stunden vergangen, und wir hatten jede Minute davon genutzt, um die Situation auszukundschaften, vom Erstellen eines Verhaltensmusters für Piggy bis hin zum Ablauf der

Gefangenenüberführung in einem Fahrzeug. In diesem Zeitraum hatte ich Knuckles zweimal besucht, vordergründig um zu sehen, ob es ihm gut ging, in Wirklichkeit jedoch, um so viele Informationen wie möglich zu sammeln. Bei meinem letzten Besuch musste ich feststellen, dass schon wieder jemand sein Gesicht als Sandsack benutzt hatte, und war überzeugt, dass ich das Richtige tat. Leider teilte das Gefängnis meine Einschätzung nicht. Ihn da herauszuholen, hatte sich in eine lange Reihe von Dominosteinen verwandelt, und bei jedem einzelnen konnten wir scheitern.

Das Gefängnis war ziemlich neu, es lag im Norden Chiang Mais, außerhalb der eigentlichen City. Ursprünglich gebaut, um das alte Gefängnis im Zentrum zu entlasten, war es mittlerweile ebenfalls überfüllt. Es beherbergte sowohl Gefangene, die ihre Strafe absaßen, als auch Leute, die noch auf ihr Urteil warteten, um anschließend in eine andere Einrichtung verlegt zu werden. Das war das einzig Gute daran, da tagtäglich Gefangene weggebracht wurden. Damit war es Routine.

Mein Geniestreich bestand darin, mir diese Routine zunutze zu machen, sie davon zu überzeugen, dass Knuckles nach Bangkok verlegt wurde. Theoretisch würde Chiang Mai ihn vergessen, sobald er das Tor hinter sich hatte, und in Bangkok würde kein Hahn nach ihm krähen, es sei denn, das State Department hakte nach – was niemals geschehen würde. Bei dem bürokratischen Chaos, das in Thailand herrschte, würde es Wochen, wenn nicht Jahre dauern, bis sie merkten, dass er weg war.

Unglücklicherweise hatte Piggy Knuckles wegen seiner kleinen Schlägerei in den neuesten Trakt gesteckt, den er persönlich leitete. Damit war seine Verlegung keine Routineangelegenheit mehr, da Piggy höchstselbst die Entlassung bestätigen musste. Wir konnten diese Scharade niemals durchziehen, wenn jemand Grund hatte, sie aufzuhalten. Ein einziger Telefonanruf wäre der Dominostein, der alles zum Einstürzen brachte.

Ich musste Piggy aus dem Gefängnis schaffen, und dazu benutzte ich Jennifer. Wenn ich an seine Bemerkung bei unserem ersten Besuch dachte, war mir klar, dass er sofort darauf anspringen würde, wenn sich die Aussicht bot, mit Jennifer in die Kiste zu hüpfen. Sie musste lediglich so tun, als wäre sie widerwillig dazu bereit, als Gegenleistung für Knuckles' Freilassung. Eine naive Amerikanerin, die eine harte Lektion fürs Leben lernen würde.

Als ich sie mit dem Auftrag betraute, sperrte sie sich zunächst dagegen. »Warum soll ich immer das Flittchen spielen? Ich kann doch bestimmt noch etwas anderes tun, um ihn da rauszuholen.«

»Jennifer«, sagte ich ihr, »wir müssen ihn für eine Stunde vom Gefängnis weglocken. Mit einer Kaffeepause ist es da nicht getan. Berücksichtigt man die Fahrzeit zu seinem Haus und wieder zurück, musst du ihn nur 30 Minuten lang aufhalten. 30 Minuten, dann kannst du so tun, als wäre alles nur ein Missverständnis, und wieder abhauen.«

»Komm schon, du hast den Kerl doch gesehen! Du willst mich ganz allein in ein Haus mit jemandem stecken, der über mich herfallen will?«

»Ja, aber du bist gut darin«, platzte Decoy heraus, dieser Esel. »Ich weiß noch, wie du in Prag ausgesehen hast, als Nutte verkleidet.«

Ich sah, wie ihr die Tränen kamen. Sie lief aus dem Zimmer. Zu spät wurde mir klar, dass sie innerlich noch einmal den Überfall vor wenigen Monaten durchlebte. Und nun warf ich sie eiskalt in genau die Situation, die sie am meisten fürchtete.

»Was habe ich denn gemacht?«, fragte Decoy. »Was war das denn eben?«

»Nichts. Zerbrich dir nicht den Kopf darüber.«

Außer Jennifer wussten nur zwei Menschen auf der ganzen Welt, was ihr widerfahren war. Ich und der Kerl, der es getan hatte. Da ich ihn mit bloßen Händen umgebracht hatte, blieb nur noch ich übrig. Und dabei wollte Jennifer es auch belassen. Niemand sonst im Team hatte eine Ahnung davon, und nun würden sie ihre Reaktion womöglich falsch einschätzen, dachten vielleicht, sie komme mit dem Stress des Einsatzprofils nicht klar, weil ich blind gewesen war gegenüber ihrer spezifischen Angst. Das durfte ich nicht zulassen. Ich durfte nicht zulassen, dass sie ihre Fähigkeiten aus den falschen Gründen infrage stellten, denn im Ernstfall konnte sich das als Katastrophe erweisen.

Ich stand auf. »Warte einen Moment hier!«

Ehe ich den Raum verlassen konnte, kam Jennifer wieder herein, tränenfrei, ihre Stimme fest. »Okay, ich mache es. Wer ist mein Back-up?«

»Ich!« Decoy wirkte ein wenig verschämt. »Ich passe auf dich auf.«

Er spielte immer den chauvinistischen Aufreißer, der in jeder Stadt willige Frauen abschleppte. Doch in Prag hatte ich erlebt, was wirklich hinter dieser Prahlerei steckte. Jennifer war absolut sicher, solange er in der Nähe war.

Nun, wo ich sie mit diesem sadistischen Schwein weg-
fahren sah, hoffte ich nur, dass sie, auf sich allein gestellt,
nicht durchdrehte. Dass sie sich lange genug zusammen-
reißen konnte, um ihre Rolle zu spielen.

14

Ihre Handtasche fest in den Schoß gepresst, sagte
Jennifer: »Sie sagten, wir könnten vielleicht zu einer Eini-
gung bezüglich meines Mitarbeiters kommen. Vielleicht
können wir ja einen Kaffee trinken und besprechen, wie
genau ich Ihnen helfen kann.«

Piggy fuhr auf dem Highway 107 weiter Richtung Norden, legte ihr die Hand auf den Schenkel. »Ja, genau das
möchte ich. Aber warum für einen Kaffee bezahlen? Bei
mir zu Hause gibt es den Kaffee umsonst, Tee, Bier, was
immer du möchtest. Es ist nur eine kurze Fahrt.«

Sie schob seine Hand weg. »Wo ist Ihr Zuhause?«,
fragte sie nervös. »Wohin fahren wir?«

Sie überhörte seine Antwort, da sie die gesamte Route
ja bereits kannte. Stattdessen konzentrierte sie sich auf
den Handheld-Computer von Symbol, den er auf den
Rücksitz geworfen hatte. Noch ein Stein in der Domino-
kette, wie Pike ihr erklärt hatte.

Ursprünglich hatte ihre Mission schlicht und einfach
darin bestanden, ihn zu beschäftigen. Aber nachdem das
Team wiederholte Male versucht hatte, ins WLAN-Netz
des Gefängnisses einzudringen, hatten sie sie mit einer
weiteren Aufgabe betraut.

Die Hacker hatten keinen Erfolg gehabt. Das hieß,
sie mussten Piggys PDA in die Finger bekommen. Die

Verschlüsselung im Gefängnis war einfach zu stark, selbst mit der schwergewichtigen technischen Hilfe der Taskforce-Computerfreaks in DC, sodass sie nicht in der Lage waren, die Tür von Knuckles' Einzelzelle zu öffnen. Sie hatten sich für eine Abkürzung entschieden, die sie ihr mitgaben, nachdem sie sich bereit erklärt hatte, die Ablenkung zu spielen.

Erneut legte Piggy ihr die Hand auf den Schenkel. »Du kannst deinem Freund sogar sehr helfen. Essen, Medikamente, vielleicht sogar eine Freilassung. Es kommt darauf an, wie viel dir an ihm liegt. Wie lange bleibst du in Chiang Mai?«

Sie bedachte ihn mit einem lauen Lächeln und er ließ die Hand auf ihrem Schenkel. Ihr war klar, was er wollte, was er da andeutete. Nämlich dass es mehr als ein »Treffen« geben sollte. Sie sagte ihm die Wahrheit.

»Ich hoffe, ich fliege heute noch zurück nach Bangkok.«

Darauf verfinsterte sich sein Gesicht, er sah aus wie ein bockiges Kind. »Dann sollten wir das Beste daraus machen, meinst du nicht?«

Sie erwiderte nichts darauf. 100 Meter voraus sah sie die Kreuzung mit der Straße, die zum Mae-Ping-River führte. Und den Pick-up, der mit laufendem Motor am Straßenrand stand. Sie merkte, wie die Zeit langsamer lief.

Piggy sagte noch etwas, kurbelte am Lenkrad, verließ den Highway. Als Jennifer aus dem Fenster blickte, sah sie Brett gleichmütig in der Fahrerkabine des ramponierten Nissan-Trucks sitzen, die Motorhaube zu ihnen gerichtet. Er wartete.

Kaum war ihre Tür vorüber, machte der Pick-up einen Satz und sie wappnete sich für den Aufprall, schrie der

Wirkung halber auf. Der Pick-up traf sie heftig rechts hinten an der Seitenverkleidung, was dazu führte, dass Piggys Auto einen kleinen Hüpfer machte. Der Aufprall war zwar hart, aber nicht so schlimm, wie sie erwartet hatte. Nach wenigen Metern kamen sie zum Stehen, der Toyota zog zur Seite und Piggy brüllte auf Thai herum.

Fluchend stellte er den Motor ab. Sobald er ausgestiegen war, schnappte sie sich den Symbol-PDA und zerrte ein Gerät zum Klonen aus ihrer Handtasche. Nichts weiter als ein USB-Stick mit einem Kabel daran, aber er enthielt die nötige Software, um den PDA innerhalb von Minuten zu duplizieren. Sie stöpselte ihn in den Mini-USB-Port ein, sah zu, wie das Display des Symbol-PDA erlosch. Nun konnte sie nur noch warten, bis es wieder aufleuchtete. Vermutlich in zwei Minuten.

Sie warf einen Blick nach hinten, sah Brett mit den Händen in der Luft herumfuchteln, während Piggy mit dem Finger auf sein Gesicht deutete. Sie widmete sich wieder dem PDA, sah zweimal hin, wandte sich erneut der Scheibe zu. Auf der schmuddeligen Außenterrasse eines hausgemachten Straßencafés saß Decoy. Ein leichtes Grinsen auf den Lippen, sah er ihr bei der Arbeit zu. Eine Sonnenbrille verbarg seine Augen.

Eine Minute und 40 Sekunden waren vorüber, und noch immer zeigte das Display nichts an. Zwei Minuten. Sie begann zu schwitzen. Abermals blickte sie nach hinten. Brett hob die Hände, redete immer noch. Piggy hatte sich beruhigt.

Mir läuft die Zeit davon.

Drei Minuten. Nichts auf dem Display. Sie sah, wie Brett seine Brieftasche wieder einsteckte, und wusste, dass ihr nur noch Sekunden blieben.

Sie starrte auf das Display, bemüht, es mit reiner Willenskraft dazu zu bringen, dass etwas auftauchte.

Komm schon. Komm schon!

Zu ihrer Überraschung flackerte es, dann scrollten Buchstaben in thailändischer Schrift darüber.

Ja!

Sie riss den Kopierstick heraus, warf den PDA auf den Rücksitz und ließ den USB-Stick aus dem Beifahrerfenster fallen, wirbelte herum, als sie hörte, wie die Fahrertür geöffnet wurde, betete, dass Piggy es nicht gesehen hatte.

Er setzte sich ans Steuer. »Ihr Amerikaner glaubt doch, ihr könnt euch aus allem freikaufen.« Mit einem Grinsen legte er ihr wieder die Hand aufs Knie. »Zum Glück für euch beide trifft das in meinem Fall auch zu.«

Erleichterung durchflutete sie, seine Hand ein kleiner Preis für den Erfolg. Als sie losfuhren, blickte sie aus dem Fenster, sah Decoy auf eine reichlich mitgenommene Honda steigen.

Ich konnte nicht anders, ich musste lächeln, als die Meldung einging, weil dies nämlich hieß, dass Phase eins erfolgreich abgeschlossen war. Außerdem wusste ich, dass Brett sich ärgerte.

»Pike, hier ist Blood. Komme mit dem Klon.«

Brett war neu, seit kaum einem Jahr im Team. Er war von der Special Activities Division der CIA zu uns gekommen, daher war ihm noch kein Rufzeichen zugewiesen. Bei unserem letzten Einsatz – seinem ersten mit mir – hatte er eine absolut idiotische Bemerkung über das alte Hausmittel Mercurochrom gemacht, es Affenblut genannt. Darum verlieh ich ihm zum Start dieses Einsatzes das Rufzeichen Blood.

Als Afroamerikaner hatte er sofort gemeckert und gemeint, auf gar keinen Fall nehme er dieses Rufzeichen. Hatte über Klischees gejammert, über Gangs wie die Crips und Bloods und so weiter. Zu seinem Pech kann sich niemand sein Rufzeichen aussuchen. Wäre dies der Fall, hieße jeder Kommandosoldat der Taskforce bloß Thundercock. Das Rufzeichen findet einen, so wie in diesem Fall.

Letzten Endes akzeptierte er es. Schließlich waren die Einzigen, die es hören konnten, sein Team. Er wusste, dass wir farbenblind waren und jedem klar war, woher es stammte. Trotzdem ärgerte er sich darüber, nicht anders als Jennifer über ihr Rufzeichen Koko. Und der Rest des Teams hatte etwas zu lachen.

Ich alarmierte Retro, der mit dem Gefangenentransporter wartete, damit er kam. Bevor er eintraf, fuhr Blood in seinem lädierten Nissan vor.

»Irgendwelche Probleme?«

Er reichte mir den USB-Stick. »Nicht, das hier zu kriegen. Aber Piggy ist ein Arschloch.«

»Hoffen wir, dass dieser Klon funktioniert, sonst sind wir im Arsch. Jetzt läuft die Zeit.«

Alles, was ich von Jennifer verlangte, waren 30 Minuten. Dann wäre sie draußen, ob wir nun fertig waren oder nicht.

»Kann ich jetzt los?«, fragte er.

»Ja. Gib mir Bescheid, wenn du bei Buckshot bist. Ich mag das wohlig-warme Gefühl ums Herz, zu wissen, dass wir ein Fluchtfahrzeug haben für den Fall, dass uns jemand auf den Fersen ist, wenn wir rauskommen.«

Ein Van fuhr vor, hinten fensterlos, offizielle Thai-Embleme an den Seiten. Auf dem Fahrersitz saß ein Thai in Polizeiuniform. Izzy hatte den Mann geschickt, er würde mit mir reingehen. Es war derselbe Kerl, der mich in Izzys Bar geführt und während des Gesprächs hinter mir gestanden hatte. Er hieß Nung, »Nummer eins« auf Thai, seinen richtigen Namen wollte er nicht preisgeben.

Ich ging zum Heck des Vans, machte die Tür auf und sah einen weiteren Thai in Uniform, der – wirklich einfallsreich – Song hieß, beziehungsweise »Nummer zwei«. Ihm gegenüber saß Retro, nun in Häftlingskleidung und an den Boden »gekettet«.

Ich gab Retro den USB-Stick, und umgehend machte er sich mit unserem PDA ans Werk. Es war zwar kein Motorola Symbol, doch Retro war davon überzeugt, dass er ausreichte. Er sagte, alles, was er brauche, sei ein Rechner, WLAN und die Möglichkeit zur IP-Telefonie und dass das spezifische Modell keine Rolle spiele. Er war schon so etwas wie ein Computerfreak. Darum glaubte ich ihm, wenn er sagte, es werde funktionieren. Immerhin blieb mir ja keine allzu große Wahl.

Während er den Download beendete, erteilte ich meine letzten Anweisungen. »Okay, Nung, du gehst voran. Vergiss nicht, wir müssen an drei Posten vorbei. Du handhabst alles, was mit Thai zu tun hat, und wendest dich nur an mich, falls wir auf Widerstand stoßen. Ich spiele den miesen Typen vom State Department. Hast du den Handyblocker?«

Nung wirkte vollkommen ruhig, nickte einfach. Ich fragte mich, was zum Teufel er wohl bisher gemacht hatte.

Warum bist du kein bisschen nervös bei so einem schwachsinnigen Plan?

Die taktische Seite des Hauses war unser Einsatzplan im Kleinen – nämlich einen Posten im Gefängnis davon zu überzeugen, dass der andere gesagt habe, es sei in Ordnung fortzufahren, in der Hoffnung, dass keiner dahinterkam.

»Song, noch irgendwelche Fragen zu deiner Rolle?«

Er schüttelte den Kopf. Nein.

»Vergiss nicht, du bist der kritische Part. Die müssen dich für Piggy halten.«

»Kein Problem, kein Problem«, sagte er im typischen Thai-Singsang.

»Wie sieht es aus, Retro?«, fragte ich.

Er drückte einige Tasten, las etwas vom Display ab und grinste.

»Wir sind drin. Knuckles' Zellentür ist kein Problem.«

15

Jennifer kämpfte darum, die Fassung zu bewahren. Kaum war der Adrenalinschub ihrer Kopieraktion verflogen, spürte sie bereits, wie sich alles wieder anstaute, während sie sich Piggys Wohnung näherten. Jeder Kilometer, den sie zurücklegten, hallte in ihr wider wie das Scheppern einer Achterbahn, die unaufhaltsam nach oben gezogen wurde.

Während sie eine saubere Straße entlangfuhren, die nur einspurig befahrbar war, zählte sie die Häuser, wusste, dass seines das zehnte nach der Kreuzung war. Viel zu bald kamen sie dort an. Als Piggy den Motor abstellte, betätigte sie die Stoppuhr an ihrer Uhr, sah zu, wie sie von 30 Minuten rückwärts zählte. Jede Sekunde schien länger zu dauern als die vorhergehende.

Mit einem Echsenlächeln sagte Piggy: »Wollen wir?«

Sie nickte lediglich, machte ihre Tür auf.

Das Haus war erstaunlich sauber, Teak-Möbel und ein großer Flachbildschirm an der Wand. In der Luft hing ein schwacher Duft nach Zitrone. Piggy ging in die Küche, kehrte mit zwei Flaschen Singha-Bier zurück.

Jennifer winkte ab. »Ich möchte wirklich bloß erörtern, wie ich meinem Freund helfen kann. Können wir das tun?«

Piggy ging zu der Couch vor dem Fernseher. »Natürlich!«

Sie nahm auf einem Teak-Stuhl ihm gegenüber Platz, stellte ihre Handtasche daneben. »Nein, nein«, sagte er. »Setz dich hierher. Neben mich.«

Der Schweiß brach ihr aus. Ihr war übel. Sie glaubte nicht, dass sie die Kraft hatte, das zu tun. Sie dachte an Knuckles, rief sich ins Gedächtnis, weshalb sie hier war. Dachte an Decoy, der draußen war, nur einen Tastendruck ihres Handys entfernt, bereit, die Tür einzutreten. Zögernd ging sie zur Couch.

Kaum hatte sie sich gesetzt, rutschte er auch schon neben sie und begann ihren Schenkel zu reiben, sodass sich alles in ihr verkrampfte.

»Hören Sie auf damit! Sie sagten, wir wollen zuerst reden.«

Er beugte sich über sie, sie konnte die Gewürze in seinem Atem riechen. »Reden wir später. Erst die Bezahlung.«

Es reicht.

Sie schob ihn weg, sprang auf. Ein Blick auf die Uhr. Bestürzt stellte sie fest, dass erst zehn Minuten vergangen waren. Sie fing an zu zittern.

Piggy stand auf, nun eindeutig verärgert. »Tu bloß nicht so, als wüsstest du nicht, weshalb du hier bist.

Entweder du bezahlst jetzt, oder anstatt deinem Freund zu helfen sorge ich dafür, dass man ihm wehtut.«

Sie sah ihre Handtasche am anderen Ende des Zimmers. Musste dorthin kommen. Sie musste ihn hinhalten. *Nur wie? Was wird er vermuten?* Sie ließ die Schultern hängen. »Okay, okay, aber lass mich erst etwas aus meiner Handtasche holen. Ein Kondom.«

Sie bewegte sich darauf zu, da hörte sie ihn schon: »Kein Kondom. Ich bin nicht krank.«

Sie hob die Tasche auf, langte hinein, spürte das Gewicht der Mark III. »Doch! Du *musst* ein Kondom überziehen. Ich habe gehört, was es hier alles für Krankheiten gibt.«

Sie drehte sich zu ihm um, nur um festzustellen, dass er bereits über ihr war. Er griff nach ihrer Handtasche. »Kein Kondom!«, brüllte er.

Sie entriss ihm die Tasche, und er schlug mit einer ungestümen, auf ihren Kopf gezielten Geraden auf sie ein.

Überkorrekt wie nur jemand vom State Department, hoffte ich, marschierte ich auf die Einlasskontrolle zu, präsentierte meinen schwarzen Diplomatenpass. »Ich bin hier als Zeuge bei der Verlegung des amerikanischen Gefangenen Alpha 12 28.«

Der Wärter sagte etwas auf Thai, viel zu schnell, um etwas zu verstehen. Hilfe suchend wandte ich mich an Nung, ließ ihn übernehmen. Es gab ein kleines Wortgeplänkel, von dem ich fast nichts mitbekam, etwas über eine merkwürdige Tageszeit oder nicht die übliche Zeit oder sonst einen Blödsinn.

Schließlich brachte Nung ihn dazu, wenigstens im Computer nachzusehen, und mit einem Mal bekam ich

Fracksausen. Falls die Taskforce das hier vermasselte, wäre ich in null Komma nichts hier raus und würde umgehend nach Hause fliegen, um einem Hacker eine reinzuhauen.

Nach meinem Treffen mit Izzy schätzte ich, ich hatte eine Lösung, zu 80 Prozent wenigstens. Darum rief ich Kurt an und legte ihm alles dar. Er war unterwegs zu einer Sitzung der Aufsichtskommission, was nie etwas Gutes war, und hatte nur wenig Zeit zu reden. Ich bekam von ihm die Genehmigung, das Ganze mit unserer Hackerzelle abzusprechen und »Optionen auszuloten«. Dabei machte er mir unmissverständlich klar, dass ich lediglich die Lage auskundschaften sollte. Keine Ausführung. Das war der Grund, weshalb ich die letzten beiden Anrufe weggedrückt hatte. Ich hatte keine Lust, mir das händeringende Gejammer der Aufsichtskommission anzuhören. Hätte Kurt mitbekommen, wie sehr Knuckles' Zustand sich verschlimmerte, hätte er den Einsatz selbst geleitet.

Vom Bildungsministerium aus hatten wir ja das Metropolitan Police Bureau angezapft – der Grund, warum Knuckles überhaupt im Gefängnis war. Mithilfe dieser Cyber-Penetration war es der Hacker-Abteilung gelungen, ein Entlassungsformular zu duplizieren und ins offizielle System einzuspeisen. Na ja, zumindest hatten sie das gesagt. Gleich würde ich herausfinden, ob es stimmte.

Der Mann suchte ein bisschen, dann drehte er sich wieder zu uns um, schüttelte den Kopf. Diesmal verstand ich jedes Wort. »Kein solcher Antrag im System.«

Verflucht! Nutzlose Nerds!

»Sehen Sie bitte noch einmal nach«, sagte ich. »Vielleicht ist es im falschen Posteingang gelandet.«

»Es gibt keinen Posteingang. Das ist ein spezielles System.«

Ich hob die Stimme. »Sehen Sie noch einmal nach. Sofort! Ich werde nicht ohne ihn gehen.«

Innerlich machte ich mich bereit, genau das zu tun.

Er hämmerte ein paarmal auf die Tasten, durchsuchte diverse Seiten, hielt auf einmal inne, beugte sich zum Bildschirm vor, und ich fing an zu hoffen.

Mit argwöhnischer Miene drehte er sich zu uns um. »Ich habe es gefunden, aber es ist ein veraltetes Formblatt. Deshalb ging es direkt ins Archiv. Warum steht es nicht auf dem korrekten Formular?«

Jennifer traf keine bewusste Entscheidung, ihr Körper reagierte augenblicklich – wie eine Katze, die dem schwerfälligen Prankenhieb eines Bernhardiners ausweicht. Die Handtasche haltend, ließ sie ihren rechten Arm gegen den Kopf sinken, blockte Piggys ungezügelten Schlag mit der Linken, duckte sich unter seinem Arm hindurch, sodass sie hinter ihm stand. Sie schob eine Hand zurück in die Tasche, schloss sie um den Griff der Pistole, während sie sah, wie Piggy herumwirbelte, sein Gesicht wutverzerrt, die Hände an den Seiten zu Fäusten geballt, verwirrt, dass sein Schlag nicht getroffen hatte. Er begriff gar nicht, dass es kein blindes Glück gewesen war.

»Wenn ich sage, kein Kondom, dann meine ich auch: kein Kondom!«

Vor ihrem geistigen Auge sah sie Lucas Kane, durchlebte erneut den Überfall, spürte, wie ihr der Strick in die Handgelenke schnitt, während sie sich wehrte, zu entkommen versuchte. Der Gestank seines Körpers.

Knapp außerhalb ihrer Reichweite stand ein anderer Mann mit demselben Faible. Er wollte genau dasselbe von ihr. Wollte es sich mit Gewalt nehmen. Der Gedanke weckte eine Urangst in ihr, das Entsetzen ebenso stark, als wäre sie in einem brennenden Zimmer gefangen. Sie fing an zu keuchen, Panik stieg in ihr auf. *Raus hier. Du musst hier raus. Sofort! Bevor er dich in die Finger kriegt ...*

Mit einem Mal spürte sie die Wut.

Piggy rief etwas Unverständliches auf Thai.

Sie erwiderte nichts, ließ die Schwärze wachsen.

Piggy wechselte zu Englisch. »Lass die Handtasche fallen!«

Sie ließ die Pistole los, tat wie geheißen.

Piggy feixte. »Ja, so ist es recht. Wenn du meine Hilfe möchtest, musst du dafür bezahlen. Es muss ja nicht schwer sein.«

Sie roch den Angstschweiß, der vom Ausschnitt ihrer Bluse aufstieg, fragte sich, ob auch Piggy die bevorstehende Zerstörung spüren konnte. Sie hob die Hände in Kampfstellung, blickte ihm in die Augen.

Irritiert fragte Piggy: »Was tust du da? Willst du in den Knast zu deinem Freund?«

Sie kostete die Wut aus, die sie durchströmte, einen Fluss der Gewalt, der in ihr überschwappte, ins Freie drängte. Sie schöpfte Kraft daraus, lächelte. »Zeig mir, was du draufhast, du kleine Kröte!«

Mit einem kehligen Schrei ging er auf sie los, drosch mit seinen Armen wie mit Windmühlenflügeln wirkungslos auf sie ein. Sie duckte sich, wich aus, packte sein Handgelenk, als er an ihr vorüberrauschte, nahm seinen Ellenbogen in einen Hebelgriff, übte Druck aus, bis er mit dem Gesicht nach unten am Boden lag.

Abermals schrie er, drohte ihr alle möglichen Abscheulichkeiten an.

»Dreh den Kopf«, sagte sie. »Sieh mich an!«

Er wälzte sich herum, bis er sie sehen konnte, sein linkes Ohr nach wie vor am Boden.

»Ich wollte, dass du das siehst.« Sie holte mit dem Fuß aus, traf seinen Ellenbogen direkt am Gelenk, zertrümmerte ihn, als würde sie einen Ast zerbrechen, um Feuerholz zu machen.

Diesmal heulte er nur kurz auf, da er vor Schmerz die Besinnung verlor. Die Haustür flog auf, und sie wirbelte herum, um sich der neuen Gefahr zu stellen, sah jedoch bloß Decoy, der hereingestürmt kam.

Er nahm die Szene in sich auf. »Mein Gott!«, sagte er. »Warum hast du mich denn nicht gerufen?«

»Nicht notwendig«, erwiderte sie. »Er stellte keinerlei Bedrohung dar.«

Decoy starrte sie einen Moment lang an, dann hob er ihre Handtasche auf, reichte sie ihr.

»Ich sagte dir doch, dass du gut darin bist.«

16

Der thailändische Justizvollzugsbeamte wiederholte die Frage. »Warum steht das Entlassungsgesuch auf einem Formular von vor zwei Jahren?«

Äußerlich blieb ich unbewegt, innerlich jedoch überschlugen sich meine Gedanken auf der Suche nach einer Antwort, die ihn davon abhielt, zum Telefon zu greifen. Dabei wäre dies exakt das, was jemand, der wirklich vom State Department war, verlangen würde.

»Ich habe keine Ahnung. Warum rufen Sie denn nicht die Arschlöcher an, die das verzapft haben, und klären die Sache?«

Der Beamte murmelte etwas auf Thai. Ich verstand nicht alles, aber es klang, als meckerte er über die Idioten in der Zentrale, und ich merkte, dass ich die Oberhand gewann. Nung hörte es ebenfalls und überraschte mich erneut, indem er sofort seine Rolle spielte.

»Beklagen Sie sich bloß nicht über die zentrale Dienststelle. Ihr da draußen sorgt doch immer für Ärger. Welchen Unterschied macht denn das Formular? Ich bin Stunden gefahren, um hierherzukommen, und es ist nach wie vor ein offizielles Ersuchen.«

»Ärger? Ihr Idioten verlegt tagtäglich Gefangene und kriegt es doch nie auf die Reihe. *Ihr* stellt die Regeln auf, haltet euch aber nie daran.«

Nung tat, als verkneife er sich eine Erwiderung. »Holen Sie einfach den Gefangenen. Ich rede mit den Leuten, die für den Fehler verantwortlich sind.«

Was für uns sprach, war die Tatsache, dass sich das Formular in *seinem* offiziellen System befand. Es war ja nicht so, dass wir es mitgebracht hatten, ein gefälschtes Stück Papier, das er infrage stellen konnte. Das schien das Blatt zu wenden. Das und die Tatsache, dass er sich einen so ausgeklügelten Gefängnisausbruch nicht vorstellen konnte. Er druckte die Anforderung aus, anschließend drückte er einen Knopf und ließ uns durch Tor eins.

»Folgen Sie mir zu Kontrollblock vier. Aber dieser Gefangene ist speziell und muss auch dezentral freigegeben werden, unabhängig von Ihrer offiziellen Anforderung.«

Piggy.

Ich tat, als hätte er mir soeben ein Geburtstagsgeschenk überreicht. Lächelnd betrat ich das Gefängnis. Wir durchquerten den Besuchsbereich und gelangten in die eigentlichen Zellenblocks. Sofort schlug mir ein furchtbarer Gestank entgegen, ein süßlicher Geruch nach ungewaschenen Körpern und stinkendem Wasser, der sich wie saure Milch in meinem Hals festsetzte.

Das Gefängnis war ein zweigeschossiges, u-förmiges Bauwerk mit einem Innenhof in der Mitte. Am offenen Ende des U stand ein einzelnes Gebäude, das keine Verbindung zu den übrigen Zellenblocks hatte, die neu errichtete Hochsicherheitseinrichtung, in der Knuckles einsaß. Um dorthin zu kommen, mussten wir den Hof passieren, und selbst dazu benötigten wir eine Genehmigung – unsere nächste Hürde.

Wir erreichten Kontrollblock vier, nichts weiter als ein Käfig, in dem ein Justizbeamter saß, der den Zugang sowohl zu den Zellen in diesem Block als auch zum Hof kontrollierte. Der erste Beamte erklärte dem Mann im Käfig, weshalb wir hier waren, reichte ihm das Entlassungsformular, drehte sich um und ging wieder. Der Mann warf einen kurzen Blick auf den Namen und zückte sein Handy. »Tut mir leid, aber ich brauche erst die Genehmigung aus dem Hochsicherheitstrakt, bevor ich Sie auf den Hof lassen kann.«

Ich blickte zu Nung. Dieser schob die Hand in die Tasche und schaltete den Handy-Störsender ein, den ich ihm für den unwahrscheinlichen Fall gegeben hatte, dass ich am Eingang warten musste und sie nur ihn als »offiziellen« Gefängnisvertreter weitergehen ließen. Eigentlich sollte das Gefängnis routinemäßig das verschlüsselte WLAN einsetzen, um über das Datennetz der

Symbol-PDAs VoIP-Anrufe zu tätigen. Doch bei unserer Erkundung hatten wir festgestellt, dass sie es im Grunde gar nicht nutzten und stattdessen lieber einfach eine Handynummer wählten. Ich musste diesen Kerl dazu zwingen, auf einen VoIP-Anruf zurückzugreifen.

Der Wärter wandte sich ab, das Handy am Ohr. Einige Sekunden lang stand er so mit dem Rücken zu uns, dann nahm er das Handy weg, starrte aufs Display. Er murmelte etwas, öffnete dann ein Schränkchen und entnahm ihm ein Gegenstück des PDA, den Piggy bei sich trug.

Jetzt geht's los!

Am liebsten hätte ich Retro angefunkt. Aber das verdeckte Funkgerät mit dem Handy zu tarnen, wenn aus einem unerfindlichen Grund alle anderen Handys nicht funktionierten, wäre ein bisschen merkwürdig. Und ich konnte ja schlecht herumlaufen und einfach in die Luft sprechen.

Ich blickte zu Nung hinüber. Er wirkte gleichgültig wie eh und je, sogar ein bisschen gelangweilt. Entweder war er ein kaltblütiger Bastard oder zu blöd zu begreifen, welches Risiko wir eingingen.

Mittlerweile sprach der Wärter im Flüsterton in den PDA. Andauernd blickte er zu uns herüber. Ich sah, wie seine Augen sich weiteten, dann legte er auf.

Er drückte eine Taste, sagte: »Folgen Sie der gelben Linie bis zum nächsten Kontrollpunkt, direkt gegenüber auf dem Hof. Der Mann, der Ihren Gefangenen freilassen wird, wird Sie dort in Empfang nehmen.«

Perfekt! Auf zu Tor drei.

Wir traten auf den Innenhof hinaus. Die Sonne war grell, die Hitze jedoch erträglich, verglichen mit der

Luftfeuchtigkeit Bangkoks. Als ich dem gelben Farbstreifen folgte, sah ich die Einzelzellen des Hochsicherheitstraktes. Brandneu, die Farbe noch frisch, sah er eher aus wie ein harmloser Krankenhaustrakt.

Schnurstracks marschierten wir über den Hof, als ob uns der Laden gehörte, zogen unseren Schwindel weiter durch. Piggy sei zwar »nicht hier«, »erfasste« jedoch, wie wichtig wir waren. Wir erzählten, an Kontrollblock vier hätten wir mit ihm gesprochen, und er habe die Tür für uns geöffnet, nachdem wir uns angemeldet hatten. Ich betete darum, dass dieser neue Wärter nicht bei Kontrollblock vier anrief, weil unsere Ausreden allmählich lächerlich wurden.

Zwei Minuten reinster Anspannung – beziehungsweise, in Nungs Welt, absoluter Langeweile, während wir erneut das Handyblocker-/PDA-Spiel spielten. Innerhalb von Minuten wurde Knuckles zu uns gebracht. Er sah 40 Jahre älter aus, Schorf am ganzen Körper wie ein Leprakranker. Der einzige Hinweis darauf, dass er kein Aids-Opfer war: der Ausdruck in seinen Augen. Sie waren leuchtend blau, bewegten sich hin und her. Er machte unsere Farce sofort mit, verhielt sich, als hätte er von Anfang an nur aufs State Department gewartet.

Wir folgten dem gelben Streifen zurück nach draußen. Ich musste Knuckles sogar beim Gehen helfen, während seine Fußfesseln über den Beton schrammten.

Verlegen meinte er: »Sorry, Mann! Bis auf deinen Besuch habe ich die ganze Zeit in diesem Loch gesteckt.«

Ich tätschelte ihm den Rücken. »Hör bloß auf mit den Entschuldigungen, du Weichei! Sag das alles der Taskforce, wenn ich denen erzähle, wie ich dich hier rausschleppen musste.«

Er grinste. »Ich bin froh, dass die Taskforce hält, was sie verspricht.«

Sein Lächeln war grotesk. Mit den fehlenden Vorderzähnen sah er aus wie ein Meth-Süchtiger. Der Zorn wollte mich packen, wenn ich daran dachte, wie sie ihn behandelt hatten. Dazu noch der Stepptanz, den die Aufsichtskommission wegen seines Schicksals vollführte.

Wir betraten den Innenhof, schlurften so schnell voran, wie Knuckles nur konnte angesichts der Fesseln und seines Gesundheitszustands. Als wir auf dem schmalen gelben Streifen zurückgingen, sahen uns die Thai-Gefangenen nur der Höflichkeit halber an, und ich wollte mir schon selber auf den Rücken klopfen wegen meines unglaublichen Geschicks bei Einsätzen, da holte Knuckles mich in die Wirklichkeit zurück.

»Pike, die Kerle da drüben links arbeiten für Piggy. Das sind die, mit denen ich Streit hatte. Sie fixieren uns, und das nicht ohne Grund.«

Ich ging weiter, sah, wie sich vier Häftlinge aus der Gruppe lösten, um mit uns Schritt zu halten. Das Tor zum Hauptgebäude war noch 70 Meter entfernt.

»Wie sieht es aus?«, fragte ich. »Müssen wir uns Sorgen machen?«

»O ja. Der alte Kerl da mit den Tattoos ist der Anführer. Er arbeitet mit Piggy zusammen. Er weiß, dass wir hier Bullshit abziehen, solange Piggy nicht hier ist. Bestenfalls will er es mir noch ein letztes Mal zeigen. Eine Schlägerei schert ihn einen Dreck. Seine Leute haben mich jede Nacht zusammengeschlagen, und jetzt will er mir eine letzte Abreibung verpassen.«

Die Vierergruppe änderte die Richtung, bewegte sich auf uns zu.

»Bleib cool«, sagte ich. »Ich bin vom State Department. Ein US-Offizieller. Die werden hier nichts tun.«

»Meinst du, die wissen das, weil du einen Anzug trägst?«, sagte Knuckles. »Die haben wahrscheinlich noch nie was vom State Department gehört. So oder so, das ist denen scheißegal. Die sind im Knast, und ich habe einen ihrer Jungs umgebracht. Alles, was dieses Arschloch will, ist noch ein letztes Mal. Du kannst ihm nichts tun.«

Ich ging weiter, sah das Tor näher kommen.

»Was ist mit den Wärtern? Was werden die tun?«

»Nichts, bis die Schlägerei vorüber ist. Das passiert andauernd. Pike, du musst sie schnell fertigmachen. Glaub mir, ich weiß es. Wenn du von den Wärtern Hilfe willst, musst du Stärke zeigen.«

Ich sah die Kerle näher rücken, ging meine Optionen durch, fand nichts als Landminen.

»Verflucht, das können wir nicht machen. Du hast keine Ahnung, was wir alles angestellt haben, um hier reinzukommen. Wenn wir Stunk machen, sind wir erledigt.«

Mit klirrenden Ketten schlurfte Knuckles weiter wie ein Wesen aus einem Tolkien-Roman, sprach das Offensichtliche aus.

»Den Stunk haben wir schon. Mach dich bereit zu kämpfen.«

17

Ich sah, wie die vier sich verteilten, die enge Marschgruppe auflösten und eine Kampfformation bildeten. Ich konnte es nicht fassen, wusste jedoch, dass Knuckles recht hatte.

»Nung, ich hätte dich vorher fragen sollen, aber kannst du kämpfen?«

Er ging weiter, als hätte er nichts gehört. Zu Tode gelangweilt, weil er sich in ein thailändisches Gefängnis geschlichen hatte, um einen *farang* rauszuholen, und zu allem Überfluss wollte ihm eine Gang der Thai-Mafia nun auch noch den Arsch aufreißen. *Wahrscheinlich wird er anschließend als Stricher den Iran infiltrieren.* Allmählich fing ich an, mich zu fragen, ob er sie noch alle hatte. Der Kerl war verrückt, und zwar wortwörtlich, nicht in einem coolen, krassen Sinn.

»Nung?«

Zum ersten Mal zeigte er eine Regung, ihm entschlüpfte ein Grinsen. »Ja, ich kann kämpfen. Ist es das, was du möchtest? Sie aus dem Weg räumen?«

Die Männer waren etwa zehn Meter entfernt, zeigten die Zähne. Einen Sekundenbruchteil lang dachte ich daran, meinen Ausweis zu zeigen, Immunität des State Departments geltend zu machen oder sonst einen Scheiß. Irgendetwas, um die Auseinandersetzung zu vermeiden, die uns bevorstand. Doch als ich in die zähnefletschenden Gesichter sah, war mir klar, dass es bloß Zeitverschwendung wäre.

»O ja, genau das möchte ich. Du nimmst die beiden links von dir, ich die beiden rechts. Bist du sicher, dass du das schaffst? Ich will nicht, dass mir einer ins Genick springt.«

Die Männer waren auf zweieinhalb Meter heran. Nung fing an zu tänzeln, ein kleiner Muay-Thai-Tanz. Er hob die Fäuste auf Kopfhöhe. »Ja, das schaffe ich. Ich habe mich schon gefragt, warum mein Vater meinte, dass es eine Menge Spaß macht.«

Sein Vater?

Damit verpasste er dem ersten Typen einen vernichtenden Tritt an den Oberschenkel, ließ sein Schienbein wie eine Peitsche nach vorn schnappen. Der Häftling ging in die Knie, als hätte er ihm einen Wagenheber übergezogen. Der Kerl hatte kaum Zeit, sich zu wundern, warum er die Kontrolle über sein Bein verlor, da packte Nung ihn mit der Linken am Schopf und stanzte ihm einen Hieb direkt über die Nase, der ihn bewusstlos zusammensacken ließ.

Den Rest bekam ich nicht mehr mit, weil ich mich auf meine eigenen Zielpersonen konzentrierte, die mich beide umkreisten, um mich aus dem Gleichgewicht zu bringen. Ich beschloss, dass die Idee mit dem State Department vielleicht doch nicht so schlecht war, während ich Knuckles in seinen Ketten hinter mir hielt.

»Aufhören! Ich arbeite für die Vereinigten Staaten. Lassen Sie uns durch!«

Die Kerle grinsten, hoben die Fäuste. Mein Blick glitt zur Mauer, und natürlich ignorierten die Wärter alles, sahen einfach interessiert zu wie ein Haufen Gaffer, die in New York einen Straßenkampf beobachten.

Noch einmal spielte ich das Weichei. »Bitte, nicht schlagen! Lassen Sie uns in Ruhe!« Ich machte, wie ich hoffte, ein verängstigtes Gesicht, zog den Kopf ein, wartete auf den Angriff.

Er kam sehr schnell und die Erwiderung ebenso schnell. Der erste Kerl, überzeugt, er komme problemlos an mir vorbei und zu Knuckles durch, hakte einfach sein Bein bei mir ein und drückte, um mich zu Fall zu bringen. Stattdessen hielt ich sein Bein mit meinem fest, stemmte die Füße in den Boden, um einen guten Stand zu haben, schlang ihm den Arm um den Nacken und hieb ihm die Faust viermal ins Gesicht. Schon nach zwei Schlägen war er kampfunfähig.

Der tätowierte Anführer verpasste mir einen wilden Schlag seitlich am Kopf, dann sprang er mir auf den Rücken, legte mir die Arme um den Hals und fing an, mich zu würgen. Mit einem Ruck richtete ich mich auf und machte mich bereit, mich nach hinten fallen zu lassen, um mit meinem gesamten Körpergewicht auf ihm zu landen, als zunächst die Hände meinen Hals losließen. Auf einmal war der ganze Kerl weg. Ich wirbelte herum und fand ihn am Boden sitzend, die Beine ausgestreckt, Knuckles hinter ihm. Er verdrehte ihm den Kopf, als wäre er Linda Blair in *Der Exorzist,* während der Kerl ein schrilles Geheul ausstieß.

»Nicht!«, rief ich.

Knuckles sah mich an, nackte Mordlust in den Augen. »Verflucht noch mal! Tu's nicht!«

Mit zusammengebissenen Zähnen verdrehte er ihm den Kopf noch einen Moment länger, schielte zu mir, flehte geradezu darum, den Kerl umbringen zu dürfen. Mein Blick bohrte sich in seinen, ein unausgesprochener Befehl aufzuhören. Eine Sekunde lang spielten wir das Anstarrspiel, während ich den Zeitdruck spürte und er das Verlangen nach Rache. Dann wechselte er die Position, schlang dem Anführer den Arm um den Hals, um ihm die Blutzufuhr zum Gehirn zu unterbrechen. Ein, zwei Sekunden lang schlug der Kerl wild um sich, dann wurde er bewusstlos.

Ich wirbelte herum, um nach Nung zu sehen, fand ihn über zwei ausgestreckt daliegenden Körpern stehend. Wieder im Langeweile-Modus. Er blickte in meine Richtung, anschließend zu den Wärtern, eine unausgesprochene Aufforderung, mich endlich in Bewegung zu setzen.

Schließlich setzten sie sich doch in Bewegung, auf uns zu, einige im Laufschritt, die meisten jedoch recht gemächlich. Wir schlurften, so schnell wir konnten, die schmale gelbe Linie entlang. Ich rief etwas wegen der schwachen Reaktion der Wachen, schwenkte meinen schwarzen Diplomatenpass wie jemand vom State Department, so hoffte ich. Die Wachen agierten völlig konfus, erst versuchten sie, uns aufzuhalten, dann scharten sie sich um die am Boden liegenden Männer.

Nung rief etwas von wegen Krankenstation, und sie ließen uns durch, doch mir war klar, dass nun die Uhr tickte. Es war nur eine Frage der Zeit, bis sie das Gefängnis abriegelten.

Wir schafften es durch Kontrollblock vier ins Gefängnisgebäude. Ich schnauzte jeden Wärter an, den ich zu sehen bekam, peitschte sie mit Worten, damit sie uns durchließen. Wir schlurften an jedem vorbei, der uns eine Frage stellte, erreichten das Tor am Gefängnisausgang. Dann ging der Alarm los.

Da haben wir's!

Sofort ging der erste Posten, dem wir beim Betreten des Gefängnisses begegnet waren, in Gefechtsmodus und stellte alle Aktivitäten bis auf das Anlegen seiner Schutzausrüstung ein, eine pawlowsche Reaktion, die uns möglicherweise auf ewig hier drin belassen konnte. Hinter Gittern.

»Öffnen Sie das Tor«, sagte ich. »Wir gehen jetzt!«

Er ignorierte mich. Ich blickte zurück, den Gang entlang, und sah jede Menge Beamte hervorströmen, so als hätte jemand einen Ameisenhaufen umgestoßen.

»Öffnen Sie das verdammte Tor!«

Er rief etwas, deutete auf eine Reihe Stühle, offensichtlich wollte er, dass wir warteten. Nung trat vor, sagte leise etwas auf Thai. Der Posten bat ihn, es zu wiederholen, und Nung winkte ihn zu sich. Als er den Rand seines Käfigs erreichte, schoss Nungs Hand wie eine Schlange durch das kleine Fensterchen, umklammerte seinen Hals.

Nung sprach langsam genug, dass ich es verstehen konnte. »Dieses Gefängnis wird geführt wie ein Kindergarten. Wir haben heute noch Termine. Müssen den *farang*, den wir abgeholt haben, der Gerechtigkeit zuführen. Öffnen Sie das Tor!«

Dem Mann traten die Augen aus den Höhlen, er klatschte auf sein Pult, verzweifelt bemüht, den Schalter hinter sich zu treffen. Er fand ihn, und wir waren draußen, gingen schnurstracks zu Retro und dem Gefangenentransporter.

18

Wir schafften es, ohne Ärger vom Parkplatz zu fahren, da die Beamten sich auf das Innere ihres Gefängnisses konzentrierten. 30 Minuten später stießen wir zu unseren eigenen Fahrzeugen, die uns zu unserer Maschine bringen sollten. Ich sah Jennifer auf dem Beifahrersitz, zwinkerte ihr zu.

»Freut mich, dass du deinen Hush Puppy nicht benutzen musstest. Guter Job mit dem Klon.«

Sie lächelte schwach, sagte jedoch nichts. Ich kannte diesen Ausdruck. Sie war wegen etwas verlegen. »Was ist passiert? Musstest du Decoy zu Hilfe rufen? Ich hatte meine 30 Minuten, das kann dich also nicht verärgert haben.«

Decoy, der Knuckles half, drehte sich um. »Um Himmels willen, nein! Sie hat mich nicht zu Hilfe gerufen. Hat sich überhaupt nicht gemeldet. Und ja, du hattest deine 30 Minuten. Du hättest auch 24 Stunden haben können. Shit, zehn Jahre nach dem, was Jennifer mit ihm angestellt hat.«

Ich setzte dazu an, mich nach der Geschichte zu erkundigen, sagte jedoch: »Okay, später bei der Nachbesprechung. Im Moment sollten wir besser verschwinden.«

Da der Transfer beendet war, zog ich Nung beiseite.

»He, ich habe keine Ahnung, womit du deine Brötchen verdienst. Aber vielleicht könnte ich dich in Zukunft mal gebrauchen. Du hast ein paar echte Talente. Kann ich dich anrufen?«

Er lächelte. »Ja. Ich kann wieder arbeiten, falls der Preis stimmt.«

Er schrieb seine Nummer auf einen Zettel, und da ich ihm ja keinen Cent für seine Hilfe zahlte, fragte ich aus reiner Neugier: »Wie viel springt bei diesem Job für dich raus?«

»Kein Geld, überhaupt nichts. Ich habe meinem Bruder eine Schule besorgt. Eine Chance auf ein besseres Leben als ich.«

Er reichte mir die Nummer, damit drehte er sich wortlos um, stieg in den Gefangenentransporter und fuhr davon.

Der Pilot sagte, wir befänden uns im Landeanflug auf Bangkok, und ich wartete, bis die Räder aufsetzten, bevor ich auf meinem Laptop die Verbindungstaste für das

»Firmen«VPN drückte. Ich wollte den Lagebericht an Kurt so lange wie möglich hinauszögern.

Ich hatte vier entgangene Anrufe von ihm, jeder absichtlich ignoriert, und mir war klar, dass er auf 180 sein würde. Insbesondere falls er angerufen hatte, um mir direkten Befehl zu geben, die Finger von Knuckles zu lassen.

Ich hörte, wie der Computer seine zahllosen Schaltungen durchlief, und wurde bestimmt 15-mal umgeleitet, bevor irgendein Algorithmus zu dem Schluss kam, dass es nun sicher sei, den Computer auf Kurts Schreibtisch klingeln zu lassen. Jeder, der zusah, würde glauben, ich riefe in Charleston, South Carolina, an und nicht in Washington, D. C. Ich warf einen Blick nach hinten in die Maschine und sah, dass mich alle anstarrten. Sie fragten sich, was wohl passieren würde, wenn Kurt erfuhr, was wir getan hatten.

Er nahm sofort ab. Wie erwartet war er ein wenig verärgert, aber nicht halb so sehr, wie ich gedacht hatte. Eigentlich schien es fast, als täte er bloß so, als wäre er sauer..

»Pike, wie lauten die Regeln für einen Lagebericht, wenn ein Team sich im Einsatz befindet?«

»Sir, ich weiß. Ich hätte Sie zurückrufen sollen, aber ich war beschäftigt. Tut mir leid! Ich meine, es ist ja nicht so, dass ich hier ein Einsatzprofil hätte.«

»Nein, das stimmt. Weil Sie nämlich nicht an Ihr verdammtes Telefon gegangen sind.«

Diese Aussage weckte meine Aufmerksamkeit. »Sie haben einen Einsatz für mich? Im Ernst?«

Er lehnte sich auf seinem Stuhl zurück, mit einem Mal argwöhnisch, weil ich so eifrig klang. »Warum haben Sie Knuckles noch nicht erwähnt?«

»Ähh … na ja … Möchten Sie mit ihm sprechen?«

Ich erntete lediglich Schweigen.

»Sir, die hätten ihn umgebracht. Ich hatte einen soliden Plan, und den habe ich ausgeführt. Ich ging genau so vor, wie ich es Ihnen vorher sagte.«

Einen Moment lang sagte er nichts, dann stieß er hörbar den Atem aus.

»Ich nehme an, ich hätte es wissen müssen. Sie haben ihn also rausgeholt. Wie hoch ist der Schaden?«

Ich gab ihm eine prägnante Kurzzusammenfassung unserer Mission, ließ allerdings Izzy und meinen Kumpel bei der JUSMAG außen vor, spielte lediglich auf Hilfe im Land an, die ich bereits hatte, als er mir die Genehmigung gab, mit unserer Hackerzelle zu sprechen. Er hörte mir zu, schließlich unterbrach er meine Geschichte.

»Kommen Sie auf den Punkt. Wie hoch ist das Risiko, dass wir kompromittiert werden? Muss ich bei der Aufsichtskommission Schadensbegrenzung betreiben?«

»Es gab ein bisschen Theater, aber wir kamen sauber dort raus. Es gibt bloß einen einzigen Typen, der der Sache wirklich auf den Grund gehen will, aber der liegt die nächsten paar Tage im Krankenhaus. Obendrein fanden wir belastende Informationen über ihn. Der Einheimische, der mir geholfen hat, wird ihm einen Besuch abstatten.«

Song, der Mann, der Piggy gemeinsam mit Retro nachstellte, hatte tonnenweise übles Zeug auf Piggys geklontem PDA gefunden. Das erklärte, weshalb er ihn tagtäglich mit nach Hause nahm, anstatt ihn im Gefängnis zu lassen. Eine wahre Fundgrube krummer Dinger, die ihn selber von heute auf morgen in den Knast bringen konnten. Bevor wir von Chiang Mai abflogen, hatte ich Nung angerufen und ihm Anweisung erteilt, Piggy in der Klinik aufzusuchen. Entweder ließ er Knuckles laufen, oder er konnte schon mal anfangen zu üben, wie man mit dem Rücken zur Wand duscht.

»Wird das ausreichen?«

»Ja! Er dürfte wohl kaum zugeben wollen, dass er sich von einer Frau, die er um Sex erpresste, den Arsch versohlen ließ. Insbesondere wenn er das Beweismaterial sieht, das wir über seine sonstigen Aktivitäten haben.«

»Was ist mit den Helfern vor Ort? Was wissen die?«

»Nichts! Sagen wir einfach, sie sind es gewohnt, ohne jede Information zu arbeiten.«

»Wie sind Sie an die rangekommen? Wie hoch sind die Kosten?«

»Das ist ja das Schöne daran«, meinte ich. »Es hat überhaupt kein Geld gekostet.« Ich erzählte ihm von dem Problem mit der Schulzulassung. Während ich die Geschichte zum Besten gab, merkte ich, wie sein Verhalten umschlug. *Schätze, er sieht nicht das Schöne daran ...* Zuletzt bemerkte ich richtigen Zorn.

»Verflucht noch mal, Pike, verlangen Sie etwa, dass ich zur Aufsichtskommission gehe und jemanden darum bitte, in das Zulassungsverfahren eines ausländischen Internats einzugreifen?«

Nun wurde auch ich etwas unwillig. »Ja! Genau das tue ich. Bringen Sie den Außenminister dazu, einen Anruf zu tätigen. Zum Teufel, wir befinden uns doch überhaupt erst in dieser Situation, weil er nicht zugunsten von Knuckles eingreifen wollte. Ich bin sicher, dass er jemanden kennt, der jemanden kennt, der weiß, wer da helfen kann.«

Einen Moment lang sagte Kurt nichts, dann wechselte er die Gangart. »Wie geht es Knuckles?«

»Sie haben ihn ziemlich verprügelt, aber überwiegend bloß Beulen und blaue Flecken. In Deutschland lassen wir ihn von einem Arzt untersuchen, aber ich wette, in ein paar Tagen ist er wieder der Alte. Was er wirklich unbedingt braucht, ist ein Zahnarzt.«

»Und das Team?«

»Ist startklar! Jennifer und ich sind die Einzigen, die offen im Einsatz waren. Alle anderen sind nach wie vor sauber. Also, was gibt es?«

Ich wusste, dass er sich nicht aus Höflichkeit nach dem Team erkundigte. Er wollte wissen, ob wir nach dem Gefängnisausbruch einsatzbereit waren.

»Knuckles' Wanze hat einige interessante Informationen zutage gefördert, und wir haben die Freigabe, zu ermitteln. Sie sollen nur jemanden im Auge behalten. Nichts weiter, so lange, bis ich Sie durch das ursprüngliche Team entsetzen kann, das wir abgezogen haben. Sie sind bloß dort, um die Sache in den Griff zu bekommen, bis wir das Team wieder anlanden können. Dann kommen Sie nach Hause.«

Innerhalb von 15 Minuten gab er mir einen kurzen Überblick. Ein General der iranischen Al-Quds-Brigaden hielt sich zurzeit in Thailand auf, und Kurt erteilte uns den Auftrag, ihn zu beschatten – was bei mir sofort die Alarmglocken schrillen ließ.

»Sie wollen, dass ich einem Agenten eines ausländischen Nachrichtendienstes nachstelle? Hat die Kommission Omega-Freigabe für eine staatlich protegierte Zielperson erteilt?«

Die Taskforce bezeichnete jede Phase einer Operation mit einem anderen griechischen Buchstaben. Omega, der letzte Buchstabe, bedeutete, dass wir die Befugnis zu einer

Verhaftung hatten. Allerdings hatten wir noch nie jemanden einer souveränen Regierung aufs Korn genommen. Wir hatten ausschließlich mit Terroristen auf nicht staatlicher Ebene zu tun.

»Nein, nein. Werden Sie nicht übereifrig. Wir sind noch nicht mal in der Nähe von Omega. Wir wollen diesen Kerl bloß im Auge behalten, das ist alles. Mal sehen, ob wir herausfinden können, was er vorhat.«

»Gut, das genügt. Haben Sie einen Anhaltspunkt, bei dem wir beginnen können?«

»Ja! Ich sende Ihnen ein komplettes Paket, aber Sie müssen sich an die Regeln halten. Ich habe Verständnis dafür, dass Sie Knuckles rausgeholt haben. Shit, praktisch wünschte ich mir, dass Sie das tun. Ich bin froh, dass Sie Ihren Plan ausgeführt haben. Aber diese Zielperson ist zu sensibel für einen unabhängigen Job.«

»Weil er ein iranischer General ist?«

»Weil er sehr, sehr gut ist. Und höchstwahrscheinlich führt er etwas sehr, sehr Übles im Schilde.«

19

Malik war 40 Minuten zu früh zu dem Treffen mit dem Wissenschaftler erschienen, und nun spürte er, wie die Luftfeuchtigkeit Singapurs ihm allmählich in die Kleidung drang.

Nachdem sie den Sohn geschnappt hatten, hatte er den ersten Flug genommen und den größten Teil des gestrigen Nachmittags damit verbracht, sich mit der Gegend vertraut zu machen. Der Biopolis-Komplex war nicht schwer zu finden und noch leichter zu erreichen, da er direkt an der Metrostation Buona Vista MRT lag. Das machte Malik kein bisschen zuversichtlicher, da ihm klar war, dass die Schwierigkeiten erst im Komplex selbst beginnen würden.

Der Campus mit über einem Dutzend Gebäuden, allesamt mit einer Anspielung auf die Biologie im Namen wie »Helios« oder »Genom«, strotzte geradezu vor Kameras und Security. Anscheinend wurde der Eingang jedes einzelnen Gebäudes von Uniformierten bewacht, hinzu kam eine ganze Phalanx biometrischer Ausweise und Scanner. An einem normalen Tag schon schlimm genug, war es sonntags noch schlimmer. Alles war verlassen, er kam sich vor, als würde er von jedem Posten angestarrt.

Er ging ein wenig umher und setzte sich schließlich in ein Straßencafé, das peranakanische Küche anbot. Es lag hinter dem Chronos-Gebäude, unterhalb eines Labors für Tropenkrankheiten – mit den üblichen Wachen am Haupteingang.

Da ihm die Speisekarte nicht im Geringsten zusagte, bestellte er eine Tasse Tee und begutachtete den Bereich. Ungeachtet der Speisenauswahl sagten ihm die zahllosen Fluchtwege zu, die das Café bot, darum beschloss er, dass hier der Erstkontakt stattfinden sollte. Er nahm sein Handy und ließ den Wissenschaftler wissen, wo er ihn finden konnte.

Dieses Treffen hatte die höchste Risikostufe, das war ihm klar. Er hatte keine Zeit gehabt, dem Wissenschaftler persönlich zu zeigen, welche Gefahr er darstellte. Keine Chance, die notwendige Furcht zu verstärken, damit der Mann voll und ganz kooperierte. Falls der Wissenschaftler seinen ersten Anruf aus Thailand entgegengenommen und anschließend sofort die Polizei informiert hatte, würden sie ihn schnappen wie einen Fisch an der Angel. Er hoffte, es reichte aus, dass der Mann das Flehen seines Sohnes am Telefon gehört hatte.

Dabei war die Mission an sich schon riskant genug.

Malik konnte nicht anders, er musste bei dem Gedanken daran lächeln. Wie Kavi vor Verwirrung die Augen schier aus den Höhlen traten, kurz bevor sie ihm die Kapuze überzogen.

Eine Thai-Gaunerei hätte Kavi meilenweit gegen den Wind gerochen. Bei einer Gefahr durch Thais hätte er instinktiv gewusst, wann es Zeit war zu verschwinden. Aber wie die Maus, die an einer unbekannten Schlange schnüffelt, hatte er keine Ahnung, was ihm blühte.

Bis sie ihm die Kapuze über den Kopf zogen.

Seine Männer hatten perfekt agiert, selbst wenn man in Betracht zog, dass sie seinen Befehl, die Konditorei zu verlassen, missachtet hatten. Aber eigentlich zeugte dies von der Fähigkeit, eine Situation einzuschätzen, sie zu analysieren und das Ziel zu erreichen.

Als sicheres Haus, um Kavi unterzubringen, hatte Malik eine Villa an der Soi 3 gemietet, ein paar Blocks von der Sukhumvit Road entfernt. Als nach dem Zugriff die Anspannung des Teams endlich nachließ, begannen sie, sich gegenseitig auf die Schultern zu klopfen und Allah zu preisen, ihr Eifer für die Mission verflochten mit der Revolution. Mit dem Bedürfnis, sein Leben mit etwas Größerem zu verbinden als man selbst.

Malik hatte natürlich mitgemacht, dabei hatte für ihn die Revolution schon längst ihren Glanz verloren. Er lief nicht mehr herum und skandierte alles, was aus dem Mund des Ajatollah kam, betete nur noch selten, zog die Verkündigungen Mohammeds selbst über die

Anstrengungen des Dschihad heran, die ihm für seine Aufgabe Vergebung gewährten. Ihm war klar, dass er seine Arbeit als Ausrede strapazierte, doch er hatte einen Blick hinter die Kulissen getan und begriff, wie der Hase wirklich lief.

Da er in der iranischen Revolutionsgarde groß geworden war, hatte er eine harte Wahrheit gelernt: Allah half den Bedürftigen nicht. Sie halfen sich entweder selbst oder sie gingen unter. Beten machte da keinerlei Unterschied. In den brutalen Kämpfen mit Saddam Hussein hatte er das aus nächster Nähe erlebt. Tausende von Männern, eigentlich noch Jungen, wurden in die Bresche geworfen und niedergemetzelt, aus ihren Schädeln ein Schrein für Saddam Hussein errichtet. Doch je mehr sein Glaube schwand, desto tiefer wurde die Loyalität zu seinem Staat.

Er hasste den Westen für das, was sie seinem Land antaten. Sanktionen und sonstige Strafmaßnahmen. Wegen nichts. Der Iran hatte nichts getan, was der Westen nicht zuvor perfektioniert hätte. Ja, vom Westen hatten sie doch gelernt, wie man das Spiel spielte. Die Israelis hatten iranische Atomwissenschaftler getötet. Die Drohnenangriffe der USA in Pakistan und andernorts. War das denn im Endeffekt nicht dasselbe? Hier einen Unterschied zu sehen, war reine Heuchelei.

Warum war es völlig in Ordnung, wenn die USA und Israel über Atomwaffen verfügten, nicht jedoch der Iran? Wann hatte Allah je gesagt, dies sei der Lauf der Welt? Sie hatten nur Angst davor, dass sein Land zu einer echten Macht aufstieg, zu einer Bedrohung wurde, sodass sie nicht länger das Monopol zur Gewaltausübung hatten. Für dieses Ziel war er bereit zu sterben. Was durchaus der Fall sein konnte, je nachdem, wie dieses Treffen hier lief.

Die Mullahs hatten die Mission abgesegnet, allerdings erklärt, dass ein Fehlschlag tiefgreifende Auswirkungen hätte. Auf ihre beschränkte Art und Weise hatten sie ihm eine verschleierte Drohung zukommen lassen: Sollte der Große Satan begreifen, wer hinter dem Anschlag stand, war sein Schicksal besiegelt.

Weil sie Angst haben zu kämpfen.

Lieber riefen sie auf ihren Knien »Tod für Amerika«, während sie zuließen, dass der Westen sie zum Krüppel machte. Zu furchtsam, um zurückzuschlagen. Als einer der ersten islamischen Revolutionäre, die den Schah gestürzt und dem Großen Satan seine Machtlosigkeit bewiesen hatten, indem sie zur Einnahme der US-Botschaft beitrugen und deren Personal über ein Jahr lang als Geiseln hielten, fand er das Ganze nur noch paradox. Wie konnte man von der Revolution prahlen und im selben Atemzug Vergeltung fürchten? Was war aus dem ganzen Wagemut geworden?

Er wurde aus seinen Gedanken gerissen, als ein Mann um die Ecke bog. Ein kleiner Asiat, tief gebräunt, das Gesicht so flach, dass es die Brille kaum auf der Nase hielt. Der Mann sah sich nervös um, sein Blick überflog suchend das Restaurant, zögernd bewegte er sich vorwärts. Wie die Maus, die die Schlange wittert. Nur dass diese Maus die Gefahr erkannte.

Malik erhob sich. »Dr. Sakchai Nakarat? Nehmen Sie doch bitte Platz. Wir haben viel zu besprechen.«

20

Während der Wissenschaftler sich setzte, sah Malik sich um, um festzustellen, ob sich das Netz um ihn bereits zuzog. Da er nichts sah, blickte er auf sein Handy, ob sich dort ein Alarm fand. Er hatte sowohl Roshan als auch Sanjar mitgenommen und die anderen beiden Teammitglieder mit dem Sohn im Safe House zurückgelassen. Die beiden waren an den Enden des Biopolis Way postiert. Sollten sich dem Chronos-Building Polizeifahrzeuge nähern, mussten sie an seinem Team vorbei.

Auf dem Handy war nichts, und er setzte sich.

Dr. Nakarat blieb stumm. Malik sah, dass seine Hände leicht zitterten, und seine Anspannung ließ nach. Anscheinend hatte sein erster Anruf Wirkung gezeigt. Dennoch begann er mit Drohungen.

»Ich gehe davon aus, Sie haben niemandem von unserem Gespräch erzählt?«

»Nein, nein. Niemandem. Bitte! Ich habe all Ihre Anweisungen befolgt. Was wollen Sie? Ich habe kein Geld. Ich glaube, Sie irren sich. Bitte lassen Sie meinen Sohn gehen, und ich verspreche, dass ich niemandem davon erzählen werde.«

»Doch, doch! Sie haben etwas, das ich sehr schätze. Aber bevor wir dazu kommen, möchte ich sicherstellen, dass Sie verstehen, was Ihrem Sohn passieren wird, sollte jemand etwas argwöhnen. Sobald Sie einen Fehler begehen, wird er äußerst qualvoll sterben. Selbstverständlich werden Sie niemandem davon erzählen, aber Sie müssen auch auf Ihre Angewohnheiten achten. Mit wem Sie Tag für Tag Umgang haben. Niemand darf etwas ahnen, sonst muss Kavi den Preis dafür zahlen. Haben Sie verstanden?«

»Ja! Guter Gott, ja. Was wollen Sie?«

»Das ist ganz einfach. Sie arbeiten an einem Impfstoff für das H5N1-Virus, das sich so weit verändert hat, dass es auf dem Luftweg auf Menschen übertragen wird. Ich möchte fünf Proben dieses Virus und dazu das Rezept für den Impfstoff.«

Er sah, wie der Doktor erbleichte, das Blut wich ihm aus dem Gesicht. Er dachte, es sei wegen des ungeheuren Ausmaßes seines Ansinnens, bis der Doktor sich genügend erholt hatte, um zu sprechen.

»Ich ... Wir ... Ja, wir arbeiteten an einem Impfstoff. Aber wir erhielten Anweisung aufzuhören. Das Virus wurde vernichtet. Ich habe keine fünf Proben davon.«

Malik hörte zwar die Worte, hatte jedoch Schwierigkeiten, sie aufzunehmen. Ehe er etwas erwidern konnte, plapperte Dr. Nakarat einfach drauflos.

»Während unserer Forschungsarbeiten starb ein Mann. Wir konnten nicht weitermachen. Der Impfstoff wirkte ohnehin nicht. Bei männlichen Tieren versagte er vollends, Weibchen machte er zu asymptomatischen Trägern. Sie trugen das Virus in sich, ohne selbst zu erkranken. Verstehen Sie? Ich habe keine fünf Proben. Ich sage Ihnen die Wahrheit. Bitte lassen Sie meinen Sohn gehen. Ich gebe Ihnen alles, was ich sonst habe. Alles, was ich auftreiben kann.«

Nun begriff Malik, weshalb er ganz bleich geworden war. Er glaubte, er bringe seinen Sohn um, weil er nicht helfen konnte.

»Können Sie das Virus neu erschaffen?«

Dr. Nakarat presste die Fäuste zusammen. »Nein! Nicht allein. Dazu benötige ich das ganze Team.«

Malik machte ein finsteres Gesicht, und die Stimme des Wissenschaftlers wurde schrill. »Bitte! Es könnte vielleicht noch eine Probe geben. Ich habe die Geschäftsleitung davon sprechen hören, dass sie ein Exemplar des Virus aufbewahren. Ich habe es nicht gesehen, aber vielleicht könnten Sie sie fragen. Ich kann mich sofort mit ihnen in Verbindung setzen, sie hierherbringen.«

Er zückte sein Handy, und Malik hob die Hand. »Stopp!«

Der Wissenschaftler stand eindeutig kurz vor dem Zusammenbruch. Er begriff noch nicht einmal, wie blödsinnig das war, was er da sagte.

Dr. Nakarat verharrte. Seine Hände zitterten so sehr, dass das Handy auf dem Tisch einen Trommelwirbel schlug.

»Sie werden diese Probe besorgen«, sagte Malik. »Sie haben Zugang dazu.«

»Nein! Habe ich nicht. Das schwöre ich.«

»Denken Sie doch mal nach, Doktor! Das Projekt wurde abgebrochen wegen des damit verbundenen Risikos, nicht wahr?«

Als er nickte, fuhr Malik fort: »Etwas so Gefährliches nimmt man doch nicht aus dem Labor. Man kann es ja nicht einfach im Handschuhfach verstauen. Wo im Labor könnte es sein? In einem kontrollierten Bereich?«

Dr. Nakarats Blick huschte hin und her, während er innerlich seinen Arbeitsbereich katalogisierte. Nach einigen Sekunden sah er Malik an, einen Hoffnungsschimmer in den Augen.

»Der Kühlraum für die Patente. Dort muss es sein. Dort gibt es eine doppelte Sicherheitszone, nicht nur weil das Material darin gefährlich ist, sondern weil es auch geheime Entwicklungen sind. Sie haben Angst vor Industriespionage und wollen nicht, dass jemand die Formeln stiehlt.«

Malik lächelte. »Gut! Sehr gut! Haben Sie Zugang dazu?«

»Ich schätze, schon. In der Vergangenheit war ich schon drin, allerdings nur mit anderen Wissenschaftlern. Allein noch nie. Und die Firma wird jede meiner Bewegungen verfolgen. Die nehmen Industriespionage sehr ernst, das sage ich Ihnen. Ich muss die Probe abmelden, dann wissen die Bescheid.«

»Nein, Doktor! Sie denken immer noch im Sinne der Firma. Sie müssen im Sinne Ihres Sohnes denken. Ich frage Sie noch einmal: Können Sie es tun, ohne dass jemand im Labor Verdacht schöpft?«

Als er Kavi erwähnte, fing Dr. Nakarat wieder an zu zittern, ein dünner Schweißfilm bildete sich auf seiner Oberlippe.

»Ich muss mir einen Grund ausdenken, weshalb ich da reinmuss. Morgen. Ich kann frühestens am Dienstag darauf zugreifen.«

»Am Dienstag? Ich will es sofort.«

»Das ist unmöglich! Heute ist Sonntag. Das Labor hat geschlossen! Auf keinen Fall kann ich das machen. Selbst wenn ich wollte, könnte ich heute nicht in den Kühlraum für die Patente gelangen. Er ist abgesperrt und alarmgesichert. Ich brauche mindestens einen Tag, um mir eine Ausrede einfallen zu lassen, sonst wissen die Bescheid.«

Malik rang mit sich, doch es klang logisch. Schließlich lenkte er ein. »Okay. Also am Dienstag. Ich möchte, dass Sie im Internat Ihres Sohnes anrufen und denen erzählen, dass er bei Ihnen ist. Sagen Sie ihnen, es habe einen

Notfall in der Familie gegeben oder sonst etwas, damit die keine Suchaktion nach ihm starten.« Er sah, wie der Wissenschaftler die Schultern hängen ließ. »Ich bin nicht dumm, Doktor«, sagte Malik. »Bitte glauben Sie mir: Sollten Sie versuchen, mich zu hintergehen, werde ich es noch vor Ihnen wissen.«

Während der Doktor anrief, überdachte Malik, was er wusste. *Eine Probe.* Das war nicht sein ursprünglicher Plan. Damit konnte er nur ein Cluster erstellen anstatt fünf über die Vereinigten Staaten verteilt. Ein Cluster, das womöglich eingedämmt wurde, wenn das amerikanische Gesundheitssystem schnell genug reagierte. Er musste sich etwas einfallen lassen, um das zu verhindern. Dann dachte er daran, was der Wissenschaftler ihm über den Impfstoff gesagt hatte.

Er wirkte ja doch nicht. Machte das nicht die ganze Mission überflüssig? Er hatte vorgehabt, iranische Wissenschaftler das Serum genetisch reproduzieren zu lassen, genügend Dosen herzustellen, um im Iran so viele Menschen wie möglich zu schützen. Sie hätten sofort anfangen können, bevor das Virus freigesetzt wurde. Die ganzen Dissidenten würden sie natürlich auslassen, die andauernd versuchten, gegen das Regime zu protestieren. Sozusagen zwei Fliegen mit einer Klappe.

Jetzt hatten sie nichts. Am Ende würden einfach 50 Prozent der Bevölkerung herumlaufen wie Ratten, die die Pest übertrugen.

Ratten, die die Pest übertragen. Malik ließ sich den Gedanken durch den Kopf gehen, und bei seinem Erfindungsreichtum kam ihm eine Idee. Als der Doktor das Gespräch mit dem Internat beendete, fragte er: »Alles in Ordnung?«

»Ja. Sie glauben, dass er hier zu Besuch bei mir ist.«

»Erzählen Sie mir von dem Serum. Schützt es wirklich nur Weibchen?«

»Ja. Na ja, es verhindert, dass sie Grippesymptome zeigen, zerstört jedoch nicht das Virus. Es ist wertlos. Ich dachte, wir hätten womöglich den genetischen Fehler dieser Generation des Serums gefunden, aber wir kamen nicht mehr dazu, das letzte zu testen, das wir hergestellt hatten. Das Projekt wurde vorher eingestellt.«

»Können sie die Krankheit übertragen, oder tragen sie bloß das Virus in sich?«

»Sie sind infektiös, aber nicht über die Luft. Wir haben das Virus getestet, nachdem wir es entwickelt hatten, allerdings bevor wir mit dem Impfprotokoll begannen. Wenn wir ein Frettchen in eine Isolierbox steckten, es in eine Röhre atmen ließen und die Exhalationen zu einem gesunden Frettchen in einer anderen Isolierbox leiteten, gelang es uns, beide Frettchen zu töten. So wussten wir, dass es durch die Luft übertragen wird. Wir führten den gleichen Test mit den geimpften Weibchen durch, erzielten jedoch nicht dieselben Resultate. Wenn wir allerdings Körperflüssigkeiten manuell auf andere Frettchen übertrugen, wurden sie infiziert.«

Dr. Nakarat hob die Hände. »Ich weiß, worauf Sie hinauswollen. Glauben Sie mir, das Serum hat versagt. War das sekundäre Frettchen erst einmal infiziert, war es genauso pathogen wie alle anderen auch. Tödlich.«

Du hast ja keine Ahnung, worauf ich hinauswill. »Ich möchte das Serum ebenfalls. Nicht die letzte, noch nicht getestete Charge. Die Generation davor, die Sie getestet haben.«

»Wozu?«

»Das geht Sie nichts an.« Er reichte ihm ein Handy. »Rufen Sie mich an, wenn Sie das Virus haben. In der Kontaktliste steht nur eine einzige Nummer. Meine. Ich werde es wissen, wenn von dem Telefon aus jemand anders angerufen wird.« Ehe der Wissenschaftler darauf eingehen konnte, sagte er: »Geben Sie mir dafür Ihr Handy.«

»Warum?«

»Weil ich nicht möchte, dass Sie hier weggehen und auf dumme Gedanken kommen oder versehentlich verraten, was Sie tun, wenn jemand anruft. Erzählen Sie einfach jedem, es sei kaputt.«

Als Nächstes schob Malik ihm den Kartenschlüssel eines Hotels hin. »Der gehört zu einer Suite im Marina Bay Sands Hotel. Von jetzt an gehen Sie nicht mehr nach Hause. Schlafen Sie dort.«

Nun völlig benommen aufgrund des Kontrollverlusts, stammelte der Wissenschaftler: »W-was ist mit Kleidung? Toilettenartikeln? Das muss ich mir kaufen.«

»Im Hotel gibt es eine Mall. Kaufen Sie, was Sie brauchen, und buchen Sie es einfach aufs Zimmer. Gehen Sie nicht nach Hause. Essen und schlafen Sie im Marina Bay Sands und kaufen Sie auch dort ein. Bis das hier vorüber ist, wird das Ihr gesamtes Universum sein. Verstanden?«

Als der Wissenschaftler den Schlüssel nahm, hielt Malik ihm den Arm fest, drückte fest zu. »Versuchen Sie auf gar keinen Fall, mich zu hintergehen.«

Dr. Nakarat nickte, wieder und wieder. Als Malik seinen Arm losließ, huschte der Doktor weg, ohne sich umzublicken, die Maus floh vor der Schlange.

Malik erkannte, dass der Doktor nicht einmal die Geistesgegenwart besaß, die rudimentärste Notwendigkeit bei einer Verhandlung mit Geiselnehmern einzufordern: ein Lebenszeichen. Beim ersten Anruf hatte er mit seinem Sohn gesprochen, und das war es auch schon. Er hatte noch nicht einmal nach den Übergabebedingungen gefragt. Nun spielte es keine Rolle mehr, was Malik mit dem Sohn anstellte, da das nächste Treffen das letzte sein würde. Dann war es zu spät, noch etwas zu verlangen, da er sich einfach nehmen konnte, was der Doktor mitbrachte.

Er fand Sanjar und Roshan vor der Buona Vista MRT-Station. »Die Leute sollen den Jungen entsorgen. Er ist mittlerweile überflüssig. Seht zu, dass sie es auf die vorgesehene Weise machen. Keine Schludrigkeiten. Niemand darf ihn finden. Von hier aus wird niemand nach ihm suchen. Falls also ein Fehler passiert, wird es unserer sein. Die Sache ist nicht dringend. Was auch immer ihr tut, bringt ihn nicht in dem Haus um. Mein Name steht im Mietvertrag.«

Als Sanjar nickte, wandte Malik sich an Roshan. »Du hast vor diesem Einsatz mit der tschetschenischen Zelle zusammengearbeitet?«

»Ja.«

»Besorg mir einen Kontakt. Jemand, der uns eine *Shahid* besorgen kann.«

»Warum die? Das können wir doch selber tun, über die Hisbollah!«

»Glaub mir, die Hisbollah hat nichts, das auch nur halbwegs so tödlich ist wie das, was die liefern können.«

21

»Es war nicht dein Fehler«, sagte Doku. »Der Schaltkreis hatte einen Kurzschluss.«

»Das sagte ich dir doch«, meinte Elina. »Hast du mir etwa nicht geglaubt?«

Doku lächelte. »Ich habe dein Engagement nie infrage gestellt, andere schon. Gut, dass du mit der Weste zurück-gekommen bist.«

Elina nickte lediglich, doch innerlich ließ ihre An-spannung nach. Nach dem Anschlag auf die Mörder ihres Vaters war sie von dem Platz geflohen, hatte wie eine Wölfin in den Wäldern gelebt, überlegt, was sie tun sollte. Zwei Tage lang war sie dortgeblieben, hatte ihre Optionen abgewägt. Ihr war klar, dass die Anführer des Aufstands ihr Engagement infrage stellen würden. Über-legen würden, ob sie nun zum Feind gehörte – und sie hatte gesehen, wie Verräter bestraft wurden. Es wäre viel, viel schlimmer als das, was sie den Kadyrowtsy zufügen wollte. Ein langsamer, schmerzhafter Tod. Die einzige Möglichkeit zu beweisen, dass sie nach wie vor eine Schwarze Witwe war, bestand darin zurückzukehren, doch der Weg war voller Risiken. Dokus Feststellung machte ihr Hoffnung, dass sie die richtige Wahl getroffen hatte.

»Der Anschlag war spektakulär«, fuhr er fort. »direkt ins Herz der Bestie. Frühe Zählungen liegen bei über 50 Toten, wesentlich mehr wurden verletzt. Nur sehr wenige Zivilisten.«

»Ich sah den Mörder meines Vaters. Das war das Ein-zige, was für mich zählte.«

Einen Moment lang sagte er nichts, ließ sich ihre Worte durch den Kopf gehen. »Dann bist du jetzt also fertig damit?«

»Nein«, erwiderte sie. »Kariina hat meine Pflicht für mich erledigt. Ich schulde ihnen aber noch etwas für andere Mitglieder meiner Familie.«

Doku trat ans Fenster. Über die Schulter sagte er: »Ich bin sehr froh, das zu hören. Du bist anders als die anderen weiblichen *Shuhada*, die ich ausbildete. Genauso gefährlich wie sie, aber klüger. Gewiefter. Ehrgeiziger.«

Er drehte sich wieder um. »Sag mir, könntest du eine *Shahid* gegen jemand anderen als die Kadyrowtsy sein? Gegen jemanden, der nichts mit der Tragödie zu tun hat, die deiner Familie widerfahren ist?«

»Warum?«

»Weil ich eine Mission für dich habe. Einen äußerst speziellen Einsatz.«

22

»Pike, komm lieber mal hier hoch.«

Einen Sekundenbruchteil lang starrte ich das Walkie-Talkie an, als wäre es eine Schlange, dann schnappte ich es mir und kletterte die Leiter hinauf, dicht gefolgt von Jennifer und Decoy.

Mir war klar, dass dieser kurze Satz nur Ärger bedeuten konnte.

Wir hatten das Obergeschoss einer Apartmentanlage direkt an der Sukhumvit Road gemietet, beide Apartments mit Dachzugang. Es war der nächstgelegene Ort, den wir zu dem Anhaltspunkt finden konnten, den man uns gegeben hatte. Trotzdem erlaubte er uns immer noch, die Anonymität zu wahren.

»Was gibt's? Ist der General endlich aufgetaucht?«

Ich wusste, dass das nicht der Fall war, denn das hätte meine Gegenwart nicht erfordert. Lediglich einen Eintrag im Logbuch.

Der Anhaltspunkt, den wir von Kurt erhalten hatten, erwies sich als Haus, kürzlich angemietet, und der Name des Generals stand auf dem Mietvertrag. Mehr hatten wir nicht, und bislang war es ein Flop. Seit fast zwei Tagen behielten wir es nun schon im Auge und hatten nichts vorzuweisen, was peinlich wäre, wenn wir von dem Team, das hierher unterwegs war, abgelöst wurden. Ein paar Männer waren gekommen und gegangen, und sie sahen tatsächlich wie Araber aus. Aber das hatte nichts zu bedeuten, wenn man bedachte, wo das Haus lag.

Nämlich gut einen Block von einem Viertel entfernt, das als »Little Arabia« bekannt war, Klein-Arabien, direkt an der Soi 3 in Bangkoks Innenstadt. Berücksichtigte man die Nationalität des Generals, ergab dies durchaus Sinn.

Klein-Arabien war ebendies: ein Stück Nahost mitten in Bangkok, komplett mit voll verschleierten Frauen, die Abaya und Nikab trugen, Männern in der traditionellen Kleidung der Golfstaaten – die wir, um es mal freundlich auszudrücken, als Robe bezeichneten –, und Schildern in arabischer Sprache. Das erschwerte jede Erkundung aus der Nähe, weil wir dort genauso sehr aufgefallen wären wie in Falludscha.

Ich stieg aus der Dachluke und fand Knuckles, wie er auf das Display unserer Wasp starrte, während Retro mit einem Computer hantierte. Wir hatten beschlossen, erst die Drohne einzusetzen, bevor wir offensiver vorgingen. Darum war der Zugang zum Dach entscheidend.

»Sieh dir das an«, sagte Knuckles. »Die beiden Mieter räumen das Haus aus, sie tragen alle Perserteppiche raus.«

Ich betrachtete den Bildschirm, sah den offenen Kofferraum eines Wagens in einem ummauerten Hof. Zwei Männer kamen aus dem Haus, gingen wieder hinein, luden etwas ein, das für mich nach Betonsteinen aussah.

»Was hältst du davon? Ziehen die aus?«

Das wäre zum Kotzen, weil wir sonst keinen weiteren Anhaltspunkt hatten.

»Das ist nicht das Interessante daran«, sagte Retro. »Sieh dir das hier an! Ich habe alles aufgenommen. Ich habe es auf Band. Der erste Teppich, den sie raustrugen, war ziemlich groß. Und er hat sich bewegt!«

»Bewegt?«

Er drückte auf Play, und ich sah die beiden Männer aus dem Haus kommen, jeder ein Ende eines großen Teppichs in der Hand. Als der erste die unterste Stufe zum Hof erreichte, fing der Teppich an, sich nach oben und unten zu krümmen, nach links und rechts, bis er ihm aus den Händen glitt. Sofort sprang er darauf, während der zweite Mann anfing, mit etwas, das ich nicht identifizieren konnte, auf den oberen Teil des Teppichs einzuschlagen. Nach drei, vier Schlägen wurde der Teppich reglos, und die Männer luden ihn auf den Rücksitz des Wagens.

Was, zum Teufel? Wen haben die denn da?

»Danach behielten wir ihn im Auge«, sagte Retro. »Aber der Teppich bewegte sich nicht mehr. Wer auch immer sich darin befindet, ist entweder tot oder bewusstlos.«

Shit! Das ist jetzt wirklich eine Zwickmühle.

Meine Mission bestand lediglich darin, dem General auf die Spur zu kommen und anschließend alles dem neuen Team, das hierher unterwegs war – dem sauberen Team –, zu übergeben, damit sie es in Übereinstimmung mit allem, was die Aufsichtskommission für notwendig hielt, verwerten konnten. Auf gar keinen Fall durfte ich etwas tun, das die Mission beziehungsweise das Team kompromittieren konnte. Wenn wir hier eingriffen, würden die Iraner *wissen*, dass sie beobachtet wurden. Wenn wir es nicht taten, war, wer auch immer in dem Teppich steckte, aller Wahrscheinlichkeit nach tot.

Das machte einem das Leben wirklich schwer, wenn man eigentlich der weiße Ritter sein sollte. Eine Wahl ohne guten Ausgang. Genau das Gleiche hatte ich im Irak erlebt. Wir beobachteten einen Niemand, der uns eigentlich nur zu jemandem führen sollte. Doch dann stellte dieser Niemand vor unseren Augen etwas wirklich Übles an, stopfte einen armen Iraker in seinen Kofferraum.

Die Entscheidung war mir entsetzlich schwergefallen, hatte mein Gefühl von Recht und Unrecht bis zum Zerreißen gespannt, mich vor ein moralisches Dilemma gestellt. Rettete ich den Iraker, wusste der Terrorist Bescheid, dass sein Kontaktmann aufgeflogen war. Dann wären wir gezwungen gewesen, wieder bei null anzufangen, während er Operationen verlegte, seine Zellen-Infrastruktur neu aufstellte und jeden verheizte, der zu ihm führen könnte. Rettete ich den Iraker jedoch nicht, war ich schuld an seinem Tod, weil es in meiner Macht stand, es zu verhindern.

Es war weit mehr als eine einfache Gleichung zwischen dem unmittelbar Richtigen und dem Falschen.

Denn retteten wir den Typen im Kofferraum, mussten später garantiert andere dafür sterben. Der Terrorist wäre weiterhin einsatzbereit, während wir von vorn anfingen, und jeder verlorene Tag auf der Jagd nach ihm war für ihn eine weitere Gelegenheit zum Töten.

Die Entscheidung war schwer gewesen, doch ich traf sie mit Blick auf die übergeordnete Mission.

»Sie schließen das Haus ab«, sagte Knuckles. »Sie sind fertig. Was willst du tun?«

Ich spürte die Zeit verrinnen wie Wasser in einem Abfluss und wusste, dass es bald keine Rolle mehr spielte, weil das Spülbecken dann nämlich leer war. Ich zog die gleichen Alternativen in Erwägung wie zuvor, bedachte die Konsequenzen. Kurt zufolge führte der General etwas äußerst Zerstörerisches im Schilde. Etwas wesentlich Schlimmeres als nur einen einzigen Mann umzubringen. Zum Teufel, ich wusste ja noch nicht mal, ob der Kerl im Teppich nicht ebenfalls ein schlimmer Finger war, jemand, der iranische Einsätze unterstützt hatte und nun nicht länger von Nutzen war.

Andererseits vermochte ich auch nicht zu sagen, ob er von Nutzen war.

»Sie sind im Wagen, soeben wird das Licht eingeschaltet.«

Scheiß drauf! Wenn einer meckert, sage ich einfach, wir haben dasselbe gemacht wie im Irak.

»Habt ihr einen Pinecone an der Wasp?«

Knuckles grinste. »Ja.«

»Dann wende ihn an und weise mich ein. Jennifer, du bleibst hier und hilfst bei der Luftüberwachung. Wende dich über VPN an Kurt und sage ihm, was wir hier haben. Alle anderen: Aufrödeln!«

Damals im Irak hatten wir auf meine Entscheidung hin den Mann im Kofferraum bei einer Fahrzeugkontrolle gerettet. Wie sich zeigte, war er bloß ein Bauer, der Pech gehabt hatte. Sie hatten mir die Hölle heißgemacht dafür, bis wir zwei Nächte später aus reinem Glück den Terroristen töteten. Oder vielleicht war es ja auch Karma. Aus dem Bauern und seiner gesamten weitläufigen Familie wurden zuverlässige Unterstützer aller Operationen der Koalition. Deshalb hatte ich die Aktion zwar nicht durchgeführt, doch letztlich hatte sie die übergeordnete Mission gefördert.

Ich schätze, Mr. Spock konnte mich mal wieder. Manchmal überwogen die Bedürfnisse des Einzelnen die Bedürfnisse der vielen.

Während der Rest des Teams eilig die Leiter hinunterstieg, wich Knuckles' Grinsen einem missmutigen Gesichtsausdruck. »He«, sagte ich, »du bist immer noch zu erschöpft. Jemand muss die Signalstation bemannen, außerdem könnten wir in ungefähr sechs Stunden dein Insiderwissen über das Gefängnis gebrauchen.«

Jennifer lächelte. »Ich werde zusehen, dass er auf dem Dach bleibt.«

Als ich mich abwandte, um zu gehen, begriff sie das Ausmaß meiner Entscheidung und packte mich am Ärmel. »Es ist das Richtige, ganz gleich wie es ausgeht. Fang jetzt unterwegs bloß nicht an zu zweifeln.«

Ihre Bemerkung brachte mir ein gewisses Maß an Ruhe, erinnerte mich daran, weshalb ich der Taskforce eigentlich beigetreten war, einer Organisation, darauf ausgelegt, Tod und Vernichtung durch Präventivmaßnahmen zu verhindern. Ihre Meinung war stets wertvoll, darum hatte ich sie ja gebeten, ebenfalls mitzumachen.

Ihr moralischer Kompass war absolut unzweideutig. Bei ihr gab es nur schwarz und weiß, richtig und falsch. Niemand sonst konnte mein Überlegenheitsgefühl so zurechtstutzen wie Jennifer. Und niemand sonst vermochte so zurückzustichen wie ich.

»Jaja«, meinte ich. »Mach dir bloß keine Sorgen. Das tue ich für den Kerl im Teppich. Ich würde es nicht durchziehen, nur weil ich mal Lust habe, jemandem in den Arsch zu treten. Da bin ich ganz anders als Knuckles.«

Sie bedachte mich mit ihrem missbilligenden Lehrerinnenblick. »Bring einfach diesen Peilsender an, sonst ist das Problem erledigt. Dieses Ding ist nicht gerade das beste, das wir je hatten.«

Das war eine Untertreibung. Ich persönlich hielt den Pinecone für die dämlichste Idee, die sich jemals jemand ausgedacht hatte. Auf dem Papier klang es super, war aber letztlich nur eine Verschwendung von Steuergeldern. Sie hatten ihn als Zusatzleistung obendrauf gelegt, als wir die Wasp-Drohne modifizierten, doch soweit ich wusste, hatte man ihn noch nie eingesetzt wegen seiner Defizite beim Anbringen.

Im Grunde handelte es sich um einen normalen Peilsender, der außerhalb des Mobilfunknetzes funktionierte, ungefähr so groß wie ein 50-Cent-Stück und doppelt so stark. Das Einzigartige daran war, wie er angebracht wurde. Mittels elektronischer Magnete war er am Boden der Drohne befestigt und verfügte über eine kleine Tragfläche, die aus seiner Seite herausragte und auch als Antenne diente. Stellte man die Stromzufuhr zu dem Magneten ab, fiel er einfach und schwebte nach unten, drehte sich wie der Same eines Tannenzapfens um die kleine Tragfläche, rotierte um sich selbst, bis er Kontakt zu seinem Ziel bekam, an dem er mittels eines weiteren Magneten haften blieb. Als Peilsender funktionierte das Ding ziemlich gut, die Batterie hielt über zwölf Stunden. Das Problem bestand darin, ihn an sein Ziel zu bringen.

Auf diese großartige Idee war man aufgrund der begrenzten Reichweite der Wasp gekommen. Im Gegensatz zur Predator oder der Reaper konnte man damit keinen Wagen verfolgen. Die Reichweite war einfach zu dürftig, außerdem flog sie zu langsam, um mit der Geschwindigkeit eines Wagens mitzuhalten. Da hatte jemand die Superidee gehabt, die Wasp mit dem Pinecone auszustatten. Theoretisch sah es so aus: Sobald man merkte, dass man im Begriff war, den Wagen zu verlieren, brachte man einfach den Peilsender an, um ihn weiterzuverfolgen. Leider eignete die Wasp sich ausgerechnet aufgrund der Umstände, die sie ungeeignet machten, allein einen Wagen zu verfolgen, auch nicht dazu, den Peilsender anzubringen. Es hatte sich als unmöglich erwiesen, den Pinecone abzuwerfen und damit einen fahrenden Wagen zu treffen. Theoretisch eine großartige Idee, aber jämmerlich in der Anwendung.

Bisher! Denn der Verkehr in Bangkok setzte dem Tempo, mit dem diese Kerle sich fortbewegen konnten, Grenzen. Bei dem ewigen Stop-and-go konnten wir vielleicht tatsächlich Erfolg haben. Zumal unser Ziel mit jemandem im Kofferraum wohl kaum gegen die Verkehrsregeln verstoßen würde.

Ausnahmsweise hoffte ich einmal, ich würde alles zurücknehmen, was ich über diese dumme Idee gesagt hatte.

23

Als ich am Fuß der Treppe ankam, warf Retro mir eine kleine Reisetasche zu. »Die übliche Ausrüstung. Ich habe nichts Besonderes reingetan, also nimm kein Blatt vor den Mund, falls du meinst, dass noch was fehlt.«

Ich zog den Reißverschluss auf, während wir durchs Apartment gingen, sah eine Glock 30 und eine H&K UMP, beide mit Schalldämpfer, beide Kaliber 45, dazu Nachtsichtgeräte und sonstige Ausrüstungsgegenstände.

»Schnapp dir die Ersatzdrohne!« Ich nahm einen harmlosen Bluetooth-Ohrstöpsel heraus, setzte ihn ein. »Commo Check! Knuckles, hörst du mich?«

»Ja. Laut und deutlich.«

Wir erreichten den Parkplatz, und ich klatschte den Pinecone der Ersatzdrohne an unseren Wagen. »Habt ihr uns?«

Diesmal meldete sich Jennifer. »Ja. Wir haben euch. Das Fahrzeug ist auf der Sukhumvit, gleich außer Reichweite. Knuckles macht sich zum Abwurf bereit.«

Ich warf die Schlüssel Blood zu, stieg auf der Beifahrerseite ein. »Sag ihm, wenn er das vermasselt, verbringt er die nächsten zehn Jahre vor einem Bildschirm, anstatt auf Einsätze zu gehen.«

Wir manövrierten durch die Gassen, bis wir die Kreuzung Sukhumvit erreichten, warteten darauf, bis sie uns sagte, in welche Richtung wir sollten. Nach einer geschlagenen Minute bekam ich schon Angst, der Abwurf sei fehlgeschlagen. Eigentlich hätte es nicht länger als 30 Sekunden dauern dürfen.

»Koko, wie sieht es aus?«

Jennifer hasste ihr Rufzeichen ebenso sehr wie Brett. Ihre Rückmeldung war ein wenig kurz angebunden. »Bleib auf Empfang. Ich gebe Bescheid, sobald wir hier Bewegung haben.«

Ich grinste, schaltete die Verbindung stumm. »Sie klingt ein bisschen sauer.«

»Irgendwie mag ich ihr Rufzeichen«, meinte Decoy. »Ich hätte sie *Coco, der neugierige Affe* nennen sollen.«

Bei unserem letzten gemeinsamen Einsatz hatte Decoy Jennifer mit dem Codenamen »Koko« den Ritterschlag verpasst, benannt nach dem Gorilla, der Gebärdensprache beherrschte, und seither hatte sie alles darangesetzt, uns so weit zu bringen, den Namen zu vergessen. Es funktionierte sogar ein bisschen. Wir benutzten ihn nur über Funk. Ich hatte schon früh die Erfahrung gemacht, dass sie nicht reagierte, wenn man sie persönlich so ansprach. Aber mitten im Einsatz blieb ihr keine andere Wahl.

»Ich tausche mit ihr«, sagte Brett. »*Blood,* das ist lächerlich.«

Wir lachten alle leise in uns hinein. Ich war froh zu sehen, dass die Anspannung nachließ und alle ruhig wurden. Das hieß, dass es zwischen uns klappte, und das war notwendig bei dem, was uns bevorstand. Innerhalb eines Augenblicks mussten wir Entscheidungen treffen, und unangemessener Stress schaltet das logische Denken aus, was zu katastrophalen Fehlentscheidungen führen kann.

Retro saß hinten und bearbeitete sein Tablet. »Ich habe den Peilsender, aber er bewegt sich nicht vom Fleck.«

Das konnte nur eines von zwei Dingen bedeuten: Entweder der Abwurf war fehlgeschlagen, und der Peilsender lag irgendwo mitten auf der Sukhumvit Road, oder der

Wagen steckte im Verkehr fest. Zumindest wussten wir nun, ob wir nach links oder rechts mussten.

»Welche Richtung?«

»Nach Norden! Sie fahren auf der Sukhumvit nach Norden.«

Blood ordnete sich in den Verkehr ein, und langsam krochen wir vorwärts.

»Pinecone an Ort und Stelle«, meldete sich Jennifer. »Knuckles ist mit der Wasp noch über ihnen, es sieht nach einem sauberen Treffer aus, genau aufs Dach.«

Na schön!

»Gute Arbeit! Behaltet die Drohne so lange wie möglich in der Luft. Habt ihr schon was von Kurt gehört?«

»Sie suchen ihn noch. Ich gebe dir Bescheid, sobald ich Kontakt zu ihm hatte.«

Ich fragte mich, ob das stimmte. Würde sie mich anfunken, wenn Kurt uns befahl, uns zurückzuhalten, oder die Sache einfach laufen lassen, damit wir den Kerl im Teppich retteten, wer auch immer er sein mochte?

»Keinen Kilometer vor uns«, sagte Retro. »Jetzt sind sie in Bewegung.«

Bei dem Verkehr hätte es genauso gut auf der anderen Seite der Welt sein können. Schließlich verließen wir die Sukhumvit und gelangten auf die Schnellstraße, weiterhin Richtung Norden. Wir verloren die Drohne, waren auf uns allein gestellt. Der Verkehr lichtete sich und wir holten auf.

»Was liegt vor uns, Retro? Wohin fährt er?«

»Das einzig Größere ist der Don Muang Airport, direkt an der 31.«

»Wie weit noch?«

»Ungefähr zehn Kilometer.«

Falls sie zum Don Muang Airport wollten, mussten wir sie stoppen, bevor sie dorthin kamen. Waren sie erst einmal drin, gab es dort viel zu viel Security, um einen Zugriff auch nur zu versuchen. Aber auf der Autobahn ein Fahrzeug anzuhalten war ausgeschlossen. Das konnten wir unmöglich sauber hinkriegen.

Weshalb wollen sie zum Flughafen? Den Teppich kriegen sie doch niemals durch ein Röntgengerät. Es sei denn, sie haben bereits alles vorbereitet.

»Sie sind von der 31 runter«, sagte Retro. »Jetzt fahren sie auf der 304 Richtung Westen.«

»Entfernung?«

»Nach zwei Kilometern kommt die Ausfahrt.«

Schon bald waren wir wieder hinter ihnen, der Verkehr wurde wieder dichter, allerdings nicht so wie auf der Sukhumvit.

»Was liegt hier vor uns?«

»Da draußen im Westen gibt es nur noch den Chao Phraya River, circa acht Kilometer entfernt.«

Wir fuhren weiter, hielten uns ungefähr einen Kilometer hinter ihnen, und allmählich fragte ich mich, ob wir ihnen bis nach Burma folgen sollten.

Der Peilsender hatte soeben den Fluss überquert, wir direkt dahinter, da sagte Retro: »Exit, Exit, sie biegen ab! Einen Kilometer voraus.«

Die Endphase.

»Okay, hört zu! Ich denke, sie suchen ein anderes Safe House auf. Irgendwo außerhalb der Stadt. Wir lassen sie einziehen, dann nehmen wir die Observation wieder auf. Sollten wir Anzeichen dafür sehen, dass sie den Typen im Teppich erledigen wollen, greifen wir ein. Ansonsten verlegen wir unser Tactical Operations Center hierher.«

Ich erhielt das Okay meines Schützenregiments. »Knuckles«, sagte ich, »hast du verstanden? Du kannst loslegen und den Gefechtsstand abbrechen. Du hast unsere Peilung. Recherchiere ein bisschen, was es in der Gegend so alles gibt. Sieh nach, ob wir hier unsere Zelte aufschlagen können. Hotels, Apartments, das Übliche.«

Ich erhielt sein Roger und lehnte mich gemütlich zurück, um zu warten. Schließlich verließen wir die 304, fuhren über Landstraßen. Nach einigen Kilometern kamen wir auf Schotterpisten mit wenig Verkehr, und noch immer fuhren unsere Zielpersonen weiter, nun wieder zurück nach Osten. Die Bebauung schwand mehr und mehr, nur noch vereinzelt sah man Häuser, dann folgten ausgedehnte Waldflächen.

Wo zum Teufel fährt der Kerl hin? Noch weiter nach Osten, und er landet am Fluss.

Genau das tat er auch.

»Das Fahrzeug hält«, sagte Retro. »Direkt am Chao Phraya.«

»An einem Haus?«

»Anhand dieser Karte hier lässt sich das nicht sagen. Sieht so aus, als endet die Straße einfach am Fluss. Er ist circa 500 Meter vor uns.«

»Blood, such eine Nebenstraße und fahr da rein. Decoy, hol die Wasp raus.«

Innerhalb von fünf Minuten war die Drohne zusammengebaut und in der Luft. Sie steuerte auf das angepeilte Ziel zu und fing an zu kreisen. Wir drängten uns alle ums Display, während Decoy den Flug kontrollierte.

Retro hatte recht. Weit und breit kein Haus in Sicht, dafür jedoch ein Dock, an dem drei Thai-Boote vertäut waren. Long-Tails, eigentlich nichts weiter als große

Kanus. Wir konnten sehen, wie die beiden Kerle sich zu zweit mit dem Teppich abmühten, um ihn ins entfernteste Boot zu verfrachten. Unsicher schwankend überquerten sie ein Boot nach dem anderen.

Anschließend gingen sie wieder zurück, um die quadratischen Gebilde, die ich vorhin gesehen hatte, einzuladen. So etwas wie Blöcke. Funkgeräte vielleicht oder Boxen mit Ausrüstungsgegenständen.

»Was zum Teufel sind das denn für Dinger?«, meinte Blood. »Sieht aus wie Betonsteine zum Hausbau.«

Da machte es bei mir klick. *Sie wollen ihn im Fluss versenken.*

24

Ich wandte mich vom Bildschirm ab, hastete zur Wagentür. »Aufsitzen! Sie erledigen ihn auf dem Fluss, es sei denn, wir verhindern, dass sie ablegen.«

Innerhalb von Sekunden waren wir unterwegs. Blood peitschte den Wagen, so schnell er konnte, den Pfad entlang, schlängelte sich durch die Schlaglöcher, sodass uns bei jedem Stoß die Zähne klapperten.

»Pass doch auf, wo du hinfährst, verflucht noch mal!«, rief Decoy. »So kann ich die Wasp nicht steuern.«

Blood achtete nicht auf ihn.

»Was machen die Kerle?«, fragte ich.

Decoy mühte sich ab, den Bildschirm ruhig zu halten, das körnige Bild war verschwommen. »Sie haben vom Dock abgelegt, aber ich sehe noch kein Kielwasser.«

Blood bog um eine Ecke und schleuderte augenblicklich um einen Baum, der aus unerfindlichen Gründen mitten auf der Straße wuchs, was uns alle so fest auf die rechte Wagenseite knallen ließ, dass Decoy das Videorelais verlor.

Fluchend kriegte er es wieder in die Finger und vergeudete wertvolle Zeit damit, die Drohne wieder auszurichten. Als er das Dock schließlich fand, fluchte er erneut.

»Das Boot ist in Bewegung, die rasen wie eine gesengte Sau.«

Sekunden später benötigte er die Drohne nicht mehr, da vor uns das Dock aus der Dunkelheit auftauchte. Blood latschte auf die Bremse, bevor es damit endete, dass wir in den Chao Phraya River schossen, und wir verließen den Wagen im Laufschritt.

»Welche Richtung?«, fragte ich.

»Nach Süden. Das Boot fuhr nach Süden.«

Wenn ich mich anstrengte, konnte ich ganz schwach den weißen Schaum seines Kielwassers ausmachen. Ich zog mein Nachtsichtgerät über und sah das Boot als unheimliche grüne Erscheinung, die unaufhaltsam immer weiter wegraste, deutlich genug, um die beiden Männer darin zu erkennen.

Großartig! Jetzt können wir sie in einem Long-Tail verfolgen. So langsam entwickelt sich das Ganze zu einer Komödie.

Ich spielte mit dem Gedanken, sie ziehen zu lassen und wieder das Haus ins Visier zu nehmen. Immerhin war das ja unsere Mission. Früher oder später würden sie zurückkommen. Doch dann musste ich an Jennifers Worte denken.

Shit! Ich kann ihr unmöglich gegenübertreten, wenn ich es noch nicht mal versucht habe. Verfluchter Gutmensch!

»Aufsitzen, Decoy, du nimmst das Ruder. Alle anderen bereit machen zum Angriff!«

»Ich?«, fragte Decoy. »Warum denn ich? Ich habe absolut keine Ahnung von diesen Booten.«

Wir überquerten das erste Boot, stiegen ins zweite. Alle beide schaukelten sie gefährlich. »Weil du in der Navy bist, verflucht noch mal. Das ist ein Boot. Auf so einem Ding warst du doch schon mal.«

»Ich bin ein SEAL, kein Farbschaber. Außerdem ist das kein Boot. Es ist ein Kanu mit Motor.«

Ich wusste, dass er recht hatte, aber trotzdem ging jeder an seine Position. Ein Long-Tail war im Grunde nichts weiter als ein schmaler Sampan mit einem riesigen Automotor am Heck, zusammengebaut aus allem Möglichen, was sein Thai-Besitzer abstauben konnte. Die Antriebswelle der Maschine ragte 1,50 bis 1,80 Meter über das Heck hinaus, bevor sie ins Wasser tauchte, weshalb die Boote den Spottnamen *Long-Tail* trugen. Sie waren gewissermaßen zu einer thailändischen Tradition geworden. Man pfropfte einem Sampan einen großen Chevy- oder Ford-Motorblock auf, um mit einem Triebwerk, das jeder reparieren konnte, auf dem Fluss herumzudüsen, anstatt spezielle Bootstechnik einzusetzen. Natürlich führte dies unweigerlich zu den üblichen Macho-Wettbewerben nach dem Motto »Mein Boot ist schneller als deins«. Wie Teenager, die sich tief im Süden der USA bei Dragster-Rennen maßen, nur hier auf einem Fluss mit einem Boot, das kaum schwimmfähig war. Letzten Endes war die Welt in Thailand auch nicht anders als im ländlichen Georgia.

Während wir den Bug losmachten, schob Decoy die Antriebswelle nach links und rechts, um ein Gefühl dafür zu bekommen, dann ließ er den Motor an. Prompt wühlte die Schraube das Wasser auf, und das Boot schoss so rasant vorwärts, dass ich auf den Hintern fiel.

Ich setzte mich auf, während wir in Schlangenlinien nach links und rechts fuhren, genau in die falsche Richtung. Ich sah, wie Decoy mit der Maschine kämpfte und nach einem Ruder Ausschau hielt.

»Das Heck mit der Schraube ist das Ruder«, rief ich über den Motorenlärm hinweg. »Schubumlenkung! Drücke es nach links, wenn du nach rechts willst, und nach rechts, um nach links zu fahren.«

Er machte es so, und wir schnellten herum, fuhren nun nach Süden. »Du weißt so viel über diesen Thai-Scheiß«, rief er, »warum sitzt du nicht hier hinten?«

Ich grinste. »Weil ich zur Sturmtruppe gehöre. Ich war in der Army.«

Ich ließ ihn finster zurück, wandte mich an den Rest des Teams. »Wir nähern uns an und schalten das Boot aus. Keine tödliche Gewalt, es sei denn, die fangen an. Keine Schüsse unterhalb des Schandecks, denn dort befindet sich unsere wertvolle Fracht. Blood, du und ich, wir konzentrieren uns auf den Motor im Heck. Retro, Buckshot, ihr deckt die Bedrohungen ab. Sobald ihr feindselige Handlungen wahrnehmt, legt sie um!«

Ich blickte nach vorn, sah, dass wir den Abstand zu dem anderen *Long-Tail* verkürzten, nun nur noch circa 70 Meter vor uns. Die Flussufer waren dunkel, nur sporadisch von kleinen Häusern erhellt. Von der Flussmitte aus hatten wir gut 100 Meter nach beiden Seiten, darum machte ich mir keine allzu großen Sorgen, dass jemand uns beobachten könnte. Ohne Nachtsichtgerät konnte man im Mondschein lediglich das Kielwasser unseres Bootes wahrnehmen, und da unsere Waffen schallgedämpft waren, war bloß der Motor unseres Long-Tail zu hören. Es könnte ein bisschen Neugier wecken, da es schon spät in der Nacht war, doch wahrscheinlich nicht allzu viel.

»Ich nehme sie von links«, sagte Decoy.

Er ließ den Motor aufheulen, und der Bug hob sich aus dem Wasser, innerhalb von Sekunden schloss sich die Lücke zwischen den Booten. Wir kauerten uns hin, die Läufe unserer Maschinenpistolen aufs Schandeck gestützt und auf das andere Boot gerichtet. Wie in der verschrobenen Version einer Seeschlacht aus dem 18. Jahrhundert durchschnitten wir die Wellen, zogen gleichauf mit unserem Ziel.

Es wurde kein Kommando gegeben, das war auch nicht nötig. Blood und ich fingen an, Blei zu speien, die einzigen Geräusche das Klappern unserer Schlagbolzen und das Klirren, mit dem die Kugeln in den Motorblock einschlugen. Für eine Sekunde zumindest.

Das Krachen einer Waffe ohne Schalldämpfer zerriss die Luft, gefolgt von einem weiteren Krachen, als die beiden Terroristen begannen, blindlings in unsere Richtung zu feuern. Sie trafen zwar unser Boot, aber sonst nichts. Decoy drückte den Gashebel, und wir rasten aus dem Schussfeld, während wir zu viert das Feuer erwiderten. 100 Meter weiter stellte Decoy den Motor ab; alles war so schnell gegangen, dass sich noch nicht einmal mein Puls beschleunigt hatte.

»Nun, so viel zum Thema tödliche Gewalt!«

Ich blickte zurück und sah, dass das Boot blieb, wo es war. Kein Kielwasser. Das hieß, wir hatten den Motor außer Gefecht gesetzt. »Hat jemand einen Treffer gelandet?«

»Ein Mann ist ganz bestimmt erledigt«, sagte Retro. »Als Decoy anfing abzuhauen, konnte ich sonst nichts mehr treffen.«

Decoy stellte die Borsten auf, war bereits im Begriff, etwas zu erwidern, doch ich schnitt ihm das Wort ab. »Mach dir keine Sorgen deshalb! Nachdem das Boot außer Gefecht war, gab es keinen Grund mehr, dazubleiben und sich aus 1,50 Meter Entfernung Kugeln einzufangen. Jetzt können wir uns Zeit lassen.«

Ich suchte das ferne Ufer ab, um festzustellen, ob sich dort etwas tat, bemerkte dann Wasser um meine Knöchel.

»Pike, wir haben ein Problem«, sagte Blood. »Die haben vorne einen Bolzen getroffen, und der hat ein Loch ins Boot gerissen.«

»Stopf es!«

»Kann ich nicht! Es ist fast acht Zentimeter breit. Wir sinken.«

Decoy gab Gas, und das Wasser strömte zum Heck, während der Bug sich mitsamt dem Leck aus dem Fluss hob.

Mein Gott! So viel dazu, dass wir uns Zeit lassen können.

Decoy raste mit uns weiter flussaufwärts, während wir zu viert Wasser schöpften. Als das Boot einigermaßen leer war, schwenkte Decoy es wieder herum, verlor an Geschwindigkeit, tauchte das Leck ins Wasser.

Er gab wieder Gas, gerade so viel, um das Loch aus dem Wasser zu heben. »Was willst du tun?«, rief er.

Wasser schöpfend fragte ich: »Meint ihr, ihr könnt den letzten Mann in voller Fahrt erwischen?«

Sowohl Retro als auch Blood grinsten. »Kinderspiel!«

»Keine Schüsse unterhalb des Schandecks.« Ich drehte mich zu Decoy um. »Nimm sie von rechts.«

Im Nu verkürzten wir den Abstand, rasten durch den Fluss. Durch mein Nachtsichtgerät konnte ich sehen, wie der Terrorist, der nun auf sich allein gestellt war, sich hin und her bewegte, sich wohl fragte, was wir vorhatten. Ich wusste, dass er im Moment lediglich den Motor hörte, unser Boot bloß ein dunkler Fleck, der immer näher kam.

Kurz bevor wir gleichauf waren, vollführte Decoy einen Schwenk, überbrückte die Entfernung zwischen den Booten, ähnlich dem Lanzenstechen bei einem mittelalterlichen Turnier. Nur dass dieser Pisser mit seiner Kanone auch auf gut Glück noch genug Schaden anrichten konnte.

Mann, lieber die Seeschlacht! Mit ein paar verfluchten Kanonen auf große Distanz.

Wir zogen querab, und wie auf ein Stichwort nahmen wir ihn alle vier ins Visier. Unsere Nachtsichtgeräte, unsere Waffen und unsere Handfertigkeit ein unschlagbarer Vorteil. Der Terrorist konnte noch einen Schuss abgeben, blindlings in die Nacht. Der Rückstoß seiner Pistole verriss das Ziel, während wir ihn mehrfach trafen. Ich sah, wie sein Kopf nach hinten geschleudert wurde von einer Kugel, die nicht von mir stammte. Wie eine Stoffpuppe sackte er zusammen, wie so viele Tote, die ich schon gesehen hatte. Ich wusste, dass er keinerlei Bedrohung mehr darstellte.

In null Komma nichts waren wir an ihm vorbei, rasten weiter. Retro und Blood klatschten einander ab, weniger wegen des Tötens, das wusste ich, sondern vielmehr weil sie die Gefahr überlebt hatten. Sie hatten eine Entscheidung getroffen, die nur wenige andere auf der Welt getroffen hätten, eine Entscheidung mit absoluten Konsequenzen, und sie hatten Erfolg gehabt.

Deshalb klatschten sie einander ab, und auch weil es diesmal einfach gewesen war. Aber ob einfach oder nicht, man konnte nie wissen, wann Gevatter Tod an die Tür klopfte. Bei keiner Aktion stand der Ausgang im Vorhinein fest, und bei uns allen hatte es schon des Öfteren auf Messers Schneide gestanden. Das war doch durchaus ein Abklatschen wert.

Decoy wendete das Boot, und eine weitere Ladung Wasser schwappte herein. Ich fing wieder an zu schöpfen.

Decoy ließ den Motor aufheulen. »Was jetzt? Wenn wir neben dem Boot halten, sinken wir!«

Ich überlegte einen Moment. »Wer will nass werden?«, fragte ich. »Wir müssen das Boot verlassen.«

Retro deutete auf Blood. »Er ist der Marine. Lass ihn gehen.«

Lächelnd reichte ich Retro die Dose, mit der ich Wasser schöpfte. »Dann musst du das Ding hier am Schwimmen halten. Decoy, diesmal von links.«

Er fuhr so langsam, wie er nur konnte, ohne das Leck wieder ins Wasser zu senken, was immer noch verflucht schnell war. Der Motor jaulte auf, die behelfsmäßige Schraube wühlte sich durchs Wasser und hinterließ eine Spur, als wollte er einen ganzen Reifenschlauch voller Kinder hinter sich herziehen. Ein selbst gebasteltes Speedboot, das nicht ausgelegt war für die Aufgaben, die wir ihm zumuteten.

Wir kamen näher. Retro gab uns Deckung, während das Boot sich gefährlich zur Seite neigte, als Blood und ich uns auf die Kante des Schandecks legten und damit empfindlich das Gleichgewicht störten. Als ich den Bug unseres Zieles auftauchen sah, deutete ich auf Blood. Er verschränkte die Arme, rollte sich über den Bootsrand und schlug, den Rücken zuerst, auf dem Wasser auf.

Augenblicklich folgte ich ihm, das Tempo war höher, als ich gedacht hatte. Ich prallte kurz ab, dann ging ich in dem übel riechenden Fluss unter. Ich begann zum Boot zu schwimmen, die Hand mit der Glock hoch über der Oberfläche haltend.

Blood erreichte das Heck, trat Wasser, die Waffe ebenfalls in der Hand. Ich schwamm zum Bug, gab ihm Zeichen: *eins, zwei, drei.* Gleichzeitig schossen wir hoch, zogen uns über den Bootsrand, die Läufe unserer Waffen ins Boot gerichtet.

Es war sauber, die beiden Terroristen deutlich zu sehen. Aus mehreren Einschusslöchern trat Blut aus. Das Einzige, was sich bewegte, war der Teppich.

Also lebt er!

25

Chip Dekkard hörte den Namen des Unternehmens und merkte, wie ihm das Blut aus dem Gesicht wich. Er betete darum, dass niemand es mitbekam. Erfreut stellte er fest, dass die übrigen Mitglieder der Aufsichtskommission sich auf Kurt Hale konzentrierten.

»Wir haben ziemlich tief gegraben und fanden keinen Grund, weshalb die iranische Revolutionsgarde sich für die Cailleach Laboratories interessieren sollte. Deren Forschung gilt überwiegend harmlosen Dingen wie Akne. Wir konnten nichts Gefährliches finden, aber einen anderen Grund, den Jungen zu entführen, gibt es nicht. Nachdem wir ihn evakuiert und stabilisiert hatten, sagte er, er habe keine Ahnung, warum sie ihn entführt hatten. Die Familie verfügt über keine nennenswerten Geldbeträge, dennoch zwangen sie ihn, seinen Vater anzurufen und ein Treffen zu vereinbaren. Es muss etwas mit Cailleach zu tun haben.«

Mein Gott! Die sind hinter dem Virus her.

Er hörte Präsident Warren sagen: »Was ist mit dem Vater? Dem Wissenschaftler? Was ist mit ihm?«

»Die Arbeit mit ansteckenden Krankheiten nimmt ziemlich viel Platz in seinem Lebenslauf ein, vor allem mit dem H5N1-Virus für die thailändische Regierung. Aber seit er in den Privatsektor wechselte, arbeitet er hauptsächlich an rezeptfreien Erkältungsmitteln. Schade um ihn, aber das tut er nun mal.«

Ich muss es ihnen sagen. Muss ihnen sagen, wohinter die Iraner wirklich her sind. Dennoch wartete er ab. Diesen Rubikon wollte er nicht überqueren. Während das Gespräch weiterging, versuchte er, sich verstandesmäßig zu erklären, weshalb er die Finger davon lassen sollte.

Die Verbindung zu meinem Konglomerat haben sie nicht hergestellt. Sie ist zu tief begraben, außerdem wurde das Virus vernichtet. Die Iraner werden rein gar nichts bekommen, und es bringt nichts, hier alles offenzulegen. Ich muss an die Aktionäre denken. Ganz normale Menschen, die etwas zu verlieren haben, wenn ich das hier vor dem Präsidenten der Vereinigten Staaten zur Sprache bringe. Ich habe eine größere Verantwortung.

Wie im Traum hörte er ein weiteres Mal seinen Namen und begriff, dass es der Präsident war.

»Chip? Sind Sie noch bei uns?«

»Sorry, Sir! Wie war noch mal die Frage?«

»Wissen Sie etwas über diese Cailleach Laboratories? Das fällt doch in Ihr Gebiet.«

Chip zögerte, tat, als ginge er im Geist durch, was er wusste. In Wirklichkeit focht er einen inneren Kampf aus.

In ihm tobte eine Schlacht, und schließlich trug eine Seite den Sieg davon.

»Nein, Sir! Das sagt mir nichts, aber es gibt ja buchstäblich Tausende internationaler Pharmakonzerne.«

»Warum rufen wir den Mann nicht einfach an?«, meinte der Verteidigungsminister. »Richten es so ein, dass keine Spur zur Taskforce führt, und finden heraus, was los ist? Wenn sein Sohn gekidnappt wurde, dürfte der Doktor doch alles stehen und liegen lassen, sobald er erfährt, dass er in Sicherheit ist. Dann gibt es kein Druckmittel mehr gegen ihn.«

»Das war selbstverständlich das Erste, woran wir dachten«, sagte Kurt. »Aber der Doktor geht nicht ans Telefon. Sofort springt der Anrufbeantworter an, und es war die einzige Nummer, die der Junge kannte. Wir haben zwar die Nummern von Cailleach, aber ich wollte nicht eigenmächtig anrufen, ohne vorher die Kommission zu verständigen. Natürlich haben Sie recht. Meine Empfehlung lautet, einfach die Behörden in Singapur einzuschalten. Wir lassen sie den Doktor ausfindig machen. Sie sollen ihm Bescheid geben, dass sein Sohn sich in Sicherheit befindet, und ihn unter Schutz stellen, bis wir die Sache geregelt haben.«

»Sie meinen einschließlich der iranischen Connection?«, fragte Jonathan Billings, der Außenminister. »Wie sollen wir das denn anstellen, ohne in eine größere diplomatische Auseinandersetzung zu geraten? Die Thais werden uns in der Luft zerreißen. Außerdem wird es eine Taskforce-Operation bloßlegen.«

»Nein, nein«, sagte Kurt. »Die Iraner halten wir auf jeden Fall da raus. Wir lassen uns eine simple Kidnapping-Story einfallen. Rein kriminell. Der Junge weiß nicht, dass es Iraner waren. Er hat keine Ahnung, weshalb das Ganze passiert ist. Wir können ja trennen zwischen dem, was in Thailand geschehen ist, und was wir Singapur mitteilen.«

Der CIA-Direktor war davon angetan. »Wir haben eine sehr gute Verbindung zu unserem Partnerdienst in Singapur, und die sind ziemlich gut, was die Terrorabwehr angeht. Sie werden kooperieren und nicht allzu viele Fragen stellen.«

»Wo wir gerade davon sprechen, was in Thailand geschehen ist«, fragte der Verteidigungsminister, »was hat das Team eigentlich mit den beiden toten Terroristen gemacht?«

»Sie in einen Teppich gewickelt und im Fluss versenkt«, antwortete Kurt. »Pike meinte, die Iraner hätten gut durchdacht, wie sie den Jungen beseitigen wollten. Das Team bediente sich einfach ihrer Methode. Pike ist überzeugt, dass sie lange verfault sein werden, bevor jemand sie findet. Vielleicht taucht in ein paar Jahren mal ein Fingerknochen oder so auf, aber in absehbarer Zeit kommt nichts an die Oberfläche.«

Chip Dekkard zuckte angesichts dieser unumwundenen Schilderung zusammen, eine dezente Erinnerung daran, was auf dem Spiel stand.

»Was ist mit den übrigen Iranern?«, wollte der Verteidigungsminister wissen. »Und dem General?«

»Nun, von dem Jungen wissen wir, dass noch drei fehlen. Wir haben keinerlei Beleg dafür, dass Malik Thailand verlassen hat. Aber ich bin überzeugt, dass er unter falschem Namen reist und sich mit den beiden anderen Unbekannten in Singapur aufhält.«

»Okay«, sagte Präsident Warren. »Nehmen wir Kontakt zu den Behörden in Singapur auf. Sorgen Sie dafür, dass es unverzüglich geschieht. Es soll über offizielle Kanäle laufen. Das State Department und die CIA sind federführend. Lassen Sie es über den Botschafter und die CIA-Niederlassung laufen.«

Ich muss unverzüglich Vorsorge treffen, dachte Chip. *Sicherstellen, dass alle Spuren unserer Forschung vollständig beseitigt sind, bevor die Behörden eingeschaltet werden.*

»Was ist mit dem Team?«, wollte Präsident Warren wissen.

»Wir müssen sie mitsamt dem Jungen sofort aus Thailand herausholen«, sagte Kurt. »Er muss isoliert werden, bis wir uns darüber im Klaren sind, wie wir den Schaden begrenzen können. Das kriege ich mit internen Taskforce-Mitteln hin, falls Sie Befehl dazu geben.«

»Sie meinen, sie nach Hause zu holen?«

»Nun ja, zumindest was den Jungen betrifft. Wir besorgen ihm ein komfortables Hotel, behandeln ihn fürstlich und lassen ihn mit seinem Vater telefonieren, sobald die Dinge geregelt sind.«

»Und das Team?«

»Sir, da draußen läuft nach wie vor ein General der Al-Quds-Brigaden herum, der etwas Übles im Schilde führt. Wir wissen nicht, was. Vielleicht erfahren wir es von dem Doktor, sobald die Singapurer ihn in Sicherheit haben, aber wir sollten die Sache von beiden Seiten aus angehen.

»Und das heißt?«

»Wir sollten Pike nach Singapur schicken. Ihn tun lassen, was er ohnehin bereits begonnen hat. Das

Einsatzteam ist auf Thailand vorbereitet. Es wird also zwei, drei Tage dauern, bis wir eine langfristige Tarnung für den Einsatz in Singapur integrieren können. Aber es dürfte nicht schaden, wenn Pike ein bisschen herumstochert, um das Schlachtfeld vorzubereiten.«

»›Das Schlachtfeld vorbereiten‹ ist genau der richtige Ausdruck«, schnaubte Secretary Billings. »Jedes Mal wenn dieser Kerl mitmischt, gibt es Tote.«

Kurt blickte ihm fest in die Augen. »Tote *Terroristen*, keine Zivilisten. Sie täten gut daran, sich diesen Unterschied ins Gedächtnis zu rufen. Es gibt tatsächlich Ungeheuer in dieser Welt, sosehr wir uns auch bemühen, uns das Gegenteil einzureden. Pike denkt sie sich nicht aus, aber, ja, er bringt sie zur Strecke. Und ja, er tötet sie auch, wenn er dazu gezwungen ist. Im Moment haben wir einen Jungen in Thailand, der im Gegensatz zu Ihnen verdammt froh darüber ist.«

26

Dr. Nakarat spürte, wie ihm der Schweiß unter den Armen zusammenlief, und wusste, dass man ihm sein Schuldgefühl ansah. Ihm war klar, dass der Mann hinter dem Schalter ihn festnehmen würde, doch nun war es zu spät, noch umzukehren. An der Tür zum Vorraum hatte er bereits eingecheckt und sich mit seinem Namen und dem Grund seines Hierseins in eine Liste eingetragen.

Er hatte den ganzen Montag damit verbracht, sich eine Ausrede zu überlegen, und sich den Kopf darüber zerbrochen, ein Problem zu konstruieren, das nur etwas aus dem Patent-Kühlraum beheben konnte. Schließlich hatte er einen Vorwand gefunden, allerdings war dieser so fadenscheinig, dass jeder mit auch nur ein bisschen wissenschaftlichem Hintergrund ihn durchschauen würde. Nakarat betete, dass der Mann hinter dem Schalter nicht über Fachwissen verfügte.

Der Posten würdigte den Grund, den er angegeben hatte, kaum eines Blickes. Stattdessen konzentrierte er seine ganze Aufmerksamkeit auf Dr. Nakarats Ausweise, um sicherzugehen, dass es sich nicht um Fälschungen handelte. Nachdem er ein Hologramm unter Schwarzlicht gescannt hatte, wies er Nakarat an, beide Daumen auf ein leeres Display vor sich zu legen. Die Abdrücke waren positiv, und der Posten war zufrieden.

»15 Minuten. Nicht länger.«

Der Wachmann drückte eine Taste, und die Tür zum Kühlraum öffnete sich, legte ein großes Gewölbe frei, gut zehn Meter tief, in dem sich Reihe um Reihe kleine Schubfächer aneinanderreihten, jedes mit einer komplexen wissenschaftlichen Beschriftung.

Dr. Nakarat trat ein, im Ungewissen, wonach er überhaupt suchte. Er war erst wenige Male im Kühlraum gewesen, stets nur im Schlepptau von jemand anderem, dem er hinterhertrottete. Von jemandem, der wusste, wohin er sich wenden musste. Er starrte auf die ihm zunächst gelegene Reihe an Schubfächern, kam sich wieder vor wie ein Doktorand, der eine Prüfungsfrage enträtseln muss, auf die er sich nicht vorbereitet hat. Er drehte sich um und sah den Wachmann, der ihm mit fragendem Gesichtsausdruck erstaunt nachblickte.

Eilig ging er tiefer in den Tresorraum, verhielt sich wie jemand, der ein Ziel vor Augen hat. Seine Finger glitten an den Schubfächern entlang, als würde er ein Bibliotheksregal durchsuchen. Ihm fiel auf, dass die Fächer farblich gekennzeichnet waren. Viele der Etiketten erkannte er wieder, begriff, dass er sich in der Dermatologie-Abteilung befand.

Wo versteckte man so etwas? Wohin würde ich es tun, wenn ich es verstecken wollte? Würde ich die Abteilungen nutzen, um es zu tarnen, oder einfach den Raum ausnutzen, ungeachtet der Abteilung, in der es sich befindet?

Er kam zu dem Schluss, dass es wohl von beidem ein bisschen war. Wahrscheinlich wollten sie es zum Schutz vor zufälliger Entdeckung außer Sicht haben, aber auch in einem Bereich, in dem nicht ständig Betrieb herrschte. Also etwas Altes. Etwas, das in der Forschungshierarchie nicht länger angesagt war.

Da er gut darüber Bescheid wusste, was im Labor vor sich ging, wusste er, dass Cailleach den Schwerpunkt momentan auf die Dermatologie legte, genauer: Akne. Darum konnte er diesen ganzen Bereich sofort ausblenden.

Er huschte nach hinten und begann, den unteren Bereich jeder Abteilung durchzusehen, nahe dem Fußboden. Er erkannte jedes Etikett als legitim und fragte sich, ob er nicht einfach anfangen sollte, die Schubladen zu öffnen, um nachzusehen, was sich darin befand. Ein Blick auf die Uhr. Panik stieg in ihm auf.

Er war im Begriff, seinen Sohn umzubringen. Die Hände fingen ihm an zu zittern, da alles so sinnlos war. Es gab über 500 Schubfächer, und er wusste ja noch nicht einmal, ob es überhaupt eine Probe gab.

Er erreichte einen Abschnitt mit Etiketten, die für den fehlgeschlagenen Versuch einer neuen Form von

Augentropfen standen. Dr. Nakarat erinnerte sich gut daran, weil sie Unsummen in die Forschung gesteckt hatten und dennoch nicht in der Lage gewesen waren, einige hässliche Nebenwirkungen zu beseitigen. Letzten Endes hatten sie es als Verlust verbucht und die Patentmuster aufbewahrt nur für den Fall, dass sie vielleicht in Zukunft etwas davon haben könnten.

Die Schubfächer befanden sich allesamt dicht über dem Boden, und in diese Abteilung würde sich in absehbarer Zeit bestimmt niemand verirren. Mit den Fingern fuhr er über jedes Fach, suchte nach etwas, das nicht passte. Er betete um ein Wunder. Im zweiten Schubfach von unten fand er es. Ein Etikett, auf dem die Ziffer 33 stand und die Buchstaben *As*. Das chemische Zeichen für Arsen.

Gift!

Er öffnete die Schublade und fand eine kleine Hartschalenbox aus Industriekunststoff mit einem Biogefährdungssymbol. Nun aus Angst zitternd vor dem, was vor ihm lag, kämpfte er darum, ruhig zu bleiben. Ein kurzer Blick zurück zur Tür ließ ihn feststellen, dass der Wachmann das Interesse an ihm verloren hatte.

Er öffnete die Box, sah eine einzelne Ampulle darin, mit einem Gummistöpsel verschlossen und mit Schaumstoff ausgepolstert. Keinerlei Etikett darauf. Ehrfürchtig schob er sie aus ihrem Schaumstoffkokon, umfasste sie behutsam mit beiden Händen.

Er sah auf die Uhr, stellte fest, dass seine 15 Minuten um waren. Langsam, vorsichtig steckte er sich die Ampulle ins Kreuz, klemmte sie ins Gummiband seiner Unterhose. Steif tapste er zur Vorderseite des Kühlraums, damit das Fläschchen sich nicht verschob.

Er ging an dem Wachmann vorbei, dankte ihm für seine Zeit, schlurfte zur Tür, spürte, wie ihm der Schweiß über die Flanken lief.

»Moment!«, sagte der Wachmann.

Nakarat drehte sich um. Sein Herz raste, ihm war klar, dass er ertappt war.

»Sie müssen für die Probe unterschreiben. Sie können sie nicht einfach so mitnehmen.«

Was denn für eine Probe? Sieht er etwa die Phiole in meiner Unterhose?

Dann wurde es ihm klar: Er hatte vergessen, die Probe für das Experiment, das er sich ausgedacht hatte, herauszunehmen. Für den Vorwand, der ihm überhaupt erst einen Grund gab, hier einzudringen.

Er fühlte sich benommen, ganz schwach, fuhr sich mit der Hand über die Stirn. »Ich habe mich entschieden, etwas anderes auszuprobieren. Bei der Suche kam mir die Idee zu einer anderen Lösung. Man kann einfach nie wissen, wann einen die Muse küsst.«

»Ja«, meinte der Wachmann, »nun ja, Sie müssen dahin gehend unterschreiben. Jedes Mal wenn der Kühlraum geöffnet wird, muss ich für alles, was passiert, Rechenschaft ablegen. Die gleichen die Öffnungszeiten mit dem Protokoll ab. Da muss was drinstehen.«

Nakarat ging zurück an den Schalter, beugte sich langsam vor, fürchtete, dass er gleich spüren würde, wie die Ampulle an seiner Hüfte hinabrutschte, dann weiter am Bein entlang, bis sie auf dem Boden zerschellte.

Er machte seine Angaben. Anschließend legte er sich, während er sich aufrichtete, die Hand aufs Kreuz, verzog das Gesicht, als hätte er Schmerzen. Er fühlte nichts. Keine Ausbuchtung. Keine Ampulle.

Zufrieden wünschte der Wachmann ihm einen guten Tag. Einen Moment lang blieb Nakarat stehen, hatte Angst, sich zu bewegen. Die Ampulle war aus dem Gummiband in seinem Kreuz gerutscht. Das hieß, sie befand sich nun irgendwo in seiner Unterwäsche. Hoffentlich im Schritt hängen geblieben, aber möglicherweise kurz davor, sein Bein hinunterzurutschen.

Der Wachmann bedachte ihn mit einem merkwürdigen Blick, und Nakarat stand kurz davor, sein Problem hinauszuposaunen. Er fasste sich jedoch, wandte sich steif ab, spürte erstmals die Ampulle. An seinem Steißbein. Er machte einen kleinen Schritt vorwärts, merkte, wie sie tiefer rutschte. Ein weiterer Schritt, und er spürte, wie sie die Rückseite seines Oberschenkels streifte, nur noch unsicher vom Stoff seiner Hose gehalten. Die Tür war noch drei Schritte entfernt.

Drei Schritte. Drei schlüpfrige Schritte. Das ist doch verrückt.

Eine ganze Ewigkeit starrte er das Portal zur Freiheit an, sein Bewusstsein nicht bereit, seine Muskeln dazu zu bringen, eine potenzielle Katastrophe auszulösen. Von weit weg hörte er den Wachmann fragen, ob es ihm gut gehe. Er musste sich in Bewegung setzen. Er zwang seine Beine zu funktionieren, ging wie eine Marionette. Eins. Zwei. Drei.

Er bog um die Ecke, umklammerte mit den Händen seine Wade und hielt die Ampulle fest, bevor sie weiterwandern konnte. Er schob sie nach unten, barg sie in den Händen und ging so schnell, wie er es wagte, zurück in sein Büro. Er schloss die Tür hinter sich, setzte die Ampulle vorsichtig ab. Mithilfe einer Schachtel Verbandmull machte er sich seine eigene gepolsterte Box

und schloss das Provisorium in seiner untersten Schreib-
tischschublade ein, neben den beiden Serum-Proben,
die er bereits aus seinem Labor mitgenommen hatte.
Anschließend ließ er sich auf seinen Stuhl sinken.

Sein Atem ging schnell. Er schloss die Augen, wischte
sich den kalten Schweiß aus dem Genick, da summte
seine Gegensprechanlage.

»Dr. Nakarat? Könnten Sie nach unten ins Front Office
kommen? Hier sind ein paar Polizisten, die Sie sprechen
möchten.«

Malik rutschte mit seinem Stuhl zurück in den Schatten
des Vordachs, schob den Teller mit »persischem« Essen
von sich. Das Restaurant behauptete, authentisch zu sein,
aber der Inder, der hier kochte, hätte ein paar Unter-
richtsstunden in seiner Heimatstadt gebrauchen können.

Alles in allem war er zufrieden mit der Entwicklung,
die der Einsatz nahm. Er hatte Sanjar und Roshan auf
den Doktor angesetzt, gleich an dessen erstem Arbeitstag
nach dem Treffen. Als er das Labor verließ und schnurstracks ins Marina Bay Sands fuhr, war Malik überzeugt
davon, dass sie ihn in der Tasche hatten und er keine
Dummheiten anstellen würde.

Auch in Thailand kamen die Dinge zum Abschluss.
Nachdem das Team ihn über den Plan zur Beseitigung
des Jungen informiert hatte, hatte er sein Okay gegeben
und war sich sicher, dass ein weiteres Problem gelöst
war. Es würde Wochen, wenn nicht Monate dauern, bis
sie die Leiche fanden, und niemand konnte eine Verbindung zu seinem Team herstellen. Er freute sich schon
darauf, nachher, zur vereinbarten Kontaktzeit, einen vollständigen Bericht zu erhalten.

Die einzige Störung in der gesamten Operation stammte aus seiner eigenen Hierarchie. Die iranische Revolutionsgarde hatte das Serum gefordert, ehe er weitermachte. Selbstverständlich konnte er das nicht schaffen. Dennoch hatte er ihnen versichert, es sei unterwegs und die Dinge in Bewegung gesetzt.

Er gab sich keinerlei Illusionen darüber hin, was er da tat, wusste jedoch, dass seine Entscheidung der richtige Weg war. Wollte man es mit den Supermächten aufnehmen, musste man bereit sein, alles zu riskieren. Mittlerweile war er davon überzeugt, dass die Mullahs defätistische Schafe waren, die Angst hatten, in die Arena zu steigen. Angst davor, das Notwendige zu riskieren. Er wusste, dass das Virus den Westen in die Knie zwingen würde, lange bevor es den Iran traf. Wenn es so weit war, konnten sie die Forschungen des Großen Satans nutzen, um eine Pandemie im Iran zu überwinden. Zwar verfügte er noch nicht über den Impfstoff, würde ihn jedoch haben, bevor er gebraucht wurde.

Soll das Virus zunächst Amerika vernichten. Wenn es in Schutt und Asche liegt, werden die Amis herausgefunden haben, wie man den Ansturm aufhalten kann. Dann werden sie uns gratis das Lösungskonzept anbieten, als humanitäre Geste sozusagen.

Die iranische Revolutionsgarde sah es natürlich anders. Er hatte überlegen müssen, wie er sie sich vom Leib halten konnte, bis die Mission abgeschlossen war.

Nachdem die Vorarbeit geleistet war und er sonst nichts weiter zu tun hatte, pflegte er seine Tarnung für den unwahrscheinlichen Fall, dass er sie als Alibi benötigte. Beim Erkunden von Little India hatte er einen arabischen Stadtteil gefunden, dessen Straßen nach Hauptstädten des

Nahen Ostens wie Bagdad und Maskat benannt waren. Überall gab es hier diverse Läden, die persische Teppiche feilboten, dazu weitere Geschäfte, die sonstige Textilien verkauften wie Schals, Vorhänge und Rohware, die er, ohne sich verdächtig zu machen, aufsuchen konnte.

Er klapperte sie alle ab, und es gelang ihm sogar, bei zweien, die Interesse an seinem »Geschäft« zeigten, weitere Kontakte zu knüpfen. Dies war eine große Hilfe zur Absicherung seiner Story, sollte er je in Bedrängnis geraten.

Irgendwann hatte er das Affentheater satt. In Sichtweite der großen Sultan-Moschee hatte er zum Essen haltgemacht, spielte mit dem Gedanken, das Mittagsgebet zu besuchen. Als der Ruf durch die Lautsprecher der Moschee hallte, schob er seinen Teller weg und winkte dem Kellner, um zu zahlen.

Er kam zu dem Schluss, dass es vollkommen genügte, ans Gebet zu denken, doch seine Schuldgefühle zwangen ihn aufzubrechen. Er konnte unmöglich in einem Restaurant sitzen und Tee trinken, während er den rhythmischen Gesängen lauschte. Er zahlte, ging den Weg zurück, den er gekommen war, weg von der Moschee in Richtung Bugis-Metrostation.

Er bewegte sich auf der North Bridge Road nach Süden, bog um die Ecke zu einem großen Krankenhaus und fühlte sein Handy vibrieren. Er zog es aus der Tasche, sah, dass es die Nummer des Doktors war, lächelte. Die Mission lief so glatt, wie er es sich nur wünschen konnte.

»Hallo, Dr. Nakarat! Sie rufen ja schneller an, als ich dachte. Ich schätze, an mein Material zu kommen war gar nicht so schwer, wie Sie prophezeiten.«

Was er als Nächstes hörte, kam völlig wirr heraus, und er war sich sicher, dass er es falsch verstand.

»Ich habe es nicht. Die Polizei kam ins Labor. Die such-
ten nach mir. Ich habe sie nicht gerufen, das schwöre ich!
Ich habe keine Ahnung, was sie wollten.«

»Immer langsam! Was ist passiert?«

»Ich weiß es nicht. Ich ging in den Kühlraum für die
Patente und fand das Virus. Als ich zurück in mein Büro
kam, teilte mir die Sekretärin aus dem Erdgeschoss mit,
dass ein paar Polizisten da seien, um mit mir zu sprechen.
Ich schwöre bei Gott, dass ich niemanden angerufen
habe!«

Alles, was Malik hörte, war, dass er das Virus gefunden
hatte. Die Tatsache, dass der Doktor überhaupt anrief,
bedeutete, dass er sich nicht in Polizeigewahrsam befand.
Malik war noch nicht einmal verärgert über den Mangel
an operativer Sicherheit am Telefon.

»Jetzt haben Sie also das Material? Was sagte die Polizei
bei dem Zusammentreffen? Wie kamen Sie davon?«

»Es gab kein Zusammentreffen! Ich bin über eine
Hintertreppe abgehauen.«

»Mit dem Material?«

»Nein, es befindet sich in meinem Büro. Ich schwöre,
dass ich niemanden angerufen habe. Bitte, tun Sie meinem Sohn nicht weh.«

»In Ihrem Büro? Mit der Polizei?«

»Ich weiß nicht … Ich rannte von dort weg … Ich bin
mir nicht sicher, was sie von mir wollten. Möglicherweise
war der Virenbehälter alarmgesichert oder so.«

»Ein Alarm, der jemanden dazu veranlasst, von außen
hereinzukommen? Anstelle interner Security, die bereits
vor Ort ist? Nein. Das kann nicht sein. Es handelt sich um
einen Zufall. Sie müssen in Ihr Büro zurückkehren und
das Virus holen. Haben Sie verstanden?«

»Das kann ich nicht! Die nehmen mich doch einfach gefangen! Bitte! Ich habe es versucht ... Ich habe es versucht ...«

Malik hörte, wie der Doktor zusammenbrach, aus dem Telefon drang nur noch Schluchzen.

»Doktor, hören Sie!« Er wartete, bis das Weinen nachließ. Als es weniger wurde, fuhr er fort: »Warten Sie bis spät heute Nacht; dann kehren Sie zurück in Ihr Büro. Holen Sie das Material und rufen Sie mich dann an!«

Mit leiser Stimme sagte Nakarat: »Aber ich muss ein Sicherheitstor passieren. Der Posten wird mich aufhalten.«

»Vielleicht, vielleicht auch nicht. Das werden wir erst wissen, wenn Sie es versucht haben. Lassen Sie es mich Ihnen erklären, denn es ist wirklich ganz einfach. Erstens: Sie tun nichts! In diesem Fall stirbt Ihr Sohn. Zweitens: Sie versuchen, das Material zu bekommen, und lassen sich verhaften. In diesem Fall stirbt Ihr Sohn ebenfalls. Drittens: Sie beschaffen das Material und rufen mich an. In diesem Fall bleibt Ihr Sohn am Leben. Das ist die einzige für Sie günstige Option. Haben Sie verstanden?«

Der Atem des Doktors ging stoßweise. »Ja«, hörte Malik nach einem Moment. »Ja, ich habe verstanden.«

27

»Ich könnte hinklettern. Unterhalb des SkyParks einsteigen und dann einfach vom Service-Treppenhaus aus in seine Etage vordringen.«

Wenn ich den Plan des Marina Bay Sands Hotels betrachtete, war das so ungefähr die dümmste Idee, auf die man kommen konnte. Ganz zu schweigen davon, dass ich völlig überrascht war, wer sie zur Sprache brachte.

»Jennifer, bitte! Das ist fast 60 Stockwerke hoch. Du müsstest dich unter der Plattform des SkyParks vorwärtsarbeiten. Das ist kein simples Abseilen. Ich weiß, dass du den Anhaltspunkt nicht aufgeben willst, den du gefunden hast, aber lass uns doch keine Dummheiten machen.«

Bevor wir Thailand verließen, hatten wir uns ziemlich gründlich mit dem General befasst, versucht, ihm auf die Spur zu kommen, und fanden zunächst rein gar nichts. Alles, was wir unter dem Namen Malik über ihn hatten, erlosch in Thailand. Kein Kreditkarteneinsatz, kein Pass noch sonst etwas in Singapur. Mithilfe der Analysten im Hintergrund werteten wir alle digitalen Hinweise aus, um eine umfassende Zielmatrix zu erstellen. Herausgekommen war dabei nichts. Er hatte seine Spuren vollständig verwischt, und mit Mustern aus der Vergangenheit hatten wir kein Glück.

Jennifer hatte die Hacker gebeten, ihr seine Zimmerrechnung des Hotels in Bangkok zu übermitteln. Anfangs hatten sie sich geweigert, gemeint, die Rechnung sei geprüft und sauber. Sie enthalte keinerlei Information, die wir nicht bereits hätten. Ich bestellte die Rechnung trotzdem, obwohl ich der Meinung war, dass sie recht hatten.

Während der Rest des Teams sich wieder der Zielmatrix zuwandte, bemüht, etwas zu finden, das wir übersehen hatten, starrte Jennifer auf die Rechnung. Sie wusste, dass wir nur einen winzigen digitalen Fingerabdruck brauchten, mit dem wir arbeiten konnten, und der Teufel sollte mich holen, wenn sie ihn nicht fand.

»Haben Sie auch das Hotel selbst geknackt und sich die ursprüngliche Reservierung angesehen?«

»Nein«, meinte der Analyst über unser »Firmen-VPN«. »Wir machten es über die Kreditkartenabrechnung. Es dauert zu lange, ins Hotel einzudringen und seine Reservierung zu suchen. Zu riskant, außerdem bekommen wir damit nichts, das wir nicht bereits haben.«

Ich merkte ihm an, dass er sich auf den Schlips getreten fühlte, weil jemand infrage stellte, wie er seinen Job machte. Aber ich wusste ebenfalls, dass niemand vollkommen war. Also ließ ich der Sache ihren Lauf.

»Selbst mit dem Bestätigungscode?«, fragte Jennifer. »Er steht auf der Rechnung. Das müsste doch einfach sein. Ich möchte die ursprüngliche Reservierung sehen.«

Der Analyst begann zu protestieren. »Tun Sie es einfach«, sagte ich. »Es kann ja nicht schaden.«

Eine halbe Stunde später wandte Jennifer sich von der Reservierung auf ihrem Bildschirm ab, während der Rest von uns sich vergeblich abmühte. Sie sagte: »Lassen Sie diese Nummer durchlaufen.«

»Warum?«, fragte der Analyst, der sich gerade mit dem Team unterhielt. »Was ist denn jetzt schon wieder? Sie halten hier alles auf.«

»Es handelt sich um eine Art Vielfliegernummer, mit der es Bonuspunkte bei Hotelübernachtungen gibt. Sehen Sie nach, wo sie sonst noch benutzt wurde.«

Wie sich herausstellte, war die Nummer auf einen angeblichen iranischen Teppichhersteller registriert und nun unter anderem Namen mit einer anderen Reservierung verknüpft. Und zwar im Marina Bay Sands Hotel in Singapur. Ich konnte nichts dafür, eigentlich gab es auch keinen Grund, aber ich fühlte mich schon ein wenig selbstzufrieden. Immerhin war Jennifer dahintergekommen, und sie gehörte zu *meinem* Team.

Außerdem war ich erstaunt darüber, wie absolut dämlich dieser Fehler doch war. Aber so lief das nun mal in dieser Branche. Es führte einem jäh vor Augen, wie einfach es war aufzufliegen. Man konnte nie wissen, was einen schließlich zu Fall brachte. Wie viele digitale Bruchstücke wiesen auf die Taskforce hin? Aus Thailand? Von anderen Einsätzen? Darüber konnten wir uns später Gedanken machen. Fürs Erste hatten wir eine Mission zu erledigen und die Iraner hatten uns die Mittel dazu in die Hand gegeben.

Was für ein Glück für uns! Die iranische Revolutionsgarde sammelt bei ihren Geheimaufträgen gern Bonuspunkte.

Nachdem die Aufsichtskommission uns den Einsatzbefehl gegeben hatte, hatten wir umgehend unsere Koffer gepackt und waren nach Singapur aufgebrochen. Buckshot ließen wir zurück, um für Kavi Nakarat Geleitschutz zu spielen und ihn mittels weiterer Taskforce-Aktiva aus Thailand hinauszuschaffen. Die Polizei in Singapur hatte es nicht zuwege gebracht, den Vater, Dr. Sakchai Nakarat, ausfindig zu machen. Darum waren wir nach wie vor im Spiel. Unsere Mission hatte dasselbe Ziel wie zuvor: dem iranischen General auf die Spur zu kommen und sein Verhaltensmuster an das ankommende Team weiterzugeben.

In meinen Augen bestand der einfachste Weg dazu darin, ein paar Zimmer im Marina Bay Sands zu bekommen. Dummerweise lag dieses Hotel weit, weit über unserem Tagessatz. Mir war klar, dass die Taskforce-Buchhalter durchdrehen würden, wenn sie die Rechnung kriegten. Aber, hey, manchmal übernachtet man in einem Sumpf, manchmal bekommt man ein Fünf-Sterne-Resort.

Das Sands war ein technisches Wunderwerk mit einem Einkaufszentrum der Extraklasse, Casino und Kongresszentrum. Das Hotel bestand aus drei separaten Türmen mit jeweils 55 Stockwerken, gekrönt von einer Konstruktion namens SkyPark, die anmutete wie ein Kreuzfahrtschiff. Ebendiese Bauweise war verantwortlich für unser augenblickliches Dilemma.

Wir befanden uns in Turm eins, das Zimmer, das unser Ziel war, in Turm drei. Normalerweise hätte das überhaupt kein Problem dargestellt, aber in Turm drei war auch ein Rockstar mit seinem Gefolge abgestiegen, und nun waren die Aufzüge dort mit uniformierten Sicherheitskräften bemannt, um die Paparazzi fernzuhalten. Man benötigte einen Schlüssel, der in diesem Turm registriert war, um nach oben zu fahren, denn zwischen den drei Türmen gab es keine Querverbindung. Lediglich ganz oben und ganz unten. Wir brachten schnell in Erfahrung, dass es aufgrund der Größe des Hotels unmöglich war, eine Überwachungs-basis einzurichten, um den General beim Weggehen zu erwischen. Es gab einfach zu viele Ausgänge. Wir brauchten ein Frühwarnsystem, das uns anzeigte, wann er sich in welche Richtung in Bewegung setzte. Kurz: Wir benötigten Zugang zu seinem Zimmer.

Ursprünglich hatten wir lediglich vor, einen Karten-schlüssel für den Zugang zum Aufzug zu fälschen, indem wir ein spezielles Gerät verwendeten, das die Tür-schlösser überlistete – so würden wir Zugriff auf sein Zimmer erhalten. Doch die Wachen zogen die Schlüssel-karte durch ein Lesegerät. Dieses war drahtlos mit der Rezeption verbunden und zeigte an, wer man war, wann man eingecheckt hatte, die Zimmernummer und wann man wieder auschecken wollte.

Der gefälschte Schlüssel trickste lediglich die Tür aus. Er hatte keinerlei Zugriff auf die Datenbank. Grundsätzlich müssten wir mehrere unterschiedliche Systeme fälschen, um die Wachen zu täuschen, und uns blieb keine Zeit, alle Unwägbarkeiten zu testen. Zu viele einzelne Schwachstellen, die zu unserer gegenwärtigen Zwangslage und letztlich zu Jennifers Idee führten, von der Spitze des Gebäudes nach unten zu klettern.

»Pike hat recht«, meinte Decoy. »Du kannst unmöglich in 200 Metern Höhe 40 Meter unter einem Überhang frei kletternd überwinden. Das hier ist nicht der Yellowstone Nationalpark, wo die Kletterhaken schon überall sitzen.«

»Moment«, sagte Jennifer. »Ich spreche nicht davon, unter der Aussichtsplattform rüberzuklettern. Sieh dir doch mal den Plan an! Ich kann mich in der Nähe von Turm drei direkt über den Rand abseilen und muss unter dem Überhang nur etwa zehn Meter um die Kurve klettern. Von dort kann ich über den Fensterputzbalkon ins Service-Treppenhaus gelangen.«

»Trotzdem noch das gleiche Problem. Was willst du tun? Dich abseilen und dann anfangen zu schwingen, bis du unter dem Überhang mit dem Pfosten oben auf dem Turm kollidierst? Unmöglich!«

»Kurt meinte doch, er habe uns das komplette Paket mitgegeben, oder etwa nicht?«

Mir gefiel nicht, in welche Richtung sich das Ganze entwickelte, weil mir klar war, dass sie mir mit ihren Gedanken schon weit voraus war. »Ja, na und?«

»Nun, da ist doch eine Kletterausrüstung dabei, oder?«

Meine Anspannung ließ nach. »Ja, aber das ändert nichts am Problem. Ich lasse dich doch nicht mit Seil und

Klettergeschirr über den Rand hinunter. Sich wie Tarzan umherzuschwingen ist nicht die Lösung.«

»Was ist mit dem Hollywood-Rig? Ich könnte den PVAC benutzen und mich damit runterlassen.«

Sie sprach es aus wie »Piewäck«, eine Abkürzung für Personal Vacuum Assisted Climber, ein Gerät, das sich eine Gruppe College-Studenten anlässlich eines Air-Force-Wettbewerbs ausgedacht hatte. Im Wesentlichen handelte es sich um zwei unterdruckunterstützte Handaufsätze, die an eine auf dem Rücken getragene Vakuumpumpe angeschlossen waren. Das Ding, das die Studenten entwickelt hatten, machte Krach wie ein Düsentriebwerk. Riesige Schläuche führten vom Rücken zu den Handsaugern, es sah aus wie einem schlechten Science-Fiction-Film entsprungen. Zunächst hatten wir darüber gelacht, als ein Typ aus der Forschungs- und Entwicklungsabteilung meinte, wir sollten es uns mal ansehen. Das Lachen war uns aber schnell vergangen, als wir sahen, wie ein Ingenieursstudent damit ohne Unterstützung eine 30 Meter hohe Wand erklomm. Eine Backsteinmauer mit rauer Oberfläche.

Wir hatten die Konstruktion übernommen und verfeinert. Die Schläuche waren nur noch ein Drittel so groß, und nun klang es nur noch wie ein großer Mixer. Das Ding mochte gut sein, aber es war nicht für eine Höhe von 200 Metern ausgelegt.

»Jennifer, man muss den PVAC erst auf der ausgewählten Oberfläche testen, bevor man ihn einsetzt. Für unbekannte Strukturen ist er nicht geeignet. Wir wissen ja noch nicht einmal, ob er da oben überhaupt dein Gewicht halten kann.«

Blood wirkte nachdenklich, tippte mit dem Finger auf den Plan. »Ja, aber wenn sie das Hollywood-Geschirr anlegt, dann halten wir doch ihr Gewicht. Sie muss den PVAC bloß benutzen, um sich damit nach unten zu ziehen. Dazu dürfte er ausreichen.«

Ich starrte ihn wütend an, wollte auf keinen Fall, dass jemand die Diskussion auch noch befeuerte. Er machte ein betretenes Gesicht und sagte nichts weiter.

Knuckles blickte von dem Plan auf. »Sie kann sich vom Whirlpool-Bereich aus abseilen. Er liegt gegenüber dem Infinity Pool und ist auf Privatsphäre ausgelegt. Wir könnten links und rechts Position beziehen, sichergehen, dass alles sauber ist, und sie dann runterlassen. Ein Mann bedient das Sicherungsseil, die anderen passen auf. Pike, das wird funktionieren.«

Jennifer bedachte ihn mit einem dankbaren Blick, während alle anderen zu mir schielten, um zu sehen, was ich dazu sagte. Ich hielt die Idee für blödsinnig, war jedoch hin- und hergerissen, weil die übrigen Teammitglieder Partei für Jennifer ergriffen. Sie behandelten sie als ihresgleichen, genau das, was ich wollte. Wenn ich jetzt Nein sagte, würden sie sich immer fragen, ob ich Jennifer schonte, weil ich nicht an ihre Fähigkeiten glaubte. Und dann würden auch sie nicht mehr auf sie zählen.

Sie kann klettern wie ein Affe. Außerdem haben wir keine andere Möglichkeit.

»In Ordnung. Uns bleiben noch ungefähr sechs Stunden bis zum Anbruch der Dunkelheit. Jennifer, geh in die Mall und hol dir zur Tarnung ein paar Badeanzüge. Ich übernehme die Sicherung am Whirlpool. Retro, die Jungs in D.C. sollen sein Türschloss auslesen. Jede einzelne Aktivität, zusammen mit dem Zeitpunkt der Eingabe. Ich möchte wissen, wann die Tür geöffnet wurde und wie lange es dauerte, bis sie wieder geöffnet wurde.

Gleiche es mit den Daten der Zimmerreinigung ab, damit wir falsche Einträge ausschließen können. Blood und Decoy, ihr fahrt zum Flughafen und holt die Ausrüstung. Ihr wisst, was wir brauchen. Knuckles, du und ich, wir erkunden die Dachterrasse, um zu sehen, ob dieser Zirkus-Stunt funktionieren kann. Du konzentrierst dich auf die Kameras und den Fußgängerverkehr, ich auf den Startpunkt.«

Jennifer lächelte. »Das wird einfach. Vertrau mir!«

Ich schüttelte den Kopf. »›Vertrau mir‹ sage ich jedes Mal, wenn ich sicher bin, dass etwas schiefgeht.«

28

Nach einer Stunde fühlte Jennifer sich ein bisschen wie ein Hummer in der Reuse. Die Verfolgung des Kartenschlüssels hatte ergeben, dass die Tür zum Zimmer des Generals geöffnet worden war. Doch seitdem nichts mehr. Das konnte heißen, dass jemand die Tür geöffnet hatte und hinausgegangen war. Oder dass sich immer noch jemand im Zimmer befand. Angesichts der bisherigen Einträge mussten sie Letzteres annehmen.

Allmählich begann sie an ihrer großartigen Idee, sich über die Wand abzuseilen, zu zweifeln. Sie konnten nicht nur nicht garantieren, dass das Zimmer leer war. Der Rockstar in Turm drei hatte heute Abend auch noch beschlossen, die Aussichtsplattform in Beschlag zu nehmen. Keine 50 Meter entfernt war eine Etage tiefer eine gewaltige Party im Gange. Alle fünf Minuten kamen betrunkene Pärchen vorbei, um sich an der Bar etwas zu trinken zu holen oder den Infinity Pool zu bestaunen.

Sie hatte es zuvor nicht bedacht, den Glamour des Marina Bay Sands Hotels völlig außer Acht gelassen, aber der Infinity Pool erwies sich als magnetischer Anziehungspunkt. Direkt gegenüber vom Whirl-pool, durch Blattwerk und die ganzen Lounge-Bars abgeschirmt, lag in 200 Metern Höhe ein Pool von olympischem Ausmaß, der mit der Skyline Singapurs zu verschmelzen schien. Ein einzigartiges Wunder, zu dem alle geladenen Partygäste kamen, um Fotos zu machen.

Da half auch nicht viel, dass sie neben zwei beleibten Herren aus Griechenland saß. Der eine rutschte unauffällig immer näher, um versehentlich ihren Schenkel zu berühren. Schon an einem normalen Tag hätte der Mann sie angewidert, doch heute Nacht war es unendlich schlimmer. Sie durfte keinerlei Körperkontakt zulassen, weil er das Gurtzeug um ihre Taille spüren würde.

Sie watete in die Mitte des Whirlpools, drehte sich zu Pike um und schob ihre Hände über seine Knie. Zeigte den beiden Waschlappen, dass sie bereits vergeben war.

Sie spürte, wie Pike erstarrte, und lächelte innerlich.

»Bist du bereit, zurück aufs Zimmer gehen?«, fragte sie. Das hieß: *Wie lange sollen wir noch warten?*

Er legte seine Hände über ihre, hob sie von seinen Knien.

»Es gefällt mir hier. Hast du etwas dagegen, noch ein bisschen länger zu bleiben?«

Sie zog sich bis zur Taille hoch, sodass das Geschirr im Dunkeln blieb, legte ihre Ellenbogen auf seine Knie und genoss das Unbehagen, das sie ihm bereitete. Sie beugte sich vor.

»Mir gefällt es auch. Mehr als dir.«

Sie sah zu, wie sich sein Gesicht verzog, versuchte seine Gefühle zu lesen, sah nur Verwirrung. Sie grinste, und die Erregung über das, was sie gleich tun würde, durchströmte sie. Dazu die Freude darüber, dass sie ihn aufziehen konnte.

Es war nicht fair, aber sie kostete es aus. Genoss die Sicherheit, die seine Gegenwart bedeutete. Sie konnte sich wie eine Frau verhalten, ohne Angst vor den Auswirkungen zu haben. Und nicht bloß vor so einer Kleinigkeit, wie zurückgewiesen zu werden. Er war ihre kleine Schutzzone. Der einzige Mann, mit dem sie flirten konnte, ohne dass er im Gegenzug etwas von ihr verlangte. Der einzige Mann, der ihr niemals wehtun würde. Das wusste sie. Niemals. Ihr eigenes kleines Goldfischglas, das sie vor den Gefahren der wirklichen Welt schützte wie einen Goldfisch vor dem Ozean. Mehr als einmal hatte sie Gefahren durchlebt und war verletzt worden.

»Ich habe gehört, wie du Decoy an die Wand geknallt hast«, sagte sie. »Das hättest du nicht tun müssen.«

Verlegen wandte er den Blick ab. »Hm, er hätte es ja nicht sagen müssen. Tut mir leid, dass du es mitbekommen hast.«

Sie war vom Einkaufen zurückgekommen, hatte ihm ein Paar Boardshorts und für sich einen Einteiler besorgt und war auf dem Weg ins Badezimmer, um zu sehen, wie der Badeanzug zu dem Geschirr passte. Vor der Tür angekommen, hörte sie, wie Decoy im anderen Zimmer der Suite mit jemandem sprach, den sie nicht sehen konnte. »Mir ist ja so was von egal, ob wir da reinkommen oder nicht. Ich will sie bloß im Bikini sehen.«

Sie reagierte gereizt, war bereits im Begriff hineinzuplatzen, um ihm die Meinung zu geigen, da vernahm sie einen dumpfen Schlag gegen die Wand. »Sie wird ihr

Leben riskieren, du Schwachkopf!«, hörte sie Pike sagen. »Ich habe mir diese Witze lange genug angehört. Jetzt ist Schluss damit.«

Die Hand am Türknauf, wartete sie ab. Sie hörte ersticktes Atmen, dann Bloods Stimme. »Pike, es reicht! Du erwürgst ihn noch.« Da sie Pike bereits bei der Arbeit erlebt hatte, brauchte sie nicht reinzugehen, um zu wissen, was vor sich ging.

Sie ging zurück zum Badezimmer der Suite, allerdings erst, nachdem sie Pike hatte sagen hören: »Keine Witze mehr! Nie mehr!«

Danach verhielt Decoy sich ausnehmend höflich. Und jeder andere im Team ebenfalls. Sie wusste es zu schätzen, obwohl ihr klar war, dass Decoy tatsächlich bloß einen Witz gemacht hatte. Er wollte niemandem wehtun und hielt es für lustig. Lediglich sie fand es nicht komisch.

Sie tätschelte Pikes Knie, wich zurück. »Es muss dir nicht leidtun. Ich weiß, woran ich bin, und das ist gut so.«

Bei diesen Worten fühlte er sich noch unbehaglicher, sofern das überhaupt möglich war. »Hör zu, ich habe es nicht getan, weil ich glaube, dass du Hilfe brauchst … Ich … Er hat mich bloß sauer gemacht. Du kommst sehr wohl allein zurecht.«

Abermals lächelte sie. Es gefiel ihr, dass es ihn verlegen machte, für sie einzutreten. Dass er dachte, sie sei wütend auf ihn, weil er sie verteidigt hatte.

Sie trat wieder vor, drückte seine Hände. »Du hast deine Momente, aber das war keiner von ihnen.«

Er bedachte sie mit einem linkischen Lächeln, offensichtlich hatte er Angst, den Mund aufzumachen.

Die beiden fettleibigen Griechen standen auf, krochen wie zwei Krabben aus dem Whirlpool und ließen sie allein.

Er wartete, bis sie außer Hörweite waren. »Bist du bereit, das zu tun? Es ist ein langer Weg nach unten.«

»Ja«, sagte sie. »Auch eine Art, das Thema zu wechseln. Er ist immer noch in seinem Zimmer, also keine Chance, bald aufzubrechen.«

Sein Gesicht trübte sich ein. »Komm schon! Du stehst kurz davor, dich aus 200 Metern Höhe ins Leere zu stürzen. Tut mir leid, dass ich mich da auf den Einsatz konzentriere.«

Erneut lächelte sie. »Deine Knöpfe sind *so* einfach zu drücken. Ich habe doch bloß Spaß gemacht. Ja, ich bin bereit. Das wird einfach; allerdings bin ich froh, dass du die Sicherung übernimmst. Ich wollte es nicht vor den anderen sagen, aber sonst hätte ich es nicht getan.«

»Ich weiß«, meinte er. »Glaub mir, das weiß ich. Möglicherweise begehst du da einen Fehler. Knuckles hat viel mehr Erfahrung mit dem Hollywood-Geschirr als ich. Die Taskforce setzte es erst ein, nachdem ich das erste Mal gegangen war.«

»Wie schwer kann es denn schon sein? Ich meine, es ist nur ein Abseilgerät mit einem Drahtseil. Wenn es Arnold Schwarzenegger bei einem Stunt halten kann, wird es mich auch halten. Du musst doch bloß das Seil nachlassen.«

Er drehte sich um, schaltete das Abseilgerät ein, das sie zuvor aufgestellt hatten. Das lose Ende des dünnen Stahlseils lag zusammengerollt unter den Sträuchern, die den Whirlpool umgaben. Im Dunkeln war es kaum zu sehen. Ein kleines Ausrüstungsteil, das ebenso gut einem Fensterputzer gehören konnte.

»Dieser Mist ist dazu ausgelegt, nicht auf dem Bildschirm zu erscheinen. Er ist nicht für Operationen gemacht. Etwas, das es einem Schauspieler ermöglicht, gefahrlos an einem Felsvorsprung zu hängen. Aber nichts, das einem Agenten gestattet, seinen Job zu machen. Das gefällt mir nicht.«

»Ich vertraue darauf«, entgegnete sie. »Dieses Seil kann ein Auto halten. Die einzige Möglichkeit, dass es versagt, ist, wenn du es loslässt. Und ich weiß, dass das nicht passieren wird. Nicht wenn du noch mal mit mir in einem Whirlpool sitzen willst, wenn ich kein Geschirr anhabe.«

Sie sah die Emotionen über sein Gesicht huschen, erkannte zu spät, wie zweideutig das klang, völlig unbeabsichtigt. Er machte den Mund auf und wieder zu, sagte nichts. Bevor das Schweigen unbehaglich werden konnte, wurden sie durch das Piepsen ihrer Ohrstöpsel erlöst.

»Er verlässt das Zimmer. Ich wiederhole: Er verlässt das Zimmer.«

Sie spürte, wie ihr Adrenalinpegel stieg, und sagte, was er immer sagte, um sein übliches Selbstvertrauen zu erlangen.

»Showtime!«

29

Jennifer blickte nach links und rechts, während Pike das Sicherungsgerät vorbereitete.

»Security«, sagte er, »wie sieht es aus? Sind wir sauber?«

»Westen geklärt.«

»Norden geklärt.«

»Ost rot. Ich wiederhole: Ost rot.«

Das war die Seite mit der Aussichtsplattform und der Party. Die Südseite des SkyParks, an der Jennifer sich hinablassen wollte, ging aufs Südchinesische Meer hinaus. Es bestand also kaum eine Chance, dass jemand vom Boden aus mitbekam, was sie machte.

Pike erkannte die Stimme. »Was gibt es, Knuckles?«

»Nichts Großartiges. Ein Mann und eine Frau liefern sich eine ziemliche Fummelei im Schatten. Ich kann nicht sagen, ob sie einfach allein sein wollen oder weiterwollen zum Infinity Pool.«

»Haben wir noch ein paar Sekunden?«

»Ja! Sieht so aus. Lass sie nur nicht sehen, wie du das Abseilen kontrollierst, falls sie sich entscheiden, sich in Bewegung zu setzen.«

Jennifer zog die Schultergurte fest, rückte die Mittelplatte zurecht, da sagte Pike: »Bist du bereit, einen Dar durchzuziehen? Ich glaube nicht, dass mir genug Zeit bleibt, um dich bis ganz runter spazieren zu lassen.«

Jennifer wusste, dass Pike sich auf Dar Robinson bezog, den Stuntman, der den »Hollywood-Rig«, wie sie es nannten, perfektioniert hatte. Er setzte das Geschirr für den freien Fall aus großer Höhe ein, damit die Kamera ihn von oben filmen konnte, ohne dass von unten ein Luftkissen ins Bild kam. Der Unterschied bestand darin, dass Dar Robinson sich über 300 Meter im freien Fall befand, bevor er abgebremst wurde. Jennifer dagegen hatte vorgehabt, sich behutsam an der Außenwand des Gebäudes herabzulassen. »Einen Dar durchziehen« hieß, dass sie einfach springen und ohne Hilfsmittel bis zur Oberkante des Turmes stürzen würde, ehe sie – hoffentlich – abgefangen wurde.

»Wir können auch warten, bis Knuckles sagt, dass alles frei ist«, meinte Pike. »Ich habe nur Angst, dass unser Zeitfenster sich schließt. Der General könnte bald

184

zurückkehren. Mit einem Dar benötigen wir nur die halbe Zeit.«

Sie ließ das Gurtzeug einrasten, zog die Zylindermutter an dem Karabinerhaken fest, der die Brustplatte hielt. *Es sind höchstens zwölf Meter. Nicht allzu weit.*

»Ja«, erwiderte sie. »Das schaffe ich. Lass mich nur nicht über die Biegung hinausgehen. Ich kann dieses Kabel auf keinen Fall hochklettern.«

»Mache ich nicht. Ich habe es auf neun Meter eingestellt. Das ist wie ein Bungee-Sprung.«

Er half ihr aus dem Whirlpool und musste lachen, als er die Vibram-Zehenschuhe sah, die sie anhatte.

»Was denn? Soll ich das etwa barfuß machen?«

Er hakte das Seil ein, vergewisserte sich, dass es fest an der Brustplatte saß. »Nein, nein. Wenn du schon einen Zirkus-Stunt abziehst, darfst du auch aussehen wie ein Clown.«

Für diese Bemerkung boxte sie ihn auf den Arm. Er ignorierte sie, nun wieder ganz sachlich. Zum dritten Mal überprüfte er die Seilführung und begutachtete ihr Geschirr wie ein Absetzer vor einer Fallschirmoperation vom Kopf bis zur Taille. Zufrieden warf er einen Blick über den Gebäuderand und schaltete sein Bluetoothgerät ein. »Bereit zur Ausführung! Status?«

»Westen nach wie vor gut.«

»Nord ebenfalls.«

»Im Osten haben wir immer noch das verliebte Paar, aber ihr könnt loslegen. Die konzentrieren sich eindeutig nur noch auf Körperteile.«

Jennifer kletterte über das Geländer, starrte in die finstere Nacht hinab. Weit weg funkelten die Schiffe im Hafen wie Sterne. Pike hielt ihr die PVAC-Gurte hin, und sie schob ihre Arme hindurch, schnallte sich ein weiteres Geschirr um Schultern und Leistengegend. Nachdem sie ihre Hände in die Sauger gesteckt und sich vergewissert hatte, dass die Schläuche sich nicht verhakten, schnallte sie sich zuletzt eine große Hüfttasche um und schwenkte sie nach vorn.

Sie drehte sich um, um Pike anzusehen, bemüht, Selbstvertrauen auszustrahlen. Doch eine nagende Angst machte sich in ihr breit, überschwemmte sie wie ein Fluss ein Sandbett.

Pike überprüfte noch einmal das Abseilgerät, um sicherzugehen, dass das Seil sich auch wirklich abspulte, ohne hängen zu bleiben, und die Länge korrekt eingestellt war. Dann erhob er sich.

Er überraschte sie, indem er ihr die Faust zu einem Faustcheck hinhielt. Das hatte er noch nie getan. Sie war sich nicht sicher, ob das ein gutes Zeichen war oder ein Indiz dafür, wie wenig Vertrauen er in diesen Einsatz setzte. Sie tippte seine Fingerknöchel an, und er meinte: »Ich habe so viel Zeit mit der Methode, da reinzukommen, verbracht, dass ich ganz vergaß zu fragen, ob du noch irgendwelche Fragen bezüglich des Dritten Auges hast.«

»Nö. Das ist der einfachste Teil dabei.«

Er beugte sich noch einmal zu ihr hinüber. »Gut, dann verschwendest du deine Zeit.«

Sie nickte, schloss die Augen, schaukelte vor und zurück, während sie sich am Geländer festhielt und innerlich skandierte: *Eins … zwei … drei!*

Sie stieß sich ab, spürte beim Sturz prompt ein flaues Gefühl im Magen. Sie wurde schneller. Zunächst war alles windstill, auf einmal zerrte ein wahrer Orkan an ihrem Pferdeschwanz, erinnerte sie an die Turmsprünge ihrer Jugend. Das Flattern des Drahtseils klang wie ein Peitschenknall direkt vor ihrem Gesicht. Sie wartete eine Ewigkeit, ließ erst einen, dann zwei Turmsprünge vor ihrem geistigen Auge Revue passieren, schließlich drei und wusste mit unerträglicher Gewissheit, dass die Methode versagt hatte.

Unwillkürlich wollte sich ihrer Kehle ein Schrei entringen, als sie die Augen aufschlug, sie gestattete sich jedoch bloß ein tiefes Knurren. Ihre Hände schlossen sich um das Seil in dem verzweifelten Versuch, ihr Schicksal zu ändern. Dann fühlte sie einen Ruck in der Leistengegend, wurde unvermittelt abgebremst.

Sie gewann ihre Fassung wieder, merkte, dass sie aufs Südchinesische Meer starrte. Sie hing mit dem Rücken zur Wand, pendelte direkt darauf zu.

Sie drehte sich um, schaffte es aber nur zu zwei Dritteln, ehe sie mit der Schulter gegen die Wand krachte. Sie prallte ab, hing wieder ruhig da. Ein, zwei Sekunden lang machte sie gar nichts, atmete lediglich tief durch.

»Jennifer, alles okay?«, hörte sie. »Das Seil hat angehalten.«

Sie lächelte. Er hatte nicht *Koko* gesagt. Das hieß, dass er sich wirklich Sorgen machte.

»Ja, mir geht es gut. Aber das mache ich *nie* mehr. Dreh mich jetzt.«

Sie packte das Drahtseil und zog sich seitwärts, setzte die Reibung ihrer Vibram-Schuhe an der Wand dazu ein, schwenkte ihre Brustplatte, bis sie, das rechte Bein ums Seil geschlungen, mit dem Kopf nach unten hing.

»Du kannst loslegen«, hörte sie. »Ich gehe jetzt wieder in den Whirlpool. Melde dich, wenn du was brauchst.«

Klugscheißer!

Sie schaltete den PVAC ein, wie ein Mixer gellte das Ding durch die Nacht. Sie legte die Handsauger an die Wand, sagte: »Gib Leine!«

Unvermittelt sackte sie einen Meter tief ab, verlor den Halt des PVAC, schwang von der Wand weg. Zum Glück befand sie sich nach wie vor oberhalb der Biegung. Wäre das passiert, nachdem das Gefälle zum Turm hin begann, wäre sie nicht mehr in der Lage gewesen, die Wand zu erreichen, um den PVAC einzusetzen.

»Zu weit! Nur ungefähr die Hälfte davon.«

»Roger!«

Sie setzte den PVAC wieder an. »Gib Leine!«

Diesmal glitt sie sacht an der Wand entlang, erreichte die Krümmung. Mithilfe des PVAC wanderte sie an dem Gefälle hinab, sah den Turm vor sich. Alle paar Sekunden wiederholte sie den Ruf nach mehr Leine.

Sie erreichte das Geländer, zog sich hinüber. Einen Moment lag sie nur vor dem Service-Treppenhaus, um wieder zu Atem zu kommen. Dann löste sie das Gurtzeug des PVAC, legte es ab, gefolgt vom Hollywood-Geschirr, und befestigte beides wieder am Seil.

»Ich bin drin. Du kannst die Ausrüstung wieder hochziehen.«

»Roger! Guter Job, Koko.«

Erneut musste sie lächeln. *Ich muss ihm einen Codenamen besorgen, der ihm wirklich auf die Nerven geht.*

Sie wartete, bis der PVAC und das Klettergeschirr außer Sicht waren, dann probierte sie die Tür zum Treppenhaus. Sie war abgeschlossen. Damit hatte sie gerechnet. Sie setzte den gefälschten Kartenschlüssel ein, den sie zuvor angefertigt hatten, und die Tür öffnete sich. Minuten später befand sie sich in der 53. Etage vor der Suite des Generals. Bloß ein weiterer Gast im Badeanzug, der zurück in sein Zimmer wollte. Sie wünschte, sie hätte an ein Handtuch gedacht, um ihre Tarnung zu vervollständigen. Aber bislang war niemand auf dem Flur erschienen.

Sie zog ein Radarsichtgerät aus ihrer Hüfttasche, hielt es an die Tür. Entwickelt, um festzustellen, ob sich eine Bedrohung dahinter befand, nahm es winzige Bewegungen durch mehr als 30 Zentimeter Mauerwerk auf, darunter auch etwas so Unbedeutendes wie das Heben und Senken einer Brust.

Es zeigte an, dass der Raum leer war. Trotzdem funkte sie Retro an, ehe sie ihren Schlüssel benutzte.

»Retro, hier Koko! Ich gehe gleich rein. Irgendwelche Aktivitäten?«

»Du bist sauber. Nichts, seit er vorhin weggegangen ist.«

Sie bewaffnete sich mit einer Glock, hielt sie dicht an ihre Brust und stieß die Tür auf, ließ sie aufschwingen, wartete auf eine Reaktion. Als die nicht erfolgte, klärte sie rasch die Suite, steckte den Lauf der Glock in jeden Spalt. Zufrieden, dass sich tatsächlich niemand in der Suite befand, langte sie in ihre Hüfttasche und holte eine Dosierflasche heraus, so ähnlich wie die, die man in Restaurants für Ketchup verwendete.

Sie holte alle vier Handtücher aus dem Badezimmer, breitete sie auf dem Bett aus. Sie zog sich ein Paar ellenbogenlange Geschirrspülhandschuhe über und besprühte jedes Handtuch großzügig mit der Dosierflasche, zuerst auf der einen Seite, dann auf der anderen.

Die Forschungs- und Entwicklungsabteilung nannte es bloß das Dritte Auge. Die Flasche enthielt ein radioaktives Isotop, das man nachverfolgen konnte, sobald es sich auf der Haut einer Zielperson befand. Die Konstante bei jedem Ortungsgerät war, dass man es verstecken, seine Position mit etwas kaschieren musste. Sei es nun ein Schuh, ein Gürtel, ein Hut. Irgendetwas. Das war in Ordnung, solange die Zielperson wusste, dass sie geortet wurde. Das Problem bei einer Zielperson, die keine Ahnung hatte, bestand darin, dass sie das Ortungsmittel womöglich gar nicht bei sich hatte. Sie konnte ja beschließen, ein anderes Paar Schuhe anzuziehen.

Ohne Unterlass hatte die Taskforce geforscht, bemüht, etwas zu entwickeln, das sie »Naked Man Tag« nannten, ein mythisches Ortungsmittel, das sie selbst bei einem Nackten anbringen konnten, ohne dass dieser es merkte. Was dem am nächsten kam, war das Dritte Auge, im Grunde nichts weiter als die Rückkehr zum guten alten Spionagestaub, Nitrophenylpentadienal, den die ostdeutsche Stasi im Kalten Krieg verwendet hatte.

Alles, was es bewirkte, war, dass ein Alarm an ein Gerät gesendet wurde, das das Isotop erkannte, sodass man Bescheid wusste, dass die Zielperson sich in der Nähe befand. Da sie alle wussten, wie der General aussah, genügte diese Information, um sich für den Start der Observation auf seiner Marschroute in Stellung zu bringen.

Der Unterschied zwischen dem Taskforce-Isotop und dem alten Stasi-Staub bestand darin, dass sich das Mittel der Taskforce leicht abwaschen ließ. Das hieß, dass es bereits durch eine Dusche nutzlos wurde. Darum sprühte Jennifer die Handtücher damit ein. Außerdem verursachte das Taskforce-Isotop keinen Krebs, anders als das Zeug, das die Stasi verwendete. Das zumindest behaupteten die Jungs aus der Forschungs- und Entwicklungsabteilung. Pike hatte ihr erklärt, dass es nicht wegen der Verwendung bei einer Beschattung das Dritte Auge hieß, sondern weil nach seinem Einsatz die Kinder der Zielpersonen mit einem Auge mitten auf der Stirn zur Welt kamen.

Sie hoffte, dass er sie bloß auf den Arm nahm.

Sie legte die Handtücher wieder zusammen, genau so, wie sie sie vorgefunden hatte, und wandte sich zum Gehen. Als sie die Tür erreichte, kam ihr etwas merkwürdig vor. Erneut sah sie sich in dem Raum um.

Sie vermochte nicht zu sagen, was es war. Das Zimmer sah aus wie jedes andere Hotelzimmer auch. Das heißt wie jedes andere teure Fünf-Sterne-Zimmer. Das Bett gemacht, eine Praline auf dem Kopfkissen, Blumen in der Vase, alles an seinem Platz. Dann kam es ihr.

Kein Gepäck! Keine Kleidungsstücke, kein Computer, nichts!

Sie ging ins Badezimmer, fand eine benutzte Zahnbürste, Rasierzeug und eine Tube Zahnpasta. Das war es auch schon.

Rasch verließ sie das Zimmer, schloss die Tür hinter sich, zog den Reißverschluss ihrer Hüfttasche zu. Sie funkte Pike an.

»Einsatz abgeschlossen. Ich bringe die Funkempfänger so an wie besprochen und komme dann zurück.«

»Gab es Probleme?«

»Nicht beim Einsatz, aber hier stimmt etwas nicht. In dem Zimmer befand sich rein gar nichts. Kein Lebenszeichen außer einer feuchten Zahnbürste. Weder Gepäck noch sonst etwas.«

»Vielleicht reist er mit leichtem Gepäck.«

Sie dachte an die Vielfliegernummer, die sie gefunden hatte. Der Gedanke an den Komfort stimmte sie nachdenklich.

»Vielleicht ist er uns in dieser Sache einen Schritt voraus«, sagte sie.

30

Dr. Nakarat trocknete sich fertig ab und zog die Kleidungsstücke an, die er sich am Abend zuvor gekauft hatte. Viel schickere Klamotten, als er gewohnt war, aber in der ans Marina Bay Sands angeschlossenen Mall gab es keine billigen Läden.

Das Geschäft lag direkt neben einem Mobilfunkanbieter, und er hatte mit dem Gedanken gespielt, sich mit seiner Kreditkarte ein neues Handy zu kaufen. Letztlich hatte er aber nicht den Mut dazu gehabt. Vielleicht beobachtete ihn jemand, wie er mit seiner Kreditkarte zahlte, dabei hatten sie ihm doch gesagt, er solle alles über das Zimmer abrechnen. Es war nicht wert, dafür das Leben seines Sohnes aufs Spiel zu setzen.

Er setzte sich aufs Bett, sah zu, wie die Zeit verging. Er dachte daran zu frühstücken, hatte jedoch keinen Appetit. Ihm war übel, wenn er ehrlich war.

Auf der Theke neben dem Breitbildfernseher stand eine Schachtel Verbandmull. Darin befand sich der Tod. Er wünschte, er hätte dieses Ding nie geschaffen, doch das hatte er, und nun würde es ihn bis in alle Ewigkeit heimsuchen.

Obwohl er vor Angst wie gelähmt war, hatte er es ohne größere Schwierigkeiten geschafft, in sein Büro

hinein- und auch wieder herauszukommen. Der Wachmann am Haupteingang hatte überhaupt nichts gesagt,
er hatte eindeutig keine Ahnung davon, dass die Polizei
da gewesen war.

Er hatte sich das Virus und die Impfstoffproben
geschnappt und war auf direktem Weg ins Marina Bay
Sands zurückgekehrt, nur um den Rest der Nacht damit
zu verbringen, im Dunkeln die Zimmerdecke anzustarren.

Ihm war klar, dass dieser Kerl mit dem Virus nichts
Gutes im Sinn hatte. Hier ging es nicht um Industriespionage, da steckte mehr dahinter, und diese Tatsache
nagte an ihm. Brachte ihn dazu, seine Entscheidungen zu
überdenken. Seinen Eid.

Erstens: Füge niemandem Schaden zu!

Um vier Uhr morgens hatte er kurz davorgestanden,
sich an die Behörden zu wenden. Ihnen alles zu erzählen
und damit, das war ihm klar, seinen Sohn umzubringen.
Der Druck war unfassbar gewesen. Er hatte im Dunkeln
gesessen und geweint, allein mit seinen Gedanken.

Letzten Endes hatte er den Hörer auf der Gabel
gelassen. Vor anderthalb Jahren hatte er seine Frau an
den Krebs verloren. Die Wunde war immer noch offen
und so roh, als wäre sie mit einer Drahtbürste geharkt
worden. Er durfte nicht auch noch seinen Sohn verlieren,
und schon gar nicht von eigener Hand.

Er öffnete die Anweisungen, die er erhalten hatte, vergewisserte sich, dass er alles genau auswendig gelernt
hatte. Er war überzeugt, dass er beobachtet wurde, und
wollte keinerlei Hinweis darauf geben, dass er etwas
anderes tat als das, was man ihm gesagt hatte. Ein einfacher Fehler könnte katastrophale Folgen haben, falls

dieser Kerl dachte, er versuche, ihn auszutricksen. Aus diesem Grund hatte er den Gedanken verworfen, ihm eine Phiole mit Wasser zu geben. Er war sich sicher, dass der Entführer über eine Methode verfügte zu testen, was er mitbrachte. Dass er in der Lage war, jeden Trick zu durchschauen.

Der Alarm an seiner Armbanduhr ging los, sandte ihm einen kalten Schauer über den Rücken. Es war so weit.

Langsam stand er auf. Sich wie ein Roboter bewegend, legte er die Schachtel Verbandmull in einen kleinen Einkaufsbeutel. Die ungetestete Impfstoffprobe steckte er in seine Hemdtasche, die erfolglos getestete Probe wickelte er in einen Lappen und steckte sie ebenfalls in den Beutel. Der Mann hatte zwar gesagt, die ungetestete Probe wolle er nicht. Aber für alle Fälle nahm er sie trotzdem mit. Er hätte dem Mann seine lebenswichtigen Organe gegeben, hätte dieser darum gebeten.

Er blickte sich ein letztes Mal in dem Zimmer um und ging.

Mein »iPod« vibrierte, und ich blickte aufs Display: Empfänger Nummer eins hatte ausgelöst, das hieß, die Zielperson hatte ihr Zimmer verlassen.

Ich überzeugte mich davon, dass alle den Alarm erhalten hatten und ihre Geräte funktionierten, danach wartete ich einfach auf eine Richtungsangabe, starrte aufs Display, bis der nächste Auslöseimpuls kam.

Der falsche iPod war eigentlich nichts weiter als ein Funkgerät, das Signale von den Empfängern erhielt, die Jennifer an allen vorhandenen Ausgängen platziert hatte und die uns sagten, wo wir unsere Bemühungen konzentrieren sollten. Er sah aus wie ein iPod Nano der fünften

Generation und konnte sogar Musik abspielen – wenn auch gerade mal genug, um zu »beweisen«, was er war.

Die Empfänger waren der Schlüssel. Im Grunde genommen winzige Geigerzähler, fingen sie die Gamma-Projektion des Isotops auf, das der General mit dem Handtuch auf seinem Körper verteilt hatte, und sendeten ein Signal aus, das uns darauf hinwies, dass er den Empfänger passiert hatte. Zusätzlich zu den Empfängern, die Jennifer im ganzen Hotel verteilt hatte, verfügte jeder von uns noch jeweils über ein größeres Gerät, das mehr Funktionalität bot und auch die Signalstärke anzeigte. Es war zwar nicht perfekt, aber es gab uns einen kleinen Vorteil bei der Bestimmung, wie nahe beziehungsweise fern die Zielperson war – was lediglich in einer größeren Menschenmenge vonnöten sein würde, da wir alle den General erkannten, wenn wir ihn sichteten.

Wir hatten kleeblattförmig Stellung bezogen und waren nicht positioniert, um einen bestimmten Ausgang abzudecken, sondern konnten an mehreren Punkten reagieren. Die Formation trug wenig dazu bei, mit der anfänglichen Überwachung zu beginnen, dazu waren wir zu weit auseinander. Sie erlaubte uns jedoch, uns wieder zusammenzuziehen, sobald wir wussten, in welche Richtung er wollte. Ohne das Dritte Auge hätten wir nicht die geringste Chance gehabt, aber es gefiel mir nicht, darauf zu vertrauen. Die Technik hatte mich zu oft im Stich gelassen.

Abermals fühlte ich den iPod vibrieren und sah, dass Empfänger Nummer fünf ausgelöst hatte.

Er kommt durch die Lobby. Das war keine große Hilfe. Es eliminierte lediglich die Straßenausgänge von Turm drei. Die Lobby war riesig. Von dort aus konnte er in die Mall, ins Casino oder zu jedem anderen Ausgang gehen.

Ich überprüfte die Bewegungskarte meines Smart-phones und sah Knuckles' Position. »Knuckles, hier Pike!«

»Ja, hab verstanden. Bin an ihm dran. Setze mich in Bewegung.«

»Alle anderen: zusammenziehen! Knuckles hat die Spur. Er macht den Anfang, dann übernimmt jemand anders die Beschattung.«

Es mochte seltsam klingen, jemanden zu bitten, sich zu identifizieren und mit der Überwachung zu beginnen, aber Überwachungseinsätze waren nicht fest umrissen. Das Schlimmste, was der Leiter einer Observation tun konnte, war, alle wie Soldaten auf einer Landkarte herumzuscheuchen. Sie mussten selbst denken und eigenständig handeln, ohne auf meine Entscheidung zu warten. Ich konnte unmöglich die ganze Lage korrekt erfassen und hatte schon unzählige Überwachungsein-sätze erlebt, die schiefgingen, weil der Leitende dachte, er wisse alles besser.

Schon bald gab es erste Anzeichen für Ärger.

»Pike, hier Knuckles! Ich habe ein starkes Signal, aber kein Karnickel.«

»Du meinst, er kam an dir vorbei, bevor du ihn identi-fizieren konntest?«

»Nein, ich meine, dass er im Umkreis von fünf Metern um mich herum stehen müsste. Der iPod spielt verrückt, aber der Kerl ist nirgends zu sehen.«

Was? Ich ging die Möglichkeiten durch, und mir fiel nur eine einzige ein, die einen Sinn ergab.

»Haltet nach einem Araber Ausschau! Wir haben noch zwei weitere Unbekannte hier, die mit ihm aus Thailand kamen. Das dürfte der Schlüssel sein.«

»Das Signal lässt nach. Ich habe ihn verloren.«

Shit!

»Ich habe ein schwaches Signal«, meldete sich Decoy. »Er ist auf der Rolltreppe nach unten.«

Unten, das war die Einkaufsstraße unterhalb des Hotels. Eine sich in steter Bewegung befindliche Menschenmenge, die alle zum Casino, zur Mall oder zur Metro wollten. Für eine Observation der reinste Albtraum. Wir mussten die Sache rasch in den Griff bekommen, sonst verloren wir ihn noch komplett. Ich überprüfte die Karte auf meinem Smartphone.«

»Koko und Retro, nehmt den Gang, der hoch zur Mall führt. Blood und Knuckles, geht runter zur Metro. Seht zu, ob ihr ihn dort erwischt. Ich bin gleich hinter euch. Decoy, fang an zu suchen; sieh zu, ob du ein stärkeres Signal reinkriegen kannst. An alle: Lasst das Casino links liegen! Ich glaube nicht, dass das sein Ziel ist.«

Ich ging schneller, kam an die Rolltreppe, die nach unten führte, unter das Straßenniveau, erreichte die Einkaufspromenade und fand mich in einer Menschenmenge wieder, die in alle Richtungen um mich herumwuselte.

Er ist weg. Hier finden wir ihn niemals.

»Ich habe ein Signal«, sagte Decoy. »Aber es ist verdammt schwach.«

»Wo? Welche Richtung?«

»Metro! Jenseits des Mall-Tunnels.«

Ich verfiel in Laufschritt in der Hoffnung, die Zielperson zu überholen. »Koko und Retro, sofort in die Metro!«

»Ich habe jetzt auch ein Signal«, meldete sich Knuckles. »Ich bin in dem Gang zur Metrostation Bayfront.«

»Was siehst du? Hast du ihn identifiziert?«

»Keine Chance. Hier sind Hunderte von Menschen.«

»Alles zur Metrostation Bayfront! Macht ihn ausfindig. Egal wie dürftig, schickt Bilder von jedem, den ihr für ihn haltet.«

Die Haltestelle Bayfront befand sich auf der gelben Linie, also eine Nord-Süd-Verbindung. Richtung Norden kam er zur grünen, Richtung Süden zur roten Linie.

So oder so, wir mussten uns aufteilen.

31

Dr. Nakarat stieg in den Zug und nahm Platz. Nervös blickte er sich um, betrachtete die Leute um sich herum. Er sah nur Asiaten. Dicht gedrängt wie Sardinen saßen sie da, was ihn lediglich noch misstrauischer machte.

Eine Haltestelle weiter stieg er aus, begab sich zur roten Linie in Richtung Norden. Nervös tigerte er auf und ab, jeweils einen Meter, immer im Kreis. Als der Zug einfuhr, sah er zu, wie alle ausstiegen, davon überzeugt, dass eine magische Technologie es dem Mann ermöglichte, sich hier mit ihm zu treffen.

Als niemand auf ihn zukam, stieg er ein, ergatterte noch einen der letzten freien Plätze. Er passierte die Haltestellen Raffles Place, das Zentrum des Finanzviertels, und City Hall, starrte jeden an, der zustieg. Niemand beachtete ihn. Das Herz klopfte ihm bis zum Hals, als der Zug sich wieder in Bewegung setzte.

An der nächsten Station musste er raus.

Nach der Haltestelle City Hall meldete sich Jennifer, meinte, sie habe nach wie vor ein Signal, aber keine Identifikation. Angesichts der großen Anzahl der

Menschen in diesem Zug war das nicht das Problem. Ich befand mich zwei Waggons hinter ihr, und beide waren so voll, dass ich mich allmählich fragte, ob es in Singapur nicht so etwas wie eine zulässige Achslast gab. Ich musste an ein altes Army-Sprichwort denken: Wie viele Ranger passen auf einen Lastwagen? Antwort: Immer noch einer mehr.

Wir hatten Decoy und Blood an die Linie Richtung Norden verloren, aber sie würden nur einen Zug hinter uns sein. Ich hatte Knuckles bei mir, und Retro war mit Jennifer in dem Waggon, in dem sich das Signal befand. Wir konnten es also klären, sobald wir uns nicht mehr in der Menge befanden. Das Einzige, was mir jetzt noch zu schaffen machte, war, dass niemand jemanden ausgemacht hatte, der auch nur im Entferntesten wie ein Araber aussah. Nun ja, Decoy hatte mir das Foto einer Frau geschickt, einer Araberin, aber das war auch schon alles.

Allmählich begann ich, an der ganzen Operation zu zweifeln. Vielleicht war ja bei der Vielfliegernummer etwas durcheinandergeraten oder das Hotelzimmer war ein ausgemachter Schwindel, vielleicht war das Ganze ja auch nur ein abgekartetes Spiel, um uns auf eine falsche Fährte zu hetzen. Was auch immer, all dies ging mir durch den Kopf. Letztlich jedoch passte einfach zu vieles zusammen.

Ein iranischer Teppichhändler. Dieselbe Nummer wie in Thailand. Mach weiter! Hier läuft etwas.

Ich betrachtete den Metro-Plan und holte tief Luft. Beim nächsten Halt, Dhoby Ghaut, konnte man auf drei verschiedene Linien umsteigen. Eine Katastrophe!

»Alle mal herhören! Ich glaube, er wird an Dhoby Ghaut aussteigen. Uns bleiben circa 15 Sekunden, um zu erkennen, wohin er will, andernfalls verlieren wir ihn. Vergesst die Identifizierung. Konzentriert euch auf das Signal. Behaltet das im Auge.«

Ich erhielt ein Roger, und der Zug fuhr in die Station ein.

Dr. Nakarat stieg langsam aus dem Zug, wollte unbewusst den endgültigen Gang zu dem Treffen aufschieben. Er wurde von dem Strom von Menschen, die sich durch den Bahnhof bewegten, heftig angerempelt, alle darauf bedacht, ein- oder auszusteigen. Er orientierte sich und strebte dem Ausgang Penang Road zu, dabei hatte er das Gefühl, er gehe in sein Verderben. Er kam ins Freie, sah auf der anderen Straßenseite die auf den Park hinweisenden Schilder, genau wie beschrieben.

Er überquerte die Penang und ging eine Treppe hinauf, die sich im Zickzack über den Hügel wand. Den jungen Mann, der auf einer Bank saß und ihn gespannt anstarrte, bemerkte er nicht.

Er erreichte das obere Ende der Treppe, für einen Moment irritiert. Von hier zweigten mehr Straßen ab, als er erwartet hatte, zu seiner Rechten stand ein Hotel, von dem er nichts wusste. Er sah ein Schild, das zum Museum wies, und folgte ihm, ging stetig bergauf. Wegen der Hitze traten ihm erste Schweißperlen auf die Stirn.

Ich wartete, bis Retro beziehungsweise Jennifer sich meldete, und ging jedem im Waggon auf den Geist, weil ich nicht ausstieg, als die Tür sich öffnete. Wie eine Statue blieb ich im Eingang stehen, ließ mich von der Menschenmasse umströmen.

Falls sie sich nicht melden, ist es nicht diese Haltestelle. Alle anderen in diesem Zug können mich mal.

»Habe das Signal verloren. Ich wiederhole: Habe das Signal verloren. Er ist weg.«

Umgehend stieg ich aus, nun in Eile, was die Leute um mich herum verwirrte. Knuckles folgte mir grinsend wie ein Meth-Süchtiger, was den viel kleineren Asiaten, die ebenfalls ausstiegen, eine Heidenangst einjagte.

»Koko, Retro«, sagte ich, »geht zu den Umsteigelinien. Knuckles und ich nehmen uns das Straßenniveau vor.«

In leichtem Laufschritt legten wir los, und zum ersten Mal gab mein Empfänger ein Ping von sich. Ich blickte Knuckles an, und er nickte. Er hatte es ebenfalls empfangen.

Wir hielten das Tempo, das Signal wurde immer stärker. Wir kamen ins Freie, und ich blieb stehen, bemüht herauszufinden, in welche Richtung unsere Zielperson wollte.

Knuckles wandte sich sofort nach links und ich nach rechts, parallel zur Penang Road. Das Display meines iPods wurde zusehends schwächer und schwächer.

»Knuckles, diese Richtung ist es nicht. Was hast du?«

»Ich habe das Signal verloren. In diese Richtung ist er auch nicht gegangen.«

Das hieß, er hatte die Straße überquert.

Ich sah, wie die letzten Fußgänger von der anderen Seite der Penang Road zum Bahnhof rannten, Männer in Anzügen und unbeholfen in High Heels herumstöckelnde Frauen, und mir war klar, dass ich die Ampel nicht mehr schaffen würde. Trotzdem rannte ich los, traf mit Knuckles zusammen, gerade als die Autos sich in Bewegung setzten und uns den Weg versperrten.

»Verflucht! Wir werden ihn noch verlieren.«

Ohne dass ich es ihm sagen musste, alarmierte Knuckles den Rest des Teams. »An alle: Zielperson hat soeben den Fort Canning Park vor der Haltestelle Dhoby Ghaut betreten. Kontakt verloren. Ich wiederhole: Kontakt verloren.«

Dies setzte eine Suche in Gang, die wir durchexerziert hatten. Die Teams gingen nach einem festgelegten Muster vor, auf den Park konzentriert, um das Signal wieder aufzufangen.

Während uns die Zeit davonlief, rief ich eine Karte von Fort Canning auf meinem Smartphone auf. Fort Canning war ziemlich groß, durchzogen von mehreren Straßen, in denen man jemanden aufnehmen konnte. Dazu ein Hotel und ein Bunker, der vom Verlust Singapurs an die Japaner im Zweiten Weltkrieg zeugte, heute ein Museum.

Ich war bereits dabei, einen Angriffsplan auszuarbeiten, als Knuckles mir den Ellenbogen in die Seite stieß.

»Pike! Sieh mal dort, auf der anderen Straßenseite. Der Typ auf der Bank sieht aus wie ein Araber und dreht den Kopf wie verrückt hin und her. Als ob er etwas sucht.«

Ich richtete mein Augenmerk auf ihn und sah, dass Knuckles recht hatte. Er saß ganz allein am Fuß einer Treppe und verhielt sich kein bisschen entspannt, nicht so wie jemand, der sich hingesetzt hatte, um mal eine Pause zu machen. Er zappelte hin und her, als wäre er auf Crack.

Ich ging die Möglichkeiten durch, drehte und wendete alles hin und her, suchte nach Verbindungen. Als würde man bei einem 3-D-Poster immer auf dieselbe Stelle starren, sprang mir die Wahrheit direkt ins Gesicht.

»Mein Gott! Das ist einer der Iraner, er zieht eine Gegenüberwachung durch. Kontaktiert die Taskforce, lasst euch ein Foto von Dr. Sakchai Nakarat schicken. Wir verfolgen den falschen Mann.«

32

Im Bunker des Fort Canning Park, einst die letzte britische Bastion im Kampf um Singapur und nun als Battle Box Museum bekannt, wanderte Malik umher, betrachtete die diversen Exponate. Es erinnerte ihn an die Bunker, in denen er im Ersten Golfkrieg gegen den Irak gekämpft hatte. Er konnte nicht anders, fasziniert von den Ausstellungsstücken war er wieder Soldat, und wie alle Soldaten interessierte er sich auf eine Art dafür, die niemand sonst verstehen konnte.

In den Räumen schien die Zeit stehen geblieben zu sein, an einigen Wänden waren sogar noch Morsezeichen der Japaner eingeritzt aus der Zeit, nachdem sie die Kontrolle übernommen hatten. Er betrat eine Kammer voller Schaufensterpuppen, die in der Düsternis unglaublich lebensecht wirkten, über Karten gebeugt, um die unvermeidliche Niederlage abzuwenden. Er fand es prophetisch. Keine militärische Macht, ganz gleich wie stark, konnte aufhalten, was er zu entfesseln im Begriff war. Nicht anders als die in diesem Raum dargestellten Briten hatte der Westen dem Angriff nichts entgegenzusetzen.

Er warf einen Blick auf seine Uhr und stellte fest, dass die nächste Führung in fünf Minuten stattfand. Die Führung, die der Doktor mitmachte.

Er schlenderte durch das Ausstellungslabyrinth. Die Stücke hatte er alle bereits zuvor bei seinem Erkundungsgang gesehen. Schließlich erreichte er einen unbeleuchteten Flur. Die auf den Boden gemalten Pfeile zeigten an, dass er daran vorbeigehen solle, was er nicht tat.

Er ging den Flur entlang, bis dieser vor einer Leiter endete. Der Fluchtkorridor des Bunkers. Im Zweiten Weltkrieg errichtet, um dem Führungsstab die Flucht zu ermöglichen, falls der Feind den Eingang überwand, würde der Korridor hier den gleichen Zweck erfüllen.

Er war nicht Teil der Führung. Außerdem gab es hier nichts zu sehen außer einer rostigen Leiter am Ende eines muffigen Ganges. Dies stellte die letzte Sicherheitsebene für das Treffen dar. Falls der Doktor ihn in einen Hinterhalt locken wollte oder seine Männer ihn auf irgendeine Weise warnten, würde er tief unter der Erde die Leiter erklimmen und fliehen – abseits der draußen bekannten Ein- und Ausgänge.

Stets umsichtig, hätte er auf jeden Fall diese Vorsichtsmaßnahmen getroffen, doch nun schienen sie besonders wichtig. Dass die Polizei Dr. Nakarat kontaktierte, war an sich bereits schlimm genug, verschlimmert wurde das Ganze jedoch durch die Tatsache, dass er sein Team in Thailand nicht erreichen konnte.

Er war noch nicht übermäßig besorgt, da ebendies in der Vergangenheit schon einige Male passiert war. Aber es brachte ihn doch dazu, seine Sicherheitsvorkehrungen zu erhöhen. Zumindest hätte er sich gewünscht, konkret zu wissen, was mit dem Sohn des Doktors geschehen war. Diesbezüglich im Dunkeln zu tappen gefiel ihm ganz und gar nicht. Es war eine Information, die sich bei dem bevorstehenden Treffen gegen ihn wenden konnte.

Er blickte nach oben zu der ins Freie führenden Luke, vergewisserte sich, dass er rings um den Rand noch Tageslicht sehen konnte. Das bedeutete, dass niemand das Schloss ersetzt hatte, das er aufgebrochen hatte.

Zufrieden wandte er sich wieder dem Museum zu, da erhielt er den Anruf von Sanjar, dass der Doktor die Metro verlassen hatte und nun dem Park zustrebte.

Während Knuckles und ich, den Mann auf der Bank geflissentlich ignorierend, im Eilmarsch die Straße überquerten, meldete sich Decoy.

»Wir sind im Park. Westseite in der Nähe des Stausees. Wir benötigen ein Ziel.«

Wir erreichten die andere Straßenseite und gingen auf dem Bürgersteig nach Osten, weg von dem Mann auf der Bank. Ich hatte das Team bereits auf den neuesten Stand gebracht über das, was meiner Meinung nach hier vorging, und alle mit einem Foto des mutmaßlichen Gegenbeschatters versorgt. Nun warteten wir nur noch auf das Foto unseres Karnickels.

»Er hat den Park von Norden her betreten«, sagte ich, »direkt von der Penang Road aus. Er befindet sich nicht allzu weit vor uns. In der Nähe des Fort Canning Hotels.«

Weiter nach Osten kamen wir an einen Tunnel, der aussah, als führte er unter einer weiteren Straße hindurch in den Park. Ich gab Koko und Retro, die nur Sekunden hinter uns waren, die Stelle durch und begann die Suche zu koordinieren, um zu vermeiden, dass sich unsere Anstrengungen überschnitten.

»Wir nehmen die Gebäude östlich des Museums. Sieht nach einem Einkaufsviertel aus. Decoy übernimmt das

Hotel. Ihr überprüft den Touristenladen an der Spitze des Kreisverkehrs.«

Da es unentwegt bergauf ging, begann ich in der Hitze stark zu schwitzen und fragte mich, ob das allein nicht bereits ausreichte, das Isotop von unserer Zielperson abzuwaschen. Die Jungs von der Entwicklungsabteilung meinten, normale Schweißbildung habe keinerlei Auswirkung. Aber ich war mir nicht sicher, ob sie es bei so hoher Luftfeuchtigkeit wie in Singapur getestet hatten. Normale Schweißbildung kam hier einer Dusche gleich.

Wir kamen an ein aus Stein gehauenes Schild, das verkündete: FORT CANNING CENTRE, und sahen ein langgestrecktes, zweigeschossiges Gebäude voller Geschäfte und Restaurants, umgeben von einer von Bäumen gesäumten Steinpromenade, auf der es von westlichen Touristen nur so wimmelte. So etwas wie ein Fotoshooting war im Gange. Zahllose Frauen in diversen historischen Kostümen schlenderten über das Gelände, gefolgt von Männern mit Lampen und Kameras.

Wir hatten begonnen, langsam durch den Komplex zu gehen auf der Suche nach einem Signal, bloß zwei weitere Touristen auf einem Spaziergang, da meldete sich Jennifer.

»Pike, ich habe einen Treffer.«

Dr. Nakarat ging den Weg weiter entlang, erreichte einen Kreisverkehr. Vor ihm befand sich ein kleines einstöckiges Gebäude, ein Pfeil wies zum Ticketschalter des Museums. Seine Anweisung lautete, nicht allein einzutreten, sondern auf die Führung zu warten, die alle 30 Minuten begann. Er erstand ein Ticket und gesellte sich zu einer Gruppe, von der er glaubte, dass sie ebenfalls an der Führung teilnahm, eine Mischung aus Asiaten und westlichen Touristen. Es dauerte nur wenige Minuten, bis sie von einem Führer zusammengetrommelt wurden und einen baumbestandenen Pfad zum Bunkereingang entlanggingen.

Er fühlte sich benommen und umklammerte seinen Einkaufsbeutel mit beiden Händen, während er als Letzter in der Schlange vorwärtstaumelte.

Sie passierten den Eingang, und der Führer fing an zu reden. Dr. Nakarat bekam kein Wort mit, konzentrierte sich darauf, wann er sich aus der Gruppe lösen sollte.

Sie gingen von einem Ausstellungsraum zum nächsten, alle voller erstaunlich lebensechter Schaufensterpuppen, angezogen wie britische Soldaten aus dem Zweiten Weltkrieg. Im Hinausgehen zählte er die Räume, wartete auf Nummer acht. Schließlich verlor er den Überblick, wusste nicht mehr so recht, wo er war, der Bunker ein Labyrinth unter der Erde.

Als sie erneut in den Konferenzraum kamen, in dem die Kapitulation dargestellt wurde, begann er sich Sorgen zu machen. Sollte er diesen Raum noch einmal mitzählen oder war es bloß ein Durchgang?

Er bekam Platzangst, in der feuchten Luft fiel ihm das Atmen schwer. Grell hingen die Glühbirnen über ihm, warfen überall finstere Schatten. Eine Frau neben ihm fragte, ob es ihm gut gehe. Er holte tief Luft, musste daran denken, was der Mann ihm über den Umgang mit anderen geraten hatte. Was auf dem Spiel stand, wenn er versagte. Er sagte ihr, es sei alles in Ordnung, und bedachte sie mit einem, wie er hoffte, aufrichtigen Lächeln.

Der Führer deutete einen dunklen Gang entlang, beschrieb den Fluchtweg und riss ihn damit aus seinen düsteren Gedanken.

Das ist der Treffpunkt. Aber der Mann ist nicht dazu da, jemanden dorthin zu führen.

Er geriet in Panik, glaubte, man werde es ihm anlasten. Er wich zurück, bereitete sich darauf vor, den Pfeilen auf dem Boden zum Ausgang zu folgen. Machte sich bereit zu fliehen.

Mit einer Handbewegung bedeutete der Führer ihnen weiterzugehen, und die Menge setzte sich in Bewegung auf einen Bereich abseits des Fluchtkorridors zu, in dem mehrere Fernseher die Geschichte in einer Endlosschleife wiedergaben.

Er wartete, bis die gesamte Gruppe im Fernsehsaal und außer Sichtweite war, und ging dann voller Angst den Flur entlang. In der Düsternis konnte er nichts sehen und legte die Hand an die Wand, während er sich vorwärtsschob. Zum Ende hin nahm er von oben einen schwachen Lichtschein wahr. Sonnenlicht, das durch eine Öffnung fiel, um einen Schatten herum einen Kreis erzeugte. Er blieb stehen, spähte angestrengt ins Dunkel.

Eine Stimme erscholl aus der Finsternis.

»Hallo, Dr. Nakarat. Ich nehme an, Sie sind allein?«

33

Als ich Jennifers Meldung hörte, blieb ich unvermittelt stehen, fand einen kleinen Winkel in dem Gebäude, in dem ich frei sprechen konnte, und gab Knuckles mit einer Handbewegung zu verstehen, dass er weitersuchen solle.

»Koko, sag das noch mal.«

»Ich habe hier ein Signal. Zwar nur schwach, aber eindeutig ein Ausschlag.«

»Wo bist du?«

»Direkt vor dem Souvenirladen, vom Ticketschalter aus gleich um die Ecke.«

Ich konnte den Bunkereingang sehen, er war gleich den Weg hinunter, aber die Kasse war zu weit entfernt. Ich sah lediglich eine kleine Gruppe Touristen, die auf die Battle Box zusteuerten.

»Ich verliere das Signal«, sagte Jennifer. »Er entfernt sich von mir. Wenn ihr in ein, zwei Minuten keinen Treffer habt, dürfte er nach oben in den Skulpturengarten gehen. Break, break, Decoy – kann sein, dass er auf dich zukommt.«

»Noch kein Signal«, meldete sich Decoy. »Blood und ich suchen in östlicher und westlicher Richtung.«

Ich überlegte einen Moment. »Okay, Blood und Decoy, macht weiter mit dem verlorenen Kontakt. Jennifer und Retro, wartet. Knuckles und ich nehmen den Osten; ihr übernehmt den Norden. Er kann nicht raus, ohne auf einen von uns zu stoßen. Ich habe Angst, dass er durchschlüpft, während wir suchen. Lassen wir ihn zu uns kommen.«

Nachdem wir 20 Minuten gewartet hatten, ich an einem Ende der Einkaufspromenade, Knuckles am anderen, ohne einen Alarm vom Team zu erhalten, begann ich allmählich an meiner Entscheidung zu zweifeln.

Vielleicht ist er ja schon durchgeschlüpft.

Ich war im Begriff, unser Karree aufzulösen und eine vollständige Rastersuche zu starten, als mein Handy vibrierte. Ich öffnete die Nachricht und sah das Foto eines Asiaten mit Brille, der prüfend auf ein Reagenzglas blickte.

Der Doktor!

Er kam mir vage bekannt vor, so als hätte ich ihn schon einmal gesehen, doch mir war klar, dass es sich wahrscheinlich bloß um ein wildes westliches Vorurteil handelte. Immerhin befand ich mich in Singapur. Hier wimmelte es von Asiaten. Und sie sahen alle gleich aus.

»An alle Einsatzkräfte: Seht euch das Foto an! Hat jemand diesen Mann schon mal gesehen?«

»Pike, Pike«, meldete sich Jennifer, »er kam gerade vorbei! Kaufte sich ein Ticket fürs Battle Box Museum. Er macht die Gruppenführung mit.«

Ich schaute auf die Uhr, anschließend auf die Karte. 20 Minuten.

Er ist noch dadrin.

»Decoy, Blood, riegelt den Bunkerausgang ab! Er liegt auf eurer Seite.«

Ich sah Jennifer und Retro im Laufschritt über den Fußweg hetzen. Über Bluetooth hörte ich: »Wir haben Tickets. Was sollen wir tun?«

»Geht rein und macht ihn ausfindig!«

Sie hörten auf zu rennen, schwenkten zum Eingang hin, reichten ihre Tickets der Aufsicht an der Tür. Zu meiner Rechten nahm ich eine hastige Bewegung wahr, sah einen Mann, der zuvor hinter Strauchwerk verborgen gewesen war. Ein Handy am Ohr, beugte er sich über das Geländer des Cafés, in dem er sich befand. Ein Araber.

Oder auch Perser! Heilige Scheiße! Der General ist dadrin. Dort ist der Treffpunkt.

Ich rannte sofort los in der Hoffnung, ihn niederzuschlagen, bevor die Handyverbindung hergestellt war und der Alarm rausging. »An alle Einsatzkräfte«, rief ich in mein Bluetooth, »an alle Einsatzkräfte! Der General befindet sich im Bunker. Ich wiederhole: Der General befindet sich im Bunker. Gebt acht! Knuckles, zu mir. Ich habe den anderen Iraner.«

Ich näherte mich dem Mann im toten Winkel, sah, dass er sich voller Anspannung auf den Bunkereingang konzentrierte, noch nicht sprach. *Das Handy hat noch keine Verbindung.*

Ich kam auf anderthalb Meter an ihn heran, ehe die Bewegung ihn auf mich aufmerksam machte. Er wirbelte herum, und ich stürzte mich auf ihn, traf ihn voll in die Brust, schlug ihm auf die Hand, die das Handy hielt, sodass es weggeschleudert wurde. Wir fielen nach vorn, und er fing an, ein einzelnes Wort zu schreien, wieder und wieder, in einer Sprache, die ich nicht verstand.

Wir landeten in einem Durcheinander auf dem Boden, und ich kämpfte darum, ihn unterzukriegen. Es gelang mir, seinen Ellenbogen zu fixieren, ihn mit dem Gesicht nach unten zu Boden zu bringen. Dabei beging ich einen Fehler. Ich nahm an, er könne nicht kämpfen. Prompt wirbelte er herum, bis er auf dem Rücken lag, was den Druck von seinem Ellenbogen nahm, und riss meine Deckung auf, versetzte mir einen Tritt gegen die Schulter, löste sich von mir und rangelte sofort nach dem Handy, gerade als Knuckles um die Ecke bog.

»Das Handy!«, rief ich. »Schnapp es dir.«

Der Kerl bekam es zu fassen, da verpasste Knuckles ihm einen Tritt ins Gesicht, als wollte er aus 40 Metern Entfernung ein Tor schießen. Der Kopf des Kerls wurde nach hinten geschleudert, er erschlaffte. Knuckles hob das Handy auf.

Kopfschüttelnd drückte er die »Auflegen«-Taste.

34

Beinahe konnte Malik die Angst des Doktors riechen. Er deutete auf den Einkaufsbeutel.

»Ich nehme an, das Material ist dadrin?«

»Jaja! Das Virus und der erste Impfstoff. Ich habe auch das zweite, noch ungetestete Serum bei mir. Ich weiß, dass Sie sagten, das wollen Sie nicht, aber Sie können es ebenfalls haben. Lassen Sie einfach meinen Sohn gehen.«

»Machen Sie sich keine Sorgen wegen Ihres Sohnes. Sobald ich sicher bin, dass Sie mich nicht reinlegen wollen, wird es ihm gut gehen. Geben Sie mir einfach den Beutel und schließen Sie sich wieder Ihrer Gruppe an. Machen Sie weiter wie gehabt und kehren Sie zum Hotel zurück. Dort kontaktiere ich Sie dann.«

Der Doktor zögerte. Er strengte sich an, tapfer zu wirken, scheiterte jedoch kläglich. »Nein! Ich will mit meinem Sohn sprechen. Rufen Sie ihn an, jetzt, von hier aus!«

Falschen Charme versprühend, erwiderte Malik: »Ich werde nichts dergleichen tun. Bislang war ich sehr gemäßigt. Das erwarte ich auch von Ihnen. Machen Sie hier drin bloß keinen Ärger. Wenn Sie eine Szene veranstalten, wird Ihr Sohn auf jeden Fall sterben.«

Malik sah zu, wie das Selbstbewusstsein des Doktors schwand, wartete ab. Geschlagen ließ der Doktor die Schultern hängen, reichte ihm den Einkaufsbeutel. Malik streckte die Hand aus, um ihn in Empfang zu nehmen, da vibrierte sein Handy. Er hielt es ans Ohr, konnte aber nicht ausmachen, was gesagt wurde. Es klang, als hätte sich jemand verwählt, gedämpfte Worte und Geräusche. Dann hörte er ein einziges Wort, von ferne gerufen.

Malik entriss dem Doktor den Beutel, zog eine Pistole mit Schalldämpfer. »So, du hast also Freunde mitgebracht?«, knurrte er.

Dr. Nakarat wirkte vollkommen verwirrt. »Was? Nein, nein! Ich habe mich exakt an alles gehalten, was Sie sagten! Es muss sich um ein Missverständnis handeln! Ich habe niemanden dabei! Ich habe nichts getan! Tun Sie meinem Sohn nichts!«

»Dein Sohn ist bereits tot«, knurrte Malik. »Und du auch gleich.«

Er hob die Pistole, rechnete damit, dass der Wissenschaftler sich ducken werde. Stattdessen stieß der Doktor ein Geheul aus und griff an, fuchtelte vergeblich mit den Armen, drosch auf Malik ein.

Malik feuerte einen Schuss ab, in die Wand, gleich darauf verpasste er dem Doktor einen Schlag übers Ohr, der ihn zu Boden gehen ließ. Er hörte Schritte, wirbelte zur Leiter herum, steckte die Pistole in den Gürtel und erklomm die Sprossen, so schnell er nur konnte, riss krachend die Luke auf und kletterte auf eine ausgedehnte Grünfläche hinaus. Gruppen von Menschen starrten ihn neugierig an. Er rannte los.

Ich hatte den Iraner fertig gefesselt, benutzte das dichte Blattwerk, um seinen Körper zu bedecken, und begann, die Optionen durchzugehen. Die Ereignisse überschlugen sich und wir mussten unserem Gegner immer einen Schritt voraus sein. Gewappnet sein für das, was uns bevorstand.

Decoy meldete sich als Erster. »Ich habe den Doktor. Er kam direkt aus dem Ausgang gerannt. Er ist zwar ein heulendes Elend, aber er war fraglos im Marina Bay Sands.

Mein iPod vibriert so sehr, dass er bald auseinander-
fliegt.«

»Wo ist der General?«

»Keine Ahnung! Ich muss den Doc in Deckung bringen, bevor wir Aufsehen erregen. Koko und Retro sind
drin.«

»Pike«, meldete sich Jennifer, »der Bunker ist sauber,
aber ganz hinten gibt es eine offene Luke. Der Kerl ist
draußen, er befindet sich auf der Flucht.«

Verdammt!

»Blood, beweg dich. Rauf mit ihm! Schnapp ihn dir,
aber pass auf, ob er eine Waffe hat.«

»Du willst einseitig entscheiden, ihn festzunehmen?«,
fragte er. »Ohne Omega-Freigabe?«

Ich hatte keinerlei Befugnis, ihn festzunehmen. Tatsächlich hatte man mir deutlich meine Grenzen auf-
gezeigt, doch die iranische Gegenüberwachung ließ mir
gar keine andere Wahl. Das Ganze entwickelte sich zu
einem einzigen Chaos.

»Im Moment sind wir doch schon auf halbem Weg
durch Omega«, entgegnete ich. »Ich habe hier einen
Iraner k. o. vor mir liegen, außerdem sind wir kompromittiert. Schnapp ihn dir. Wir werden es dann später
klären.«

Ich hörte »roger« und wusste, dass wir eine gute
Chance hatten, den General zu kriegen. Blood war so
etwas wie ein Freak, wenn es darum ging, sich zu Fuß
fortzubewegen. Er lief schneller als jeder andere, den ich
je erlebt hatte.

Malik ignorierte die Menschen um sich herum, rannte
weiter in den hinteren Teil des Parks, rief den Messenger

seines Telefons auf und sandte einen vorab festgelegten Alarm aus. Als er zwischen die Bäume am Stausee kam, wurde er langsamer, verfiel in einen leichten Trab, um sich zu orientieren. Es war besser, gleich auf Anhieb den richtigen Weg zu finden, als sich zu verlaufen und wieder zurückzumüssen.

Er fand den Pfad, den er vorhin auf der Karte ausgespäht hatte, und bog nach Südwesten ab, folgte ihm den Hügel hinab in Richtung einer Bushaltestelle an der River Valley Road, wo Sanjar ihn erwartete.

Erneut wählte er Roshans Nummer, landete abermals in der Mailbox. Er legte auf.

Von oben aus sah er vor sich die River Valley Road, circa 200 Meter entfernt. Er beschleunigte seinen Schritt, darauf bedacht, bei dem Gefälle nicht hinzufallen. Er hörte ein Krachen über sich, wandte sich zu dem Geräusch um und spürte auf einmal, wie ihm das Herz bis zum Hals schlug.

Ein Schwarzer kam wie eine Bergziege den Hang herabgehüpft, versuchte, ihm den Weg abzuschneiden, indem er den geraden Weg nach unten nahm. Er rannte nicht, sondern sprang vielmehr, legte bei jedem Satz eine gewaltige Strecke zurück, schlang die Arme um Bäume, während er in einem kontrollierten Absturz näher kam.

Erneut sprintete Malik los, bemüht, ebenso schnell wie der Kerl zu sein, begriff jedoch, dass er es nicht schaffen würde, wenn er auf dem sicheren Pfad blieb. Er musste die River Valley Road wesentlich rascher erreichen, als es auf dem Feldweg möglich war.

Er bog in einem 90-Grad-Winkel ab und folgte dem Beispiel seines Verfolgers, sprang in großen Sätzen einfach den Hügel hinunter. Innerhalb von Sekunden erreichte er eine höhere Geschwindigkeit, als er bewältigen konnte. Nun kämpfte er nur noch darum, einfach auf den Beinen zu bleiben, dabei stand ihm nur ein Arm zur Verfügung, der andere hielt mit eisernem Griff den Einkaufsbeutel umklammert.

Seine Beine verfingen sich in etwas im Unterholz, und er flog mit dem Gesicht voran durch die Luft. Die Arme um den Kopf gelegt, rollte er den Hang hinab. Bei jeder Umdrehung schlug ihm der Einkaufsbeutel auf den Rücken.

Er krachte seitwärts in einen Baumstamm und blieb auf wundersame Weise unverletzt, hörte den Lärm, den sein Verfolger verursachte, und stellte fest, dass dieser keine 50 Meter mehr entfernt war, sich womöglich noch schneller bewegte als zuvor. Panisch wirbelte er herum, suchte den Einkaufsbeutel. Er fand ihn einen Meter entfernt, schnappte ihn sich und war mit einem Satz auf der vierspurigen Straße. Verzweifelt blickte er nach links und rechts, hielt nach der Bushaltestelle Ausschau, da er nicht wusste, wo er – in Relation zu ihrem Plan – herausgekommen war.

Das Krachen hinter ihm wurde lauter. Er sprintete auf dem Gehweg Richtung Norden, der Plan war vergessen, er wollte nur noch fliehen. Um Atem ringend, drückte er die Kurzwahltaste, um Sanjar zu erreichen. Bei jedem Atemzug brannte ihm die Lunge, er betete, dass Sanjar in der Lage war zu reagieren.

Er hörte die Schritte seines Verfolgers auf dem Bürgersteig, wusste, dass ihm nur noch wenige Sekunden blieben. Sein Handy bekam eine Verbindung, und noch ehe er etwas zu sagen vermochte, hörte er Sanjar: »Ich sehe Sie! Ich sehe Sie! Ich komme direkt auf Sie zu.«

Seine Rettung erschien, schlingerte keine 30 Meter entfernt auf den Bürgersteig.

Er wagte es nicht, sich umzudrehen, wollte nicht eine Millisekunde seines Vorsprungs verschenken, da ihm klar war, dass der Kerl dies gnadenlos ausnutzen würde. Und vielleicht gelang es ihm ja sogar, auch ohne dass er sich umsah. Er sah, wie Sanjar gegen den Bordstein knallte und die hintere Beifahrertür aufflog. Mit seinem letzten Rest an Energie mobilisierte er noch einmal all seine Kräfte, rannte, so schnell er konnte, warf sich der Länge nach auf den Rücksitz, schrie: »Los! Los! Los!«

Er spürte, wie etwas aufs Dach schlug, während sie davonrasten. Als er zurückblickte, sah er den Schwarzen mit geballten Fäusten auf dem Bürgersteig stehen.

35

Ich übergab den Iraner in Knuckles' Obhut. »Decoy, wo steckst du?«

»Familien-WC auf der anderen Seite des Souvenirladens. Ich habe uns eingeschlossen.«

Ich befahl Knuckles, bei dem Mann zu bleiben, den wir geschnappt hatten, um sicherzugehen, dass er nicht verschwand. Anschließend rannte ich im Laufschritt den Pfad entlang zu dem Souvenirladen an der Kasse zurück. Ich musste rasch ein paar Entscheidungen treffen, weil wir mittlerweile viel zu weit auseinandergezogen waren. Gott allein wusste, wie viele lose Fäden nach dem, was wir getan hatten, noch im Wind flatterten. Ich war mir noch nicht einmal sicher, was ich tun sollte, falls Blood den General schnappte.

»Retro, wie sieht es drinnen aus? Was ist mit der Gruppenführung? Sind wir aufgeflogen?«

»Nein, alles in Ordnung. Sie hörten etwas, aber Koko ist eingesprungen und fing an Fragen zu stellen, als ob ihr der Laden gehört. Im Moment unterhält sie sich mit dem Museumsführer und löchert ihn ausführlich. Es scheint allen zu gefallen, nur dem Führer nicht. Ich glaube, Jennifer weiß mehr als er.«

Jennifer und ihre Geschichtskenntnisse. Wer hätte gedacht, dass uns das mal gelegen kommen würde?

»Kannst du dich losmachen?«

»Ja, aber Koko muss bleiben, zur Tarnung.«

»Tu es! Geh nach oben. Hilf Blood.«

Er stellte keine weiteren Fragen, weil er ja wusste, dass ich keine Antworten hatte. Der Befehl lautete schlicht: Sieh nach was los ist!

Ich erreichte das WC und klopfte an. Als Decoy mich einließ, sah ich den Doktor auf dem Toilettendeckel sitzen. Völlig apathisch starrte er auf den Boden.

Bevor ich eine Frage stellen konnte, meldete sich Blood:

»Er ist weg. Draußen vor dem Park kam ein Wagen angefahren und er sprang rein.«

Verflucht! Der zweite Typ der Gegenüberwachung, vom Vordereingang des Parks.

»Was?«, sagte ich. »Willst du mir etwa erzählen, ein 50-jähriger Iraner hat dich abgehängt?«

»He«, meinte Blood betroffen. »Ich musste den Kerl erst mal finden. Ich war direkt hinter ihm, hatte ihn schon fast, und das wusste er. Er hatte einen Fluchtplan vorbereitet. Dieser Wagen ist nicht von ungefähr aufgetaucht.«

»Okay, okay! Knuckles, geh zu Blood und Retro, knobelt einen Plan zur Exfiltration mit dem Paket aus, das wir jetzt haben. Dann gebt mir Bescheid. Ich will in spätestens 15 Minuten von hier weg sein.«

»Äh …«, machte Knuckles. »Du weißt schon, dass wir alle mit der Metro gekommen sind, oder?«

»Lasst euch was einfallen«, sagte ich.

Ich wandte mich dem Doktor zu. Er blickte zu mir auf, Tränen rannen ihm übers Gesicht. »Sie haben meinen Sohn umgebracht! Sie haben meinen Sohn umgebracht …«

»Dr. Nakarat, Ihr Sohn ist am Leben. Wir haben ihn vor zwei Tagen befreit. Die Polizei hier versuchte Sie ausfindig zu machen, um Ihnen das mitzuteilen.«

Eine ganze Minute lang sagte er gar nichts, seine Lippen bebten. Ich rechnete damit, dass er gleich aufspringen würde, um mich vor lauter Freude zu umarmen.

Stattdessen rutschte er zusammengekrümmt von der Toilette und fing hemmungslos an zu weinen.

36

Malik ließ sich in den Sitz sinken, bekam seine stoßweise Atmung unter Kontrolle.

»Was ist passiert?«, fragte Sanjar. »Wo steckt Roshan?«

»Ich weiß es nicht. Lass mich eine Minute nachdenken.«

Einer Sache war er sich sicher, nämlich dass Dr. Nakarat die Polizei geholt hatte. Anders ließ sich nicht erklären, was geschehen war. Malik war überrascht über den Mut des Doktors angesichts des Schicksals, das seinen Sohn erwartete, zumal es keinerlei Anzeichen für einen solchen Mumm gegeben hatte.

Und doch hatte er es getan. Irgendwie hatte er im Vorfeld Kontakt zur Polizei aufgenommen und ihnen den gesamten Plan dargelegt. Sie hatten über das Virus Bescheid gewusst, bevor Malik überhaupt den Bunker betrat. Bevor er sein Gegenüberwachungsteam in Position brachte. So waren sie auf Roshan gestoßen. Die ganze Zeit waren sie ihm stets einen Schritt voraus gewesen, weil der Doktor ihn hintergangen hatte. Das bedeutete, sie hätten niemals zugelassen, dass der Doktor ihn mit aktiven Virusproben versorgte. Was Nakarat ihm gebracht hatte, musste eine Attrappe sein. Ein Trick, um ihn reinzulegen.

Die Mission ist erledigt.

Bei dem Gedanken schlug die Scham wie eine Woge über ihm zusammen. Er hatte versagt. Schon wieder. Nicht nur das, er hatte dabei auch einen seiner Männer verloren. Es war so ungerecht, am liebsten hätte er laut losgeschrien.

Er überlegte, was noch zu retten war. Irgendetwas, damit die Opfer sich auch lohnten. Er musste an die Miene des Doktors im Bunker denken. An das Verlangen, seinen Sohn zu sprechen, und den Ausdruck absoluter Überraschung, als Malik die Polizei erwähnte. Als hätte er tatsächlich keine Ahnung davon, dass sie da waren.

Je mehr Malik darüber nachdachte, desto wahrscheinlicher kam ihm dies vor. Warum sollte die Polizei den Doktor, wenn er sich an sie gewandt hatte, allein zu dem Treffen schicken? Mit einer Virus-Attrappe und Proben des Impfstoffes? Sie hätten doch den gesamten Plan für das Treffen einschließlich der Anweisungen für die Gruppenführung gekannt. Warum nicht die ganze Gruppe ausschließlich mit SWAT-Kräften besetzen? Der Doktor hätte sich daruntermischen können, dann hätten sie ihn, Malik, einfach festnehmen können – zu acht oder neunt gegen einen! Warum die Farce durchziehen, den Doktor allein reinzuschicken?

Ja, warum? Damit Malik entkommen konnte? Hätten sie wirklich über das Treffen Bescheid gewusst, hätten sie dann die Fluchtluke offen gelassen? Oder hätten sie nicht vielmehr das gesamte Gelände erkundet und alle Ausgänge blockiert? Immerhin handelte es sich um ihr Land, und genau dies hätte Malik getan.

Nein, Roshan hatte wegen etwas Alarm geschlagen, das draußen passierte. Ein Indiz dafür, dass die Polizei auf etwas *reagierte,* das sie gesehen hatte, und nicht einen Plan ausführte.

Ihm fiel ein, dass die Polizei das Labor aufgesucht hatte, er musste an die Flucht des Doktors denken.

Die waren gar nicht hinter mir her. Die wollten ihn.

Das hieß, das Virus war echt.

Diese Vorstellung weckte zunächst ein Triumphgefühl in ihm, dann eine schreckliche Angst: *Was, wenn der Behälter bei meinem Sturz zerbrochen ist?*

Er erinnerte sich lebhaft daran, wie der Beutel im Wind geflattert hatte, ihm immer wieder auf den Rücken schlug, während er den Hang hinabstürzte. Da er Angst hatte, die Schachtel mit dem Verbandmull zu berühren, wickelte er zunächst das Serum aus dem Lappen. Seine Anspannung ließ ein wenig nach, als er feststellte, dass das Röhrchen unversehrt war. Um das Röhrchen waren Anweisungen zur Verabreichung an einen Wirt gewickelt, anscheinend vom Doktor. Er tat, was er konnte, um seinen Sohn zu retten, außerdem ein Hinweis darauf, dass Malik mit seinem Gedankengang gar nicht so falschlag.

Behutsam öffnete Malik die Schachtel Verbandmull. Bemüht, zwischen den Rissen hindurchzuspähen, suchte er nach Flüssigkeit in der Gaze, als könnte ihn das vor dem unsichtbaren Tod bewahren, der im Wagen verteilt war. Erleichtert atmete er auf. Das Glas der Ampulle war nicht zerbrochen, der Gummistöpsel saß nach wie vor fest.

Er verschloss die Schachtel wieder, dachte über den Einsatz nach. Jetzt hatten sie den Doktor, das hieß, schon bald würden sie von dem Virus erfahren. Er musste umgehend aus Singapur verschwinden, bevor sie ihre Informationen zusammentrugen und versuchen konnten zu reagieren.

Er ging durch, was der Arzt wusste, was sie an Informationen bekommen konnten, um seine, Maliks, Flucht zu verhindern. Abgesehen von einer Personenbeschreibung wollte ihm nichts einfallen. Das Zimmer im Marina Bay Sands ging auf ein iranisches Konto, aber dort endete die Kreditkartenspur auch schon unter einem ganz anderen Namen als dem, den er benutzte. Dasselbe galt für die Mobiltelefone, die er gekauft hatte. Es verhielt sich ja keineswegs so, dass der Iran ihnen bei ihrer Suche half.

Der Gedanke an den Handykauf versetzte ihm einen Adrenalinstoß. *Der Doktor hat immer noch das Telefon, das du ihm gegeben hast. Mit deiner Nummer.*

Er griff nach seinem Handy, starrte es an und fragte sich, ob es womöglich in ebendiesem Moment geortet wurde.

»Sanjar, setz mich an der nächsten Ecke ab. Ich werde mir ein Taxi zu unserer Botschaft nehmen, um den

Transport des Virus zu koordinieren. In höchstens einer halben Stunde stoße ich im Hotel wieder zu dir.«

»In Ordnung! Was ist mit Roshan?«

Noch ein Risiko. Eine weitere Lücke in der Mission, allerdings nur eine kleine. Roshan würde nichts sagen, das wusste er. Er war gut ausgebildet und hatte nichts Belastendes bei sich. Wenn er sich an das hielt, was man ihm beigebracht hatte, würde die singapurische Polizei ihn innerhalb weniger Stunden freilassen.

»Roshan ist weg, aber hoffentlich nur für kurze Zeit. Wir müssen sicherstellen, dass sein Opfer sich auch lohnt. Wenn wir geschnappt werden, war alles umsonst. Sieh zu, dass alles gepackt ist, bis ich komme. Wir verlassen Singapur unverzüglich.«

»Wohin? Wohin fliegen wir?«

Malik nahm das Serum und fragte sich, ob es tatsächlich so wirkte, wie der Doktor behauptete.

»Wir werden uns mit einer Frau treffen. Einer ganz besonderen Frau. Unserer *Shahid*.«

37

Langsam ging Elina den Gang des Flugzeugs entlang, bemüht, mit ihrem Handgepäck nicht gegen den Mann vor sich zu stoßen. Ihre Aufregung wuchs bei jedem Schritt. Sie erreichte die Ausgangstür, sah, wie der Pilot lächelte und ihr alles Gute wünschte. Sie nickte, setzte ein falsches Lächeln auf und ging aus dem Flugzeug in eine Welt, die sie bis ins Mark erschreckte.

Sie bewegte sich mit dem Menschenstrom, ließ das Gate hinter sich, betrat den Korridor des Hongkong

International Airport und geriet ins Gedränge der Menschenmassen, die alle der Zoll- und Passkontrolle zustrebten. Einen Moment lang blieb sie verwirrt stehen und fragte sich, wo sie hinsollte.

Sie hatte noch nie die Russische Föderation verlassen, und abgesehen von einer Reise nach Moskau war sie noch nie weiter als 100 Kilometer von Grosny entfernt gewesen. Um der Wahrheit die Ehre zu geben, hatte sie auch noch nie in einem Flugzeug gesessen, eine Tatsache, über die sie ihre Freunde belogen hatte, weil sie sich insgeheim dafür schämte. Doch nun hatte sie nur noch Angst deswegen.

Bei ihrer Reise nach Moskau war sie ziemlich verunsichert gewesen, aber sie verstand wenigstens die Sprache. Hier kam sie sich völlig fehl am Platz vor. Um sie herum waren fast nur Asiaten, und alle schienen sie anzustarren. Furcht kochte in ihr hoch, eine fast überwältigende Fremdenfeindlichkeit. Am liebsten hätte sie kehrtgemacht, um nach Hause zurückzukehren zu dem, was sie kannte. Dorthin, wo ihre Mission auch einen Sinn ergab.

Sie bemühte sich, das Englisch auf den Flughafenschildern zu lesen, und folgte der Menge in der Meinung, dass die Leute wohl besser Bescheid wussten als sie. Sie kam nicht umhin zu bemerken, dass die Asiaten einen Mundschutz trugen, genau von der Art wie der, den sie laut Anweisung auch kaufen sollte. Der Anblick irritierte sie, brachte sie dazu, ihren Einsatzzweck infrage zu stellen.

Ich soll doch bestimmt nicht hier den Märtyrertod erleiden? Warum denn? Was hat Hongkong Tschetschenien je angetan?

Nach dem Lob, das Doku ihr gespendet hatte, hatte sie der neuen Mission zugestimmt. Er hatte gesagt, vielleicht verstehe sie nicht, weshalb sie dieses Ziel angreifen solle, andere hingegen schon. Andere, denen das Schicksal ihres Landes am Herzen lag. Er hatte ihr geraten, keine Fragen zu stellen, sondern den Auftrag einfach auszuführen, und damit geendet, dass er ihr sagte, sie werde die wertvollste Schwarze Witwe der Geschichte sein. Diejenige, die das Blatt gegen die verhassten Kadyrowtsy wenden werde.

Als sie ihn fragte, wie ein Anschlag außerhalb Tschetscheniens dies denn bewirken solle, hatte er ihr anfangs versichert, dass sie in ihrem Kampf Unterstützung bräuchten und dass dieser Anschlag andere dazu bringen werde, ihre Sache zu unterstützen. Doch das kam schlecht bei ihr an. Sie mochte vom Land sein, aber sie war nicht dumm. Was Doku sehr wohl wusste.

Ein bisschen pikiert hatte sie gesagt: »Dann soll ich also mein Leben opfern, um sicherzustellen, dass wir Waffen erhalten? Ist es das? Du tust denen einen Gefallen, und sie erwidern ihn? Dazu werde ich benutzt? Wen soll ich angreifen?«

Darauf hatte Doku gezögert und schließlich gesagt: »Nein, nein. Das mit dir ist kein einfacher Kuhhandel. Es gibt andere, die die Russische Föderation unterstützen, sie an der Macht halten und infolgedessen auch den Unterhalt der Kadyrowtsy gewährleisten. Dein Anschlag wird dafür sorgen, dass sie ihre Unterstützung einstellen.«

Immer noch nicht überzeugt, wollte sie wissen: »Wer? Was für andere?«

»Das wird man dir sagen, wenn es so weit ist. Vergiss

nicht deine operative Sicherheit. Denk an deine Ausbildung. Und vertrau darauf, dass wir wissen, was wir tun.«

Nun, wo sie auf einem Rollband stand, einem Stück Technik, von dem sie beinahe hinunterkippte, umgeben von Asiaten, die Schwierigkeiten gehabt hätten, Tschetschenien auf einer Karte zu finden, fragte sie sich: *Bin ich bloß eine Schachfigur? Bloß ein Tauschobjekt, so wie ein Sattel für ein Pferd?*

Sie verbannte den Gedanken sofort wieder. Doku war ein ehrenwerter Mann. Er hatte für sein Land gekämpft und geblutet, sie stets mit Respekt behandelt und niemals belogen. Sie würde auf das vertrauen, was er sagte. Zumindest würde sie den Kontaktmann treffen und sich von ihm mitteilen lassen, um was für eine Mission es ging.

Stolpernd stieg sie von dem Rollsteig, wurde von den Passagieren hinter sich fast über den Haufen gerannt. Sie ließ sie vorbei und beschloss, zu Fuß in die Mitte des Terminals weiterzugehen, ohne mechanische Hilfe.

Sie ging weiter, kilometerweit, wie es ihr vorkam. Ihr wurde immer beklommener zumute, sie spürte eine Enge in ihrer Brust, die es ihr unmöglich machte, Atem zu holen. Sie glaubte, sie sei in der falschen Richtung unterwegs, hatte jedoch niemanden, an den sie sich um Hilfe wenden konnte. Sie war wie versteinert, unfähig, nach dem Weg zu fragen. Überzeugt, dass jeder sie durchschaute, dass jemand sie anhalten werde, um ihr Fragen zu stellen und sie dann zu verhaften. Sie hatte nichts falsch gemacht. Doch die Tatsache, dass sie mit einem gefälschten lettischen Pass reiste, machte ihre Angst nur größer.

Sie sah das Schild für die Passkontrolle vor sich und seufzte innerlich auf. *Sieh einfach zu, dass du ins Hotel kommst. Ein Schritt nach dem anderen. Geh ins Hotel.*

Sie war dabei, dieses Mantra in ihrem Kopf zu skandieren, als eine kleine Asiatin mit Mundschutz ihr in den Weg trat.

In akzentuiertem Englisch sagte sie: »Bitte nehmen Sie Ihr Kopftuch ab!«

Elina fühlte sich schwach. Sie verstand die Frau kaum, wollte sich abwenden, zurück in ihr Flugzeug fliehen und verlangen, dass es sie nach Hause brachte.

»Wie bitte? Ich soll mein Kopftuch abnehmen?«

Die Frau nickte.

Elina geriet in Panik, glaubte, sie verfügten hier über eine magische Technologie, die einen Betrüger ausmachen könne. Sie fing an zu stottern, wollte auf Zeit spielen, als die Frau auf einen Schalter hinter sich zeigte.

Die Theke war geschwungen, modern, mit einer Vielzahl an Computerbildschirmen, die alle von weiteren Asiaten mit Gesichtsmasken besetzt waren. Davor befand sich ein Schild, auf dem auf Englisch stand »Temperature Check« – Temperaturkontrolle, dazu chinesische Schriftzeichen, die, wie sie annahm, dasselbe bedeuteten.

»Wir überprüfen, ob die Passagiere krank sind«, sagte die Frau. »Ihr Kopftuch blockiert die Sensoren.«

Erst jetzt bemerkte Elina die unzähligen Kameras um sich herum, die alle den Zustrom der Menschen in die Passkontrolle erfassten.

Sie nahm ihr Kopftuch ab, fühlte sich sterbenselend. Die Frau nickte lächelnd. Ein Mann hinter dem Schalter winkte sie weiter, und sie kam zur Passkontrolle, verwirrt von dem ganzen Vorgang.

Sie stand in der Schlange hinter einem leutseligen Mann mit englischem Akzent, der ein Gespräch zu beginnen versuchte.

»Die nehmen die Grippe hier wirklich ernst, nicht wahr?«

Sie nickte schwach, fürchtete sich, den Mund aufzumachen.

»Ich komme andauernd hierher, und jedes Mal frage ich mich, was wohl wäre, wenn ich mal erkältet wäre. Ob sie mich dann nicht reinlassen würden? Wie können die überhaupt den Unterschied zwischen der Vogelgrippe und einer ganz normalen Erkältung feststellen, wenn sie nur die Temperatur messen?«

Sie nickte abermals. Das kurze Gespräch machte ihr unmissverständlich klar, wie wenig sie von der Welt wusste.

Vogelgrippe? Was um alles in der Welt ist das denn?

38

Kurt Hale fummelte an dem Proxima-Projektor herum, stellte gedankenverloren die Schärfe nach. Das half ihm zwar auch nicht dabei, eine Entscheidung zu treffen, aber wenigstens schlug er damit die Zeit tot.

Zehn Minuten bis er die Kommission auf den neuesten Stand bringen musste, beziehungsweise bis zu dem, was als die erste spontane Selbstentzündung eines US-Präsidenten in die Geschichte eingehen würde.

Die Videokonferenz mit Pike in Singapur war nun schon seit über zwei Stunden vorüber, und noch immer konnte er sich nicht entscheiden, welche Katastrophe er vor der Aufsichtskommission als erste zur Sprache bringen sollte – die Tatsache, dass Pikes Team die Befehle missachtet und einseitig eine Omega-Operation gegen den Vertreter eines souveränen Staates versucht hatte, und zwar ohne Erfolg, oder die Tatsache, dass derselbe Agent jetzt mit einer tödlichen und hoch pathogenen, gentechnisch veränderten Biowaffe frei herumlief.

Vielleicht sollte ich mit dem Iraner beginnen, den wir geschnappt haben, und dazu sagen, dass wir keine Agenten vor Ort haben, die das Team bei der Exfiltration unterstützen könnten.

Der Gedanke daran bereitete ihm Kopfzerbrechen. *Mein Gott, was für ein Schlamassel!*

Er musste an sein letztes Gespräch mit dem Außenminister denken, Jonathan Billings, und wusste, dass dieser ihn fertigmachen würde. Trotzdem stand er letzten Endes hinter Pike. Nur eine einzige Sache hätte Pike anders machen können, nämlich die Polizei alarmieren, als er bemerkte, dass er dem Doktor folgte. Stattdessen hatte er versucht, den Ort mit seinem Team abzuriegeln, und Kurt konnte verstehen, weshalb.

Berücksichtigte man Pikes Status im Land, konnte er ja schlecht selber die Polizei rufen, ohne eine wahre Lawine an Auswirkungen loszutreten und jede Menge Fragen zu beantworten. Erst hätte er sich bei der Taskforce rückversichern müssen, anschließend hätte diese den Standort des Doktors ins CIA-Netzwerk einspeisen lassen, daraufhin hätte die zuständige CIA-Niederlassung ihre Kontaktperson alarmiert. In anderen Worten: Er hätte den Doktor wieder verloren.

Nein, Pike hatte die richtige Entscheidung getroffen. Hätte er einfach tatenlos zugesehen, wäre der Doktor getötet worden und sie hätten keine Ahnung, mit wem sie es zu tun hatten.

Die Jagd auf Menschen war letztlich keine exakte Wissenschaft. Die Zielperson war in der Regel jemand, der schon eine Weile auf der Flucht, dessen Überlebensinstinkt geschärft war und der leben wollte, um seinen Kampf weiterzuführen. Man konnte einfach nicht jedes Ergebnis vorhersagen. Das Unerwartete trat nun mal ein, und entweder nahm man die Dinge, wie sie kamen, oder man hörte auf zu existieren. Ein Einsatz war kein Videospiel, bei dem man sich immer wieder an denselben Fixpunkten versuchen konnte, bis man die perfekte Lösung gefunden hatte, obwohl es ihm schwerfallen würde, das dieser Crew hier zu verkaufen. Ein Großteil der Aufsichtskommission hatte nicht die geringste Ahnung, was die Taskforce anstellte, um eine Mission zu erfüllen, und lebte in einer Welt, in der null Toleranz galt.

Eine Welt, die gar nicht existiert.

Die Tür öffnete sich, und einer nach dem anderen traten die Mitglieder der Kommission ein, allesamt pünktlich. Als Letzter kam der Präsident. »Hey, Kurt«, sagte er. »Diese Notfallbesprechungen entwickeln sich allmählich zum Standardverfahren. Die Nachricht, die Sie gesendet haben, klingt, als ginge es um die Kubakrise. Sagen Sie mir, dass das bloß Ihre Art ist sicherzustellen, dass wir auch wirklich alle auftauchen.«

Während alle ihre Plätze einnahmen, sagte Kurt über das Stühlerücken hinweg: »Sir, Sie kennen doch die Redensart ›Ich habe eine gute und eine schlechte Nachricht‹?«

»Ja.«

Mittlerweile war im Saal Stille eingekehrt. »Nun, ich habe eine schlechte Nachricht und eine noch schlechtere.«

In den nächsten 45 Minuten sagte niemand in der Kommission ein Wort, während Kurt darlegte, was er wusste. Einigen blieb im Verlauf des Briefings tatsächlich der Mund offen stehen. Kurt kam zum Ende, wartete darauf, dass sie über ihn herfielen.

Es begann – und endete – mit Billings. »Ich sagte Ihnen doch, wir hätten Pikes Team niemals nach Singapur lassen dürfen. Der Kerl ist doch nichts als ein Hammer, der überall bloß Nägel sieht. Was zum Teufel sollen wir mit einem gefangenen iranischen Agenten denn anstellen?«

»Ist das Ihr Ernst?«, fragte Präsident Warren in einem Ton, der jeden im Saal an seine Position erinnerte. »Darüber machen Sie sich Sorgen? Lassen Sie das Gezänk! Vergessen Sie die Operation! Das ist im Moment unser geringstes Problem. Diese Sache hat das Potenzial, die Kubakrise wie einen schlechten Tag auf dem Golfplatz aussehen zu lassen.«

Billings wurde rot, sagte jedoch nichts. Präsident Warren ignorierte sein Unbehagen. »Fangen wir noch einmal von vorn an, mit dem Virus.« Er wandte sich an Chip Dekkard. »Sie arbeiten doch in der Pharmabranche! Wie hoch schätzen Sie die Gefahr ein, falls das Virus freigesetzt wird? Wie schlimm kann es werden, wenn wir wissen, dass es uns bevorsteht? Wenn wir uns vorbereiten?«

Für Kurt sah Chip blass aus und ein wenig grün, so als wollte er sich gleich übergeben. Er wirkte sogar ein bisschen verstört, brauchte einen Moment, bis er antwortete: »Sir, sollte das, was Kurt sagt, stimmen, wäre die Freisetzung eine Katastrophe. Wir sind einfach nicht in der Lage, genügend antivirale Medikamente zu produzieren, um den Ansturm zu verlangsamen. Die Nachfrage wird enorm sein. Und es gibt keinen Impfstoff. Wir können erst mit der Produktion beginnen, wenn wir das Virus isoliert haben. Das bedeutet, dass zuerst jemand krank werden muss.«

»Dann werden die Leute eben krank. Danach erhalten wir das Serum. Wie lange dauert es, bis es so weit ist?«

»Sechs oder acht Monate.«

Leises Gemurmel machte sich im Saal breit. Kurt hörte verschiedene Teilnehmer darüber sprechen, was sie in der Zwischenzeit tun könnten, um eine Panik zu verhindern und das Land für sechs Monate zu stabilisieren. Chip schnitt ihnen das Wort ab.

»Meine Herren, Sie hören mir nicht zu. Dies wird keine besonders schlimme Grippesaison. Es wird eine katastrophale Auslöschung sein, wie sie die Welt noch nie erlebt hat. Bei H5N1 liegt die Sterblichkeitsrate bei 70 Prozent. Das Einzige, worüber das Virus bislang nicht verfügte, war die Mutation, um auf die menschliche Spezies überzuspringen. Sollte das Virus diese Fähigkeit besitzen – und ich versuche, nicht zu übertreiben –, dann reden wir hier über den Tod von Hunderten Millionen Menschen. Über den Zusammenbruch unseres gesamten Gesundheitssystems, gefolgt von unserer Wirtschaft und womöglich dem ganzen Land.«

»Kommen Sie!«, schnaubte der Verteidigungsminister. »Wir hatten die Grippeepidemie von 1918 – mitten im Ersten Weltkrieg. Nicht ein Land brach deshalb zusammen, und das bei den medizinischen Möglichkeiten vor 100 Jahren.«

»Ich bin froh, dass Sie 1918 erwähnen«, meinte Chip. »Sie reden von moderner Medizin, aber die Moderne hat auch eine Kehrseite. Damals gab es keinen modernen

Autoverkehr und schon gar keine Flugreisen. Die Ausbreitung der Grippe war wesentlich schwieriger, und doch breitete sie sich aus. Innerhalb von zwei Jahren starben aufgrund der Pandemie mehr Amerikaner als in allen Kriegen, die wir je im Ausland führten, zusammengenommen. Die Pandemie tötete über fünf Prozent der gesamten Weltbevölkerung, dabei lag die Sterblichkeitsrate gerade mal zwischen zehn und 20 Prozent.«

Als niemand eine Reaktion zeigte, wurde seine Stimme schrill. »Hören Sie überhaupt, was ich sage? Von zehn Menschen, die die Grippe bekamen, starben einer oder zwei. Dieses Virus wird sieben von zehn umbringen. Und es wird sich rascher ausbreiten, als wir es eindämmen können. Wenn es freigesetzt wird, ist die Pandemie von 1918 dagegen nichts als eine Erkältungswelle.«

Er lehnte sich wieder auf seinem Stuhl zurück. »Der einzige Pluspunkt, den wir für uns verbuchen können, ist die Tatsache, dass H5N1 so tödlich ist, dass es den Wirt umbringen könnte, bevor es sich ausbreiten kann.«

Niemand sagte ein Wort, alle waren bemüht, das Ausmaß zu begreifen. Schließlich brach der CIA-Direktor das Schweigen.

»Falls das stimmt: Warum um alles in der Welt sollten die Iraner es dann überhaupt einsetzen? Wenn es kein Gegenmittel gibt, wird das Virus irgendwann auch den Iran erreichen und den ebenfalls auslöschen.«

»Weil sie verrückt sind«, murmelte jemand.

»Nein, sind sie nicht«, fuhr der Direktor ihn an. »Sie arbeiten definitiv mit einer anderen Agenda, aber sie sind nicht verrückt. Sie schützen das Regime um jeden Preis, dazu stellen sie logische Kosten-Nutzen-Rechnungen auf. Verdammt, aus genau diesem Grund wollen sie doch Atommacht werden.«

»Vielleicht wissen sie ja gar nicht, was sie da haben«, warf Kurt ein. »Oder vielleicht begreift Malik nicht, welchen Schaden er damit anrichten kann. Schließlich ist er kein Wissenschaftler. Das Entscheidende ist, dass sie das Virus haben. Bleibt nur die Frage, ob sie es einsetzen werden und ob wir etwas dagegen unternehmen können.«

»Ich tendiere dazu, der CIA zuzustimmen«, sagte Billings. »Sie werden es nicht einsetzen, wenn sie begreifen, welchen Preis es fordert. Ich denke, es dient lediglich der Abschreckung, billiger als eine Atomwaffe. Wir sollten die Sache locker angehen und sie nicht zu etwas drängen, das wir später bereuen werden.«

»Haben Sie den Verstand verloren?«, entfuhr es dem Verteidigungsminister. »Auf keinen Fall werde ich diesem Haufen Verrückter den Schlüssel zu Armageddon überlassen.«

Chip überraschte Kurt, indem er noch eins obendrauf setzte. »Genau! Wir müssen diesen General töten und das Virus zurückbekommen. Sicherstellen, dass es zerstört wird.«

Das Einzige, was ich diesen Kerl bei einer Sitzung der Aufsichtskommission je sagen hörte, war, dass er infrage stellte, ob wir uns einen Iraner schnappen sollen. Und jetzt will er Blut sehen?

Präsident Warren hob die Hände, damit wieder Ruhe einkehrte. »Wir wissen nicht, was sie vorhaben. Aber wir wissen, dass sie das Virus haben. Ich bin geneigt, die Taskforce diese Sache weiterverfolgen zu lassen, aber nicht als pauschale Omega-Operation. Klären wir die Sache! Wir beschaffen uns weitere Informationen, dann kommen wir wieder zusammen und bewerten das Ganze neu. Kurt, haben Sie überhaupt irgendwelche Anhaltspunkte?«

»Nur sehr wenige. Wir orteten umgehend das Handy des Generals, aber letzten Endes lag es in einem Taxi unter dem Sitz. Der Fahrer konnte sich nicht daran erinnern, wer es dort liegen gelassen hatte. Wir machten das Hotel des Iraners ausfindig, den wir gefangen genommen haben, und konnten ein paar Schlüsse ziehen, indem wir den Computer am Empfang hackten. Wir glauben, dass wir jetzt die Namen kennen, die die anderen beiden benutzen. Sie nahmen beide einen Direktflug von Singapur nach Hongkong. Es ist beim besten Willen nicht sicher, aber mehr haben wir im Moment nicht.«

»Was ist mit diesem Iraner? Was machen wir mit dem?«

»Ich würde ihn gern zusammen mit dem Doktor hierher ausschleusen. Dann können wir den Doktor befragen und den anderen vernehmen. Offensichtlich arbeitete der Doktor an einem Impfstoff, er könnte uns womöglich Starthilfe geben bei den Forschungen, die notwendig werden. Ich denke bloß an den schlimmsten Fall. Ich kriege es hin, aber ich brauche Hilfe von der CIA-Niederlassung. In Sembawang, im Norden Singapurs, gibt es eine Basis der US Navy. Wir haben dort einige Aktiva, die ich in Malaysia für eine Abholung auf dem Wasserweg verwenden kann. Aber ich benötige Hilfe, um das Paket auf die Basis zu bekommen und durch die einheimischen Wachkräfte zu schleusen.«

Präsident Warren warf dem CIA-Direktor einen Blick zu, nickte. »Das kriege ich hin. – Okay, machen Sie es möglich. Billings, ich möchte, dass Sie die Cailleach

Laboratories eingehend überprüfen. Wem gehört das Unternehmen, wer leitet es und wer traf die Entscheidung, das Virus zu kreieren? Jemand im Außenministerium musste eine Bescheinigung für die Arbeit in Singapur ausstellen. Ich möchte wissen, wer es war und warum.«

»Sir«, warf Chip Dekkard ein. »Das kann ich machen, wenn Sie möchten. Allem Anschein nach hielten diese Leute sich nicht an die Vorschriften, darum wird das State Department wahrscheinlich weniger Glück haben als ich in Anbetracht meiner Verbindungen im privaten Sektor.«

»Sir«, sagte Billings, »er hat recht. Ich garantiere, dass alle Zulassungen auf dem neuesten Stand sind.«

»In Ordnung«, meinte Präsident Warren. »Chip, Sie haben den Job. Ich schätze die Hilfe ohne den Gehaltsscheck der Regierung. Noch eine letzte Sache: Ich möchte, dass die Zentren für Seuchenkontrolle und -prävention über die potenzielle Bedrohung informiert werden. Geben Sie keine Einzelheiten bekannt. Versetzen Sie sie einfach in Bereitschaft. Sie sollen auf einen Ausbruch vorbereitet sein, damit wir den Schaden eindämmen können. Geben Sie ihnen nur die minimalen Informationen, die Sie benötigen, um das Ganze zu rechtfertigen. Was auch immer Sie tun, übertreiben Sie die Bedrohung nicht. Geben Sie ihnen gerade genug, dass sie sich auf das vorbereiten können, was auf uns zukommt.«

Er hielt einen Moment inne, bis er die volle Aufmerksamkeit eines jeden hatte. »Leute, die größte Bedrohung stellt im Moment eine Panik dar. Möglicherweise haben die Iraner vor, das Virus einzusetzen, vielleicht aber auch nicht. So oder so, sollte etwas davon an die Öffentlichkeit gelangen, wird die Angst wie eine Epidemie um sich greifen und genauso schlimm sein, als wäre das Virus tatsächlich freigesetzt. Niemand, und damit meine ich *niemand,* darf auch nur ein Sterbenswörtchen über die wahren Tatsachen verlauten lassen, es sei denn, es ist absolut notwendig. Sollte mir zu Ohren kommen, dass sich jemand in diesem Gremium hier mit Tamiflu eindeckt, werden Sie bereuen, jemals für die Regierung gearbeitet zu haben. Haben Sie verstanden?«

Er blickte jedem ins Gesicht, erhielt von jedem der Beteiligten ein düsteres Nicken.

Zuletzt blickte er Kurt an. »Schicken Sie Ihre Leute nach Hongkong und bringen Sie mir zur Abwechslung mal eine gute Nachricht. Ich möchte, dass der Höhepunkt unseres nächsten Treffens etwas Besseres ist als die einsame Hoffnung, dass das Virus so schnell tötet, dass es seine eigene Ausbreitung eindämmt.«

39

Malik betrat den schmuddeligen Aufzug und drängte sich zwischen zwei Inder mittleren Alters und einen australischen Backpacker mit geflochtenem Bart. Abgestandener Zigarettenrauch schlug ihm entgegen, er spürte, wie seine Füße am Boden klebten, als wäre er mit Fliegenfängern überzogen.

Ein geringer Preis.

Da er keine Ahnung hatte, wie viel der Gegner bereits wusste, ließ er Sanjar eine billige Absteige suchen, die Bargeld nahm und nicht pedantisch darauf bestand, dass man einen Pass vorlegte.

Genau so etwas hatte Sanjar in einem Hallen-Flohmarkt gefunden, einem Labyrinth, das sich ähnlich wie die Souks zu Hause hin und her schlängelte. Direkt an der Nathan Road auf der Kowloon-Seite des Hafens gelegen, waren es eigentlich sechs oder sieben verschiedene Herbergen. Jede nahm eine Etage ein, alle beherbergten sie, was er, um es freundlich auszudrücken, als sparsam Reisende bezeichnen würde, vom College-Studenten bis hin zu Männern wie den Indern, die den Fahrstuhl mit ihm teilten. Malik beschloss hierzubleiben, bis er sich einen neuen Ausweis beschaffen konnte, was er im Moment gerade tat.

Er trat aus dem Aufzug, zwängte sich durch den Menschenstrom im engen Korridor des Marktes. Er hörte mindestens vier verschiedene Sprachen und kam an Ständen vorbei, an denen alles Mögliche verkauft wurde, von T-Shirts bis zur Internetzeit.

Er bog nach Norden auf die Nathan Road ab, und die Welt wurde wesentlich homogener, ein Fluss aus Menschen, allesamt Asiaten. Er ging ein paar Häuserblocks weit, hielt mit dem Fußgängerverkehr um sich herum Schritt, kam an einer U-Bahn-Station vorbei, aus der Menschen auf die Straße quollen, ein schier endloser Schwall, der sich in den allgemeinen Strom einreihte. Wäre er nicht so sehr mit dem bevorstehenden Treffen beschäftigt gewesen, hätte er womöglich die Menschen gemustert, die auf der gegenüberliegenden Straßenseite nach Süden strömten. Hätte sich vorsichtshalber vielleicht die Gesichter gemerkt und sich damit später einigen Ärger erspart.

Retro und ich verließen die U-Bahn-Station und nahmen uns einen Moment Zeit, um uns zu orientieren. Ich war schon in vielen überfüllten Städten gewesen, aber zum

Glück war Hongkong ziemlich kompakt, anders als die wahllos ausufernden Städte in den Vereinigten Staaten.

Retro sah ein Schild, das den Weg zu den Fähren am Hafen wies, nur ein paar Blocks entfernt, und wir gingen nach Süden, unserem Ziel zu.

Wir hatten grünes Licht für den Flug nach Hongkong bekommen und den einzigen Anhaltspunkt genutzt, den wir hatten: die beiden Namen, von denen wir vermuteten, dass sie mit dem Iraner zusammenhingen, den wir geschnappt hatten. Leider brachte keiner von ihnen etwas. Kaum hatten die Kerle das Flugzeug verlassen, tauchten sie einfach unter, genau wie ich erwartet hatte. In keinem Hotel gab es eine Anmeldung. Trotzdem flogen wir hin und warteten auf die Auswertung des Handys, das wir dem gefangenen Iraner abgenommen hatten.

Als wir eintrafen, war die Spurensicherung fertig. Das Handy hatte wenig zu bieten. Es war lediglich mit drei weiteren Geräten telefoniert worden: dem Handy des Doktors, dem Handy des Generals, das wir in dem Taxi gefunden hatten, und mit einer unbekannten Nummer, die vermutlich dem Gegenbeschatter gehörte, der den General im Park gerettet hatte. Wir versuchten, es zu orten, doch es war nicht mehr am Netz, wahrscheinlich weggeworfen, weil es kompromittiert war.

Als wir tiefer schürften und unsere Netze auswarfen, überprüften wir die Verbindungen des unbekannten Telefons und landeten einen potenziellen Treffer.

Abgesehen von Taxiunternehmen und den anderen Handys, über die wir Bescheid wussten, waren von dem Gerät eine Reihe billiger Herbergen auf der Halbinsel Kowloon angerufen worden. Fünf davon befanden sich im selben Gebäude, zwei in einem anderen am östlichen Rand der Halbinsel. Es war zwar nicht viel, aber alles, was wir hatten.

Die beiden am Ostufer lagen nur minimal über Slum-Niveau und verfügten über Datenbanken, die wir hacken konnten. Die Namen unserer Zielpersonen waren nicht registriert, was im Grunde nichts zu bedeuten hatte. Doch ich beschloss, mich auf die fünf anderen Herbergen zu konzentrieren, allem Anschein nach Absteigen, in denen man bar bezahlte und die im Internet nicht vertreten waren.

Ich hätte das Team aufteilen können, um mich auf beide Zielpersonen zu konzentrieren, aber das hätte mir die Möglichkeit genommen, sofort auf das zu reagieren, was wir fanden. Andererseits konnte ich zwar umgehend mit der Überwachung beginnen, wenn wir uns nur auf eine Person konzentrierten. Allerdings brachte es rein gar nichts, falls wir an der falschen Zielperson dran waren.

Normalerweise wäre diese Art von Mission ein alter Hut und wir hätten den Luxus einer langsamen, absichtlichen Entwicklung gehabt. Hier hingegen spürte ich den Zeitdruck – und die Gefahr einer globalen Pandemie. In Zeiten wie diesen fragte ich mich, ob ich nicht vielleicht doch einen guten Schuhverkäufer abgegeben hätte.

Jennifer und Decoy hatten das Gelände ausgespäht und festgestellt, dass die fünf Herbergen von ein und demselben Aufzug bedient wurden. Jede Herberge befand sich auf einer separaten Etage tief in einem klaustrophobischen Markt, der hauptsächlich auf Ausländer ausgerichtet war. Retro und ich wollten verdeckt eine kabellose Kamera installieren, mit der man die Türen im Blick hatte, und dann auf die altmodische Art observieren, die Türen einfach rund um die Uhr im Auge behalten in der Hoffnung, dass unsere Beute auftauchen würde.

Malik sah ein Schild zum Kowloon Park und überquerte die Straße, nach wie vor in Richtung Norden. Er kam an zwei Männern vorbei, die Urdu sprachen und Gebetskappen trugen, und wusste, dass es nicht mehr weit war. Er überquerte die Haiphong Road und sah sein Ziel vor sich: die ›Kowloon-Moschee und Islamisches Zentrum‹. Im Näherkommen musterte er sie, hielt Ausschau danach, ob etwas nicht stimmte. Er sah nichts Besorgniserregendes.

Er ging durch das schmiedeeiserne Tor und marschierte die Treppe hinauf, als wäre er schon hundertmal hier gewesen. Auf keinen Fall wollte er jemand ermutigen, ihm behilflich zu sein, weil es so aussah, als wäre er neu. Abgesehen von seinem Kontaktmann sollte sich niemand an ihn erinnern.

Anhand der Anweisungen, die er sich eingeprägt hatte, bewegte er sich durch das Gebäude, bis er ganz hinten eine kleine Wohnstube erreichte. Als er sich durch den Vorhang schob, erkannte er den Mann darin. Einen Geistlichen, der für die Mullahs arbeitete. Und er wirkte nicht sonderlich erfreut.

»General! Kommen Sie herein, setzen Sie sich.«

Malik tat wie geheißen. »Ich bin überrascht, Sie zu sehen. Ich hoffe, meine Anfrage in Singapur wurde nicht missverstanden als etwas, das die Aufmerksamkeit einer so wichtigen Persönlichkeit benötigt, wie Sie es sind.«

»Nach allem, was Sie uns mitteilten, ist es kein Missverständnis.«

»Der Plan läuft perfekt. Ich konnte die Ampullen ja schlecht in meiner Reisetasche mitnehmen.«

»Perfekt? Wissen Sie, was mit Roshan passiert ist?«

»Ja. Er wurde verhaftet. Keine Sorge, er wird nicht reden. Selbst wenn, weiß er nicht über den gesamten Plan Bescheid.«

»Er wurde nicht verhaftet. Er ist verschwunden. Genau wie Ihre Männer in Thailand. Jemand ist Ihnen auf der Spur.«

Malik nahm die Information auf und nickte bedächtig. Etwas Derartiges hatte er bereits vermutet. Zumindest was das Team in Thailand betraf. »Falls es stimmt, was Sie sagen, müssen wir einen Gegenangriff starten. Ich werde morgen meine *Shahid* treffen. Ich kann sie sofort aussenden. Allerdings würde ich den Leuten, die Roshan gefangen nahmen, gern eine Falle stellen. Sie werden mich hier gewiss verfolgen.«

»Es gibt Leute, die meinen, dass wir das Ganze überhaupt nicht durchführen sollten. Dass es nach Lage der Dinge zu viele Spuren gibt, die auf die Republik hinweisen. Es gibt Gerüchte, dass Sie eine Tschetschenin einsetzen wollen. Stimmt das?«

Verärgert darüber, dass seine tschetschenischen Kontaktleute die Information durchsickern ließen, sagte Malik: »Ja! Warum, ist das ein Problem?«

»Die Russische Föderation ist unser Verbündeter. Eine Beziehung, die wir nicht umstoßen möchten. Eine ihrer Staatsbürgerinnen einzusetzen, könnte sich als problematisch erweisen.«

»Ja, problematisch für die Tschetschenen. Aber nicht für Russland! Bedenken Sie: Die *Shahid* wird ihnen den Weg ebnen, dann können sie in Tschetschenien tun und lassen, was immer sie wollen. Die Welt wird entsetzt sein über den Blutzoll, angerichtet von einer Schwarzen Witwe. Wir machen ihnen ja geradezu ein Geschenk.«

Der Mann überlegte einen Moment. Schließlich griff er unter seinen Stuhl, holte eine Umhängetasche hervor und reichte sie ihm.

»Ihre neuen Papiere, dazu noch ein Handy.«

»Danke sehr, aber während wir uns hier unterhalten, besorgt Sanjar gerade neue Smartphones.«

»Schön und gut, aber dieses Handy hier werden Sie stets bei sich tragen. Auf diese Weise können wir Kontakt zu Ihnen aufnehmen, sollte Bedarf bestehen. Sehen Sie zu, dass Sie auch rangehen.«

Aha, ich werde also an die Leine genommen!

Malik öffnete die Tasche und sah den kleinen Trocken-eisbehälter, der sowohl das Virus als auch das Serum enthielt. »Selbstverständlich«, sagte er. »Ich folge dem Ajatollah auf Gedeih und Verderb.«

»Dann wäre da noch die Sache mit dem Impfstoff. Wo ist er?«

Malik tat überrascht. »Er ist hier. Gleich hier. Sie sollten mir doch lediglich drei Dosen für meine Männer überlassen und den Rest für die Entwicklung nehmen.«

»Wie bitte? Das waren aber nicht die Anweisungen, die die Botschaft in Singapur erhielt. Sie gaben ihnen die Ampullen und sagten ihnen, dass beide das Virus enthielten.«

Das war absolut richtig. Malik hatte gewusst, dass diese Frage kommen würde, und beschlossen, sich dumm zu stellen. Er hatte ihnen den fehlerhaften Impfstoff gegeben, um sich Luft für die Mission zu verschaffen. Sie würden ihn niemals fortfahren lassen, wenn sie wussten, dass kein erfolgreiches Serum existierte. Alles, was er benötigte, war eine einzige Dosis für die Schwarze Witwe.

»Hier liegt ein Fehler vor«, sagte Malik. »Das waren nicht meine Anweisungen. Hören Sie, ich kann das Serum hier nicht öffnen, außerdem benötige ich es für die Mission. Nachdem ich die Witwe losgelassen habe, werde ich es zu meinem Kontaktmann in den Vereinigten Staaten bringen.«

Der Geistliche betrachtete ihn mit finsterem Blick. Malik war klar, dass nun die gesamte Operation auf dem Spiel stand.

»In Ordnung«, meinte der Kleriker schließlich. »Wegen Ihrer bisherigen Verdienste und Ihres Urteilsvermögens lasse ich Sie weitermachen. Aber behalten Sie dieses Telefon stets bei sich. Malik, im Gegensatz zu anderen glaube ich an Sie. Strafen Sie mich nicht Lügen.«

»Was ist mit den Männern, die nach mir suchen?«

»Ich beordere eine weitere Quds-Truppe hierher und lasse mir etwas einfallen.«

Malik nickte. »Danke. Inschallah wird dieser Schlag dem Großen Satan unvorstellbares Leid zufügen.«

Der Geistliche stand auf, um zu gehen. Seine Abschiedsworte jagten Malik einen Schauer über den Rücken.

»Es wird nicht ohne Leid abgehen. Falls Sie versagen, falls der Westen den Ursprung des Anschlags herausfindet, werden Sie dieses Leid ertragen müssen.«

40

Jennifer saß in einer Nische und überflog die Speisekarte. »Du hast wirklich ein Händchen dafür, westliche Kneipen zu finden. So langsam wundert mich das.«

Wir brauchten einen Ort mit kostenlosem WLAN, und wie der Zufall es wollte, gab es ein Pub namens Murphy's in der Nathan Road, nur ein paar Blocks von unseren Kameras entfernt. Eine irische Oase in einer Welt voller fremdländischer Cafés, die einem nichts als frittierte Grashüpfer servierten. Wir gingen rein, und ich stellte fest, dass der Laden genau das Richtige für mich war. Der einzige Nachteil bestand darin, dass ich zum Mittagessen Eistee trinken musste.

Als die Signalstärke auf meinem Tablet-PC den vollen Ausschlag zeigte, gab ich die IP-Adresse der Kameras ein. »Es verhält sich umgekehrt. Die Kneipen finden mich.«

Jennifer klappte die Speisekarte zu. »Könnten wir nur ein einziges Mal etwas anderes als Hamburger bestellen? Wir fahren an die exotischsten Orte, und du weigerst dich, das Essen zu dir zu nehmen.«

»Aber hier gibt es doch WLAN, und das brauchen wir.«

»Nein, das brauchen wir nicht. Wir haben Mittagspause.«

»Ein Überwachungs-Chef macht keine Pause.«

Sie bedachte mich mit ihrem missbilligenden Oberlehrerinnenblick und winkte der Bedienung. Ich versteckte die Tablet-Seite und war gerade dabei zu bestellen, als es in meinem Ohrstöpsel piepste.

»Pike, Pike, siehst du, was ich sehe?«

Verdammte Scheiße!

Jennifer versteifte sich leicht, ließ sich ansonsten jedoch nicht ansehen, dass sie es mitbekommen hatte. Ich drückte die Taste meines Headsets und gab weiter meine Bestellung auf, um sie wissen zu lassen, dass ich beschäftigt war. »Schon verstanden«, hörte ich. »Freut mich, dass jemand Zeit zum Essen hat. Ernie hat soeben das Gebäude verlassen.«

Wir hatten ein Foto des Gegenüberwachungs-Agenten aus Singapur, und Decoy hatte gemeint, er sehe genauso aus wie Ernie aus der *Sesamstraße;* darum nannten wir ihn nun auch so.

Ich ignorierte den Ohrstöpsel, konzentrierte mich weiter auf die Bedienung und wartete ab, was Jennifer tun würde. Sie unterbrach meine Bestellung, indem sie auf ihre Uhr sah. »Mein Gott!«, rief sie aus. »Pike, wir haben die Zeit völlig vergessen. Wir müssen los!«

Ich blickte auf meine Armbanduhr und tat überrascht. »Shit! Du hast recht. Tut mir leid!« Ich warf ein paar Scheine auf den Tisch und wir gingen raus auf die Nathan Road.

»Wir sind draußen. In welche Richtung ist er gegangen?«

»In unsere! Richten jetzt Trigger ein. Bleib auf Empfang.«

Ich hatte das Team paarweise aufgeteilt, sodass wir zu beiden Seiten des Marktes die Verfolgung aufnehmen konnten, egal welchen Ausgang er nahm. Zugleich konnten die Teams sich dadurch abwechseln, um eine Pause einzulegen, sei es zum Essen oder um auf die Toilette zu gehen. Ich hatte wirklich nicht damit gerechnet, dass sich so schnell etwas tun würde, war aber froh darüber. Ernie war zwar nicht der General, aber er würde uns zu ihm führen. Dessen war ich mir sicher.

»Pike, hier Decoy! Ich sehe ihn. Er geht Richtung Norden, parallel zur Nathan Road.«

Circa einen Block entfernt.

Ich gab Jennifer ein Zeichen, und wir setzten uns auf der Nathan Road in Bewegung, Richtung Norden, um die Entfernung zu verringern.

»Decoy, wer ist dein Back-up?«

»Pike, Knuckles hier! Ich behalte Decoy im Auge. Ich kann ihn ablösen.«

»Roger! Retro, Blood, geht voraus nach Norden. Setzt euch vor ihn.«

»Sind schon unterwegs.«

Ich versuchte Ernie einzukreisen, damit er, ganz gleich in welche Richtung er ging, immer auf einen von uns traf. Angesichts unserer Teamstärke hatte ich so ungefähr getan, was ich konnte.

Wir zwängten uns weiter durch die Menschenmassen, allerdings nicht so schnell, dass wir jemanden anrempelten, da hörte ich: »Er ist gerade nach links abgebogen. Nach Westen. Er will zur Nathan Road. Ich bin weg.«

Perfekt. Er kommt direkt auf mich zu.

Jennifer und ich begannen die Menge abzusuchen. Uns war klar, dass er innerhalb von Sekunden auf uns stoßen musste. Das war der schwierigste Teil einer Observation: sich so zu verhalten, als wollte man irgendwohin, während man versuchte, die Zielperson ausfindig zu machen. Dabei musste man stets den dritten Mann im Hinterkopf behalten – die Kameras und die Leute um einen herum, die sofort die Polizei auf den Plan rufen würden, sobald man etwas Seltsames machte.

»Ich habe ihn«, sagte Retro. »Er will in die U-Bahn. Er ist gerade runtergegangen.«

Die U-Bahn-Station, an der wir hier angekommen waren, lag direkt vor uns. Wir gingen ebenfalls hinunter, überließen Retro die Überwachung und kamen an den Bahnsteig. »Wir sind da. Welcher Zug?«

»Nach Norden. Er will nach Norden.«

Jennifer tippte mich am Ellenbogen an. »Ich kann Retro sehen.«

Das reichte aus. Wir stiegen in dieselbe U-Bahn wie Retro, einen Waggon hinter ihm.

Drei Haltestellen weiter stieg Ernie aus, in Mong Kok, und wandte sich auf der Argyle Street nach Osten, ehe er eine Einkaufspassage betrat. Retro zog sich zurück, und Blood übernahm die Führung.

Ich rief Retro. »Was ist das für ein Laden? Ich will einen Datenauszug.«

Wenige Minuten später meldete er sich. »Er heißt Sin Tat Plaza. Ein Elektronik-Einkaufszentrum, das für den Verkauf grauer Hardware bekannt ist.«

»Was soll das denn heißen? ›Graue Hardware‹?«

»Gefälschte oder weiterverkaufte Elektronik. Überwiegend Mobiltelefone. Nicht unbedingt Schwarzmarktware, allerdings auch nicht vom Hersteller autorisiert.«

Shit! Er kauft Handys, die sich nicht zurückverfolgen lassen.

»Blood, sag mir, wo er ist. Jennifer und ich gehen rein.«

Er dirigierte uns ins erste Obergeschoss, und ich bekam Ernie zu Gesicht.

Ich gab Blood ein Zeichen, dass er verschwinden solle, und übernahm die Überwachung, während ich mit Jennifer die Schaufenster betrachtete.

Ernie wanderte ein Weilchen umher, dann ging er wieder nach draußen, wandte sich auf der Tung Choi Street nach Norden, setzte seinen Einkaufsbummel fort. Schließlich erreichte er einen kleinen vierstöckigen Bürokomplex mit einer Reihe von Geschäften im Erdgeschoss, die in einer kleinen Sackgasse miteinander verbunden waren. In der Mitte befand sich ein Schalter mit einem einsamen Wachposten, der allem Anschein nach furchtbar gelangweilt war und noch nicht einmal jemandem den Zugang zu den Aufzügen verwehrte.

Ernie blickte auf ein Blatt Papier in seinen Händen, sah sich ringsum die Geschäfte an und entschied sich schließlich für eines.

Er trat ein, und ich blieb zurück. Der Laden war so klein, dass ich nicht mit ihm reingehen wollte aus Angst aufzufliegen. Circa acht Minuten später kam er mit einer Einkaufstüte wieder heraus.

»Blood, ich bin nach wie vor an ihm dran. Geh in den Laden und kauf ein Handy. Finde heraus, wie das Prozedere aussieht.«

Wir mussten herausbekommen, welche Nummern die Telefone hatten, die er gekauft hatte, und ich war mir nicht sicher, wie wir das anstellen sollten, da wir uns nun im kommunistischen China befanden und es nicht infrage kam, einen Gefallen von einer Kontaktperson einzufordern.

Ernie kehrte auf direktem Weg zurück zur U-Bahn und fuhr unter dem Victoria Harbour hindurch nach Hong Kong Island, passierte die Admiralty Station und stieg an der Central aus. Von dort wandte er sich nach Norden und betrat die International Finance Center Mall, ein Luxus-Einkaufszentrum, das sich von Sin Tat ungefähr so unterschied wie ein Filet mignon von einem Hotdog.

Was will er hier kaufen?

Es ergab keinen Sinn. Mittlerweile behielt Knuckles ihn im Auge, mit Retro als Verstärkung. Ich sagte: »Bereit machen, Leute! Hier passiert gleich etwas. Vergesst nicht, in Singapur versah er die Gegenüberwachung, also haltet die Augen auf! Behaltet ihn im Auge, egal was geschieht. Aber passt auf, dass er es nicht bemerkt.«

Ich bezog Stellung in einem Café mit Blick auf den Eingang, den er benutzt hatte. Die Spannung stieg ins Unerträgliche, mein Unterbewusstsein sagte mir unablässig, ich müsse mich an der Jagd beteiligen. Ihn in meinem Sichtfeld behalten. Ich widerstand dem Drang und spielte mit Jennifer den Touristen.

Ich erwartete die Meldung, dass er sich mit dem General traf oder die Lage erkundete, um einen Anschlag vorzubereiten oder etwas ähnlich Ruchloses. Doch alles, was reinkam, waren Updates über seine Einkäufe. Er ging in den zweigeschossigen Apple Store, der das Aushängeschild der Mall war, und erstand zwei iPads, fand dann einen SmarTone-Stand und kaufte eine Unmenge an Prepaid-SIM-Karten. Nichts weiter. Es sah beinahe so aus, als wäre er tatsächlich ein Tourist aus Nahost, der seine Zeit in Hongkong nutzte, um sich mit der neuesten Elektronik auszustatten.

Nicht im Entferntesten wählte er seinen Weg so, um eine Observation zu erkennen, anscheinend scherte er sich nicht darum, ob ihm jemand folgte. Allmählich fragte ich mich, ob er nur als Lockvogel für uns diente. Ob sein Auftrag nicht darin bestand, uns von dem eigentlichen Geschehen abzulenken. Ich überlegte schon, ob ich abbrechen sollte, da erhielt ich die Meldung, dass er zurück in meine Richtung kam. Ich wartete ab, um die Überwachung zu übernehmen.

Jennifer sah ihn zuerst, und wir ließen ihn passieren. Er erreichte die Tür, und wir erhielten das erste Anzeichen dafür, dass er kein Tourist war. Er setzte sich auf eine Bank am Ausgang und tat halbherzig, als würde er die iPad-Box lesen, dabei huschte sein Blick hin und her, er musterte jeden, der vorbeiging.

Zu seinem Pech hatte er den Amateurfehler begangen, seine Überwachungserkennung zu starten, während wir ihn bereits im Visier hatten. Er war zufällig auf uns gestoßen, damit waren wir nun nicht mehr verdächtig. Wie sollten wir ihn denn verfolgen, wenn wir bereits da waren, als er eintraf? Nicht nur das, seine Handlungen ließen mir auch viel Zeit, mich noch einmal an den Leuten vor ihm vorbeizuzwängen. Offensichtlich doch nicht so gut ausgebildet.

Ich rief das Team, bildete draußen eine lose Blase um ihn. Ich ging so weit, ein Team innerhalb der U-Bahn-Station zu postieren, und ließ es wissen, dass sein Aufmerksamkeitsgrad jetzt gestiegen war.

Er setzte sein amateurhaftes Verhalten fort, wartete, bis die Lobby relativ frei war. Dann sprang er auf und ging rasch aus der Tür. Geradewegs zu meiner ersten Position.

Er führte sich auf wie ein Anfänger, stieg in die U-Bahn, stieg wieder aus und landete schließlich im Island Shangri-La Hotel, einem Fünf-Sterne-Resort direkt neben dem Hong Kong Park.

So amateurhaft seine Mätzchen auch sein mochten, zwangen sie uns doch wirklich, uns zurückzuhalten. Im

Hotel verloren wir ihn, aber der Ort und dazu sein Verhalten sagten mir alles, was ich wissen musste.

An diesem Ort hier befindet sich etwas Besonderes.

41

Elina wachte früh auf und fühlte sich müder, als sie angesichts des üppig ausgestatteten Zimmers eigentlich sein dürfte. Ihre Besorgnis war nur größer geworden, nachdem sie am Tag zuvor ihre Kontaktperson getroffen hatte, und raubte ihr den Schlaf, den sie doch so sehr brauchte.

Es war ein junger Mann mit schütterem Schnurrbart gewesen, und er hatte ihr keinerlei Informationen über ihren Einsatz gegeben. Weder über den Ort noch über den Zweck oder das Ziel. Dabei hatte sie wirklich versucht, es herauszufinden. Stattdessen hatte er ihr ein Apple iPad gegeben, ein Handy und einige Prepaidkarten, dazu Anweisungen für das heutige Treffen und sie ermahnt, auf verdächtige Dinge zu achten. Das verschlimmerte ihre Sorge nur noch.

Sie hatte ihr Zimmer seit dem Einchecken nicht mehr verlassen. Die Massen von Ausländern, die durch die Stadt schwärmten, machten sie ganz benommen. Sie fühlte sich verloren. Bei dem Gedanken daran, dass jemand nach ihr suchte, der sich in der Menge verbarg, hätte sie den Einsatz am liebsten sein lassen. Wäre am liebsten zurück nach Tschetschenien geflohen, wo alles so behaglich und die Bestie leicht zu erkennen war. Leicht zu bekämpfen.

Mit reiner Willenskraft vertrieb sie ihre Befürchtungen, rief sich ins Gedächtnis, wer sie war, warum man sie auserwählt hatte. Förderte das Eisen zutage, das der Feind geschmiedet hatte, den sie nun bekämpfte. Sie griff nach ihrem neuen Handy und verließ das Zimmer.

Den Südausgang nehmend, ging sie durch den Hong Kong Park und blieb am Teich in der Mitte stehen, um sich umzublicken, wie man es ihr gesagt hatte.

Eine Gruppe alter Männer und Frauen führte ein graziles Tai-Chi-Ballett auf. Sie hielt einen Moment länger inne, beobachtete die Symmetrie, genoss die Ruhe.

Erneut betete sie darum, dass man von ihr, egal wohin sie geschickt wurde, nicht verlangen würde, Menschen wie diese anzugreifen. Sie betete um ein Ziel, das ihr Opfer auch wert war.

Sie setzte den Weg, den man ihr beschrieben hatte, fort. Ein in Stein eingefasstes Schild zog ihren Blick auf sich. Sie trat näher, um es zu lesen, neugierig auf die Geschichte des Parks.

Unter den chinesischen Schriftzeichen stand auf Englisch nichts weiter als eine Ermahnung, die Vögel im Park nicht zu berühren und sich sofort die Hände zu waschen, falls man sie doch berührt hatte. *Auf einer in Stein gefassten Messingtafel?*

Elina konnte es nicht verstehen. Dann fiel ihr das Fiebermessen am Flughafen wieder ein, das verhindern sollte, dass die »Vogelgrippe« eingeschleppt wurde. Offensichtlich war sie bereits hier und gefährlich genug, dass man dauerhafte Warnsymbole anbrachte.

Sie erreichte die Peak Tram Station 100 Meter weiter, eine Standseilbahn, die zum höchsten Punkt auf Hong Kong Island führte. Sie öffnete die Tür zum Ticketschalter und sah ein Schild, auf dem stand, dass die Türgriffe stündlich desinfiziert wurden.

Sie erstand ein Ticket und blieb am Ende des Gleises stehen, wo sie wie angewiesen insbesondere auf Weiße achtete. Doch sie sah lediglich korpulente Leute aus dem Westen mit vorlauten Kindern. Sie versuchte sich auf sie zu konzentrieren, um festzustellen, ob jemand ihr besondere Aufmerksamkeit schenkte. Doch ihr Blick wurde von den Einheimischen angezogen, die über den Bahnsteig verteilt waren. Etwa die Hälfte von ihnen trug einen Mundschutz.

Anscheinend lebten die Menschen hier in täglicher Furcht vor dieser Vogelgrippe. Mit einem Mal kam ihr die Luft, die sie einatmete, suspekt vor, ihre Angst vor Fremden nahm wieder zu. Warum hatte sie noch nie davon gehört? Hatte man sie deshalb instruiert, sich eine Atemschutzmaske zuzulegen? Müsste sie sie jetzt eigentlich tragen?

Die Bahn fuhr ein, und sie nahm ganz hinten Platz, damit sich alle anderen vor ihr befanden und sie sie im Blick hatte. Die Bahn tuckerte den Hang hinauf, mühte sich ab wie seit über 100 Jahren. Unzählige Touristenkameras nahmen die spektakuläre Aussicht auf. Elina ignorierte alles, konzentrierte sich darauf, ruhig zu bleiben.

Oben am Victoria Peak kam der Waggon knirschend zum Stehen, die Touristen strömten heraus und stürmten die Aussichtsplattformen. Ohne auf sie zu achten, machte Elina einfach gemäß ihren Anweisungen weiter und durchquerte das Einkaufsviertel zum Pok Fu Lam Country Park, einer riesigen Waldfläche, die vom Gipfel bis hinab zum Meer reichte und den rückwärtigen Teil der Insel bedeckte. Sie nahm den Wanderweg und wurde auf dem Weg zum Gipfel von Joggern und Wanderern überholt.

Während sie im Wald die Orientierung verlor, musste sie an ihre Heimat denken, was ihr einen gewissen Frieden brachte. Sie fand sich allein, beschleunigte ihren Schritt den Hang hinab, zählte die Picknick-Hütten, und als sie an der dritten vorüberkam, wurde sie langsamer und suchte nach dem Signal, dass das Treffen stattfand.

Einige Meter hinter der Hütte befand sich, mit Kreide auf den Weg gekritzelt, eine Markierung, die MEILE DREI anzeigte, vorgeblich für jemanden, der joggte, in Wirklichkeit jedoch das Zeichen für sie. Sie merkte, wie die Anspannung wiederkehrte. Sie umrundete eine Ecke und sah einen Mann auf einer Bank sitzen. Im Näherkommen erkannte sie den Kontaktmann vom Vortag. Er ignorierte sie geflissentlich, konzentrierte sich auf den Weg in ihrem Rücken, und sie ging weiter.

Sie erreichte den vierten Picknickplatz, nahm den Pfad, der dorthin führte, und ging an den Tischen vorbei, weiter hinaus zwischen die Bäume. Der Pfad endete auf einem Hügel, der von einer Stützmauer umgeben war. Eine Treppe führte zu einem hinter der Mauer verborgenen Picknicktisch. Daran saß ein dunkelhäutiger Mann mit dichtem Schnauzbart.

Er lächelte. »Hallo, Schwarze Witwe. Komm, nimm Platz.«

Sie tat wie geheißen und wartete darauf, dass er fortfuhr.

»Wie heißt du?«

»Elina.«

»Elina, du kannst mich Malik nennen. Zunächst möchte ich dir sagen, wie sehr ich mich freue, dich zu treffen. Du wirst unseren Feinden einen schweren Schlag versetzen, lange nach deinem Märtyrertod wird man noch an dich denken.«

»Wer? Von welchen Feinden sprichst du? Niemand will mir etwas sagen. Andauernd sagt man mir, das werde ich später erfahren.«

Er wirkte überrascht über ihre Antwort, aber nicht wütend. »Vom schlimmsten Feind des Islam auf der ganzen Welt. Vom Großen Satan persönlich.«

Er lächelte, so als müsste sie sich geehrt fühlen. Stattdessen war sie enttäuscht und ihre Befürchtungen wurden bestätigt.

»Was gehen mich die Amerikaner an? Die haben mir nichts getan, weder mir noch meinem Volk.«

Verdutzt überlegte Malik und wählte seine nächsten Worte sorgfältig. »Dein Volk ist der Verfolgung durch eine Macht ausgesetzt, die vom Westen unterstützt wird, ähnlich wie alle anderen ungläubigen muslimischen Regime auf der ganzen Welt. Der Arabische Frühling brachte den Sturz so mancher Regierung mit sich und zwang die Vereinigten Staaten, so zu tun, als unterstützten sie den Wandel. Aber sie können nicht verbergen, dass sie Despoten Rückendeckung geben, darunter auch deiner Russischen Föderation. Der Westen lässt zu, dass die Russen euch Terroristen nennen, und die Russen wiederum verwenden die Angriffe der Vereinigten Staaten als Beweis dafür, dass diese nicht anders sind. Unter dem Deckmantel des Kampfes gegen den Terror tötet der Große Satan mithilfe seiner Predator-Drohnen Unschuldige, und Russland mordet dein Volk unter demselben Vorwand.«

Sie dachte über seine Worte nach und sah die Wahrheit darin. Selbstverständlich wusste sie von den Predator-Schlägen, eben weil sie gehört hatte, wie der russische Präsident sie als Vorwand für brutale Säuberungsaktionen in Tschetschenien benutzte. Sie hatte angenommen, bei diesen Behauptungen handle es sich einfach um weitere Lügen, doch vielleicht waren es ja gar keine.

Eine Sache, die sie auf ihrer kurzen Reise nach Hongkong gelernt hatte, war, dass sie nichts über die Menschen außerhalb der Grenzen Tschetscheniens wusste. Die Befehlskette des tschetschenischen Widerstands hatte ebenfalls keine Ahnung – insbesondere die Islamisten nicht, die kamen und unter dem Deckmantel des Nationalismus für die Religion kämpften. Sie droschen Phrasen, die selbst in ihren naiven Ohren schal klangen. Anders der Mann, der vor ihr saß. Vielleicht sollte sie erst einmal etwas über die Welt lernen, bevor sie sich entschied.

»Was soll ich für dich tun? Was kann eine einzelne Schwarze Witwe in den USA schon ausrichten, außer ihnen einen Nadelstich zu versetzen?«

»Du wirst zu einer Waffe werden, wie die Welt sie noch nie gesehen hat.«

Er zückte eine Spritze, und ihre Augen weiteten sich.

»Das ist ein Serum. Du wirst es nehmen, sobald du wieder in deinem Hotelzimmer bist. Nach 24 Stunden verabreiche ich dir ein Virus. Der Impfstoff tötet das Virus nicht ab, er versetzt es nur in einen Ruhezustand. Das Virus wird in dir weiterleben, ohne dir zu schaden. Du kannst es nur durch deine Körpersäfte verbreiten. Wenn die Zeit reif ist, wirst du dich dergestalt opfern, dass deine Körperflüssigkeiten sich über eine möglichst große Fläche verteilen.«

Zunächst ergaben seine Worte gar keinen Sinn. Innerlich rang sie damit, schließlich wurde ihr klar: Sie sollte genau das tun, was sie in Tschetschenien versucht hatte, nur würde der Tod statt in Kugellagern in ihrem Blut lauern. Bei dem Gedanken daran wurde ihr ganz flau im Magen.

»Aber als ich zur *Shahid* ausgebildet wurde, ging es gegen ein bestimmtes Ziel. Das Töten begann und endete mit der Explosion. Wird es hier auch so sein? Wird dieses Virus nur diejenigen töten, die in Kontakt kommen mit … die berühren … die aufräumen, was von mir übrig bleibt? Werden das diejenigen sein, die es tötet?«

»Nein. Sobald sich das Virus außerhalb deines geimpften Körpers befindet, tötet es jeden, den es infiziert, in einer Infektionswelle von einem in der Moderne noch nie gekannten Ausmaß. Es wird das komplette Gesundheitssystem der USA lahmlegen und ihre Wirtschaft in Bausch und Bogen zusammenbrechen lassen. Der Große Satan wird vernichtet. Alles, was du tun musst, ist, es freizusetzen.«

Den Großen Satan vernichten. Indem ich Unschuldige töte.

»Aber wir befinden uns nicht im Krieg mit Zivilisten. Ich möchte keine Frauen und Kinder töten. Das ist, was die Russen tun. Ich will den Feind angreifen.«

Er ergriff ihre Hände in einer freundlichen, beschwichtigenden Geste. Seine Worte waren ruhig und schienen aus einer Wahrheit geboren, die sie noch nicht erfahren hatte. »Es gibt keine Unschuldigen, glaub mir! Meinst du etwa, die Vereinigten Staaten sehen das so, wenn sie Frauen und Kinder in Afghanistan bombardieren? Du erwähntest die Taktik der Russen. Achteten die Russen etwa darauf, als sie Grosny zerstörten? Sie nennen es Kollateralschäden, um ihre Schuld zu kaschieren. Ich hingegen nenne es das, was es ist: Krieg. Sie wählten diese

Kampfweise. Wir revanchieren uns lediglich. Ich habe mir sagen lassen, du seist die stärkste Schwarze Witwe, die man je gesehen hat. Denke an das Feuer, das dich auf diesen Weg führte.«

Sie nahm die Spritze, mit sich in Widerstreit. Er tätschelte ihr die Schulter. »Mach dir keine Sorgen darüber, Ungläubige zu töten, ganz gleich welchen Alters oder Geschlechts. Sie mögen nicht alle Waffen tragen, aber sie wollen den Islam vernichten, sei es nun in Tschetschenien oder im Iran. Sie alle haben schwarze Herzen. Hätten sie die Chance dazu, würden sie dich für nichts weiter als deine Religion töten.«

Sie erwiderte nichts darauf. »Hast du einen E-Mail-Account eingerichtet, so wie man es dir sagte?«, fuhr er fort.

»Ja.« Sie nannte ihm das E-Mail-Konto samt Passwort und fragte ihn nach seiner E-Mail-Adresse.

»Mach dir keine Mühe, etwas über das Internet zu senden. Wir verwenden den Entwurfsordner deines Accounts, um Nachrichten weiterzuleiten. Ansonsten benutze ich das Handy, das du bekommen hast. Wenn du die SIM-Karte austauschst, sende die neue Nummer in einer SMS.«

»Wann bekomme ich das Virus?«

»Das Gegenmittel braucht 24 Stunden, bis es wirkt. Ich werde dich kontaktieren, um ein weiteres Treffen zu verabreden.«

»Wohin gehe ich, wenn ich infiziert bin? Wo befindet sich das Ziel?«

Er lächelte und tätschelte ihr die Hand. »Alles zu seiner Zeit! Das ist der Punkt, an dem du wieder hörst: ›Das werde ich dir zu einem späteren Zeitpunkt sagen.‹

Es besteht keine Notwendigkeit, dass du es jetzt schon erfährst. Aber glaube mir, das Ziel wurde speziell ausgewählt. Bevor du es erreichst, musst du bei allem, was du tust, besondere Vorsicht walten lassen. Du kannst das Virus zwar nicht einfach durch die Luft verbreiten, aber laut dem Doktor, der es mir gegeben hat, ist es dennoch möglich. Und wir wollen doch nicht, dass dies vor der Zeit geschieht.«

»Was soll das heißen, besondere Vorsicht?«

»Trage die Atemschutzmasken, die du kaufen solltest. Desinfiziere dir regelmäßig die Hände. Trinke ausschließlich Wasser aus der Flasche und entsorge die Flaschen so, dass niemand sie wieder zurückholen kann. Iss nur in Restaurants mit Einweggeschirr. Solche Sachen. Eine vorzeitige Infektion gäbe den Vereinigten Staaten bloß Zeit, an einer Linderung des Problems zu arbeiten. Wir brauchen mehrere Infektionspunkte gleichzeitig, um das System lahmzulegen. Einer allein wird nicht funktionieren.«

»Aber ich bin nur eine einzige Person. Gibt es da draußen noch weitere Schwarze Witwen?«

Er sah ihr in die Augen. »Nein. Du bist die einzige. Das Ziel selbst erleichtert die Ausbreitung. Sobald du infiziert bist, bist du unsere einzige Hoffnung. Vergiss das nicht, und auch nicht den Grund, weshalb du ausgewählt wurdest.«

42

Als ich von der anderen Straßenseite durch die Glastüren schaute, sah ich zwei Wachleute am Empfang mitten in dem Bürokomplex sitzen. Zwei. Nicht einen.

Ich reichte Blood das Fernrohr. »Sieh dir das mal an! Was zum Teufel machen wir jetzt?«

Das Auge am Sucher, meinte er: »Dann müssen wir eben beide weglocken. Ist bloß ein bisschen schwieriger.«

»Ein *bisschen?* Sehr viel schwieriger. Wir brauchen einen zusätzlichen Mann, dabei ist jeder bereits beschäftigt.«

Nachdem wir das Island Shangri-La Hotel als einen Bereich von Interesse identifiziert hatten, verschwendeten wir gut sechs Stunden damit herauszufinden, warum, nur um am Ende mit völlig leeren Händen dazustehen. Im gesamten Hotel war niemand gemeldet, der auch nur im Entferntesten mit unseren Zielpersonen zu tun hatte, lediglich zwei weitere Männer arabischer Abstammung. Beide erwiesen sich als sauber, da sie eine Woche zuvor aus Saudi-Arabien eingeflogen waren. Knuckles wollte sie ausquetschen, aber uns stand nur wenig Zeit zur Verfügung. Meiner Meinung nach war die Chance äußerst gering, dass ein General der schiitischen iranischen Revolutionsgarden etwas mit Geschäftsleuten aus dem sunnitischen Saudi-Arabien zu tun hatte. Es sei denn, er hatte vor, sie umzubringen.

Ich beschloss, das Hotel zu vergessen und uns auf die Handys zu konzentrieren, die Ernie gekauft hatte. Anfangs wollte ich die dazugehörigen Nummern, doch das löste sich in Luft auf, als Ernie eine Reihe von Prepaidkarten erstand. Da er mindestens zehn kaufte, hatten wir keine Ahnung, welche SIM-Karte wir orten sollten, da er sie jederzeit austauschen konnte. Die SIM beziehungsweise das Subscriber Identity Module – Teilnehmer-Identitätsmodul – enthielt das »Gehirn« des Handys. Hier waren die Telefonnummer, Anruf- und Kontaktlisten sowie alles, was sonst noch mit dem Telefon zu tun hatte, gespeichert.

Nun ja, fast alles.

Außerdem verfügt jedes Handy über eine sogenannte International Mobile Equipment Identity, kurz: IMEI. Im Wesentlichen handelt es sich um nichts weiter als eine lange, eindeutige Nummer, die das Mobilteil jedes Mal identifiziert, wenn das Telefon sich mit einer Relaisstation verbindet. Die IMEI bleibt immer gleich, unabhängig vom Mobilfunkanbieter oder der verwendeten SIM-Karte. Und dies führte uns zu dem Geschäft zurück, in dem Ernie die Telefone ursprünglich gekauft hatte. Wenn wir an diese Nummern kamen, konnten wir ihn orten und auch jeden anderen, dem er eins dieser Handys gab.

»Koko, hier Pike! Bist du schon unterwegs?«

»Ja! Ich gehe gerade zu meinem Startpunkt. Was gibt's?«

»Ich habe einen Zusatzauftrag für dich. In dem Bürokomplex befinden sich jetzt zwei Wachleute. Um den einen wird sich Decoy kümmern, aber ich brauche dich, um den anderen aus dem Gebäude zu lotsen.«

»Was um alles in der Welt redest du da? Ich bin angezogen wie Catwoman. Das Einzige, was ich an Tarnung habe, ist ein billiger Baumwollkittel. Außerdem soll ich doch schon auf dem Dach sein, bevor ihr reingeht.«

»Ich weiß, aber ich kann nicht rein, solange der Wachmann dort ist, und Decoy ist der einzige andere hier am Boden. Er wird den ersten Posten weglocken, aber er kann nicht beide übernehmen. Du wirst einfach wie eine verrückte Obdachlose aussehen. Geh rein und frag ihn nach dem Weg zur U-Bahn. Sieh zu, dass er mit dir raus auf die Straße geht, um dir den Weg zu zeigen.«

»Was ist mit Blood?«

»Man braucht zwei Mann für den Aufstieg durch den Lüftungsschacht. Alleine schaffe ich es nicht. Außerdem ist er der Einzige, der in dem Laden war.«

Nachdem wir das Hotel als Ausgangspunkt verlassen hatten, richteten wir die beachtlichen Recherchekapazitäten der Taskforce auf den Bürokomplex und die kleine Einkaufspromenade im Erdgeschoss. Zum Glück war das Gebäude errichtet worden, bevor Hongkong 1997 an die Chinesen ging, darum waren sie in der Lage, britische Pläne aufzustöbern, die uns zeigten, wie wir hineinkommen konnten.

Zwar waren die Läden mit Rolltoren aus Stahl fest verschlossen. Doch die Zwischendecke unter dem Dach darüber stand weit offen. Wir mussten lediglich dorthin gelangen, dann konnten wir uns einfach in den Laden hinunterlassen, ohne uns Sorgen zu machen, wie wir durch die Tür kamen. Es überraschte mich immer wieder, dass die Leute ein Vermögen für die offensichtlichen Zugangswege wie Türen und Fenster ausgaben und dabei alles andere ignorierten.

Nachdem wir von der Taskforce alles zusammengetragen hatten, was wir konnten, erkundeten wir die Lage vor Ort, fingen bei Tageslicht an, Kameras und Alarmleitungen zu identifizieren, und machten nachts weiter, wo wir ja auch den Einbruch durchführen wollten, um uns mit der Atmosphäre vertraut zu machen. Gestern morgen um zwei hatte sich hier nur ein Posten befunden.

»Pike«, meldete sich Decoy, »ich kann die Kamera ausschalten und mich dann auf den Weg machen. Ich bin rein und wieder raus, ehe der erste Posten zurückkommt.«

Die Wachen waren an einem Tresen in der Mitte des Zugangs zu den Aufzügen postiert, die Geschäfte ringsherum angeordnet. Sie konzentrierten sich hauptsächlich auf zwei Monitore, die auf dem Tresen standen und Kameraaufnahmen aus dem gesamten Gebäude zeigten. Decoy sollte einfach eine Kamera vor dem westlichen Ausgang kurzschließen, die daraufhin ein Signal aussandte, dem der Wachmann nachgehen musste. Sobald er das tat, konnten wir hineinschleichen, uns direkt zur Herrentoilette gleich neben dem Fahrstuhlschacht begeben und in die Zwischendecke einsteigen. Das jedenfalls war der Stand der Dinge zu dem Zeitpunkt, als in unserem Plan nur ein Posten vorgesehen war.

»Zu riskant. Du bist vielleicht noch drin, wenn der erste Posten zurückkehrt. Außerdem brauche ich dich vor Ort, falls wir noch eins drauflegen müssen. Wenn der erste Wachmann nicht auf die Kamera anspringt, kann es sein, dass du den Türalarm auslösen musst.«

Beide Seitenausgänge waren mit einem stillen Alarm ausgestattet, aber da der Bürokomplex rund um die Uhr geöffnet hatte, stand der Haupteingang weit offen.

»Ich bin hier und bereit«, unterbrach Jennifer. »An der Ecke südlich von euch. Aber macht mir keinen Vorwurf, wenn nicht feststeht, wie ihr da rauskommt. Ich muss vier Stockwerke hochklettern, das wird mir einiges abverlangen.«

»Leg los! Wir können die Zeit drinnen totschlagen. Alle Stationen, gebt mir Bescheid!«

»Retro hier! System aktiv. Warte auf das Kamerabild.«

»Knuckles hier! Fluchtweg ist offen. Erwarte Schießbefehl.«

»Hier Decoy! Soll ich sie kurzschließen?«

Ich holte tief Luft, warf einen Blick zu Blood, dessen tiefschwarze Haut im Schatten verborgen war. In krassem Gegensatz dazu das Weiß seiner Zähne, als er lächelte.

»Ausführen!«, sagte ich. »Koko, bleib auf Empfang, bis ich dich rufe.«

Es hätte mehr Spaß gemacht, wenn bei dem Wort *Ausführen* etwas Geiles passiert wäre, wenn jemand eine Tür aufgesprengt hätte oder Schüsse gefallen wären. Stattdessen war alles, was ich bekam, ein: »Kamera kurzgeschlossen. Bleibe auf Stand-by«.

Offensichtlich gelangweilt rutschten die beiden Wachleute auf ihren Sitzen herum. Schließlich beugte der eine sich vor, deutete auf einen Bildschirm. Der andere sagte etwas und stand auf. Sekunden später war er außer Sicht, den Flur entlang unterwegs zum Seitenausgang.

»Koko, los!«

Während meines letzten Checks musste sie sich schon angeschlichen haben, denn sie war sofort an der Tür, und sie hatte recht. Sie sah lächerlich aus. Schwarzes, hautenges Hemd und Leggings, dazu Vibram FiveFingers-Zehenschuhe, alles von einem formlosen, orangefarbenen Kittel bedeckt. Sie sah aus wie eine verrückte Obdachlose. Eine äußerst attraktive verrückte Obdachlose, das mochte schon sein, aber trotzdem verrückt.

Wir sahen zu, wie sie mit dem Posten sprach, dann mit den Armen herumfuchtelte, hin und her zeigte. Ich erkannte sofort, worin das Problem bestand.

Dieser Bastard spricht kein Englisch.

Er nahm den Telefonhörer und rief jemanden an, danach führte er sie aus dem Gebäude. Wir warteten, bis sie sich vom Eingang entfernten. Dann huschten wir durch den Eingang und rannten geradewegs zur Toilette.

43

Blood stellte seinen Rucksack auf dem Boden ab und ging in eine Kabine, während ich ein Lauschgerät an die Tür hielt. Ich horchte einen Moment, drehte mich dann zu ihm um und nickte.

Er stellte sich auf den Wasserbehälter, schob eine der Deckenplatten beiseite und verschwand wie ein Eichhörnchen in dem Loch. Ich nahm das Gerät von der Tür, schnappte meinen Rucksack, reichte ihn durch die Öffnung und kletterte hinauf.

Ich bewegte mich auf dem stählernen Doppel-T-Träger entlang, um ihm Platz zu machen, damit er die Platte wieder einsetzen konnte. Anschließend saßen wir eine Sekunde im Dunkeln, damit unsere Augen sich daran gewöhnen konnten. Von unten fiel schwaches Licht in den engen Raum. Es beengt zu nennen, war untertrieben. Keine 60 Zentimeter trennten uns von der Decke über uns. Es roch nach Schimmel. Der Träger war mit etwas bedeckt, von dem ich hoffte, dass es kein Rattenmist war. Ich setzte eine Rotlicht-Stirnlampe auf.

Blood tat es mir gleich. Der schwache Schein durchdrang kaum die Düsternis, reichte jedoch aus, um die Träger zu sehen, die wir benötigten, um die Decke bis zum Laden zu durchqueren.

Ganz schön peinlich, wenn wir durch die Deckenplatten auf den Empfangstresen der Security-Leute purzeln würden.

Ich drückte die Taste meines Headsets. »Wir sind drin.« Damit krochen wir unserem ersten Ziel entgegen.

Wir passierten einen großen Aluminium-Lüftungskanal, und Blood flüsterte: »Fluchtweg!«

Wir wollten durchs Dach wieder raus. Aber die einzige Verbindung zwischen den verschiedenen Etagen bestand, abgesehen von den Treppen oder Aufzügen, in den sich durch das ganze Gebäude ziehenden Luftschächten. Und der einzige Weg dort hinein führte durch den Durchlass im Laden. Letztlich verhielt es sich so: Entweder wir hatten Erfolg oder wir mussten lernen, wie die Ratten zu leben, die überall ihre Notdurft verrichteten, bis der Rest des Teams eine Möglichkeit fand, uns da rauszuholen.

Unter uns hörte ich jemanden Chinesisch sprechen. Wir hielten inne. Es klang nach einem ganz normalen Gespräch, völlig unbesorgt, also krochen wir weiter und bewegten uns vorwärts wie zwei Faultiere. Wir erreichten, was Ziel Nummer eins sein musste, und Blood stoppte, suchte mit seinem schwachen Licht links und rechts, bis er ein digitales CAT-5-Kabel fand, das sich einen Doppel-T-Träger entlangschlängelte.

Ich schwenkte meinen Rucksack herum und holte ein Hijacking-Gerät heraus von der Größe eines großen Piepsers, mit zwei unter Federspannung stehenden Klauenfüßen an den Seiten. Darum betend, dass der Video-Feed nicht verschlüsselt war, klemmte ich es an das Kabel. Die Krallen bohrten sich durch die Plastikhülle zu den Drähten darunter. Ich schaltete es ein und bekam ein grünes Signal.

»Retro, Schalter ist aktiv. Kriegst du ein Bild?«

Retro, der sich nebenan in einem stundenweise gemieteten Hotelzimmer befand, sagte: »Bleib auf Empfang!«

Da saßen wir und atmeten flach durch den Mund, während die Wachen sich weiter unterhielten. Eine

Schweißperle bildete sich auf meiner Nase und tropfte auf die Deckenplatte unter mir. Ich rieb mir die Augen, spürte, wie die Sekunden vergingen.

»Pike, hier Retro! Ich kriege das Bild. Die Übertragung klappt. Ich sehe die beiden Wachen. Sie sitzen da und quatschen miteinander.«

»Roger! Sind in Bewegung.«

Wir erreichten die gegenüberliegende Wand. Blood rutschte nach Osten, bis er eine Stelle erreichte, an der zwei Träger zusammenstießen. Er beugte sich an mein Ohr.

»Hier ist der Bewegungsmelder angebracht.«

Ich nickte, schwenkte meinen Rucksack erneut nach vorn und zog eine durchsichtige Plastikwasserflasche heraus, deren Deckel abgeschnitten war. Am Boden war ein Stück Schnur angeklebt. Vorsichtig schob Blood eine Deckenfliese beiseite. Direkt unter ihm war der Bewegungsmelder an der Wand befestigt. Blood hatte zuvor beim »Handykauf« heimlich ein Foto davon gemacht, und die Taskforce hatte das Gerät als altes Modell identifiziert. Eins, das sich leicht überlisten ließ.

Es erkannte nicht wirklich Bewegung, sondern die vom menschlichen Körper abgestrahlte Infrarotenergie, ähnlich wie die nervigen Garagenbeleuchtungen, die sofort anspringen, wenn man bloß an ihnen vorbeigeht. Der Sensor wertete unablässig die Infrarotmenge aus und war so kalibriert, dass er die von der menschlichen Haut abgegebene Wärme erfasste. Dummerweise dringt Licht zwar ohne Weiteres durch Fenster beziehungsweise andere transparente Gegenstände. Infrarotenergie jedoch nicht. Darum konnte man das Ding mit etwas so Einfachem wie einer durchsichtigen Wasserflasche ausschalten. Der Trick bestand darin, die Flasche anzubringen.

Der Sensor hing schräg nach unten, von wo man mit einer Bedrohung rechnete. Solange ich Isolierhandschuhe trug und meine Hände oben behielt, war alles in Ordnung. Das jedenfalls sagte die Taskforce.

In Längsrichtung liegend, machte ich es mir auf dem Träger bequem, zog die Handschuhe an und ließ langsam die Flasche hinab, bis ihr Rand sich unter dem Sensor befand. Millimeter um Millimeter zog ich sie wieder nach oben, über den Sensor und sicherte das Ganze mit einem leichten Streifen Tesafilm.

»Retro, hier Pike! Bewegen die Wachen sich?«

»Nö. Sitzen immer noch bloß herum.«

Ich nickte Blood zu und ließ die am Boden der Flasche befestigte Schnur durch die offene Deckenfliese fallen. Blood glitt über den Rand, bis er herabhing, ließ sich das letzte Stück einfach zu Boden fallen. Ich reichte ihm meinen Rucksack und tat es ihm gleich.

Der Laden war nur etwa neun mal neun Meter groß, den größten Teil des Raumes nahmen Reihe um Reihe Handys ein.

»Wohin jetzt?«, flüsterte ich. »Wo bewahren sie hier die Quittungsbelege auf?«

Blood deutete auf einen kleinen Aktenschrank unter der Registrierkasse. Er war mit einem unglaublich komplexen Originalschloss gesichert. Es aufzubrechen dauerte ganze fünf Sekunden. Ich war mir nicht sicher, weshalb sie sich überhaupt die Mühe machten abzuschließen. Ein Fünfjähriger konnte das Schloss mit einem Plastiklöffel knacken. Wir teilten die Quittungen auf und begannen, sie zu sichten.

Bei jedem von einem Ausländer gekauften Handy mussten die Passinformationen des Käufers vermerkt werden, das hieß, in diesem Fall schlugen wir zwei Fliegen mit einer Klappe. Wir mussten lediglich die Belege von jemandem aus dem Iran finden, dann hatten wir die IMEI und den Namen, den der Betreffende verwendete. Wenn wir mehr als einen fanden, würde ich einen Besen fressen.

Zwei Minuten später tippte mir Blood an den Arm. Er hielt eine Kopie von Ernies Pass in der Hand, dazu eine Quittung für den Kauf von vier verschiedenen Samsung-Galaxy-Handys. Einschließlich der IMEI-Nummern.

Ich grinste, legte die Quittung und die Passkopie vor mich hin, scannte beides mit meinem Taskforce-Smartphone und schickte das PDF Retro.

Wir packten alles wieder so zusammen, wie wir es gefunden hatten. Anschließend rückte ich, während Blood den Einlass des Lüftungsschachts öffnete, die Deckenplatten wieder an ihren Platz.

Ich nahm die an der Wasserflasche befestigte Schnur, zwängte mich in den Schacht und ließ sie ganz abspulen. Blood folgte, um das Gitter wieder vor dem Einlass anzubringen. Als er nickte, riss ich die Flasche mit einem Ruck weg und zog sie zu uns. Sobald der Sensor frei war, brachte Blood das Gitter wieder an. Zentimeterweise glitten wir rückwärts, bis wir eine Krümmung erreichten, die im 90-Grad-Winkel nach oben führte. Ich ging in die Hocke, damit er mir auf die Schultern steigen konnte, seine Füße auf meinen Händen. Als er bereit war, stand ich auf und drückte mich, so weit ich konnte, nach oben wie ein durchgeknallter Cheerleader bei einem Footballspiel. Ich bemühte mich, sein Gewicht zu halten, und um ein Haar wäre er mir abgerutscht, da verließen mich seine Füße.

Ich blickte hoch und sah, wie er sie in den Schacht des nächsten Stockwerks zog. Da ich wusste, dass er sich im Schacht nicht umdrehen konnte, wartete ich, bis er sich in dem Büro über mir befand. Schließlich streckte er den Kopf heraus und ließ ein Seil mit einer Schlaufe am unteren Ende herab. Ich stellte meinen Fuß hinein und wartete, bis er wieder aus dem Schacht hinaus war.

»Pike, hier Blood«, hörte ich. »Ich bin bereit.«

»Okay, ich komme rauf!«

Mich mit den Händen zu beiden Seiten des Schachtes abstützend, bewegte ich mich Stück für Stück nach oben, wobei die Schlaufe mir Halt gab, während Blood zog. Endlich erreichte ich die Schachtöffnung und zwängte mich hindurch, fiel einfach in das Büro und stellte fest, dass Blood stark schwitzte.

»Mann, du solltest unbedingt abnehmen. Ich musste ganz schön schuften.«

Ich wog über 20 Kilo mehr als er, also konnte ich ihm schlecht widersprechen.

»Sorry! Machen wir, dass wir hier wegkommen.«

Wir verließen das Büro im zweiten Stock und joggten zum Treppenhaus, genau dorthin, wo es laut den Plänen liegen musste. Blood hatte die Hand schon an der Tür, bevor ich das Problem erkannte. Ich schlug ihm die Hand weg.

»Dieses Ding hat eine Alarmleitung.«

Der Plan sah vor, übers Dach zu verschwinden und sich wie ein Affe an einem Seil entlang in ein Hotelzimmer nebenan zu hangeln. Wir gingen davon aus, dass der Zugang zum Dach alarmgesichert war. Doch das machte nichts, da wir längst über alle Berge sein würden, bevor jemand kam, um nachzusehen. Wenn sie nichts fanden, würden sie einfach annehmen, dass es sich bloß um eine Fehlfunktion handelte. Jetzt würden wir ihnen einen verdammt großen Vorsprung verschaffen, weil sie alarmiert wurden, während wir noch die Treppe hinaufrannten.

»Koko, hier Pike! Bist du bereit?«

Ich erhielt keine Antwort.

»Koko, Koko, hier ist Pike! Bist du bereit?«

»Pike, Knuckles hier! Sie hat sich nicht mehr gemeldet.«

Shit! Knuckles befand sich im selben Raum wie Retro und wollte einen ResQmax-Leinenwerfer benutzen, ein Seilwurfgerät, um das Seil zu ihr hinüberzuschießen, sobald sie auf dem Dach war. Es sah so ähnlich aus wie ein Laubbläser, an dem ein Klappschaft angebracht war, und funktionierte mit Druckluft, war also ziemlich leise und konnte Entfernungen von über 100 Metern bewältigen. Wir hatten das Gerät natürlich modifiziert, um es viel kleiner und fast lautlos zu machen. Der Nachteil war, dass das Ding, anders als sein größeres Gegenstück, kein schweres Seil werfen konnte. Also mussten wir eine dünne Leine aufs Dach schießen, diese dann an das richtige Seil binden und dieses als unsere Fluchtbrücke herüberziehen.

Eigentlich sollte das bereits geschehen sein.

»Koko, Koko, bist du da?«

Ich hörte nichts. Schließlich keuchte jemand: »Ja! Ich bin hier. Wenn du mir eine halbe Sekunde geben würdest, damit ich mich festhalten kann, um zu reden.«

»Wie ist dein Status?«

»Ich habe noch zwei Stockwerke vor mir. Und bevor du jetzt anfängst herumzujammern: Dieser verfluchte Wachmann sprach kein Englisch, kannte aber jemanden, der es konnte. Einen Polizisten, und der war so freundlich, mich persönlich zur U-Bahn zu bringen. Ich bin die ganze Halbinsel rauf- und wieder runtergefahren.«

Ich sah Blood lachen und konnte nicht anders, ich musste ebenfalls grinsen. »Okay, okay, bloß keine Hektik, aber wir haben hier eine Alarmleitung. Wenn wir also kommen, dann werden wir schnell kommen.«

»Gut«, fauchte sie. »Sehr schön! Und jetzt lass mich klettern.«

Erneut grinste ich Blood an, wir benahmen uns wie Schuljungen, da meldete sich Retro.

»Pike, könnte sein, dass ihr euch doch beeilen müsst. Der eine Wachmann hier ist gerade zum Aufzug gegangen.«

44

Das Grinsen erstarb. Blood ging den Flur entlang und überprüfte die Türen. »Warum?«, fragte ich. »Was macht er da?«

»Ich schätze, er macht bloß die Runde. Will wohl einen Platz zum Verstecken finden.«

Im Laufschritt kam Blood zurück. »Alle Türen sind mit einem Tastenblock versehen. Wir können noch nicht mal in das Büro zurück, durch das wir gekommen sind.«

Meine Gedanken überschlugen sich. Ich suchte nach Optionen, landete jedoch immer wieder bei der Vorstellung, wie wir von einem Stockwerk zum andern rannten in dem Versuch, die Wachleute zu überlisten. Jedes Mal wenn wir einen Treppenhausalarm auslösten, zog die Schlinge sich etwas enger zu. Bis das ganze Gebäude voller Polizei war.

»Retro, können wir in einen Aufzug steigen? Können wir uns dort verstecken, sofern wir keine Tasten drücken?«

»Nein! Was glaubst du, womit ich ihn beobachte? Auch in den Aufzügen haben sie Kameras.«

Verflucht!

»Er hat in der zweiten Etage angehalten. Jetzt außer Sicht.«

Weil sie dort keine Kameras auf den Fluren haben.

Ich stürmte zur nächstgelegenen Bürotür, zückte mein Smartphone und fotografierte den Tastenblock.

»Retro, ich brauche die Werkseinstellungen für diese Tastatur. Auf dem Türgriff steht das Wort *Onlense*.«

Alle Tastaturen werden mit einem eingebetteten Werkscode ausgeliefert, der in der Regel Standard in allen Unternehmensbereichen ist. Direkt nach dem Einbau sollte man die Einstellungen ändern, doch kaum jemand tut dies, selbst Banken und Atomkraftwerke nicht. Ein kleines Schlossergeheimnis, das mich auch zuvor schon rettete.

»Bleib auf Empfang«, sagte Retro. »Ich arbeite dran.«

»Genau das hat mich in Thailand in Schwierigkeiten gebracht«, ermutigte Knuckles uns. »Aber wetten, dass die Gefängnisse hier besser sind?«

Angesichts der Größe des Gebäudes und je nachdem, welchen Weg der Wachmann von den Aufzügen nahm, blieben uns ein paar Minuten. Sobald ich auf dem Flur ein Licht sah, hatten wir keine andere Wahl mehr als ins Treppenhaus zu rennen.

»Blood, geh den Flur entlang und sieh um die Biegung. Gib mir Bescheid, wenn er kommt.«

»Und wenn er tatsächlich kommt?«

»Dann rennen wir ins Treppenhaus und vom Erdgeschoss raus auf die Straße.«

»Aber dann bin ich ganz am Ende des Flurs. Ungefähr einen Kilometer von der Treppe entfernt.«

»Ja, aber du bist schneller als ich. Los jetzt!«

Er drehte sich um. »Das passiert also, jeder ist sich selbst der Nächste. Ich bin mir ziemlich sicher, dass ich schneller laufen kann als die Cops, sodass sie am Ende nur dir nachjagen.«

»Okay«, meldete sich Retro. »Es ist eine chinesische Firma, sie heißt Guangzhou Onlense Science and Technology.«

»Mir ist egal, wie die Firma heißt. Ich will die Werkseinstellungen.«

»Ich arbeite dran. Bleib auf Empfang.«

Ich schätzte den Abstand bis zur Treppenhaustür. »Blood, was siehst du?«

»Eine Taschenlampe. Aber ich kann nicht sagen, ob sie näher kommt oder sich entfernt.«

»Verflucht noch mal, Retro, wir brauchen den Code für die Werkseinstellungen.«

»Pike, hier Blood! Er kommt hierher, nicht sehr schnell.«

»Komm zurück zu mir. Zurück an die Tür.«

In einem langsamen Laufschritt schlurfte er auf mich zu. »Uns bleiben vielleicht 30 Sekunden.«

Ich blickte den dunklen Flur entlang, den lediglich eine Notbeleuchtung erhellte, und nahm das schwache Auf und Ab der Taschenlampe wahr.

Besser wir sind durch die Treppenhaustür, bevor er um die Ecke biegt.

»Retro, lass gut sein. Wir hauen jetzt ab. Decoy, bist du noch auf der Straße?«

»Stopp, stopp! Der Code ist Raute sechs sechs sechs Sternchen.«

Großartig! Das Zeichen des Teufels. Das hat garantiert etwas zu bedeuten.

Die Taschenlampe wurde heller, und ich drückte die Tasten, fest entschlossen, in das Büro zu kommen, damit wir nicht gesehen wurden. Das Licht bog um die Ecke, und auf dem Tastenblock blinkte es grün. Ich riss die Tür auf, wir stürzten hinein. Blood wirbelte herum und packte die Türklinke, um zu verhindern, dass sie automatisch ins Schloss fiel. Nachdem er die Tür leise geschlossen hatte, forderte ich eine Statusmeldung an.

»Retro, es hat funktioniert, aber es war eng. Was macht der Posten am Empfang? Irgendetwas Beunruhigendes?«

»Nein. Ich denke, ihr habt Ruhe.«

»Okay! Gib mir Bescheid, wenn er wieder im Aufzug ist. Koko, wie läuft es?«

»Ich habe das Seil. Verankere es jetzt.«

»Gut zu hören! Vergiss nicht, wir müssen schnell machen. Sobald wir die Tür hier unten öffnen, ist keine Zeit mehr, noch irgendetwas zurechtzurücken.«

»Roger!«

Wir warteten vielleicht fünf Minuten, verschnauften ein bisschen, dann meinte Retro: »Er ist im Aufzug. Auf dem Weg nach oben.«

Ich blickte Blood an, und er nickte.

»Koko, wir kommen!«

Ich öffnete die Tür einen Spaltbreit, warf einen Blick hinaus. Da ich nichts sah, ging ich voran zum Treppenhaus, hielt nicht einmal inne, als ich es erreichte. Ich brach das Siegel und mir war klar, dass jetzt die Uhr tickte.

Zwei, drei Stufen auf einmal nehmend rasten wir nach oben, wobei Blood mich langsam, aber sicher hinter sich ließ.

»Der Posten im Erdgeschoss ist gerade aufgestanden«, sagte Retro. »Er geht zum Aufzug.«

Wir kamen an der dritten Etage vorbei, dann an der vierten, rannten weiter zum Dach. Blood öffnete die Tür und hielt sie mir auf. Ich schlitterte auf den Kies hinaus, wandte mich nach links und rannte zur gegenüberliegenden Seite, wo sich das Ankerseil befand.

Ich erreichte es, sah jedoch nirgends Jennifer. Ich wirbelte herum, und sie kam hinter einer Heizanlage hervor.

»Los, los!«, sagte ich.

Ohne ein Wort beugte sie sich über die Kante hinaus, ergriff das Seil und hangelte sich mit den Händen weiter, bis sie über dem vier Stockwerke tiefen Abgrund hing. Erst dann schlang sie ihre Beine um das Seil. Mit erstaunlicher Geschwindigkeit kroch sie los wie ein Affe, glitt an dem Seil entlang wie ein Eiswürfel über einen Tresen.

»Blood, mach schon. Ich stelle den Cutter auf drei Minuten ein.«

Jennifer hatte die Verankerung mit einem Paar selbstschneidender Einwegfesseln befestigt, dazu entworfen, Gefangene aus der Ferne freizulassen, beispielsweise für den Fall, dass man einen Gangster beim Abendessen mit seiner Familie gefangen nahm. Sie enthielten einen Cutter mit Zeitschaltuhr, die man auf jede benötigte Dauer einstellen konnte. Was ziemlich praktisch war, wenn man die Familie nicht – womöglich tagelang – gefesselt lassen wollte, aber auch nicht wollte, dass sie die Polizei rief, ehe man weit genug weg war. Und auch praktisch für andere Dinge, wie zum Beispiel jetzt.

Blood kletterte los, und ich stellte den Timer ein, nur um Retro sagen zu hören: »Der erste Posten ist im Aufzug nicht nach unten gefahren, sondern hoch zu euch. Hat den vierten Stock gerade im Laufschritt verlassen.«

Das bedeutete, dass er innerhalb von Sekunden hier sein würde. Bevor ich es nach drüben schaffte.

Ich muss ihn außer Gefecht setzen. Darf ihn das Seil nicht sehen lassen.

Wenn er aufwachte, standen sie bestenfalls vor einem Rätsel. Nichts war gestohlen worden, der Posten lediglich von einem Gespenst angegriffen, das wie durch Zauberhand verschwunden war.

Ich raste zurück zur Treppenhaustür und bog gerade um die Ecke, als sie geöffnet wurde. Ich huschte nach links, damit die Tür die Sicht auf mich versperrte. Ich wartete, bis der Wachmann einen Schritt nach vorn machte und seine Taschenlampe von links nach rechts schwenkte. Als sich die Tür schloss, stürzte ich mich auf ihn, schlang ihm die Arme in einem Guillotine Choke um den Hals. Er ruderte mit den Armen, während ich meine Schulter in seinen Hinterkopf grub und den Blutfluss in seine Halsschlagadern unterbrach. Innerhalb von Sekunden war er bewusstlos.

Ich ließ ihn zu Boden sinken und sprintete los zu meiner Fluchtbrücke. Ich konnte Blood sehen, wie er durchs Fenster stieg, Jennifer und Knuckles befanden sich im Innern. Ich packte das Seil, schwebte über dem

Abgrund, hob meine Beine und fing an, kopfüber zu klettern, bewegte mich, so schnell ich konnte, wünschte mir Jennifers Geschwindigkeit.

Auf halbem Weg fiel mir der Cutter ein, ich musste daran denken, wie viel Zeit ich verloren hatte, als ich den Wachmann außer Gefecht setzte. In diesem Moment durchtrennte der Schneidemechanismus die Plastikteile der Verankerung.

Einen schwindelerregenden Augenblick lang fühlte ich mich schwerelos, dann fing ich an zu pendeln, schneller und schneller. Ich klammerte mich mit den Händen fest, zog den Kopf ein und drehte die Beine, um mit dem Rücken zur Wand zu kommen. Ich schaffte es gerade so und prallte mit der Seite so hart gegen den rauen Ziegelstein, dass ich um ein Haar das Seil losgelassen hätte.

Ich rutschte ungefähr anderthalb Meter weit ab und spürte durch das Leder meiner Handschuhe hindurch, wie die Hitze größer wurde. Ehe ich einen klaren Gedanken fassen konnte, merkte ich, wie mein Körper an den Ziegelsteinen entlang hochgehievt wurde. Ich hielt mich am Seil fest, stemmte die Füße gegen die Wand und lief daran empor, während das Team zog.

Ich schaffte es bis zum Fenstersims und wurde ohne viel Federlesens hineingezogen. Blood zerrte herein, was von dem Seil noch übrig war, während Jennifer das Fenster zuschlug und mit einem Ruck die Vorhänge zuzog. Ich lag bloß auf dem Boden und schnappte nach Luft.

»Ich wette, es wäre verdammt viel einfacher gewesen, diese Araber aus Saudi-Arabien zu verfolgen«, meinte Knuckles.

45

Die kleine Wohnstube im hinteren Bereich der ›Kowloon-Moschee und Islamisches Zentrum‹ stand nun zu Maliks Verfügung. Der Einfluss seines Kontaktmanns aus dem Iran reichte weit genug, um sicherzustellen, dass Malik von keinem der anderen Gäste gestört wurde. Er hatte keine Ahnung, was man ihnen erzählt hatte, und es war ihm auch egal.

Er hatte den Ort in ein winziges Überwachungszentrum verwandelt, hier liefen die Aufnahmen der Kameras an den vier Ecken des Gebäudes sowie am Haupteingang zusammen.

Die Bilder waren nicht besonders, jede Kamera lieferte nur einen kleinen Ausschnitt. Aber wenn Sanjar seinen Job richtig machte, genügte ein schmaler Ausschnitt, um die Falle zuschnappen zu lassen.

Nachdem man ihm mitgeteilt hatte, dass sein neues Team unterwegs sei, hatte er gestern Abend die Angel ausgeworfen mit einem unwiderstehlichen Lockmittel für jeden, der ihn verfolgte. Nun konnte der Gegner sich ins Zeug legen, um seinen Köder aufzuspüren. Andere in den Quds-Brigaden hätten versucht, eine hieb- und stichfeste Falle zu schaffen, etwas Plumpes, von dem sie annahmen, dass es eine Reaktion garantierte, aber sie unterschätzten den Feind.

Sosehr er den Großen Satan auch hasste, verstand er ihn doch. Er begriff, dass die Amerikaner keineswegs die blindlings herumstolpernden Trottel waren, als die sie dem arabischen Volk gern präsentiert wurden. Ja, sie neigten dazu, sich wie der Elefant im Porzellanladen aufzuführen, aber inmitten der Idioten verbargen sich auch Männer, die absolut tödlich waren. Gerissene Vipern, die sich im Schatten hielten, genau wie er. Männer, die seine Welt gut genug verstanden, um sein handverlesenes Team auszuschalten. Sie würden alles bis hin zur leichtesten Berührung durchschauen.

Leider befürchtete er, dass die Einsicht des Teams, das seine Männer ersetzen sollte, nicht ganz so tief reichte. Als er sie letzte Nacht einwies, hatten sie darauf gebrannt zu kämpfen, davon überzeugt, dass entweder Allah oder ihre eigenen Fähigkeiten den Erfolg garantieren würden. Er hatte nicht die Absicht, auch nur einen von ihnen offen einzusetzen. In dem bevorstehenden Drama waren sie bloß Nebendarsteller.

Er sah auf die Uhr und rief übers Festnetz ein Hotel an, da er nicht wollte, dass man dort Aufzeichnungen über eines seiner neuen Handys hatte. Als die Rezeption antwortete, nannte er eine Zimmernummer, und Sanjar nahm nach dem ersten Klingeln ab. »Schalte es ein und ruf irgendjemanden in der Stadt an. Lass es eine Stunde lang an Ort und Stelle, dann beginnst du mit deiner Tour.«

»Wissen wir denn, ob die Teufel hier sind?«, wollte Sanjar wissen.

»Nein, es gibt keine Möglichkeit, dies zu überprüfen, ohne die Falle aufzugeben. Aber glaub mir, sie sind hier. Da bin ich mir sicher.«

In der Antwort vernahm Malik nicht die gleiche Zuversicht. »Sind die Männer bereit?«, fragte Sanjar.

»Ja. Hattest du irgendwelche Schwierigkeiten, die DVDs zu finden?«

»Nein, keine!«

»Inschallah werden wir diese Jäger in einer Stunde los sein.«

»Pike«, rief Decoy aus dem Schlafzimmer der Suite, die wir als taktisches Operationszentrum benutzten, »das Telefon ist gerade aktiv geworden. Gleicher Ort.«

Das trug rein gar nichts dazu bei zu klären, was los war. Nach der Beinahe-Katastrophe waren wir in unser Hotel zurückgekehrt, froh, endlich eine Spur zu haben, nur um nun einen weiteren Anhaltspunkt zu finden, der auf uns wartete. Anscheinend war, während wir uns als Fassadenkletterer versuchten, von dem dritten Telefon aus, das wir hatten orten wollen – dasjenige, von dem aus die billigen Hostels in Hongkong angerufen worden waren –, das Telefon des Generals angerufen worden. Die Taskforce hatte seine Position im Conrad Hotel auf Hong Kong Island lokalisiert. Was absolut keinen Sinn ergab. Durch ein Ausschlussverfahren waren wir dahintergekommen, dass es sich um Ernies Handy handelte. Er hatte es aufgegeben, bevor er Singapur verließ. Nun war es aktiv und befand sich nicht in der Herberge, in der Ernie untergekommen war.

Mithilfe einer versteckten Partition auf der Festplatte rief Knuckles auf unserem »Firmen«-Laptop den Stadtplan auf. Er sah schon verdammt viel besser aus, ich war froh, dass er wieder in Form war. Ich hatte ihn absichtlich vom richtigen Geschehen ferngehalten. Das hatte ihn zwar verärgert, aber er hatte mehr zu bieten als nur Muskeln.

»Was meinst du?«, fragte ich. »Was hat es mit diesem Anruf auf sich?«

Einen Moment lang starrte er den Bildschirm an. »Ich weiß nicht. Warum um alles in der Welt sollte jemand versuchen, den General mit *diesem* Telefon auf dem Handy zu erreichen, das wir haben? Wer auch immer es besitzt, muss doch wissen, dass es nichts bringt.«

»Du meinst also, es ist reiner Zufall? Es zu verfolgen, ein fruchtloses Unterfangen?«

»Mein Bauch sagt mir, dass es stinkt. Aber vom Verstand her müssen wir der Sache nachgehen. Es klingelte nur zweimal, dann wurde aufgelegt. Also hat sich wahrscheinlich jemand verwählt, bevor er die richtige Nummer probierte. Ein Fehler, den wir uns zunutze machen können.«

»Aber es könnte auch bloß eine Panne im Netzwerk sein. Das ist uns schon mal passiert.«

»Zu viele Zufälle auf einmal, um sie zu ignorieren.« Er drehte den Computer zu mir. »Zum einen liegt das Conrad direkt neben dem Shangri-La Hotel, wo wir Ernie verloren haben. Vielleicht wollte er ja von vornherein dorthin. Vielleicht fanden wir deshalb nichts im Shangri-La. Wir verloren ihn an diesem Punkt, also ist es durchaus möglich.«

Ich überlegte, was als Nächstes zu tun war. Wir hatten die IMEIs für die anderen vier Telefone, aber bisher waren sie nicht aktiv geworden. Im Moment war dieses Handy die einzige Spur, die wir hatten, so mager sie auch sein mochte. Ignorierten wir sie, konnte es sein, dass wir das Virus verloren.

Später können wir ja jederzeit umdisponieren.

»Gut! Wir werden uns um das neue Hotel gruppieren und demjenigen folgen, der das Telefon hat. Jemand muss hierbleiben und es überwachen, und die übrigen vier Geräte ebenfalls. Ich möchte, dass du das tust.«

»Pike«, sträubte Knuckles sich. »Ich habe es satt, dass du mich behandelst wie einen Aussätzigen. Lass es jemand anderen tun. Ich will beim Kampf dabei sein. Retro ist viel besser bei diesem Mist als ich.«

Ich sah mich um, um mich zu vergewissern, dass keiner zuhörte. »Knuckles, ich habe kein gutes Gefühl bei der Sache. Ich benötige hier jemanden, der die Lage einschätzen kann und nicht bloß ein Telefon ortet. Ich brauche einen Stellvertreter, der nicht im Außeneinsatz ist. Du verstehst das Ganze falsch. Ich hätte dich gerne vorne mit dabei, aber ich brauche nicht noch jemanden mit einer Kanone. Was ich brauche, ist ein fundierter Rat, auf den ich vertrauen kann. Bitte!«

Ein verletzter Ausdruck huschte über sein Gesicht, allerdings nur für einen Moment. »Ja, das kann ich tun. Shit, jeder kriegt das hin. Mach, dass du rauskommst.«

Ich hielt meinen Blick noch eine Sekunde länger auf ihn gerichtet und war im Begriff, noch etwas zu sagen, doch Jennifer unterbrach uns. Wodurch er sich nur noch schlechter fühlte, da bin ich mir sicher. Er war zwar überzeugt von ihren Fähigkeiten. Doch es musste wehtun zu wissen, dass ich eher sie als ihn zu einer potenziellen Schießerei mitnehmen wollte. Er begriff gar nicht, wie sehr ich seinen Grips brauchte, war vollkommen besessen von der Idee, dass ich das Gefühl hatte, er sei noch nicht bereit.

»Wenn wir dieses Handy verfolgen wollen, müssen wir jetzt los. Es befindet sich auf der anderen Seite des Hafens.«

»Ich weiß. Setz die Leute in Bewegung. Umstell das Hotel. Du bist der Überwachungschef. Sieh zu, wie du es am besten anstellst.«

Ihr blieb der Mund offen stehen, sie war völlig perplex, weil sie jetzt die Verantwortung trug. Sie warf einen

Blick zu Knuckles. »Okay … Vielleicht sollten wir darüber reden.«

»Worüber? Setz das Team in Bewegung. Ich übernehme, sobald ich dort ankomme.«

Sie schielte zu mir, durchschaute die Tatsache, dass ich dies benutzte, um sie besser dastehen zu lassen. Der Test gefiel ihr nicht. Sie drehte sich um und begann Befehle zu geben. Als sie sagte, sie leite die Überwachung, bis ich vor Ort eintraf, sah Decoy aus, als hätte er einen Schlag ins Gesicht erhalten. Sein Kopf fuhr herum, und ich blickte ihm in die Augen, ohne ein Wort zu sagen. Er biss die Zähne zusammen und fing an, seine Ausrüstung zusammenzupacken.

»Wow«, meinte Knuckles. »Nicht unbedingt die Entscheidung, die ich getroffen hätte angesichts einer Pandemie kurz vor dem Ausbruch. Aber ich denke, du bist besser dran, wenn ich hier oben rumsitze.«

Er hatte ein leichtes Grinsen im Gesicht, darum wusste ich, dass es ein Scherz war. Er begriff, was ich da tat, weil ich es bei mehreren Gelegenheiten auch schon mit ihm gemacht hatte.

»Ich werde dort sein, bevor sie überhaupt fertig sind«, sagte ich. »Ich möchte, dass sie sich daran gewöhnt, auf Augenhöhe mit dem Team umzugehen. Es gibt keine bessere Möglichkeit dazu, als ihr die Verantwortung zu übertragen. Jetzt rutsch rüber, ich muss Kurt einen Bericht schicken.«

Er schob mir den Laptop hin. »Na dann viel Glück dabei.«

Ich begann, meinen Lagebericht zu tippen. »Ich brauche kein Glück. Es genügt, wenn du mir den Rücken freihältst.«

46

Sanjar verließ den Aufzug und ging zu einem Kaffeestand in der Marmorlobby des Hotels Conrad. Ganz bewusst ließ er dem Team, welches auch immer in seiner Nähe sein mochte, Zeit, ihn zu lokalisieren. Er hatte keine Ahnung, wie sie das anstellen würden, aber der General hatte ihm gesagt, er solle sich keine Sorgen machen. Der Feind konnte technische Geräte einsetzen, um sein Handy zu orten. Seine Aufgabe bestand nicht darin, die Beschatter zu identifizieren. Er war der Köder, er musste sie lediglich auf einen Weg führen, auf dem andere sie identifizieren konnten.

Er zahlte seinen Kaffee und schulterte den Rucksack, den Malik ihm gegeben hatte, einen ganz gewöhnlichen, der sich in nichts von den Rucksäcken unterschied, wie Studenten auf der ganzen Welt sie benutzten. Er war bis oben hin angefüllt mit 50 Raubkopien von DVDs der neuesten Hollywoodfilme.

Anstatt durch den Haupteingang zu gehen, ging er wieder eine Etage höher und betrat die Pacific Place Mall, seinen ersten Engpass. Er schlängelte sich hindurch, blieb an einer Bäckerei stehen, um sich einen Bagel zu kaufen, und setzte anschließend seinen Weg fort.

Malik hatte ihn angewiesen, selbstsicher zu gehen, so als hätte er ein bestimmtes Ziel vor Augen, allerdings nicht so schnell, dass er für eine Ausweitung der Überwachungsbemühungen sorgte. Er durfte sie nicht verlieren, musste sie jedoch zugleich davon überzeugen, dass er exakt das tat, was er zu tun vorgab. Auf keinen Fall durften sie Verdacht schöpfen, dass er sie durch eine Reihe von Engstellen führte, um seine Beschatter herauszufiltern.

Jennifer ging an ihr Handy. »Wo zum Teufel steckst du? Es ist Ernie, und er ist bereits in Bewegung. Wir folgen ihm jetzt schon seit ungefähr 30 Minuten.«

Sie hörte eine Sekunde lang zu, dann warf sie ein: »Pike, er steigt in eine Fähre. Bleib auf der Seite von Kowloon. Wir kommen zu dir.«

Sie lauschte seiner Antwort, hätte aber am liebsten das Handy ins Wasser geworfen. Sie legte auf und klickte sich in den internen Funkverkehr.

»An alle Einsatzkräfte, hier spricht Koko. Pike ist immer noch außer Funkreichweite in Kowloon. Er hat soeben die Fähre genommen, das heißt, dass er uns passieren wird, während wir rüberfahren.«

Das heißt, dass ich nach wie vor die Verantwortung trage. Letzteres fügte sie nicht hinzu. Es gefiel ihr genauso wenig wie den Neandertalern im Team.

»Keine Sorge«, meldete sich zu ihrem Erstaunen Decoy. »Bei uns läuft alles bestens. An alle: Behaltet im Auge, wie heiß es wird. Solltet ihr Angst haben aufzufliegen, gebt umgehend Bescheid. Koko kann keine Gedanken lesen.«

Eine stillschweigende Zustimmung zu dem, was sie bisher getan hatte, zugleich eine Erinnerung an das Team, dass sie nach wie vor das Sagen hatte. Und das von Decoy, ausgerechnet!

Diese Bemerkung gab ihrem Selbstvertrauen einen Schub. *Das ist wahrscheinlich seine Absicht. Ich werde nie dahinterkommen, wie diese Jungs ticken.*

»Wer ist jetzt an ihm dran?«, wollte sie wissen.

»Hier ist Blood! Ich habe ihn. Unteres Deck, zum Heck hin. Ich bin drei Reihen hinter dir.«

»Hat er noch den Rucksack?«

»Ja, er steht zwischen seinen Beinen. Er trifft sich hier mit niemandem. Jedenfalls noch nicht.«

»Ich sehe Retro«, sagte sie. »Ist sonst noch jemand hier oben bei mir?«

Die Fähre hatte zwei separate Decks. Sie hatte sich für das obere entschieden, um sich aus allem herauszuhalten, bis sie gebraucht wurde. Sie war sich sicher, dass andere nach ihr die Fähre bestiegen hatten, doch sie unternahm keinerlei Versuche, sie auszumachen, wollte nicht in Verbindung gebracht werden mit dem Rest des Teams und damit womöglich die Überwachungsanstrengungen zunichtemachen.

»Nein«, sagte Decoy, »ich bin auf dem Unterdeck, achtern.«

»Okay! Wenn wir aussteigen, übernimmst du die Überwachung, Decoy, bis wir auf der Gangway zusammenkommen. Retro, dort übernimmst du. Bestätigung!«

Retro und Decoy sagten beide, dass sie verstanden hätten, und sie lehnte sich zurück, bemüht, vier Schritte vorauszudenken, überlegte, was sie tun könnte, wenn die Fähre anlegte. Denn ihr war klar, dass es mindestens 45 Minuten dauerte, bis Pike sie einholte.

Nun lastete die Verantwortung voll und ganz auf ihr, und ihr ging mehr durch den Kopf als nur die schlichte Funktionsweise der Beschattung. Sie begann, über die Implikationen nachzudenken, und die ergaben überhaupt keinen Sinn.

Malik hörte eine E-Mail auf seinem Laptop pingen und öffnete den neuesten Stoß Bilder seiner Gegenüberwachung. Er hatte Sanjar mehrere Engpässe passieren lassen, strategisch günstig auf der Route zur Fähre gelegen, wobei an jedem Engpass zuvor in Stellung gebrachte Gegenbeschatter Fotos machten. Er hatte vor, sie zu analysieren und abzugleichen, wer in der jeweiligen Charge war. Die Wahrscheinlichkeit, dass jemand genau die gleiche Route wie Sanjar nahm, ging gegen null. Wenn er also einen Treffer hatte, bedeutete dies, dass sein Plan aufging.

Bisher hatte er einen unauffälligen Mann identifiziert, der Klamotten trug, die seit gut zehn Jahren nicht mehr modern waren, sowie einen weiteren, größeren Mann. Beide befanden sich in zwei getrennten Fotosätzen, allerdings nicht am selben Engpass. Er hoffte, dass einer von beiden in dieser Charge auftauchen würde, um die Observation zu bestätigen. Er musste nicht das gesamte Team identifizieren. Er brauchte lediglich die Bestätigung, dass es ein Team gab, ehe er seinen Plan in Gang setzte.

Er überflog die Fotos und erstarrte, zoomte eins davon heran.

Der Imam hatte recht.

In die Linse der Kamera blickte der Schwarze, der ihn in Singapur verfolgt hatte.

Er legte eine SIM-Karte in eines der Galaxy-Smartphones ein, die sie in Sin Tat gekauft hatten, und rief Sanjar an, da er nicht wollte, dass es eine Verbindung zwischen der Festnetznummer des Islamischen Zentrums und dem Handy gab, das sie als Köder benutzten.

»Sie sind an dir dran«, sagte er. »Mach dir keine Sorgen mehr darüber, der Route zu folgen. Wenn du aus der

Fähre steigst, begib dich auf direktem Weg in den Park, komm aber trotzdem um das Islamische Zentrum herum. Bring sie dazu, an den Kameras vorbeizugehen. Vergiss nicht, der Kampf muss überzeugend aussehen.«

Er legte auf und wählte eine andere Nummer. »Sanjar ist unterwegs. Verliert sie bloß nicht, wenn sie erst den Rucksack aufgehoben haben.«

»Was soll ich tun, wenn sie ihn nicht aufheben?«, fragte der Mann am anderen Ende der Leitung. »Soll ich sie dann umlegen?«

»Nein, bloß nicht! Sie werden ihn aufheben. Wenn das geschieht, gebt mir Bescheid und folgt ihnen, bis ich die Polizei geholt habe.«

»Aber ich werde in der Lage sein loszuschlagen. Wir werden unsere Gelegenheit verpassen. Darum ist mein Team doch hierhergeflogen.«

Malik musste an das Debakel in Thailand denken, im Jahr zuvor, als die unreifen Kerle in ihrem Safe House vorzeitig einen Sprengsatz hochgehen ließen, und legte Stahl in seine Stimme. »Ihr unternehmt nichts gegen die Amerikaner! Verstanden? Ich möchte, dass das ruhig gehandhabt wird. Lasst die Polizei ihre Arbeit tun.«

Damit legte er auf und wählte eine weitere Nummer, diesmal einen Kontaktmann, der die Hongkong Police Force alarmieren sollte.

Er hatte zahllose Ideen durchgespielt, wie er verhindern konnte, dass das fremde Team seinen Plan störte, angefangen bei einem direkten Hinterhalt, wie ihn sein neuer Teamleiter befürwortete, bis hin zu so etwas wie Gift oder einem Unfall. Dann war ihm klar geworden, dass er das Problem zu eng betrachtete. Er musste sie ja nur loswerden, nicht unbedingt töten oder verstümmeln.

Der Gedanke war ihm gekommen, als er mit Sanjar über die Sin Tat Plaza sprach.

China war ein rechtsfreier Raum, wenn es um Markendiebstahl ging, von nachgemachten Adidas-Schuhen bis hin zu Apple-Computern war hier alles zu bekommen. Die Chinesen kopierten routinemäßig alles, was sie in die Finger kriegten, sehr zum Leidwesen der Vereinigten Staaten. Während der Große Satan über Urheberrechtsverletzungen jammerte, unternahm China wenig, um den Schwarzmarkt einzudämmen. Trotzdem war das Problem vorhanden, darum beschloss er, es als Druckmittel zu verwenden. Welchen besseren Weg gab es, zu zeigen, dass China es ernst meinte, den Handel mit gefälschter Ware zu unterbinden, als ein paar Amerikaner zu verhaften, die Handel damit trieben?

Über seine Kontakte bei den Revolutionsgarden ließ er den Behörden mitteilen, dass sich Amerikaner in Hongkong befanden, die in den Transport von Schwarzmarkt-DVDs verwickelt waren. Er bereitete eine verdeckte Operation vor, lediglich Zeit und Ort waren noch unbekannt. Ihm war klar, dass die Amerikaner annehmen würden, die DVDs enthielten wichtige Informationen über die Revolutionsgarden, und sie zum Auswerten mitnehmen würden. Dann brauchte er nur noch herauszufinden, wohin sie gingen, um ihnen die Polizei auf den Hals zu schicken. Mit ein bisschen Glück würden die Cops das gesamte Team vorfinden, wie es eine körnige Kopie des Films *Argo* betrachtete. Es spielte keine Rolle, dass das Ganze letztlich bloß Schall und Rauch war, der einzige Beweis der Rucksack mit den DVDs. Die Chinesen würden es trotzdem an die große

Glocke hängen und sich einen Dreck um die Rechte der Beschuldigten scheren.

Bei dem Gedanken musste er lächeln.

47

»Er ist immer noch auf der Ashley Road«, hörte Jennifer, während sie den Kowloon Park Drive entlangging. „Richtung Norden. Hier drin ist es eng. Mein Status wird allmählich schwach.«

»Zurückziehen«, sagte sie. »Blood, kannst du ihnen den Weg abschneiden?«

»Wenn ich so auf die Karte sehe«, erwiderte er, »ist die Ashley Road eine Sackgasse, die in einen Apartmentkomplex mündet. Wenn er weiter nach Norden will, muss er rüber zur Hankow Road. Auf der bin ich im Augenblick. Decoy, kannst du an ihm dranbleiben, bis er an der letzten Verbindungsstraße vorbei ist? Wenn er weitergeht, wissen wir, dass sein Ziel nah ist, dann kann ich von dort aus die Beschattung übernehmen.«

»Ja«, meinte Decoy. »Ich kann hier stehen bleiben und das feststellen. Bleib auf Empfang.«

Jennifer rief den Stadtplan auf ihrem Smartphone auf, sah die riesige Fläche des Kowloon Parks direkt hinter dem Apartment-Komplex, den Blood erwähnt hatte, jenseits der Haiphong Road. Ein Gebäude an der Ecke des Parks fiel ihr ins Auge. Ein islamisches Zentrum.

»Retro, wie ist dein Status?«, fragte sie.

»Parallel auf der Nathan Road.«

»Siehst du den Park auf der Karte?«

»Ja.«

»Sieh dir die südöstliche Ecke an. Das ist die ›Kowloon-Moschee und Islamisches Zentrum‹. Ich möchte, dass du dorthin gehst. Ich kann mir vorstellen, dass das sein Ziel ist.«

»Alles klar!«

»Er hat gerade die Straße überquert«, sagte Decoy. »Er ist außer Sicht.«

Eine Minute verging, in der nichts geschah. Jennifers Magen verkrampfte sich. *Ich hätte Retro zu Decoy umleiten sollen. Ich hätte ihn nicht außer Sichtweite lassen dürfen.*

Ihr Funkgerät erwachte zum Leben. »Blood hier! Ich beobachte ihn. Er ist jetzt auf der Hankow Road unterwegs Richtung Norden.«

Zum Zentrum.

Einen Augenblick darauf summte ihr Smartphone. Ein Anruf von Knuckles.

»Eins der IMEI-Handys wurde gerade aktiv. Es befindet sich in dem Islamischen Zentrum am Kowloon Park.«

Das bestätigte ihre Vermutung. Und flößte ihr auch ein bisschen Angst ein.

Malik wusste, dass Sanjar nur wenige Blocks entfernt war. Sein Blick suchte die Kamerabilder ab. Er hatte keine Echtzeit-Funkverbindung, lediglich das Handy, und wollte ihn nicht verpassen.

Beim Betrachten des Bildschirms wurde ihm klar, dass es problematisch war, Sanjar im Vorübergehen zu erwischen. Der Bildausschnitt war so schmal, dass ihm nur ein Sekundenbruchteil blieb. Offensichtlich waren die Kameras nicht auf fortlaufende Prävention ausgelegt, sondern darauf, sich hinterher die Bänder anzuschauen.

Und er hatte dafür gesorgt, dass im Moment nichts aufgenommen wurde.

Während er sich auf die Menschenmasse konzentrierte, die die Nathan Road auf und ab strömte, erregte eine einsame Gestalt seine Aufmerksamkeit, gerade weil sie sich nicht bewegte. Es war der Mann mit den altmodischen Klamotten. Er gehörte zu den Beschattern. Zum Team des Großen Satans.

Jennifer erreichte den Kowloon Park und vergrößerte ihn auf ihrer Karte. Eine riesige Fläche mitten im Herzen Hongkongs, die von einem Skulpturengarten bis hin zum Trimm-dich-Pfad alles beherbergte. Das gesamte Gelände war wie ein Zoo angelegt. Das Einzige, was fehlte, waren die Tiere.

Das Islamische Zentrum lag zu ihrer Rechten, doch sie beschloss, es zu ignorieren, und strebte dem Park zu. Sie ging ungefähr 100 Meter, folgte den gewundenen Pfaden, bis sie am nördlichen Ende eines Skulpturengartens eine Parkbank fand, rechts von ihr ein Seerosenteich. Sie setzte sich, tat, als würde sie in ihrem Reiseführer lesen, und wartete auf den Anruf, dass die Zielperson das Islamische Zentrum betreten habe. Sie war überzeugt, dass dies passieren würde.

Die Zeit verstrich. Ihre Gedanken kehrten zurück zu Knuckles' Informationen über das IMEI-Handy, erneut gingen ihr die Umstände der gesamten Mission durch den Kopf. Nichts davon passte zusammen.

Warum sollte Ernie in jener schmuddeligen Herberge wohnen, wenn er ein Zimmer im Conrad Hotel hatte? Zumal der Name, den sie aus der Passagierliste in Singapur hatten und der jetzt mit der Passfotokopie des Sin-Tat-Einsatzes bestätigt wurde, nicht in der Anmeldung des Conrad auftauchte? Es lag nicht daran, dass er Angst hatte, gefunden zu werden. Es gab keinerlei Verbindung zwischen dem Zimmer und ihm. Und weshalb sollte er ein Handy aus Singapur benutzen, nachdem er doch gerade vier neue Geräte gekauft hatte? Wobei eins dieser neuen Geräte ihn nun auf dem alten Handy, das bereits aufgeflogen war, anrief.

Es war fast, als wollte er, dass man ihn fand.

Sie wählte Pikes Nummer, um ihm ihre Befürchtungen mitzuteilen. Jemand anders sollte die Entscheidung treffen, den Einsatz abzubrechen.

»Bist du schon angekommen?«

»Ja, gerade eben gelandet. Wo steckst du?«

»Im Kowloon Park. Ich glaube, er will ins Islamische Zentrum an der südöstlichen Ecke. Wenn er dorthin gelangt, ist alles möglich.«

»Irgendwelche Anzeichen, dass er euch bemerkt hat?«

»Nicht dass wir wüssten. Er ist immer noch im Freien, ohne etwas Dummes abzuziehen.«

»Bleib einfach an ihm dran. Du machst das großartig. Sorry für das Durcheinander mit der Fähre, aber du hast uns bis hierher gebracht. In 15 Minuten bin ich da.«

»Pike, die Sache gefällt mir nicht. Ich glaube, es ist eine Falle.«

»Warum?«

»Die ganzen Umstände. Nichts ergibt einen Sinn. Der General ist verdammt gerissen, und ich glaube, nach Thailand und Singapur versucht er, die Offensive zurückzugewinnen. Wir sollten uns zurückziehen. Lassen wir ihn in dem Glauben, er habe gewonnen, und konzentrieren wir uns auf die übrigen Handys.«

»Nun, tu, was du für richtig hältst. Ich komme, sobald ich kann. Wenn du abbrechen möchtest, brich ab.«

Einen Moment lang erwiderte sie nichts. »Bist du noch da?«, sah Pike sich zu sagen genötigt.

»Ja, ich bin noch da. Pike, ich kann es nicht abbrechen. Ich bin nicht der Teamchef.«

»Jennifer, ich bin nicht dort. Ich wünschte, ich hätte dich nicht in diese Lage gebracht, aber das ist jetzt müßig. Ich kann nicht entscheiden, solange ich nicht weiß, was los ist. Du bist vor Ort. Sobald du etwas siehst, das nicht passt, triff eine Entscheidung. Andererseits ist er die größte Spur, die wir haben. Niemand wird deine Entscheidung anzweifeln.«

Bullshit! Alle werden sie anzweifeln.

Doch sie sagte bloß: »Okay. Beweg deinen Arsch hierher. Ich bin bereit, das Funkgerät zu übergeben.«

48

Malik behielt den altmodisch gekleideten Mann im Auge und wartete nur darauf, dass er etwas Alarmierendes machte. Er überprüfte das Blickfeld der nördlichen Kamera und vergewisserte sich, dass er in den kleinen, an die Moschee grenzenden Hof sehen konnte. Dieser lag nur eine Treppe vom Park entfernt, eine kleine Grotte, die für chinesische Zeremonien beziehungsweise Feierlichkeiten genutzt wurde, deren Sinn er nicht verstand. Sie war zwölf Meter lang und sechs Meter breit, in Schichtbeton ausgeführt. Zu beiden Seiten säumten Steinbänke die Wände, dazwischen waren in regelmäßigen Abständen kleine Betontische eingestreut. Die Asche von

Kerzen oder Weihrauch hatte sich in die Oberfläche der Platten neben den Bänken eingebrannt. Bei seinen bisherigen Erkundungsgängen war nie jemand hier gewesen, der perfekte Ort für sein kleines Drama. Er konnte das Ergebnis sowie die nachfolgende Observation kontrollieren, da es nur zwei Ausgänge gab.

Er richtete seine Aufmerksamkeit wieder auf den Mann, der nur dastand, und sah, wie er zurückwich. Sekunden später erschien Sanjar auf dem Bildschirm. Ein kurzer Moment des Erkennens, dann war es vorüber. Direkt hinter ihm befand sich der Schwarze aus Singapur. Sie verschwanden aus dem Sichtfeld, und er spürte, wie Adrenalin ihn durchströmte. Selbst hier, wo er keinerlei Einfluss darauf nehmen konnte, wie es ausging. Er kaute auf seiner Lippe, betete, dass die neuen Männer auch wirklich machten, was man von ihnen verlangte.

Bis hierher war alles einfach gewesen, das hätte er auch mit ein paar Kindern aus der Nachbarschaft erledigen können. Es war alles hinfällig, wenn es ihnen nicht gelang, der Zielperson lange genug zu folgen, um der Polizei von Hongkong einen Ort zu nennen, sei es auf der Straße oder in einem Hotel.

Er wandte sich der Kamera in der Grotte zu und sah Sanjar eintreten. Sein Schützling blieb einen Moment lang stehen, dann zog er einen Stadtplan aus der Tasche und machte ein großes Aufhebens darum, ihn sich vors Gesicht zu halten. Eine unübersehbare Demonstration, dass er jemandem ein Zeichen gab. Noch mehr Futter für seine Beschatter. Ein weiterer Hinweis darauf, dass das, was gleich geschah, ihre Aufmerksamkeit erforderte.

Sein Teamchef trat vom oberen Rand der Kamera her ins Bild. Malik hatte zwar keinen Ton, wusste aber genau, was gleich passieren würde. Er hoffte, es sah echt aus. Er hätte sich keine Sorgen machen müssen. Der Teamchef flüsterte Sanjar etwas ins Ohr und klatschte ihm dann auf den Hinterkopf. Sanjar wirkte geschockt, was er wahrscheinlich auch war, und stieß den Mann von sich. Sie begannen zu schreien, schließlich verpasste Sanjar, allem Anschein nach wirklich wütend, dem Teamchef einen Fausthieb auf den Mund, schlug ihn zu Boden. Mit wutverzerrtem Gesicht stand er über ihm, nur um von links attackiert zu werden, und zwar von dem Mann, der im Anschluss eigentlich die Beschattung übernehmen sollte.

Idiot!

Maliks großer Plan ging in die Brüche wegen nichts weiter als kindischen Emotionen. Er konnte es nicht fassen. Wie sollten sie in der Welt der Vipern mithalten, wenn man ihm solche Männer gab?

Die Hände zu Fäusten geballt, erhob er sich. Am liebsten wäre er in die Grotte gerannt, wusste jedoch, dass es sinnlos war. Er sah Sanjar zu Boden gehen, sah, wie er sich nach links wälzte, wieder auf die Knie kam und die Hände hob, so als wollte er um Gnade flehen. Sanjar ließ den Rucksack fallen, stand auf und trat mit dem Fuß zu, erwischte den Teamchef in den Hoden, der prompt zusammensackte.

Sanjar brüllte den anderen Kerl an und rannte los, der andere hinter ihm her.

Malik stieß die Luft aus. Jetzt jagte der falsche Mann hinter Sanjar her, dabei kannte das ganze Team den Plan. Solange sich jeder an die Abmachungen hielt, funktionierte die Falle.

Nur dass dieser Schwachkopf in der Grotte sich jetzt die Eier hielt. Auf keinen Fall würden die Amis reingehen, um den Rucksack zu holen, solange er sich dort am Boden wälzte.

Mit purer Willenskraft wollte er den Teamchef zum Aufstehen zwingen. Dazu, die kleine Betonfläche zu verlassen, damit der amerikanische Teufel endlich den Rucksack holen konnte. Der Atem des Mannes auf dem Bildschirm ging stoßweise, Speichel rann ihm in einem dünnen Rinnsal aus dem Mund, er hatte sich zu einer Kugel zusammengerollt. Wenn er zu lange wartete, würde ihre Falle nicht zuschnappen.

Steh auf!

Er sah, wie der Teamleiter aufstand, das körnige Bild trug nichts dazu bei, die pure Wut in seinem Gesicht zu verbergen. Eine Wut, die ein Ventil brauchte. Vielleicht würde er ihm Sanjar geben, wenn dies hier vorüber war. Immerhin zählte ein Tritt in die Eier nicht zu den Abmachungen. Der Mann hinkte nach Süden, um die Ecke des Gebäudes, weg von der Nathan Road. Außer Sicht.

Malik wartete. Sowohl der schlecht gekleidete Mann als auch der schwarze Agent wurden von der Kamera nicht erfasst. Die Zeit lief, und noch immer geschah nichts. Unbewusst hielt er den Atem an.

Schließlich trat der Schwarze vorsichtig vor, sah sich nach links und rechts um. Er hielt einen Moment inne, betrachtete die Szene, näherte sich dann schnell und schnappte sich den Rucksack. Er lief anderthalb Meter, ehe er abrupt stehen blieb. Malik sah ihn in die Luft sprechen, dann ließ er den Rucksack fallen.

Was macht er da?

Jennifer hörte Bloods Lagebericht. Allmählich begann sie zu glauben, dass sie sich in ihren Bedenken geirrt hatte.

Im Stillen dankte sie den Göttern dafür, dass sie die Observation nicht abgeblasen und das goldene Ei nicht verpasst hatte, das ihnen gerade in den Schoß gelegt worden war. Was auch immer hier vorging, hatte nichts mit ihnen zu tun. Die Auseinandersetzung war eindeutig echt, ein interner Streit zwischen verschiedenen Fraktionen.

Es war schneller gegangen, als sie oder der Rest des Teams nachvollziehen konnte, und nun befand Ernie sich auf der Flucht, ohne seinen Rucksack. Nur ein einziger Mann stand noch zwischen ihnen und der Möglichkeit, an den Rucksack zu kommen. Aus irgendeinem Grund waren die Männer bei der Zusammenkunft in Streit geraten, anstatt das Ding einfach zu übergeben.

Jennifer behielt ihre Stellung im Skulpturengarten bei und lauschte über Funk den neuesten Meldungen. Blood sagte, er habe Ernie aus dem Blickfeld verloren; Retro meldete, der noch verbliebene Mann habe den Bereich verlassen. Sie hörte, wie Blood sich in die Grotte begab und sich auf den Rucksack zubewegte. Dann sah sie Ernie, wie er von vorn auf sie zugerannt kam.

Ein weiterer Mann folgte ihm, und als sie den Rand des Skulpturengartens erreichten, wurden beide langsamer. Ernie blieb stehen, und sein Verfolger gesellte sich zu ihm. Der Mann schlug ihm fest auf die Schulter, Ernie schob ihn weg. Doch beide zeigten keinerlei Angst mehr.

Was zur Hölle …?

Jennifer stand auf, ging mit raschen Schritten zur Grotte und musterte die beiden. Als sie die gegenüberliegende Seite des Skulpturengartens erreichte, direkt neben dem Eingang der Grotte, sah sie, wie Ernie dem anderen den Arm um die Schulter legte.

Eine Falle. Es ist eine Falle.

»Blood, Blood, Koko hier! Lass den Rucksack liegen. Ich wiederhole: Lass den Rucksack liegen!«

»Was redest du da? Ich habe ihn jetzt ohne Probleme. Ich habe ihn überprüft. Kein Sprengstoff oder so. Er ist voll mit DVDs. Keine Gefahr.«

»Lass ihn fallen, sofort! Ich weiß nicht, warum, aber lass die Finger davon und mach, dass du wegkommst.«

»Koko«, unterbrach Decoy sie, seine Stimme von oben herab. »Er ist ohne Probleme an den Rucksack gekommen. Im Hotel werden wir die Lage neu beurteilen. Wir verschwinden jetzt. Schalte das Funkgerät aus, wir treffen uns im taktischen Lagezentrum.«

Noch vor zwei Stunden hätte sie klein beigegeben, doch Pike hatte die Verantwortung mit allem Drum und Dran ihr übertragen. *Ihr!* Wenn sie zuließ, dass Decoy sich über ihre Entscheidung hinwegsetzte, war dies der einfache Weg. Den hätte sie einschlagen sollen. Dann würde er die Schuld tragen, sollte ihre Entscheidung falsch sein. Doch das konnte sie jetzt nicht mehr, denn sie *wusste*, dass dies nicht der richtige Weg war.

Sie drückte die Taste ihres Funkgeräts, ihre Stimme hart wie Stahl. »Lass sofort den verfluchten Rucksack fallen. Bestätigen!«

Sie wartete. Schließlich hörte sie Blood sagen: »Okay, der Rucksack liegt jetzt vor mir. Aber dem Typen, der einen Tritt in die Eier kassiert hat, gefällt das ganz und gar nicht. Er blockiert den Ausgang.«

49

Ich kam gerade noch rechtzeitig in Reichweite unserer kleinen verdeckten Funkgeräte, um den letzten Wortwechsel mitzubekommen, und er machte mich wütend. Ja, ich hätte vor Ort sein sollen, aber das war ich nicht, und ich hatte Jennifer zur Teamchefin ernannt. Es wäre nur ein bisschen beiderseitiges Entgegenkommen gewesen, nichts weiter. Aber wie es aussah, hatte Jennifer recht, und nun erwiesen die vergeudeten Sekunden sich als der Unterschied zwischen Leben und Tod.

Ich drückte die Sprechtaste meines Mikrofons und ließ meinem Ärger freien Lauf, während ich die Situation einschätzte. »Pike hier! Ich bin vor Ort. An alle Einsatzkräfte: Haltet verdammt noch mal den Mund! Blood, erzwing es nicht. Zieh dich zurück. Retro und Decoy, gebt Blood Rückendeckung. Koko, ich will einen Lagebericht. Was ist der Grund für deine Entscheidung?«

Ehe sie antworten konnte, meinte Blood: »Der Kerl hat eine Waffe. Ich kann sie unter seinem Hemd sehen. Es wird einen Kampf geben. Habe ich die Freigabe für tödliche Gewalt?«

Mein Gott!

»Nein! Nein, hast du nicht. Lass dich bloß nicht auf eine Schießerei ein, solange er nicht die Waffe zieht. Decoy, Retro, wo steckt ihr?«

Mittlerweile befand ich mich im Park und rannte, was ich konnte, bemüht, mit den dürftigen Hinweisen, die ich über Funk mitbekommen hatte, an den Schauplatz zu gelangen. »Ich habe ihn im Auge«, sagte Retro. »Die Grotte ist gedeckt. Blood, nimm den Südausgang.«

Auf einmal ging alles viel schneller, als ich kontrollieren konnte. Ich erreichte den Skulpturengarten, den Jennifer beschrieben hatte, und hörte Schüsse. Schlagartig kehrte in die Menschenmassen im Park Leben ein, die meisten erstarrten, blickten nach links und rechts, einige warfen sich zu Boden. Vor mir rannten zwei Männer los, auf das Geräusch der Waffen zu. Ich erkannte Ernie.

»Blood, Blood, zwei Mann kommen auf dich zu. Auf direktem Weg. Decoy, Retro, Feind von Westen.«

Ich hörte nichts als hin und wieder einen Knall, so als ob sie in Deckung waren und aufeinander schossen. Das war das Schlimmste, was uns passieren konnte. Wir mussten sie mit äußerster Gewalt treffen und dann verschwinden.

»Blood ist getroffen«, meldete sich Retro. »Ich komme nicht zu ihm hin, aber er ist okay und in Deckung. Das Arschloch versteckt sich zwischen den Säulen und schießt auf gut Glück. Ich kann bloß Unterstützungsfeuer geben.«

Gut 70 Meter entfernt sah ich Ernie mit seinem Kumpel ans Ende des Skulpturengartens rennen, beide hatten sie die Waffen gezogen. Zu weit weg für einen Schuss bei all den Zivilisten, die hier herumkrochen.

»Decoy, wo steckst du?«

»Ich komme, ich komme.«

Ernie erreichte den Eingang zur Grotte, machte einen Satz über eine Frau, die auf dem Boden lag und hemmungslos schrie. Als sein einer Fuß auf dem Boden landete, packte die Frau sein anderes Bein, das sich immer noch über ihrem Körper befand. Sie stand auf, drehte ihn mitten in der Luft, stieß ihn auf den Beton.

Jennifer.

Sein Kumpel wirbelte herum, hob seine Waffe. Ich schrie, um den Schuss aufzuhalten, sah seinen Kopf explodieren. Decoy kam aus dem Gebüsch gestürzt und hämmerte Ernie seine Waffe ins Gesicht. Er zerrte Jennifer auf die Beine, und beide rasten sie die Treppe hinab in die Grotte.

Ich rannte, so schnell ich konnte, verkürzte den Abstand innerhalb von Sekunden. Ich hörte das Prasseln von Schüssen, dann nichts mehr. Ich stürmte in die Grotte, sprang vom obersten Treppenabsatz einfach nach unten und fand das Team aufgeteilt zwischen einem toten Araber und Blood, der Erste Hilfe bekam.

Mit Decoys Hilfe wickelte Jennifer eine Kompresse um Bloods Oberarm. Decoy sah meinen Zorn und hob die Hände, als befürchtete er, ich wolle ihn niederschlagen, was ich tatsächlich in Betracht zog.

»Fang bloß nicht an. Ich hab's kapiert. Ich hab's kapiert. Ich habe es vermasselt. Sie ist gut in diesem Mist.«

Ich hörte Sirenen näher kommen, dann klingelte mein Handy. Laut Anruferkennung war es Knuckles.

Wir müssen hier raus.

Ich nahm den Anruf entgegen. »Knuckles, ich habe keine Zeit. Hier geht gerade alles drunter und drüber. Ich rufe dich in ein paar Minuten zurück.«

»Nimm dir die Zeit«, sagte er. »Das andere IMEI-Telefon wurde gerade aktiv. Es befindet sich im Shangri-La Hotel.«

50

Malik sah den Chef des neuen Teams die Grotte betreten, ein mörderisches Funkeln in den Augen, und wusste, dass ihm der ganze Einsatz gleich um die Ohren fliegen würde. Auf keinen Fall würde der Amerikaner den Rucksack nehmen, wenn dieser Idiot Krach mit ihm anfing. Er verzog das Gesicht. Ein kleiner Teil von ihm hoffte, der Kerl trieb es weit genug, um sich einen Arschtritt einzufangen. Dabei war ihm klar, dass dies das Schlimmste war, was passieren konnte. Dann bekamen sie es beide mit der Polizei zu tun.

Er rief das E-Mail-Konto der Witwe auf und tippte rasch eine Nachricht, ein Auge immer auf dem Drama da draußen. Da er keinen Ton hatte, wirkte es, als spielte sich alles Kilometer entfernt ab anstatt direkt vor dem Gebäude, in dem er sich befand.

Er hatte die Witwe angewiesen, ihren E-Mail-Account alle zehn Minuten zu checken. Nun wünschte er, er hätte fünf daraus gemacht. Vorsichtshalber wollte er, dass sie Hongkong umgehend verließ. Kaum war er fertig, drückte er eine Taste, damit die E-Mail als ungesendeter Entwurf gespeichert wurde. Anschließend griff er nach dem Galaxy-Smartphone, das Sanjar gekauft hatte, und wählte die Nummer des Telefons, das sie als Köder benutzten. Jedoch nahm niemand ab.

Er hörte gedämpfte Schüsse, sein Kopf ruckte zum Bildschirm, und ihm blieb der Mund offen stehen. *Eine Schießerei? Dieser Idiot ging so weit, seine Waffe zu gebrauchen?*

Er hatte gedacht, wenn der Plan scheiterte, könnte es daran liegen, dass die Amerikaner nicht auf den Köder ansprangen. Dass sie im Endeffekt den Rucksack liegen ließen, sodass er gezwungen war, sich eine andere Methode auszudenken, um das Team lahmzulegen. Während er beobachtete, wie sich die Szene im schmalen Rahmen der Kamera entwickelte, begriff er, dass er sich jetzt Sorgen um die Mission machen musste.

In körnigem Schwarz-Weiß sah er den Schwarzen, wie er eine Pistole auf etwas außerhalb der Reichweite der Kamera richtete. Der Mann wurde von einer unsichtbaren Kraft zu Boden geschleudert und krabbelte außer Sichtweite, danach setzte Hektik ein. Die billige Kamera machte es schwer zu erkennen, was los war. Malik sah den Teamchef ins Blickfeld treten, diesen Idioten, der den Streit angefangen hatte. Er begann wild auf etwas zu schießen, das sich außer Sicht befand. Der Teamchef wirbelte einen halben Schritt herum, als hätte er einen Schlag gegen die Schulter erhalten, eine Hand löste sich von der Waffe. Doch er ließ sich nicht unterkriegen. Die Pistole in einer Faust, feuerte er weiter, während ihm der andere Arm schlaff von der Seite hing. Es gelang ihm, noch zwei Schüsse abzugeben, ehe sein Körper von nicht sichtbaren Kugeln durchlöchert wurde. Mit dem Gesicht voran fiel er auf den Beton. Malik hielt Ausschau nach einem Lebenszeichen. Stattdessen breitete sich auf dem Schwarz-Weiß-Schirm unter dem Teamchef eine dunkle Lache aus.

Malik überschlug die Verluste, dabei wurde ihm klar, dass er das neue Quds-Team abschreiben konnte. Dass die Behörden die Amerikaner einfach verhafteten, konnte er jetzt vergessen. Sie würden mindestens den toten Teamchef haben und dazu einen Pass aus dem Iran. Ein Minimum an Ermittlungsarbeit würde zum Rest des neuen Teams führen. Sanjar war der Einzige mit einer sauberen Weste. Hoffentlich war er schlau genug abzuhauen.

Malik dachte über seine eigene Flucht nach und erkannte, dass er sich am sicherstmöglichen Ort befand. Auf keinen Fall würde die Polizei einfach so in eine

Moschee stürmen. Zumindest so lange nicht, bis sie eine derartige Durchsuchung mit den zuständigen Behörden abgestimmt hatte. Irgendwann würden sie natürlich doch kommen, und sei es auch nur, um die nicht existenten Bänder der Außenkameras zu verlangen.

Kritisch schätzte er die Schwachstellen ab und starrte auf das Handy, das er benutzt hatte. Die einzige Verbindung zwischen ihm und dem, was geschehen war. Er hatte damit sowohl das Team als auch Sanjar angerufen. Er riss die SIM-Karte und den Akku heraus und steckte beides in die Tasche. Anschließend trampelte er auf dem Telefon herum, zerstampfte es, mehr aus Frustration als weil es notwendig war.

Er sackte auf seinem Stuhl zusammen und rieb sich das Gesicht, noch immer fassungslos wegen der Katastrophe. Er hörte Männer an seiner Tür vorüberrennen, sie unterhielten sich auf Arabisch. Er wusste, dass es nur eine Frage der Zeit war, bis sie bei ihm hereinplatzten und von der Schießerei plapperten, die sich hier ereignet hatte. Er musste darauf vorbereitet sein. In der Lage sein, so zu tun, als wäre er genauso erstaunt wie sie, damit sie nicht noch die Behörden auf den unbekannten Mann im Hinterzimmer aufmerksam machten.

Sein Computer gab einen Piepton von sich und riss ihn aus seinen düsteren Gedanken. Er holte den Computer aus dem Ruhezustand und sah einen neuen Nachrichtenentwurf der Witwe. Via SIM-Karte, die sie benutzte.

Er schob eine neue SIM-Karte in das andere Handy ein, das Sanjar erstanden hatte, aktivierte sie und wählte. Als die Schwarze Witwe abnahm, begann er, ihr mit leiser Stimme Anweisungen zu geben, und vergewisserte sich, dass sie alles, was er sagte, wiederholte.

Ich hörte die Sirenen lauter werden. »Knuckles, bleib dran! Ich habe hier ein Problem.«

Zum Glück hatte die Grotte einen Ausgang direkt neben der Moschee, der auf die Nathan Road führte. Während des Kampfes hatte sich niemand darin befunden. Die Leute wussten lediglich, dass es eine Schießerei gegeben hatte. Uns blieben vielleicht zehn Sekunden, bevor jemand den Mut fand nachzusehen. Doch das musste reichen.

»Wie geht es Blood?«

Decoy ging zum Ausgang. »Bloß eine Schramme am Bizeps«, meinte er. »Er ist okay.«

Jennifer zurrte den Verband fest. »Das Problem ist das Blut überall. Er wird auffallen.«

»Retro, gib ihm deine Jacke. Alle anderen machen sich bereit zum Abrücken. Wir treffen uns im Hotel. Aktiviert den Alarm an euren Telefonen. Ich möchte euren Standort auf den Meter genau wissen. Wenn ihr geschnappt werdet, gebt Alarm. Dann lassen wir uns was einfallen.«

»Meine Jacke?«, fragte Retro. »Warum denn *meine* Jacke?«

»Weil sie so aussieht, als hättest du sie 1988 im Sozialkaufhaus bekommen«, sagte Jennifer.

Decoy steckte den Kopf um die Ecke. »Raus hier! Da draußen versammelt sich eine Menschenmenge. Wenn wir jetzt gehen, können wir uns unter sie mischen.«

Blood streifte sein Hemd ab, die linke Seite war blutgetränkt. Retro zog die Jacke aus und reichte sie ihm.

»Los«, sagte ich. »Raus hier! Decoy und Jennifer zuerst. Retro fünf Sekunden danach. Blood, du kommst mit mir.«

Bis Blood den Reißverschluss der ätzenden Members-Only-Jacke zugezogen hatte, waren die anderen verschwunden. Wir drängten uns in die Menge, taten, als gaffiten wir wie alle anderen auch. Von einer U-Bahn-Station ein Stück weit die Straße hinauf kamen Polizisten zu Fuß angerannt, auf der Nathan Road sah ich Blaulicht näher kommen.

Ich wollte nicht vor dem Islamischen Zentrum herumspazieren, hatte aber auch keine Lust, den Polizisten in die Arme zu laufen. Ich entschied mich dazu, zwischen den Autos über die Straße zu joggen, langsam genug, um keine Aufmerksamkeit zu erregen. Ein Leichtes, da jeder sich auf den Park konzentrierte.

Ich nahm mein Handy und wählte. »Knuckles, es gab eine Schießerei. Die Mistkerle machten Jagd auf uns. Es war eine Falle.«

»Ich weiß«, meinte er. »Ich bin jetzt vor dem Haupteingang des Parks. Hier ist der Status unserer IMEI-Ortung: Ein neues Handy wurde gerade im Islamischen Zentrum in Betrieb genommen. Das alte ist offline. Außerdem ist, wie bereits gesagt, ein neues Handy im Shangri-La Hotel aktiv. Was soll ich tun?«

Was? »Warte einen Moment – wo bist du?«

»Draußen vor dem Park. Ich bekam den Status über Funk mit. Der Repeater ist in meinem Zimmer.«

Was zum Geier …?

Wir kamen an eine Gasse, und Blood bog in sie ein. Ich folgte ihm. »Du bist also hier runtergekommen? Ich habe dir doch gesagt, du sollst das Telefonnetz überwachen.«

»Du hast mir gesagt, ich soll die Lage einschätzen«, erwiderte er ein bisschen verschnupft. »Und das habe ich getan. Glaubst du etwa, ich sitze da oben rum, während das Team hier unten in einen Hinterhalt gerät?«

Mir war klar, dass es aussichtslos war. »Egal! Wohin ist das Telefon im Shangri-La unterwegs?«

»Deshalb bin ich losgezogen. Wir bekommen keine detaillierte Auflösung seiner Bewegungen. Bei der Taskforce machen sie sich in die Hosen, ins chinesische Mobilfunknetz einzudringen. Sie haben schlichtweg abgelehnt, es zu tun. Sie pingen das Handy alle zehn Minuten an, wollen allerdings keine hundertprozentige Echtzeitortung riskieren. Wir kriegen die Pings auf unsere Handys.«

»Warum denn das? Wir brauchen die Auflösung. Hast du mit Kurt gesprochen?«

»Ja. Na ja, ich habe es versucht. Der Präsident persönlich sagte, dass es nicht geht. Sie haben Angst, dass die Chinesen die Maßnahme mitbekommen. Allem Anschein nach herrscht in China Alarmstufe Rot, was die Cybersicherheit angeht, weil wir ihnen vorgeworfen haben, sie hätten unsere Netzwerke gehackt. Die National Command Authority will dieses Risiko nicht eingehen. Eine vollständige Ortung hinterlässt zu viele Spuren, die man in die USA zurückverfolgen kann.«

»Dann haben wir also ein Telefon im Islamischen Zentrum und eins im Shangri-La?«

»Ja. Ich sage: Vergessen wir das Zentrum und konzentrieren wir uns auf das Hotel. Hier ist zu viel los!«

Er hatte recht. »Okay, hör zu! Da du so wild darauf bist mitzumischen, geh in den Park, bevor es dort von Polizei wimmelt. Wir haben Ernie und noch einen Kerl am östlichen Eingang der Grotte liegen lassen ohne eine Chance, sie zu durchsuchen. Sieh zu, dass du vor den Cops dort eintriffst und ihre Handys und Pässe mitnimmst.«

»Das wird nicht leicht«, meinte er. »Ich gehe jetzt rein, aber die Polizei ist schon da.«

»Aber die haben keine Ahnung, wo sie nachsehen müssen. Die werden sich erst mal zurückhalten. Ich bin sicher, alles, was sie wissen, ist, dass es im Park einen Schusswechsel gab, und der Park ist riesig.«

»Roger! Ich werde dich nachher kontaktieren.«

Ich legte auf und wechselte ins Funknetz.

»Koko, Retro, Decoy, seid ihr noch da?«

Ich erhielt ein Roger und brachte sie auf den neuesten Stand bezüglich des Shangri-La. »Ich gehe mit Blood zurück ins Hotel. Erst in zehn Minuten werden wir erfahren, ob das Handy im Shangri-La in Bewegung ist. Decoy und Koko, überquert den Hafen. Versucht, ihn so gut wie möglich abzuriegeln. Retro, du bleibst auf dieser Seite für den Fall, dass der nächste Ping das Handy mitten im Hafen anzeigt, auf einer Fähre, die in deine Richtung unterwegs ist.«

51

Sanjar lag auf dem Bauch, sein Gehirn wollte sich nicht konzentrieren. Die ganze Welt lag in dichtem Nebel, rings um ihn schrien Menschen, Sirenen gellten näher und näher. Er kam sich vor, als befände er sich unter Wasser, die Zeit lief auf einer anderen Ebene ab, alles um ihn herum geschah schneller, als er zu begreifen vermochte. Er wollte sich bewegen, doch sein Körper machte nicht mit. Er sah die Waffe in seiner Hand, warf sie reflexartig ins Gebüsch und versuchte anschließend aufzustehen. Etwas lag auf seinen Beinen. Ein schweres

Gewicht. Er versuchte, sich zu konzentrieren. Mühte sich ab, seinen Körper zum Mitmachen zu bewegen, doch es gelang ihm nicht.

Der Kopf pochte, der Schmerz war unerträglich. Er langte sich an die Stirn, und als er seine Hand ansah, war sie ganz rot. Nass vom Blut.

Ich bin getroffen worden. Ich bin verletzt. General, ich bin verletzt. Hilf mir.

Er war sich nicht sicher, ob er dies laut sagte oder einfach nur dachte. Überzeugt, dass ihn die Kugel eines Attentäters gelähmt hatte, begann er wegzukriechen und zog sich mithilfe seiner Hände über den Boden, ohne auf die Schreie ringsum zu achten. Er kratzte über den Beton, zerschrammte sich die Fingerspitzen, bis sie blutig waren, während er sich vorwärtszog, auf die Deckung zu, die das nur wenige Meter entfernte Laubwerk bot. Doch das Gewicht auf seinen Beinen war zu schwer, der Untergrund bot seinen Händen zu wenig Halt.

Er wälzte sich auf den Rücken, akzeptierte die Tatsache, dass er sterben musste. Spürte, wie das Gewicht auf seinen Beinen verrutschte, als er sich bewegte. Von Sekunde zu Sekunde wurde sein Kopf klarer. Während sein Gehirn sich abmühte, einen Ausweg zu finden, begriff er, dass er ja eigentlich gar nichts spüren dürfte, wenn er gelähmt war.

Er setzte sich auf, blickte jetzt erst auf seine Beine, sah die Leiche seines Kameraden darüber liegen. Der Kopf aufgeplatzt, das Gehirn des Mannes über seine Schenkel verteilt. Die Zunge hing ihm aus dem Mund, die Augen waren offen, starrten ins Leere.

Einen Moment lang ekelte Sanjar sich, dann gewann sein Selbsterhaltungstrieb die Oberhand. Er trat den Mann von sich weg und stand auf, immer noch benommen. Nach wie vor spürte er den Schlag, den er auf den Kopf erhalten hatte.

Eine Frau deutete auf ihn, schrie etwas auf Chinesisch. Er hob die Hand, um sie zu erschießen, und stellte fest, dass er lediglich mit dem Finger auf sie zeigte. Er stolperte in die Büsche, um zu entkommen, rannte parallel zur Nathan Road. Er kam an eine öffentliche Toilette, betrat sie, setzte sich auf eine Kloschüssel und drückte eine Hand auf seine Kopfwunde, bemüht nachzudenken.

Er brauchte Hilfe. Er wählte die vereinbarte Nummer, um den General zu kontaktieren, aber der Anruf ging sofort an die Voicemail. Ungläubig starrte er das Telefon an und hörte, wie die Streifenwagen in der Nähe hielten. Er wankte nach draußen und rannte los Richtung Westen, um Distanz zu schaffen zwischen sich und der drohenden Verhaftung. Die Leute fingen an zu rufen und mit dem Finger zu zeigen. Auf ihn.

Er lief um den Seerosenteich herum, tauchte in die Büsche und zerrte einen Zettel mit der Nummer des von den Revolutionsgarden ausgegebenen Handys des Generals heraus. Er wählte, dann wurde ihm klar, dass er das Smartphone benutzte, das ihnen als Köder gedient hatte. Auf keinen Fall durfte er es mit dem Telefon in Berührung bringen, das der Imam dem General gegeben hatte. Er legte auf, ehe eine Verbindung zustande kam, sah ein, dass das Telefon selbst genügend belastende Informationen enthielt, um ihn für alle Zeit zu verurteilen. Er hatte drei der Männer des neuen Quds-Teams kontaktiert, darunter auch den Toten, den er gerade von sich gestoßen hatte.

Er warf das Handy ins Gebüsch und aktivierte das letzte Mobiltelefon, das er in der Sin Tat Plaza gekauft hatte. Bevor er dazu kam zu wählen, sah er einen alten Mann und eine alte Frau, die jemandem winkten und in seine Richtung zeigten.

Er brach aus den Büschen, stolperte in abgehacktem Laufschritt los. Jenseits des Teiches, in der Nähe der Grotte, sah er Polizei und wirbelte herum, um zum Haupteingang des Parks zu gelangen. Alle deuteten schreiend in seine Richtung. Er bog um eine Ecke auf dem Weg und sah eine Phalanx von Polizisten auf sich zukommen.

Er sank auf die Knie.

Elina legte auf. Schweigend saß sie da, ließ sich ihre Anweisungen durch den Kopf gehen. Wieder sollte sie aufbrechen. Woandershin gehen. Der Gedanke brachte ein Gefühl der Angst mit sich, das nur allzu vertraut wurde. Sie wollte ihr Hotel nicht verlassen, sich kein anderes suchen. Seit dem Treffen mit ihrem Kontaktmann am Tag zuvor hatte sie das Hotel nicht mehr verlassen und sich an die Isolation gewöhnt. Essen hatte sie über den Zimmerservice bestellt, das kleine »Bitte nicht stören«-Schild an ihrer Tür garantierte Geborgenheit.

Sie hatte selbst geputzt, sich mit der täglichen Hausarbeit beschäftigt, als wäre sie nach wie vor zu Hause. Sie hatte das Bett gemacht, im Spülbecken den Abwasch erledigt, bevor sie das Geschirr wieder vor die Tür stellte, und die schmutzigen Handtücher zusammengelegt, um sich vom Zimmermädchen neue bringen zu lassen. Ein Austausch, der nicht länger als 30 Sekunden dauerte.

Nun musste sie wieder gehen, in die klaustrophobische Masse fremder Menschen eintauchen, die sich auf der Insel nur so drängten. Sie sehnte sich nach den Wäldern ihrer Heimat zurück, wünschte zumindest, sich mit jemandem zu unterhalten, dessen Muttersprache nicht Chinesisch war.

Sie fing an zu packen, vertrieb die Gedanken, ein wenig beschämt über ihre Schwäche.

Wenigstens geht es mit der Mission voran. Mit ein bisschen Glück konnte sie diesen fremdartigen Ort in ein, zwei Tagen endgültig verlassen.

Ihren Instruktionen gemäß packte sie alles in eine einzige Reisetasche, da sie nicht mehr auf die Fähre mitnehmen durfte. Ihre wenigen anderen Habseligkeiten ließ sie zurück in der Hoffnung, dass das Zimmermädchen sie für sich behalten würde.

Unten ließ sie den Portier ein Taxi rufen und dem Fahrer Anweisungen geben. Nach einer kurzen Fahrt hielt er an, deutete aufs Taxameter. Sie reichte ihm mehr Geld als notwendig und fragte: »Fährterminal? Ist dies der Fährterminal?«

Er nickte heftig und machte keinerlei Anstalten, ihr mit ihrer Tasche zu helfen. Sie stand auf der Straße, als er wegfuhr, und sah, dass der Terminal ziemlich groß war.

Was, wenn ich die falsche Fähre erwische?

Sie ging hinein. Nachdem sie das verwirrende Englisch auf den Schildern gelesen hatte, näherte sie sich einem Schalter und erstand ein Ticket. Sie versuchte, eine Bestätigung zu erhalten, dass es die richtige Fähre war, doch der Mann zeigte lediglich auf eine Gangway und wandte sich dem nächsten Kunden zu. Als sie bemerkte, dass er mit ihr fertig war, ging sie auf die Gangway zu. Je weiter sie in den Terminal vordrang, desto weniger sprachen die Leute anscheinend Englisch.

Sie sah, dass die Fähre eigentlich ein Doppeldecker-Tragflächenboot war, im Gegensatz zu den anderen, die einfach den Hafen überquerten. Bei dem Anblick beruhigte sich ihr nervöser Magen.

Das muss die richtige sein.

Sie ging die Gangway hinauf ins Unterdeck, einen großen Bereich mit Sitzgelegenheiten, ähnlich der Touristenklasse eines Flugzeugs, der bereits voller Menschen war. Einem Mann in Uniform zeigte sie ihr Ticket, das vollständig auf Chinesisch geschrieben war. Er nahm ihr die Tasche aus der Hand und deutete auf eine Treppe hinter sich. »Mein Platz ist da oben?«, fragte sie.

Er deutete einfach erneut auf die Treppe.

»Meine Tasche?«, sagte sie.

Verärgert stieß er die Hand in Richtung Treppe und lud ihre Tasche auf einen Stapel Gepäck.

Sie ging eine kurze Treppe empor und stellte fest, dass man sie dazu gebracht hatte, ein Erste-Klasse-Ticket zu kaufen. Der Raum war genauso wie unten angelegt, der einzige Unterschied bestand in der Größe und dem Abstand zwischen den Sitzen. Sie musste schmunzeln. Die Menschen waren doch überall auf der Welt gleich. Die Kosten waren ihr egal, da es ja nicht ihr Geld war.

Sie zeigte einem anderen Mann ihr Ticket, und er führte sie an einen Fensterplatz. Sie machte es sich bequem und starrte durch die Scheibe, um die 45 Minuten bis zum Ablegen der Fähre totzuschlagen.

Der Sitzbereich um sie herum füllte sich, außer ihr befand sich nur noch eine einzige weitere Person aus dem Westen auf der Etage. Eine Frau mit dunkelblondem Haar, die zwei Sitze vor ihr auf der anderen Seite des Ganges saß. Elina musterte sie, versuchte zu erraten, woher sie kam.

Fünf Minuten später spürte sie eine fast unmerkliche Veränderung. Sie blickte aus dem Fenster, sah den Kai vorübergleiten und verkrampfte sich vor Angst. Sie warf einen Blick auf ihre Armbanduhr. Sie legten 20 Minuten zu früh ab.

Ich bin auf der falschen Fähre.

Sie hatte ein Schild mit ›Schanghai‹ gesehen, doch das hatte zu einem anderen Kai gezeigt. Sie stand auf und ging, ihr Ticket in der Hand haltend, nach vorn. Der Uniformierte deutete zurück auf ihren Platz. »Macau?«, fragte sie. »Die Fähre nach Macau?«

Der Mann wurde ganz aufgeregt und zeigte auf ihren Platz, doch jetzt reichte es ihr mit den »unergründlichen« Chinesen.

»Nein, ich werde mich nicht hinsetzen. Wohin fährt diese Fähre?«

Sie spürte, wie jemand an ihrer Bluse zupfte, drehte sich um und stellte fest, dass die Frau aus dem Westen versuchte, ihre Aufmerksamkeit zu bekommen.

»Das ist die Fähre nach Macau. Wollen Sie dorthin?«

Eine Amerikanerin.

»Ja. Danke. Es ist schwierig, hier jemanden zu finden, der einen versteht.«

Die Frau lächelte, eine aufrichtige, herzliche Geste. »Da haben Sie aber recht, Mensch. Und wenn man als Frau allein unterwegs ist, ist es noch schlimmer. Die behandeln einen, als existiert man gar nicht.«

Elina fühlte sich sofort zu ihr hingezogen, empfand den Drang, das Gespräch fortzusetzen. Dann entsann sie sich, weshalb sie hier war. Wohin sie wollte.

Lass dich nicht auf Fragen ein, die du nicht beantworten möchtest.

Sie bedankte sich bei der Frau und setzte sich, ihr Puls beruhigte sich wieder, ihre Angst wich einer nagenden Leere.

Eine Stunde später legten sie in Macau an und sie ging rasch von Bord, um der Amerikanerin zu entgehen, damit diese sie nicht darum bat, sich mit ihr zusammenzutun. Der Terminal in Macau war wesentlich armseliger und zeigte deutliche Spuren der Abnutzung. Aus einem unerfindlichen Grund fühlte sie sich dadurch entspannter. In dem Gewühl von Menschen fand sie ein Taxi und schaffte es, dem Fahrer mitzuteilen, wohin sie wollte. Wenig später befand sie sich in ihrem neuen Hotelzimmer. Wieder ein Conrad-Hotel. Das Zimmer war exquisit. Sie fragte sich, ob ihr arabischer Kontaktmann wohl glaubte, man könne sie kaufen. Doch sie verwarf diesen Gedanken. In der kurzen Zeit, die sie hier war, hatte er keinerlei Anzeichen dafür gezeigt, dass Geld ihn zu etwas verleiten könnte. Also würde er auch keinesfalls so etwas von ihr denken.

Vielleicht nur eine kleine Belohnung. Irgendwo musste er mich schließlich unterbringen.

Sie setzte sich aufs Bett und schaltete ihr Handy ein, unsicher, wie lange sie warten sollte. Sie erhielt vier Textnachrichten, die sie überraschten.

Allesamt stammten sie von Casinos, die sie auf der Insel willkommen hießen. Eines nach dem anderen baten sie sie, doch vorbeizuschauen und große Gewinne einzufahren.

Casinos? Sind die mein Ziel?

Sie schlug die Zimmermappe auf und stellte erstaunt fest, dass Macau weltweit das Ziel Nummer eins war, wenn es um Glücksspiel ging, und selbst Las Vegas in den Schatten stellte. Davon hatte sie keine Ahnung gehabt. Sie teilte die Jalousien ihres Fensters und sah eine Skyline in Bewegung, ein Gebäude nach dem anderen wurde neu errichtet. Direkt gegenüber, auf der anderen Straßenseite, lag eine Monstrosität, die man das Venetian nannte. Ein riesiges Bauwerk, vor dem ein künstlicher See angelegt war.

Sie fuhr ihren Tablet-PC hoch, ging online und googelte es, um sich die Zeit zu vertreiben.

Zwei Stunden später, nach einem Abendessen, das der Zimmerservice gebracht hatte, und mit dem Standard-»Bitte nicht stören«-Schild an der Tür rechnete sie nicht mehr damit, sich an diesem Abend noch mit jemandem zu treffen. Erschöpft von den Ereignissen des Tages ging sie unter die Dusche.

Sie spielte mit dem Massagekopf, lehnte sich an die Wand und ließ den Wasserstrahl auf ihren Körper prasseln, erstaunt über die Technologie. Sie duschte sich, probierte jede Einstellung aus, fragte sich, ob eine ihrer Freundinnen je einen solchen Luxus erlebt hatte.

Ein Handtuch um den Kopf und eins um den Körper geschlungen, schlenderte sie durchs Zimmer, fasziniert vom Anblick der Skyline in der untergehenden Sonne. Sie lehnte sich an die Scheibe, sah die Lichter in der Ferne funkeln. Am Fenster blitzte etwas auf, und sie begriff, dass es ihr Telefon war.

Sie griff danach und sah, dass sie einen Anruf verpasst hatte. Unverzüglich kehrte sie auf den Boden der Tatsachen zurück, in die Wirklichkeit, wegen der sie in diesem Überfluss wohnte. Ernüchtert drückte sie die Rückruftaste.

Der Mann, den sie als Malik kannte, nahm ab und erteilte ihr Anweisungen. Sie machte sich Notizen und legte auf. Ihr blieben noch fünf Stunden. Fünf kurze Stunden, bevor ihr Einsatz begann und sie all den Reichtum hinter sich ließ. Abermals fragte sie sich, ob sie den richtigen Weg gewählt hatte und wie dies ihrem Volk helfen würde. Sie stand im Begriff, alles zu geben, was sie hatte – ihr Leben –, und war sich über Maliks Pläne nicht im Klaren. Er schien ehrlich zu sein, aber vielleicht wurde *er* ja hinters Licht geführt und dementsprechend auch sie benutzt.

Aber nun blieb ihr nichts anderes übrig als weiterzumachen. Was konnte sie denn sonst tun? Wenn sie jetzt nach Hause ging, würde ihr dies nur eine Bestrafung einbringen. Und angesichts des Drucks, den man auf sie ausgeübt hatte, diesen Einsatz anzunehmen, konnte die Strafe nur ihren Tod bedeuten. Sie machte sich keinerlei Illusionen über die Gerechtigkeit der Islamisten in Tschetschenien.

Langsam zog sie sich an, genoss jede Minute, die ihr noch in dem Zimmer blieb.

52

Kurt tat sein Bestes, um mich nicht unverhohlen via Computerbildschirm anzubrüllen. Ohne Frage stand er kurz davor, wegen des Geschehens im Kowloon Park zu explodieren.

»Sir«, sagte ich, »es war nicht unsere Schuld! Die stellten uns eine Falle, und um ein Haar wären wir reingetappt. Wäre Jennifer nicht gewesen, säßen wir jetzt im Gewahrsam der Polizei von Hongkong.«

»Herrgott, Pike, ich habe euch dorthin geschickt, um die Lage zu überprüfen. Nicht damit ihr euch auf eine

Schießerei einlasst. Und schon gar nicht auf chinesischem Boden. Die Kommission ist im Begriff, den Verstand zu verlieren. Niemand kann sagen, was sie tun werden, wenn sie das hören.«

Diese Bemerkung gab mir zu denken. »Was soll das heißen?«

»Nichts«, ruderte er zurück. »Es ist nur so, dass diese Virenbedrohung wirklich jedem eine Heidenangst einjagt und man sich so langsam fragt, ob die Taskforce das richtige Mittel ist. Sie wollen Gefechtsbereitschaft auslösen, was eine präventive Bestrafung des Iran einschließt.«

»Was zur Hölle reden Sie da? Die basteln seit zehn Jahren an einer Atombombe herum, und wir tun nichts als heiße Luft von uns zu geben. Jetzt glauben wir, sie verfügen über eine Biowaffe, und dafür wollen wir sie atomar angreifen? Wer zum Teufel schmeißt zu Hause denn den Laden? Mein Gott, geben Sie mir einfach ein bisschen Freiraum, damit ich tun kann, wofür man mich bezahlt. Um das hier zu lösen.«

Seine nächsten Worte jagten mir einen Schauer über den Rücken. »Sind Sie allein?«

Ich drehte mich um und sah Decoy außerhalb der Kamerareichweite. Mit einer Handbewegung scheuchte ich ihn aus dem Zimmer. »Ja, jetzt schon.«

»Hören Sie, der Präsident ist im Moment nicht beteiligt. Er hat die Geschäfte an den Vizepräsidenten abgegeben, der hat jetzt das Sagen. Mit anderen Worten also: niemand!«

Ich war verblüfft, dass die politische Welt mich mit ihrer Dummheit immer noch in Erstaunen versetzen konnte.

»Warum denn das? Wenn die Sache so gefährlich ist, sollte der Präsident doch an vorderster Front sein.«

»Na ja …«, meinte Kurt, »ob Sie es glauben oder nicht, der Präsident hat die Grippe. Eine sehr schlimme Grippe. Niemand darf es erfahren, aber er macht nichts als das öffentliche Zeug, das ohnehin bereits in seinem Terminkalender stand. Wenn es sich um ein vertrauliches Meeting handelt, wird es vertagt, was bedeutet, dass er bei allen Taskforce-Aktivitäten ausgeklinkt ist. Anscheinend wird er informiert, aber der Arzt hat ihm mindestens zwei Tage Ruhe verordnet. Er hat Vizepräsident Hannister die Verantwortung übertragen.«

Phillip Hannister war bei den letzten Wahlen aus innenpolitischen Gründen auf die Liste gesetzt worden. Was die Wirtschaft anging, war er ein Genie. Seine gesamte Karriere lang hatte er mit der US-Notenbank und dem Internationalen Währungsfonds zusammengearbeitet. Bei Haushaltsdebatten über das Defizit und den Schuldenabbau war er ein wahrer Zauberer, aber ein Idiot in der Außenpolitik. Aus diesem Grund hatte man ihn nie über Taskforce-Aktivitäten informiert. Darüber brauchte er nicht Bescheid zu wissen.

Und nun hatte er das Sagen.

»Was bedeutet das für uns?«, fragte ich. »Ich meine im Moment.«

»Im Augenblick gar nichts. Ich hatte noch keine Gelegenheit, die Kommission über Ihre Eskapaden in Kenntnis zu setzen. Aber es wäre hilfreich, wenn Sie mir auch gute Nachrichten liefern könnten, bevor er eine Entscheidung trifft, die wir alle bereuen werden.«

»Nun ja, im Grunde habe ich keine. Ich versuche, einige Telefone aufzuspüren, um Informationen zu erhalten, und mir wurde gesagt, dass ihr nicht mitspielen wollt. Ich habe Jennifer auf eine aussichtslose Fahrt nach

Macau geschickt und lasse alle anderen hierher zurückkommen. Diese verfluchten Telefon-Pings alle zehn Minuten funktionieren einfach nicht.«

Ich hatte Retro und Decoy zurückbeordert, ließ Jennifer aber ihrem Bauchgefühl nachjagen, obwohl es bedeutete, dass sie in Macau auf sich allein gestellt sein würde. Ich war mir ziemlich sicher, dass es eine ausgemachte Dummheit war, die Fähre zu besteigen, aber anscheinend glaubte sie, dass nichts sonst den letzten Ping erklären konnte.

Ich wusste, dass ich recht hatte, als sie nach dem Anlegen anrief, um mir mitzuteilen, dass sich auf dem ganzen Boot nicht ein Mann arabischer Herkunft befand. Ja, es gab überhaupt nichts Verdächtiges dort.

Der letzte Ping, den wir erhalten hatten, kam aus der Umgebung der Piers von Hongkong, und da wir keine detaillierteren Daten erhielten, mussten wir einige deduktive Schlussfolgerungen ziehen. Jennifer war an Bord des Bootes nach Macau gegangen, und Decoy hatte die nächste Fähre genommen, die den Hafen überquerte. Beide ergebnislos. Der nächste Ping ging ins Leere, brachte keine Ortung.

»Ich verstehe Sie, aber deswegen werden wir keinen Krieg mit China anfangen. Wir können nicht einfach in ihrem Netzwerk suchen.«

»Können wir nicht oder wollen wir nicht?«, fragte ich. »Ich meine, Sie reden davon, dass sich alle fast in die Hose machen. Wenn ich dann eine Ortung verlange, sagt man mir, dass wir Angst haben, jemand hier könne *Verdacht* schöpfen, dass wir ihr Netzwerk hacken. Wen interessiert das schon? Sollen sie doch sagen, wir hätten es gehackt. Wenn wir damit eine Pandemie stoppen, werden sie uns den Arsch küssen.«

Kurt blickte nach unten, dann wieder in die Kamera. »Es verhält sich ein bisschen komplizierter.«

Da wurde mir klar, was vor sich ging.

Es ging nicht darum, ob sie Verdacht schöpften, dass wir sie hackten, und sie dafür eine schlechte Presse bekamen. Nein, wir hackten die Chinesen bereits, und eine zusätzliche Untersuchung könnte das ans Licht bringen. Man hatte Angst, was ich hier unternahm, könnte eine andere verdeckte Topsecret-Operation auffliegen lassen.

Eine Sekunde lang sagte ich gar nichts und ging in Gedanken durch, was das hieß. Ich verstand ja, wie schwierig solche Aktionen waren und dass man derartige Bemühungen nur widerstrebend aufs Spiel setzte. Doch ebenso war mir klar, dass man, was man durch Handeln gewann, letztlich daran messen musste, was man verlor, wenn man die Hände in den Schoß legte.

»Sir, ich höre alles, was Sie sagen, laut und deutlich. Und mir ist klar, dass die Entscheidung nicht bei der Taskforce liegt. Dass es nicht unsere Operation ist. Aber irgendjemand muss das verfluchte Zehn-Meter-Ziel in den Griff bekommen. Dieser Kerl verfügt über eine Waffe, die das Potenzial hat, ein Drittel der Weltbevölkerung auszulöschen. Setzen Sie das gegen die Informationen, die wir aus irgendeiner Mission erhalten, die zurzeit wohl gerade läuft.«

»Ich weiß. Geben Sie mir etwas, womit ich arbeiten kann.«

»Das habe ich doch getan! Diese verdammten Telefone, aber jetzt haben wir sie verloren.«

»Alle beide? Was ist mit dem anderen im Islamischen Zentrum?«

»Es landete auch bei den Fähranlegestellen in Kowloon. Bis wir dort waren, war es ebenfalls tot. Ich glaube, sie haben sich getroffen und brauchten die Handys nicht mehr. Davon abgesehen hat Knuckles Ernies Handy. Er sah, wie sie ihn verhafteten. Aber den Cops entging das Handy, das er ins Gebüsch warf. Es ist das gleiche, das wir bereits verfolgten. Wir werden es auf Spuren untersuchen, aber ich bin sicher, dass es sauber ist. Sie benutzten es, um uns zu ködern.«

Decoy kam ins Zimmer. »Pike, ich störe nur ungern, aber Jennifer ist am Apparat. Sie will wissen, wie viele Provider es in Macau gibt. Sie meint, vielleicht benutzen wir die falsche Telefongesellschaft für unsere Pings.«

Ich wandte mich von dem Computer ab. »Wir sind hier nicht in den Staaten, wo es Hunderte von Netzbetreibern gibt. Sag ihr, sie soll hierher zurückkommen. Wir werden jeden brauchen, um uns darüber klar zu werden, in welche Richtung wir müssen.«

»Was war das eben?«, wollte Kurt wissen.

»Jennifer! Sie will, dass wir auf gut Glück andere Netzwerke anpingen.« Noch während ich dies sagte, dämmerte mir die entsetzliche Wahrheit. »Sir, hat Macau ein anderes Handynetz als Hongkong? Haben Ihre Leute das überprüft?«

Ich hatte angenommen, dass es dieselbe Telekommunikationsarchitektur sein würde, da die Inseln so dicht zusammenlagen und das Gebiet mittlerweile zum kommunistischen China gehörte. Allerdings war es nicht immer so gewesen.

Macau war *nach* Hongkong an die Chinesen übergeben worden, lange nachdem man dort ein unabhängiges Netz errichtet hatte. Ich konnte sehen, dass er auf den gleichen

Fehler aufmerksam wurde wie ich. »Ich weiß es nicht. Bleiben Sie dran!«

»Packt eure Sachen zusammen«, brüllte ich aus der Tür. »Blood, sieh nach, wann die nächste Fähre nach Macau geht. Retro, geh nach unten und bring in Erfahrung, wie die Zollabfertigung funktioniert. Ich will wissen, ob sie das Gepäck durchsuchen oder röntgen. Decoy, du rufst Jennifer zurück und sagst ihr, sie soll sich bereithalten. Sag ihr, sie soll uns in Macau Hotelzimmer besorgen.«

Decoy kam durch die Tür, er wählte bereits. »Was ist los?«

»Ich glaube nicht, dass sie die Handys ausgeschaltet haben. Ich nehme an, sie haben einfach das Netz gewechselt, und wir waren zu blöd, von der Taskforce dasselbe zu verlangen.«

»Habt ihr die Ortungen?«, meldete sich Kurt. »Sie sind nach wie vor in Betrieb.«

Mein Handy vibrierte. Es zeigte ein Telefon in Macau an, das andere im Südchinesischen Meer.

Auf einer Fähre.

53

Elina starrte aus ihrem Fenster im 14. Stock. Sie aß den letzten Bissen vom Zimmerservice und musterte das lilafarbene Neon-Ungetüm in der Nähe ihres Hotels, das ausgerechnet Hard Rock Hotel hieß. Sie hatte keine Ahnung, weshalb man einem Hotel einen solchen Namen gab. Sie hatte junge Tschetschenen T-Shirts mit demselben Logo tragen sehen und fragte sich, ob sie wohl hier gewesen waren. Vielleicht würde sie es ja herausfinden, da ihr Treffen in einer Bar neben der Lobby stattfand. In 15 Minuten.

Sie betrachtete die Straße vor dem Hotel und suchte nach Orientierungspunkten. Neben dem Hard Rock sah sie ein weiteres großes Neonschild, auf dem stand: CITY OF DREAMS. Sie googelte es auf ihrem iPad und stellte fest, dass es sich um nichts weiter als eine Einkaufspassage handelte. Es dürfte ein Leichtes sein, sich dort nach dem Weg zu erkundigen – und zum Hard Rock Hotel zu gelangen.

Sie stellte ihren Teller auf das Tablett des Zimmerservice und checkte ihr Handy nach neuen Nachrichten. Halbherzig hoffte sie auf eine SMS, dass das Treffen verschoben werde. Die Liste war leer. Sie steckte das Handy wieder in die Handtasche und verließ das Zimmer.

In der Lobby wandte sie sich vom Haupteingang ab, ging durch eine kleine Geschäftsebene und folgte der Beschilderung zur City of Dreams. Als sie die Straße erreichte, sah sie das Hard Rock Hotel. Das ganze Hochhaus war in Neonlichter getaucht, die die Nacht in unzähligen Farben flackern ließen.

Sie erreichte den prunkvollen Eingang und musterte die Lobby-Bar, einen tiefer liegenden, nur spärlich beleuchteten, gemütlichen Raum voller Sofas und Polstersessel. Im Hintergrund saß an einem Zweiertisch Malik.

Sie zögerte, fragte sich, ob sie ihn wohl grüßen sollte. Er erhob sich halb und winkte ihr, ein Lächeln im Gesicht.

Vorgeblich aus Höflichkeit rückte er ihr einen Stuhl zurecht, doch sie wusste, dass er es tat, damit er den Stuhl vor dem Fenster hatte, sodass er den ganzen Raum im Blick behalten konnte.

Seine ersten Worte enthielten eine Menge an Informationen darüber, was sie sagen sollte, falls sie jemals zu diesem Treffen befragt wurde. Eine falsche Geschichte, die eine unverfängliche Tarnung bot und die Wahrheit verschleierte. Er sagte ihr, sie solle sie wiederholen, und das tat sie auch, genau auf jedes Detail achtend. Sie musste anerkennen, dass er dabei nur ihr Wohlergehen im Sinn hatte.

»Hattest du Schwierigkeiten hierherzukommen?«, wollte er wissen.

»Nein. Abgesehen davon, dass niemand Englisch spricht, eigentlich nicht.«

Er lachte. »Dir ist also nichts Merkwürdiges aufgefallen? Niemand, der aussah, als würde er dir folgen? Männer aus dem Westen, die dir mehr als einmal über den Weg gelaufen sind?«

Sie wunderte sich, weshalb er das fragte. »Nein, nichts dergleichen. Gibt es da etwas, dass ich wissen sollte?«

»Ja! Ich glaube, dass ich von einem Team verfolgt werde, und ich möchte sichergehen, dass sie keine Verbindung zwischen uns herstellen. Ich kann ruhig auffliegen, aber du musst im Schatten bleiben. Halt die Augen offen!«

Er langte unter seinen Sitz und holte einen kleinen schwarzen Behälter aus Hartplastik heraus, dessen Deckel fest verschlossen war. Vorsichtig stellte er ihn auf den Tisch.

»Das ist das Virus. Es ist sehr, sehr tödlich. Das Gegenmittel hast du doch genommen, oder?«

Sie nickte mit weit aufgerissenen Augen.

»Öffne das hier, wenn du wieder in deinem Zimmer bist. Dir wird es nicht schaden, aber jeden umbringen, der das Pech hat, damit in Berührung zu kommen. Darin befindet sich eine Glasspritze, zum Schutz ist sie in verschiedenen Plastikhüllen verpackt. Neben der Spritze liegt eine mit einem Gummistopfen verschlossene Ampulle mit einer Reinigungslösung. Nachdem du dir die Injektion gesetzt hast, tauche die Nadel in die Lösung und ziehe sie in die Spritze, fülle sie vollständig auf. Lass es ein paar Minuten einwirken und spritze es dann in den Ausguss. Mit dem Rest der Lösung reinigst du gründlich das Äußere der Spritze.«

»Wohin soll ich es mir spritzen?«

»Egal wohin! Du brauchst nur einen einzigen Tropfen in deinem Blutkreislauf, und es ist viel mehr in der Spritze. Am Arm oder Oberschenkel dürfte es am einfachsten sein.«

Sie steckte den Behälter in ihre Umhängetasche. »Was ist mit dem Sprengstoff? Und dem eigentlichen Ziel? Wann bekomme ich das?«

Lächelnd hob er die Hände. »Warte, warte! Wir sind noch gar nicht mit dem Virus fertig. Ich gebe dir diese Informationen, sobald du sie benötigst, und dann bekommst du auch den Sprengstoff. Keine Sorge!«

Sie nickte und wartete darauf, dass er fortfuhr.

»Nachdem du dir die Spritze gesetzt hast, bleibe mindestens 24 Stunden lang in deinem Zimmer, eher länger. Der Doktor meinte, anfangs könntest du möglicherweise hochinfektiös sein, so als hättest du kein Gegenmittel genommen. Aber er war sich sicher, dass das vorübergeht. Das Wesentliche sind deine Augen. Sie werden blutunterlaufen sein. Sehr blutunterlaufen. Äußerst blutunterlaufen. Wenn das vorüber ist, kannst du wieder unter die Leute gehen. Hast du verstanden?«

»Ja.«

»Wenn du dann aufbrichst, denke daran, was wir vorhin besprochen haben. Verwende immer ein Mittel, um deine Hände zu desinfizieren, trinke ausschließlich Mineralwasser aus der Flasche, iss nirgends, wo Besteck und Teller gespült werden. Vermeide alles, was eine Chance bietet, das Virus zu verbreiten.«

Er reichte ihr einen dünnen Umschlag. »Dies ist ein unbefristetes Hin- und Rückflugticket in die USA. Außerdem findest du darin eine Mietwagen- und zwei Hotelreservierungen. Nach der Landung holst du den Mietwagen ab und fährst los. Das erste Hotel befindet sich auf halbem Weg. Das zweite ist dein Bestimmungsort, aber noch nicht das Anschlagsziel. In deinem Zimmer erhältst du letzte Instruktionen. Halt dein Smartphone bereit und checke deinen E-Mail-Account.«

»Was ist mit meinem Pass?«, fragte sie. »Brauche ich denn kein Visum?«

»Nein. Dein Pass stammt aus Litauen, richtig?«

»Ja. Es war das beste Land, weil sie dort nach wie vor einen großen Bevölkerungsanteil haben, der Russisch spricht.«

»Litauen nimmt am Programm für visumfreies Reisen teil. Da brauchst du kein Visum.«

»Und Geld?«

Er schob ihr einen weiteren Umschlag hin. »Dadrin sind fünf Prepaid-Kreditkarten zu je 1000 Dollar. Das dürfte reichen.«

Sie hatte das Gefühl, sie sollte mehr Fragen stellen, doch ihr wollte nichts mehr einfallen.

»Dies ist unser letztes Treffen«, sagte er. »Erst kurz vor dem Anschlag sehen wir uns wieder. Denk daran, was ich dir gesagt habe. Vergiss nicht, dich ständig umzusehen, und achte darauf, in keiner Weise aufzufallen. Im Moment bist du unsichtbar. Ich möchte, dass es so bleibt, bis der rechte Zeitpunkt gekommen ist.« Er ergriff ihre Hände. »Du bist die Waffe, die dein Volk befreien wird. Denk daran, wenn du dich verloren fühlst.«

Sie fuhr zusammen und fragte sich, ob er wohl ihre Gedanken lesen konnte. Sie nickte. »Das werde ich. Versprochen!«

Er lehnte sich zurück. »Gut! Nun geh, und viel Glück! Ich gebe dir 20 Minuten, bevor ich ebenfalls gehe.«

Sie stand auf, wandte sich wortlos ab und ging zurück in die Lobby. Ihren Anweisungen gemäß musterte sie prüfend den Raum und hielt Ausschau nach unsichtbaren Spionen.

Sie sah die Frau in der Ecke, ganz allein, und spürte einen Adrenalinstoß.

Es war die Frau, die ihr auf der Fähre geholfen hatte.

54

Jennifer achtete nicht weiter auf das am Ende der Lounge stattfindende Treffen. Sie saß einfach nur da und nippte an ihrem Mineralwasser, als wartete sie auf jemanden. Was ja auch der Fall war. Der letzte Ping vor 30 Minuten hatte ergeben, dass beide Handys sich im Hard Rock Hotel befanden. Sie hatte Pike angerufen und festgestellt, dass der Rest des Teams noch einige Minuten von der Anlegestelle entfernt war. Darum war sie allein reingegangen.

Die Telefonortung funktionierte nicht dreidimensional, es bestand also nur eine äußerst geringe Chance, dass sie auf etwas stieß. Die Zusammenkunft konnte in so gut wie jedem Stockwerk stattfinden. Sie hatte einfach nur vor, einen Ort mit gutem Blick auf die Aufzüge zu finden, um mitzubekommen, was sie konnte, und auf das Eintreffen des Teams zu warten.

Sie war erstaunt, als sie in der Lounge den General entdeckte, und geradezu schockiert darüber, mit wem er sich traf. Während der letzten 15 Minuten hatte sie heimlich das Treffen beobachtet und gebetet, dass das Team endlich eintraf, bevor es vorüber war.

Doch es sollte ganz anders kommen. Sie sah, wie die Frau von der Fähre aufstand, und rief erneut Pike an.

»Das Treffen ist vorbei. Der General sitzt noch in der Lounge, aber die Unbekannte ist gerade am Aufbrechen. Pike, es ist die Frau, die mit mir auf der Fähre war. Eine Frau aus dem Westen.«

»Wir kommen in mehreren Mietwagen und sind in ungefähr zwei Minuten da. Hat er ihr etwas gegeben?«

»Ja! Mehrere Dinge, aber es war zu weit weg, um etwas zu erkennen.«

»Übernimm die Unbekannte. Wir kümmern uns um den General.«

»Wie eng soll ich sie beschatten? Wie hoch ist mein Kompromittierungsniveau?«

»Sehr niedrig. Falls sie das Virus hat, dürfen wir sie nicht verlieren. Mach dir keine Sorgen darüber, ob sie etwas ahnt. Finde einfach heraus, wo sie übernachtet. Solltest du auffliegen und sie türmt, sieh zu, dass du sie wie auch immer erwischst.«

Großartig! Einfach perfekt! Dann landen wir beide im Knast wegen ein bisschen Rumgezicke.

Die Frau ging direkt vor ihr vorbei, warf einen Blick in ihre Richtung und verließ hastig die Lobby. Jennifer folgte ihr, sah sie auf der Straße unterwegs zum Venetian Casino.

Sie überlegte, was ihr nun übrig blieb. Ihr war klar, dass sie aus der Masse der Asiaten herausragte und leicht zu entdecken war, falls die Frau auch nur ein Mindestmaß an Ausbildung genossen hatte. Sie spielte mit dem Gedanken, einfach auf sie zuzugehen und sie in ein Gespräch zu verwickeln, bloß eine weitere allein reisende Frau auf der Suche nach Anschluss. Auf der Fähre hatte sie gespürt, dass die Frau genau dies wollte. Als sie sie nun an der Ampel stehen sah, beschloss sie, diesen Plan auszuführen.

Wie beiläufig am Zebrastreifen neben sie stellen und Erstaunen darüber ausdrücken, sie hier zu sehen.

Sie beschleunigte ihren Schritt, um ebenfalls an der Ampel zum Stehen zu kommen. Die Frau sprintete durch den Verkehr auf die andere Straßenseite.

Shit!

Die Frau hatte nicht zurückgeschaut, verhielt sich nicht so, als würde sie fliehen, also war Jennifer ziemlich zuversichtlich, dass sie lediglich nicht auf das Rotlicht geachtet hatte. Da Jennifer sich schlaugemacht hatte, während sie auf die Handyortung wartete, wusste sie, dass das Ziel der Frau problematisch war. Das Venetian war das größte Casino der Welt. Es umfasste ein mehrstöckiges Einkaufszentrum, künstlich angelegte Innenkanäle, die sich durch das gesamte Gebäude zogen, und natürlich das gigantische Casino. Wenn die Frau das Gebäude außer Sichtweite Jennifers betrat, wäre sie innerhalb von Sekunden unauffindbar.

Jennifer wartete auf eine Lücke im Verkehr, um ebenfalls über die Straße zu sprinten, und sah die Frau eine

Brücke überqueren, die sich über einen riesigen künstlichen See spannte.

Beim Betreten des Gebäudes verlor sie sie aus den Augen und ging schneller, um den Abstand zu verringern. In der Lobby schob sie sich durch eine Menschenmenge und lief um eine Skulptur herum, während sie den Kopf nach links und rechts drehte. Sie sah nichts als Asiaten, blieb stehen und beschrieb langsam einen Kreis, wobei sie sich auf die Geschäfte konzentrierte, die den Flur zum Casino säumten. Eine hastige Bewegung fiel ihr ins Auge, wesentlich schneller als die an den Schaufenstern vorbeibummelnde Menge. Sie sah die Frau, wie sie das Casino betrat und zu ihr zurückblickte. Jennifer wartete einen Moment, dann folgte sie ihr.

Der Raum war riesig und, wie alle Casinos, voller Security, sowohl elektronisch als auch physisch. Wenn die Frau schlau war, würde sie einfach stehen bleiben und warten, bis Jennifer wieder verschwand. Im schlimmsten Fall machte sie die Wachleute darauf aufmerksam, dass jemand ihr folgte.

Geh weiter! Bitte geh weiter!

Genau das machte die Frau, sie ging weiter, mitten durch die Halle, vorbei an der Bar zu den Rolltreppen im hinteren Bereich. Jennifer behielt sie im Blick, passte ihr Tempo an, suchte unablässig nach Anzeichen dafür, dass sie auffiel.

Als sie die Rolltreppe erreichte, hatte die Frau schon zwei Drittel des Weges nach oben zurückgelegt. Jennifer war klar, dass sie ein großes Risiko einging, aber ihr war ebenso klar, dass sie der Frau keinen Vorsprung lassen durfte, indem sie wartete, bis sie außer Sichtweite war. Darum betrat sie die Rolltreppe und fuhr nach oben. Sie sah, wie die Augen ihrer Zielperson sich weiteten, sah, wie sie sich, zwei Stufen auf einmal nehmend, davonmachte.

So viel dazu aufzufliegen.

Jennifer tat es ihr gleich.

Sie kam oben an und betrat die Venetian Mall, ein Gewirr aus Fluren, allesamt von Luxus-Läden gesäumt. Sie sah die Frau den Korridor nach links hinunterrennen, wobei sie alle paar Sekunden zurückblickte.

Los geht's!

Jennifer überlegte, ob sie von ihr ablassen und versuchen sollte, sie zu umkreisen, damit die Frau sich wieder sicher fühlte, konnte jedoch nicht riskieren, sie zu verlieren. Die Frau hatte keine Chance, ihr zu entkommen. Es sei denn, sie hatte die letzten sechs Monate mit demselben Lauftraining verbracht, mit dem Jennifer versuchte, ihren persönlichen Dämonen zu entfliehen. Jennifers Beine bewegten sich wie von selbst, sie baute Tempo auf, flog nur so dahin, zog die Blicke auf sich.

Die Frau erreichte eine große, offene Fläche, schwenkte nach rechts, Jennifer nur wenige Sekunden hinter ihr. Als Jennifer um die Ecke bog, sah sie vor sich einen mit Tischen übersäten Food Court, in dem es vor Menschen nur so wimmelte. Die Frau befand sich auf der gegenüberliegenden Seite, und mittlerweile wurden die Leute auf sie aufmerksam, weil sie rannte. Sie blickte zurück und raste prompt gegen einen Tisch. Essen und Getränke flogen in die Luft, während sie zu Boden stürzte.

Jennifer steigerte ihr Tempo, darauf versessen, die Jagd hier und jetzt zu beenden, solange die Zielperson am Boden lag.

Mit entsetztem Gesichtsausdruck rappelte die Frau sich auf, stolperte aus dem Food Court in einen anderen Gang.

Jennifer achtete nicht auf die Menschen, die sie unverhohlen anstarrten, unternahm keinerlei Versuch, ihr Tun zu rechtfertigen. *Nur noch ein paar Sekunden, bis Security aufkreuzt. Ich muss es auf der Stelle zu Ende bringen.*

Sie rannte bis zum Ende des Food Courts, allmählich fasste sie einen Plan: Hol dir ihre Handtasche! Lass die Frau laufen, aber hol dir das Virus.

Sie hatte gesehen, wie die Zielperson alles, was sie bekommen hatte, in ihre Umhängetasche steckte, und vielleicht, nur vielleicht, konnte sie die Kontrolle darüber erlangen, bevor die Wachleute bei ihnen waren. Ein Kampf kam nun nicht mehr infrage. Doch sollte es trotzdem dazu kommen, war es immer noch besser, wenn sie beide im Gefängnis landeten, als dass die Frau mit ihrer tödlichen Beute entkam.

Sie umrundete die Ecke und wurde langsamer, als sie sah, dass der Flur sich gabelte. Ein Korridor war schmal und verlassen, in antiseptischem Beige gehalten, ohne jegliche Dekoration. Er endete vor einer Doppeltür. Der andere führte zurück in die Einkaufsmeile.

Sie folgte der Menge zurück ins Gewühl und hielt Ausschau nach ihrer Zielperson. Sie war einen ganzen Kopf größer als die Leute, die sich an den Geschäften vorbeischoben, sah jedoch nichts. Sie blieb stehen, blickte zurück in den anderen Korridor, der Zeitdruck schier unerträglich. Jede Sekunde, die sie ihrer Zielperson ließ, verschaffte dieser einen exponentiellen Vorteil, da sich immer neue Fluchtwege auftaten.

Sie sprintete zurück in den verlassenen Korridor, rannte zu den Türen am Ende, stieß sie auf und fand sich in einem riesigen Abstellraum voller Putzutensilien wieder. Die Zielperson kniete am gegenüberliegenden Ende neben einer weiteren Tür. Als sie Jennifer eintreten sah, hob sie zähnefletschend den Kopf.

Jennifer sah eine Glasspritze in ihrer Hand. »Nicht!«, schrie sie.

Die Frau hielt inne.

Beschwichtigend hob Jennifer die Hände. »Ich werde Ihnen nichts tun. Versprochen!«

Die Frau zog die Kappe von der Nadel.

»Nicht. Bitte! Legen Sie die Spritze weg. Ich weiß nicht, was die Ihnen erzählt haben, aber was Sie da in der Hand halten, könnte Tausende von Menschen umbringen.«

Die Frau zögerte.

»Lassen Sie sich nicht von denen benutzen«, fuhr Jennifer fort. »Dem Mann, mit dem Sie sich getroffen haben, sind Sie doch völlig egal. Ihm geht es nur darum, Menschen wehzutun. Unschuldige zu töten.«

Zum ersten Mal sagte die Frau etwas, ihr Gesicht eine ausdruckslose Maske. »Es gibt keine Unschuldigen.« Damit rammte sie sich die Nadel in den Schenkel.

Jennifer sprang vor, ohne sich überhaupt richtig bewusst zu sein, was sie da tat. Die Frau stieß den Kolben hinein, riss die Spritze wieder heraus und schleuderte sie ihr entgegen.

Jennifer griff sich ein Tablett aus einem Regal und benutzte es als Schutzschild. Sie hörte die Spritze dagegenprallen und auf dem Boden zerbrechen. Sie hielt den Atem an und wich auf dem Weg zurück, den sie hereingekommen war, während sie die Frau durch die andere Tür entkommen sah.

Alles in ihr schrie danach zu fliehen, eine Urangst vor dem unsichtbaren Tod, den die Spritze barg und der nun im Freien war, in der Luft. Aber sie durfte die Spritze nicht liegen lassen, damit jemand anders sie fand. Eine Zeitbombe, die das Ende der Welt bedeutete.

Flach atmend durchsuchte sie das nächste Regal, fand eine Flasche Chlorbleiche. Sie holte tief Luft und trat vor, dabei kniff sie instinktiv die Augen zusammen.

Sie leerte die komplette Flasche über den Scherben der Spritze aus, deckte alles in einer einzigen Lache zu. Der unverdünnte Chlordampf ließ sie nun wirklich die Augen zusammenkneifen.

Als sie spürte, wie ihre Lunge nach Luft verlangte, ließ sie die Flasche fallen, flüchtete und öffnete den Mund erst wieder draußen auf dem Flur.

Sie ließ sich an die Wand sinken und sog gierig frischen Sauerstoff ein. Ihr war übel, bei dem Gedanken an das Virus bekam sie eine Gänsehaut. Ein tödlicher, hirnloser Organismus, der sich in ihrer Lunge vervielfältigte und seinen Vernichtungsfeldzug begann.

Sie fragte sich, ob sie bereits eine wandelnde Tote war.

55

Retro und ich verließen die City of Dreams Mall und traten in den Flur, der zur Rezeption des Hard Rock Hotels führte. Knuckles hatten wir vor der Lobby abgesetzt und Decoy and Blood den nördlichen Ausgang gegeben. Damit schnitten wir jeden Fluchtweg ab.

Ich hatte Anweisung gegeben, ein sehr lockeres Netz zu spannen, weil ich dem General folgen wollte, ohne ihn auf uns aufmerksam zu machen. Ein frommer Wunsch, da um uns herum eigentlich nur Asiaten waren. Ebenso gut hätten wir bei einer *Sesamstraße*-Produktion von »Eines dieser Dinge passt nicht zu den anderen« mitmachen können. Es war zwar keine Katastrophe, aber an sich schon schlimm genug. Hinzu kam die Tatsache, dass unsere Zielperson uns in jüngster Zeit eine ziemlich gute Falle gestellt hatte. Ich musste davon ausgehen, dass er jeden von diesem Tag her kannte, wenn er ihn nur sah. Da Knuckles nicht an der Überwachung teilgenommen hatte, die zum Kowloon Park führte, setzte ich darauf, dass er immer noch ein Unbekannter war, weshalb er die Lobby bekam.

Wir kamen am Hard-Rock-Souvenirladen vorbei, und ich sah bereits die Ecke der Lobby-Bar. Ich streckte die Hand nach Retro aus, damit er langsamer machte, da erwachte mein Funkgerät zum Leben.

»Pike, hier Knuckles! Die Zielperson ist soeben aufgestanden. Ich glaube, ich habe ihn aufgescheucht.«

»Hat er dich erkannt?«

»Nein. Zwei Australier gingen an die Bar und er konzentrierte sich auf sie. Als ich reinkam, stand er auf. Ich denke, er ist nur nervös.«

Das sollte er auch sein.

»In welche Richtung ist er gegangen?«

»In deine.«

»Retro, geh in den Souvenirladen«, sagte ich. »Stell dich mit dem Rücken zum Fenster, sodass er dich nicht sieht. Ich gebe Bescheid, wenn er vorbei ist. Blood, Decoy, geht rüber zur City of Dreams. Dort wird er rauskommen.«

Es war zwar ein Risiko. Aber aufgrund des Fiaskos mit der Fähre hatte ich die ganze Gegenüberwachungsfalle verpasst, die der General uns gestellt hatte. Darum setzte ich darauf, dass ich für ihn ebenfalls unbekannt war.

Während ich einige lächerlich überteuerte Uhren in den Auslagen anstarrte, bekam ich aus dem Augenwinkel mit, wie der General näher kam. Ich wandte den Kopf ab und schlenderte davon, tat, als betrachtete ich die Schaufenster, wartete darauf, dass er vorbeiging. Die Sekunden zogen sich, wurden zu einer Minute, und wenn ich nicht dumm dastehen wollte, musste ich in Bewegung bleiben.

Ich drehte mich um, um den Souvenirladen zu betreten, dabei erhaschte ich einen Blick den Korridor entlang. Mitten im Gang stand der General, die Hände vor dem Körper verschränkt, und starrte mich an.

Als ich mich umdrehte, winkte er und zog meine Aufmerksamkeit auf sich.

Was zum Teufel …?

Ich hielt inne. Abermals winkte er, anschließend bedeutete er mir, zu ihm zu kommen.

So viel dazu, dass ich ein Unbekannter für ihn bin.

Abrupt machte er kehrt, ging an den Tisch zurück, an dem er zuvor gesessen hatte, und setzte sich, ohne mich aus den Augen zu lassen.

Auf jeden Fall eine ganz neue Erfahrung!

Ich nehme an, jetzt hätte ich wie eine Kakerlake davonhuschen sollen. Aber mal ehrlich, was hätte es denn gebracht? Ich war aufgeflogen und für weitere Beschattungen nicht zu gebrauchen, also konnte es ja wohl kaum schaden, seine Einladung anzunehmen. Vielleicht konnte ich ja sogar noch etwas in Erfahrung bringen.

Während ich zu ihm hinüberging, sah ich einen amüsierten Ausdruck auf seinem Gesicht. »Ich war mir nicht sicher«, sagte er. »Aber jetzt bin ich es.«

Ich setzte mich. »Sie sind so gut, dass es keine Rolle spielt. Spätestens beim nächsten Mal, wenn Sie sehen, dass ich Ihnen folge, wären Sie sicher gewesen. Ich bin so oder so aufgeflogen.«

»Nun ja, wie es aussieht, haben wir ein kleines Problem. Ich nehme an, Sie wissen, wer ich bin. Daher gehe ich davon aus, dass Sie mich gerne an einen Ort bringen würden, der nicht ganz so angenehm für mich ist. Was ich natürlich nicht zulassen kann.«

Ich grinste. »Sie haben nicht wirklich ein Mitsprache-recht. Versuchen Sie abzuhauen, und ich kriege Sie, ob Sie die Männer nun erkennen, die Ihnen den Arsch versohlen werden, oder nicht.«

»Warum holen Sie sie nicht her? Sie sollen sich ein paar Erfrischungen holen. Ich war auch schon in ihrer Lage. Ich bin sicher, sie wären Ihnen dankbar dafür.«

»Nein danke. Es ist mir lieber, Sie bekommen nicht mit, wie viele ich vor Ort habe.«

Nur eine kleine Stichelei, um ihn zum Nachdenken zu bringen.

»Warum geben Sie nicht einfach auf?«, fuhr ich fort. »Das würde es für uns alle leichter machen.«

»Wozu?«, meinte er. »Ich bin bloß ein Teppichhändler, der es sich in Macau gut gehen lässt. Ich will Ihnen nichts Böses und werde bald nach Hause fliegen.«

Eine Zeile aus Jennifers Lieblingsfilm, *Die Braut des Prinzen*, kam mir in den Sinn.

»Wir sind Männer der Tat. Lügen stehen uns nicht gut zu Gesicht.«

Er sah mich an, als wäre mir gerade ein Horn gewachsen, die gestelzte Prosa kam nicht bei ihm an.

Na gut!

Er zückte ein Galaxy-Smartphone. »Ich nehme an, dadurch sind Sie mir auf die Spur gekommen.«

Er öffnete die Rückseite, entnahm Akku und SIM-Karte und warf das Telefon ins Wasser der Blumenvase, die auf dem Tisch stand.

»Es gibt nur eine Möglichkeit, wie Sie mich aufhalten können«, sagte er, »und zwar jetzt sofort. Ich gehe jetzt zu dem Wachmann da drüben und werde ihn bitten, mich hinauszubegleiten. Ich werde Sie in keiner Weise erwähnen, es sei denn, Sie alarmieren Ihr Team und ich fühle mich in Gefahr. Das würde mir nur Probleme bereiten.«

»Wenn Sie auch nur Anstalten machen aufzustehen, schlage ich Sie auf der Stelle nieder.«

»Tatsächlich? Und was dann? Wollen Sie der Polizei, die dann kommt, etwa erzählen, Sie seien ein US-Spion und ich hätte ein tödliches Virus bei mir? Was werden die wohl glauben, wenn sie weder bei mir noch in meinem Gepäck ein Virus finden?«

Ich erwiderte nichts darauf.

»Ich sage Ihnen, was die machen: Die werden uns beide verhaften. Die Chinesen werden uns einsperren, bis sie das geklärt haben, und das könnte sehr lang dauern. Ich weiß nicht, was die mit Ihnen machen werden, aber mich lassen sie im Knast verrotten. Es ist mir gleich. Meine Mission ist erledigt. Werden die USA Sie da rausholen?«

Ich musste an Knuckles denken und daran, was in Thailand geschehen war. Die verhaltene Reaktion der Aufsichtskommission.

»Euch verrückte Bastarde daran zu hindern, das Virus freizusetzen, ist es wert«, sagte ich. »Glauben Sie mir, es wird alles in den Schatten stellen, was China mir oder meinem Team antun kann.«

»Verrückt?«, meinte er. »Auch nicht verrückter als das, was Ihr Land anstellt. Oder Israel. Ihr wollt unsere Fähigkeit zerstören, die gleichen Waffen zu erhalten, die ihr und eure Verbündeten habt. Ihr seid die Einzigen in der Weltgeschichte, die sie je eingesetzt haben, und das auch noch bei unschuldigen Zivilisten. Und ich bin derjenige, der verrückt ist. Aber ich möchte nicht über den Zustand der Welt diskutieren. Ich sagte Ihnen, ich habe das Virus nicht. Ich bin hier fertig und gehe nach Hause.«

Er hat es also der Frau gegeben. Ich dachte an Jennifer, die sie verfolgte, fragte mich, ob sie wohl herausgefunden hatte, wo die Frau kampierte. Betete darum, weil ich nämlich dazu tendierte, ihn laufen zu lassen.

Der Kerl hatte Mumm, das musste man ihm lassen, und einen Verstand wie ein Rasiermesser. Er hatte das ganze Szenario schon durchdacht, ehe er mir überhaupt zuwinkte. Hätte er nicht versucht, die halbe Welt umzubringen, hätte ich seine Fähigkeiten womöglich bewundert.

»Okay«, meinte ich. »Gehen Sie zu Ihrem Wachmann, reden Sie mit ihm. Wir treffen uns wieder, da bin ich mir sicher, und zwar auf für mich günstigerem Terrain.«

Er kniff die Augen zusammen, und mir wurde klar, dass ich nicht nach dem Virus gefragt hatte. Danach, was damit geschehen war. *Ich war dabei, mein Blatt zu verraten.*

Er wollte aufstehen, doch ich umklammerte mit eisernem Griff seinen Arm und beugte mich zu ihm rüber. »Aber bevor Sie gehen, muss ich wissen, wo das Virus in dieser Minute ist. Wenn Sie es nicht haben, heißt das, dass Sie schon alles vorbereitet haben, damit es freigesetzt wird. Sagen Sie mir, wo es sich befindet, oder ich sorge dafür, dass wir alle beide verhaftet werden, auf der Stelle. Ich bekomme das Virus, und Sie gehen als freier Mann hier weg. Ein fairer Deal.«

Einen Moment lang starrte er mich an. »Es befindet sich auf dem Weg in den Iran. Sie können nicht heran. Ihr wollt nicht, dass wir über Atomwaffen verfügen, nun, jetzt haben wir etwas Besseres. Sie können mich einsperren und verprügeln lassen, um an weitere Informationen zu gelangen, aber das ändert nichts an dieser Tatsache.« Er stand auf. »Lassen Sie Ihre Regierung Folgendes wissen: Wir verfügen über eine Waffe, die schlimmer ist als die, an deren Entwicklung sie uns hindern will. Sagen Sie ihr, dass soll sie nicht vergessen.«

Ich sah zu, wie er aus dem Haupteingang ging und mit dem Wachmann sprach. Ich sah auch, dass Knuckles zuschaute. Nachdem der General gegangen war, drehte er sich mit ungläubigem Gesichtsausdruck zu mir um.

Mein Handy klingelte. Ich sah, dass es Jennifer war.

»Sag mir, dass du weißt, in welchem Hotel sie abgestiegen ist. Gib mir eine gute Nachricht, denn bei uns ist es, gelinde gesagt, seltsam gelaufen.«

Bei ihrer Antwort krampfte sich mir vor Angst der Magen zusammen.

56

Es ist also in mir drin.

Bei dem Gedanken hatte sie ein mulmiges Gefühl, die Vorstellung, dass das Virus in ihrem Blutkreislauf vor sich hin brodelte, war einfach widerlich. Doch der Spiegel log nicht.

Elina beugte sich näher, abgestoßen von dem, was sie sah. Ihre Augen blutunterlaufen.

Ich sehe aus wie ein Monster.

Seit ihrer Flucht aus dem Venetian Casino waren anderthalb Tage vergangen, und sie hatte sich schon gefragt, ob man ihren Kontaktmann nicht reingelegt hatte. Ob das Virus überhaupt echt war. Sie war auf ihrem Zimmer geblieben, wie man es ihr befohlen hatte, und hatte alle Anweisungen bezüglich Essen und Trinken bis aufs i-Tüpfelchen befolgt – hatte Teller und Besteck des Zimmerservice mit Seife und Desinfektionsmittel gereinigt, bevor sie sie wieder vor die Tür stellte. Aber sie hatte sich nicht im Mindesten krank gefühlt.

Sie hatte die Zeit mit Bedacht genutzt, einen Flug nach New York gebucht und eine elektronische Einreisegenehmigung für die Vereinigten Staaten beantragt gemäß den Anweisungen, die Malik ihr für das Programm zur Befreiung von der Visumpflicht erteilt hatte.

Er hatte sie noch nicht wieder kontaktiert, und sie fragte sich, ob es eine gute Idee gewesen war, ihr Telefon zu zerstören. Sie hatte es sofort getan, nachdem sie das Venetian verlassen hatte, hatte es über das Brückengeländer in den See geworfen, als sie zurück zum Conrad ging. Ihr war klar, dass sie nicht so gut ausgebildet war wie Malik, aber sie hatte auch eine Vorgeschichte, auf die sie zurückgreifen konnte. Als sie aus dem Abstellraum geflohen war, hatte sie sich gefragt, woher die Frau gewusst hatte, wo sie zu finden war. Dabei hatte sie sich an die Ermordung des ersten Präsidenten Tschetscheniens erinnert.

1996 wurde Dschochar Dudajew von zwei lasergelenkten Raketen getötet, während er sein Satellitentelefon benutzte. Jeder wusste, dass die Russen den Anruf mithilfe einer magischen Technologie abgefangen und die Raketen direkt zu dessen Ursprung geschickt hatten. Sie hatte gehört, dass die Ausrüstung von den USA zur Verfügung gestellt worden war, und während sie atemlos über die Brücke rannte, war sie überzeugt, dass jetzt sie davon verfolgt wurde.

Sie hatte eine Nachricht im Entwurfsordner hinterlassen, die Malik Bescheid gab, aber er hatte nicht geantwortet. Sie machte sich keine Sorgen deshalb, schließlich hatte er gesagt, es werde keine Kontaktaufnahme geben, es sei denn, es sei notwendig. Außerdem werde er den E-Mail-Account überprüfen, wenn er sie telefonisch nicht erreichen könne. In Wirklichkeit wollte sie eine Antwort zu ihrer Beruhigung. Eine Bestätigung, dass das, was sie tat, gerecht war. Die Frau im Abstellraum war nicht wie die Kadyrowtsy. Herrische, sadistische Männer, die aus purem Vergnügen folterten und mordeten. Stattdessen hatte die Frau auf der Fähre Freundlichkeit gezeigt, ihr Lächeln etwas, das man nicht vortäuschen konnte. Es war echt gewesen, und Elina war davon überzeugt, dass sie nicht der Feind war.

Und doch hatte die Frau versucht, sie aufzuhalten, was sie zu einer Feindin machte. Die Gedanken waren verwirrend, und Elina wollte sie unterdrücken. Vergessen.

Sie starrte in den Spiegel, ihre roten Augäpfel flammten ihr entgegen wie der Ursprung alles Bösen.

Nach einer unruhigen Nacht, in der sie sich hin und her warf, ihr Geist im Halbschlaf auf Wanderschaft ging und ihr Unterbewusstsein Amok lief, besessen von dem Gedanken, dass das Virus sie ganz verzehre, erwachte sie vor Tagesanbruch und ging sofort zum Spiegel. Während sie sich den Schlaf aus den Augen rieb, beugte sie sich vor und sah, dass ihre Augen klar waren. Eine Spur rot vielleicht, aber nicht mehr, als angesichts des Schlafmangels zu erwarten war.

Sie holte tief Luft, stieß den Atem aus. Sie musste ihren Flug nicht umbuchen und konnte heute abreisen.

Sie packte ihre Sachen, stellte sicher, dass sie ihre Atemschutzmasken und das Handdesinfektionsmittel hatte, sowohl einen großen Behälter in ihrem Koffer als auch einen kleinen, den sie ins Flugzeug mitnehmen konnte.

Unten ließ sie sich vom Portier ein Taxi rufen. Sie hatte das Gefühl, dass sie mit der Maske nur auffiel, blieb in der Lobby neben einer Säule und wandte ihren Kopf nach links und nach rechts, um zu sehen, ob jemand auf sie aufmerksam wurde. Nichts stach heraus, aber das trug nicht nennenswert dazu bei, ihre Nervosität zu unterdrücken.

Sie begleitete sie bis zum Flughafen, ein Ziegelstein in ihrem Magen, der ihr Übelkeit verursachte und sie auch weiterhin quälte, bis sie an Bord ging. Die Nervosität war wie weggeblasen, als die Maschine abhob. 20 Stunden später landete sie in New York City am JFK-Airport. Zweimal war sie in anderen Städten umgestiegen und war körperlich am Ende. Die Enge im Flugzeug zwang sie zu unangenehmen Positionen, um sicherzustellen, dass sie nicht in Kontakt mit anderen Menschen kam. Man hatte ihr zwar gesagt, dass das Virus nicht durch eine simple Berührung übertragen wurde, aber sie ging kein Risiko ein.

Sie trat aus dem Flugzeug auf die Gangway und spürte das vertraute Gefühl der Angst vor dem, was sie draußen vor der Tür erwartete: eine homogene Menschenmasse, die sie nicht verstehen konnte. Stattdessen wurde sie angenehm überrascht. Der Kennedy-Airport war mit asiatischen Flughäfen nicht zu vergleichen.

Zum einen war er schmutzig, wenn nicht heruntergekommen, und erinnerte sie eher an die Moskauer U-Bahn. Im Gegensatz zum Flughafen von Hongkong mit seinen makellosen, beinahe sterilen Korridoren war er ein einziges Gewirr aus Anbauten und Erweiterungen, die wie zufällig aneinanderklebten.

Zum anderen war der Kennedy Airport alles andere als homogen. Es gab hier Ausländer aus allen sozialen Schichten, in die unterschiedlichsten Landestrachten gekleidet.

Ersteres ließ sie sich wie zu Hause fühlen. Letzteres ließ sie in der Menge untertauchen, ohne unberechenbare Blicke auf sich zu ziehen. Beides zusammen gab ihr mehr Selbstvertrauen, als sie seit Wochen empfunden hatte.

Sie kam ohne Probleme durch den Zoll, fand ihren Koffer und nahm die Airport-Tram zum Mietwagenbereich an der Federal Circle Station. In der Ferne sah sie die Skyline von Manhattan und fragte sich, wie die Stadt wohl sein mochte. Genauso wie Hongkong? Oder Moskau?

Wie die Menschen hier wohl sind? Die Frage war nicht bloß Neugier, sondern wesentlich bedeutender. Sie könnte ihr helfen, sich auf eine Vorgehensweise festzulegen. Allmählich kam ihr ein Gedanke.

Bleib eine Nacht hier. Warum nicht? Immerhin war es ihr Leben. Sie sollte doch zumindest die Lage erkunden, bevor sie ihr Ziel erreichte. Sie stand ja nicht unter Zeitdruck ... jedenfalls nicht, soweit sie wusste.

Sie erreichte die Autovermietungen und holte ihren Wagen ab, dabei war sie wesentlich freundlicher als nötig zu dem Mann am Schalter. Trotz der Gesichtsmaske reagierte er auf ihre Anmache, und wenig später hatte sie ein Hotel im Stadtzentrum und eine Wegbeschreibung dorthin. Er gab ihr ein kostenloses Upgrade, und sie fuhr mit einem nagelneuen Jeep Cherokee vom Parkplatz.

Im Verkehr schwand das Hochgefühl über ihre neu gewonnene Dreistigkeit ziemlich schnell, die anderen Fahrer hupten, schnitten sie, bedachten sie mit obszönen Gesten. Als sie endlich in ihr Hotel in der East 45th Street kam, war ihre Laune auf dem Tiefpunkt.

Der Parkservice parkte ihren Wagen, und sie ging umgehend auf ihr Zimmer, trank eine Flasche Wasser und setzte sich aufs Bett.

Von der Angst, die sie in Hongkong erlebt hatte, war hier nichts zu spüren. Das Einzige, was sie empfand, war Wut über die unverschämte Behandlung durch jeden Fremden, dem sie begegnete. Die meisten riefen irgendetwas auf Englisch, das sie kaum verstand, was ihr sagte, dass sie nicht aus Amerika stammten.

Das war eine blöde Idee. Ich hätte einfach zu meiner Reise aufbrechen sollen. Unterwegs werde ich schon alles herausfinden, was ich wissen muss.

Sie beschloss, die Nacht hier zu verbringen und gleich morgen früh loszufahren. So oder so, sie brauchte eindeutig eine Ruhepause. Ihr Magen knurrte, und sie merkte, dass sie seit Stunden nichts gegessen hatte. Es war sieben Uhr abends hier, aber sie hatte keine Ahnung, was das in Relation zu der Zeit bedeutete, zu der sie aufgebrochen war.

Sie verließ das Hotel und ging die 45th Street entlang. Vor sich, nur einen Block entfernt, sah sie ein Schild für ein Etablissement namens The Perfect Pint, ein dreistöckiges Pub und Restaurant mit europäischem Flair. Sie sah eine Außenterrasse im zweiten Obergeschoss und beschloss, es auszuprobieren.

Drinnen sagte sie der Bedienung, sie wolle etwas zu essen zum Mitnehmen. Die Frau starrte sie an, als wäre sie entstellt, wies ihr aber den Weg zur Bar in der ersten Etage. Sie trat ein und fand eine Horde Männer vor, alle mit Hemd und Krawatte, die Hälfte von ihnen mit Umhängetasche.

Beinahe bis auf den letzten Mann starrten sie sie ebenfalls an. Sie merkte, dass sie auf ihre Schutzmaske schauten. Am Flughafen war das Ding nicht weiter aufgefallen, hier jedoch wirkte es wie eine Leuchtreklame.

Mit lauter Stimme meinte einer von ihnen: »Hast du eine Krankheit oder so?«

Ihr war klar, dass sie angetrunken waren. Sie war unter Männern gewesen, die wesentlich mehr Alkohol vertragen konnten als diese Kinder, und hatte die Anzeichen gesehen, noch bevor sie eingetreten war.

Außerdem wusste sie, welche Wirkung ihre Augen hatten. Karibikblau – die konnte sie immer einsetzen, so wie in der Autovermietung.

Sie lächelte unter ihrer Maske, wusste, dass es über dem Stoff zu sehen war. Und dass es den Männern auffallen würde. »Nein«, erwiderte sie. »Ich bin bloß paranoid.«

Er quittierte die Antwort mit einem Wiehern und schlug seinem Freund auf die Schulter, ganz hin und weg von so viel Aufmerksamkeit. Sie ging ans Ende des Tresens und winkte dem Barkeeper.

Sie bestellte eine Flasche Wasser und einen Teller zum Mitnehmen, nahm dann Platz, um zu warten und beobachtete die Gruppe von Männern. Musterte sie. Sollte sie die Kerle umbringen? Wenn sie das Virus gleich hier freisetzte, wäre dies das Richtige? Was hatten sie denn schon getan, außer sich zu betrinken und ihr auf die Nerven zu gehen?

Sie sah zu und wartete, sah nichts, das es nicht auch in einer Kneipe in Grosny zu sehen gab. Eigentlich waren die Männer nur laut und klopften sich gegenseitig auf die Schulter. Allmählich fühlte sie sich ganz schlecht wegen ihrer Entscheidung. Sie hatte den Rubikon überschritten, und nun gab es kein Zurück mehr. Sie könnte Selbstmord begehen und wäre immer noch hoch ansteckend. Ihre Schwermut kehrte zurück, dasselbe Gefühl wie damals, als sie vom Tod ihres Verlobten erfahren hatte. Das Gefühl, dass alles so sinnlos war.

Die Amerikaner waren nicht von Natur aus böse. Nicht anders als sie waren sie einfach nur weltfremd. Wahrscheinlich konnten diese Betrunkenen Tschetschenien noch nicht einmal auf dem Globus finden.

Im Fernseher hinter der Bar liefen Nachrichten, ein Bericht über einen Insider-Anschlag in Afghanistan. Offenbar hatte jemand von den afghanischen Sicherheitskräften, der als Verbündeter mit den USA zusammenarbeitete, US-Personal getötet. Es wurde ausführlich geschildert, wie ein Polizist, der in einer Akademie in Kandahar bei den Amerikanern ausgebildet worden war, eines Morgens auftauchte und zum Schießstand ging. Als seine Waffen und die Munition ausgegeben wurden, begann er, anstatt auf die Zielscheiben auf die Amerikaner zu schießen. Er tötete fünf, bevor er von einem anderen afghanischen Polizisten niedergemäht wurde.

Der Bericht schien die Betrunkenen aufzustacheln, alle schrien sie durcheinander, was nun zu tun sei. Sie hörte, wie der Mann, der sie wegen ihrer Maske angesprochen hatte, meinte: »Verfluchte Turbanträger! Die sollte man einfach zurück in die Steinzeit bombardieren.«

Der andere, der bei ihm war, sagte etwas, das sie nicht hören konnte, und er regte sich noch mehr auf. »Bullshit, Mann! Dieses ganze Islam-Ding ist eine verdammte Tarnung. Die wollen nur die Kontrolle über unsere Lebensweise übernehmen. Ich sage dir, wir sollten jeden Einzelnen dieser Moslems hier rauswerfen. Wenn wir das nicht tun, bringen uns diese Hurensöhne am Ende noch alle um.«

»Da liegst du 100 Prozent richtig«, meinte ein weiterer Mann neben ihm. »Mein Bruder war mit der Army im Irak, diesen Turbanträgern ist nicht zu helfen. Er hat mir unfassbare Geschichten erzählt. Jetzt sind sie so weit, dass sie auf unsere Leute schießen. Nach allem, was wir für sie getan haben. Da kann einem übel werden. Am besten wir töten sie alle, Gott wird die Seinen schon erkennen.«

Sie hörte die Worte und erkannte, dass Malik recht hatte. *Es stimmt also. Sie wollen mein Volk umbringen.*

Der Mann neben ihm sagte: »Ja, in Saudi-Arabien vielleicht. Aber mein Nachbar ist Moslem. Aus Bosnien. Der ist okay. Der lässt nicht diesen ganzen Mist von wegen ›Tod den Amerikanern‹ vom Stapel. Mit dem kann man sogar ein Bier trinken.«

»Bullshit!«, meinte der Typ, der sie wegen ihrer Maske angesprochen hatte. »Das ist bloß ein Trick. Ich habe einen Kumpel in der Army, der in fast jedem Dreckloch dieser Turbanträger war. Diese Bastarde wollen ein Kalifat. Die wollen die ganze Welt beherrschen. Scheiße, die bauen überall ihre Moscheen hin.«

Als sein Freund ein überraschtes Gesicht machte, fuhr er fort: »Im Ernst! Wenn einer hier aufkreuzt und sagt, er sei Moslem, ist mir doch egal, wo er herkommt. Die wollen unseren Way of Life kaputtmachen. Die halten nichts von Demokratie. Wir sollten sie jetzt aufhalten, bevor es zu spät dazu ist.«

Elina war bis ins Mark erschüttert. Noch nie hatte sie jemanden so heftig gegen ihre Religion wettern gehört. Sie hatte immer geglaubt, die Russische Föderation benutze solches Gerede, um für Unterstützung zu werben. Etwas, das in jedem Krieg geschah. Nun sah sie den Unterschied. Der Krieg war genau so, wie Malik sagte. Viel größer als ihr kleiner Kampf in Tschetschenien. Diese Männer machten keinerlei Unterschied zwischen den Konflikten in Afghanistan und anderswo. Keinerlei Unterschied, abgesehen von der Tatsache, dass sie Muslimin war.

Die Aussagen machten sie wütend. Der Mann klang genau wie die Kadyrowtsy.

Wäre er in Grosny, würde er in der Batteriefabrik arbeiten. Meine Familie foltern.

Ihr Essen kam, und sie legte ihre Prepaidkarte auf den Tresen, schlenderte dann hinüber zu der Gruppe.

Der ignorante Kerl sah sie näher kommen und hob die Hände. »Whoa, ey! Ich will nicht krank werden.«

Seine Freunde lachten.

Sie zog die Maske herunter. »Ich könnte dir heute Nacht ein kleines Virus verpassen, das dir gefallen wird.«

Er legte ihr den Arm um die Hüfte, blickte zu seinen Freunden, zwinkerte ihnen zu. »Nur wenn du mich auch oral ansteckst.«

Die Männer kicherten über den kindischen Scherz. Sie beugte sich vor, nur Zentimeter von seinem Gesicht entfernt.

»Vielleicht!«

Sie schockierte ihn, indem sie ihn auf den Mund küsste. Er riss die Augen auf. Einen Sekundenbruchteil später erwiderte er ihren Kuss, schob ihr die Zunge tief in den Mund, zeigte ihr, was für ein Kerl er war, während seine Freunde lachten und stichelten.

Sie löste sich von ihm. »Bist du nachher noch hier?«, wollte sie wissen.

»O ja«, antwortete er, vom Alkohol benebelt. »Wenn es sein muss, werde ich die ganze Nacht auf dich warten.«

Sie nahm ihr Essen und küsste ihn auf die Wange. »Ich komme später wieder und werde nachsehen, ob du Fieber hast.«

»Warte! Wie heißt du?«

»Elina. Aber meine Freunde nennen mich die Schwarze Witwe.«

Die Männer starrten sie verwirrt an. Einer lachte gezwungen. Nicht lange, und die anderen lachten mit. Das Lachen wuchs, bis der Kerl ihr einen Klaps auf den Hintern gab, nun sicher, dass er den Witz verstand.

Sie verließ die Bar, hörte die Rufe, mit denen die hasserfüllten Männer ihren Kollegen anstachelten.

57

Ich wartete, bis die VPN-Verbindung stand. Dass ich Kurt Hale den gleichen Lagebericht wie gestern geben musste, gefiel mir ganz und gar nicht: Wir hatten sowohl den General als auch die Überträgerin verloren und waren nicht in der Lage, sie wieder aufzuspüren.

Wir hatten die letzten drei Tage damit verbracht, alles auszuschöpfen, was wir hatten, um einen Anhaltspunkt zu bekommen, und rund um die Uhr gearbeitet, aber nichts gefunden. Wir hatten einige Möglichkeiten, denen die Taskforce-Männer im Hintergrund nachgingen. Hier ein bisschen, da ein bisschen. Auf einer Passagierliste ein paar Namen, unter denen sie vielleicht gereist waren, aber ich versprach mir nicht allzu viel davon.

In Wahrheit ging ich das Problem nur mit der Hälfte meiner Gehirnleistung an, weil ich mir schreckliche Sorgen um Jennifer machte. Tag für Tag wühlte ich stumpfsinnig durch, was ich finden konnte, um das Team und mich zu beschäftigen. Nachts lag ich dann hellwach da und fragte mich, ob sie sterben würde, fühlte, wie die Uhr unaufhaltsam einer Antwort entgegentickte, die ich nicht hören wollte. Es lähmte einen geradezu.

Vor zwei Tagen hatte mir noch eine Ewigkeit zur Verfügung gestanden, um Jennifer von meinem Wert zu überzeugen. Um mit ihr zusammen zu sein. Nun hatte ich nichts mehr. Die Chance war vertan. Etwas, das ich als selbstverständlich angesehen hatte, war verschwunden. *Genauso wie die verpassten Geburtstage meiner Tochter.*

Am nächsten war ich ihr gekommen, nachdem ich den Kerl getötet hatte, der sie überfallen hatte. Als es vorüber war, hatte ich zögernd meine Seele entblößt und sie wissen lassen, wo ich stand, noch nicht einmal sicher, ob ich es selber glaubte. Wir waren beide emotional so angeschlagen, dass es schwierig war, Fantasiegebilde von Gefühlen zu trennen. Eine Welt, die ich mir wünschte, von der Realität, in der ich lebte. Anfangs hatte sie darauf reagiert, doch dann dichtgemacht. Es tat nicht weh, weil ich es verstand. Ich hatte gewartet, um ihr Zeit zu geben, ihr Trauma in den Griff zu bekommen. So wie ich zu erkennen, dass am Ende des Regenbogens vielleicht kein Topf voller Gold wartete, aber dass es tatsächlich einen Regenbogen gab. Und nun hatte ich zu lange gewartet. Wann würde ich es je lernen?

Sie war in ein Zimmer gesperrt und wartete darauf, blutunterlaufene Augen zu bekommen, und ich verfolgte den verdammten Terroristen, der dafür verantwortlich war. Erneut musste ich darüber nachdenken, was zum Teufel ich mit meinem Leben anstellte.

Ich hatte meine Familie verloren, während ich im Ausland war und im Namen der nationalen Sicherheit kämpfte. Und nun würde ich, weil ich Jennifer in dem törichten Versuch, eine Lücke zu schließen, in die Taskforce gebracht hatte, auch noch den einzigen Menschen auf der Welt verlieren, der meiner Frau je das Wasser reichen konnte. Ich fragte mich, ob sie mich im Himmel verfluchte.

Jennifer hatte sich freiwillig in Quarantäne begeben und gab uns viermal am Tag einen Bericht. Nun, da es Tag drei war ohne Anzeichen einer Infektion, fühlte ich mich wesentlich besser. Sie hatte das Virus nicht. Dessen war ich mir sicher. Nach dem Vorfall hatten wir über VPN mit dem Doktor gesprochen, der die Todessuppe zusammengebraut hatte, die sich mittlerweile an einem unbekannten Ort befand. Er hatte gemeint, wenn Jennifer bis zum dritten Tag durchhielt, ginge es wieder.

Doch jemand anders *war* infiziert, und wir hatten keine Ahnung, wohin diese Trägerin verschwunden war.

Ich sah einen Schatten auf dem Bildschirm, und Kurt nahm vor der Kamera Platz. Ich gab ihm einen knappen Überblick, der sich nicht wesentlich von dem unterschied, den ich ihm gestern gegeben hatte. Er schien über die Nachricht nicht sonderlich verärgert. Eher als hätte er sich mit dem Unvermeidlichen abgefunden.

Ich sollte schnell herausfinden, weshalb. »Aufgrund Ihres anfänglichen Berichts ist die Kommission nun uneins«, sagte er. »Die eine Hälfte glaubt, der General habe das Virus einfach nach Hause in den Iran geschickt. Die andere Hälfte nimmt an, dass eine Trägerin frei herumläuft.«

Die Vorstellung war lächerlich. »Die glauben lieber einem General der iranischen Revolutionsgarden als das, was Jennifer mit eigenen Augen gesehen hat? Mein Gott, Malik wollte uns doch bloß abschütteln! Ich wünschte, ich hätte das Gespräch nicht in meinem Lagebericht erwähnt.«

»Die Leute können immer noch nicht glauben, dass die Iraner das Virus freisetzen würde, solange es sich um eine Waffe handelt, die sie nicht kontrollieren können. Es wird sie doch ebenfalls treffen. Die denken, dass es als potenzielle Waffe sinnvoller ist. Etwas, das sie als letztes Mittel einsetzen können, um uns fernzuhalten.«

»Sir, Jennifer hat gesehen, wie die Frau sich die Spritze setzte.«

»Wir wissen nicht, was sich darin befand. Es könnte ebenso gut Salzwasser gewesen sein. Genau wie Sie sagen:

eine Ablenkung, um uns davon abzuhalten, das echte Virus abzufangen.«

»Glauben Sie das?«

Er lehnte sich zurück, rieb sich die Augen. »Nein. Nein, das glaube ich nicht. Ich denke, dass es eine Krankheitsträgerin gibt und dass sie unterwegs hierher ist.«

»Wie lautet das Votum des Präsidenten?«

Er schüttelte den Kopf. »Der Präsident ist ans Bett gefesselt. Es geht ihm schlechter. Die Ärzte sagen, es liege daran, dass er keine Ruhe bekommt. Die Regierung hat seinen Zustand offiziell bekannt gegeben, und alle Experten meckern offen darüber, die Befehlsgewalt an den Vizepräsidenten weiterzugeben, bis es ihm besser geht. Es ist das reinste Chaos.«

Er wirkte ein wenig fahrig. Nicht der sonst so forsche, Befehle erteilende Mann, den ich gewohnt war. Er sah müde aus. Gealtert.

»Sie wollen allerdings alles abdecken. Die Überträgerin ist jetzt als DOA ausgewiesen.«

Ich war zutiefst entsetzt. DOA stand für *dead or alive* – tot oder lebendig – und war eine Taskforce-Kennzeichnung, die so gut wie nie verwendet wurde. Es hieß, dass die Zielperson eine eindeutige und unmittelbare Bedrohung für die nationale Sicherheit darstellte und getötet anstatt gefangen genommen werden konnte. Aus naheliegenden Gründen war dies äußerst heikel und bedeutete, dass die Aufsichtskommission vor Wut schäumte.

»Und der Vizepräsident hat das autorisiert?«, wollte ich wissen.

»Ja, aber nur als Sprachrohr. Es gibt einen Zivilisten in der Kommission, der überall auf der Welt die Bedrohung durch das Virus hinausschreit. Er ist ein hohes Tier in einem Konzern, dem ein ganzer Haufen Pharmaunternehmen gehört, und er ist so etwas wie ein Experte geworden. Alle hören auf ihn. Selbst diejenigen, die eigentlich der Ansicht sind, das Virus befinde sich im Iran.«

Diese Antwort war einfach zum Kotzen. Ich konnte nicht fassen, dass man sich für tot oder lebendig aussprach, wenn auch nur irgendjemand Zweifel hegte. Eine derartige Entscheidung traf man nur, wenn man sich seiner Sache absolut sicher war. Darum jagte es mir eine Heidenangst ein, dass sie das getan hatten.

»Das heißt also, jemand in der Aufsichtskommission, der sich im tiefsten Innern sicher ist, dass sich das Virus im Iran befindet, ist bereit, einen Zivilisten zu töten, den er nicht für eine Bedrohung hält?«

»Pike, niemand weiß, worin die Bedrohung besteht. Sie denken, sie ist überall, und werden dagegen vorgehen, wie sie es für richtig halten. Wie geht es Jennifer?«

Der abrupte Themenwechsel traf mich unvorbereitet, aber ich war froh, dass ich bessere Nachrichten vermelden konnte. »Ihr geht es gut. Keinerlei Anzeichen für eine Infektion. Ich habe die Gulfstream von Hongkong herübergebracht. Morgen können wir fliegen. Ich bin mir ziemlich sicher, dass hier sowieso nichts zu finden ist. Die Trägerin ist entweder auf dem Weg in die USA oder bereits dort. Geben Sie einfach den Befehl.«

Ein rascher Blick vom Bildschirm weg und wieder zurück. »Ja! Fliegen Sie morgen nach Hause. Pike, die möchten Jennifer untersuchen. Einfach um sicherzugehen, dass sie nicht infiziert ist.«

Was er vorhin gesagt hatte, darüber, dass man nicht wisse, worin die Bedrohung bestehe, ließ in mir eine

Alarmglocke läuten. Hier stank etwas. »Was? Ich sagte Ihnen doch gerade, dass sie nicht infiziert ist.«

Ich sah ihm an, dass ihm nicht gefiel, was er gleich sagen würde.

»Als ihr in Singapur wart, hat sie von dem Doktor die neueste Version des Serums bekommen. Diejenige, die er nicht mehr testen konnte, um festzustellen, ob es auch wirkt. Sie wollen sie nur durchchecken. Es ist zu ihrem eigenen Besten.«

»Das ganze Team hat das verfluchte Serum bekommen. Also was soll das? Sie ist nicht krank.«

»Pike, wir haben keine Ahnung, ob dieser Impfstoff überhaupt etwas wert ist. Er hat nie irgendwelche Tests durchlaufen. Er könnte genauso wirken wie die anderen, die tatsächlich getestet wurden. Hätten Sie oder die anderen sich das Virus eingefangen, wären Sie bereits tot, da sind wir uns ziemlich sicher. Aber das gilt nicht für Jennifer. Sie befürchten, sie könnte zu einer weiteren Trägerin geworden sein.«

Hoppla! Auf gar keinen Fall! »Sir, schon wegen des Impfstoffs wird ein Antikörpertest bei ihr so oder so positiv ausfallen. Das sagte der Doktor. Es lässt sich nicht nachweisen, ob sie das Virus überträgt, und niemand wird bereit sein zu glauben, dass der Test bloß wegen des Impfstoffs positiv ausfiel. Es wird eine Woche dauern zu beweisen, dass sie nicht infiziert ist. Eine Woche, die wir nicht haben.«

Er hob die Stimme, zum ersten Mal wütend. »Dieses Risiko können wir nicht eingehen. Schaffen Sie sie einfach hierher. Es ist schon okay.«

Schweigend saß ich da. Mir war klar, dass dieses Gespräch nur noch schlimmer werden konnte.

»Es ist schon okay, Pike«, sagte er noch einmal.

»Sir, Sie waren doch bei dem Telefongespräch mit dem Doktor dabei, wissen Sie noch? Das eine, was er uns sagte, war, dass ihre Augen 24 bis 48 Stunden nach dem Kontakt mit dem Virus massiv blutunterlaufen sein würden, Impfstoff hin oder her. Das war bei ihr nie der Fall. Sie ist nicht infiziert.«

»Das hier ist keine Diskussion. Schaffen Sie sie nach Hause.«

»Sir, sie ist die Einzige, die weiß, wie die Trägerin aussieht. Falls die glauben, sie könnte infiziert sein, sollte denen auch klar sein, dass die Überträgerin tatsächlich infiziert ist – und dass Jennifer zurzeit der einzige Mensch auf diesem Planeten ist, der sie ausfindig machen kann.«

»Hören Sie, Pike, ich werde nicht zulassen, dass man ihr wehtut.«

»Ich weiß. Aber was die anderen betrifft, bin ich mir da nicht so sicher. Aber selbst Sie werden sie einsperren, um zu verhindern, dass sie andere ansteckt, nur für den Fall, dass sie doch infektiös ist. Mit einem Virus, das sie gar nicht in sich trägt.«

Kurt ballte die Faust, hieb auf den Tisch. »Es gefällt mir genauso wenig wie Ihnen, aber wir haben Befehle zu befolgen. Schaffen Sie Jennifers Arsch nach Hause oder überlassen Sie es dem Team Knuckles und lassen Sie die das tun.«

Ich kam mir vor, als hätte er mir in den Magen geschlagen, starrte nach wie vor auf den Bildschirm, sah Kurt fest in die Augen. Ich hob die Stimme. »Knuckles, komm her!«

Auf Kurts Gesicht spiegelte sich Überraschung. »Ihr habt sie doch nicht mehr alle«, sagte ich zu ihm. »Ich bringe sie garantiert nicht nach Hause zu einem Haufen Angsthasen, die sich noch nicht einmal darauf einigen können, worin die Gefahr überhaupt besteht. Zu Leuten, die bereit sind, eine Zivilistin umzubringen, obwohl sie sie noch nicht einmal für eine Bedrohung halten. Glauben Sie etwa, denen vertraue ich Jennifers Leben an?«

Die Tür wurde geöffnet. »Was gibt's?«, wollte Knuckles wissen.

Ich stand auf. »Der Commander möchte mit dem neuen Teamchef sprechen.«

58

Ich saß im Vorraum unseres provisorischen Gefechtsstands und wartete darauf, dass das Gespräch im Schlafzimmer ein Ende fand.

Blood war der einzige andere Teamkollege, der anwesend war. Zweifelnd sah er mich an, war jedoch geistesgegenwärtig genug, keine Fragen zu stellen. Er sah meinen Gesichtsausdruck und begnügte sich damit, an dem Verband an seinem Arm herumzuspielen.

Ich ging die Daten auf dem Tisch durch und blätterte abwesend durch die zahllosen unterschiedlichen Hinweise, denen wir nachgegangen waren. Ich sah den Bericht der Spurensicherung über Ernies Telefon, dasjenige, das Knuckles aus dem Gebüsch geholt hatte, nachdem Ernie es benutzt hatte, um uns zu ködern.

Es hatte einige Zeit in Anspruch genommen, den Bericht zu erstellen. Erst nach meinem seltsamen Zusammentreffen mit dem General konnten wir uns darauf konzentrieren. Die Nummern darin erwiesen sich als nutzlos. Alle gehörten sie zu Handys, die wir bereits kannten, mit einer Ausnahme: Ernie hatte eine Nummer angerufen, die bislang nicht aufgetaucht war, allerdings aufgelegt, bevor die Verbindung zustande kam. Im Wesentlichen war es lediglich ein Eintrag in seiner Anrufliste ohne zugehörige Mobilfunkdaten.

Die Nummer ähnelte einer anderen, die wir verfolgt hatten. Abgesehen vom Ländercode – für den Iran – unterschied sie sich bloß in zwei Ziffern von einem anderen Handy, das wir bereits hatten. Nachdem die Anwahl gestern ergebnislos verlaufen war, kamen die Analysten zu dem Schluss, dass Ernie sich einfach verwählt hatte. In seiner Panik hatte er die falsche Nummer eingetippt, es jedoch bemerkt, bevor die Verbindung stand. Aber man konnte ja nie wissen. Nur weil es hier nicht funktionierte, hieß dies ja nicht, dass wir sie verwerfen mussten.

Ich faltete den Zettel zusammen und steckte ihn in die Tasche, gerade als Knuckles den Raum betrat. Er sah aus, als hätte man ihn gezwungen, saure Milch zu trinken. Er war sogar ein bisschen grün im Gesicht.

»Du weißt, was er mir gesagt hat«, meinte er.

»Ja! Und es wird nicht passieren! Das ist der einzige Grund, aus dem ich noch hier warte. Um dir das zu sagen. Lass es sein. Ich nehme Jennifer mit und buche einen Linienflug.«

»Pike ... das kann ich nicht zulassen. Mach es doch nicht schlimmer, als es ohnehin schon ist. Kurt meint, du kannst die ganze Zeit über bei ihr bleiben.«

»Ich glaube Kurt. Wirklich! Aber er hat dort nicht das Sagen. Er kann uns erzählen, was er will, genau so lange, bis er mir sagen muss, dass der Plan sich geändert hat.«

»Komm schon, Pike! Niemand wird ihr etwas tun. Du tust ja so, als wären wir die verfluchten Iraner. Du sprichst hier von der Regierung der Vereinigten Staaten. Die werden ihr keinen Schaden zufügen.«

Ich schüttelte den Kopf. »Knuckles, die wollten dich in Thailand verrotten lassen. *Dich!* Die Regierung ist nicht automatisch gut. Ich bin sicher, im Zweiten Weltkrieg schenkte jeder Amerikaner japanischer Herkunft der Regierung so lange Glauben, bis wir sie in Lager steckten.«

»Mein Gott, Pike! Was zum Teufel redest du da? Im Zweiten Weltkrieg? Das kannst du doch gar nicht vergleichen. Das war eine riesige Bedrohung. Damals hatten wir Pearl Harbor, um Himmels willen.«

Ich stand auf, verkürzte den Abstand zu ihm. »Genau davor habe ich Angst. Mein Urteil ist nicht getrübt. Deren Urteil dagegen schon, eben weil wir vor einer riesigen Bedrohung stehen und diese Kerle zu blind sind zu sehen, dass Jennifer die Einzige ist, die uns davor bewahren kann.«

Er hob die Hände, bemüht, mich zu beruhigen. »Pike, wir können uns nicht selber die Befehle erteilen. Lass uns zurückkehren und sie durchchecken. In ein paar Tagen wird der Präsident wieder auf den Beinen sein. Er wird nicht zulassen, dass ihr etwas geschieht, und ehrlich gesagt haben sie nicht ganz unrecht. Wir können nicht einfach abwarten, um zu sehen, ob sie jemanden krank macht.«

»Sie wird niemanden anstecken, verflucht noch mal!«

Ungewollt schoss mir ein Gedanke durch den Kopf, wie ein Licht, das in einem dunklen Raum aufblitzt und die Antwort an der Wand erhellt.

Ohne ein weiteres Wort stürmte ich aus der Suite. Ich war noch vier Türen von Jennifers Quarantäne-Zimmer entfernt, als Knuckles mich einholte.

»Was hast du vor?«

Ich erreichte die Tür, hämmerte dagegen. »Mach auf«, rief ich.

»Was willst du?«, hörte ich sie. »Du kannst nicht reinkommen, Pike.«

»Mach diese Tür auf, sofort!«

Sie öffnete die Tür einen Spaltbreit. »Pike, bitte! Geh wieder.«

Knuckles wich zurück, als ihr Gesicht erschien. Das zeigte mir, dass er sie für eine Bedrohung hielt.

»Du bist nicht krank«, meinte ich. »Das hast du mir doch heute gesagt.«

»Ja, aber ...«

Ich stieß die Tür auf, näherte mich ihr. »Küss mich!«

»Was?«

Ich legte ihr den Arm um die Taille, zog sie mit einem Ruck an mich. Sie wehrte sich, drehte den Kopf weg. »Pike«, kreischte sie, »nein! Was zum Teufel tust du da?«

Die andere Hand legte ich ihr um den Hinterkopf, damit sie nicht zappeln konnte, und küsste sie voll auf die Lippen, hielt sie fest, bis ich mir sicher war. Sie wand sich, um aus meinem Griff zu entkommen. Ich ließ sie los, und sie sprang weg wie ein Tier, schlug mit wildem Gesicht mit den Fäusten auf mich ein.

Knuckles blieb völlig entgeistert vor der Tür stehen.

»Wenn du versuchen willst, mich aufzuhalten, nur zu«, sagte ich. »Aber vergiss nicht, falls Jennifer eine Trägerin ist, bin ich jetzt verdammt infektiös.«

59

Als Patrick Rathbone aufwachte, hatte er das Gefühl, der Schädel wolle ihm platzen. Das war zwar nichts Neues, doch das Ausmaß der Kopfschmerzen war schon ein wenig ungewöhnlich. Von seinen Freunden »Bone« genannt, verbrachte er die meisten Abende damit, mehr zu trinken, als er eigentlich sollte.

Wankend kam er auf die Beine und trat in seinem kleinen Ein-Zimmer-Apartment die Kleidung von der Nacht zuvor beiseite. Er legte die Hände an den Kopf, bemüht, die wütenden Hämmer zu unterdrücken, die auf seinen Schädel einschlugen.

Ich muss wirklich mit dem Saufen aufhören. Zumindest unter der Woche.

Vier Jahre hatte er das College nun schon hinter sich und versuchte immer noch, seinen Weg zu finden. Mit einem Abschluss im Finanzwesen erzählte er zu Hause gern jedem, dass er an der Wall Street arbeitete. Was im Grunde ja auch stimmte.

Er hatte versucht, in der Welt des Geldes Fuß zu fassen, war jedoch gescheitert. Nicht anders als eine Blondine vom Land, die den Bus nach Hollywood nimmt, hatte er erwartet, allein mit seinem Charisma seinen Weg zu machen, und festgestellt, dass man ihn auf dem Arbeitsmarkt nicht gerade mit offenen Armen begrüßte. Man brauchte eine Empfehlung von jemandem, der bereits angekommen war. Oder, falls man die nicht hatte, eine Kompetenz, die nur wenige besaßen. Ihm fehlte beides, und nun war er persönlicher Assistent eines Aktienhändlers, dem er nacheifern wollte. Aber Kaffee oder

Klamotten aus der Reinigung zu holen war kaum der richtige Weg, um den Durchbruch zu schaffen.

Das wusste er natürlich. Doch genau wie die Menschen überall auf der Welt plagte er sich ab und rechnete damit, dass sein Leben *morgen* beginnen werde. Er hatte zugelassen, dass die Flamme seines einstigen Ehrgeizes erloschen war, niedergebrannt zu einem Häufchen Asche, ebenso klein wie der Kreis seiner Freunde, die alle genauso verloren waren wie er. Alle lebten sie im Big Apple, aber nicht einer kostete von der verheißenen Frucht.

Heute musste er seinen Arsch zur Arbeit schaffen, bevor er entlassen wurde, weil er nicht mit einem dreifachen Latte auftauchte.

Mit pochendem Schädel wankte er in sein Minibadezimmer, legte beide Hände ans Waschbecken und blickte übernächtigt in den Spiegel, geschockt von dem, was er da sah.

Seine Augen sahen aus wie ein Teufelsmal, blutrote, von Adern durchzogene Augäpfel, die ihm entgegenstarrten, ihm Angst einjagten.

Mein Gott! Was habe ich letzte Nacht bloß getrunken?

In Wirklichkeit hatte er seit zwei Tagen nicht mehr richtig gesoffen, seit dieses heiße osteuropäische Mädchen ihm einen Blowjob versprochen hatte. Aber natürlich hatte diese Schlampe ihn hängen lassen.

Er duschte in der Hoffnung, dass er sich danach besser fühlen würde. Als er fertig war, ging es ihm schlechter. Er hatte einen Kater, wie er ihn noch nie gehabt hatte, taumelte zu seiner Kommode, begann, Kleidungsstücke herauszuziehen, verlor den Überblick darüber, was er suchte.

Er zog seine Socken an, kam sich vor wie ein wandelnder Toter. Er schüttelte den Kopf und konzentrierte sich darauf, zur Arbeit zu gehen. Darauf, seinen Job zu retten. Er machte zwei Schritte in Richtung seines winzigen Schiebeschranks, fiel auf die Knie, der Schmerz in seinem Kopf übermächtig. Wie eine Woge schlug die Übelkeit über ihm zusammen. Volle zehn Sekunden lang übergab er sich, fing dann an zu husten und zu keuchen. Er kroch durch das Erbrochene, sein Magen krampfte sich immer wieder zusammen, während ein kleiner Teil von ihm sich unpassenderweise für die Schweinerei schämte.

Ein größerer Teil war voller Angst. Er wusste, dass etwas nicht stimmte. Das hier kam nicht vom Trinken. Er krabbelte zum Telefon, bemerkte die Schleimfäden gar nicht, die ihm aus der Nase hingen und sich mit der Kotze vermengten, die ihm aus dem Mund tropfte. Er wählte den Notruf.

Bis jemand abnahm, war er bewusstlos.

60

Malik stand an der Ecke East 45th Street und tat, als wartete er darauf, bis die Ampel Grün zeigte. In Wirklichkeit jedoch beobachtete er alles rings um die United Nations Plaza, hinter der sich der East River abzeichnete.

Die Phalanx der die Avenue vor der Plaza säumenden NYPD-Fahrzeuge bereitete ihm ein wenig Sorgen, dabei wusste er, dass dies zum ganz normalen Betrieb gehörte. Das Gebäude wurde unablässig von Menschen belagert, die gegen das eine oder andere Ereignis protestierten, was eine starke Polizeipräsenz erforderte.

Da es in den USA keine iranische Botschaft gab, benötigte Malik einen sicheren Ort, um seinen Kontaktmann zu treffen, und die Vereinten Nationen stellten diese Lokalität dar. Sosehr sich die beiden Nationen auch hassten, gestatteten die Vereinigten Staaten dennoch einer starken Delegation des persischen Staates, die iranischen Interessen innerhalb der Vereinten Nationen zu vertreten. Dazu gehörte, eingebettet in diese Delegation, sein Kontaktmann.

Malik überquerte die Straße, verhielt sich genau wie die unzähligen über die Plaza bummelnden Touristen aus dem Ausland. Er blieb bei der Skulptur eines Revolvers stehen, dessen Lauf zu einem Knoten geschlungen war, und nutzte die Zeit, um sich einen abschließenden Überblick zu verschaffen, ehe er durch die Sicherheitskontrolle ging. Ihm fiel nichts auf. Gelangweilte Streifenpolizisten lehnten an Fahrzeugen, eine koreanische Familie machte Fotos von dem imposanten Gebäude, vor dem eine Reihe von Flaggen wehte, ein junges europäisches Paar las eine Gedenktafel.

Malik hatte vorgehabt, noch ein, zwei Minuten zu warten, bevor er hineinging. Doch dann richtete der Koreaner seine Kamera auf die Skulptur und hatte ihn im Bild. Er wich dem Koreaner aus und ging zum Eingang. Als er den Metalldetektor passierte, spürte er, wie ihm am Hals der Schweiß hinablief aus der irrationalen Angst heraus, der Detektor könne die Glasampulle in seiner Tasche erfassen.

Er erfasste sie nicht. Malik verstaute sein Handy, die Wachen würdigten ihn kaum eines Blickes. Er schlenderte in den Touristenbereich, schlängelte sich an verschiedenen Ausstellungsstücken vorbei, jedem die erforderliche

Aufmerksamkeit schenkend, bevor er weiterging. Auf diese Weise vertrödelte er weitere fünf Minuten, während er sich zu einem Treppenhaus vorarbeitete.

Ein Blick auf die Uhr, dann folgte er den Schildern zum Café in der unteren Ebene. Da hier sowohl UN-Mitarbeiter als auch Touristen verkehrten, war es der ideale Ort für ein Treffen.

Er kam am Souvenirladen vorbei, betrat die kleine Snackbar und sah sich beiläufig um, während er zur Theke ging. Als sein Blick den Treffpunkt streifte, musste er ein zweites Mal hinsehen. Am Ecktisch saß der Geistliche, mit dem er sich in Hongkong getroffen hatte.

Kein gutes Zeichen.

Er erstand ein Plunderstückchen und eine Tasse Tee und nutzte die Zeit, um die Lage einzuschätzen. Wenn sie ihn abziehen wollten, hätten sie ihn einfach auf dem Handy angerufen, das der Geistliche ihm in Hongkong gegeben hatte, und ihm befohlen, nach Hause zu kommen, anstatt ihm die Reise nach New York zu gestatten.

Er fühlte sich etwas besser, näherte sich und wartete, bis eine Meute Kinder vorüber war, ehe er sprach.

»Ich bin überrascht, Sie hier zu sehen, aber ich freue mich über die Aufmerksamkeit.«

»Das sollten Sie nicht. Es ist, weil ich Ihnen in Hongkong genehmigte weiterzumachen. Nun trage ich eine gewisse Verantwortung für das Debakel, das stattgefunden hat. Ich habe nicht vor, so etwas noch einmal geschehen zu lassen.«

Dann steht er jetzt also in der Kritik. Gut! Damit hat er ein begründetes Interesse am Erfolg. Malik spielte mit dem Gedanken, den Geistlichen darauf hinzuweisen, dass ja

sein unreifes Team das Problem verursacht hatte, wusste
jedoch, dass dies Selbstmord war. Es machte keinen Sinn,
den Tiger am Schwanz zu packen. Er beschloss zu katz-
buckeln – und zu lügen.

»Es geht mir nicht anders als Ihnen. Es war zwar nicht
das Ergebnis, das ich mir gewünscht hätte, trotzdem hat
es seinen Zweck erfüllt. Das Team, das mir folgte, hat
meine Spur verloren.«

Er hatte nicht die Absicht, seine Begegnung in Macau
zu erwähnen. Die Schwarze Witwe war entkommen und
war jetzt im Moment auf dem Weg zu ihrem Ziel, es gab
also keinen Grund dazu.

»›Nicht das Ergebnis‹?«, höhnte der Imam. »›*Nicht das
Ergebnis*‹? Ihnen ist schon klar, dass wir in Hongkong ein
ganzes Team verloren haben?«

Er beschrieb eine Handbewegung, die den ganzen
Raum umfasste. »Die Chinesen halten diese aufgeblähte
Organisation davon ab, irgendetwas Militärisches in
unserem Land zu unternehmen, und nun haben sie gleich
eine ganze Gruppe unserer Männer in Gewahrsam. Die
diplomatischen Depeschen laufen bereits heiß. Haben Sie
eine Vorstellung, was passieren wird, sollte Ihr ›Ergebnis‹ die Chinesen dazu bringen, ihre Position bei Entscheidungen des Sicherheitsrates zu überdenken?«

Malik erwiderte nichts darauf. Die Nebenwirkungen
einer fehlgeschlagenen Mission in China hatte er nicht
bedacht.

»Falls das passiert«, fuhr der Imam fort, »werden
weder Sie noch ich je die Sonne wiedersehen.«

Malik erkannte die Blöße, sah, dass der Geistliche
einen Erfolg wollte, um den Fehlschlag wettzumachen,
den er genehmigt hatte. Einen Erfolg *brauchte*. »Ich war

bereit, mich für diese Mission zu opfern«, sagte Malik, »weil ich daran glaube. Es tut mir leid, Sie da hineinzuziehen. Letzten Endes ist das ›Debakel‹, wie Sie es nennen, vorüber. Ich kann es nicht ändern, aber wir können weitermachen. Wenn wir jetzt aufhören, haben wir gar nichts davon. Die Chinesen werden ohnehin tun, was sie tun wollen. Im Grunde ist die Mission womöglich das Einzige, was ihre Reaktionen auf die Ereignisse in Hongkong eindämmt. Mit der sich daraus ergebenden Pandemie in den Vereinigten Staaten und der Angst vor ihrer Ausbreitung werden die Verhaftungen vergessen sein.«

»Vielleicht«, meinte der Imam. »Wo stehen wir?«

Insgeheim freute Malik sich über das Wörtchen *wir* in der Frage. »Die Schwarze Witwe trägt das Virus in sich und ist auf dem Weg zu ihrem Ziel.«

»Wann wird es unterwegs sein?«

»In drei Tagen. Gestern war ich in ihrem Hotelzimmer und hinterließ ihr Anweisungen, zusammen mit ihren Tickets. Sie wird rechtzeitig da sein.«

»Und Sie sind immer noch sicher, dass dies der beste Weg ist? Vielleicht sollten wir sie zu einem Ziel hier in den USA umleiten.«

»Nein! Wir müssen so viele Menschen wie möglich infizieren, und zwar ohne dass sie größere Unterstützung durch Krankenhäuser erhalten. Wenn sie alles so macht wie angewiesen, wird das gesamte Ziel leer sein, bevor überhaupt jemand merkt, dass er ein Überträger ist. Sie fliegen weiter an hundert unterschiedliche Orte und werden jeden einzelnen Ort infizieren. Es ist die einzige Möglichkeit.«

Der Imam nickte. »In Ordnung. Vielleicht werden wir weitermachen. Also, was ist mit dem Serum? Ich habe ausdrücklichen Befehl, es zurückzubringen. Wir müssen es sofort reproduzieren.«

Malik zog die Ampulle aus der Tasche. »Hier ist es. Es ist genug Material übrig zum Vervielfältigen, allerdings werden unsere Wissenschaftler einige Zeit dazu brauchen.«

»Sind Sie sicher, dass es wirkt?«

»So sicher, wie man nur sein kann«, log Malik. »Der Doktor sagte, es sei die Generalprobe gewesen und im Gegensatz zu den anderen das erste Serum, das auch tatsächlich wirkte. Unsere Wissenschaftler sollten doch in der Lage sein, das nachzuweisen.«

»Ich frage mich, ob wir uns nicht zurückhalten sollten, bis es so weit ist. Einfach abwarten, bis wir sicher sind, dass es wirkt. Wir haben es ja nicht eilig.«

Nein, nein, nein. Malik hatte sich gefragt, was er sagen sollte, wenn man ihm diese auf der Hand liegende Frage stellte, und nun war er froh über das, was in Hongkong geschehen war. »Wenn wir warten, stehen wir vor dem chinesischen Dilemma. Die werden Tage brauchen, um eine Stellungnahme zu formulieren, aber wir wissen, dass sie kommt. Dafür haben wir keine Zeit. Es könnte Wochen dauern, aus diesem Material genügend Impfstoff zu entwickeln, um unsere Bevölkerung zu impfen. Diesen Puffer können wir schaffen, indem wir einfach niemanden aus dem Westen mehr hereinlassen. Soll das Virus sie doch verzehren, während wir arbeiten.«

Malik sah zu, wie der Imam sich diese Aussage durch den Kopf gehen ließ. Er hoffte, dass der Geistliche sich wirklich Sorgen über die Reaktion der Chinesen machte und keine Ahnung hatte, was für die Entwicklung eines Serums erforderlich war. Er drängte weiter, als wäre die Entscheidung bereits getroffen.

»Eigentlich sollte mein Kontaktmann hier mir die Informationen für unsere Freunde in Venezuela weitergeben. Für den Sprengstoff. Wissen Sie darüber Bescheid?«

Aus seinen Gedanken gerissen, schob der Imam einen Umschlag über den Tisch. »Ja. Es befindet sich alles hier drin. Der Sprengstoff, ein Boot und eine Crew. Sie haben keine Ahnung, wohin es geht.«

»Gut! Das müssen sie auch nicht wissen.« Malik legte das Handy, das der Imam ihm gegeben hatte, auf den Tisch. »Noch etwas: Mein neuer Pass ist aus Bahrain, dieses Telefon hier ist allerdings mit einer iranischen Teppichfirma verknüpft. In Fernost machte es mir nichts aus, es bei mir zu tragen, aber hier in den USA bedeutet es bloß Ärger. Als heute Morgen mein Kontaktmann anrief, wollte ich erst nicht abnehmen, tat es aber trotzdem, weil Sie es mir befohlen hatten. Ich brauche ein anderes, sauberes Handy. Ich besorge mir selber eins und lasse Ihnen die Nummer zukommen.«

»Meinen Sie, die Amerikaner versuchen es zu orten? Dass sie Sie bereits erfasst haben?«

Malik hob die Hände, um ihn zu beruhigen. »Nein, noch nicht! Aber ich habe die Erfahrung gemacht, dass man besser nicht die Hände in den Schoß legt. Ich bin mir zwar sicher, dass ich das Team vollständig abgehängt habe. Aber diese Männer wurden von jemandem geschickt, und diese Leute werden nicht aufgeben. Die wissen, dass jemand das Virus hat. Ich möchte nur sicherstellen, dass sie versuchen, den Falschen zu finden.«

61

Chip Dekkard gefiel sich in seiner neuen Führungsrolle in der Aufsichtskommission. Bis zur gegenwärtigen Krise hätte er an einer Hand abzählen können, wie oft er überhaupt den Mund aufgemacht hatte. Nun hingen ihm Leute wie der Außenminister, der CIA-Direktor und der Verteidigungsminister an den Lippen. Ursprünglich hatte er die Geheimhaltungsvereinbarungen für die Kommission nur unterzeichnet, weil der Präsident ihn darum bat. Im tiefsten Innern verschmähte er es, für die Regierung und ihre aufgeblähten, ineffizienten Mechanismen zu arbeiten. Jetzt konnte er sehen, wie berauschend die Macht war. Dennoch musste er daran denken, wie viel auf dem Spiel stand, besonders für ihn, mehr als für jeden anderen hier im Saal.

Die Kommission war – woran sie gut tat – verzweifelt bemüht, eine Pandemie zu stoppen, die möglicherweise ein Drittel der Weltbevölkerung auslöschen konnte. Doch Chip machte sich größere Sorgen wegen der Nachwirkungen. Genauer: Wem würde man die Schuld daran geben? Aus diesem Grund hatte er beschlossen, alles zu tun, um den beziehungsweise die Virusträger zu stoppen.

Koste es, was es wolle!

Dass der Präsident an der Grippe erkrankt war, hatte sich, wenngleich ironisch, als das Beste erwiesen, was Chip passieren konnte. Seit der Präsident ans Bett gefesselt war, hatte niemand mehr auch nur ein einziges Wort über das Labor oder die Forschungsgenehmigung verloren. Mit Sicherheit nicht der Vizepräsident, dessen einzige Funktion bei diesen Treffen darin bestand, einen Konsens zu erzielen, um sich vor einer Fehlentscheidung zu schützen.

Chip war überzeugt, dass er, wenn er die Bedrohung eindämmen konnte, auch mit den Nachwehen fertigwurde, die auf jeden Fall kommen würden. Insbesondere wenn man ihn als den Mann ansah, der am meisten getan hatte, um die Tragödie zu verhindern. Wenn es herauskam, was unweigerlich der Fall sein würde, würde er den Unschuldigen spielen und bei der Regierung jede Menge Gefallen einfordern, auch für die große Hilfe, die er leistete, obwohl er sie ja überhaupt erst in diese Lage gebracht hatte.

Die Ironie dieses Gedankens entging ihm völlig, während er darauf wartete, dass Kurt Hale sie über die Fortschritte bei der Verfolgung der Iraner und die Heimkehr ihrer eigenen potenziellen Überträgerin auf dem Laufenden hielt.

Er hatte seine Hausaufgaben gemacht, kannte die Interna und war zu der Überzeugung gelangt, dass jedes Anzeichen einer Infektion eingedämmt werden musste. Das Virus war einfach zu aggressiv, um ein Risiko einzugehen. Diese Jennifer Cahill war der Flamme zu nahe gekommen, man durfte sie nicht weiter herumlaufen lassen. Eine Quarantäne war die einzige Lösung, bis die Bedrohung unter Kontrolle war.

Kurt beendete seinen Bericht, den man im Großen und Ganzen in seinem letzten Satz zusammenfassen konnte: »Wir gehen weiterhin Hinweisen nach und sondieren die Lage.«

Mit anderen Worten: Wir haben nichts. Shit! Wie kommt es, dass die größte Supermacht, die die Welt je gesehen hat, nicht in der Lage ist, eine einzige Europäerin aufzuhalten?

Alexander Palmer, der Nationale Sicherheitsberater, stellte die erste Frage: »Also, worin besteht unser nächster Schritt? Wo konzentrieren wir unsere Bemühungen?«

»Sir«, sagte Kurt, »meiner Meinung nach übersteigt dies die Kompetenzen der Taskforce. Wir brauchen das volle Programm. Setzen Sie alles, was wir haben, darauf an. Und damit meine ich alles, von jeder hinterwäldlerischen Polizeibehörde bis hin zur CIA.«

»Und was sollen wir denen sagen?«, wollte Vizepräsident Hannister wissen. »Wie kriegen wir das ohne große Panik hin?«

»Eine Panik ist das Letzte, was wir brauchen«, sagte Kurt. »Verbreiten Sie einfach die Information über den General. Er befindet sich jetzt hier in den USA, er ist der Schlüssel zu dem Ganzen.«

»Was ist mit der Trägerin?«, fragte der Verteidigungsminister. »Sie ist doch die eigentliche Bedrohung.«

»Ich weiß es ehrlich gesagt nicht«, erwiderte Kurt. »Nur ein einziger Mensch hat sie bisher gesehen, und wir haben weder einen Namen noch sonst etwas. Abgesehen davon, dass sie anscheinend aus dem Westen stammt, haben wir gar nichts. Malik ist der Schlüssel. Da wir wissen, wie sie operieren, könnte es gut sein, dass die Trägerin das Ziel noch nicht einmal kennt. Malik hingegen kennt es auf jeden Fall.«

Chip fiel auf, dass Kurt nichts über die potenzielle zweite Trägerin gesagt hatte. »Was ist mit Jennifer? Wann kommt sie hierher?«

»Sie ist bereits hier.« Kurts Gesicht war wie versteinert. »Nun, in New York. Aber sie ist nicht infiziert.«

»Wie bitte? Die Einsatzbefehle waren doch eindeutig. Woher wissen Sie, dass sie hier ist? Und weshalb ist sie nicht *hier*?«

Chip sah Kurt Luft holen und fragte sich, was hier vorging. »Anhand ihrer Handys kann ich ihre Bewegungen verfolgen«, sagte Kurt. »Ich erteilte Befehl, den Einsatz fortzusetzen, anstatt nach DC zu kommen. Jennifer ist die Einzige, die weiß, wie die Trägerin aussieht. Sie hierherzuholen hieße nur, die Operation zu behindern.«

Chip lehnte sich zurück, ließ sich durch den Kopf gehen, was Kurt da gesagt hatte. Es ergab nicht den geringsten Sinn. Seit er in der Kommission war, hatte Kurt sich als vollendeter Berufssoldat erwiesen, der alles genau so ausführte, wie es verlangt wurde. Er hatte gegen Entscheidungen angekämpft, einzelne Punkte diskutiert und sogar ohne die Absegnung der Kommission Einsätze durchgeführt, aber er hatte nie vorsätzlich einen Befehl missachtet. Vor allem nicht ohne es überhaupt zu erwähnen, bis er danach gefragt wurde.

»Kurt«, meinte Palmer, »ich verstehe ja, dass für Sie der Einsatz an erster Stelle steht. Aber Sie sind kein Experte für Virenbefall. Jennifer im Außendienst zu lassen könnte genauso schlimm sein wie die Bedrohung selbst.«

»Sir, sie ist nicht infiziert. Sie zeigt keines der Symptome, von denen der Doktor sprach. Außerdem hat sie Pike nicht angesteckt.«

»Was soll das heißen?«

»Pike … äh … hat versehentlich aus ihrer Wasserflasche getrunken und wurde nicht krank. Sie ist okay.«

Bevor jemand ein weiteres Wort sagen konnte, blinkte die Lampe über der Tür zum abgesicherten Raum der

Aufsichtskommission zweimal auf. Das hieß, dass jemand hereinwollte.

Palmer öffnete und sah einen Referenten vor sich. Sie unterhielten sich eine Minute lang, schließlich kehrte er mit weißem Gesicht zurück.

»Wir haben einen Ausbruch in New York. Fünf Leute im Mount Sinai Medical Center in Manhattan.«

Chip spürte eine Veränderung im Raum, Furcht umhüllte die Männer wie ein Nebel, der aus den Lüftungsschlitzen sickerte, leises Gemurmel kam auf.

Alle hatten sie Fragen, bis Alexander Palmer die Hand hob. »Moment, Moment! Hier ist alles, was ich weiß: Sechs Infizierte bestätigt, drei sind tot. Man glaubt die Quelle zu kennen. Ein Mann, der bei einer Aktienhandelsfirma arbeitete und als Erster starb. Drei weitere aus seinem Unternehmen, einer der Pförtner in seinem Gebäude, einer ist Tellerwäscher in einem Diner, den er besuchte.«

»Wie stehen die Chancen, dass noch weitere eingeliefert werden?«, fragte Chip.

»Mein Gott, Chip, woher soll ich das wissen? Sie haben doch gesehen, dass ich gerade erst die Nachricht erhielt.«

»Woher weiß man, dass es sich um die Vogelgrippe handelt?«, fragte Vizepräsident Hannister.

»Wegen der früheren Warnung des Präsidenten an das Zentrum für Seuchenkontrolle. Die Rettungssanitäter, die das Opfer auf dem Boden fanden, waren alarmiert und ahnten sofort, womit sie es zu tun hatten. Sie trafen angemessene Vorsichtsmaßnahmen, und das Zentrum für Seuchenkontrolle machte sich an die Eindämmung.«

Chip blickte Kurt an. »Wenn Sie sagen, Jennifer ist in New York, wo genau?«

»Was meinen Sie damit?«, fragte Kurt.

»Ich meine, wo zum Teufel auf diesem Planeten befindet sich Jennifer, verflucht noch mal! Ist sie in Manhattan?«

Kurt schwieg einen Moment, biss die Zähne zusammen. »Ja«, sagte er schließlich.

»Das ist es! Stecken Sie sie in Quarantäne. Auf der Stelle! Bevor sie die ganze Ostküste ansteckt. Gott sei Dank haben wir das Zentrum für Seuchenkontrolle alarmiert.«

»Sie ist erst gestern dort eingetroffen!«, entgegnete Kurt. »Sie kann es nicht sein.«

Er wurde übertönt, weil alle durcheinanderredeten, jeder buhlte um Vizepräsident Hannisters Aufmerksamkeit. Kurt hob die Stimme.

»Hören Sie mir zu! Das war die Trägerin. Nehmen wir Jennifer aus dem Kampf, verlieren wir die Fähigkeit, dies hier aufzuhalten.«

»Dieses Risiko können wir nicht eingehen«, entgegnete Hannister. »Sperren Sie sie weg. Verstanden?«

»Was zum Teufel reden Sie alle da eigentlich?«, meinte Kurt. »Sie kann doch unmöglich hier landen, jemanden infizieren und ihn innerhalb von nur zwölf Stunden ins Krankenhaus bringen.«

Palmers Stimme war hart wie Stahl. »Schaffen Sie sie ins Walter Reed Hospital. Gestern!«

Kurt verlagerte das Gewicht von einem Fuß auf den anderen. »Haben Sie ein Problem mit diesem Befehl?«, wollte Palmer wissen.

Eine düstere Stimmung senkte sich über den Saal. Alle warteten auf seine Antwort, keinem gefiel der Ton, der in die Sitzung Einzug gehalten hatte. »Pike wird sie nicht kommen lassen«, sagte Kurt. »Er wird sie nicht hierherbringen.«

Im Saal wurde es wieder laut, Chip lauter als der Rest. »Was zur Hölle soll das heißen? Schaffen Sie Jennifers Arsch hierher, auf der Stelle!«

Kurt suchte am Tisch nach Unterstützung, sah jedoch nichts als Männer, die vor einem unsichtbaren Gegner Angst hatten, dem mit der gesamten Schlagkraft der USA nicht beizukommen war. So viel Angst, dass sie übereilte Entscheidungen trafen, die keinerlei Auswirkung auf das Ergebnis hatten. »Sie verlieren den Blick für die Realität«, rief er. »Sie alle! Genau das befürchtete Pike. Reißen Sie sich zusammen, verdammt noch mal! Jennifer ist nicht krank, sie ist die Einzige, die die wirkliche Überträgerin finden kann. Wollen Sie das nicht sehen? Diese Person befindet sich im Moment in New York City! Die eigentliche Trägerin ist hier!«

Die Aussage stieß auf taube Ohren, die Männer waren in heller Aufregung, alle schrien durcheinander. Chip übertönte sie alle. »Bringen Sie Jennifer hierher, entweder freiwillig oder mit einem Team. Schaffen Sie sie einfach her!«

Angesichts dieses Ausbruchs verstummte der anhaltende Lärm, keiner war sich mehr sicher, wohin diese Aussage nun führte. Vielleicht wollten sie es auch nicht wahrhaben.

Kurt blickte ihm in die Augen. »Was haben Sie gerade gesagt?«

Chip erwiderte seinen Blick. »Sie haben mich gehört. Mag sein, dass Jennifer sich nicht für eine Bedrohung hält, aber das ist sie. Falls sie nicht freiwillig kommen möchte, holen wir sie eben mit Taskforce-Agenten her, genau wie die andere Überträgerin.«

»Die Einstufung der anderen Trägerin lautet tot oder lebendig«, sagte Kurt.

»Mein Gott!«, entgegnete Chip. »Wir reden hier von einer weltweiten Pandemie! Nicht von Wortklaubereien. Die Entscheidung liegt doch bei *ihr*. Nicht bei uns.«

Kurt sah den Vizepräsidenten an. »Ist das die Entscheidung der Kommission?«

Mit bebender Unterlippe huschte Hannisters Blick zwischen Chip und Alexander Palmer hin und her. Chip nickte ihm zu, bemüht, ihm Zuversicht einzuflößen. »Ja«, sagte Hannister. »Wir müssen den Nachweis erbringen, dass sie keine Bedrohung darstellt. Wie Chip schon sagte, im Grunde liegt die Entscheidung nicht bei uns. Wenn sie herkommen möchte, kann sie dies gerne tun. Wir werden ihr nichts tun, es sei denn …«

»Es sei denn was?«

»Nichts! Wir werden ihr nichts tun. Schaffen Sie sie einfach ins Walter Reed Hospital. Dort warten bereits die besten Spezialisten auf sie.«

»Sir, Ihnen ist schon klar, wie die Asiaten die Ausbreitung der Vogelgrippe in ihrer Heimat verhindern?«

»Nein. Was hat das denn damit zu tun?«

»Sehr viel! Sie töten einfach jeden einzelnen Vogel, der auch nur eine entfernte Chance hat, sich mit dem Virus zu infizieren. Bei jedem Ausbruch haben sie Millionen getötet. Wollen Sie dieses Problem so lösen? Jeden eliminieren, der *vielleicht* krank sein könnte? Sogar diejenigen, die helfen können?«

Chip sah, wie der Vizepräsident anfing zu wanken. »Drehen Sie uns bloß nicht das Wort im Mund um, verdammt noch mal!«, schaltete er sich ein. »Wir sind nicht darauf aus, sie zu töten! Sie hat Gelegenheit, freiwillig zu kommen! Es ist nicht unsere Entscheidung, sondern ihre.«

Langsam wandte Kurt sich ihm zu, die mühsam unterdrückte Gewalt veranlasste Chip, sich in seinem Stuhl zurückzulehnen in dem unbewussten Versuch, den Abstand zu vergrößern. »Sie machen mich krank«, sagte Kurt, »Sie alle! Wenn Sie sie wollen, holen Sie sie doch selber. Ich quittiere den Dienst. Ich höre auf.«

Niemand sagte ein Wort. Im Saal herrschte Stille, nur das Knarren der Stühle war zu hören.

Alexander Palmer fand seine Stimme wieder. »Langsam, Kurt! Machen Sie jetzt bloß nichts Unüberlegtes! Wir brauchen Sie bei dieser Sache.«

Kurt ging zur Tür, öffnete sie. »Nein, *mich* brauchen Sie nicht. Sie brauchen jemanden, der tut, was Sie wollen, ohne zu fragen. Aber mit einem haben Sie recht: Die Entscheidung liegt nicht bei uns. Sondern bei Pike. Mit oder ohne Ihr Zutun ist er die beste Chance, diese Bedrohung zu stoppen, und *er* wird nicht aufhören.«

Er starrte Chip geradewegs an. »Falls Sie versuchen möchten, ihn aufzuhalten, nur zu. Aber bevor Sie das tun, regeln Sie Ihre Angelegenheiten. Sollten Sie sich mit dem anlegen, was ihm etwas bedeutet, sollten Sie besser bereit sein, bis zum Äußersten zu gehen. Denn dann bekommen Sie es mit ihm zu tun, ob Sie nun wollen oder nicht.«

62

Ich sah auf meine Uhr, fragte mich, wie lange wir hier wohl noch herumsitzen und darauf warten sollten, bis der General zurückkam. Es war bereits über sechs Stunden her, und bislang nichts. Ich machte mir allerdings keine allzu großen Sorgen, denn die Hinweise auf diesen Ort waren wirklich sehr dünn. Sollten wir den General tatsächlich finden, wäre es ein verdammtes Wunder.

Nachdem wir in Detroit wieder amerikanischen Boden betreten hatten, hatte ich die Kommunikationsabteilung der Taskforce gebeten, die einzige Nummer zu orten, die wir hatten: nämlich das Handy, das Ernie in Hongkong angewählt hatte, bevor er auflegte. Die Analysten meinten, es handle sich bloß um ein Versehen, aber mehr hatte ich nicht. Als ich den Commo-Leuten sagte, sie sollten in den USA suchen, weigerten sie sich natürlich.

Der Taskforce war es untersagt, im Inland Telefone abzuhören, und aufgrund meines gegenwärtigen Status konnte ich niemanden dazu bringen, die Ausführung zu befehlen. Ich konnte von Glück sagen, dass sie nicht gehört hatten, was in Macau vorgefallen war, und mich nach wie vor für den Teamchef hielten.

Nach einigem Hin und Her, wobei ich mit Nachdruck feststellte, dass es sich um ein iranisches Telefon handelte, das keinem US-Bürger gehörte, stimmten sie endlich zu, wenigstens zu überprüfen, ob es eingeschaltet war. Sie meldeten, dass es sich innerhalb der kontinentalen Vereinigten Staaten befand, aber das war auch schon alles, was ich bekommen sollte.

Ich wusste also, dass der Kerl hier war. Das bedeutete, dass die Trägerin höchstwahrscheinlich ebenfalls hier war, aber ich hatte keine Standortdaten. Ich hatte noch eine andere Idee, aber sie erforderte die Hilfe der Hacker-zelle, und das kam nicht infrage, da deren Aktivitäten äußerst heikel waren. Sie würden nichts tun, nur weil ich es verlangte, sondern benötigten für jede Operation Kurts Genehmigung.

Es war Zeit, dass ich mir etwas einfallen ließ.

Ich rief in unserer Finanzabteilung an und bekam den Fachoffizier an den Apparat, der sich mit den Hintergrundüberprüfungen befasste.

Jeder, der versuchte, der Taskforce beizutreten, durchlief eine Reihe psychologischer und physischer Tests, und sein Lebenslauf wurde unter die Lupe genommen. Dazu gehörte eine einfache Bonitätsprüfung, genau wie bei einer Bank, um sicherzustellen, dass der angehende Kandidat nicht Gefahr lief, von einem ausländischen Dienst kontaktiert zu werden, weil er kurz vor dem Bankrott stand. Ich hoffte, mithilfe unseres Zugangs zu Kredit-Datenbanken dem General auf die Spur zu kommen.

Donny, der zuständige Fachoffizier, war sofort skeptisch, als ich anrief, gerade weil er noch nie operativ tätig gewesen war. Er arbeitete in jenem Teil der Taskforce, der den Laden am Laufen hielt – in diesem Fall sicherstellte, dass wir alle bezahlt wurden. Außerdem war er ein Freund, mit dem ich schon in verschiedenen Einheiten gedient hatte – etwas, das ich mir zunutze machen wollte.

»Was hat das mit deinem Gehalt zu tun?«, wollte er wissen.

»Nichts«, erwiderte ich. »Ich überprüfe jemand anderen.«

»Pike, ich kann nicht einfach aus persönlichen Gründen in jemandes Kreditverlauf herumschnüffeln. Mein Gott, willst du ein Auto verkaufen, oder was? Besteh doch auf Barzahlung!«

»Es ist nicht aus persönlichen Gründen. Es geht um wesentlich mehr als das. Ich möchte bloß, dass du eine Treuenummer für Vielflieger eingibst und nachsiehst, ob ein Zusammenhang mit einer aktiven Kreditkarte besteht, die jemand in den USA einsetzt.«

Es war zwar ziemlich dürftig, aber ich hoffte, dass, wer auch immer die Alias-Kreditkarten des Generals erstellte, hier den gleichen Fehler begangen hatte wie den, auf den Jennifer in Singapur gestoßen war. Dürftig, aber nicht abwegig. Höchstwahrscheinlich produzierte ein und dieselbe Werkstatt am laufenden Band Dokumente für eine ganze Reihe schurkischer Einsätze, sodass es dabei auch zu Überschneidungen kam. Bei unseren eigenen Geheimdiensten hatte ich schon ähnliche Patzer erlebt.

»Warum kommst du damit zu mir? Wir haben eine ganze Abteilung, die mit so was ihren Lebensunterhalt verdient.«

»Donny, die kann ich nicht fragen. Ich habe keine Zeit, näher darauf einzugehen, aber vertrau mir: Ich tue das nicht aus persönlichen Gründen. Du kennst mich doch! Du weißt, dass ich dich nicht darum bitten würde, wenn es nicht wichtig wäre.«

»Pike, wegen dir werden wir noch beide gefeuert!«

Nein. Bloß du. Ich bin schon gefeuert.

»Keiner wird es erfahren. Sollte ich in Schwierigkeiten geraten, werde ich dich da nicht mit reinziehen. Das verspreche ich dir.«

Eine Sekunde lang hörte ich ihn nur ins Telefon atmen. Schließlich sagte er: »Gib mir die verdammte Nummer. Ich rufe zurück.«

Ich hatte den Anruf an Jennifer weitergeleitet, und wir warteten ab, ob wir ein Ticket nach Hause oder zu einem potenziellen Unterschlupf erstehen mussten. 15 Minuten später hatten wir die Adresse eines Hotels in Manhattan und nahmen den nächsten Flug, spürten dieses Hochgefühl, das sich einstellt, wenn die Jagd beginnt.

Nun empfand ich nichts als Langeweile. Eine Observation kam gleich nach einem Zahnarztbesuch, zumal wenn sie sich endlos hinzog, dazu noch meine mickrige Streitmacht. Da wir nur zu zweit waren, war eine Rundum-die-Uhr-Überwachung ausgeschlossen. Wir konnten sicherlich keine Folgeoperationen durchführen, aber das war in Ordnung.

Hatte ich die Anwesenheit der Trägerin oder des Generals erst bestätigt, wollte ich Kurt anrufen und die Staffel an ein funktionsfähiges Team übergeben, um dann in den Hintergrund zu treten, bis dieses ganze Chaos geklärt war.

Jennifer und ich hatten uns getrennt. Ich saß in einem Imbiss einen Block weiter, sie hatte in einem Café gegenüber vom Hoteleingang Stellung bezogen. Da sie die Einzige war, die sowohl die Trägerin als auch den General vom Sehen kannte, trug sie die Hauptlast der Arbeit. Ich hatte getan, was ich konnte, um sowohl ihr als auch mein Aussehen zu verändern, und dabei Methoden angewandt, die die Taskforce aus Hollywood entlehnt hatte. Ich sah aus wie ein zerstreuter Börsenmakler mit einer billigen Perücke, Wattebäuschen in den Wangen, Dreitagebart, braunen Kontaktlinsen und einem abgetragenen Anzug. Dabei war mir völlig egal, was die Leute um mich herum dachten. Es ging nicht darum, als echt durchzugehen, sondern einfach nur darum, *nicht* wie Pike Logan auszusehen.

Jennifer machte eine wesentlich bessere Figur. Nach einem Ausflug in einen Friseursalon zum Schneiden und Färben hatte sie einen Kurzhaarschnitt und brünettes Haar. Nun fehlten nur noch eine Fensterglasbrille und ein Hosenanzug, und sie fiel kein bisschen mehr auf. Das

Café warb mit kostenlosem WLAN, also erstand sie einen billigen Laptop, um die Täuschung komplett zu machen.

Ich bestellte etwas zu Mittag und überlegte, ob ich Jennifer den Block entlang hierherholen sollte, damit sie auch etwas zu essen bekam, als mein Handy vibrierte. Es war Jennifer, und ich war mir sicher, dass sie um eine Pause bitten wollte. Ich irrte mich.

Ohne Einleitung sagte sie: »Es ist der General. Im Moment geht er die 45th Street entlang.«

Ich vergaß mein Sandwich. »Ist er allein?«

»Ja. Weit und breit keine Trägerin.«

Aber sie ist in der Nähe. Muss in der Nähe sein.

Abermals vibrierte mein Handy, ein weiterer Anruf. Ich warf einen Blick aufs Display. »Ich muss rangehen. Kurt ruft auf der anderen Leitung an. Behalt den General im Auge, um festzustellen, ob er ins Hotel geht oder nicht. Ich rufe gleich wieder zurück.«

Ich schaltete um, ein wenig besorgt darüber, was Kurt sagen würde, dabei hatte ich gewusst, dass der Anruf früher oder später kommen musste. »He, Sir, hören Sie zu! Ich habe Malik gesichtet. Ich benötige umgehend ein Team hier an meinem Standort.«

»In Manhattan?«, fragte er.

»Ja … in Manhattan. Haben Sie unsere Taskforce-Handys geortet?«

Tief im Innern wusste ich, was gleich kommen würde. Ja, ich wollte, dass es passierte, damit es endlich zu einem Durchbruch kam, indem ein Team oder die Polizei vor Ort war. Trotzdem war ich irritiert.

»Ja, habe ich. Pike …«

»Sir«, unterbrach ich ihn, ehe er mit einem Vortrag über das Befolgen von Befehlen beginnen konnte und darüber, dass ich Jennifer zurückbringen sollte. »Ich brauche umgehend ein Taskforce-Team, das mir folgt. Wir können später alles dem FBI oder dem NYPD übergeben, aber wir müssen diesen Kerl im Auge behalten. Er ist der Schlüssel zu der ganzen Mission. Wenn wir ihn gehen lassen, verlieren wir die Trägerin.«

»Pike, hören Sie zu. Ich bin nicht der Einzige, der Sie geortet hat. Im Moment ist gerade ein Team unterwegs zu Ihnen. Sie müssen das Taskforce-Handy loswerden und verschwinden.«

Was zum Teufel redet er da? »Geben Sie ihnen meine Nummer. Sagen Sie ihnen, sie sollen mich anrufen. Ich lasse Jennifer vor Ort und nehme mit ihnen Verbindung auf.«

»Ihre Zielperson ist nicht der General. Es ist Jennifer. Sie haben uns bereits erfasst, wahrscheinlich hören sie dieses Gespräch mit.«

Mein Gott! »Warum zum Teufel haben Sie das getan? Rufen Sie sie zurück! Leiten Sie sie zum General um. Kommen Sie, das ist doch lächerlich. Jennifer ist nicht krank.«

»Ich weiß, Pike. Aber ich kann sie nicht zurückrufen. Ich bin als Commander zurückgetreten.«

Eine Sekunde lang war ich sprachlos, die Worte ergaben absolut keinen Sinn. Es war, als hätte jemand gesagt, die Erde sei eine Scheibe. Oder die USA seien für 9/11 verantwortlich. Kurt Hale *war* die Taskforce. Er hatte die Vision dazu gehabt, dafür gekämpft, sie ins Leben zu rufen, und war ihr einziger Commander gewesen.

Ich fand meine Stimme wieder. »Was ist passiert?«

»Es ist zu langwierig, Ihnen die Einzelheiten zu schildern. Aber die Aufsichtskommission bräuchte jemanden, der sie überwacht. Sie sind jetzt die Zielpersonen. Sie müssen sofort verschwinden.«

»Können Sie George nicht dazu bringen, seine Leute zurückzuziehen?«

George Wolffe war der Deputy Commander und ein persönlicher Freund von Kurt.

»Er ist ebenfalls zurückgetreten. Blaine ist kommissarischer Commander.«

Lieutenant Colonel Blaine Alexander war der für Omega-Operationen verantwortliche Offizier. Das hieß, er kreuzte auf, wenn es Zeit war, eine Mission auszuführen, nachdem alle Vorbereitungen abgeschlossen waren. Er war ein guter Mann, aber mir war klar, dass er einfach seine Befehle ausführen würde. Eine Sache dieser Größenordnung würde er nicht infrage stellen, das war nicht seine Liga. Das Einzige, in dem er sehr, sehr gut war, war die Endphase. Die Menschenjagd.

»Sir, Sie müssen wieder da rein und mitspielen. Lassen Sie mich nicht hängen. Zu kündigen ist ein einfacher Ausweg.«

»Ich werde tun, was ich kann. Werfen Sie das Telefon weg und rufen Sie mich an, sobald Sie ein anderes haben.«

Ich setzte zu einer Erwiderung an. Da sah ich einen Taskforce-Mann an der Glastür vorbeilaufen. Er schaute auf etwas in einem Rucksack. War im Begriff, mich zu orten.

63

Ohne ein weiteres Wort legte ich auf, schaltete das Handy aus und riss den Akku heraus. Dabei beobachtete ich die ganze Zeit über mit Adleraugen den Taskforce-Mann. Er kratzte sich am Kopf und ging weiter die Straße entlang, nach wie vor auf das Ortungsgerät starrend, das er dabeihatte.

Jemand ist auch an Jennifer dran. Ich befand mich in einer Zwickmühle. Ich konnte sie nicht anrufen, ohne diesen Kerl wieder auf mich zu ziehen. Aber wenn ich es nicht tat, war sie erledigt. Ich trat an die Glastür und blickte hinaus. Der Verfolger war weitergegangen, die Straße entlang. Ich verließ den Imbiss in dem Bewusstsein, dass noch weitere da waren, die mich erkennen würden, sobald sie mich sahen. Ich betete, dass meine improvisierte Tarnung ausreichte, mich an ihnen vorbeizubringen.

Während ich mich von dem Hotel und damit von Jennifer entfernte, bog ich um die Ecke und hielt einen Mann an, der mit einem Handy telefonierte. »Ich habe einen Notfall. Ich brauche Ihr Handy.«

Stirnrunzelnd sah er mich an, fuchtelte mit dem Arm in der Luft herum, drehte sich einmal um und redete weiter. Ich versetzte ihm einen leichten Klaps auf den Kopf, sodass er das Handy wegnahm. »Was zum Teufel ist Ihr Problem?«

Ich nahm ihm das Handy aus der Hand. »Ich habe höflich gefragt.«

Er fing an zu schreien, und ich wählte Jennifers Nummer, hielt ihm dann einen Finger ins Gesicht. Er stotterte, fing wieder an, mit den Armen zu fuchteln. Jennifer nahm ab.

»Mach, dass du wegkommst«, sagte ich. »Schalt dein Handy aus, sofort. Das Gespräch wird zurückverfolgt. In 30 Minuten am Treffpunkt.«

Wie ich es von ihr kannte, nahm Jennifer alles auf, was ich sagte, ohne eine einzige Frage zu stellen. Ich hörte »Verstanden!«, dann machte es klick und sie war weg.

Ich gab dem Mann sein Handy zurück und sagte »Danke.«

Er riss es mir aus der Hand. »Sie können von Glück sagen, dass ich Ihnen nicht MMA-mäßig in den Arsch trete.«

Ich rollte mit den Augen, versuchte wegzugehen. Das flößte dem Kerl anscheinend Selbstvertrauen ein. Er packte mich am Arm. »Wo willst du hin?«

Ich schälte seine Hand weg, drehte sie gegen das Gelenk, sodass er in die Knie ging.

Unterdessen suchte mein Blick die Menge nach echten Problemen ab. Da ich keine sah, konzentrierte ich mich wieder auf ihn.

»Gib mir das verfluchte Handy!«

Er quiekte und hielt es mir hin. Ich nahm es, da ich in den nächsten 20 Minuten wahrscheinlich tatsächlich ein Handy brauchen würde, und ließ seine Hand los.

»Ich werde jetzt weggehen. Wenn du aufstehst, schlage ich dich k. o.«

Er nickte.

»Ist auf diesem Ding Facebook installiert?«

Abermals nickte er.

»Wenn ich fertig bin, aktualisiere ich deinen Status mit dem Standort.«

Ich winkte einem Taxi und sagte dem Fahrer, wohin. »Central Park Zoo, und nehmen Sie bloß nicht den langen Weg.«

Vor dem Einsatz hatten Jennifer und ich einen Notfall-Treffpunkt ausgemacht, sollte etwas schiefgehen. Nicht anders als früher, damals, als ich noch durch die Wälder patrouillierte. Man macht einfach einen Sammelpunkt aus für den Fall, dass man angegriffen und jemand versprengt wird. In diesem Fall wollte ich einen Ort, der leicht zu finden und voller Menschen war, einen öffentlichen Bereich. Dazu hatte ich mir den Souvenir-Shop des Zoos im Central Park ausgesucht.

Der Fahrer setzte mich an der Ecke 5th Avenue und East 64th Street ab, und ich betrat den Central Park an der Rückseite des Zoos. Ich setzte die Perücke ab, spuckte die Watte aus, die meine Wangen aufblähte und hielt nach Bedrohungen Ausschau, sah jedoch nichts als Familien. Eine Karte wies mir die Richtung zur »Zootique« am Ende eines gepflasterten Weges, gleich hinter einem Arsenal genannten Gebäude.

Der Laden war nicht sehr groß, ich stellte auf Anhieb fest, dass Jennifer noch nicht da war. *Oder sie haben sie geschnappt.*

Ich ging nach draußen und blickte nach links, zum Zooeingang, fragte mich, ob ich die verabredeten 30 Minuten abwarten oder mich gleich in den Kampf stürzen sollte.

Ich machte vier Schritte, da bog Jennifer, über die Schulter blickend, um die Ecke.

Ehe ich ein Wort zu sagen vermochte, meinte sie: »Turbo hat mich gesehen, wie ich das Café verließ. Seine Männer folgten mir. Sie konnten nichts unternehmen, weil ich draußen im Freien war, aber sie sind mir dicht auf den Fersen.«

Das heißt, sie sind dabei, uns einzukreisen. Turbo war ein Teamchef, mit dem Jennifer und ich in der Vergangenheit aneinandergeraten waren, als Jennifer an den Auswahltests für die Taskforce teilnahm. Nun ja, ein bisschen mehr als das. Jennifer hatte seinem Stellvertreter, Radcliffe, die Schulter ausgerenkt, und nachdem alles vorüber war, hatte ich Turbo in den Arsch getreten. Ein schlimmeres Team konnte nicht Jagd auf uns machen. Aus dieser Observation würden wir nicht viel Liebe ziehen.

»Los, machen wir, dass wir in den Park kommen! Bei all den Zivilisten werden sie nichts unternehmen. Wir sehen zu, dass sie sich verteilen müssen, um das Terrain abzudecken, dann können wir sie abhängen.«

Wir machten uns auf den Weg durch den Zoo zu dem in den Park führenden Ausgang. Ich erzählte Jennifer alles, was ich wusste, und sie war ziemlich schockiert.

»Vielleicht sollte ich mich stellen. Mit mir vergeuden sie doch bloß Zeit. Wenn ich wegfalle, konzentrieren sie sich wieder auf den General.«

»Vergiss es«, entgegnete ich. »Kurt Hale ist deshalb zurückgetreten. Das heißt, dass die Lage verdammt schlimm ist.«

Im Eilschritt hasteten wir einen der unzähligen Wege entlang, die sich kreuz und quer durch den Park zogen, bogen um die Statue eines alaskischen Schlittenhundes, unterquerten eine Brücke und gingen bergauf zur eigentlichen Central Park Mall.

Von der Westseite her sah ich einen Trupp Polizisten hereinkommen und spielte mit dem Gedanken, zu ihnen rüberzugehen. Sie in die Sache hineinzuziehen, einfach um uns das Taskforce-Team vom Leib zu halten. Niemand in der Taskforce würde das Risiko eingehen, aufgrund einer Inlandsoperation vor den Augen der Strafverfolgungsbehörden aufzufliegen.

Wir erreichten ein Outdoor-Amphitheater, und ich sah einen weiteren Trupp, diesmal in SWAT-Ausrüstung, im Gespräch mit zwei berittenen Polizisten. Der Anblick versetzte mich in leichte Unruhe. *Die suchen jemanden.*

Aber nicht uns, das konnte nicht sein. Es musste sich um einen Zufall handeln. Allerdings hatte ich nicht einen Taskforce-Angehörigen gesehen. Eigentlich müssten sie uns schon eingekesselt haben. *Es sei denn, sie haben sich zurückgezogen.*

An einer Parkbank blieb ich stehen, zückte das Handy, das ich gestohlen hatte, und sagte Jennifer, sie solle die Cops im Auge behalten. Ich startete Google Maps und rief den Central Park auf, orientierte mich, nun auf der Suche nach einem Fluchtweg. Nach einem, auf dem Taxis möglich waren. Der Park war ideal, um Beschatter abzu-hängen, die zu Fuß unterwegs und eher darauf bedacht waren, nicht aufzufliegen, als uns anzuhalten. Aber die reinste Mausefalle, wenn die Taskforce irgendwie die volle Polizeigewalt zum Einsatz brachte.

Geradeaus, am Amphitheater vorbei, befand sich der Terrace Drive, von dem aus man rechts zur 5th Avenue und links zur Central Park West gelangte. Mit ein biss-chen Glück konnten wir uns ein vorbeifahrendes Taxi schnappen. Jennifer zog mich am Arm.

»Die berittene Polizei mustert uns.«

Ich sah, dass sie sich von den SWAT-Leuten getrennt hatten und gemächlich nach Süden ritten. Einer schaute in unsere Richtung, sprach in sein Funkgerät, der andere studierte ein Stück Papier. *Ein Foto.*

»Komm! Geh langsam, damit wir keine Aufmerksamkeit erregen.«

Ich hätte mir in den Hintern treten können, weil ich die Perücke weggeworfen hatte, aber hoffentlich würde Jennifers neuer Look uns als Verdächtige eliminieren. Sie sah den Fotos, die sie hatten, kein bisschen mehr ähnlich.

Wir gingen am Amphitheater vorbei, und die SWAT-Leute setzten sich in unsere Richtung in Bewegung. »Sir«, sagte einer, »Sir! Bleiben Sie bitte stehen!«

Ich beachtete ihn nicht.

»Meinst du, du kannst schneller laufen als diese Cops?«

Jennifers Augen weiteten sich. »Ja! Sieh dir doch bloß das Zeug an, das sie anhaben.«

»Mach dich bereit! Wir laufen volle Kanne geradeaus, hängen sie ab, und dann raus aus dem Park, bevor sie über Funk eine Fahndung durchgeben. Falls wir getrennt werden, treffen wir uns im Starbucks im Grand Central Terminal. Wenn ich in zwei Stunden nicht dort aufkreuze, verschwinde und ruf Kurt an. Lass dir von ihm den Status durchgeben. Schätz die Lage neu ein und mach von dort aus weiter.«

Jennifer langte nach unten und zog die empfindlichen Office-Schuhe aus, die sie gekauft hatte. »Ist Kurt auf unserer Seite?«

»Ja. Ich glaube, schon.«

Die SWAT-Leute kamen im Pulk auf uns zu, die berittenen Cops rissen ihre Pferde herum. Ich hörte einen weiteren Schrei und schätzte, die Jagd war eröffnet. Es brachte nichts, sie noch weiter herankommen zu lassen.

»Los!«

Wie ein Gepard aus dem Gras schoss Jennifer los, ihre langen Beine wirbelten über den Boden. Ich folgte ihr auf dem Fuß, sah, wie die berittenen Polizisten ihre Pferde zu einem Galopp antrieben und aufholten. *Shit! Die können wir nicht abhängen.*

Vor uns sah ich den Terrace Drive, eine Treppe führte darunter durch. »Runter!«, rief ich. »Nimm die Treppe nach unten. Wir müssen die Gäule loswerden!«

Ein NYPD-Van hielt mit quietschenden Reifen auf der Brücke, spie weitere SWAT-Beamte aus, alle brüllten sie durcheinander.

Drei Stufen auf einmal nehmend, stürzte Jennifer nahezu außer Kontrolle die Treppe hinunter. Wir kamen unten an, und vor uns konnte ich auf einer weit offenen, gepflasterten Fläche von der Größe eines Football-Feldes einen Springbrunnen sehen, dahinter einen See. Nirgends gab es Deckung. *Eine schlechte Wahl.*

Gerade als Jennifer unten aufsetzte, bogen drei Streifenpolizisten um die Ecke der Unterführung. Einer hob die Hände und rief »Halt!«. Jennifer glitt auf den Boden, fegte ihm die Beine weg und sprang wieder auf die Füße. Die beiden Männer zu seiner Rechten zogen ihre Pistolen. Ich warf mich seitlich gegen sie, rammte sie mit der Schulter. Wir stürzten zu Boden, ich rollte mich ab und rannte weiter, sah Jennifer am Ende des kurzen Tunnels. Sie gelangte ins Freie und knallte auf den Bürgersteig, als hätte man sie mit einer Streitaxt erwischt.

Drei SWAT-Beamte näherten sich ihr, einer hielt einen Taser in der Hand und gab ihr ordentlich Saft. Zwei weitere erschienen von der anderen Seite der Unterführung, alle mit M4-Sturmgewehren bewaffnet. Sie hörten mich kommen und brachten ihre Waffen in Anschlag. Einer rief: »Halt, stehen bleiben! Stopp, stopp, stopp!«

Schlitternd kam ich zum Stehen. Auf keinen Fall wollte ich, dass ein schießwütiger Kerl abdrückte. Ich hatte ja keine Ahnung, was man ihnen erzählt hatte, wen sie da jagten.

Ich wurde zu Boden gezwungen, und beide wurden wir gefesselt. Sie zerrten uns auf die Füße, führten uns zurück zum Van und öffneten dessen Türen. Auf der Bank saßen Radcliffe und zwei weitere Taskforce-Angehörige, allesamt angezogen wie SWAT-Beamte. »Ab hier übernehmen wir«, sagte er.

Die Türen wurden geschlossen, und wir fuhren los. Radcliffe zückte eine Spritze. »Als ich hörte, dass da einer auf die schiefe Bahn geraten ist, wusste ich, dass du es bist, Pike.«

Er jagte sie mir in den Oberschenkel, und die ganze Welt begann sich um mich zu drehen. Das Letzte, was ich sah, war die Furcht in Jennifers Gesicht.

64

Elina parkte hinter dem Hotel und verbarg ihren Wagen so weit hinten wie möglich auf dem Parkplatz, direkt neben einem Müllcontainer. Ihr war klar, dass er dortbleiben würde, bis er von der Polizei abgeholt wurde, lange nachdem sie den Märtyrertod erlitten hatte. Sie schloss ab, fragte sich dann aber, warum sie sich die Mühe machte.

Sie schleppte ihre kleine Reisetasche durch die Lobby und stellte fest, dass sie voller Kinder war, die hin und her rannten und gestressten Eltern auswichen, die sie baten, still zu sitzen. Bei dem Anblick musste sie lächeln und dachte an ihre Neffen, die nun schon lange tot waren.

Sie nannte der Rezeptionistin ihren Namen, erklärte, sie habe ihren Schlüssel im Zimmer gelassen und sich ausgesperrt. Sie ignorierte das übliche Anstarren ihres Mundschutzes und legte ihren Pass vor, bevor die Frau sie nach einer Zimmernummer fragte, die sie nicht kannte. Wie in der Nacht zuvor in Raleigh, North Carolina, sagte die Empfangsdame ihre Zimmernummer noch einmal zur Bestätigung, worauf sie lediglich nickte. Nachdem sie den Schlüssel erhalten hatte und nun auch die Nummer kannte, ging sie auf ihr Zimmer.

Sie wusste, dass dies das letzte Hotel war. Die End-station sozusagen, doch sie sah beim besten Willen nicht ein, warum ihre Reise hier in Florida endete. Die Stadt war eine kleine Touristenfalle, auf eine Landzunge gezwängt, direkt am Meer. Etwas heruntergekommen, mit zwielichtig wirkenden Surfshops und ein paar Eck-kneipen und Bistros war es nicht unbedingt der Ort, den sie gewählt hätte, um die Büchse der Pandora zu öffnen. Als sie in die Stadt kam, war das Einzige, was sie gesehen hatte, das von Interesse sein könnte, das Kennedy Space Center. Aber das griff man sicherlich besser mit einer konventionellen Bombe an. *Weshalb ein Virus dazu benutzen?*

Sie fand ihr Zimmer, ein Bitte-nicht-stören-Schild hing draußen am Türknauf. Als sie aufschloss, zog sie ihre Tasche herein und sah einen Umschlag auf dem Bett liegen. Sie ließ das Gepäck fallen und starrte ihn einen Moment lang an, während ihr klar wurde, dass er ihr Schicksal enthielt. Ein kleines Bündel Papier, knochen-weiß, das geduldig auf sie wartete.

Sie öffnete den Umschlag und fand Tickets für eine Schiffsreise am nächsten Tag. Dazu Anweisungen zum Einsteigen in ein Shuttle zum Hafen, die Reiseroute des Schiffes, die Kabinennummer, die Reservierungsnummer und Einschränkungen für das, was sie mitnehmen durfte.

Alles darin war harmlos, bis auf einen Zettel mit einem Zeitpunkt für ein Treffen während der Reise. Ein bestimmter Ort, eine bestimmte Agenda.

Sie ließ die Papiere aufs Bett fallen. *Das ist es also. Ich soll ein Schiff voller Menschen infizieren.* Sie musste an die Kinder denken, die in der Lobby spielten, und ihr war klar, dass sie auf dasselbe Schiff warteten. Wusste, dass sie sterben würden.

Sie duschte und erledigte eintönige Dinge, um sich von der Mission und ihrem Anteil daran abzulenken. Als sie fertig war, legte sie sich aufs Bett und sah sich den Weather Channel an, musste jedoch feststellen, dass ihre Gedanken nach wie vor um die Kinder kreisten. Sie verließ das Zimmer und suchte die Bar in der Lobby auf.

Sie bestellte eine Flasche Wasser, nahm ihre Maske ab, um keine Aufmerksamkeit auf sich zu lenken, und sah sich in der Lobby um. Ein hochgewachsener, fettleibiger Mann, der ein Sweatshirt mit einem Ron-Jon-Surf-Shop-Logo trug und Flip-Flops, die zu klein für seine Füße waren, nahm sich den Hocker neben ihr und riss sie aus ihren Gedanken. Es schien ihm nichts weiter auszumachen, offensichtlich hatte er schon ein paar Drinks gehabt, bevor er sich zu ihr setzte.

»Machen Sie morgen die Schiffsfahrt mit?«, fragte er.

Sie nickte und wünschte sich verzweifelt, sie hätte ihre Maske auf. Hatte Angst, den Mund aufzumachen.

»Die röntgen jetzt das Gepäck«, meinte er, »nur damit Sie es wissen. Die behaupten, es sei wegen Terrorismus. Aber in Wirklichkeit wollen sie nur rausfinden, wer was zu saufen an Bord schmuggelt. Das Zeug ist schweineteuer auf dem Boot.« Er beugte sich vor und zwinkerte ihr zu. »Aber ich habe eine Möglichkeit gefunden, das zu umgehen. Ich stecke meinen Rum in Ziploc-Beutel. Die sieht man beim Röntgen nicht.«

Er lachte laut, schlug sich aufs Knie. »Nehmen Sie auch Sprit mit?«, fragte er in verschwörerischem Flüsterton.

»Nein, ich trinke keinen Alkohol.«

Seine Augen verengten sich, so als verstünde er die Aussage nicht ganz. »Sie trinken nicht?«, meinte er, den Anflug eines Lächelns im Gesicht. »Wozu zum Teufel machen Sie dann die Schiffsfahrt?«

Unwillkürlich erwiderte sie sein Lächeln. Der Mann war entwaffnend, er stellte eindeutig keine Bedrohung dar.

»Bloß zur Erholung.«

»Ganz allein?«, fragte er.

Die Frage ließ eine Alarmglocke schrillen. Sie wünschte, sie hätte sich gar nicht erst mit ihm abgegeben. Vorsichtig nickte sie.

Er deutete auf einen Tisch mit drei weiteren Männern mittleren Alters, alle angezogen wie Teenager. »Ich bin mit denen hier, und wir sind auch alle ganz allein.«

Er wieherte über seinen Witz, wartete darauf, dass sie mitlachte. Als sie es nicht tat, verstummte sein Lachen, aber er gab nicht auf, nahm ihr Schweigen nicht als Hinweis. »Wenn Sie wissen möchten, wie Sie das Beste aus dieser Schiffsfahrt rausholen, geben Sie mir einfach Bescheid. Ich bin Experte für Kreuzfahrten!«

Sie glitt von ihrem Hocker. »Ich sollte jetzt wirklich schlafen gehen.«

»Wir sehen uns an Bord!«, rief er ihr nach, als sie wegging.

Als sich die Aufzugtüren schlossen, verfluchte sie sich dafür, dass sie dem Mann nicht sofort den Schneid abgekauft hatte. Das fehlte ihr gerade noch, ein Schürzenjäger mittleren Alters, der es auf sie abgesehen hatte und damit womöglich ihre Mission gefährdete. Sie wollte unsichtbar bleiben, nicht zu einer Trophäe für eine Meute Schwerenöter werden, die ihren zweiten Frühling erlebten.

Am nächsten Morgen stieg sie zusammen mit Dutzenden von Familien ins Shuttle, alle wollten sie nach Port Canaveral. Sie wusste, dass sie auffiel, da sie die einzige alleinstehende Frau war und außerdem einen Mundschutz trug, der sie aussehen ließ, als hätte sie etwas Ansteckendes. Was ja auch der Fall war.

Im Bus ließ sie sich auf einem Platz am Fenster nieder. Die Sache war so weit gediehen, dass die neugierigen Blicke ihr nichts mehr ausmachten. Ein Schaumstoff-Flugzeug traf sie am Kopf. Sie wirbelte herum und sah einen Jungen von ungefähr fünf Jahren, der sie anstarrte. Sie hob den Flieger vom Boden auf und gab ihn ihm zurück.

»Billy!«, sagte seine Mutter. »Entschuldigen Sie bitte! Normalerweise macht er so was nicht.«

Elina sagte ihr, sie solle sich keine Sorgen machen, und winkte dem Jungen zu. Er erwiderte ihr Lächeln, ein heller Schein, der sich wie ein Eispickel durch ihren Willen bohrte. Erneut fühlte sie sich verloren, fragte sich, wie es ihrem Volk denn helfen konnte, Kinder umzubringen. Ganz bewusst dachte sie an die Männer in jener Bar in

New York. An die abscheulichen Dinge, die sie gesagt hatten. Sie fasste wieder Mut, spürte, wie der Glaube an ihre Mission in sie zurückfloss.

Nachdem sie im Pulk die Abfahrtsprozedur durchlaufen und in einer Schlange gestanden hatte, die sich bis um das Hafengebäude wand, erreichte sie schließlich die Plattform für den Einlass.

Die Passagiere wurden von Lotsen aufgeteilt und an den jeweils nächsten verfügbaren Kundenbetreuer verwiesen. So landete sie hinter der Familie mit dem Kind aus dem Bus. Unsicher wegen des Boarding-Verfahrens beobachtete sie, was mit ihnen geschah.

Der Servicemitarbeiter stellte der Familie eine Reihe routinemäßiger Fragen, ob sie etwas mitgebracht hatten, das sie nicht mitnehmen durften, woher sie kamen und weitere Nichtigkeiten. Sie begann sich zu entspannen, bis der Mann fragte: »Hat jemand von Ihnen Fieber? Fühlen Sie sich krank?«

»Ja«, sagte der Kleine. »Ich glaube, ich bin krank.«

Hastig brachte seine Mutter ihn zum Schweigen. »Er will bloß Aufmerksamkeit.«

»Sie können nicht an Bord, wenn er krank ist«, sagte der Mann. »Falls er eine Erkältung oder die Grippe hat. Das Boot wirkt wie eine Petrischale. Ist eine Person krank, steckt sie alle anderen an.«

Elina hörte die Worte, wandte sich ab, zog sich den Mundschutz vom Gesicht.

»Kommen Sie«, sagte der Vater. »Er ist okay. Er schwindelt bloß.«

»Ich muss es von ihm selber hören«, sagte der Servicemitarbeiter. Er sah dem Jungen in die Augen. »Hast du Fieber?« Der Junge blickte erst seine Mutter, dann seinen

Vater an. Der Mann zwinkerte ihm zu und meinte: »Die beste Antwort ist Nein.«

»Nein«, erwiderte der Junge. »Ich bin nicht krank.«

Lächelnd winkte der Mann sie durch. Elina trat vor und durchlief das gleiche Verfahren. Sie zeigte ihren Pass, ihre Tickets und ihre Reservierung.

Als der Mann fragte, ob sie Fieber habe, antwortete sie wahrheitsgemäß: »Nein. Ich war seit Monaten nicht mehr krank.«

65

Ich wachte auf, weil das Licht so grell war. Eine einsame Glühbirne, die von einem Kabel baumelte, wie in einem schlechten Agentenfilm. Ich versuchte mich zu bewegen und stellte fest, dass ich mit Handschellen an eine kurze Metallpritsche gefesselt war.

Meine Augen fühlten sich an, als hätte sie jemand mit Sandpapier poliert. Ich kniff sie zusammen, blinzelte ein paarmal. Ich hob die Beine an und stellte fest, dass sie frei waren. *Also habe ich etwas, womit ich arbeiten kann.*

Allerdings hatte ich keine Ahnung, wie mir das helfen sollte. Vielleicht konnte ich ja den nächsten Kerl, der hereinkam, dazu bringen, sich so hinzustellen, dass ich ihn mit einem Tritt ausschalten konnte. Natürlich musste ich es so anstellen, dass dabei die Schlüssel zu meinen Handschellen umherflogen und direkt neben meinen Händen landeten.

Ich lehnte mich zurück, rief mir den eigentlichen Grund ins Gedächtnis, weshalb man uns entführt hatte: Jennifer. Der Gedanke löste einen Wutanfall aus, reflexartig riss ich die Arme hoch in dem törichten Versuch, den Stahl zu zerbrechen. Mir entfuhr ein kehliger Schrei, schwer atmend ließ ich mich aufs Bett zurückfallen.

Ich hörte, wie eine Tür geöffnet wurde, und reckte den Hals. Knuckles geriet in Sicht.

»He! Wie geht's?«

Ich konnte es nicht fassen, die Frage klang, als hätte ich einen Autounfall gehabt.

»Wie es mir geht? *Wie es mir geht?* Du Arsch! Ich bringe jeden Einzelnen von euch Drecskerlen um! Lass mich sofort hier raus!«

Er nahm auf dem einzigen Metallstuhl im Raum Platz. »Sieh dich mal um. Was siehst du?«

Ich tat wie geheißen. Ich sah rohe Backsteinwände, zwei Kameras in den Ecken. Von beiden verliefen offene Kabel die Wände hinab und zur Tür hinaus. Das hieß, dass man diesen Ort hastig eingerichtet hatte. Ein Versteck, das auf vorhandener Architektur basierte.

»Die Kameras nehmen keinen Ton auf«, sagte er. »Nur Video.«

»Warum sollte mich das einen Scheiß interessieren? Wo ist Jennifer?«

Er stand auf. »Zwei Stockwerke über dir. Und sie ist in Gefahr. In ein paar Stunden wollen sie sie verlegen. Sie warten nur noch darauf, dass deine Betäubung nachlässt.« Er lächelte. »Radcliffe machte sich ein wenig Sorgen wegen deiner übermenschlichen Fähigkeiten. Er hat dir doppelt so viel verpasst wie nötig.«

»Wie lange war ich weggetreten?«, wollte ich wissen.

»Mehr als 24 Stunden. Es wurde so schlimm, dass sie darüber sprachen, dich ins Krankenhaus zu bringen. Anscheinend wurde deine Atmung verdammt flach.«

»Ist Jennifer okay?«, fragte ich. »Was haben die Drogen bei *ihr* angerichtet?«

»Ihr geht es gut«, sagte er. »Sie ist vor zwölf Stunden aufgewacht. Ihr geht es rundherum gut.«

Ich sackte zurück aufs Bett. »Ich werde dich noch nicht einmal fragen, warum du das tust. Mach einfach, dass du rauskommst.«

»Pike, die bringen sie nach D. C. Sie glauben, dass sie das Virus hat. Dass sie eine Bedrohung darstellt.«

Diese Aussage hatte einen weiteren Wutausbruch zur Folge. »Sie ist nicht krank, du Schwachkopf!«, brüllte ich, an den Fesseln zerrend. »Wir hatten den Kerl bereits, der die halbe verfluchte Welt umbringen will, und ihr Idioten macht Jagd auf uns!«

Seine nächsten Worte ließen mich innehalten.

»Ich weiß, Pike, ich lag falsch. Die Aufsichtskommission hat zwar keine Ahnung davon, aber Kurt hat immer noch das Sagen. Nun ja, für einige jedenfalls.«

Ich sah ihn einfach nur an, wartete ab, um zu sehen, wohin das hier führte. Er ging auf mich zu, versperrte das Blickfeld der Kameras, ließ mir einen Schlüsselbund in die Hand fallen.

»Ich werde jetzt von dir weggehen und mich mit dem Gesicht zur Wand stellen. Du musst es echt aussehen lassen. Drück mir die Luft ab. Sobald du das tust, läuft die Uhr. Jennifer ist zwei Stockwerke höher, in einem Raum wie diesem hier.«

»Womit habe ich es zu tun?«

Er lächelte. »Mit nicht allzu viel. Zwei Taskforce-Teams, eins davon dasjenige von Turbo. Dieser Typ hasst dich übrigens wirklich.«

»Wo bin ich?«

»In Hell's Kitchen. Du hast Manhattan nie verlassen.«

Er wandte sich ab, ging auf die andere Seite des Raumes und tat so, als spräche er immer noch mit mir. Ich bearbeitete die Handschellen, so schnell ich konnte, bemüht, die Tatsache zu verschleiern, dass ich einen Schlüssel hatte, um nicht gleich einen Alarm auszulösen. Mir war klar, dass sie schon noch dahinterkommen würden, woher der Schlüssel stammte. Knuckles ebenfalls. Aber das spielte im Moment keine Rolle. Ich musste es echt aussehen lassen.

Ich spritzte von der Pritsche hoch, sprang auf und näherte mich Knuckles – meinem Teamkameraden und Freund. Behutsam legte ich ihm den Arm um den Hals, bereit zuzudrücken.

Mit einem Ruck machte er sich los, fuhr herum und knallte mir den Handballen an den Mund. »Das nennst du realistisch? Mein Gott! Es muss *gut* aussehen!«

Geschockt hob ich die Hände, ging in Kampfstellung. »Was zum Teufel machst du da? Dreh dich um, verdammt noch mal, damit ich dich würgen kann!«

Verärgert schüttelte er den Kopf und setzte zu einer lächerlichen Geraden an, die seine Deckung völlig offen ließ.

Auf Band wird das gut aussehen.

Ich blockte den Schlag ab, lenkte seine Energie gegen ihn selbst, indem ich ihn herumwirbelte. Selbstverständlich ließ er es geschehen. Ich glitt in seine Reichweite, näherte mich seinem Hals, schlang meinen Arm darum und drückte ihm die Schlagadern ab. Er verlor das Bewusstsein, und ich ließ ihn zu Boden sinken.

Ich ging zur Tür und lauschte einen Moment. Nun bedauerte ich, dass ich Knuckles keine Fragen nach dem Grundriss gestellt hatte.

Ich hörte nichts, trat auf den Flur hinaus, der sich als Galerie vier Stockwerke über dem Boden erwies. Das Geländer verlief links und rechts den Korridor entlang. Ich befand mich in einer verlassenen Feuerwache, einem Pseudo-Apartmentkomplex, der genauso aussah wie das Hauptquartier aus den *Ghostbusters*-Filmen. Ich rannte zum Ende des Flurs, weil ich schätzte, dass dort die Treppe war. Unten im Erdgeschoss hörte ich Leute rufen.

Ich fand ein Treppenhaus. Zwei Stufen auf einmal nehmend übersprang ich den Zwischenboden und betete, dass Knuckles mir keine falschen Informationen gegeben hatte. Ich öffnete die Tür einen Spaltbreit und sah einen Flur ohne Galerie vor mir. Es ging einfach geradeaus, kein Hindernis im Weg. Keine Wachen, keine Security.

Ich sprintete los, ging zur ersten Tür, riss sie auf. Sieben Polizisten befanden sich in dem Raum, die allesamt an unserer Verhaftung beteiligt waren. Sie saßen um einen Tisch und sahen gelangweilt aus. Bis ich die Tür öffnete.

Ich schlug sie wieder zu und bewegte mich weiter, ehe sie mich erkennen konnten. *Wow. Die haben sie in Quarantäne gesteckt wegen Jennifer. Ich frage mich, was sie mit den Pferden gemacht haben.*

Der Flur endete an einer T-Kreuzung, von der aus es nach links und rechts weiterging. Abgesehen von den Polizisten fand ich nichts als leere Räume und Besenschränke vor und fühlte, wie die Zeit verstrich. Knuckles hatte mir einen Vorteil verschafft, und ich vergeudete ihn mit der Suche.

Zu meiner Linken hörte ich Stimmen. Ich drückte mich an die Wand und lauschte.

»Ich weiß nicht, Mann. Alle sagen, sie hat dir den Arm gebrochen.«

»Sie hat mir den verfluchten Arm nicht gebrochen! Sie hat mich beim Auswahltest reingelegt. Sie hätte nie dort sein dürfen. Deshalb ist sie jetzt ja hier.«

Radcliffe.

Ich steckte meinen Kopf um die Ecke und sah Radcliffe vor einer Tür stehen, drohend über einem anderen Mann aufgebaut, der lächelnd die Hände hob.

»He, Mann, lass gut sein. War doch bloß ein Scherz.«

»Den finde ich aber nicht lustig«, meinte Radcliffe. »Ich kann es nicht mehr hören. Ich sage dir jetzt Folgendes: Sollte sich herausstellen, dass sie nicht krank ist, werde ich ihr eine Lektion erteilen, die sie niemals vergessen wird. Und diesem Arschloch Pike gleich mit.«

Was du heute kannst besorgen …

Ich spielte mit dem Gedanken, vorzutreten und etwas angemessen Knallhartes zu sagen wie »Willst du dich mit mir anlegen?« oder »Na los, mach schon!«. Aber mir war klar, dass ich es mit zwei top ausgebildeten Kämpfern zu tun hatte. Ich entschied mich für einen Sprint.

Radcliffe hörte die Schritte, als ich noch 15 Meter entfernt war. Als ich über die Schulter des anderen Mannes blickte, sah ich, wie seine Augen sich weiteten. Der Kerl stand zwischen mir und Radcliffe, mit dem Rücken zu mir. Ich beschloss, es zuerst mit ihm aufzunehmen.

Er machte Anstalten, sich umzudrehen, gerade als ich ihn erreichte. Ich legte mein ganzes Gewicht in den Schlag. Mit einem Satz hämmerte ich ihm die Faust so fest in die rechte Niere, dass er einen Monat lang Blut pissen musste.

Er kreischte auf, als ich meine linke Hand in sein Haar krallte und ihm den Kopf gegen die Wand schlug. Der Schrei endete abrupt, und er sank zu Boden.

Gleichzeitig griff Radcliffe an und verpasste mir einen Hieb an die Schläfe, fest genug, dass ich Sterne sah. Ich deckte meinen Kopf, bemüht, mich von ihm zu lösen, wich zurück, um Platz zwischen uns zu schaffen, damit ich eine Chance bekam, die Initiative wiederzuerlangen. Er schlang mir die Arme um den Körper, rotierte rückwärts, hob mich von den Füßen, knallte mich mit dem Kopf voran auf den Boden.

Ich fing den Sturz mit meiner linken Schulter ab, damit mein Schädel nicht voll aufprallte, aber es reichte aus, mich erst einmal zu lähmen. Allmählich verlor ich die Kontrolle über den Kampf. Überließ Radcliffe den Boden, damit musste ich garantiert Schiffbruch erleiden. Ihm auch nur den geringsten Vorteil zu lassen wäre Selbstmord.

Die Wucht des Sturzes löste seinen Griff, ich drehte mich weg, trat nach hinten aus, traf etwas. Er sprang mich an, darauf versessen, die Oberhand zu behalten, landete auf meinem Rücken, knallte mich gegen die Tür, vor der er gestanden hatte. Er schlang mir den Arm um den Hals, und ich wusste, dass ich in Schwierigkeiten steckte. Ich stieß ihm den Ellenbogen in die Rippen, gleich zweimal, und verschaffte mir etwas Luft zum Atmen, allerdings nicht viel.

Er zog den Würgegriff fester an. Zuvor schob ich ihm jedoch die Hand unter den Arm, um den Prozess zu verlangsamen, der die Blutzufuhr zu meinem Gehirn unterbrach. Abermals stieß ich mit dem Ellenbogen zu, allerdings ohne Wirkung. Er machte einen Ruck nach vorn, hämmerte mir den Kopf gegen die Tür. Blindlings langte ich nach oben, drückte die Klinke. Erneut ein Ruck, er benutzte meinen Schädel als Rammbock, und die Tür schwang auf. Er drückte fester, und ich dachte, die Augen sprängen mir gleich aus dem Kopf. Sein Griff war nicht perfekt, er drückte mir die Luftröhre zu. Ich sah meine Rettung in dem ungefähr zehn Meter entfernten Raum.

»Jennifer …«, ächzte ich.

Einen Sekundenbruchteil lang wirkte sie geschockt. Ich sah, wie sie die Augen zusammenkniff, dann sprang sie vom Bett auf. Mir wurde schwarz vor Augen.

Allerdings nicht für lange.

Radcliffe sah Jennifer auf sich losrasen und stand vor der Wahl: mich festhalten und wehrlos vor Jennifer zu stehen, oder mich loslassen und sie außer Gefecht zu setzen. Wäre er schlau gewesen, hätte er zuerst mich außer Gefecht gesetzt, da er ja wusste, dass er ein paar Sekunden lang ohne Weiteres alles einstecken konnte, was sie austeilte.

Aber anscheinend fiel ihm wohl ein, was Jennifer mit seinem Arm angestellt hatte. Oder er war nicht schlau.

Auf jeden Fall ließ er mich los.

66

Jennifer stieß sich ab, machte einen Satz in die Luft, und Radcliffe zog den Kopf ein. Sie umklammerte ihn mit allen vieren und setzte den gleichen Würgegriff an wie er bei mir. Sein Gesicht zeigte Überraschung, so als hätte er erwartet, dass sie versuchen würde, ihm mit den Nägeln die Augen auszukratzen.

Er drosch mit den Ellenbogen auf ihre Rippen ein, tat das Gleiche, was ich getan hatte, allerdings mit wesentlich mehr Erfolg. Jennifer löste ihren Griff, er langte hinter sich, zerrte sie gewaltsam über seinen Kopf, schleuderte sie gegen die Wand.

Ich sprang auf die Knie, schlug ihm einen Uppercut direkt in die Eier, was ihm die Luft nahm. Er krümmte sich, und Jennifer rappelte sich vom Boden auf und nahm Maß, tänzelte vorwärts und verpasste ihm einen Schnapptritt direkt ans Kinn, so als würde sie nach einem Fußball treten. Er ging k. o.

Schwer atmend tippte sie seine bewusstlose Gestalt mit dem Zeh an. »Du Dreckskerl!«

»Verflucht noch mal, Mensch! Worauf zum Teufel hast du gewartet? Hast du mich hier draußen nicht gehört?«

»Du meinst, wie er deinen Kopf als Türklopfer benutzt hat? Wie er den Boden mit dir aufgewischt hat? Nein. Das habe ich nicht gehört. Sorry.«

Ich stand auf, lächelte. »Touché.«

Das Funkgerät an Radcliffes Gürtel fing an zu piepen. »Pike ist geflohen«, krächzte es. »Pike ist geflohen. Aktueller Aufenthaltsort unbekannt. Bestätigen.«

»Machen wir, dass wir hier wegkommen, bevor sie merken, dass wir beide auf der Flucht sind.«

Wir rannten bis zum Ende des Flurs und stürzten die Treppe hinunter, bis wir das Erdgeschoss erreichten. Als wir das Treppenhaus hinter uns ließen, fanden wir uns in einem großen, lagerhausartigen Gebäudeteil wieder, der aussah wie der Empfangsbereich der Ghostbusters. Alt, aus Stein, überall waren willkürlich Schreibtische verstreut, und Schutt lag herum. Jennifer sah ein Ausgangsschild und deutete auf einen Flur. Wir betraten ihn und sahen uns Turbo und einem weiteren Mann gegenüber. Beide hielten sie eine Glock in der Hand.

Wir blieben stehen. Ganz allmählich wich ich, die Hände in der Luft, den Weg zurück, den wir gekommen waren.

Turbo zielte über den Lauf, pflanzte mir einen Laserpunkt auf die Brust. »Stopp!«, sagte er. »Keine Bewegung!«

Ich tat wie geheißen. »Willst du mich erschießen? Einen Teamkameraden umlegen?«

»Ich befolge bloß Befehle. Solltest du auch tun! Es ist deine Entscheidung. Treib es nicht zu weit. Ich bluffe nicht.«

»Turbo, hör zu! Hier liegt ein Fehler vor. Wir verschwenden nur unsere Zeit. Ihr solltet euch lieber darauf konzentrieren, wo sich der General aufhält.«

Er fuchtelte mit der Pistole herum. »Geh auf die Knie, die Hände auf den Rücken.«

»Nein! Ich lasse mich nicht noch mal einsperren. Ihr seid auf die falsche Bedrohung fixiert.«

Erneut begann ich zurückzuweichen, vernahm Schritte hinter mir.

Ich drehte mich um und sah Decoy und Retro, die mir nun den Weg versperrten, die Glocks ebenfalls gezogen.

Mein Gott! Mein eigenes Team!

»Siehst du«, meinte Turbo, »du gehst nirgendwohin. Auf die Knie! Sofort!«

Ich starrte Decoy an, am liebsten hätte ich ihm eine reingehauen. Er senkte seine Glock. »Komm durch«, sagte er.

Jennifer zog sich zurück, die Hände nach wie vor in der Luft. Sie war wesentlich schneller von Begriff. Erneut brüllte Turbo, richtete den Laser auf ihre Brust. Retro trat vor sie, nun zielte der Laser auf ihn.

»Willst du mich auch erschießen? Die Waffe runter!«

Ich wich ebenfalls zurück, das Laservisier des anderen Mannes wurde blockiert, als Decoy vor mich trat. »Was zur Hölle tust du da?«, rief Turbo. »Ich wusste, dass es ein Fehler war, Knuckles' Team darauf anzusetzen.«

Decoy warf einen Blick zu mir zurück. »Worauf wartest du noch? Dass dich jemand wegträgt? Mach, dass du von hier verschwindest.«

Das brauchte er mir nicht zweimal zu sagen. Ich packte Jennifer an der Hand und rannte den Weg zurück, den wir gekommen waren, durch die Lagerhaus-Sektion zu einem anderen Ausgang. Wir liefen nach Osten, die 42nd Street entlang, bis wir den Times Square erreichten. Wir nahmen die U-Bahn und stiegen am Grand Central Terminal aus. Als ich sah, wie die Menge uns umströmte, ließ meine Anspannung nach. Fürs Erste waren wir in Sicherheit.

»Was jetzt?«, fragte Jennifer.

»Keine Ahnung. Als Erstes sollten wir Kurt anrufen. Herausfinden, wie die Lage aussieht.« Die Taskforce war eindeutig gespalten in der Frage, was vor sich ging, und ich wollte den genauen Stand der Dinge erfahren und über alle Hinweise Bescheid wissen, die sich während unseres angenehmen Aufenthalts im Hotel Ghostbusters eventuell ergeben hatten.

»Hältst du das für klug?«, fragte sie.

»Ja, ich glaube, wir können ihm trauen. Immerhin rief er an, um uns zu warnen.«

Sie sah einen Verizon-Laden. »Hast du eine Vorliebe, was Handys betrifft?«

»Ja. Kein iPhone 5. Ich zahle keine Wucherpreise dafür.«

»Ich sterbe vor Hunger. Hol mir einen Hamburger. Wir treffen uns in der Fressmeile.«

20 Minuten später kehrte Jennifer, diese Klugscheißerin, mit zwei iPhone 4 zurück. Ich schaltete meins ein und rief sofort die Einstellungen auf, um sicherzugehen, dass alle Funktionen zur Standortsuche deaktiviert waren. Beim Scrollen durch die verschiedenen Registerkarten sah ich etwas mit dem Namen »Find my iPhone«.

Die einzigen Apple-Produkte, die ich je besessen hatte, waren die nachgemachten Taskforce-Geräte, voll streng geheimem Bullshit, verborgen unter einer Schicht falscher Apps. Ich zeigte Jennifer die Funktion. »Was ist das denn?«

»Eine Apple-Sache. Du eröffnest ein iCloud-Konto, aktivierst es und kannst dein Telefon sperren, orten oder löschen, falls es gestohlen wird.«

»Mein Gott! Das ist besser als die Taskforce-Apps.«

»Ja, ich weiß. An Mac-Laptops und iPads funktioniert es genauso.«

Ich begriff, was sie da sagte, ließ meinen Hamburger in den Mülleimer fallen, nahm das Handy und wählte.

»Was?«, fragte sie. »Was habe ich denn gesagt?«

»Erinnerst du dich noch, wie wir in Singapur Ernie verfolgten? Wohin ging er, nachdem er im Sin Tat Plaza die Handys gekauft hatte?«

Sie überlegte einen Moment, dann kam es ihr, in ihren Blick kehrte Leben ein. »In den Apple-Laden. Er kaufte ein iPad.«

67

Chip Dekkard wartete darauf, ins Weiße Haus gelassen zu werden, besorgt darüber, was er von Präsident Warren hören würde. Er hatte seine Grenzen in der

Aufsichtskommission überschritten, das wusste er. Zum Glück war niemand sonst in der Kommission dieser Meinung. Sie hatten ihm die Stange gehalten, und das wusste er zu schätzen. Aber er wusste ebenfalls, dass sie es aus Unwissenheit taten. Sie hatten Angst vor der genetisch veränderten Vogelgrippe, völlig zu Recht, aber sie hatten keine Ahnung, dass er die einzige Ursache für die Bedrohung war. Der Gedanke, sie könnten dahinterkommen, war grauenerregend.

Er hatte die letzten drei Tage damit verbracht, seine persönlichen Spuren bei der Firma in Singapur zu löschen, und alles getan, um den Makel von seinen Beständen zu wischen. Er wusste, dass er seine Verbindungen nicht vollständig trennen konnte. Daher entschied er sich für den weniger optimalen Weg, eine Firewall zwischen sich und dem Unternehmen zu errichten. Zahllose Server wurden durchsucht und die gesamte Kommunikation zerstört, die darauf hinwies, dass er eine Ahnung von den laufenden Experimenten hatte.

Wenn nötig, würde er die Geschäftsleute opfern, die die Idee überhaupt erst zur Sprache gebracht hatten, seine Überraschung über diese abenteuerliche Idee zum Ausdruck bringen und mit allen anderen ins selbe Horn tuten, sie vor Gericht zu stellen. Er hatte bereits begonnen, seine Beweise aufzubauen und E-Mails mit Desinformationen zu streuen, die alles der Firma in die Schuhe schoben und ihn gut dastehen ließen.

Er war sich ziemlich sicher, dass er die Untersuchungen, die folgen würden, überleben konnte. Es war bedauerlich, dass er gezwungen war, sich gegen seine Leute zu wenden. Aber wenn man es logisch betrachtete, würden sie ihre Strafe erhalten, ob er nun mit im Boot saß oder nicht. Und wenn er den Schaden begrenzte, konnte er katastrophale Einbußen beim Marktwert seines Konglomerats verhindern – in der Tat unschuldige Aktionäre schützen, die nichts mit dem Unglück zu tun hatten. Es mochte brutal erscheinen, aber es war das Beste.

Wie heißt es so schön? »Showbusiness« und nicht »Showfriends«.

Er hörte seinen Namen rufen und sah Alexander Palmer das Foyer des Westflügels betreten. Palmer gab ihm einen Besucherausweis, auf dem ESCORT ONLY stand. »Kommen Sie! Sie sind der Letzte hier.«

»Was ist los?«, wollte Chip wissen, während Palmer ihn in strammem Tempo durch die schmalen Flure führte.

»Präsident Warren will auf dem Laufenden gehalten werden. Er ruft die Direktoren der Aufsichtskommission zusammen.«

»Ich bin kein Direktor.«

»Ja, aber Sie wissen mehr über dieses Virus als jeder andere.«

Chip nickte nur. Er fragte sich, ob der Präsident wohl nach den »Recherchen« fragen würde, die er angeblich über das Unternehmen anstellte. Er war dicht davor, aber noch nicht bereit, die Informationen zu liefern. Trat man zu früh eine Untersuchung los, wäre er mit im Netz gefangen.

Sie gingen durch den Mittelgang des Hauptgebäudes und nahmen die Treppe zur Residenz im Obergeschoss.

»Sie haben ihn im Lincoln-Schlafzimmer untergebracht«, sagte Palmer. »Das Ganze in ein Minikrankenhaus verwandelt. Der Arzt erlaubt ihm eine Besprechung am Tag, und heute sind wir dran.«

Die Personenschützer des Secret Service öffneten die Tür, und Chip sah den Präsidenten auf einem Himmelbett, umringt von drei weiteren Männern. In beiden Armen steckten Kanülen, rings um ihn piepte eine Vielzahl an Monitoren. Er sah stinksauer aus.

»Wer kam auf die glorreiche Idee, ein Taskforce-Team umzuleiten, um ein anderes Taskforce-Team zu jagen?«

»Es war eine kollektive Entscheidung«, sagte Vizepräsident Hannister, »aber letztlich liegt die Verantwortung bei mir.«

»Und Kurt hat da mitgemacht? Ist er auf einmal genauso durchgeknallt wie der Rest von euch?«

Die Männer traten von einem Bein aufs andere. Palmer räusperte sich, um den Präsidenten auf sich aufmerksam zu machen.

»Sir, er ist ... äh ... zurückgetreten. George Wolffe ebenfalls. Wir ließen Colonel Blaine Alexander die Operation gegen Pike und Jennifer leiten.«

Präsident Warren sah aus, als wollte er gleich explodieren. Ein Monitor fing an zu blinken, und ein ganzer Schwarm Ärzte und Krankenschwestern stürmte herein. Mit einer Handbewegung scheuchte er sie weg.

»Sir«, sagte der leitende Arzt, »Sie sollten sich wirklich etwas Ruhe gönnen. Ich werde diese Männer ...«

»Verlassen Sie auf der Stelle dieses Zimmer!«

Sie begannen, sich zurückzuziehen. »Mein Gott«, meinte der Präsident, »ich habe bloß die Grippe. Man könnte meinen, so was bringt einen um.«

Nachdem die Tür wieder geschlossen war, fuhr er fort: »Sie haben also die Kommandostruktur der Taskforce entlassen. Ein Lieutenant Colonel leitet die Jagd nach Taskforce-Angehörigen statt nach einem iranischen

General, wobei andere Taskforce-Angehörige sich weigerten mitzumachen. Und die ließen Sie gehen. Habe ich es richtig zusammengefasst?«

»Wir haben Agenten abgestellt, um den General aufzuspüren«, erwiderte Hannister, »konnten ihn aber nicht wieder ausmachen. Welches Handy er auch benutzte, seit Pikes ursprünglicher Ortung ist es tot. Allerdings glauben wir, dass wir den Namen haben, dessen er sich bediente.«

»Sie sind also an ihm dran? Das wäre mal eine gute Nachricht.«

»Nein, Sir. Das Pseudonym nahm gestern einen Flug nach Venezuela. Wir glauben, dass er sich nicht mehr im Land aufhält.«

Der Präsident blickte den CIA-Direktor an. »Venezuela? Weshalb dorthin?«

»Wir haben, ehrlich gesagt, keine Ahnung.«

»Was ist mit der Überträgerin?«

»Diesbezüglich konnten wir nicht einen Treffer landen. Wir suchen nach wie vor nach ihr und versuchen, sie durch die ursprüngliche Infektionsquelle in Manhattan aufzuspüren. Wenn wir ihre Bewegungen zurückverfolgen, könnten wir einen Hinweis erhalten.«

»Sie sind jetzt also davon überzeugt, dass es nicht Jennifer ist?«

»Nun, ja. Ich sage nicht, dass es falsch war, sie zu verfolgen. Sie stellt nach wie vor ein Risiko dar. Nur kann sie unmöglich die Ursache für diesen speziellen Ausbruch sein. Er fand zu früh statt. Wenn wir herausfinden, wo dieser Kerl sich ansteckte, können wir es womöglich mit anderen Informationen zu der Trägerin abgleichen und sie ausfindig machen.«

»Kooperiert er?«

»Er ist tot.«

»Nun, das ist großartig.« Er wandte sich an Chip. »Wie ist der Status des Unternehmens, das diese ganze Schweinerei ausgelöst hat?«

»Es ist eine kleine Firma in Singapur«, sagte Chip, »die hier mit einer amerikanischen Firma zusammenarbeitet. Ich versuche immer noch herauszufinden, wer was wusste.«

»Bleiben Sie dran. Ich will wissen, wen wir hängen müssen, wenn das hier vorüber ist.«

Chip spürte, wie ihm der Schweiß in den Nacken lief, nickte jedoch heftig.

»Alle anderen zuhören! Erstens: keine Taskforce-Operationen mehr, bis ich wieder arbeiten kann. Legen Sie sie einfach auf Eis. Ich kann diese Truppe nicht unter einem Lieutenant Colonel herumlaufen lassen, und Sie haben mir ungefähr so viel Urteilsvermögen gezeigt wie ein Haufen Kindergartenkinder.«

Hannister machte Anstalten zu widersprechen, doch Präsident Warren schnitt ihm mit einem wütenden Blick das Wort ab.

»Zweitens: Konzentrieren Sie sich auf Malik! Setzen Sie alle Agenten, die wir in Venezuela verfügbar haben, darauf an, seinen Aufenthaltsort ausfindig zu machen. Folglich lassen Sie alles andere stehen und liegen. Ich meine NSA, CIA, DIA und jeden Dienst, der sonst noch helfen kann.«

Er blickte den Außenminister an. »Zuletzt: Fangen Sie an, den Iran unter Druck zu setzen. Übermitteln Sie ihnen über ihre Schutzmacht Schweiz eine Nachricht. Lassen Sie sie wissen, dass wir vermuten, was Malik im Schilde führt, und dass wir die Hölle entfesseln werden, sollte das Wirklichkeit werden. Mir ist klar, dass sie so tun werden, als wüssten sie von nichts. Aber weisen Sie sie darauf hin. Jagen Sie ihnen eine Heidenangst ein, genauso eine Angst, wie wir sie jetzt haben. Falls wir Malik nicht finden, können die es vielleicht für uns tun.«

Die Männer nickten, warteten auf weitere Instruktionen.

»Was stehen Sie hier noch herum?«, fragte Präsident Warren. »Machen Sie sich an die Arbeit. Wenn wir das nächste Mal reden, möchte ich gute Nachrichten hören.«

Als sie Anstalten machten zu gehen, zog Präsident Warren Alexander Palmer am Ärmel. »Alex, warten Sie.«

»Ja, Sir?«

»Finden Sie Kurt Hale. Ich möchte mit ihm sprechen. Sofort.«

»Er wird auch nicht mehr tun können als das, was Sie bereits skizziert haben.«

»Bullshit! Im Moment habe ich das Gefühl, dass wir nichts tun außer reden. Die Überträgerin ist real, und ihr ist völlig egal, was ich gerade gesagt habe. Das würde ich gern ändern, und er hat die Männer, die das können.«

68

Die Sonne stieg über den Bug des Bootes, traf Malik mitten ins Gesicht. Stöhnend wälzte er sich auf die andere Seite und fühlte die Kruste seines Erbrochenen auf dem kleinen Achternkissen, von dem ihm jemand gesagt hatte, es sei ein Bett.

Der Captain tippte ihn am Bein an. »Komm schon. Aufstehen! Ruhigere See heute, versprochen. Wir haben

Kraftstoff aufgenommen und sind bereit abzulegen. Nur noch circa zehn Stunden.«

Bei dem Gedanken, noch zehn Stunden auf dem offenen Meer zu verbringen, drehte sich Malik der Magen um. Allein beim sanften Schaukeln im Jachthafen hatte er sich an Bord, anstatt zu schlafen, schon die ganze Nacht übergeben müssen.

Er war vor zwei Tagen am späten Nachmittag in Caracas, Venezuela, angekommen und von seinem Kontaktmann abgeholt worden – dem Mann, der die Märtyrerweste bauen würde. Vier Stunden lang waren sie an der Küste entlanggefahren und dann auf ein Boot umgestiegen, das zu einem Jachthafen auf der Insel Margarita fuhr. Es war ein Omen für das, was noch kommen sollte, mitten in der Nacht auf dem Wasser auf und ab zu hüpfen.

Diese Fahrt war so kurz gewesen, dass kein Unwohlsein aufkommen konnte, und Malik hegte die falsche Vorstellung, dass das Boot, das ihn zur Schwarzen Witwe bringen sollte, ein beeindruckendes Schiff sein würde, ein großer Fischtrawler oder dergleichen.

Als er am Jachthafen ankam, war er der Zwei-Mann-Crew begegnet, und sie hatten ihm das Boot gezeigt. Etwas wesentlich Kleineres, als ihm vorschwebte.

»Das soll uns übers Meer bringen?«

»Ja, natürlich«, hatte der Captain geantwortet. »Das ist eine Bertram 38 Special. 26 Knoten, wirklich gute Reichweite.«

Da Malik in der Wüste aufgewachsen war, sagte ihm das absolut gar nichts. Was er sah, war ein Boot, kaum zwölf Meter lang, dabei wusste er, wie weit sie fahren mussten. Er nannte ihnen das Ziel und betete, dass sie ihn zu einem anderen Boot bringen würden, wenn ihnen klar wurde, wie weit es war. Aber das machten sie nicht. Völlig unbeeindruckt unterhielten sich die beiden ein paar Minuten, bis Malik sie unterbrach.

»Könnt ihr das machen? Wie lang wird es dauern?«

»Ja, natürlich machen wir das. Zwei Tage. Wir legen morgen früh ab und fahren stramm nach Dominica. Dort nehmen wir Treibstoff auf und übernachten, dann kommt der Rest der Fahrt.«

Noch etwas, das er nicht bedacht hatte. Es waren nur 800 Kilometer Luftlinie. Er war davon ausgegangen, dass das Boot das schaffen und sie in einem Tag dort sein würden.

»Kriegen wir das nicht an einem Tag hin?«

»Nein, nein. Viel zu gefährlich. Wir halten uns dicht an die Inseln und legen einen Zwischenstopp ein, um Treibstoff aufzunehmen.«

»Zwei Tage ist das absolute Maximum«, sagte Malik. »In drei Tagen habe ich einen Termin.«

Am nächsten Morgen waren sie aufgebrochen, er, die zwei Mann Besatzung und der Bombenbauer. Zunächst verbrachte er seine Zeit damit sicherzustellen, dass die Weste korrekt konstruiert war. Denn er wollte verhindern, dass der Mann versuchte, eine Bombe zu bauen, die mithilfe einer großen Sprengladung und Nägeln beziehungsweise Kugellagern von selbst tötete. Er wollte etwas, um das Virus zu verbreiten, Punkt, unter dem Vorwand eines Anschlags.

Nach zwei Stunden Fahrt hatte er sich zum ersten Mal übergeben, sehr zur Belustigung der Crew. Den Rest der Reise war ihm nur noch elend, immer wieder erbrach er sich, bis sein Körper so schwach war wie ein neugeborenes Kätzchen.

Bei dem, was ihm heute noch bevorstand, war er nicht sicher, ob er überleben würde.

Wenigstens ist die Weste fertig.

Er holte sein Smartphone heraus und schaltete es ein. Da er auf dem offenen Meer, wo es keine Relaisstationen gab, keine Akkuleistung verschwenden wollte, hatte er es nach dem Ablegen ausgeschaltet. Später dann war ihm zu elend gewesen, um es wieder einzuschalten, als sie in der Nacht zuvor angelegt hatten.

Fünf Minuten später vibrierte es mit nicht weniger als fünf verpassten Anrufen. Alle vom Imam.

Er machte den Captain auf sich aufmerksam, deutete auf sein Telefon. »Noch nicht ablegen!«

Da ihm klar war, dass es keine guten Nachrichten sein konnten, spielte er mit dem Gedanken, die Anrufe einfach zu ignorieren. Aber obwohl die Chancen nicht sehr gut standen, könnten es genauso gut Informationen sein, die er benötigte, um die Mission zu erfüllen.

Der Geistliche meldete sich und Malik begann seinen Status durchzugeben, nur um unterbrochen zu werden.

»Die Mission hat sich geändert. Wir wollen nicht länger angreifen. Die USA wissen über das Virus Bescheid und über die Rolle, die wir dabei spielen.«

Malik kniff die Augen zusammen. Das war das Letzte, was er hören wollte. »Woher wissen Sie das? Wir sind zu nah dran, um aufzuhören, nur weil auf einmal jemand nervös wird.«

»Malik, die nannten Sie und dazu Ihre Position in der Revolutionsgarde. Die wissen, dass der Träger eine Frau ist. Die kennen den Aliasnamen, den Sie verwenden. Und das sind bloß die Dinge, die sie uns erzählt haben. Die *vermuten* es nicht nur, sie *wissen* es, und das ist das

Einzige, was wir nicht zulassen dürfen. Wir dürfen ihnen keinen Grund geben, Vergeltung zu üben.«

Die kennen meinen Namen? Dann wissen sie auch, dass ich nach Venezuela geflogen bin. Die Mission würde sehr, sehr eng werden. Er musste die Besatzungsmitglieder und den Bombenbauer umlegen.

»Wir können immer noch losschlagen. Die werden uns nicht angreifen und riskieren, den Impfstoff zu verlieren. Wir sollten weitermachen, und wenn sie mit dem Säbel rasseln, tun wir so, als hätten wir nichts damit zu tun, und bieten ihnen das Serum an. Wir werden viel erreichen, selbst wenn es ihnen gelingt, die Pandemie zu stoppen.«

Malik wusste, dass er viel verlangte, aber mehr wollte ihm nicht einfallen.

»Nein, werden wir nicht. Sie haben gedroht, die Islamische Republik zu zerstören, und wir glauben nicht, dass sie bluffen. Sie waren offener, als wir es jemals erlebt haben. Keine versteckten Bedeutungen. Wir möchten, dass Sie wie geplant die Schwarze Witwe treffen. Aber anstatt ihr den Sprengstoff zu geben, nehmen Sie ihr Blut ab. Das bringen Sie nach Hause. Zumindest können wir das Virus so als künftige Abschreckung verwenden.«

Malik wusste, dass er den Imam niemals überzeugen würde. Er gab es auf. »Was soll ich mit der Schwarzen Witwe tun?«

»Bringen Sie sie auf dem Meer um. Stellen Sie sicher, dass sie niemanden kontaminieren kann.«

Die Worte drangen in Maliks Bewusstsein, und ihm war klar, dass der Imam vom Weg abgekommen war. Das Regime vielleicht ebenfalls. Allein die Angst vor den Konsequenzen beherrschte ihre Reaktion. Darauf wurde die Revolution nicht gegründet, als eine kleine

Schar Studenten einen Tyrannen stürzte und damit den Lauf der islamischen Welt veränderte. Er musste an seine Freunde denken, die vom SAVAK, dem Geheimdienst des Schahs, zu Tode gefoltert wurden. Er fragte sich, ob dem Imam derartige Opfer bekannt waren. Männer, die bereitwillig die Konsequenzen der Revolution auf sich nahmen.

Die Schwarze Witwe hatte sich freiwillig für diese Mission gemeldet, ähnlich wie Malik 1979, und war bereit, ihr Leben für eine größere Sache zu geben. Malik würde sie nicht einfach ins Meer werfen, damit die Feiglinge, die an der Macht waren, ein Mittel zur »Abschreckung« hatten. Sie war besser als all diese Kerle zusammen und hatte es verdient, das Martyrium zu erleiden, das sie anstrebte.

Er schloss die Augen, kehrte in diese Zeit zurück, dachte an den berauschenden Erfolg der Revolution. Als alles noch klar und deutlich war, bevor die Islamische Republik vom rechten Weg abzuweichen begann und die Kämpfe untereinander ausbrachen. Die Politik war an die Stelle der Revolution getreten, und Präsident Ahmadinedschad verbrachte seine letzten Monate an der Macht damit, wegen Kleinigkeiten die Geistlichen zu bekämpfen. Es machte ihn krank.

»Verstehe«, sagte Malik. »In weniger als vier Tagen bin ich wieder zu Hause.«

Er legte auf und stellte fest, dass der Bombenbauer in der Kombüse stand. »Schlechte Nachrichten?«

»Nur wenn man darauf hört. Sag dem Kapitän, er soll ablegen.«

69

»Das muss ein Irrtum sein«, meinte Jennifer. »Uns entgeht doch etwas.«

Wir fuhren die als Cocoa Beach bekannte Landzunge entlang, und ich stimmte mit ihr überein, absolut verwirrt darüber, weshalb die Spur des iPads hierherführte. Hier gab es nichts als drittklassige Ferienhäuser und billige Surfshops. Ganz bestimmt nichts, was es wert wäre, das Virus freizusetzen.

Warum sollte man Manhattan, eine der am dichtesten besiedelten Städte der USA, verlassen, um hierherzukommen?

Es musste sich um eine Zwischenstation handeln. Ausgewählt, weil es leichtfiel, von hier aus zu etwas anderem überzuwechseln.

Nur zu was?

Ja, Cape Canaveral befand sich hier, dazu noch das Kennedy Space Center, doch warum um alles in der Welt sollte das ein Ziel sein? Waren die Geheimdienstinformationen des Iran so erbärmlich, dass sie dachten, hier geschehe die Angriffsplanung gegen sie? In einem Geheimkeller? *Vielleicht.* Man konnte nie vorhersagen, was die anderen glaubten. Ernsthaft – ich hatte im Laufe der Jahre genug Fehlinformationen erlebt, um zu wissen, dass selbst die größte Supermacht der Welt manchmal einfach nur im Dunkeln tappte.

»Gehen wir ins Hotel und sehen es uns an«, meinte ich. »Zumindest können wir es dann als Aufenthaltsort ausschließen. Entweder erkennt jemand deine Skizze oder nicht.«

Nur Minuten nachdem wir aus dem Ghostbusters-Hotel raus waren, hatten wir Kurt angerufen. Zum Glück erwies sich, dass er auf unserer Seite stand. Im Gegensatz zu den übrigen Schwachköpfen in der Aufsichtskommission hatte er es so eingerichtet, dass wir zu einem professionellen Polizeizeichner kamen. Ich habe keine Ahnung, wie er es anstellte, aber es war das Vernünftigste, was ich seit Tagen hörte. Nun ja, abgesehen von Knuckles und seinem Team, die uns rausholten. Nun hatten wir eine Zeichnung der Frau. Zusammen mit ihrem Akzent würde das helfen, die Dinge einzugrenzen.

Einen Ausgangspunkt zu finden, um die Skizze überhaupt herumzeigen zu können, hatte mehr Zeit in Anspruch genommen, als mir lieb war. Wie sich herausstellte, ließ sich ein einzelnes iPad durchaus verfolgen, allerdings nur, wenn der Eigentümer sich für ein Konto namens iCloud angemeldet und dabei eine sogenannte MAC-Adresse registriert hatte. Die MAC, Media Access Control beziehungsweise Medienzugriffssteuerung, war eine numerische Identifikation für die magische Vorrichtung im iPad, die mit einem WLAN-Hotspot kommuniziert. Damit standen wir vor zwei Problemen. Erstens hatte die Trägerin nie ein iCloud-Konto eingerichtet. Und zweitens hatten wir keine Ahnung von der MAC-Adresse. Aber dafür wussten wir, wo das iPad gekauft worden war.

Nach einigem Hin und Her hatte Kurt zugestimmt und der Hacker-Zelle die Genehmigung erteilt, in den Apple Store in Hongkong einzudringen. Ich hatte Datum, Uhrzeit und Ort des Kaufs. Sie mussten lediglich noch die Seriennummer des iPads abrufen. Davon ausgehend würde uns eine weitere Untersuchung die technischen

Daten dieses speziellen iPads liefern, einschließlich der MAC-Adresse.

Ich hatte keine Ahnung, wie er es fertigbrachte, da er ja offiziell den Dienst quittiert hatte. Nun, im Grunde wusste ich es schon. Er war ein Befehlshaber, dem die Leute aufgrund seiner Persönlichkeit folgten, nicht wegen seines Ranges. Wahrscheinlich war er einfach in das Gebäude marschiert und hatte angefangen, Befehle zu erteilen. Niemand dort hätte ihn infrage gestellt, auch nicht LTC Alexander.

Wir erhielten die MAC-Adresse, nur um auf das iCloud-Problem zu stoßen. Nun verlangte ich nicht nur, dass sie bei Apple Computing eindrangen, sondern auch noch das System manipulierten. Wir mussten nämlich ein gefälschtes iCloud-Konto erstellen und dort die MAC-Adresse eingeben, um die Software auszutricksen, damit sie glaubte, die Find-me-Funktion auf dem iPad sei aktiv. Das lag weit außerhalb unseres Mandats – selbst in normalen Zeiten, als Kurt offiziell das Sagen hatte. Jetzt war es unmöglich. Kurt hatte mich kaltgestellt. Zumindest für eine Nacht.

Gestern war ich aufgewacht, weil mein Telefon klingelte. Anscheinend war Kurt vom Präsidenten kontaktiert worden, und die Welt sah entschieden anders aus als noch vor wenigen Stunden. Nichts war vom Tisch, außerdem hatte er die Spur des iPads. Ich stellte keine Fragen.

Nun war ich mir nicht sicher, ob wir nicht zu spät dran waren. Die Spur war zwei Tage alt, und wir hatten keine Ahnung, ob die Trägerin sich noch hier aufhielt. Zwei Tage vergeudet.

Wir bogen ins Marriott ein und parkten hinten, weg vom Eingang. Jennifer ließ ich im Wagen und nahm ihre

Skizze mit ins Hotel. Ich wollte nicht riskieren, dass sie der Trägerin in die Arme lief, falls diese zufällig in der Lobby Kaffee trank. Darum musste Jennifer draußen in der Hitze bleiben und schwitzen.

Ich fragte nach dem Manager und gab vor, eine Untersuchung durchzuführen. Dazu benutzte ich eine von der Taskforce bereitgestellte falsche Marke, auf der im Kleingedruckten etwas so Blödsinniges stand wie »Paranormale Ermittlungen«. Nun, nicht ganz so schlimm, aber einer Prüfung würde sie nicht standhalten.

Zum Glück erfüllte die Marke ihre Funktion. Ich brachte das Personal in einen Raum, reichte die Skizze herum und erzählte ihnen, dass ich versuchte, eine verschwundene Frau zu finden.

Niemand erkannte die Zeichnung. »Sie müsste in der letzten Woche eingecheckt haben«, sagte ich. »Wir wissen, dass sie vor zwei Tagen hier war.«

»Diese Skizze ist nicht so toll«, erwiderte der Manager. »Wir sehen täglich Hunderte von Menschen. Haben Sie einen Namen?«

»Nein. Glauben Sie mir, ich wünschte, ich hätte einen, aber ich habe keinen. Ich habe nicht die geringste Ahnung, welchen Namen sie benutzt. Sie spricht allerdings mit Akzent. Klingt osteuropäisch.«

Der Manager lachte. »Wissen Sie, wie viele Ausländer hier durchkommen? Wir verdienen unser Geld mit Zwischenstopps von Kreuzfahrtschiffen. Wir haben hier mehr Ausländer als Washington, D.C.« Ich machte ein missmutiges Gesicht, und er meinte: »He, warten Sie doch noch 20 Minuten. Dann kommt die andere Schicht, vielleicht haben die sie gesehen. Allerdings würde ich nicht darauf wetten.«

Ich verließ das Hotel und fand Jennifer am Telefon. »Mit wem sprichst du da?«, fragte ich.

Sie hob einen Finger. »Ja, Alpha, sechs, Alpha. Das ist richtig.«

Ich wartete geduldig, und sie fing an, in der Luft zu schreiben. Ich sah sie an, als hätte sie sie nicht mehr alle. »Gib mir etwas zum Schreiben!«, zischte sie.

Ich durchwühlte die Sitzpolster unseres Mietwagens und fand einen zerbrochenen Bleistift. Den reichte ich ihr zusammen mit einer Serviette von unserem letzten Halt. Sie kritzelte etwas hin und legte auf.

»Worum ging es denn?«

»Ich hatte es satt, im Auto herumzusitzen, also lief ich über den Parkplatz. Ich fand fünf Autos mit New Yorker Nummernschild. Eins davon von einer Mietwagenfirma am JFK Airport, gefahren von einer Frau aus Lettland. Ihr Name ist Elina Maschadowa.«

Als ich nichts darauf erwiderte, meinte Jennifer: »Versuchst du, Fliegen zu fangen? Oder warum steht dir der Mund offen? Das war nicht weiter schwer. Der fragliche Wagen wird von einem Müllcontainer verdeckt.«

Ich klappte meinen Mund zu. »Heilige Scheiße, du bist der Hammer! Seit Jahren ist mir so was Schlaues nicht untergekommen! Damit wissen wir, dass sie immer noch hier ist. Außerdem haben wir einen Namen.«

Ihre Augen weiteten sich angesichts meiner Lobeshymnen. Ihr war überhaupt nicht klar, dass das, was sie getan hatte, völlig aus dem Rahmen fiel. Kaum einer wäre darauf gekommen. Ihre Überraschung währte allerdings nur eine Sekunde. »Krieg dich mal wieder ein«, grinste sie. »Vielleicht willst du ja wieder reingehen und nachsehen, ob es hilft?«

Ich verspürte den irrationalen Drang, mich zu ihr hinüberzubeugen und sie zu küssen. Allerdings tat ich es nicht. Bedachte man, was noch kommen sollte, hätte es vielleicht geholfen. Aber in diesem Moment war ich mir sicher, dass es die falsche Zeit und der falsche Ort war. Ich konnte so etwas noch nie sehr gut einschätzen.

Ich riss ihr den Namen aus der Hand. »Nimm einen Peilsender aus unserer Ausrüstung und bring ihn an dem Wagen an. Falls das hier nicht funktioniert, haben wir vielleicht immer noch etwas davon, wenn wir ihm folgen können.«

Ich lief zurück in die Hotellobby und holte den Manager. Er hatte meine Zeichnung bereits an die neu ankommende Schicht weitergegeben, die Leute unterhielten sich darüber. Der Manager ließ den Namen durch den Computer laufen, und tatsächlich landete er einen Treffer. Sie hatte vor zwei Tagen ausgecheckt.

»Aber ihr Wagen steht immer noch hier«, meinte ich. »Warum könnte das sein?«

Ehe der Manager etwas zu erwidern vermochte, sagte eine Frau von der neuen Schicht: »Ich glaube, ich weiß, wer das ist. Sie hatte einen starken Akzent, aber sie ist nicht viel herumgelaufen. Blieb die meiste Zeit nur in ihrem Zimmer. Die Bar oder den Pool hat sie eigentlich gar nicht benutzt.«

»Sind Sie sicher, dass das die Frau ist?«

»Nein. Sicher bin ich mir nicht. Die Augen kommen hin, und sie hatte auch einen Akzent. Aber die Frau, an die ich denke, trug immer einen Mundschutz. Sie wissen schon, wie eine OP-Maske.«

Bingo.

»Erinnern Sie sich noch, wie sie ausgecheckt hat?«

»Ja, sicher. Sie ist mit allen anderen auf die Kreuzfahrt gegangen.«

70

Elina war schockiert über die Anzahl der Menschen, die alle gleichzeitig versuchten, das Schiff zu verlassen. Sie befand sich auf dem achten Deck, und jeder der sechs Aufzüge war voll, als er schließlich auftauchte, randvoll mit Kindern und Eltern, die in die Lobby wollten.

Sie wartete geduldig und drängte sich dann mit sechs weiteren Personen in den kleinen Aufzug. Am liebsten hätte sie die Luft angehalten. Seit sie an Bord gekommen war, hatte sie fast die ganze Zeit in ihrer Kabine verbracht, nur per Zimmerservice gegessen und war nur im Dunkeln rausgegangen, wenn die Decks nicht so überfüllt waren. Sie mied jegliche Unterhaltung an Bord, wie auch das Casino, weil sie sich angewöhnt hatte, auf den Mundschutz zu verzichten.

Gleich nach dem Boarding, auf dem Weg zu ihrer Kabine, war sie von einem Besatzungsmitglied angehalten worden, das zufällig auf der Krankenstation arbeitete, und die Begegnung war nicht angenehm verlaufen. Anscheinend kämpften sie an Bord unentwegt gegen Krankheiten und wollten verhindern, dass jemand mit etwas Ansteckendem sich unter die übrigen Passagiere mischte. Um ein Haar hätte die Frau Elina zu Tests auf die Krankenstation beordert.

Schließlich hatte die Frau eingelenkt, aber danach ließ Elina die Maske weg. Nun, zusammengepfercht mit tausend anderen Menschen, die alle nur darauf warteten, das riesige Schiff zu verlassen, war sie bemüht, persönlichen Kontakt zu vermeiden.

Nicht dass sie sicher war, dass es eine Rolle spielte. Heute stand das Treffen mit Malik an, was so viel wie eine Endphase bedeutete. Wenn sich jetzt jemand ansteckte, hieß dies lediglich, dass er den anderen ein paar Stunden voraus war.

Sie schlurfte vorwärts und beobachtete die Prozedur zum Verlassen des Schiffes. Anscheinend bestand sie bloß darin, den Ausweis vorzuzeigen, den sie erhalten hatte, als sie an Bord ging. Das Crew-Mitglied schob ihn durch einen Magnetleser und gab ihn einem zurück.

Sie sah Schilder, auf denen stand, dass bei der Rückkehr an Bord alle Taschen durchsucht würden, und die noch einmal darauf hinwiesen, dass es unzulässig war, Alkohol an Bord zu bringen. Mit Galgenhumor überlegte sie, dass von Sprengstoff nicht die Rede war. Sie hatte keine Tasche zum Durchsuchen und trug eine locker sitzende Kombination aus Sommerkleid und Schal, unter der die Weste nicht auffiel.

Vor ihr rief jemand: »He! He, Sie!«

Einige Leute drehten sich um, um zu sehen, wer da herumschrie, darunter Elina. Prompt wünschte sie, sie hätte es bleiben lassen. Es war der dicke Mann von der Hotelbar, und er winkte ihr zu.

»Wo haben Sie denn gesteckt? Ich habe Sie die ganze Fahrt über nicht gesehen.«

Sie lächelte schwach, sagte jedoch nichts. Er erreichte das Besatzungsmitglied, das die Ausweise kontrollierte, und meinte: »Ich warte draußen auf Sie.«

Er verschwand durch die Gangway, während sie Ausschau nach einem anderen Ausgang hielt. Nach einer

Möglichkeit, das Boot zu verlassen, ohne an ihm vorbeizukommen. Sie sah, dass es zwecklos war. Es gab nur eine Warteschlange und eine Gangway.

Was jetzt? Ich kann doch nicht zulassen, dass er mir folgt.

Sie ging durch das Portal und sah ihn am Kai stehen, in Boardshorts, die knapp über den Knien endeten, und einem T-Shirt aus dem Atlantis Resort auf den Bahamas, dem ersten Zwischenstopp der Kreuzfahrt.

Sie erreichte ihn. »Was machen Sie heute Morgen?«, fragte er. »Meine Kumpels machen nachher, am Nachmittag, einen Schnorchelausflug auf die französische Seite der Insel, aber im Moment schlafen sie noch ihren Kater aus.«

»Hören Sie«, erwiderte sie, »ich möchte nur ein paar Souvenirs kaufen. Sonst habe ich nichts Besonderes vor.«

»He, ich auch nicht! Ich schlage einfach die Zeit tot, bis diese Schlafmützen aufwachen. Wir treffen unser Schnorchelboot hier um elf. Möchten Sie Gesellschaft?«

Gegen ihren Willen fand sie ihn auf unbeholfene Art charmant und wollte ihn nicht verletzen. »Nein, wirklich nicht. Ich habe diese Kreuzfahrt gebucht, um mal rauszukommen, nicht um jemanden kennenzulernen. Tut mir leid.«

Er machte ein langes Gesicht. »Okay, verstehe.«

Er drehte sich um, um zu gehen. Aus Gründen, die sie nicht erklären konnte, sagte sie: »Vielleicht können wir ja zu Mittag oder zu Abend essen. Wie ist Ihre Zimmernummer? Ich rufe Sie an.«

Sein Gesicht hellte sich wieder auf. »23 63. Tief im Innern des Schiffes. Und Ihre?«

Sie lächelte. »Ich rufe *Sie* an, nicht umgekehrt.«

Er nickte wiederholt und sie ging weg, fragte sich, warum sie das getan hatte. Versuchte sich davon zu überzeugen, dass sie jemanden brauchte, der sich mit dem Schiff auskannte. Jemanden, der ihr sagte, wo und wann sich die meisten Menschen drängten, damit sie die größtmögliche Anzahl infizieren konnte. Doch sie wusste, dass das nicht stimmte.

Sie wollte einfach nur ein bisschen menschliche Gesellschaft, bevor sie sich in die Luft jagte. Ein letztes Mal mit einer anderen Person sprechen, die nicht darauf aus war, sie zu töten oder sie anzuweisen, andere zu töten.

Sie ging durch die kleine Zollstelle, zeigte ihren Kreuzfahrtausweis und wurde durchgewinkt. Sie ignorierte die Taxifahrer, die sie belagerten, ging weiter und verließ das Kreuzfahrtterminal, in dem sich Souvenir-Shop an Souvenir-Shop reihte, bis sie die Straße gegenüber dem Hafen erreichte.

Wie angewiesen, spazierte sie auf dem schmalen, rissigen Bürgersteig nach Norden, bis sie an einem Jachthafen namens Dock Maarten vorbeikam.

Erster Kontrollpunkt.

Erleichtert, das Schild zu sehen, zuversichtlich nun, beschleunigte sie ihren Schritt. Sie kam an einem Restaurant vorüber, das Chesterfields hieß, und bog links ab in Richtung der Bucht und der dort vor Anker liegenden Segelboote. Sie ging an einem leeren Zollhaus vorbei auf die Docks, suchte nach ihrem Zeichen.

Sie sah es zwei Stege weiter. Eine tschetschenische Separatistenflagge, grün mit roten und weißen Streifen, die an Bord eines Sportfischerbootes im Wind wehte.

Sie ging hin, unsicher, wie sie vorgehen sollte. Sie entschied sich für ein »Hallo?«.

Ein Mann, den sie nicht kannte, streckte den Kopf heraus und verschwand ebenso schnell wieder. Sie wartete, schließlich hörte sie eine Stimme, die sie erkannte.

»Komm herein, Witwe, komm rein.«

Malik.

Sie ging die Stufen in die Kombüse hinunter und sah ihn auf einem provisorischen Bett sitzen, den Rücken gegen das Schott gelehnt. Und er sah furchtbar aus. Einen schrecklichen Moment lang dachte sie, er hätte sich mit dem Virus infiziert.

»Was ist mit dir passiert?«

Er lachte bellend auf, ohne jeden Humor. »Wie es aussieht, kommen das Meer und ich nicht miteinander aus. Keine Sorge. Nimm Platz.«

Während sie Platz nahm, holte er eine Kiste hervor.

»Mach sie auf.«

Innen befand sich das Mittel ihrer Vernichtung. Eine mit Sprengstoff übersäte Weste. Sie sah genauer hin und stellte fest, dass sie sich von den Westen unterschied, mit denen sie geübt hatte. Zum einen enthielt sie wesentlich weniger Sprengstoff. Zum andern schraubten die Ladungen sich an der Weste nach unten, sie wirkte regelrecht gerafft, und am Boden hing etwas hinunter, das aussah wie eine Wurstpelle.

»Sie passt direkt unter deine Brust«, sagte Malik, »und reicht dir bis knapp über das Becken. Das letzte Stück geht zwischen deine Beine und wird am Rücken festgemacht. Die Sprengladung ist darauf ausgelegt, dass sie schneidet.«

Sie blickte ihm in die Augen. »Du meinst, dass sie *mich* zerschneidet. Mich in Stücke schneidet und die Stücke wegschleudert.«

Sie spie die Aussage aus, es war keine Frage. Malik, ursprünglich stolz auf die Konstruktion, merkte, wie abgebrüht das klang, was er sagte.

»Ja. Tut mir leid. Ich wollte nur sichergehen, dass du sie auch richtig trägst. Ich wollte dein Opfer nicht herabsetzen.«

Sie erwiderte nichts darauf.

»Du musst sie tragen, wenn du zurück aufs Schiff gehst«, fuhr er fort, »aber das sollte kein Problem sein. Sint Maarten ist euer letzter Halt, ja? Heute Nacht geht es zurück in die Vereinigten Staaten?«

»Ja. Wir haben zwei volle Tage auf See.«

»Führe die Mission frühestens morgen Mittag durch. Spätestens um Mitternacht. Wir müssen ein Gleichgewicht finden. Einerseits benötigen wir genug Zeit, damit sich das Virus verbreitet. Andererseits muss das Schiff weit genug auf dem Meer sein, dass es weiterfährt, anstatt umzukehren.«

»Weil ich mich in die Luft gesprengt habe?«

»Ja. Sie werden nicht wissen, was sie davon halten sollen. Ich möchte, dass sie es einfach aufwischen und sich entschließen weiterzufahren, damit jeder an Bord die Chance bekommt, sich zu infizieren. Dazu wäre es hilfreich, wenn du es in der Nähe eines Essensbereichs ausführst.«

Sie nickte – der endgültige Plan wurde ihr klar. »Und sobald wir – ich meine, sie – in Amerika anlegen, fährt jeder nach Hause, wo er oder sie auch herkommt, und ein, zwei Tage lang wird niemand Anzeichen der Krankheit zeigen. Damit erhältst du mehrere Infektionspunkte. Multiple Ausbrüche, über die ganzen USA verteilt.«

»Genau.«

Sie wechselte das Thema. »Es macht dir anscheinend nichts aus, ob du dich mit dem Virus ansteckst. Ich ging davon aus, durch eine Wand mit dir zu reden.«

Seine Antwort überraschte sie. »Ich fürchte, ich bin ebenfalls ein Märtyrer. Indem ich dir diese Weste gab, habe ich mein Schicksal besiegelt. Das Virus könnte, ehrlich gesagt, ein einfacherer Weg sein zu gehen.«

Sie überlegte, ob sie fragen sollte, was er meinte, ließ es aber auf sich beruhen. Sie nahm an, die Amerikaner kamen näher. Die Tatsache, dass er bereit war, für diese Mission zu sterben, bedeutete ihr sehr viel. Gab ihr Kraft für den Weg, auf dem sie sich befand.

Sie stand auf, legte ihr Umhängetuch ab, ließ das Sommerkleid bis zu den Füßen sinken. Er wich zurück, seine Augen weiteten sich. »Was tust du da?«

»Die Weste anziehen.«

Er sprang auf. Der Anblick, wie sie nur in BH und Höschen vor ihm stand, ließ sein Gesicht feuerrot anlaufen. »Ich lasse dich allein.«

Elina lachte. »Du hast keine Angst vor dem Virus, läufst aber vor meinem Körper weg? Warum? Ich bin bloß ein Werkzeug. Nicht anders als die Weste hier in dieser Schachtel.«

Er wandte ihr den Rücken zu. »Mach bitte schnell.«

Sie zog die Weste fest, bis knapp unter die Schwellung ihrer Brüste, bevor sie den Klettverschluss vorn schloss. Anschließend schob sie sich das Sprengstoffanhängsel zwischen die Beine und zog den Klettverschluss auf dem Rücken zu. Sie steckte die beiden Drähte, die mit einer Sprengkapsel an ihrer Taille verbunden waren, in den Klettverschluss. Zuletzt zog sie den Zünder aus der Schachtel, ein einfaches Gerät mit nur einem Knopf, ungefähr so groß wie eine Packung Kaugummi, und steckte ihn in den Klettverschluss auf der gegenüberliegenden Seite.

Sie zog ihr Sommerkleid wieder hoch. »Wie sieht es aus?«

Er drehte sich um, musterte sie einen Moment. »An ein paar Stellen trägt es auf, aber nicht schlecht.«

Sie faltete das Tuch auseinander und legte es sich um die Schultern, sodass es ihr über den Rücken fiel, während die beiden Enden vorn herabhingen.

»Besser?«

»Viel besser. Und jetzt geh zurück zum Schiff. Vergiss nicht, was ich gesagt habe. Frühestens morgen Mittag.«

Sie hatte die Treppe halb hinter sich, als Malik sagte: »Elina?«

Sie blickte ihn an, sah Trauer in seinem Gesicht.

»Du bist sehr, sehr tapfer. Man wird sich bis in alle Ewigkeit an dich erinnern. Du bist kein Werkzeug, das man einfach so benutzt. Denke das niemals.«

Sie merkte, wie ihr die Tränen kamen. Sie nickte und ging weiter die Treppe hinauf, ihrem Schicksal entgegen.

71

Wir prallten auf der Landebahn auf und wurden dann nach vorn geschleudert, als die Propellerturbinen der MC-130 den Schub umkehrten. Nach einem kurzen Ausrollen wurden die Triebwerke abgestellt, und die Rampe senkte sich herab. Der feuchte Atem Puerto Ricos konkurrierte mit der abgestandenen Luft aus den Gebläsen der Klimaanlage des Flugzeugs, wodurch Nebel aus den

Lüftungsschlitzen strömte. Die Sonne hatte gerade den Horizont erklommen, und mit den im Wind schwankenden Palmen und dem Meer in der Ferne hätte es beinahe wie ein Urlaubsfoto gewirkt. Beinahe, wären da nicht der Lademeister in einem Fliegeranzug der Luftwaffe gewesen und der Pilot der Küstenwache, der uns auf der Rollbahn einwies, eine nicht ganz so subtile Erinnerung daran, weshalb wir hier waren.

Ein Urlaubsfoto von Stephen King.

Knuckles zog seine Ohrstöpsel heraus. »Hätte ich gewusst, dass die mich in einem Schiff voller lebender Toter absetzen wollen, hätte ich euch einfach in euren Zellen gelassen.«

Einer der Ärzte hörte ihn und sah aus, als wollte er sich gleich übergeben.

»Schluss mit dem Geschwätz«, sagte ich. »Die sind auch so schon nervös genug. Sieh zu, dass die Ausrüstung entladen wird. Ich werde den Kerl von der Küstenwache suchen, der für unsere Hubschrauber verantwortlich ist.«

Decoy, Retro und der Rest des Teams begannen schwarze Taschen zu entladen, die genauso aussahen wie die Taschen des Fünf-Mann-Teams vom Zentrum für Seuchenkontrolle, der Centers for Disease Control and Prevention. Soweit Air Force und Küstenwache wussten, gehörten wir alle zu den CDC. Allerdings würden sie einen Schock bekommen, wenn sie einen unserer Teamkoffer öffneten. Wahrscheinlich würden sie wissen wollen, was eine H&K Maschinenpistole mit Viren zu tun hatte.

Alle an diesem Affentheater Beteiligten glaubten, wir untersuchten eine seltsame Krankheit auf einem Kreuzfahrtschiff. Die Crew des Schiffs eingeschlossen. Keiner wusste über die Terroristin an Bord Bescheid, abgesehen von meinem Team, dem Captain des Schiffs und der echten CDC-Crew. Und deshalb waren sie alle nervös. Nach allem, was man mir gesagt hatte, hatte jeder von ihnen einige ziemlich heldenhafte Dinge vollbracht, vom Kampf gegen das Marburgfieber und Ebola in Afrika bis hin zur Vogelgrippe in Thailand, Indonesien und Hongkong. Aber kaum erwähnt man einen Terroristen, haben alle die Hosen voll.

Nachdem wir hinter den Namen der Trägerin gekommen waren, hatte Kurt kaum Mühe gehabt herauszufinden, auf welcher Kreuzfahrt sie sich befand. Trotzdem waren wir immer noch zu spät für die einfache Lösung, dem Boot zu sagen, es solle auf unser Eintreffen auf der Insel Sint Maarten warten.

Es hatte letzte Nacht abgelegt und die letzten zwölf Stunden damit verbracht, zurück nach Amerika zu dampfen. Damit befand es sich jetzt mitten in der Karibik. Vom Captain hatten wir erfahren, dass – noch – niemand krank war, was uns erleichtert aufatmen ließ. Analysierte man, was die Trägerin erreichen wollte, sah es so aus, als wollte sie das ganze verdammte Boot infizieren. Aber das nützte nichts, wenn jemand Krankheitssymptome zeigte, bevor sie die amerikanische Küste erreichten. Nach dem, was die CDC sagten, würden sie es niemals anlegen lassen. Darum wartete sie, da sie wusste, dass es drei Tage dauerte, bis das Virus sich zeigte. Was bedeutete, dass sie wahrscheinlich genau in diesem Moment ins Salatbuffet nieste. Dies gab allen zu denken und war auch der Grund, weshalb Knuckles seine Bemerkung über die »lebenden Toten« gemacht hatte.

Es sei denn natürlich, sie hatte in jedermanns Essen gespuckt, seit sie die amerikanische Küste erreicht hatte, und niemanden infiziert. Die Ärzte stritten sich wie verrückt darüber, wie infektiös sie war. Einige sagten, der Impfstoff sei ein Schwindel und sie sei ebenso tödlich wie jeder andere, der sich ansteckte. Andere hingegen meinten, Niesen und Spucken reichten nicht aus – sie müsse schon wirklich etwas vollschlabbern, das man sich dann in den Mund steckte, um ansteckend zu sein.

Es gab Beweise für beide Seiten. Sechs Tote in New York, nachdem wir wussten, dass sie dort gewesen war. Aber *niemand sonst* war krank, obwohl sie die Ostküste ihrer gesamten Länge nach abgefahren war. Ehrlich gesagt war ich von beiden Seiten schockiert. Eigentlich hatte ich alles für eine klare Sache gehalten, wie bei der Schwerkraft. Lass einen Stein fallen, und er fällt zur Erde. Aber Viren funktionieren offensichtlich nicht so, und Ärzte verbringen viel Zeit damit, den Grund zu finden, warum manche zu Pandemien werden und andere einfach verschwinden. Am Ende wusste niemand, was jetzt die Wahrheit war, also hatte mein Team, gemeinsam mit unserer unerschrockenen CDC-Crew, meinen Lieblingsbefehl erhalten: Los, findet es heraus.

Ich fand den Kerl, der uns von der MC-130 weggewinkt hatte, und stellte überrascht fest, dass er ein voller Oberst war – beziehungsweise Captain für Leute, die mit dem Wasser zu tun hatten.

»Ich bin Captain Franke. Willkommen auf der Air Station Borinquen.«

Ich schüttelte ihm die Hand. »Pike Logan, Zentrum für Seuchenkontrolle. Ich habe nicht wirklich Zeit, Ihren Posten hier zu genießen. Hat man Ihnen Bescheid gegeben, dass wir kommen?«

»Ja. Sie müssen zu einem Kreuzfahrtschiff befördert werden. Ist das richtig?«

»Ja, so schnell wie möglich.«

Wir gingen in einen Hangar, und er zeigte auf eine Gruppe schnittiger orange-weißer Hubschrauber mit unverwechselbarem eingebettetem Heckrotor. »Wir orten seinen Standort. Hier habe ich vier Dolphins, drei davon voll einsatzfähig.«

»Perfekt. Das Boot hat keine Landeplattform, also müssen wir uns abseilen. Sind die dafür ausgerüstet?«

»Abseilen? Was soll das heißen?«

Äh-oh.

»Sie wissen schon, an einem Seil runterlassen? So wie in Call of Duty?«

Er sah mich an, als redete ich Suaheli. Ich gab es auf.

»Wie kommen wir an Bord des Schiffes?«

Er deutete auf einen Korb. »Sie werden damit runtergelassen.«

Junge, das wird verdammt schnell gehen. Knuckles wird kotzen.

Wenn man vom Teufel spricht … Knuckles und Jennifer kamen auf uns zu. »Habe ich gerade gehört«, fragte er, »was ich glaube gehört zu haben?«

»Fang gar nicht erst an. Sieh zu, dass unsere Ausrüstung verladen wird. Die Docs in einen Vogel, unser Team in einen anderen. Wir werden erst die Lage peilen, dann rufen wir sie dazu.«

72

Elina schaltete den kleinen Fernseher über ihrem Bett aus. Sie hatte es satt, genau denselben Film nun wohl schon zum zehnten Mal zu sehen. Sie schloss die

Vorhänge ihrer Kabine, legte die Weste ab und starrte sie an.

Es wurde Zeit. Zwölf Uhr.

Sie zog sie an, stellte bedächtig sicher, dass sie perfekt saß. Alles dauerte viel länger als nötig. Zufrieden, dass alles passte, verband sie die losen Kabel der Sprengkapsel mit dem Zünder und stellte sicher, dass die Verbindung stabil war. Anschließend schob sie, was sie da montiert hatte, in den Klettverschluss direkt unter ihrer linken Achselhöhle, damit es fest zwischen ihrem Kleid und der Weste saß.

Sie setzte sich aufs Bett, uneins mit sich, und beschloss dann anzurufen. Sie hatte sich eine letzte Mahlzeit mit echtem Besteck verdient, wo sie aus einem Glas anstatt aus einer Wasserflasche trinken konnte.

Außerdem auch ein letztes Mal ein bisschen menschliche Gesellschaft.

Der Mann ging ans Telefon. »Möchten Sie immer noch zu Mittag essen?«

In der Ferne sah ich das Schiff, einen Fleck, der von Sekunde zu Sekunde größer wurde. Ich hörte den Piloten mit der Brücke sprechen. Er gab Bescheid, dass wir im Anflug waren und sie die Maschinen drosseln sollten. Das machte es einfacher, uns mit dem Korb abzusetzen – was Knuckles mittlerweile als »Bereitmachen der Stützräder« bezeichnete.

Es spielte zwar keine Rolle, dennoch hob ich den Finger und rief: »Eine Minute!«

Alle anderen wiederholten den Befehl, überprüften, ob ihre Waffen verborgen waren, berührten Ausrüstungsgegenstände. Knuckles verdrehte bloß die Augen.

Über einem Basketball-Court gingen wir in den Schwebeflug. Vier Crew-Mitglieder unten unterstützten das Absetzen, weitere Besatzungsmitglieder mussten die Menge vom Deck fernhalten. Decoy und ich gingen als Erste, und ich muss zugeben, dass ich mich ein bisschen wie ein Weichei fühlte, als der Korb sich im Schneckentempo aufs Deck hinabsenkte.

Eine volle Viertelstunde später waren wir alle versammelt und der Heli weit genug weg, dass wir uns ohne Wind in Orkanstärke unterhalten konnten.

Ich zog den Captain beiseite, außer Hörweite, und fragte: »Zimmernummer?«

Er gab sie mir. »Was werden Sie tun, wenn sie nicht da ist?«

»Dann werde ich sie finden.«

Der grundlegende Plan sah vor, in ihre Kabine zu gehen und zu sehen, ob sie drin war. Falls ja, wollten wir einfach die Tür verbarrikadieren und sie einsperren. Dann konnten wir die CDC hinzuziehen, um eventuelle Schäden zu beurteilen. Durch das Minifenster in ihrem Zimmer kam sie nicht raus.

»Was soll ich tun?«, wollte der Captain wissen.

»Nichts. Was auch immer Sie tun, halten Sie sich an die Geschichte, die Ihnen erzählt wurde. Sollte an Bord eine Panik ausbrechen, können wir sie nicht mehr eindämmen.«

Er gab mir einen Bauplan des Schiffes in mehreren Kopien, dazu einen Hauptschlüssel. »Viel Glück!«

Sie verließen das Deck, und ich verteilte die Pläne. Das Schiff war riesengroß und ein verdammtes Labyrinth.

»Mann«, meinte ich. »Wenn sie nicht in ihrer Kabine ist, sind wir wirklich in Schwierigkeiten.«

»Den Zugriff auf Schiffen habe ich schon immer ge-
hasst«, sagte Decoy. »Die sind verflucht noch mal am
schlimmsten.«

Da ich diese Zugriffe während der Ausbildung ein-,
zweimal absolviert hatte, konnte ich ihm nur beipflichten.
Allerdings hatte man mich als »Verstärkung« hinzu-
beordert, weil ich in der Army war. Ihn so etwas sagen zu
hören, war nachgerade lächerlich.

»Du bist ein verfluchter SEAL«, entgegnete ich. »Ihr
macht so was.«

»Das heißt trotzdem nicht, dass ich es mögen muss.«

Ich warf einen Blick zu Knuckles, unserem anderen
SEAL, und sagte: »Mir ist noch nie ein Muschelschubser
untergekommen, der Boote mehr hasst als er.«

Ich hob meine Stimme. »Ihr alle, denkt dran, die Hubschrauber können nur ungefähr 30 Minuten auf Position
bleiben. Wenn wir die Frau nicht in unter 30 finden, sitzen wir ohne die Unterstützung der CDC auf dem Boot
fest, bis die Hubschrauber zurück auf der Basis waren
und wieder aufgetankt sind. Keine Planänderung. Zuerst
die Kabine, dann starten wir unser Suchraster. Jennifer
und ich nehmen die Orte, die am wahrscheinlichsten
sind, weil sie sie vom Sehen kennt. Noch Fragen?«

»Wir haben die Einsatzregeln nie endgültig festgelegt«,
sagte Retro. »Wenn ich sie sehe, was soll ich dann tun?«

Mir war klar, wonach er fragte. Er konnte sie zwar
ohne viel Aufhebens erledigen, aber er hatte es mit einer
Mordmaschine zu tun. Er wollte wissen, ob er sein Leben
riskieren sollte. Sie brauchte ihn ja bloß zu beißen oder
anzuspucken.

»Bleibt immer zu zweit. Wenn ihr sie findet, Waffen
raus. Vergesst die Tarnung, von wegen Zentrum für

Seuchenbekämpfung. Bringt sie zu Boden. Seid darauf vorbereitet, dass sie flieht – vergesst nicht, sie hat nichts zu verlieren. Wenn sie es versucht, dann schießt, legt sie um. Aber nur als letztes Mittel. Falls ihr ihr Blut vergießt, wird dieses Schiff hier Ground Zero von Virus-Land.«

Angesichts meiner Aussage flaute der Humor des Teams ab. Alle erkannten, wie tödlich diese Sache geworden war. Im Gegensatz zu den Ärzten des Zentrums für Seuchenkontrolle waren wir an die Bedrohung durch konventionelle Angriffe gewöhnt. Was ihnen Angst einjagte, war für uns ein alter Hut. Aber einem geistlosen Virus gegenüberzustehen, das einen Körper von innen nach außen zerreißen konnte, erschreckte uns alle mehr als alles, was wir jemals erlebt hatten.

»Wenn das passiert«, fragte Knuckles, »welche Chance haben wir dann noch, hier unversehrt rauszukommen? Und kein Bullshit! Du hast doch mit dem Doktor geredet, der dieses Ding erschaffen hat.«

Ich holte tief Luft, stieß sie wieder aus. »Ich weiß es nicht. Wir wurden geimpft, aber der Doktor kam nie dazu, die von uns verwendete Version zu testen. Er glaubt anscheinend, dass es funktioniert, aber es gibt wirklich keine Möglichkeit, das zu garantieren. Wir alle wurden vollgepumpt mit Tamiflu, und das soll helfen. Der Doktor konnte es nicht vorausbestimmen, aber was er sagt, ist: Er glaubt, wir sind okay, solange wir keine Körperflüssigkeiten abbekommen.«

Für eine Sekunde sagte niemand ein Wort. Schließlich flüsterte Retro: »Bloß mit Kopfschuss. Stoppt sie, wo sie steht.«

Elina traf ihn im hinteren Speisesaal auf der Lobbyebene, ihr erstes Mal dort. Tatsächlich befand sie sich zum ersten Mal in einem der unzähligen Restaurants auf dem Boot, und sie genoss es ungemein. Der Gedanke, mit echtem Besteck von einem echten Teller zu essen und aus einem echten Glas zu trinken, war fast überwältigend, ließ sie für einen Moment vergessen, was noch kommen sollte.

Nachdem sie ihre Kabine verlassen hatte, merkwürdig aufgedreht von der Aussicht, sich mit jemandem zu unterhalten, hatte es eine kleine Verzögerung gegeben. Das Schiff stoppte seine Vorwärtsbewegung, und jeglicher Gang vom Bug zum Heck war untersagt. Sie hatte gefragt, was los sei, und erfahren, dass jemand, der sehr krank war, mit einem Hubschrauber vom Boot geflogen wurde. Sie hatte genickt und sich gewundert, ob sie wohl irgendeinen Fehler begangen hatte.

Schließlich schaffte sie es ins Restaurant und wurde von ihrem Verehrer empfangen, der nun, in Jackett und mit Krawatte, durchaus anständig aussah. Attraktiv sogar. Er zog ihr einen Stuhl heran, und sie setzte sich. »Ich wusste gar nicht, dass es solche Restaurants auf dem Boot gibt«, sagte sie.

»Ja, besser man kommt hierher, weil man hier normale Kleidung tragen muss und sie die Bestellung entgegennehmen. Auf einer Kreuzfahrt wollen die meisten keine Zeit verschwenden, deshalb gehen sie alle zum Schweinetrog-Buffet auf dem Lido-Deck. Dort drängt sich immer alles.«

Elina legte das in ihrem Gedächtnis ab. »Sie haben mir noch gar nicht gesagt, wie Sie heißen«, meinte sie.

»Jared. Jared Bonaparte. Ich komme aus Louisiana. Und Sie?«

»Elina. Ich lebe in Lettland. Kennen Sie das?«

»Ja«, überraschte er sie, »eigentlich schon. In den 80er-Jahren war ich in der Army. Ich habe in Berlin gedient. Nach dem Mauerfall reisten meine Freunde und ich da drüben herum und klapperten all die neuen Länder ab, die früher die Sowjetunion bildeten. Bis Lettland schafften wir es zwar nicht, aber ich weiß, wo es liegt.«

»Aber Sie waren in Prag, oder?«, fragte sie.

Er lachte. »Ja. Woher wissen Sie das?«

»Jeder aus dem Westen fährt dorthin. Haben Sie jemals von Tschetschenien gehört?«

Der Kellner kam, unterbrach das Gespräch. Elina war verwirrt, und Jared half ihr aus. »Bestellen Sie, was immer auf der Speisekarte steht. Es ist kostenlos. Teil Ihres Tickets.«

Sie bestellte, und der Mann ging wieder.

»Sie fragten nach Tschetschenien«, sagte Jared. »Ja, davon habe ich gehört. Manchmal frage ich mich, wohin die Welt geht. Ich habe, wenn man es denn so nennen kann, gegen die Sowjetunion ›gekämpft‹, und jetzt sind sie unsere Freunde. Aber sie tun die gleichen verdammten Dinge, die sie getan haben, als sie noch unsere Feinde waren.«

Sie nahm das auf. »Aber das sind doch alles Muslime.«

Er sah sie verwirrt an. »Was zum Teufel hat das denn damit zu tun?«

Sie spürte, wie sich ihr Fundament verschob, der Grund für den Anschlag ins Wanken geriet. »Jared«, sagte sie, »was auch immer Sie tun, gehen Sie noch heute in Ihre Kabine und bleiben Sie dort. Verlassen Sie das Restaurant und decken Sie sich mit genügend Wasser in Flaschen ein, sodass es reicht bis zum Anlegen. Ganz gleich was man Ihnen sagt, öffnen Sie nicht Ihre Tür.«

»Was reden Sie denn da? Sind Sie verrückt? Muslime, mich in der Kabine verstecken – wirklich?«

Er sah sie an, als hätte sie sie nicht mehr alle, und sie merkte, wie lächerlich sie klang. Sie langte über den Tisch, legte ihre Hand auf die seine. »Entschuldigung. Ich habe ein paar harte Monate hinter mir. Außerdem spreche ich nicht so gut Englisch.«

Er entspannte sich, und Elina zog ihre Hand weg. »Ich weiß, was Sie meinen«, sagte er. »Ich habe gerade eine Scheidung hinter mir, nach 20 Jahren. Meine Frau hat mich betrogen. Mein ganzes Leben liegt in Scherben.«

Sie setzte zu einer Antwort an, da sah sie, wie eine Frau mit einem Mann das Restaurant betrat. Beide sahen sich suchend um, so als wollten sie jemanden finden, der auf sie wartete. Die Frau kam ihr irgendwie bekannt vor.

Sie kramte in ihrem Gedächtnis, dann fuhr ihr der Schreck in die Glieder, ging durch und durch. Das Haar der Frau hatte eine andere Farbe und war kürzer, aber es gab keinen Zweifel.

Es war die Frau, die sie in Macau verfolgt hatte.

73

Die Überprüfung der Kabine erwies sich als Fehlschlag, da die Virusträgerin irgendwo auf dem gewaltigen Schiff unterwegs war. Der Raum sah aus wie die Höhle eines Tieres, überall stapelten sich Styroporschachteln vom Zimmerservice. Wir durchsuchten alles, hoben Gegenstände mit Kleiderbügeln an, hielten lächerlicherweise den Atem an und fanden nichts als ihre Kleidung, eine Packung Einmal-Schutzmasken und einen Abfalleimer voller Plastikwasserflaschen. Das bedeutete, dass sie Vorsichtsmaßnahmen traf, was ich als gutes Zeichen auslegte.

Wenn sie Essen nur über den Zimmerservice bekommt, Wasser in Flaschen trinkt und herumläuft, als wäre sie in der Notaufnahme, hat sie in der letzten Woche nicht in die Salatschüssel gespuckt.

Die schlechte Nachricht war, dass sie nicht da war. Das konnte heißen, dass sie sich in einer Endphase befand und was auch immer anstellte, um das ganze Schiff zu infizieren. Es lag auf der Hand, dass es so war, jeder sah es. Aber keiner konnte sich vorstellen, wie es funktionieren sollte.

»Was jetzt?«, fragte Retro. »Wie will sie ihren Anschlag hier verüben?«

»Keine Ahnung, aber er wird bald erfolgen. Wir müssen sie finden, bevor sie losschlägt.«

»Vielleicht hat sie ja ein paar Wasserballons mit ihrem Urin gefüllt«, meinte Decoy, »damit sie sie beim Limbo-Wettbewerb in den Pool werfen kann.«

Jennifer schnaubte angewidert und funkelte ihn wütend an. Ich teilte mein Team in Zweiergruppen auf, sodass wir drei verschiedene Suchmannschaften hatten.

Wir verbrachten einen Moment damit, das Boot aufzugliedern, anschließend verteilte ich die Aufgaben, wobei ich mich hauptsächlich auf die Essbereiche konzentrierte, da es Mittagszeit war. Das größte Problem, vor dem wir standen, war, dass niemand außer Jennifer die Frau je gesehen hatte. Alle anderen mussten nach der Zeichnung vorgehen.

»Haltet Ausschau nach einer Frau, die allein ist. Auf diesem Boot hier müsste sie auffallen. Wenn ihr so etwas seht, vergleicht sie mit der Skizze. Im schlimmsten Fall, denkt dran, sie kennt euch nicht. Fragt sie nach der Uhrzeit. Falls sie einen russisch klingenden Akzent hat, setzt sie außer Gefecht. Den ganzen Mist über ein angemessenes Vorgehen klären wir später. Lieber hinterher um Entschuldigung bitten als einmal zu viel um Erlaubnis fragen.«

Es gab vier separate Speisesäle, aber nur zwei waren zum Mittagessen geöffnet. Jennifer und ich nahmen uns das Restaurant in der Lobby vor, Decoy und Retro gingen ins Casino und Knuckles und Blood zum Lido-Deck mit seinem Buffet und den verschiedenen Hamburger-Stationen.

Wir kamen in der Lobbyebene an, nur um festzustellen, dass man das Restaurant auf geradem Weg nicht erreichen konnte. Erst musste man ein Deck hoch, rüber und dann wieder runter. *Was für ein verfluchtes Labyrinth!*

Als wir den Weg durch eine Kinderarkade abkürzten, packte Jennifer mich am Arm und deutete auf eine Frau, die durch eine Luke verschwand.

»Die hat ausgesehen wie sie.«

Wir beschleunigten unseren Schritt, nur um zu sehen, wie die Frau sich einen kleinen Jungen schnappte und anfing, mit ihm zu schimpfen.

Auf diesem Schiff werden wir sie niemals finden. Ich begann über drastische Maßnahmen nachzudenken. Eine Notfall-Rettungsbootübung anzuberaumen oder so, um alle an bestimmten Orten zusammenzubekommen. Das Problem war, dass das Chaos ihr sogar helfen konnte, ihr Vorhaben zu erreichen. Außerdem konnte ich keinesfalls darauf vertrauen, dass sie auf die Anweisungen achten und den ihr zugewiesenen Bereich aufsuchen würde.

Wir durchsuchten die erste Ebene des Restaurants und fanden niemanden, schlängelten uns die Wendeltreppe hinunter und begannen das Erdgeschoss zu durchsuchen. Wir waren kaum zwei Meter gelaufen, als Jennifer bei einer Frau, die mit einem Mann zusammensaß, zweimal hinguckte. Anfangs hatte ich nicht auf sie geachtet, weil sie nicht allein war.

»Das ist die Virusträgerin.«

Ich machte Anstalten zu fragen, ob sie sicher war, da stand die Frau auf und ging in raschem Tempo zu einer Seitentreppe.

Ich drückte die Taste meines Funkgeräts, während wir beide in Laufschritt verfielen. »Wir haben die Trägerin. Restaurant im Heck. Sie kommt die Treppe hoch. Sie hat uns erkannt.«

Wir rannten an ihrem Begleiter vorbei, der uns nachrief: »He, was zur Hölle ist hier los?«

Als wir das Treppenhaus erreichten, rannten wir beide los, zwei Stufen auf einmal nehmend, und hörten sie direkt über uns.

Elina spürte, wie ihre Lunge schrie, und rannte weiter, das Treppenhaus hinauf, ein einziger Gedanke pulsierte in ihr: *Lido-Deck. Du musst zum Lido-Deck.*

Sie passierte das siebte Deck, allmählich fühlten ihre Beine sich an wie Gummi. Sie wurde langsamer, vernahm direkt unter sich das Trommeln der Schritte, taumelte weiter. Als sie das achte Deck erreichte, auf dem sich ihre Kabine befand, wusste sie, dass sie sie kriegen würden, bevor sie das Lido-Deck auf Ebene zehn erreichte.

Sie verließ das Treppenhaus, rannte den schmalen Flur zwischen den Kabinen entlang, bog links ab in einen Korridor, um zur Backbordseite zu gelangen, rannte dann wieder zurück zu einem anderen Treppenhaus und weiter in der Hoffnung, dass sie etwas Zeit gewonnen hatte.

Auf Ebene zehn, direkt vor dem Swimmingpool, kam sie ins Freie, geblendet vom Sonnenlicht. Ein paar Meter weiter, auf der anderen Seite des Pools, sah sie den Eingang zum Buffet. Eine lange Schlange wand sich aus den Türen fast bis an den Rand des Wassers. Sie rang um Atem und lief los, ohne auf die Blicke der Menschen zu achten, die sich auf den Liegestühlen sonnten.

Sie hatte das Ende der Schlange erreicht, als sie aus der entgegengesetzten Richtung einen Tumult wahrnahm. Zwei Männer bahnten sich ihren Weg durch die Menge, zogen Flüche auf sich. Sie hörte jemanden sagen: »Er hat eine Waffe!«

Da wusste sie, wer sie waren.

Sie machte kehrt und rannte am Rand des Pools entlang, bemüht, den zweiten Eingang auf der Steuerbordseite zu erreichen, sprang über Menschen, die in der Sonne lagen. Sie erreichte den Deckabschnitt, der zur zweiten Buffetschlange führte, und sah einen anderen Mann, der ein Sturmgewehr mit ausklappbarem Schaft hielt. Sie blieb stehen, und er drehte den Kopf hin und her, sah über sie hinweg.

Er erkennt mich nicht.

Sie begann sich zurückzuziehen, um wieder in das Treppenhaus zu gelangen, aus dem sie gekommen war. Nun war sie sicher, dass das Team, das sie jagte, nicht wusste, wie sie aussah. Sie bewegte sich langsam, um keine Aufmerksamkeit zu erregen, und hatte die gegenüberliegende Seite des Pools erreicht, das Treppenhaus direkt vor sich, als die Tür geöffnet wurde.

74

Knuckles gab per Funk durch, dass sie am Buffet fertig waren und nichts gefunden hatten. Ich schickte ihn zum letzten Deck hoch, zu den Wasserrutschen, in der Hoffnung, dass die Frau jetzt einfach nur noch bemüht war, sich zu verstecken. Ich befand mich einen Schritt hinter Jennifer, als wir aufs Lido-Deck hinaustraten. Die Hitze und das grelle Sonnenlicht hauten mich fast um, blendeten mich. Ich sah, wie Jennifer plötzlich stehen blieb, folgte ihrem Blick.

»Elina!«, rief sie.

Die Trägerin drehte sich um, rannte zur Reling des Bootes in die Nähe einer Tischtennisplatte, um die herum zahllose Kinder spielten. Zwei Frauen schliefen auf benachbarten Liegestühlen. Sie sprintete um die Platte herum, warf einen Blick über die Reling, nun gefangen zwischen der Schiffswand und dem offenen Meer. Der einzige Ausweg führte an uns vorbei.

Jennifer verkürzte den Abstand, ihre H&K UMP harmlos an der Seite, kam bis auf zehn Meter heran. Ich blieb auf der anderen Seite stehen und hinderte die Trägerin daran, zum Treppenhaus zurückzusprinten.

Ich richtete meinen roten Punkt auf ihre Augenhöhle, sagte: »Jennifer, geh nicht näher ran. Nimm deine Waffe hoch. Bring sie zu Boden.«

Hinter uns begann sich eine Menge zu versammeln, einige schrien. Ein paar Kinder huschten davon, andere versteckten sich unter der Platte oder setzten sich einfach hin und fingen an zu weinen.

»Elina, es ist vorbei«, sagte Jennifer. »Wir wollen Ihnen nichts tun, und Sie wollen diesen Kindern doch auch nicht wehtun.«

Die Trägerin erwiderte nichts. Sie starrte Jennifer einfach an.

»Kommen Sie. Bitte! Gehen Sie auf die Knie. Lassen Sie nicht zu, dass wir Sie verletzen. Ich weiß, dass Sie das hier nicht tun möchten. Ich *weiß* es.«

Elina sprach zum ersten Mal. »Wenn du mich erschießt, setzt du das Virus frei.«

»Ich kann Sie nicht gehen lassen. Ich kann nicht zulassen, dass Sie das ganze Schiff infizieren.«

»Vielleicht habe ich das ja schon.«

»Vielleicht, aber das glaube ich nicht. Wir haben Ihre Kabine gesehen. Und ich sah, wie Sie mit dem Mann zu Mittag gegessen haben. Sie wollten ihm nichts tun. Ich habe Sie lächeln sehen. Bitte! Legen Sie sich auf den Boden.«

Ich fragte mich, ob das klug war. Ob wir ihr nicht einfach eine Kugel in den Kopf jagen sollten, weil es ja wahrscheinlich sowieso so enden würde. Aber das würde das Virus freisetzen, also überließ ich Jennifer die Initiative.

Die Trägerin schüttelte den Kopf, blickte aufs Meer hinaus. »Es spielt jetzt keine Rolle mehr. Du musst mich töten. Ich bin eine Schwarze Witwe. Ich kann nicht zurück. Ich kann nicht nach vorn. Ich kann nichts weiter tun als sterben. Das ist meine Bestimmung.«

Etwas, das sie sagte, blieb in meinem Hinterkopf haften, es war wichtig, ging um Leben und Tod. Nur was war es?

»Sie können nach vorn gehen«, sagte Jennifer. »Wir können Ihnen helfen. Bitte.«

Die Frau begann an ihrem Sommerkleid zu nesteln, direkt unter der Achselhöhle. »Du bist nett«, sagte sie. »Nicht so wie die, die mein Volk hassen. Eher wie der Mann da unten. Bitte sieh zu, dass es ihm danach gut geht. Sieh zu, dass er in seiner Kabine bleibt.«

»Das können Sie selber tun«, sagte Jennifer. »Kommen Sie. Sie haben die Wahl. Zwingen Sie mich nicht, Ihnen wehzutun.«

Die Virusträgerin lächelte, ein gequälter Blick, in dem keinerlei Freude lag, der vielmehr einen Abgrund offenbarte und nichts als Schmerz enthielt. »Nein, ich lasse *dir* die Wahl«, erwiderte sie. »Erschieß mich jetzt und rette dich. Das gebe ich dir für deine Freundlichkeit.«

»Elina, gehen Sie einfach auf die Knie. Sie können nirgendwohin, und ich *werde* es tun. Ich kann nicht zulassen, dass Sie das ganze Schiff infizieren.«

Elina langte in ihr Kleid, zog etwas hervor.

»Du kannst mich nicht aufhalten.«

Wie die Rückenflosse eines Hais durchbrach etwas die Oberfläche meines Bewusstseins. Wie hatte sie sich vorhin genannt? *Schwarze Witwe.* Ich musste an die zahllosen Geheimdienstberichte denken.

Mit einem Mal war kristallklar, was sie vorhatte.

Ich klemmte meine Waffe fest an die Schulter, zentrierte den Punkt, drückte den Abzug. Eine Gestalt krachte mit voller Wucht gegen mich, ohne Schaden anzurichten. Die Kugel grub sich in den hölzernen Deckbelag. Ich wirbelte herum, hob die Waffe, nur um den Mann vor mir zu sehen, mit dem sie unten zu Mittag gegessen hatte. Er stand vor ihr, sodass ich nicht schießen könnte, schrie mich an.

»Was zur Hölle ist denn hier los? Nehmt die Waffen runter. So hol doch jemand die Crew!«

»Aus dem Weg! Jennifer, erschieß sie. Sie trägt eine Sprengstoffweste!«

Jennifer riss ihre Waffe an die Schulter, ich hörte einen scharfen Knall, als würde jemand einen Baum in zwei Teile spalten. Ich warf mich zurück, bemüht, der Explosion zu entkommen, wälzte mich weg, zweimal, verlor meine Waffe. Als ich mich aufsetzte, hörte ich die Leute rings um den Pool schreien, hatte den beißenden Geruch des Sprengstoffs in der Nase. Vor mir hatte sich die Trägerin in ihre Einzelteile aufgelöst. Ihre Körperteile waren in alle Richtungen geschleudert worden, ihr Kopf lag unversehrt auf dem Boden.

Die Wände waren blutbespritzt, als hätte jemand einen Farbeimer ausgekippt. Die beiden Sonnenanbeterinnen waren wach und schrien, beide von Teilen der Trägerin bedeckt, grausig beigefarbenen Klumpen, dazwischen Rot. Die eine wurde bei dem Anblick ohnmächtig. Die andere heulte weiter, starrte auf ihre Arme und ihren Bauch, die zuvor eine gesunde Bräune aufwiesen und nun voller Innereien waren. Zwei der Kinder sahen aus, als wären sie bei der Explosion getötet worden, vielleicht hatten sie auch nur das Bewusstsein verloren. Zwei weitere jammerten, die Arme weit von sich gestreckt, die ebenfalls voller tropfender, sehniger Überreste waren. Ein Kind zeigte auf den Kopf der Trägerin, der, zur Seite geneigt, mit offenen Augen auf dem Deck lag, und fing an zu kreischen, als hätte sich die Hölle aufgetan.

Wie wild suchte ich meinen Körper ab, um festzustellen, ob ich irgendwelche Flüssigkeiten an mir hatte, und schrie dann Jennifer an. Benommen stand sie auf und starrte verständnislos auf das Gemetzel.

Ich hörte ein leises Stöhnen, das zu einem schrillen Heulen wurde, sah, wie der Mann, der mit der Trägerin zu Mittag gegessen hatte, vom Boden aufstand, die Hände im Schock ausgestreckt. Sein Hinterkopf war versengt und rauchte; der Rest von ihm war bedeckt von dem, was von ihr übrig war, Fleischstücke klebten an ihm.

Er hat die Explosion abgeblockt.

Er machte einen Schritt nach vorn, dann noch einen, dann rannte er los, und sein einsames Heulen wurde lauter.

Mein Gott! Jetzt ist er der Träger.

Ich rappelte mich auf, um meine Waffe zu heben, und schon war er an mir vorbei, taumelte wie ein Betrunkener geradewegs auf Jennifer zu, während die Menge am Pool in Panik zwischen ihm und mir hin- und herrannte.

»Jennifer! Halt ihn auf! Er wird das ganze Schiff infizieren!«

Sie hob ihre Waffe. »Halt!«, sagte sie. »Runter auf die Knie! Bleiben Sie genau dort stehen.«

Stöhnend kam er immer weiter auf sie zu, offensichtlich nicht Herr seiner Sinne. Sie wich zurück, erreichte den Rand der Menge.

»Erschieß ihn!«

Das tat sie, ließ seinen Schädel zersplittern.

Er fiel aufs Deck, und die Menge drehte durch, alles rannte durcheinander. Ich sah einen Mann aus der Masse schießen, er raste auf das kreischende Kind zu, rief einen Namen. Ich schrie ihn an, er solle damit aufhören, doch er achtete nicht auf mich, hob das Kind hoch, wischte ihm das Blut ab. Er drehte sich um, um zu gehen, und ich rief: »Setzen Sie sich hin. Genau dort. Hilfe ist unterwegs.«

Eine Sekunde lang starrte er auf das Blutbad, Panik in den Augen. »Ich muss ihn zu einem Arzt bringen.«

Er machte den Eindruck, als wollte er losrennen, und ich hob meine Waffe. »Bleiben Sie stehen!«

Er blickte zu dem Mann hinüber, der mit der Trägerin zu Mittag gegessen hatte. Blut lief aus der Kopfwunde aufs Deck. Schwer ließ sich der Mann auf einen Liegestuhl sinken, er stand unter emotionalem Schock. Das Kind schrie immer noch.

Ich drückte die Taste meines Funkgeräts. »Alle Einsatzkräfte sofort zum Lido-Deck. Wir müssen die Menge unter Kontrolle bringen. Und holt die Crew vom Zentrum für Seuchenkontrolle an Bord. Hier gibt es einiges aufzuräumen.«

»Wie ist die Lage?«

Ich sah Jennifer auf mich zuwanken, ihr Blick war starr auf die Leiche des Mannes gerichtet, den sie soeben getötet hatte. »Komm einfach her«, sagte ich. »Glaub mir – es ist schlimm.«

Sie kam zu mir, und ich erkannte nackte Angst, ein Entsetzen, das ganz tief reichte.

Ich musterte sie von oben bis unten, sah jedoch nirgends Blut. »Hast du was abgekriegt?«

Ihre Arme zitterten, und ich dachte, sie befürchte, das Virus zu bekommen. Aber ich irrte mich.

»Was, wenn sie gar keine Trägerin war?«

Sie ließ ihre Waffe fallen, als wäre sie voller Gift.

»Was, wenn ich gerade einen Unschuldigen getötet habe?«

75

Allmählich fühlte Malik sich schon wie Elina, nachdem er die letzten zwei Tage in seinem Hotelzimmer in Caracas gesessen und nichts weiter getan hatte, als sich die Nachrichten anzusehen. Ihm war klar, dass es aller Wahrscheinlichkeit nach keinen Bericht über ihren Anschlag geben würde, sobald er sich ereignete, da sich das Boot nach wie vor auf See befand. Trotzdem sah er sie sich an.

Jetzt studierte er intensiv den einzigen englischen Sender, den er in Venezuela finden konnte. Seine Uhr sagte ihm, dass das Boot eigentlich bereits angelegt haben müsste. Früher oder später würde es einen Bericht geben.

Auf dem Bildschirm blitzte ein Archivbild eines Kreuzfahrtschiffes auf, und er stellte den Ton lauter. Das Bild wechselte vom Ansager zu Aufnahmen eines Hubschraubers, der über einem Schiff kreiste, und er erkannte Elinas Kreuzfahrtschiff, nach wie vor draußen auf See. Die Küste Floridas lag gerade noch in Reichweite der Kamera. Der Ansager sagte, die Berichte seien zwar nur vage, aber anscheinend habe das Kreuzfahrtschiff eine seltene Krankheit an Bord und es werde unter Quarantäne gestellt, bevor es die Genehmigung zum Anlegen bekomme. Der Rest der Geschichte drehte sich um die Rechte der Passagiere, dazu noch der allgegenwärtige Anwalt, der Klagen gegen die Kreuzfahrtlinie diskutierte. Mit keinem Wort wurde ein Selbstmordattentäter erwähnt.

Unter Quarantäne?

Also hatte sie versagt. Jemand musste frühzeitig das Virus bekommen haben, bevor sie ihre Mission durchführen konnte. Damit war ihr Opfer wertlos. Er schätzte, er müsste neugierig sein, was geschehen war, war es aber nicht. Eigentlich spielte es keine Rolle. Ihr Versagen war sein Versagen. Er fragte sich, ob sie noch am Leben war, spielte mit dem Gedanken, ihr eine Nachricht über ihren Yahoo-Account zu schicken.

Später vielleicht.

Er war müde. So müde wie noch nie zuvor in seinem Leben. Die Mission hatte seine Überzeugungen aufs Äußerste strapaziert, und dann musste er sich auch noch mit den Feiglingen der herrschenden Theokratie herumschlagen, während er mit Elinas reinem Opfer arbeitete. Er merkte, dass er den Glauben verloren hatte. Er glaubte nicht mehr an dasselbe wie die Republik. Die Revolution hielt er nach wie vor für etwas Reines. Aber sie hatten sich zu etwas entwickelt, das dem Großen Satan selbst ähnelte. Machten sich mehr Sorgen um ihr eigenes Überleben als um die Grundsätze, auf die sie angeblich so viel gaben.

Er war erledigt. Er überlegte, ob er heim nach Teheran fliegen sollte, entschied sich jedoch dagegen. Er wusste, dass sie ihn für sein Versagen töten würden, aber das war nicht sein Beweggrund. Es war nicht der Tod. Davor hatte er keine Angst. Es war die Tatsache, dass sie es nicht wert waren, ihn zu töten.

Er hatte viele Möglichkeiten zu verschwinden, und vielleicht konnte er sich nach ein paar Jahren mit anderen zusammentun, die verstanden. Er packte seinen kleinen Koffer, ging online, suchte nach Flügen. Als er einen fand, machte er eine Reservierung und sah sich ein letztes Mal in dem Zimmer um. In der Ecke war die kleine tschetschenische Flagge, mit der er Elina am Jachthafen ein Zeichen gegeben hatte. Er lächelte, nahm sie in die

Hand, musste erneut an Elina denken. An ihre Opfer-
bereitschaft.

*Von ihr könnte man sich noch eine Scheibe abschneiden.
Lieder sollte man über sie dichten, so wie über die Revolutionäre vor ihr.*

Er verließ das Zimmer und ging langsam zum Aufzug. Die Türen öffneten sich im Erdgeschoss, und in der
Lobby sah er den Imam auf einem Sessel sitzen. Flankiert
von zwei Männern, die er als Quds-Vollstrecker kannte.

»Hallo, General«, sagte der Imam. »Ich bin hier, um Sie
nach Hause zu holen. Damit Sie sich für Ihre Verbrechen
verantworten.«

76

Geduldig wartete Chip Dekkard vor dem Oval Office,
bereit, Präsident Warren seinen Bericht abzuliefern. Er
war äußerst gründlich – vernichtend in seinen Beweisen
gegen Cailleach Laboratories. Ganz vorn mit dabei war
seine Verbindung zu der Firma. Denn ihm war klar, dass
dies der beste Weg war, jegliche Implikation von Schuld
zu entschärfen. Er hatte dafür gesorgt, dass er auch ein
bisschen dumm dastand als jemand, der es eigentlich
hätte wissen sollen, es aber nicht gewusst hatte. Damit
zerstreute er jeden Vorwurf, er habe etwas vertuschen
wollen. Er hatte bereits seinen Text einstudiert. »*Sir, ich
weiß, dass ich es vermasselt habe. Aber ich kann unmöglich
alles wissen, was in meinem Konzern vor sich geht. Das ist
einfach unmöglich.*«

Er würde angemessene Reue zeigen, anbieten, zurück-
zutreten oder jedwede Strafe anzunehmen, die der

Präsident für klug hielt, und ihn auf subtile Weise an die Arbeit erinnern, die er geleistet hatte, sowohl in seinem Wahlkampf als auch um diese aktuelle Bedrohung zu stoppen.

Der einzige Haken an der Sache war der Vorstand des Labors. Natürlich waren sie schließlich dahintergekommen, dass er sie als Sündenböcke hängen lassen wollte, und drohten prompt, alles zu erzählen, was sie wussten, indem sie E-Mails und Berichte vorlegten, die er unterschrieben hatte, um ihren Fall zu beweisen. Er wählte seine Worte sorgsam, war sich durchaus bewusst, dass sie die Diskussion wahrscheinlich aufzeichneten. Er hatte ihnen erklärt, er habe keine Ahnung, wovon sie überhaupt sprachen, und sie seien gut beraten, sich einen Strafverteidiger zu nehmen.

Er musste lächeln, wenn er daran dachte, wie sie versuchten, ihre Beweismittel zusammenzutragen, nur um festzustellen, dass die ganzen E-Mails und Berichte auf unerklärliche Weise verschwunden waren. Nun stand nur noch sein Wort gegen das ihre, und sein Wort war Gold wert, was den Präsidenten der Vereinigten Staaten betraf.

Die Tür wurde geöffnet, und Alexander Palmer winkte ihn herein. Er trat ein und sah zwei Männer mit militärisch kurzem Haarschnitt und in Business-Anzügen auf der Couch gegenüber sitzen. Vor dem Schreibtisch des Präsidenten stand ein distinguiert aussehender Mann, den er erkannte.

»Kommen Sie rein, Chip«, sagte Präsident Warren. »Das ist Andy Barksdale. Ich bin mir nicht sicher, ob Sie einander je begegnet sind.«

Chip war innerlich völlig perplex. »Ja, natürlich, der Attorney General. Nein, wir sind einander noch nicht begegnet, es sei denn, Sie zählen die Einlassungen vor dem Kongress dazu.«

Er erntete höfliches Gelächter und fragte sich, was der Generalbundesanwalt hier wohl zu suchen hatte. Er war über die Taskforce-Aktivitäten nicht informiert, und diese Tatsache beunruhigte Chip ein wenig.

Andererseits wollte er kriminelle Verstöße melden, also war der Generalbundesanwalt vielleicht einfach hier, um seinen Bericht aufzunehmen und alles zu veranlassen, um das Labor vor Gericht zu bringen.

Früher oder später musste er ja ins Spiel kommen.

»Nun, was haben Sie?«, fragte Präsident Warren.

Chip legte seinen Fall dar und präsentierte die manipulierten E-Mails, gefälschten Berichte und weitere belastende Beweise. Er kam zu dem Schluss, dass das Labor absichtlich großes Unheil riskiert habe, nur um Profit zu machen. Alles in allem dauerte das Briefing 30 Minuten. Der Präsident stellte keine Fragen.

Chip endete mit seiner eigenen Schuld und trug seinen einstudierten Text über die Übernahme von Verantwortung vor. Die Antwort des Präsidenten fiel anders aus, als er erwartet hatte.

»Ich bin froh, dass Sie bereit sind, Verantwortung zu übernehmen. Wissen Sie, wie viele Menschen auf dem Kreuzfahrtschiff sterben werden?«

»Äh … nein, Sir.«

»Nun, es ist Tag drei, und wir haben 23 Fälle. Bisher. Bei einer Mortalitätsrate von 70 Prozent werden 16 sterben. Zusätzlich zu den sechs, die bereits in New York starben. Sie sagen, Sie hätten es wissen müssen, und ich stimme zu. Hätten Sie über dieses Wissen verfügt, hätten wir sofort gewusst, worum es geht, und zwar in dem

Moment, in dem der Sohn des Doktors aus den Cailleach Laboratories entführt wurde. Wir hätten das Ganze stoppen können, bevor es überhaupt anfing.«

Wohin soll das führen? »Ja, wie gesagt, ich bedauere das sehr. Aber ich kann unmöglich alles wissen, was in jedem Unternehmen meines Portfolios vor sich geht.«

»Die Leute von Cailleach haben sich heute ans Gericht gewandt«, sagte Präsident Warren. »Sie behaupten, Sie hätten es gewusst.«

Das Gespräch lief nicht so, wie er dachte, und Chip wurde ein wenig aggressiv, plusterte sich auf vor Wut über die Verleumdung. »Natürlich sagen die das. Die tun alles, um da rauszukommen. Sie wissen, dass wir Freunde sind, und hoffen, indem sie mich hineinziehen, gibt es einen politischen Makel, der Sie dazu bringt, die Sache unter den Teppich zu kehren.«

»Hoffen Sie auch darauf? Dass unsere Freundschaft mich veranlasst, diese Sache unter den Teppich zu kehren?«

»Nein! Ich sagte doch, dass ich bereit bin, begrenzte Verantwortung zu übernehmen.«

»Chip, was hätten wir getan, wenn der Plan der Trägerin funktioniert hätte? Wenn das Boot die amerikanische Küste erreicht und die Passagiere alle abgesetzt hätte? Es wäre das Ende unseres Way of Life gewesen, alles nur wegen ein wenig Gier. Stimmen Sie mir nicht zu?«

»Ja, selbstverständlich stimme ich Ihnen zu. Ich bin mir nicht sicher, weshalb Sie fragen. Es ist entsetzlich, und ich bin froh, dass wir es noch rechtzeitig aufgehalten haben.«

»›Rechtzeitig‹. Komische Wortwahl.«

Präsident Warren beugte sich vor und drückte eine Taste an einem Laptop. Chip hörte seine eigene Stimme und spürte, wie seine Welt sich auflöste.

»Was zur Hölle meinen Sie damit: Ein Labortechniker ist gestorben? Ihr habt mir doch versichert, dass ihr dies in Übereinstimmung mit allen geltenden Vorschriften erledigen könnt.«

Langatmig ging das Band so weiter. Erneut hörte Chip, wie der Labortechniker den ersten Todesfall in der behelfsmäßigen Biosicherheitseinrichtung in Singapur schilderte, und seine Erwiderung, das gesamte Projekt einzustellen.

»Das wurde aufgezeichnet, bevor wir etwas von den Cailleach Laboratories wussten«, sagte der Präsident. »Bevor wir vom Sohn des Doktors erfuhren.«

Chip wechselte die Gangart. »Jaja, jetzt erinnere ich mich. Sie hörten doch, wie ich ihnen sagte, sie sollen alles einstellen. Darum habe ich es nicht erwähnt, als ich von Cailleachs Verwicklung erfuhr. Ich gab Anweisung, das Projekt zu beenden. Sie sind diejenigen, die das Virus behielten. Entgegen meinen Anweisungen. Ich wollte …«

Der Generalbundesanwalt unterbrach ihn, indem er die Hand hob. »Stopp! Diese beiden Herren hier sind Special Agents des Federal Bureau of Investigation, und Sie haben das Recht zu schweigen.«

Beide standen sie auf, stellten sich neben ihn, und Chip spielte die einzige Karte, die ihm noch blieb. »Sir, Sie wollen das nicht tun. Ich weiß, wie das Virus gestoppt wurde. Ich weiß Bescheid darüber, wer es getan hat.«

Er sah, wie der Generalbundesanwalt einen neugierigen Gesichtsausdruck bekam, und hoffte, dass dies genügte.

Es genügte nicht.

Präsident Warren lief rot an, doch Alexander Palmer kam ihm zuvor. »Wissen Sie noch, was Kurt Ihnen über Pike gesagt hat? Was passiert, wenn Sie sich mit ihm anlegen? Nun, bisher weiß er noch nicht, wer ihm Kummer bereitet hat. Ich hingegen schon. Denken Sie daran, denn sollte es herauskommen, ist der einzige Ort, an dem Sie in Sicherheit wären, ein Bundesgefängnis.«

Chip nahm die Worte auf und fing an zu zittern. Er hatte genügend Taskforce-Aktionen miterlebt, um zu wissen, dass Palmer die Wahrheit sagte. Seine Kraft verließ ihn, er sank auf die Knie, und er barg auf dem Boden des mächtigsten Mannes der Welt das Gesicht in den Händen.

77

Tag vier der Quarantäne, und allmählich fiel mir die Decke auf den Kopf. Der Raum, in dem ich mich befand, hatte die Größe eines Wandschranks, und nicht einen Moment ließen sie mich raus. Zweimal am Tag besuchte mich ein Trottel vom Zentrum für Seuchenkontrolle. Er trug einen Astronautenanzug, nahm mir Blut ab und ließ mir etwas zu essen da. Nichts davon gekocht. Ich lebte von Erdnüssen, Trockenfleisch und Mineralwasser, und alle fünf Minuten starrte ich in den Spiegel, um zu sehen, ob meine Augen schon blutunterlaufen waren.

Die Anspannung war unglaublich, bei jedem Klopfen an der Tür fragte ich mich, ob es jetzt so weit war, dass sie mich in die sogenannte »Hot Zone« verlegten. Bisher hatten sie mindestens fünf Leute von meiner Etage verlegt, einige traten um sich und schrien, weil sie wussten, dass sie infiziert waren. Ich war nicht verlegt worden. Darum glaubte ich, dass das Serum völlig versagt hatte, denn bei einem Antikörpertest hatte ich keine Reaktion gezeigt. Nun, bei Männern versagte es. Ein kleiner Trost jetzt, obwohl ich froh war, dass ich es nicht gewusst hatte, als wir an Bord des Schiffes gingen.

Alles war noch schlimmer, weil ich keine Ahnung hatte, wie es meinem Team ging, insbesondere Jennifer. Sie hatten uns zwar alle eingesperrt, doch Jennifer war der Trägerin am nächsten gewesen. Wenn einer krank wurde, dann sie. Ich wollte mir gar nicht vorstellen, wie es einer Mutter oder einem Vater ging, die von ihren Kindern getrennt waren und nicht wussten, ob sie noch lebten oder bereits tot waren. Zumal ich sicher wusste, dass mindestens vier Kinder nicht mehr nach Hause kommen würden. Vier Elternpaare, die eine Todesnachricht erhalten würden.

Ich hörte ein Klopfen an meiner Tür, und meine Besorgnis schoss sprunghaft in die Höhe. Es war weder Zeit für die Fütterung noch fürs Blutabnehmen.

Ich öffnete und sah einen weiteren Mondanzug vor mir. »Ja?«

»Mein Gott, hier drin stinkt es vielleicht.«

Hä? In dieser Montur kann er doch gar nichts riechen. Prüfend blickte ich in die Kapuze über dem Atemschutzgerät und sah Kurt. Er lächelte.

»Sind Sie bereit zu gehen?«

»Zum Teufel, ja!«

»Kommen Sie. Sie sind sauber, und wir wollen euch Jungs rausholen, bevor irgendjemand anfängt, Fragen zu stellen. Ziehen Sie das hier an. Sie gehen hier raus als Mitarbeiter des Zentrums für Seuchenkontrolle.«

Er reichte mir meinen eigenen Mondanzug, und schon bald ließen wir die Enge des Schiffes hinter uns und befanden uns auf dem Basketball-Court. Ich zählte vier weitere Mondanzüge. Das bedeutete, dass jemand fehlte.

»Wer ist nicht da?«

»Jennifer«, sagte Kurt.

Dieses Wort traf mich wie ein Hammerschlag, um ein Haar wäre ich in die Knie gegangen. Rasch legte Kurt mir die Hand auf den Arm.

»Sie zeigt keine Symptome. Noch nicht jedenfalls, aber sie trauen dem Serum nicht. Sie wollen bloß sichergehen, dass sie nicht infektiös ist.«

»Wie lange noch?«

»Einen Tag, vielleicht zwei.«

In der Ferne sah ich einen Dolphin-Hubschrauber und wusste, dass mir nicht mehr viel Zeit zum Reden blieb, ehe uns der Abwind des Rotors traf.

»Wie sind die Auswirkungen?«

»Auf dem Boot gibt es 30 bestätigte Fälle. In dem allgemeinen Durcheinander nach der Explosion der Körperbombe hat jemand das Virus verbreitet. Aber sie glauben, dass es zum gegenwärtigen Zeitpunkt eingedämmt ist. Das Boot wird heute oder morgen anlegen, dann werden alle entlassen. Das heißt bis auf die Infizierten.«

» Was ist mit ihnen? Gibt es Hoffnung?«

»Im Grunde nicht. Sie bekommen die beste verfügbare Behandlung. Scheiße, besser als das, was sie in einem Krankenhaus bekommen würden. Die besten Ärzte des Landes befinden sich auf diesem Schiff, sie haben die heiße Zone in ein schwimmendes Krankenhaus verwandelt. Trotzdem werden die meisten sterben.«

»Was ist mit dem Iran? Haben wir den mit Atomwaffen angegriffen oder so?«

Kurt lachte, das Geräusch wurde durch den Lautsprecher der Atemschutzmaske gedämpft. »Nein. Sie behaupten, es war ein abtrünniger Quds-General und sie hätten die angemessene Strafe verhängt.«

»Und diesen Mist nehmen wir denen ab? Wirklich?«

»Über inoffizielle Kanäle haben sie uns ein Video zukommen lassen. Malik, wie er gehängt wird. Ehrlich gesagt, die meisten Mitglieder des nationalen Sicherheitsteams der Regierung glauben, es könnte echt sein. Die Iraner hatten keinerlei Möglichkeit, ihr eigenes Land vor dem Virus zu schützen, und es machte für sie einfach keinen Sinn, es einzusetzen. Als *Drohung* vielleicht, als letzter Ausweg, sollten wir sie angreifen. Aber gleich damit rausrücken und es einsetzen?«

»Glauben Sie das?«

»Ich weiß nicht. Ich weiß es einfach nicht.«

Der Hubschrauber kam über uns angeflogen, und der Korb senkte sich herab. Knuckles kam auf mich zu. »Jetzt geht es schon wieder los. Im Korb hochgezogen wie eine Frau.«

Ich lächelte nicht. »He, keine Sorge«, meinte er. »Es wird alles gut. In ein paar Tagen siehst du sie wieder.«

78

Jennifer wurde von einem Schrei geweckt. Ein gequältes Wehklagen, das wie fauliger Nebel durch die Enge ihrer Kabine drang und ihr ins Gedächtnis rief, was die Zukunft für sie bereithielt.

Da hat wieder jemand in den Spiegel geguckt.

Jemand hatte die schreckliche Wahrheit über sein Schicksal erfahren. Ein Schicksal, das in seinem bösartigen Ablauf besonders verstörend war. Es gab keinen Henker, der einen Schalter umlegte, und damit basta. Es war auch kein sechs Jahre währender Kampf gegen einen anderen, versöhnlicheren Eindringling. Ersteres hatte den Vorteil, dass es augenblicklich vorüber war, während Letzteres einem Hoffnung bot und die Möglichkeit, sich vorzubereiten. Dieses Schicksal gewährte beides nicht. Es war ein qualvoller Tod, der sich über vier Tage voller unerträglicher Leiden erstreckte.

Sie fragte sich, ob sie wohl auch schreien würde, wenn sie es schließlich feststellte.

Sie war nur sechs Stunden in ihrem ursprünglichen Quarantäne-Raum untergebracht gewesen. Dann hatten sie sie aufgrund der Ergebnisse ihrer anfänglichen Tests in den hinteren Teil des Schiffes gebracht. In die heiße Zone. Sie hegte die schwache Hoffnung, dass es an dem Serum lag, das sie bekommen hatte, und dass die Ärzte einfach kein Risiko eingehen wollten. Innerlich jedoch bereitete sie sich auf das Schlimmste vor. Nach den ersten 24 Stunden hatte sie ihren Mut zusammengenommen und zum ersten Mal in den Spiegel geblickt. Ihre Augen waren klar gewesen. Kein Gewirr blutiger Adern wies darauf hin, dass sie die Krankheit in sich trug.

In Wirklichkeit wusste sie, dass sie aufgrund des Serums einzigartig war. Das Virus würde sie nicht bei lebendigem Leib auffressen wie alle anderen, mit denen es in Kontakt geriet. Aber sie würde zu einer wandelnden Zeitbombe werden. Eine moderne Typhus-Mary, die man nie wieder in die Außenwelt lassen durfte.

Wie sie so allein dasaß, ihren Gedanken überlassen, hatte sie ganz nüchtern überlegt, sich das Leben zu nehmen, sollte der Spiegel sprechen. Sie hatte andere gehört, in der heißen Zone, die es bereits getan hatten. Gedämpftes, panisches Gerenne von Ärzten auf dem engen Flur, Gesprächsfetzen, die die Entscheidung ans Licht brachten.

Sie wusste, dass sie keine Ewigkeit in einer Krankenhausquarantäne verbringen konnte.

Sie musste an Elina denken, wie ruhig sie gewesen war. An die surreale Hingabe, mit der sie ihr Leben geopfert hatte. Letztlich war Jennifer sich nicht sicher, ob sie die gleiche eiserne Willensstärke aufbringen würde. Ein Teil von ihr hatte den Eindruck, dass es nur die Strafe für den Mann war, den sie getötet hatte.

Der Tod von Elinas Beschützer ging ihr fast genauso sehr nach wie das Jammern der Kranken. Wie er auf sie zugetaumelt kam, ein Ding aus einer Zombie-Apokalypse, über und über bedeckt mit Elinas Überresten. Wie sie ihn angefleht hatte, stehen zu bleiben, und dann den Abzug drückte. Wie das Blut spritzte, sein Kopf zurückgeschleudert wurde. Wie er auf dem Deck lag, während sein Blut sich mit dem verseuchten Blut der Person vermischte, die er zu retten versucht hatte.

Ihre größte Angst war gewesen, dass Elina gar nicht infiziert war und sie völlig grundlos einen Mann getötet hatte. Die Ansteckungswelle, die über das Schiff schwappte, war ein kleiner Trost gewesen, ein verkorkster Segen, der ihren Schmerz ein wenig linderte. Aber sie kam nicht über die Tatsache hinweg, dass er womöglich nicht gestorben wäre, hätte sie nichts unternommen. Stattdessen hatte sie dafür gesorgt, dass er starb.

Letzten Endes war ihr klar, dass sie die richtige Entscheidung getroffen hatte. Allerdings wünschte sie sich verzweifelt, sie hätte ihm in die Beine geschossen oder in den Bauch, irgendwohin, wo ein Arzt hätte helfen können. An eine Stelle, die nicht tödlich war, sodass ihn das Virus umbringen würde, wenn er denn schon sterben musste. Dann wäre Elina die Schuldige gewesen, nicht sie. Ein rationaler Teil von ihr begriff, dass dies nur egoistisches Wunschdenken war, um den mentalen Preis für die Entscheidung, die sie getroffen hatte, in Grenzen zu halten. Das Team des Zentrums für Seuchenkontrolle hätte den Mann unmöglich in einer heißen Zone verarzten können, er wäre auch dann an den Wunden gestorben, die sie ihm zugefügt hatte. Ein langsamer Tod, ähnlich wie durch das Virus.

Die Ränder ihrer Kabine tauchten allmählich in dem schmalen Lichtstreifen auf, der durch das winzige Bullauge drang und einen neuen Tag ankündigte. Einen weiteren Besuch.

Die Ärzte werden bald hier sein.

Sie kamen zweimal am Tag, brachten ihr furchtbares Essen und Tafelwasser. Die eine Gruppe klinisch leidenschaftslos, während die andere ihr unter den Schutzanzügen fast in den Hintern kroch, verzweifelt bemüht, ihre Sorgen zu lindern. Sie fragte sich, welche heute Morgen wohl aufkreuzen würde.

Sie warf einen Blick auf ihren Unterarm. Die Nadelspuren darin ließen sie wie eine Heroinsüchtige aussehen.

Jedes Mal wenn sie kamen, nahmen sie ihr Blut ab und klärten sie über ihren gegenwärtigen Status auf, der bislang nicht eindeutig war. Sie hoffte, wenn sie krank wurde, würde es die klinische Gruppe sein, die es ihr sagte. Das Mitleid des anderen Teams könnte sie nicht ertragen.

Sie setzte sich auf und spürte einen leisen Kopfschmerz. Einen leichten Druck genau zwischen den Augen. Ein Symptom, das ebenso gut bloße Einbildung sein konnte. Sie spürte, wie die Angst ihrer Nachbarin auch sie erfasste. Am liebsten hätte sie laut losgeschrien.

Sie stand auf, trat an das kleine Waschbecken und beugte sich zum Spiegel, voller Angst vor dem, was sie feststellen würde. Angst vor dem, was der Spiegel ihr gleich sagen würde.

Sie konnte in dem abgedunkelten Raum nichts sehen und tastete mit zitternder Hand nach dem Schalter. Sie drückte ihn, und grelles Licht erfüllte die Kabine.

Und der Spiegel sprach zu ihr.

79

Genau drei Tage nachdem sie mich unrühmlich in einem Korb vom Schiff gehievt hatten, stand ich mit ungefähr 500 weiteren Leuten vor dem Hafen von Cape Canaveral, um darauf zu warten, wer vom Schiff ging. Der Unterschied bestand darin, dass alle anderen einen Namen auf einer Passagierliste hatten. Das Einzige, was ich hatte, war das Wort der Taskforce, dass mit Jennifer alles in Ordnung sei und sie mit dem Rest der Passagiere das Boot verlassen werde.

Die ganze Angelegenheit war entsetzlich gewesen, das Boot hatte sich in eine Kloake verwandelt, die an das Schlimmste von Charles Dickens erinnerte. Zwar hatte die Regierung getan, was sie konnte, doch das Schiff war einfach nicht dazu ausgelegt, so viele Menschen zu beherbergen, ohne die Möglichkeit, sie entsprechend zu versorgen. Jedes Besatzungsmitglied, das die Aufgabe hatte, den Laden am Laufen zu halten, stand unter Quarantäne.

Die Regierung hatte an der medizinischen Front Bewundernswertes geleistet, hatte allerdings Probleme, genügend qualifizierte Mitarbeiter zu finden für die banale Arbeit, das Funktionieren des Bootes zu gewährleisten. Ich konnte ihnen keine Vorwürfe machen. Wie würde man selbst denn reagieren, wenn einem jemand sagte: »Wir brauchen Sie, um auf einem Kreuzfahrtschiff zu helfen, weil Sie über besondere Fähigkeiten verfügen. Übrigens ist es eine schwimmende Todesfalle. Sie könnten sterben, wenn Sie sich nur dort blicken lassen. Habe ich schon erwähnt, dass Sie die ganze Zeit über einen Astronautenanzug tragen müssen?«

Überraschenderweise hatten sie genug Idioten gefunden, die sich meldeten. Und nun warteten wir. Zum ersten Mal konnte ich nachempfinden, wie meine Familie sich gefühlt hatte, wenn man mich in einen Einsatz schickte. Diesmal wartete ich an der Treppe auf die Heimkehr eines geliebten Menschen. Nur plagte mich noch die zusätzliche Ungewissheit, ob sie überhaupt kommen würde.

Kurt hatte gesagt, er »denke«, sie sei entlassen, und er sei sich »sicher«, dass sie am Kai sein werde. Aber er hatte auch gesagt, die Kommunikation mit dem Zentrum für Seuchenkontrolle sei kompliziert. Das hatte ich in den Nachrichten mit eigenen Augen gesehen. Alle jammerten nur, es gebe so wenig Informationen, was angesichts dessen, was geschehen war und was die Verwaltung zu verbergen versuchte, zu erwarten war.

Ich war ein wenig sauer, dass sie nichts über Jennifer herausfinden konnten. Immerhin war sie diejenige, die jeden Einzelnen von ihnen davor bewahrt hatte, krank zu werden. Aber ich verstand, warum. Mein Team war evakuiert worden, bevor die Presse wirklich wild wurde und zu suchen anfing, was die Regierung da vertuschte. Für die Presse existierten wir nicht mehr, also gab es auch nichts zu finden. Zu sehr wegen Jennifers Zustand zu drängen, könnte Fragen aufwerfen.

Mein Blick fiel auf einen Fernseher an einem Mast, ähnlich wie man sie am Flughafen am Abflug-Gate sieht. Darum herum bildete sich eine Menschenmenge, und ich folgte ihr, erkannte das Präsidentenpodium aus dem Besprechungsraum des Weißen Hauses.

Präsident Payton Warren trat vor den Bildschirm, und die Menge um mich herum sorgte mit leisem »Pst« für Ruhe. Er wirkte besonders ernst, was unter den gegebenen Umständen wahrscheinlich nicht aufgesetzt war. Er gab eine vorbereitete Erklärung ab, in der er Fakten mit Fiktion mischte und darlegte, ein Terroranschlag mit einer biologischen Waffe sei abgewendet worden. Allerdings erwähnte er mit keinem Wort, dass der Iran dahintersteckte.

Er beließ es bei einem Zwischenfall mit »tschetschenischen Separatisten« und hielt uns so aus einem umfassenden Krieg heraus.

Es war eine geschickte Darstellung, eine Gratwanderung. Er sagte, was er sagen sollte, basierend auf dem, was ohnehin an die Öffentlichkeit kommen würde. Angefangen bei den Todesfällen in New York City bis hin zu den zahlreichen Zeugen von Elinas Tod auf dem Boot. Als er fertig war, ließ er Fragen aus dem Plenum zu.

Gleich die erste hatte natürlich damit zu tun, wer den Anschlag gestoppt hatte. Die Presse und die amerikanische Öffentlichkeit waren ganz wild nach diesen Dingen, verausgabten sich regelrecht, um das supergeheime SEAL-Team ausfindig zu machen, die Special Forces Killerkommandos oder die Impossible Mission Force, die über die üblichen als geheim eingestuften Einheiten hinaus operierten. Sie versuchten mit allen Mitteln, einen Blick hinter die Fassade zu werfen, um eine Einheit zu finden, die in der wirklichen Welt nicht existierte. Nur dass es in diesem Fall tatsächlich so eine Einheit gab. Ich beugte mich vor, um die Antwort des Präsidenten zu hören.

»Eine Kombination von Hinweisen unserer Nachrichtendienste führte dazu, dass die Bedrohung aufgedeckt wurde. Sobald wir verwertbare Informationen hatten, leiteten wir eine direkte Aktion unter Einsatz von Spezialeinheiten ein. Leider löste die Terroristin während des Zugriffs ihre Selbstmordweste aus, sodass ein perfektes Ergebnis ausgeschlossen war.«

Zahlreiche Stimmen wurden laut, die im Wesentlichen alle dieselbe Frage stellten: »Was meinen Sie damit, Spezialeinheiten? Welche Einheit? Wer war es?«

Ich musste grinsen. Als ob es einen Unterschied machte, wer die Mission nun tatsächlich ausführte. Das Einzige, was zählte, war das Ergebnis. Doch die Presse ließ sich nicht abwimmeln.

»Ich werde nicht preisgeben, welche Einheit«, erwiderte der Präsident, »sowohl zum Schutz unserer Ressourcen als auch zur Sicherheit unserer Streitkräfte.«

Eine perfekte Antwort.

Ein anderer Reporter mischte sich ein: »Erlitt das Team Verluste?«

Kluger Journalist! Er versuchte zu bestimmen, um welche Einheit es sich handelte, indem er den Verlustlisten des Verteidigungsministeriums nachging. Nur dass er damit nicht weiterkam. Denn selbst wenn die Taskforce schwere Verluste erlitten hätte – was nicht der Fall war –, würden sie doch niemals in der Datenbank des Verteidigungsministeriums auftauchen.

Die Antwort des Präsidenten erschütterte mich bis ins Mark.

»Ja, aber ich werde nicht auf die Art der Verletzungen oder den Zustand eingehen. Ich werde in keiner Weise über das Team sprechen. Nächste Frage.«

Von wem redet er? Meinte er Bloods Schusswunde? Oder dass sie Knuckles im Gefängnis fast totgeprügelt hatten? *Mein Gott, ist es Jennifer?*

80

Die Pressekonferenz zog sich langatmig dahin, aber ich hörte nichts mehr. Ich war wie benommen, denn womöglich würde ich allein dastehen, wenn sich das Boot leerte. Weil ich auf jemanden wartete, der nicht mehr kommen würde.

Die Gangway-Tür zu unserer Rechten öffnete sich. Erst strömten nur wenige Passagiere heraus, die aber rasch zu einer wahren Flut anwuchsen. Alle rannten sie durch die Türen des Terminals, einige küssten den Boden, kaum dass sie an Land waren. Die Menge riss sich vom Fernseher los und drängte zu den Seilen, die die Wartenden von den Ankömmlingen trennten. Familien fingen an, Fahnen zu schwenken, als wäre das Boot gerade aus der

Normandie des Zweiten Weltkriegs zurückgekehrt. Allmählich wurde die Menge zu viel für die Sicherheitskräfte vor Ort. Und mich machte sie sauer, weil sie mir die Sicht versperrte.

Ich wurde nach links geschubst. Mit wütendem Blick drehte ich mich zu dem Kerl, der es getan hatte. Ein Idiot mit einer zerrissenen Baseballmütze versuchte sich an mir vorbeizudrängen, und ich schob ihn zurück.

»Warte verdammt noch mal bis du dran bist.«

Er hob die Hände, so als wollte er kämpfen, dann traten ihm Tränen in die Augen. Mit geballten Fäusten starrte er mich an. Schließlich sagte er: »Meine Frau kommt von diesem Boot. Ohne meine Kinder. Sie sind tot. Gehen Sie mir verflucht noch mal aus dem Weg.«

Er fing an zu weinen, und ich musste an die blutbedeckten Kinder denken. Mir wurde klar, dass ich in der Nähe des Ground Zero der Tragödie stand. In seinem Gesicht lag so viel Schmerz, dass ich nicht wusste, was ich tun sollte. Ich wusste nicht, was ich sagen sollte.

Mit erstickter Stimme fuhr er fort: »Sie gingen zu einem Familientreffen. Ich musste arbeiten. Ich sagte ihr, es sei zu teuer. Und jetzt … Und jetzt …«

In unserer Nähe schrie eine Frau auf, und er löste sich von mir, tauchte unter der Absperrung durch, wollte zu ihr rennen. Security-Leute umringten ihn, forderten ihn auf, sich hinter das Seil zurückzuziehen. Aus dem Streit entwickelte sich ein Faustkampf. Mir wurde schlecht.

Erneut starrte ich auf den Eingang vor der Rolltreppe des Terminals, angestrengt bemüht, irgendein Anzeichen von Jennifer zu erkennen. 30 Minuten stand ich so da. Dann 45. Der stete Fluss der Passagiere versickerte langsam, wurde allmählich zu einem Tröpfeln. Ich dachte daran, Kurt anzurufen. Überhaupt jeden anzurufen, der mir über die Lage Bescheid geben könnte. Ich wollte die Gewissheit, die ich hatte, als ich hierhergekommen war, nicht die Worte des Präsidenten, die in meinem Kopf widerhallten.

Ich zückte mein Handy und sah Jennifer durch die Scheibe. Sie sah missmutig aus, fuhr allein die Rolltreppe herunter.

Sie kam unten an, trat durch die Doppeltür und kämpfte sich durch die Menschen. Ich rief ihren Namen, aber sie hörte mich nicht. Eine Sekunde lang blieb sie stehen, ging dann weg. Ich zwängte mich durch die Menge, schrie wie ein Idiot, bis sie auf mich aufmerksam wurde.

Sie drehte sich um und begann zu lächeln, sprintete auf mich zu, nur um von der Security an der Empfangsreihe gestoppt zu werden. Ich deutete nach links und rannte los, um sie außerhalb der Seile zu treffen.

Sie sprang mich im wahrsten Sinne des Wortes an, schlang ihre Beine um mich und drückte zu wie ein Python.

Ich erwiderte den Druck. »Schon gut«, sagte ich. »Wir sind okay.«

Sie ließ sich auf den Boden sinken, ihre Augen leuchteten. »Die wollten mir nicht sagen, ob es dir gut geht. Niemand wollte mir etwas sagen.«

»Genau wie hier. Ich war mir nicht sicher, ob du überhaupt rauskommst. Wo ist dein Gepäck?«

Sie kniff die Augen zusammen, und ich hob die Hände. »War bloß ein Witz.«

Ohne ein Wort gingen wir zu meinem Mietwagen. Ich war zufrieden, nur in ihrer Nähe zu sein, aber ich konnte spüren, dass dies keine perfekte Heimkehr war.

Wir befanden uns nicht in einem Film und würden nicht in den Sonnenuntergang fahren, denn die Endphase war entsetzlich gewesen und Jennifer hatte tagelang allein damit zurechtkommen müssen.

Ehrlich gesagt hatte ich mir selber in den Hintern getreten, weil ich der Schwarzen Witwe nicht einfach eine Kugel in den Kopf gejagt hatte. Stattdessen hatte ich Jennifer versuchen lassen, sie zu beschwatzen. Aber hinterher wusste man immer alles besser. Natürlich würde manch anderer es kritisieren – allerdings nicht vor mir. Nicht wenn er aufrecht stehen bleiben wollte. Angesichts dessen, was wir wussten, hatten wir beide die richtige Entscheidung getroffen,

Schweigend gingen wir weiter. Schließlich fragte sie: »Wie geht es dir?«

Ich ergriff ihre Hand: »Gut! Dem Team geht es gut. Niemand, den wir kennen, wurde getötet.«

Sie blieb stehen und blickte mir in die Augen: »Eine Menge Menschen sind tot.«

»Ich weiß. Glaub mir, ich weiß.«

»Ich dachte, *ich* sei tot. Gestern Morgen hatte ich Kopfschmerzen. Ich sah in den Spiegel und wusste, dass meine Augen blutunterlaufen sein würden. Es war der schlimmste Tag meines Lebens.«

Ich war mir nicht sicher, was ich darauf sagen sollte. »Ich weiß. Ich habe auf dasselbe gewartet. Viele auf meinem Deck wurden weggebracht. Aber manche haben es geschafft. Nicht alle von ihnen starben.«

In ihrem Gesicht war nur Schmerz zu sehen, und ich wusste, dass ich das Falsche gesagt hatte.

»Pike, ich habe einen von ihnen getötet. Er wäre vielleicht am Leben geblieben.«

»Sag das niemals. Das kannst du nicht ertragen. Ja, er wäre vielleicht am Leben geblieben, aber er hätte jeden infiziert, den er berührte. Die Chancen stehen nicht schlecht, dass er noch wesentlich mehr Menschen getötet hätte.«

Sie ließ meine Hand los. »Ich weiß. Mit dem Kopf weiß ich es. Er musste sterben, aber es kommt mir nicht richtig vor. Er war kein Terrorist. Vielleicht hätte ich … Ich weiß nicht … Ich frage mich bloß, ob ich das Richtige getan habe.«

»Jennifer, *es war richtig*. Du hast die korrekte Entscheidung getroffen. Mach dir bloß keine Vorwürfe. *Du* hast Elina doch nicht gebeten, auf dieses Boot zu kommen. Du hast diesen Kerl auch nicht darum gebeten, sich einzumischen. Du kannst nur tun, was du tun kannst, und das war die richtige Entscheidung. Du kommst mir vor wie ein Feuerwehrmann, der sich Vorwürfe macht, weil er nur ein Kind aus einem brennenden Gebäude retten konnte.«

Sie lehnte sich an mich, legte ihre Arme um meine Taille. Ich tat das Gleiche und merkte, wie sie anfing zu weinen. Ein herzzerreißendes Schluchzen, das kein Ende mehr nehmen wollte. Schließlich hörte sie auf und blickte zu mir hoch.

Sie wischte sich die Tränen aus den Augen. »Du bist ein guter Mensch. Ich glaube, das habe ich dir noch nie gesagt.«

Ich lächelte. »Doch, einmal schon. In Bosnien, als ich nicht mit dir ins Bett wollte.«

Sie erinnerte sich an jenes Gespräch und wurde rot. »Ich meine, als ich nicht völlig fertig war, weil ich um ein Haar umgekommen wäre. Als ich klar denken konnte.«

»Du meinst so wie jetzt?«

Sie löste sich von mir, boxte mir auf die Schulter. »Mein Gott, du kannst wirklich ein Arsch sein.«

Ich lachte. »Komm schon. Ich habe ein ziemlich gutes Hotelzimmer, auch wenn man von hier aus ein bisschen fahren muss.«

»Besser als die Suite in Singapur?«

»Äh, nein, aber es hat etwas, das die Suite nicht hatte.«

»Was? Das Zimmer im Marina Bay Sands war so ungefähr wie der Tadsch Mahal.«

»Einen Whirlpool. In Singapur hast du mir versprochen, wenn ich dich nicht fallen lasse, würdest du ohne dein Geschirr mit mir in einen Whirlpool steigen.«

Sie bedachte mich mit einem zögernden Grinsen. »Bist du sicher, dass du das tun willst? Ich könnte immer noch ansteckend sein.«

»Ich an deiner Stelle würde mir eher Sorgen darüber machen, wie du küsst. Das letzte Mal, als ich mich bei dir anstecken wollte, war es so, als würde man sich mit einem Pavian um ein Stück Speck raufen.«

Sie drückte meine Hand. Ihr Gesicht verzog sich zu einem Lächeln, das schließlich ihre Augen erreichte.

Und ich wusste, dass alles okay sein würde.

DANKSAGUNG

Ich war beinahe schon fertig mit den Danksagungen für dieses Manuskript, hatte all den wunderbaren Menschen gedankt, die mir dabei geholfen haben, als etwas Furchtbares geschah. Ich hatte meinen Entwurf abgegeben und wartete auf die letzten Korrekturen. Da wurde ein Soldat, mit dem ich gedient hatte, ein guter Freund, getötet. Er fiel in Afghanistan.

Sein Rufzeichen lautete Taz, er wurde getroffen, als er einen synchronisierten Selbstmordanschlag auf einen Gefechtsvorposten in Jalalabad abwehrte. Seinen richtigen Namen werde ich nicht benutzen. Denn als er starb, war er kein Militärangehöriger mehr. Nun steht für ihn ein schlichter schwarzer Stern, der in eine weiße Marmorwand eingelassen ist.

Jedes Mal wenn ich gefragt werde, für wen Pike steht, erkläre ich, dass er sich aus vielen Männern zusammensetzt, die ich gekannt habe, und bis zu einem gewissen Grad stimmt das auch. Gäbe es eine Möglichkeit, Pike aufzugliedern und im Einzelnen zu definieren, könnten viele ein Stück davon beanspruchen, aber nur einer das Herz, und das war Taz.

Es kommt vor, dass Leser mir vorwerfen, dass ich Pike immer wieder auf wundersame Weise überleben lasse. Sie sagen, es sei weit hergeholt. Dann nicke ich bloß, innerlich jedoch muss ich lächeln und denke an Taz und die realen Wunder, die er bei der Verteidigung unserer Nation vollbrachte. Ich habe sie miterlebt. Wunder, mit denen schließlich Schluss war. Pike ist eine Fiktion, aber

486

er steht für etwas, das es wirklich gibt. Etwas Greifbares. Und mehr als alles andere steht er für Taz.

Ich habe mehr, als man sich vorstellen kann, über das Kämpfen gelernt, indem ich ihm bloß zusah, und doch wird er für die amerikanische Öffentlichkeit ein völlig Unbekannter bleiben. Keine Flaggen, keine Paraden, keine Kathryn-Bigelow-Filme über seine Heldentaten. Nur ein schwarzer Stern an einer Wand, die nur wenige zu sehen bekommen, und ein Granitstein in Arlington.

Letzten Endes starb er tapfer und rettete dabei anderen das Leben. Manch einer würde sagen, er wurde getötet, während er das tat, was er am liebsten machte, was ein gewisser Trost sein sollte. Ich wünschte, das wäre so, es würde den Schmerz erträglicher machen. Aber ich habe ihn mit seiner Familie gesehen und weiß, was die größere Liebe war.

Nicht anders als sie vermisse ich ihn jeden Tag.

Die PIKE LOGAN-Serie

Booklist: »Es gibt viele Romane über die Special Forces, aber die von Taylor zählen eindeutig zu den besten.«

bradtaylorbooks.com

Brad Taylor ist der Bestsellerautor der *Pike Logan*-Romane. Er wurde auf Okinawa, Japan, geboren, wuchs aber im ländlichen Texas auf.

Nach seinem Universitätsabschluss ging er zur US-Armee und verließ sie nach 21 Jahren als Oberstleutnant. Während dieser Zeit war er in der Infanterie und in Spezialeinheiten tätig (acht Jahre in der Delta Force), zuletzt bei Einsätzen im Irak und Afghanistan.

Wenn er nicht schreibt, arbeitet Brad für verschiedene Firmen als Sicherheitsberater. Er lebt in Charleston, South Carolina, mit seiner Frau und zwei Töchtern.

Die DEWEY ANDREAS-Thriller

Booklist: »Coes gehört zu den wenigen Autoren, die Undercover-Einsätze mitreißend und realistisch schildern können, und er wird immer besser!«

Die GRAY MAN-Serie

Die Abenteuer des Gray Man werden unter der Regie von Joe und Anthony Russo *(Avengers: Endgame)* für Netflix verfilmt. In den Hauptrollen Ryan Gosling und Chris Evans.

Infos, Leseproben & eBooks: www.Festa-Verlag.de

Zuletzt erschienen in der Reihe FESTA ACTION:

Wenn Lesen zur Mutprobe wird ...
www.Festa-Verlag.de

Festa: If you don't mind sex and violence and lots of action

Niemand veröffentlicht härtere Thriller als Festa. Werke, die keine Chance haben, in großen Verlagen veröffentlicht zu werden, weil sie zu gewagt sind, zu neuartig, zu extrem.

Statt der üblichen Matt- oder Glanzfolie haben die Bücher von Festa eine raue, lederartige Kaschierung. Sie symbolisiert die Härte und sexuelle Gewagtheit unseres Programms. Diese »Bücher im Ledermantel« sind auch sehr widerstandsfähig – die Bücher wirken nach dem Lesen noch wie neu.

Unsere erfolgreichsten Buchreihen:

HORROR & THRILLER – Moderne Meister des Genres

FESTA ACTION – Blockbuster zum Lesen

MUST READ – Große Erzähler. Muss man gelesen haben

FESTA EXTREM – Wenn Lesen zur Mutprobe wird ...

Wegen der brutalen und pornografischen Inhalte erscheinen die Titel ohne ISBN und werden nur ab 18 Jahre verkauft. Sie können nur direkt beim Verlag bestellt werden.

Festa steht beim Thema harte Spannung für viele Jahre bewährte Qualität. Darauf geben wir sogar eine Zufriedenheitsgarantie. Dieser Service ist für einen Buchverlag einzigartig.

Warum tun wir das?

Frank Festa: »Wir wollen, dass die Leser unsere Bücher lieben. Das geht nur mit Qualität. Und als Spezialist für Horror und Thriller aus Amerika können wir in dem Bereich diese Qualität garantieren – so einfach ist das.«